※ | SCHERZ

CHRIS HAMMER

GOLD COAST

**Ein Ort voller Lügen
Maßlose Gier
Mehr als nur Rache**

AUSTRALIEN-THRILLER

Aus dem australischen Englisch
von Rainer Schmidt

❋ | SCHERZ

Erschienen bei FISCHER Scherz

© Chris Hammer 2019
Die australische Originalausgabe erschien 2019
unter dem Titel »Silver« im Verlag Allen & Unwin, Sydney

Für die deutschsprachige Ausgabe:
© 2021 S. Fischer Verlag GmbH, Hedderichstr. 114,
D-60596 Frankfurt am Main

Umschlaggestaltung: © Johannes Wiebel | punchdesign
Satz: Pinkuin Satz und Datentechnik, Berlin
Druck und Bindung: GGP Media GmbH, Pößneck
Printed in Germany
ISBN 978-3-651-00092-6

Für Glenys und Kevin

MONTAG

EINS Die Sonne sticht ihm in die Augen, er kann den Ball nicht sehen und schwingt blind den Schläger. Hoffentlich trifft er, hoffentlich blamiert er sich nicht, wenigstens diesmal. Also schwingt er den Schläger, mit geschlossenen Augen, wie im Gebet. Und wie vom Himmel diktiert, trifft er den Ball. Durch den Holzgriff, durch den zerschlissenen Gummibezug und die zerfasernde Wickelschnur hindurch fühlt er die Wucht. Er fühlt, wie der Schlag den schwammigen Ball flachdrückt und komprimiert, wie dieser sich wieder ausdehnt und im hohen Bogen davonfliegt. Und in diesem Moment des Aufpralls, in diesem Sekundenbruchteil, liegt Vollkommenheit. Er öffnet die Augen, lässt den Schläger los und beschattet sein Gesicht noch rechtzeitig, um dem Ball nachzusehen, ihn zu bestaunen, wie er über den Lattenzaun in den Nachbargarten fliegt. Eine Sechs. Sechs und aus. Abgewiesen, aber prachtvoll, nicht schändlich. Kein dumpfes Aufschlagen des Balls in der Mülltonne, kein höhnisches Gelächter über eine vergebene Chance. Eine Sechs. Über den Zaun. Ein Heldentod.

»Leck mich am Arsch, Martin. Was für ein Schlag«, sagt Onkel Vern.

»Aber Vern«, mahnt seine Mutter.

»Triffst du ihn, hast du ihn«, sagt der Bowler, ein Junge, der weiter unten an der Straße wohnt.

Martin sagt nichts, er tut nichts, er rührt sich nicht, ist gefangen im Augenblick. Im Augenblick seines Schlags. In diesem perfekten Augenblick. Gefangen in der Zeit.

Und dann.

Klingelt das Telefon. »Mumma, Mumma«, ruft Enid oder Amber, jedenfalls eine der beiden Zwillinge, der unzertrennlichen, nicht unterscheidbaren Schwestern. Und seine Mutter geht, bevor sie ihn zu seinem Schlag gratulieren, ihn so beglückwünschen kann, wie er es verdient. Geht zum Telefon, zu dem Anruf, der die Welt in zwei Hälften teilt, der eine messerscharfe Linie zwischen Vorher und Nachher zieht.

Dreiunddreißig Jahre später ist Martin Scarsden unterwegs, fährt in seine Erinnerung hinein, fährt hinunter nach Port Silver. Halb konzentriert er sich auf die Straße und steuert den Wagen durch die Haarnadelkurven den Steilhang hinunter, und halb hat er sich in der Vergangenheit verloren, in jenem vollkommenen Tag, als das Schicksal so hell und so kurz aufstrahlte, und gleich darauf der Vorhang fiel wie nach einem Theaterstück. Heute flimmert die Sonne durch das Laubdach des Regenwalds, flackert wie ein Stroboskop. Martin blinzelt, er kann das Meer nicht sehen, nur fühlen, und er weiß, wenn er an den Straßenrand fahren würde – wenn an dieser schmalsten aller Straßen Platz zum Anhalten wäre –, dann könnte er ihn sehen: den Pazifik. Er ist da, hinter den Bäumen, eine unendliche blaue Fläche. »Kannst du das Meer sehen?«, fragt sein Vater ihn, wie er ihn jedes Mal gefragt hat, wenn sie durch die Haarnadelkurven hinunterfuhren. »Siehst du das Meer, komm wieder her«, sagte er dann lachend. Martin sah es nie. Nie. Aber es kam der Moment, wo er es nicht mehr sehen musste.

Wo er wusste, dass es da war, jenseits des Escarpment, der Abbruchkante, jenseits der Milchfarmen, der Zuckerrohrfelder und der Flussebenen, hinter dem Fischereihafen, den Ferienhütten, den weißen Sandstränden. Sehen konnte er es nicht, aber fühlen.

Und so ist es auch an diesem Tag im Frühherbst, als der Wagen sich zwischen Gesprenkeltem Eukalyptus und Keulenlilien hinunterschlängelt, zwischen Palmen und Geweihfarnen, rankenbehängten Zedern und den Rufen der Glockenvögel hindurch auf den Ozean zu. Er fühlt ihn in der Luft; aus feucht und kühl wird feucht und warm, und es knackt in seinen Ohren, als er zum Ozean hinunterfährt und den Sog der Trockenheit des dürreverwüsteten Inlandes auf der anderen Seite des Küstengebirges zurücklässt. Und in der Ferne, immer noch unsichtbar, aber schon beeindruckend: Port Silver. Das Land seiner Jugend. Er ist zurück.

»Vern! Vern!«, ruft sie, und ihre Stimme klingt nie zuvor. »Martin! Mädels!« Er klettert wieder über den Zaun. Das graue Holz ist trocken und voller Splitter. In der Hand hat er den Ball, seine glorreiche, vom Hund zerkaute Trophäe. Die Mutter stürmt zur Fliegentür heraus, lachend und weinend zugleich. Ihre Emotionen sind wie eine Flutwelle. »Wir haben's geschafft. Herrgott noch mal. Wir haben den Scheiß gewonnen!«

Martin sieht seinen Onkel an, erkennt dort dieselbe Ratlosigkeit angesichts der noch nie dagewesenen Flucherei der Schwester.

»Hilary?«, fragt er.

»Die Lotterie, Vern. Die verdammte Lotterie! Division One!« Martin springt vom Zaun in den plötzlich nicht mehr vertrauten Garten. Der Ball ist vergessen, der Schläger liegt am Boden. Die Lotterie. Sie haben im Lotto gewonnen. *Im verdammten Lotto.* Vern umarmt eine von Martins Schwestern, und sie erwidert die Umarmung, glücklich und verständnislos, und dann tanzen sie alle fünf: seine Mutter, die Zwillinge, er selbst und Onkel Vern, sie tanzen auf dem siegreich umgemähten Wicket, während der Junge, der weiter unten an der Straße wohnt, mit großen Augen und offenem Mund die Neuigkeit vor sich hertreibt wie der Südwind: Die Scarsdens haben Division One gewonnen. *Die verdammte Lotterie.*

Die Steilwand stößt auf die Ebene, der Regenwald endet, und die Milchfarmen kommen näher. PORT SILVER 30 KM steht auf dem Straßenschild. Martin Scarsden kehrt in die Gegenwart zurück. Himmel noch mal, warum hatte Mandy ausgerechnet diese Stadt, seine Heimatstadt, für den gemeinsamen Neuanfang ausgesucht? Er fährt auf der alten Brücke über den Battlefield Creek, der am Fuße des Escarpment entlangfließt, eine Grenzlinie zwischen der Natur der Steilwand und der aufgezwungenen Geometrie von Farmen und Zuckerrohrfeldern. Martin will den Gang wechseln, auf der schnellen Straße durch das Flachland beschleunigen, als er sie sieht: die Anhalterin.

Ihre Beine in der abgeschnittenen Jeans leuchten in der subtropischen Sonne. Ein bauchfreies Tanktop, ein lässig ausgestreckter Daumen. Eine Ausländerin also. Ihr Haar ist offen, ihr Lächeln ebenfalls, und es wird breiter, als er am Straßenrand hält, auf dem Kies, kurz vor dem Abzweig zur Zuckermühle. Schon bevor der Wagen steht, sieht Martin ihren Begleiter. Er hat dunkle, lange Haare und sitzt neben zwei Rucksäcken im Schatten, wo man ihn von der Straße aus nicht sehen kann. Martin lächelt; er erkennt den Trick, ist nicht beleidigt.

»Port Silver?«, fragt die junge Frau.

»Natürlich.« Es ist nicht so, dass man auf dieser Straße woanders hinkäme.

Martin muss den Schlüssel benutzen, um den Kofferraum aufzuschließen. Die Innenentriegelung in seinem alten Toyota Corolla ist seit langem kaputt. Der junge Mann wuchtet die Rucksäcke mühelos in den Kofferraum und klappt den Deckel zu. Martin sieht seine Arme und die Tattoos auf den definierten Muskeln, die Muskulatur der Jugend, umweht von Tabakduft und Sorglosigkeit. Die junge Frau setzt sich neben Martin, der Mann schiebt Martins spärliche Besitztümer zur Seite und nimmt auf dem Rücksitz Platz. Sie riecht gut nach irgendeinem Kräuterparfüm. Ihr Freund nimmt die Sonnenbrille ab und lächelt dankbar. »Danke, Mann. Nett von Ihnen.« Er langt über die Rückenlehne und begrüßt Martin mit einem kräftigen Händedruck. »Royce. Royce McAlister.«

»Topaz«, sagt das Mädchen und ersetzt die Hand ihres Freundes durch ihre. »Und Sie sind …?« Ihre Hand ruht einen flirtenden Moment auf Martins Arm.

»Martin«, antwortet er lächelnd.

Er startet den Motor und fährt weiter. Seine Kindheitserinnerungen sind verweht.

»Sie wohnen in Port Silver?«, fragt Topaz.

»Nein. Schon lange nicht mehr.«

»Wir suchen Arbeit.« Sie spricht mit amerikanischem Akzent. »Wir haben gehört, um diese Jahreszeit gibt's hier oben reichlich.«

»Kann sein«, sagt Martin. »Die Ferien sind vorbei, die Kids sind wieder in der Schule, vielleicht habt ihr Glück.«

»Was ist mit Obstpflücken?« Royce beugt sich vor. Er spricht unverkennbar wie ein Australier, breit und unprätentiös. »In Treibhäusern?«

»Bestimmt«, sagt Martin. »Aber das ist ein härterer Job als Kellnern im Café oder die Betreuung von Touristen.«

»Ich brauche das für mein Visum«, sagt Topaz. »Wenn ich drei Monate außerhalb der Großstädte arbeite, kriege ich noch ein Jahr in Oz. Wir haben den Nachtzug rauf nach Longton genommen. In Sydney heißt es, dort gibt's jede Menge Arbeit.«

»Möglich. Keine Ahnung«, sagt Martin. Als er Kind war, haben in den Treibhäusern am Fluss Migranten gearbeitet, Wanderarbeiter, die in ihrer neuen Heimat Fuß fassen wollten. Heutzutage sind Rucksacktouristen aus dem Ausland die Arbeitskräfte der Wahl.

Topaz redet weiter. Mit ansteckender Begeisterung erzählt sie von ihren Abenteuern: wie sie Royce in Goa kennengelernt hat, wie er ihr nach Bali und dann nach Lombok gefolgt ist, wie sie sich verliebt haben und zusammen nach Australien gekommen sind. Royce wirft Bemerkungen ein und lacht. Es ist wie ein Auftritt, ein Zwei-Personen-Stück, und Martin ist das Publikum; er ist dankbar für die Ablenkung. Royce hat seine Sonnenbrille wieder aufgesetzt. Sie hängt schief; der eine Bügel fehlt, aber das scheint ihn nicht zu stören – als sollten alle Sonnenbrillen so sein. »Wir lassen uns einfach treiben, Mann«, so fasst er die Moral ihrer Geschichte zusammen. Martin hat Mühe, sich auf die Straße zu konzentrieren. Immer wieder wirft er einen verstohlenen Blick auf die beiden, Royce auf dem Rücksitz mit seinem breiten Kinn, dem offenen Lächeln und der widerspenstigen Sonnenbrille, und Topaz vorn, neben ihm, der Sicherheitsgurt schneidet ein Tal zwischen ihre Brüste. Seine Aufmerksamkeit scheint ihr bewusst und willkommen. Bald redet auch Martin, während der Wagen mit hohem Tempo auf Port Silver zufährt. Er erzählt ihnen, wo die besten Strände und Surfplätze sind, wo man angeln und wo man schwimmen kann. Dann erreichen sie die Stadt: eine neue High School, ein Parkplatz, ein billiges Hotel, ein paar Fastfood-Läden. Stämmige Palmen säumen die Straße. Verändert, und doch vertraut nach dreiundzwanzig Jahren. Die Anhalter sagen, er soll sie irgendwo absetzen, aber er besteht darauf, sie zu einem Backpacker-Hostel in der Nähe des Town Beach zu bringen, von dem sie gehört haben. Und richtig, da ist es, ein zweigeschossiges, holzverkleidetes Gebäude, in auffälligem Blau gestrichen. SPERM COVE BACKPACKERS steht auf dem Schild unter einem lächelnden Wal, der zwinkert und eine Flosse wie einen Daumen hochstreckt. Martin parkt und hilft Royce, die Rucksäcke auszuladen. Fast tut es ihm leid, sich von den beiden zu trennen.

Wieder allein im Auto, fährt er nicht gleich los. Er spürt den warmen Wind im Gesicht, und das Gefühl hat sich in all den Jahren nicht geändert, warm, feucht und sanft, ganz anders als die glutheißen Böen im Landesinneren oder die knirschende Secondhand-Luft von Sydney. Unten am Strand liegen Backpacker in der Sonne, sitzen plaudernd zusammen oder spielen Fußball. Er spürt Neid, hat noch nie einfach in den Tag hineingelebt, hat sich noch nie auf indonesischen Inseln in ein hübsches Mädchen verliebt. Er hat kein Brückenjahr gehabt, ist nie durch Asien gestreunt, hat nie den großen Road Trip durch Australien unternommen. Die Jugend war etwas, das überstanden werden musste. Warum sie in die Länge ziehen? Er ist sofort auf die Uni gegangen, und noch bevor er sein Examen hatte, war er schon bei der Zeitung angestellt. Seine Reisen waren anders: Er hat in Kriegsgebieten über dem Laptop geschwitzt, statt auf Bali Joints zu rauchen. Er hat wichtigtuerische Männer in Anzügen interviewt, statt exzentrische Einheimische in einem englischen Pub zu bedienen, und statt sich zu verlieben, hat er mit fremden Frauen geschlafen, die nach Zuneigung gierten. Vielleicht würde es jetzt anders werden, wenn er mit Mandalay und ihrem Sohn Liam hier lebte. Jetzt hat er die Chance, ein neues Leben anzufangen. Nicht die Gelegenheit, sich treiben zu lassen, sondern die große Chance, sein Leben einzuholen und zu akzeptieren, bevor es über den Horizont verschwindet und er endgültig strandet. Er findet, dass die Hitchhiker ihm einen Gefallen getan haben. Er startet den Motor. In Port Silver geht es nicht um die Vergangenheit, sagt er sich. Hier geht es um die Zukunft, es geht darum, eine Zukunft zu *haben* und sie zu gestalten. Und die Zukunft sieht strahlend und einladend aus. Mandy ist hier und wartet auf ihn, die alleinerziehende Mutter, die er draußen am Rand des Nichts kennengelernt und in die er sich verliebt hat. Das ist auch nicht ohne Romantik und so gut wie Goa oder Lombok. Für einen Moment erfüllt ihn eine Woge von Optimismus und Sehnsucht, und die Welt scheint sich rückwärts zu drehen, bis sie wieder im Gleichgewicht ist. Er kann es nicht erwarten, Mandy zu sehen und sein neues Leben zu beginnen.

Überall ist Blut. Er drückt die Tür auf, und überall ist Blut. Der Schlüssel steckt im Schloss, deshalb kann er, die Begrüßung noch auf den Lippen, die Tür öffnen, und überall ist Blut. Er hat das Townhouse ausfindig gemacht, den Wagen geparkt und die Tür gefunden. Und jetzt ist da Blut. Überall. Spritzer an der Wand im Flur, ein roter Handabdruck, den ein Kind mit einer Schablone hinterlassen haben könnte, rote Tropfen auf den cremefarbenen Fliesen, als habe ein Maler unsauber gearbeitet. Er kann es riechen, der metallische Geruch umhüllt ihn und dringt in seine Poren. Und mitten im Blut eine Gestalt. Leblose Beine ragen durch einen Türbogen in den Flur. Sie stecken in beigefarbenen Chinos und braunen Schuhen mit durchscheinenden Gummisohlen. Es sind Männerschuhe. Die Gestalt liegt auf dem

Bauch. Und noch immer fließt das Blut und sammelt sich auf den Fliesen. Überall. Martin bleibt wie angewurzelt stehen. Ihr Name bleibt unausgesprochen. Entsetzen durchflutet ihn, Verwirrung, dann Panik.

»Mandy!«, schreit er. »Mandy?!«

Er lauscht. Nichts. Die Blutpfütze glitzert und wächst weiter. Ist die Gestalt noch am Leben?

»Mandy!«, ruft er noch einmal, und Angst liegt in seiner Stimme. Ist sie im Haus? Ist sie verletzt?

Langsam schiebt er sich vorwärts. Jetzt kann er die Gestalt vollständig erkennen. Die Beine sind in den Flur gestreckt, der Körper, das Gesicht nach unten, liegt im Wohnzimmer. Der Mann hat einen runden roten Fleck zwischen den Schulterblättern, als hätte man ihm eine Zielscheibe auf das Leinenhemd gemalt, mit einer klaffenden Zwölf in der Mitte, aufgerissen und mit Blut gefüllt. Die wachsende Lache auf dem Boden hebt sich grellrot von den cremefarbenen Fliesen ab. Martin muss daran vorbei, vorbei an der Leiche und der glitzernden Sperre. Er nimmt Anlauf und springt über die glänzende Pfütze, die inzwischen die Wand erreicht hat, und landet dahinter am Fuße einer Treppe. Er dreht sich um. Der Mann regt sich nicht. Sein Körper ist gedrungen, er hat dunkles Haar, erste graue Strähnen an den Schläfen und wirkt gepflegt. Der Blutfleck lässt das weiße Leinenhemd an der Wunde in seinem Rücken kleben.

Ein Mörder. Hier ist ein Mörder. Ist er noch hier? »Mandy!« Seine Stimme wird lauter.

Sein Verstand fängt an zu arbeiten, und unter Panik, Adrenalin und Schock kommen die ersten Gedanken hervor. Er hockt sich neben die Blutlache und zwingt sich, ganz ruhig zu atmen. Er schaut hin, er lauscht, nimmt aber kein Lebenszeichen wahr. Er streckt den Arm aus, stützt sich mit einer Hand unter einem zweiten roten Handabdruck am Türrahmen ab. Mit der anderen Hand tastete er am Hals des Mannes nach dem Puls, aber er findet keinen. Die Haut ist warm und gibt nach. Der Mann ist eben erst gestorben. Martin hat Blut an der Hand.

Der Mann hält etwas in der Linken. Die toten Finger umschließen es fest. Eine Postkarte, es sieht aus wie eine Postkarte, und das Blut sammelt sich um die Ränder. Martin beugt sich vor, streckt sich weit über den Toten, stützt sich immer noch mit einer Hand am Türrahmen ab. Die Karte ist verdeckt durch die Hand des Toten und das langsam fließende Blut, aber es scheint ein religiöses Motiv darauf zu sein, die Abbildung Christi oder eines Heiligen mit einem goldenen Heiligenschein.

Da, ein Geräusch. Und dann sieht er sie durch den Türbogen. Sie sitzt reglos und mit blutigen Händen auf einer Couch im Wohnzimmer und starrt den Toten an. Es ist, als könnte sie Martin nicht sehen, der dort kniet, sondern nur die Leiche neben ihm. Ihr Haar sieht anders aus; es ist rötlich braun statt blond, aber nicht das zieht seinen Blick auf sich. *Mit blutigen Händen.* Eine Spur aus Blutstropfen auf den Fliesen führt von ihr zur Leiche.

»Mandy?« Sie hat auch Blut an der Kleidung. Er klingt eindringlich, aber sie reagiert nicht. »Mandalay!«

Benommen sieht sie ihn an. Kaum merklich schüttelt sie den Kopf. Vielleicht ist es eine Geste der Ungläubigkeit, vielleicht will sie ihm signalisieren, dass er nicht hier sein sollte.

Martin denkt an ihren zehn Monate alten Sohn, und er macht Sorgen. »Mandy, wo ist Liam? Wo ist er?«

Aber sie kann nur den Kopf schütteln, und er weiß nicht, was diese Bewegung bedeutet.

Martin zieht sein Telefon aus der Tasche. Halb rechnet er damit, dass er kein Signal hat, nicht in dieser alternativen Realität. Aber das Signal ist stark. Fünf Balken. Martin wählt dreimal die Null und fordert einen Rettungswagen an. Dann ruft er die Polizei.

Mandy starrt immer noch die Leiche an. Der tote Mann liegt im Türbogen, das Blut ist noch nicht bis ins Wohnzimmer geflossen. Trotzdem rührt Martin sich nicht von der Stelle, geht nicht zu ihr. Stattdessen schaut er wieder auf sein Telefon, sucht die Nummer einer Anwaltskanzlei in Melbourne. Wright, Douglas & Fenning. Mandys Anwältin: Winifred Barbicombe. Sie braucht Winifred jetzt mehr als ihn.

ZWEI Der Police Sergeant hat etwas von einem Raubtier. Seine Augen unter den Lidern sind schmal, seine Lippen dünn und seine Haut ist voller Aknenarben. Sein Teint ist von einem Grau, das nicht in eine Stadt am Strand passt. Er starrt Martin eine volle Minute lang an, bis der den Blick nicht länger erträgt und zu der Polizistin hinübersieht, die neben der Tür des Vernehmungsraumes hinter der Videokamera steht. Sie ist Constable und wirkt so unbehaglich, wie Martin sich fühlt, tritt von einem Fuß auf den anderen und starrt entschlossen auf das Kameradisplay, während das Schweigen sich in die Länge zieht. Erst als der Blickkontakt unterbrochen ist, lässt der Polizist sich herab, zu sprechen. Seine Stimme klingt flach. »Sergeant Johnson Pear befragt Martin Michael Scarsden. Polizeirevier Port Silver. Vierter März, vierzehn Uhr zehn.« Martin wartet, aber der Polizist macht wieder eine Pause, und sein Blick ist unergründlich. Das rote Licht an der Videokamera blinkt alle fünf Sekunden.

»Okay, Mr. Scarsden. In Ihren eigenen Worten. Bitte erzählen Sie uns, wie Sie heute in Mandalay Blondes Townhouse gekommen sind.«

Martin räuspert sich. Ihm ist unbehaglich zumute, als stünde er unter Anklage, und er muss sich daran erinnern, dass er schuldlos ist. »Ich habe in Glen Innes übernachtet. Ich bin gestern auf dem New England Highway von Sydney heraufgefahren und in einem Pub namens Great Central Hotel abgestiegen. Das können Sie überprüfen. Es gibt ein Gästebuch. Heute Morgen bin ich weitergefahren und war gegen elf in Port Silver.«

»Und hier sind Sie direkt zu Mandalay Blondes Townhouse, 15 Riverside Place, gefahren?«

»Nein, nicht sofort.« Martin erzählt, wie er die beiden Hitchhiker, Topaz und Royce, mitgenommen und am Backpacker Hostel abgesetzt hat.

Der Polizist notiert alles. Er hat ein nagelneues Notizbuch, ein großes.

»Nachnamen?«

Martin überlegt. »Royce hat mir seinen gesagt. McAlister, glaube ich. Bei dem Mädchen bin ich nicht sicher.«

»Macht nichts. Die beiden finden wir, und sie können Ihre Angaben bestätigen. Das erleichtert uns die Arbeit.« Wenn er darüber erfreut ist, sieht man es ihm nicht an. »Können Sie sagen, wann genau Sie das Pärchen am Hostel abgesetzt haben?«

Martin schüttelt den Kopf. »Nicht genau. Wie gesagt, es war gegen elf.«

Der Polizist wirkt nicht überzeugt, und Martin windet sich innerlich unter seinem Blick. Das Rotlicht an der Videokamera blinkt regelmäßig wie ein Metronom. Der Himmel weiß, wie er sich fühlen würde, wenn er tatsächlich etwas verbrochen hätte.

»Mr. Scarsden, wir werden Mobilfunkdaten auslesen, denen wir genauere Informationen über Ihre Bewegungen entnehmen können, speziell zwischen Glen Innes und Port Silver. Gibt es irgendeinen Grund, weshalb wir diese Daten lieber nicht bekommen sollten?«

»Nein, nur zu.«

Der Polizist starrt ihn volle zehn Sekunden lang an und schreibt dann wieder etwas in sein Notizbuch. Er lässt sich Zeit dabei. Anscheinend formuliert er seine nächste Frage, da fliegt die Tür auf, und ein atemloser junger Mann stürmt herein. Sein Haar sieht aus wie ungekämmte schwarze Wolle, seine Bartstoppeln sind so dicht, als wären sie miteinander verwoben, und seine Augen sind schwarz. Er trägt Bermudashorts und Sandalen, und sein Brusthaar quillt aus einem nachlässig zugeknöpften Hawaiihemd hervor.

Sergeant Pear reagiert nicht sofort. Er seufzt und dreht sich dann mit seinem Drehstuhl zu ihm um.

»Nick Poulos«, keucht der Mann. »Ich bin Nick Poulos.«

»Ich weiß, wer Sie sind. Was wollen Sie?«

»Ich bin Mr. Scarsdens Anwalt.«

»Ist das wahr?« Der Sergeant wendet sich Martin zu. »Können Sie das bestätigen?«

»Nein. Aber ich hätte gern einen Anwalt.«

Pear bleibt unbeeindruckt. »Befragung unterbrochen um vierzehn Uhr sechzehn.« Seine Kollegin schaltet die Kamera aus. »Okay, Sie beide klären jetzt Ihr Verhältnis. Ich gebe Ihnen fünf Minuten, dann machen wir weiter.«

»Danke, Mate.« Nick grinst breit. Die Kühle des Polizisten scheint ihm nichts auszumachen. Sergeant und Constable gehen hinaus, und Poulos breitet die Arme aus, als wolle er Martin an sich drücken. »Martin Scarsden. Ist das zu glauben? Martin *fucking* Scarsden. Der berühmteste Journalist des Landes. Mein Klient!«

Martin zwinkert. Der Eifer des jungen Mannes verschlägt ihm

für einen Augenblick die Sprache. »Sind Sie wirklich Anwalt?« Er wundert sich über die lässige Kleidung und die Jugend seines Gegenübers. »Haben Sie heute Ihren freien Tag.«

»Ja, ich hatte frei. Na und? Jetzt bin ich hier.«

»Wer hat Sie beauftragt?«

»Die Kanzlei in Melbourne. Wright, Douglas & Fenning. Die haben mich angerufen. Ich soll sofort herkommen. Für ein Spitzenhonorar.« Der Anwalt macht große Augen und hechelt immer noch wie ein kleiner Hund.

Martin begreift: Mandys Anwaltskanzlei hat ihm diesen Anwalt geschickt, zum Dank dafür, dass er sie über Mandys Lage informiert hat. »Warum Sie, Nick? Warum hat man Sie angerufen?«

Poulos lacht, zieht einen Stuhl heran und setzt sich, als hätte Martin ihn bereits engagiert. »Die Auswahl ist nicht groß. Es gibt eine große Kanzlei hier, Drake and Associates, und mich. Oben in Longton sind noch ein paar.«

»Und warum beauftragen die nicht Drake?«

»Haben sie ja. Drake vertritt Mandalay Blonde, zumindest bis ihre eigenen Leute angekommen sind.«

Martin verzieht das Gesicht. Mandys Anwälte mögen ihm helfen, aber sie vertreten ihn separat für den Fall, dass seine und ihre Interessen nicht zusammenpassen. Für den Fall, dass sie ihn den Löwen zum Fraß vorwerfen müssen. Er sieht Poulos an, der nicht zur Ruhe zu kommen scheint. »Nick, Sie sind nicht high, oder?«

»Scheiße, nein. Kein Alkohol, keine Drogen. Ich vertrag so was nicht. Flippe aus davon.«

»Machen Sie viel Strafrecht?«

»Jede Menge. Meist stehe ich vor dem Friedensrichter.«

»Das hier ist aber nicht gerade ein Fall für den Friedensrichter.«

»Was Sie nicht sagen. Mord. Wie gut ist das denn?« Poulos reibt sich die Hände. »Der Oberste Gerichtshof. Scheiße, Mann, das ist ganz großes Kino.«

Martin weiß nicht, was er antworten soll, da kommt Pear zurück.

»Sind Sie klar miteinander?«, fragt er. Zum ersten Mal sieht Martin eine Regung hinter der wortkargen Feindseligkeit des Polizisten: Belustigung.

»Ja«, sagt Martin. »Mr. Poulos ist mein Anwalt. Vorläufig.«

»Freut mich zu hören. Lassen Sie uns weitermachen.«

Sie nehmen ihre früheren Positionen wieder ein – Martin am Tisch, Sergeant Pear gegenüber, die Polizistin hinter der Videokamera –, aber jetzt sitzt Nick Poulos neben Martin. Die Befragung wird fortgesetzt. Pear ist der Inbegriff von Stille im Zentrum von Martins Blickfeld, Nick in unaufhörlicher Bewegung am Rand. Martin braucht nicht lange, um zu berichten, was passiert ist – wie er die Haustür angelehnt vorgefunden hat, den Schlüssel im Schloss, den Toten auf dem Boden, die wachsende Blutlache. Er erzählt, wie er Mandy gesehen hat, die offensichtlich unter Schock stand, und wie er den Notarzt gerufen hat.

»Hat jemand das Haus betreten oder verlassen?«

»Nein. Niemand.«

»Und Sie haben auch nichts gehört? Keinen Kampf, keinen Hilferuf, nichts?«

»Nichts. Das war wohl alles schon vorbei, als ich kam.«

»Aber Ihrem Eindruck nach ist die Tat erst kurz vor Ihrer Ankunft geschehen?«

»Ja. Das Blut breitete sich noch auf dem Boden aus. Und als ich den Puls fühlen wollte, war der Hals des Opfers noch warm und weich. Es gab nur keinen Puls mehr.«

Pear legt wieder eine seiner bedeutungsschwangeren Pausen

ein, bevor er weiterspricht. »Und der Tote … haben Sie ihn erkannt?«

»Nein. Er lag mit dem Gesicht nach unten. Wer war es?«

»Ein Immobilienmakler aus der Stadt. Jasper Speight.«

»Jasper?«, ruft Nick Poulos. »Leck mich am Arsch.«

Pears Blick durchbohrt Martin.

»Sie haben ihn gekannt?«, fragt der Polizist.

Martin kann nicht sofort antworten, irgendwas fühlt sich zutiefst falsch an. »Ja. Wir sind zusammen zur Schule gegangen. Wir waren Freunde«, sagt er. »Gute Freunde.«

»Ach ja? Hier? In Port Silver?«

»Ja. Ich bin hier aufgewachsen.« Seine Hände zittern. Er faltet sie, um sie zur Ruhe zu bringen.

Der Sergeant schreibt etwas in sein Notizbuch. Martins Beziehung zu Port Silver ist ihm offenbar neu. »Und wann haben Sie das Opfer zuletzt gesehen, vor heute Morgen?«

»Vor dreiundzwanzig Jahren. Als ich mit der High School fertig war, habe ich sofort die Stadt verlassen.«

»Und Sie sind nie wieder hergekommen?«

»Nein.«

»Nie?«

»Nein.«

»Und Sie hatten zwischendurch auch keinen Kontakt mit Jasper Speight? Briefe, E-Mails, Telefonate?«

»Nein, nicht dass ich wüsste.«

»Und warum sind Sie jetzt hier?«

»Ich komme zurück. Mit meiner Partnerin, Mandalay Blonde. Sie ist vor kurzem hergezogen.«

»Wann?«

»Vor drei Wochen, vielleicht vor einem Monat. Das müsste ich nachsehen.«

»Und warum kommen Sie jetzt erst?«

»Ich war in Sydney, um ein Buch fertig zu schreiben.«

»Im Ernst?«, ruft Nick Poulos. »Über die Morde draußen im Westen? Das muss ich lesen.«

Martin starrt seinen Anwalt ungläubig an und Pear schüttelt den Kopf. »Mr. Poulos, dies ist eine polizeiliche Befragung. Wenn wir fertig sind, können Sie Mr. Scarsden um ein Autogramm bitten.«

»Ja. Sorry, Mate«, sagt Poulos, zappelt aber weiter neben Martin herum.

Pear wendet seine Aufmerksamkeit wieder Martin zu. »Waren Sie heute Morgen zum ersten Mal in Mandalay Blondes Townhouse? Vorher noch nie?«

»So ist es.«

»Und abgesehen vom Eingang, haben Sie keinen Bereich des Hauses betreten?«

»Nein.«

»Und Sie haben die Waffe nicht angerührt?«

»Da war keine Waffe. Ich habe jedenfalls keine gesehen.«

»Was für Verletzungen hatte das Opfer?«

Martin braucht nur die Augen zu schließen, und die Szene ist sofort wieder da: Blut in Technicolor, der Geruch, schwer in der Luft, auf dem Boden der Tote.

»Es sah aus, als habe man ihn von hinten erstochen. Rund um die Wunde war ein Blutfleck. Man sah, wo das Hemd zerschnitten war, und auch den Einstich selbst. Aber da war nicht so viel Blut. Bei all dem Blut auf dem Boden musste er von vorn erstochen oder aufgeschnitten worden sein, aber diese Verletzungen konnte ich nicht sehen, nur die auf seinem Rücken. Er lag ja auf dem Bauch.«

»Haben Sie ihn berührt?«

»Ja. Ich habe am Hals nach dem Puls getastet. Dabei habe ich Blut an die Hand bekommen.«

»An seinem Hals war Blut?«

»Das weiß ich nicht. Aber ich kann mich nicht erinnern, ihn anderswo berührt zu haben, und ich hatte Blut an der Hand.« Pear blinzelt und starrt Martin unverwandt an, als hätten seine Worte große Bedeutung.

»Er hielt etwas in der Hand«, fährt Martin fort. »Es sah aus wie eine Postkarte mit einer religiösen Abbildung.«

»Haben Sie sie angefasst?«

»Nein. Was war das für eine Karte?«

Pear schüttelt den Kopf. »Das kann ich Ihnen nicht sagen.« Wieder macht er eine Pause. »Und Sie sind nicht zu Mandalay Blonde gegangen? Sie haben nicht versucht, ihre Freundin zu trösten?«

»Nein.«

»Warum nicht?«

Martin weiß nicht, was er sagen soll. »Ich glaube, ich hatte einen Schock. Wir brauchten Hilfe. Ich habe den Notarzt und die Polizei gerufen.«

»Mr. Scarsden, haben Sie Jasper Speight umgebracht?«

»Moment mal«, sagt Nick.

»Schon gut«, sagt Martin. »Machen wir es gleich aktenkundig. Ich habe Jasper Speight weder umgebracht noch irgendwie verletzt. Er war tot, als ich ankam.«

»Sehr gut«, sagt Pear, aber nichts in seinem Ton deutet darauf hin, dass er Martins Antwort gut, schlecht oder unwichtig findet. Er stellt noch ein paar Fragen, hauptsächlich über Mandy und ihr Verhalten, dann beendet er die Befragung. Die Polizistin schaltet die Kamera aus, zieht die Speicherkarte heraus und nimmt sie mit, als sie hinausgeht.

Pear bleibt sitzen und wartet, bis sein Constable die Tür geschlossen hat, bevor er spricht – eher nüchtern als bedrohlich. »Dies ist eine Morduntersuchung. Die Mordkommission aus Sydney wird jeden Augenblick eintreffen und den Fall übernehmen. Die wollten, dass Ihre Erinnerungen zu Protokoll genommen werden. Wir müssen Sie in Gewahrsam nehmen, bis sie da sind.« Er sieht Poulos an. »Ihnen ist klar, dass ich das nicht zu bestimmen habe?«

»Mein Mandant kooperiert vollumfänglich. Er hat die Polizei gerufen. Es gibt keinen Grund, ihn in Gewahrsam zu nehmen«, sagt der junge Anwalt. »Er war nicht Zeuge des Mordes.«

Pear sieht Martin an, nicht Nick Poulos. »Ich werde mit der Mordkommission sprechen. Die hat das zu entscheiden. Wir kümmern uns um Ihre Telefondaten, und ich rede mit den Rucksacktouristen und lasse mir Ihr Alibi bestätigen. Die Spurensicherung aus Sydney fliegt ebenfalls ein, aber ein Teil ihrer Ausrüstung kommt auf dem Landweg. Kann sein, dass wir Sie über Nacht festhalten müssen.«

»Das langt nicht«, sagt Poulos beinahe fröhlich. »Wenn Sie ihn nicht unter Anklage stellen wollen, muss er spätestens –« er wirft einen dramatischen Blick auf seine Uhr »– um, sagen wir, halb sieben wieder auf freiem Fuß sein. Okay?«

Der Sergeant mustert den Anwalt. Martin hat den Eindruck, dass in Pears Gesicht eine subtile Veränderung vorgeht. Dringt da Verachtung durch die starre Maske? »Richtig, mein Junge. Wir dürfen ihn nur vier Stunden festhalten. Plus so lange, wie man vernünftigerweise braucht, um die kriminaltechnische Arbeit zu erledigen. Das könnte bis morgen dauern. Wie gesagt, das ist Sache der Mordkommission. Die bald hier sein wird. Sie können dann mit denen diskutieren.«

Pear steht auf, aber bevor er zur Tür geht, wendet er sich noch einmal Martin zu. »Eins will ich Ihnen sagen. Für Ihren Anwalt sind diese Morde in der Riverina anscheinend ein Riesenspaß. Für Sie sicherlich nicht, denke ich. Als Polizist bin ich Ihnen dankbar dafür, dass Sie dort einen Mörder vor Gericht gebracht haben. Aber gleichzeitig hat ein Polizist sein Leben verloren, und ein anderer kam ins Gefängnis. Erwarten Sie von mir keine Gefälligkeiten.« Pear wirft erst ihm einen vernichtenden Blick zu, dann Nick Poulos, dann geht er.

»Was ist mit Mandy?«, fragt Martin beinahe zu spät. »Wie geht es ihr?«

»Tut mir leid«, sagt Pear über die Schulter, aber es klingt nicht so. »Das ist nicht meine Sache.«

Die Zelle ist renoviert, frisch und steril. Graffiti und Elend hat man weggeschrubbt, und es riecht nach Desinfektionsmittel, nicht nach Pisse. Eine solide Stahltür mit einer kleinen Luke in Augenhöhe gibt ihm ein Gefühl der Privatsphäre, obwohl eine Videokamera, die aus der Ecke auf ihn herabstarrt, klarmacht, dass dies nicht stimmt. Martin erinnert sich an die alten Zellen, die nach Scheiße und Kotze stanken, mariniert in Überresten schiefgegangener Menschenleben. Damals gab es keine Kameras, aber auch keine vorgetäuschte Privatsphäre: Die Wand zum Korridor bestand aus Stahlgittern. Er war als Minderjähriger ein paar Mal verhaftet worden, wegen Trunkenheit und Erregung öffentlichen Ärgernisses, zu seinem eigenen Besten eingesperrt vom alten Sergeant Mackie, dem Herrn über Willkürjustiz. Ohne richterlichen Beschluss, ohne Haftprüfungstermin – nur Martin und Jasper und manchmal noch Scotty, festgenommen, weil es Mackie gefiel, und entlassen mit einer Ohrfeige und einem Tritt in den Arsch.

Was hatten sie damals angestellt? An dem Abend mit Scotty?

Zu viel Grog getrunken, keine Frage. Billigwein im Vier-Liter-Container und geklauten Rum. Und Dope? Wahrscheinlich. Jasper hat gern gekifft. Langsam fällt Martin alles wieder ein.

Sie sitzen auf dem Parkhausdeck des Supermarkts, versteckt hinter der Brüstung, und sie trinken und quatschen und lachen. Es ist Nacht. Sie sind sechzehn, haben den Körper von Männern und den Verstand von Kindern. Betrunkenen Kindern. Die Einkaufswagen stehen da und warten darauf, sie in Versuchung zu führen. Jasper ist der Erste; er klettert in einen der Wagen und will geschoben werden.

In seiner Zelle schließt Martin die Augen und hört wieder das Klappern des Einkaufswagens auf dem Asphalt. Er rattert wie ein Zug, und Martin spürt die Vibrationen in den Händen.

Sie schieben sich abwechselnd. Um Haaresbreite verfehlen sie die Lichtmasten, bevor sie gegen den Randstein krachen. Martin wird durch die Luft geschleudert, schlägt sich das Knie auf und den Ellenbogen blutig; hemmungsloses Gelächter ist die Folge. Alle drei rollen lachend über den Boden und halten sich den Bauch, sie haben Tränen in den Augen und sind Gefangene des Augenblicks. Nichts tut weh, nicht sein Knie, nicht sein blutiger Ellenbogen. Wie betrunken ist er?

Jetzt will Jasper ein Rennen fahren. Er fordert sie heraus, aber es geht nicht, denn sie sind nur zu dritt. Dann die unvermeidliche Idee. Es kommt nicht darauf an, wer sie hat, sie ist sofort akzeptiert: ein Rennen die Rampe hinunter. Sie stellen also die Einkaufswagen nebeneinander, klettern in die Körbe, zählen drei-zwei-eins und stoßen sich ab. Sie beschleunigen blitzartig, kreischend vor Begeisterung, rasen die Rampe hinunter, und alle drei kippen um, aber nur Scotty schreit noch, er hat einen Arm gebrochen und einen Zahn verloren. Jasper und Martin rasen mit dem Kopf voran in ein geparktes Auto – das Auto des

Bürgermeisters –, und der Aufprall schleudert sie aus ihren Einkaufswagen. Sie haben Glück, sind nicht ernsthaft verletzt.

Martin lächelt bei der Erinnerung. Waren sie wirklich so tollkühn? So wild? Seit Jahren hat er nicht mehr daran gedacht, aber er hat auch seit Jahren nichts mit Port Silver zu tun gehabt. Absichtlich nicht. Und jetzt ist Jasper tot. Fünfundzwanzig Jahre seit dem Supermarkt – und tot bei Martins Ankunft. Jasper mit dem dichten dunklen Haar und den funkelnden blauen Augen, der immer gern lacht, immer einen Witz auf den Lippen hat und auf sein Glück vertraut. Der mit einem kitschigen Spruch die Mädchen anbaggert, nur zum Spaß, und ganz überrascht ist, wenn sie zurückflirten. Jasper. Erstochen, verblutet, vom Glück verlassen.

Scotty landet im Krankenhaus, Jasper und Martin im Knast. Dann verschwindet Jasper. Seine Mutter stürmt herein und holt ihn ab, und er kassiert einen Monat Hausarrest. Jasper zwinkert Martin zu, als er geht, und grinst verschwörerisch – unverletzt und immer noch betrunken. Jetzt ist Martin allein, und der Schmerz erwacht zuerst in seinem Ellenbogen und dann in seinem Knie, bevor er bis in den Kopf vordringt und dort die Herrschaft des Leidens ausruft. Martin versucht, sich hinzulegen, aber ihm wird schwindelig. Er richtet sich wieder auf und kämpft mit dem Brechreiz. Niemand kommt ihn holen, und sei es, um ihm Hausarrest zu verpassen; nur Mackie versucht, ihn zu disziplinieren. Aber Martin hat keine Angst, lässt sich nicht einschüchtern. Es ist nicht das erste Mal. Irgendwann wird er nachts daheim sein, während sein Vater hier in der Zelle einen gewaltigen Rausch ausschläft. Dann sind die Rollen vertauscht.

Martin öffnet die Augen und durchforscht sein Gedächtnis: Wann hat er beschlossen, nicht mehr zu trinken, nicht zu werden wie sein Vater? In einer Nacht in der Zelle, betrunken und elend, oder eines Morgens, als er mit schwerem Kopf, trockenem Mund und rebellierendem Magen aufwachte? Als Old Mackie mit dem Frühstück kam, Eier mit Speck, schwimmend in Fett, bevor er ihn rauswarf und nie wieder sehen wollte? Vielleicht ist die Botschaft irgendwann durchgedrungen? Nein. Martin weiß, wann es war. In der Nacht draußen in der Siedlung, in der Nacht, als sein Vater starb. Er steht auf, geht auf und ab und räumt die Erinnerungen weg, verstaut sie wieder da, wo sie hingehören. Bald wird man ihn freilassen, die Erinnerungen können hier bleiben.

Martin hört Geräusche vor der Zellentür. Er steht auf und späht durch die Luke. Ihr geschwungener Hals und ein kurzer Blick auf ihr Haar, das nicht mehr blond ist.

»Mandy!«, ruft er.

Sie hält inne, schaut sich um, versucht, seine Stimme zu orten. Sie hat ihren schlafenden Sohn Liam auf dem Arm, bringt ein mattes Lächeln zustande, wirkt bedrückt. Ein zaghaftes Winken, und ihre Augen richten sich auf die falsche Tür. Dann ist sie weg, abgeführt von der Polizistin, die die Videokamera bedient hat.

Martin setzt sich auf die Pritsche. Eine dünne Matratze, weiter nichts. Kein Kissen, keine Decke. Sie hat gelächelt, da ist er sicher. Und Liam ist gesund. Gefühle branden auf: Erleichterung, Sehnsucht, der Drang, sie und ihren Jungen zu beschützen. Er spürt, wie die Woge über ihn hinwegrollt, und ist sich seines emotionalen Gleichgewichts nicht sicher. Mit seinen einundvierzig Jahren muss er sich immer noch daran gewöhnen, an diese emotionalen Wellen, diese Tiefenströmung der Zuneigung. Früher, vor nicht allzu langer Zeit, hatte er das Ruder in der Hand und war auf ruhiger See unterwegs, ohne etwas von den Strömungen zu ahnen, die in der Tiefe pulsierten. Jetzt ist er näher am Ufer, und die Wellen können ihn unvermittelt mitreißen. Er starrt die frisch gestrichene Wand an. Atmet tief durch und lässt die Gefühle verebben.

Die Polizei wird ihn bald freilassen, aber sie werden sich mit Mandy befassen. Er sieht sie wieder auf der Couch sitzen, schockstarr und mit blutigen Händen. Was wird die Polizei sagen? Sie wird fragen, ob sie Speight aufgeschlitzt und dann mit einem gewaltigen Stich ins Herz umgebracht hat. Martin weiß, dass es so nicht gewesen sein kann. In der Riverina hatte sie einem Mörder ein Messer an die Kehle gehalten, einem Mann, der ihr wehrloses Kind umbringen wollte. Damals hat sie nicht getötet, nicht einmal bei dieser extremen Provokation, und er kann nicht glauben, dass sie jetzt töten würde, nicht einmal in Notwehr. Den letzten Stich, den tödlichen Messerstich in den Rücken, hätte sie nicht über sich gebracht. Nicht, wenn das Opfer schon so schwer verletzt ist. Nicht, wenn es ihr den Rücken zukehrt.

Aber wenn Mandy ihn nicht ermordet hat, wer dann? Martin begreift, dass sie es nicht weiß. Wenn sie Zeugin des Mordes wäre und den Mörder gesehen hätte, dann hätte sie es der Polizei inzwischen gesagt, und Martin wäre nicht mehr in der Zelle. Sie muss also nach der Tat gekommen sein, kurz vor Martin. Vielleicht hat sie etwas gehört und ist die Treppe heruntergekommen, hat Jasper tot aufgefunden, unmittelbar vor Martins Ankunft.

Trotzdem ist er nicht zu ihr gegangen, er hat sie da sitzen lassen, hilflos und verloren, und ist im Flur geblieben, um auf die Polizei zu warten. Sie hat ihn gebraucht. Was hat ihn gelähmt? Und noch ein Bild erscheint vor seinem inneren Auge. Jasper Speight in seinem Blut. Nicht mehr eine Leiche, sondern Jasper. Martin zittert unwillkürlich und kämpft gegen einen Brechreiz. Er ist nicht mehr der leidenschaftslose Auslandskorrespondent.

Sergeant Mackie und die alte Polizeistation mögen nicht mehr existieren, aber das Frühstück ist immer noch unverändert. Die gleichen Eier, der gleiche fettige Speck, die gleiche Schmalzpfütze. Diesmal lehnt Martin es ab; er hat keinen Kater, und er ist nicht pleite. Der Constable, ein junger Kerl, der seinen Babyspeck noch nicht völlig losgeworden ist, nimmt das anscheinend persönlich. »Das ist ein gutes Frühstück, Mate. Viele Leute wären dankbar.«

»Dann essen Sie es. Es gehört Ihnen.«

»Das mach ich auch«, sagt der Constable trotzig und nimmt den Teller wieder mit. Der Babyspeck wird sich noch eine Weile halten.

»Hallo, Martin? Keinen Hunger?« Das ist Detective Inspector Morris Montifore, der den Constable in der Tür zur Seite schiebt. Es ist erst sechs Wochen her, dass Martin ihm geholfen hat, eine Reihe brutaler Morde im ausgetrockneten Landesinneren aufzuklären, mehr als tausend Kilometer von Port Silver entfernt. Und schon gibt er eine ganz unerwartete Zugabe. Er kann nicht viel älter als Martin sein, sieht aber erschöpft aus. Die Falten auf seiner Stirn gehen nicht mehr weg, als habe der Mann schon zu viel gesehen. Vielleicht hat er das ja.

»Morris. Was machen Sie denn hier?«

»Das dachte ich auch gerade.« Der Blick des Detective ist hellwach. Hellwach und amüsiert.

»Ich habe einen Anwalt, wissen Sie«, sagt Martin. »Ich will, dass er dabei ist, wenn Sie mich befragen.«

Montifore lächelt. »Nicht nötig. Sie können gehen. Tut mir leid, dass man Sie über Nacht hierbehalten musste, aber wir hatten eine Liste abzuarbeiten. Dies ist nur ein Höflichkeitsbesuch.«

»Sie haben den Mörder?«

»Noch nicht.«

»Aber Ihre Spurensicherung hat mich entlastet?«

Montifore schüttelt den Kopf. »Dies ist eine Polizeiangelegenheit. Eine Ermittlung in einem Mordfall. Ich wünsche nicht, dass Sie unsere Kreise stören, verstanden? Das ist der höfliche Teil meines Besuchs: Mischen Sie sich nicht ein, überlassen Sie die Sache uns. Okay?«

»Was ist mit Mandy? Kann sie auch gehen?«

»Sie ist schon draußen. Seit gestern Abend. Hat bessere Anwälte, nehme ich an.«

Martin geht nicht darauf ein. »Und ihr Junge? Ist mit dem alles in Ordnung?«

Montifore wird ernst. »Ja. Kommen Sie, ich bringe Sie raus. Ich werde mich noch mal mit Ihnen unterhalten müssen. Und mit ihr auch.«

DIENSTAG

DREI Noch bevor er sich die Schuhe zubindet, den Gürtel wieder einfädelt und das grell beleuchtete Foyer der Polizeistation verlässt, ruft er Mandy an. Sie meldet sich beim dritten Klingeln.

»Martin«, ruft sie. Er hört Verkehrsgeräusche. Sie hat den Lautsprecher eingeschaltet. »Bist du draußen?«

»Ja«, sagt er laut. »Wo steckst du?«

»Unterwegs nach Longton. Ich hole Winifred vom Flughafen ab.«

Vom Flughafen? Ihm war nicht klar, dass es hier so was gibt. Mandys Anwältin kommt wohl mit einem Charterflugzeug aus Melbourne. »Gut. Ist alles okay mit dir?«

Die Pause ist so lang, dass er schon glaubt, die Verbindung sei unterbrochen. »Bist du da, wenn ich zurückkomme?«, fragt sie schließlich.

»Natürlich.«

»Gut. Bis dann.« Sie legt auf.

Er starrt auf sein Telefon. Das abrupte Ende des Gesprächs ist beunruhigend. Offensichtlich hat sie sich von dem Schock über Jaspers blutiges Ende noch nicht erholt. Winifred ist unterwegs, Montifore will sie befragen, Mandy steht nach wie vor unter Mordverdacht. Kein Wunder, dass sie kurz angebunden ist. Die Sache ist noch nicht vorbei.

Er betritt eine Stadt, die sich wandelt, weniger wie ein Teenager, der erwachsen wird, als vielmehr wie eine Frau mittleren Alters nach kosmetischen Operationen – hier ein bisschen gestrafft, da ein bisschen gelockert, das Gesicht geliftet, die Falten mit Botox unterspritzt, fleckige Haut geschält, gepimpt für Touristen und Rentner, für Hipster und Telearbeiter. Er sieht es am Sicherheitsversprechen des neuen, zweigeschossigen Polizeireviers aus Beton und Klinker, geschützt von polierten Stahlpollern, gekrönt von Satellitenschüsseln und mit einer Tiefgarage mitsamt Stahltor. Er sieht es am Straßenbild mit Blumenkästen, Temposchwellen und Fußgängerüberwegen, an den der Jahreszeit entsprechenden Transparenten an den Lichtmasten. Er sieht es an der Hauptstraße, The Boulevarde. Die Straße ist schmaler geworden; man hat Platz für breitere Bürgersteige geschaffen, für Bürgersteige, die mit Fischgrätziegeln gepflastert sind, groß genug für Straßencafés mit Menütafeln und Sonnenschirme mit den Namen italienischer Kaffeemarken. Als er das letzte Mal hier war, waren die Gehwege schmale Teerstreifen, gesprenkelt mit Kaugummi, Zigarettenstummeln und Hundescheiße.

Er blickt über die Straße, ein Zeitreisender, der gerade aus seiner Tardis gekommen ist. Der alte Fish-and-Chips-Shop, Theo's, ist noch da mit seinen verblassten Coke-Tafeln und einer handgemalten Erklärung, dass Fisch Health Food ist. Hier haben er, Jasper und Scotty Caramel-Milkshakes aus Dosen getrunken und Kartoffelchips aus Wachspapier-Tüten gegessen. Der Secondhandladen nebenan ist weg, ersetzt durch eine Boutique für

Bademoden und einen chinesischen Massagesalon. Früher haben leere Grundstücke den Boulevarde gesäumt wie Zahnlücken und den Zugang zum Strand auf der einen Seite und zu Wohnhäusern und Ferienwohnungen auf der anderen eröffnet. Aber jetzt wird The Boulevarde zahntechnisch korrekter, die Brachgrundstücke werden weniger und seltener, der Kommerz breitet sich aus, und der Strand ist kaum zu sehen und schwer zu erreichen.

Ein schwarzer Range Rover mit personalisiertem Nummernschild gleitet vorbei und hält lange genug, um eine magere Frau aussteigen zu lassen. Sie trägt einen Sarong und aufgesprühte Sonnenbräune, und ihre übergroße Sonnenbrille blitzt golden. Auf Korkabsätzen kommt sie näher und schließt die Boutique auf.

Martin überquert die Straße. Ein alter Mann schlendert vorbei, unbelastet von Verantwortung und beruflichen Pflichten. Er trägt gebügelte Shorts, ein faltenloses Polohemd und Segelschuhe. Sein Panamahut ist fleckenlos. Er ignoriert einen Altersgenossen, der unrasiert und mit trüben Augen auf einem Stück Pappe hockt und leidenschaftlich mit sich selbst redet. Neben ihm steht eine Flasche in einer braunen Papiertüte, ein kleiner Hund schläft auf seiner anderen Seite, und in einem umgestülpten Hut vor ihm liegt eine Schicht Münzen, dünner als seine Pappe. Ein Trupp Radfahrer in Lycra-Trikots rollt an und hält vor einer Bäckerei. Sie stellen ihre Karbonfaser-Räder in die Fahrradständer der Gemeinde und setzen sich lachend und schwatzend an einen Tisch neben eine Gruppe Straßenarbeiter in Signalwesten, die stumm ihre Eier-und-Speck-Brötchen herunterschlingen, bevor sie wieder an die Arbeit gehen. Ein Hippie mit glasigem Blick und Dreadlocks schlurft vorbei. Seine Kleidung ist schmutzig, und er kann kaum die Füße heben.

Einen Moment lang sieht Martin die beiden Städte in einer

Überblendung: die derbe Arbeitergemeinde seiner Jugend und das gentrifizierte Pensionärsdorf, das daraus geworden ist. Eine gute Fee ist in seiner Abwesenheit gekommen und hat alles mit dem silbernen Feenstaub von Familientrusts, selbstverwalteten Anlagefonds und negativer Verschuldung überstäubt, aber nicht gleichmäßig. Der Teil der Stadt, der zu kämpfen hat, ist nicht restlos verschwunden, aber er ist auf dem Rückzug, landeinwärts vertrieben, weg vom Meer, weg vom Boulevarde, auf die West-seite der Straße nach Longton, wo der Wind selten weht und der Knast nie weit entfernt ist. Martin weiß genau, wo dieser Teil der Stadt immer noch existiert: Er lauert in der Siedlung, hockt in den mit Faserplatten verkleideten Wohnblocks seiner Jugend und lungert auf den kleinen Farmen herum. Martins Blick wandert den Boulevarde entlang, und er fragt sich, ob der Wohl-stand, der schon so lange durch die australischen Großstädte geströmt ist, auch bei den Kämpfern von Port Silver Reichtum hinterlassen hat.

Er will im Che Bay Café an der Theke einen Kaffee trinken, erfährt aber, dass nur am Tisch bedient wird, und soll Platz neh-men. Erst dann erscheint die anmutige junge Kellnerin. Sie trägt eine Schürze, die für die Revolution wirbt, und zückt keinen Bestellblock, sondern ein Smartphone. Sie wirkt enttäuscht, als er sich keinen Vortrag über die Vorzüge der Fair-Trade-Sorten anhören will. Er bestellt einen schlichten Kaffee mit Milch und dazu einen Sauerteig-Rosinentoast.

Dann versucht er noch einmal, Mandy anzurufen, landet aber auf der Mailbox. Entweder hat sie kein Netz oder sie telefoniert. Er sucht im Internet nach der Nummer von Nick Poulos. Das Telefon unterbricht ihn dabei und fragt, ob er das Gratis-WiFi von Port Silver nutzen möchte. Die Stadt hat ein Gratis-WiFi! Natürlich hat sie eins. Er akzeptiert die Nutzungsbedingungen, ohne sie zu lesen, aber die Verbindung hat das Zeitlimit bereits erreicht. Also benutzt er seine 4G-Verbindung, um die Nummer des Anwalts zu suchen.

»Nick? Martin Scarsden. Wo sind Sie?«

»Ich mache die Kinder für die Schule fertig. Sind Sie draußen?«

»Ja. Können wir uns treffen?«

»Selbstverständlich. Oberste Priorität. Sagen wir, um elf am Surf Club?«

Martin sieht auf die Uhr. Es ist noch nicht mal neun. »Geht es nicht früher?«

»Halb elf?«

»Okay. Lassen Sie sich nicht stören.« Er legt auf. Je schneller er diesen Stützrädchen-Anwalt loswird, desto besser.

Sein Kaffee kommt, und er fängt an, die Nachrichtenseiten auf seinem Handy durchzusehen, findet aber kein Wort über einen Mord in Port Silver – nicht auf Fairfax, News, Abc oder einer anderen Mainstream-Website. Offenbar hält die Polizei die Sache noch unter Verschluss. Hat man ihn deshalb über Nacht festgehalten? Um die Nachricht noch länger zu blockieren? Aber vielleicht ist, so weit von den großen Städten entfernt, eine Erwähnung nicht lohnend. Ein toter Einwohner in einer Kleinstadt am Meer – was ist das im Vergleich zur Prominenz von Sydney, zu den Immobilienpreisen in Melbourne oder der neuesten Doku-Soap? Er erinnert sich an eine Lokalzeitung mit Sitz in Longton, dem regionalen Zentrum am Highway oberhalb des Escarpment, die über den gesamten Distrikt berichtet hat. Er findet eine Website namens *Longton Observer*, die seit Tagen nicht aktualisiert wurde, und dann findet er auch den Grund dafür: Die einzige Tageszeitung der Region erscheint inzwischen nur noch zweimal wöchentlich, nämlich mittwochs und samstags. Heute ist Dienstag. Vielleicht arbeitet der Redakteur gerade an einem Knaller über den Mord an Jasper Speight für die morgige Titelseite. Vielleicht.

Martin checkt seine E-Mails, findet nur Spam mit Werbung für Wein, Frequent-Flyer-Punkte und Hotels. Er trinkt seinen Kaffee aus, zahlt und geht weiter den Boulevarde hinunter. Zwei Schulmädchen hüpfen aus einem Sushi-Shop und stoßen fast mit ihm zusammen. Kichernd hüpfen sie weiter. Sie tragen Strohhüte und grün-weiß karierte Baumwollkleider, und auf ihren grünen Rucksäcken prangt das Motto der Longton Grammar School: *Dienst und Erfolg*. Sie klettern auf den Rücksitz eines wartenden SUV. Eine Privatschule in Longton! Die Welt verändert sich, ohne Frage. Er sieht zu, wie der Wagen, ein glänzender Hyundai, sich in den Verkehr fädelt. Erst als er den Blick von der Straße abwendet, sieht er sie: Denise Speight, die nur zehn Meter entfernt gerade ihr Immobilienbüro aufschließt. Jaspers Mutter.

Unsicher macht er ein paar Schritte auf sie zu. »Mrs. Speight?«, fragt er, förmlich wie zu Kinderzeiten.

Sie dreht sich um und sieht ihn. Ihre Augen sind rot. Anscheinend hat sie wenig geschlafen. »Martin? Bist du das? Martin Scarsden?«

Er nickt. »Ja. Ich bin's.«

Sie schlägt die Hand vor den Mund, und ein Zittern geht durch sie hindurch. »Guter Gott. Martin.«

Er weiß nicht, was er sagen soll. Sie umklammert seine Hand. »Er ist tot, Martin. Weißt du? Jasper ist tot.«

»Ja, ich weiß.«

»Ich musste nach Longton fahren. Ins Krankenhaus. Um ihn zu identifizieren.« Sie zittert wieder, und Tränen steigen ihr in die Augen. »Er war es.«

Ein älteres Paar geht vorbei und schaut besorgt. »Lassen Sie uns reingehen«, sagt Martin. »Da können wir besser reden.«

»Ja«, sagt Denise Speight. »Ja. Gut.« Sie lässt seine Hand los und öffnet die Tür. Drinnen schaltet sie das Licht ein, es summt und klickt, und die Leuchtstoffröhren erwachen flackernd zum Leben. Mehrere Plakate mit der Aufschrift ZU VERKAUFEN bedecken die Schaufensterscheibe; sie filtern das Licht, das von der Straße hereinfällt, und bieten ein gewisses Maß an Privatsphäre. Vor zwei verglasten Büros steht ein leerer Empfangstresen. Auch an den Wänden hängen Flyer, auf denen ZU VERKAUFEN und ZU VERMIETEN steht.

»Mrs. Speight, entschuldigen Sie, aber was tun Sie hier? Heute? Im Büro?«

»Was soll ich sonst machen? Zu Hause bleiben ertrage ich nicht. Ich konnte nicht schlafen.«

Martin hat sie als grimmige, scharfzüngige Frau in Erinnerung, die Scotty und ihn nicht mochte. Jetzt wirkt sie verloren, klein und verletzlich. Sie trägt ihre Bürokleidung: dunkle Hose, flache Schuhe, weiße Bluse. Das graue Haar ist kurz geschnitten. An jedem anderen Tag würde sie Professionalität ausstrahlen, aber nicht heute. Heute kann ihre Kleidung sie nicht stützen. Sie sieht aus wie ein zusammengesunkener Sack.

»Gibt es jemanden, bei dem Sie bleiben können?«, fragt Martin. »Verwandte? Freunde?«

Sie schüttelt den Kopf.

Er gibt nicht auf. »Sie sollten sich ein paar Tage freinehmen. Um das Geschäft kann sich jemand anders kümmern.«

»Nein, da gab es nur Jasper und mich. Er sollte zum Jahresende ganz übernehmen.« Sie sieht sich im Büro um. Es ist still und leer, und sie unterdrückt ein Schluchzen. »Das war alles für Jasper.« Wieder dieses Zittern. Sie ringt um Fassung. Der

Raum ist erfüllt von ihrem Sohn, der vor so kurzer Zeit gegangen ist.

»Kommen Sie«, sagt Martin sanft, »lassen Sie uns woanders hingehen, einen Kaffee trinken. Miteinander sprechen.«

»Nein, die Polizei wird gleich hier sein. Sie will Jaspers Büro durchsuchen. Das ist seins, das da drüben.«

Die Tür zum Büro ihres Sohnes ist geschlossen. Martin möchte zu gern einen Blick hineinwerfen, aber das geht nicht, ohne dass er seine Fingerabdrücke auf dem Türknauf hinterlässt. Er geht zu der Glastür und späht hindurch. Er sieht einen Schreibtisch, auf dem Papiere verstreut sind. Ein Füller liegt da neben seiner Kappe, bereit, den nächsten Satz zu schreiben. Eine Kaffeetasse, halb leer, mit einer Milchhaut. Eine Jacke am Garderobenständer. Zwei leere Stühle vor dem Schreibtisch.

»Als ob er jeden Augenblick zurückkäme, nicht wahr?« Denise steht hinter ihm.

»Ja, stimmt«, flüstert er.

»Kommen Sie in mein Büro. Dort können wir reden.«

Ihre Stimme klingt ein bisschen gleichmäßiger, als habe sie ein inneres Hindernis überwunden.

In ihrem Büro setzt sie sich auf ihren Schreibtischstuhl, und Martin nimmt gegenüber auf einem der Stühle für Kunden Platz, als wolle er ein Haus mieten, statt um ihren geliebten Sohn trauern. Hinter ihr stehen gerahmte Fotos. Ihr Sohn. Kinder. Das verblasste Bild eines schwarzhaarigen Mannes.

Denise sieht Martin mit roten Augen an. »Die Polizei sagt, du hast ihn gefunden.«

Martin nickt unsicher. Draußen hat sie ihn gefragt, ob er wisse, dass Jasper tot sei, und jetzt weiß sie, dass er ihn gefunden hat. Ein Beweis, wie durcheinander sie ist. »Ja, das stimmt. Ich habe ihn gefunden.«

»Was ist denn passiert, Martin? Wer hat ihn umgebracht?«

»Das weiß ich nicht. Ich glaube, die Polizei weiß es auch nicht. Noch nicht. Ich habe nur eine einzige Verletzung gesehen, auf dem Rücken. Die dürfte sein Herz getroffen haben. Jasper hat wahrscheinlich gar nicht gemerkt, was da passiert ist. Er muss sofort tot gewesen sein. Praktisch sofort.«

Denise sieht ihn beschwörend an. »Er hat nicht gelitten?«

»Nein, ich glaube nicht.«

»Das ist lieb von dir, Martin. Lieb, dass du das sagst. Aber ich weiß, es stimmt nicht. Die Polizei sagt, er wurde zuerst in Bauch und Brust gestochen und hat versucht, zu fliehen. Seine Hände waren zerschnitten. Die Polizei glaubt, er hat seinen Mörder vielleicht gekannt.« Denise starrt in eine scheinbare Ferne und spricht mit sich selbst ebenso wie mit Martin, bevor sie sich wieder auf ihn konzentriert. »Sie haben gesagt, sie befragen deine Freundin. Vernehmen sie. Mandalay Blonde. Von da unten, aus der Kleinstadt, wo es so viel Tod und Chaos gegeben hat.«

»Man hat sie freigelassen«, sagt Martin ruhig. »Es gibt keinen Hinweis, dass sie etwas damit zu tun hatte.«

»Aber sie war da?«

»Ich glaube ja. Sie war im Haus. Aber ich weiß nicht, ob sie die Tat mitbekommen hat.«

»Sie hat also nichts gehört? Nichts gesehen?«

»Ich weiß es nicht«, sagt Martin. »Ich habe noch nicht mit ihr gesprochen.«

»Dich hätte man auch befragt, hieß es.«

»Ja, das stimmt. Ich tue, was ich kann, um zu helfen.«

Das scheint sie zufriedenzustellen. Sie lässt sich zurücksinken, ihr Interesse verschwindet, und die Trauer kehrt zurück.

»Darf ich Sie etwas fragen, Mrs. Speight?«

Sie lächelt und tut amüsiert. »Nenn mich Denise, Martin. Du bist ja kein Schuljunge mehr.«

»Danke, Denise. War Jasper religiös?«

»Nicht, dass ich wüsste. Warum fragst du?«

»Es war nicht gut zu erkennen, aber als ich ihn fand, hielt er eine Postkarte oder ein Foto in der Hand. Es sah aus wie ein religiöses Bild, Christus oder ein Heiliger.«

Denise lächelt matt, als sei eine schöne Erinnerung erwacht. »Eine seiner Postkarten. Er hatte Tausende. Hat sie gesammelt. Das war sein Hobby.«

»Religiöse Postkarten?«

»Nein. Alles Mögliche. Hauptsächlich Ansichtskarten. Das habt ihr angefangen.«

»Wie bitte?«

»Ihr habt ihm eine Ansichtskarte geschickt, als ihr in Sydney angekommen ward. Du und Scott. Erinnerst du dich?«

Martin blinzelt. Er kann sich nicht erinnern, Jasper jemals geschrieben zu haben.

»Er wollte immer reisen. Er hat deine Berichte aus der ganzen Welt verfolgt, und er hat Postkarten gesammelt. Aber letzten Endes hat er eigentlich nicht viel von der Welt gesehen, und in Übersee war er auch nie. Anders als du.«

Martin weiß nicht, ob er in der Stimme der Mutter wirklich Bitterkeit hört. Er fragt nicht nach. »Wissen Sie, warum Jasper bei Mandy in ihrem Townhouse war?«

Denise lächelt wieder. Es ist ein widersprüchlicher Gesichtsausdruck: Die Mundwinkel sind aufwärts gebogen, die Augen traurig. »Nein. Wir vermieten ihr das Haus jetzt seit fast einem Monat, aber ich wüsste nicht, weshalb er sie dort besuchen sollte. Obwohl er immer ein Auge für hübsche Mädchen hatte.« Sie zuckt die Achseln. »Ich glaube, er wollte zu dir.«

»Zu mir? Warum?«

»Ich sage doch, Martin, du hast keine Ahnung, wie stolz er auf dich war. Er hat mir immer deine Artikel gezeigt. Die Auslandsberichte und in letzter Zeit die Titelgeschichten aus dem Westen. Und jedem, der es wissen wollte, hat er erzählt, was für dicke Freunde ihr beide wart.«

Martin empfindet plötzlich Schuld und Reue. Jetzt ist er es, dem Gefühle die Kehle zuschnüren. »Ich wünschte, ich hätte ihn wiedergetroffen. Ich hatte mich darauf gefreut.«

»Er hat gehört, dass du wieder hierher ziehst. Und er hat gedacht, du könntest ihm helfen. Als Journalist.«

»Wie meinen Sie das?«

Sie beugt sich vor. Die Wachheit in ihrem Blick flackert wieder auf, die Trauer weicht für einen Moment zurück. »Die Stadt hat sich verändert, Martin. Jedes Jahr, jeden Monat wird ein neues Haus gebaut. Das Geld kommt aus Sydney und Melbourne, und Immobilienentwickler kommen von Brisbane und der Gold Coast, und alle treffen sich hier. Unten auf dem Boulevarde kannst du jeden fragen: Wir sind das neue Byron Bay, das neue Noosa. Und ein paar wollen, dass wir die neue Gold Coast werden. Als wäre das etwas Gutes.«

»Das klingt, als wäre es eine gute Gegend für Immobilienmakler.« Martin bereut sofort seine Worte. »Entschuldigung. Ich wollte nichts unterstellen.«

»Schon gut. Du hast ja recht. Es geht uns sehr gut. Jaspers Kindern wird es an nichts fehlen.«

»Kinder? Er war verheiratet?« Martins Blick wandert zu den gerahmten Fotos. Jaspers Kinder.

»*War* ist das entscheidende Wort. Seit sieben oder acht Jahren geschieden. Seine Schuld – er konnte die Hände nicht bei sich behalten.«

»Wo ist seine Ex? Und die Kinder?«

»Susan? In Neuseeland. Ich habe sie gestern Abend angerufen. Vielleicht kommt sie zur Beerdigung. Vielleicht auch nicht. Wie ich sie kenne, interessiert sie eher, ob es sich auf ihren Unterhalt auswirkt.« Dieser Satz klingt bitter, und Denise schließt die Augen, als rufe sie sich zur Ordnung. »Ich kann nicht sagen, dass ich ihr das vorwerfe. Kinder sind teuer.«

Martin überlegt, bevor er weiterspricht. »Ich komme nicht mehr mit. Sie haben gesagt, die Stadt erlebt einen Boom. Sie verdienen gut. Aber was hat das mit Jasper zu tun und weshalb wollte er mich sehen?«

Denise runzelt die Stirn, als habe sie ebenfalls den Faden verloren – oder als sei das, was sie sagen will, schmerzhaft für sie. »Wir sind Immobilienmakler, keine Projektentwickler. Das große Geld machen die Projektentwickler. Natürlich profitieren wir davon, aber das heißt nicht, dass uns alles gefällt, was Entwickler tun. Jasper war sehr ehrgeizig, sehr geldgierig, aber nachdem seine Frau ihn verlassen hatte, bekam er Depressionen und fing an, sich zu hinterfragen. Medikamente, Selbsthilfegruppen, spirituelle Einkehr und so. Er hat es ganz gut überstanden, und der alte Funke war wieder da, aber Jasper war nicht mehr so draufgängerisch wie früher. Als Grünen würde ich ihn nicht bezeichnen – das nicht –, aber er hat sich der Kampagne gegen die Erschließung oben bei der Crystal Lagoon angeschlossen.«

»Crystal Lagoon? Nie gehört. Wo ist das?«

»Das ist der neue Name für Mackenzie's Swamp.«

Martin lacht und schüttelt den Kopf. »Das ist nicht Ihr Ernst. Da wimmelt es doch von Bullenhaien. Kein vernünftiger Mensch würde diese Gegend erschließen.«

»Die Haie sind weg. Nachdem die Käsefabrik geschlossen wurde.«

»Die Käsefabrik?«

»Du würdest dich wundern.«

Die Käsefabrik. Er hat kein Bild davon im Kopf, kann sich nicht mal erinnern, ob er je dort gewesen ist, aber er weiß, wo sie liegt – draußen an der Dunes Road, außerhalb der Stadt. Irgendeine Erinnerung geht ihm durch den Kopf, das Gefühl, sein Vater könnte einmal dort gearbeitet haben, aber als er diese Erinnerung festnageln will, weiß er nicht, ob sie real ist oder ein Phantasieprodukt. »Wieso war Jasper gegen dieses Projekt? Was wollte er beschützen?«

Denise steht auf und geht um ihren Schreibtisch herum. An einer Wand hängen zwei Landkarten. Die eine ist ein Stadtplan von Port Silver, auf dem die einzelnen Blocks nummeriert und der Flächennutzungsplan farbig codiert ist. Die andere zeigt den Distrikt in einem größeren Maßstab. Denise geht zu dieser Karte. Sie ist schwarzweiß mit grünen Höhenlinien. Martin folgt ihr.

»Wir sind hier in der Stadt.« Denise deutet auf die Karte. »Die Brücke bringt dich über den Argyle zur Dunes Road. Die Straße ist erhöht, ein Fahrdamm durch das Sumpfland. Die Lagune liegt großenteils auf der linken Seite, und die Käsefabrik ist oben am Nordufer.«

Martin macht sich wieder mit der Landschaft seiner Jugend vertraut. Die Dunes Road führt vom Argyle River schnurgerade zwanzig Kilometer weit nach Norden. Das Land zu beiden Seiten der Straße ist flach – Mackenzie's Swamp –, und das Wasser trägt neuerdings den Namen Crystal Lagoon. »Hochwassergefährdet«, stellt er fest.

»Ja. Bauen kann man da nicht.«

Er studiert weiter die Karte. Das Gelände östlich der Straße und jenseits der Lagune steigt steil an, bis auf hundert Meter oder mehr über dem Meeresspiegel, eine Steilwand, die in Nord-Süd-Richtung der Küste folgt. Jemand hat mit Bleistift Privatgrundstücke markiert und oben auf den Klippen Häuser als kleine Vierecke eingezeichnet. Martins Blick kehrt zur Straße zurück und folgt ihr nach Norden zu einer weiteren, kleineren Brücke. Hier mündet die Lagune ins Meer. »Der See. Hat er Ebbe und Flut?«

»Ja. Von Zeit zu Zeit versandet die Mündung, aber das nächste große Unwetter reißt sie wieder auf. Und da ist das Gelände der alten Käsefabrik. Hier. Es ist das einzige höher gelegene Grundstück westlich der Straße.«

Die grünen Höhenlinien auf der Karte bestätigen, was die Maklerin sagt. Auch hier hat jemand die Privatgrundstücke rund um die Fabrik mit Bleistift eingezeichnet. Die Gegend dahinter ist absolut flach, als wäre die Grenze zwischen Land und Wasser Ansichtssache. »Was ist mit all dem Marschland? Ist das Kronland?«

»Ein Naturschutzgebiet. Seit Jahren gibt es indigene Ansprüche darauf, aber wer weiß, wann das geklärt wird.«

»Und ist da irgendwas?«

»Nein. Nicht westlich der Straße. Nur die ehemalige Käsefabrik. Der Rest sind Mangroven, Watt und Seewasser. Es wimmelt von Moskitos, Zecken und Egeln. Vielleicht wird daraus eines Tages Crystal Lagoon, aber im Moment ist es nur Sumpf. Man kann dort gut fischen, höre ich, und die Krabben sind nicht schlecht, wenn sie Saison haben.«

»Und warum war Jasper dagegen, das zu erschließen?«

»Ihm gefiel die Vorstellung, etwas unberührt zu lassen. Für künftige Generationen.« Bei dem Gedanken an ihren Sohn und seine Hoffnungen verfliegt die Ablenkung durch Immobilienprobleme, und ihre Mundwinkel sinken wieder.

»Was ist denn da geplant? Gibt es schon einen konkreten Vorschlag?«

Denise seufzt. »Ein Yachthafen. Am Südufer, wo die Mündung der Lagune ist, westlich der Brücke. Aber Jasper meinte, das würde die Mangroven vernichten und die Umwelt zerstören.«

Martin denkt über den Plan nach. Er weiß, mit einer Marina ist Geld zu verdienen, aber dieses Projekt erscheint ihm äußerst abwegig. »Als Bootsparkplatz ist es zu weit weg von der Stadt. Sind auch Häuser geplant?«

»Nicht an der Marina selbst. Das Gelände liegt zu tief und ist zu hochwassergefährdet. Östlich der Straße gibt es Pläne, am Hummingbird Beach, auf Privatgelände.« Denise deutet auf eine Stelle auf der Karte. Martin sieht einen nach Norden gewandten Strand unweit der Stelle, wo der Gezeitensee ins Meer mündet. Hinter dem Strand gibt es höheres Gelände, und die grüne Markierung zeigt, dass es hochwassersicher ist. »Das ist erstklassiges Bauland«, fährt Denise fort. »Der Strand ist geschützt und bekommt auch im Winter Sonne. Wirklich schön. Ein multinationaler Konzern will dort ein High-End-Resort bauen. Für Touristen, aber vielleicht auch für Wohlhabende aus der Gegend. Ein Fußweg soll unter der Brücke hindurch zum Yachthafen führen. Phase drei wäre ein Golfplatz um den Rest der Lagune herum, mit einem Clubhaus oberhalb der Hochwasserlinie, wo jetzt noch die alte Fabrik steht. Jasper hatte kein Problem mit dem Resort am Hummingbird Beach; er fand das eine gute Idee. Er wollte nur, dass man die Lagune und das Land westlich der Straße in Ruhe lässt.«

»Und Sie?«, fragte Martin. »Was sagen Sie dazu?«

Denise zuckt die Achseln. »Wenn man einfach gar nichts damit anfängt, hat niemand etwas davon. Ich fände es gut, wenn es erschlossen würde, vorausgesetzt, die einheimischen Gooris werden nicht verarscht und kriegen ein bisschen Geld und Jobs. Das wäre eine Win-Win-Situation.«

Martin studiert die Karte. »Wie heißt die Firma, die an dem Projekt interessiert ist?«

»Es sind zwei. Ein großer französischer Konzern will Hummingbird Beach kaufen. Jasper hat ihn vertreten. Für die Marina und den Golfplatz gibt es einen einheimischen Unternehmer, Tyson St Clair, der bei dem Großprojekt gern mitmachen möchte.«

Martin zieht die Brauen hoch. Denise Speight bemüht sich, sachlich zu klingen, aber in ihrem Ton liegt so etwas wie Abscheu. »Sie sind nicht einverstanden?«

»Der Mann ist erst zufrieden, wenn ihm die ganze Stadt gehört.« Diesmal ist die Bitterkeit nicht zu überhören.

Martin braucht einen Moment, um das zu verdauen. »Jasper hat also die Franzosen vertreten und versucht, für das Projekt am Hummingbird Beach Zustimmung zu finden, und gleichzeitig war er gegen Tyson St Clairs Yachthafen und den Golfplatz.«

»Ja. So ist es.«

»Aber da muss es doch Spannungen gegeben haben.«

»Davon weiß ich nichts.«

»Sie haben nicht darüber gesprochen?«

»Nein. Er wusste, dass ich von St Clair nichts halte.«

Martin beschließt, sich den Immobilienunternehmer anzusehen. »Jasper wollte also, dass ich ihm helfe, die Story landesweit bekannt zu machen? Das ist verständlich. Aber deswegen bringt ihn doch niemand um. Wollte er mir noch was anderes erzählen? Etwas Brisanteres?«

Denise Speight lächelt matt. »Ich weiß es nicht, Martin. Wenn, dann hat er es mir nicht gesagt.«

»Verstehe.«

Das Lächeln verschwindet so schnell, wie es gekommen ist. »Wirst du nachforschen? Herausfinden, warum er gestorben ist? Für mich? Für ihn? Er war von deinen Recherchen immer so begeistert.«

Martin sieht ihren flehenden Blick und hört das Zittern in ihrer Stimme. »Ja, natürlich«, sagt er. »Ich will es ja auch wissen.« Denise schenkt ihm ein müdes Lächeln, und diesmal liegt Dankbarkeit darin. Martin fährt fort. »Sie sagen, Sie wissen nicht, ob er Informationen hatte, die ihn das Leben gekostet haben könnten. Gibt es denn jemanden, der das wissen könnte? Vielleicht jemanden, dem er sich anvertraut hat? Über dieses Projekt zum Beispiel, oder über seine Beziehung zu St Clair?«

Wieder flackert das Lächeln auf, wie eine Lampe mit einer schwachen Batterie. »Du könntest es bei deinem Onkel versuchen. Bei Vern.«

Vern.

Vern und er spazieren die Ressling Road entlang durch die Zuckerrohrfelder, und die Welt strahlt im Sonnenschein. Sie lachen und schwatzen, getrieben vom warmen Wind des Schicksals, auf eine Stadt zu, wo das Licht plötzlich sauberer ist und die Luft besser riecht. Seine Mutter hat Verns Auto genommen, die Zwillinge auf den Rücksitz gepackt und ist losgefahren, um Martins Vater zu suchen und ihm die alles verändernde Neuigkeit zu überbringen. Er soll sein Werkzeug hinlegen und der Schichtarbeit Lebewohl sagen. Sie will ihm von der Lotterie erzählen, von Division One und ihrem Neuanfang. Keine anderen Gewinner, niemand, mit dem sie teilen müssen. Nur sie. Eine halbe Million Dollar. Ein Vermögen.

Vern und er gehen auf den Boulevarde zu. Der Straßenbelag schmort schwarz in der Sonne, und das Bitumen brennt unter den dünnen Sohlen seiner Riemensandalen. »Erzähl's mir noch mal, Vern. Erzähl mir, was wir uns holen.«

»Fish and Chips, Mate, aber keinen Hai diesmal. Wir nehmen tasmanische Jakobsmuscheln, echte Jakobsmuscheln und Hummer aus Victoria, Krabben aus dem Golf, so groß wie Bananen, und wilde Barramundi aus dem Territory. Das größte Fressen, das du je gesehen hast.«

»Calamari-Ringe, Vern. Auch Calamari-Ringe?«

Vern lacht. »Na klar, Mate, so viel du willst.«

»Und Coke, Vern. Große Flaschen, eiskalt.«

»Und Champagner, Mate. Den besten, den wir finden können. Französischen.«

»Werde ich das mögen, Vern? Champagner?«

»Vielleicht noch nicht gleich, aber du wirst dich dran gewöhnen müssen.« Vern lacht, und Martin gefällt, wie Champagner trinken klingt.

Der Gedanke an andere Dinge gefällt ihm auch: ein neues Fahrrad mit richtiger Gangschaltung, ein neuer Cricketschläger, vielleicht sogar ein Surfboard. Die Familie kann einen neuen Fernseher kaufen, ein großes Rückpro-Gerät. Vern denkt in noch größeren Maßstäben, sagt, sie brauchen jetzt nicht mehr zur Miete zu wohnen, sie können aus dem Faserbetonhaus ausziehen, aus der Siedlung wegziehen und ein Haus unten am Five Mile Beach kaufen, wo jedes Mädchen ein eigenes Zimmer hat. Sogar ein neues Auto könnten sie kriegen, sagt er, kein gebrauchtes, sondern ein fabrikneues aus dem Showroom oben in Longton, ein Auto, das noch kein Mensch vor ihnen gefahren hat.

»Und du, Onkel Vern? Was kaufst du dir?«

»Ich? Nichts, Mate. Das ist euer Geld. Deine Mum hat es gewonnen. Es ist für sie. Für euch.«

»Aber was ist mit dir?«

Vern lacht. »Mate, ich brauche nichts. Ich habe keine Frau, ich habe keine Kinder. Ich bin glücklich, wie alles ist.«

Und Martin hält seine Hand, als sie die Longton Road überqueren, und er liebt seinen Onkel mehr denn je. Er nimmt sich vor, ihn mit einer neuen Angelrute zu überraschen, mit einer vergoldeten Spule, die in der Sonne magisch glänzt.

VIER Wieder auf der Straße vor Speights Maklerbüro wirft Martin einen Blick auf sein Telefon: Es ist neun Uhr fünfunddreißig. Noch eine Stunde bis zu seinem Treffen mit Nick Poulos. Er will Mandy anrufen, landet aber wieder bei der Mailbox. Er überlegt, was er jetzt anfangen soll, da sieht er Morris Montifore kommen. »Morgen, Martin. Ich hoffe, Sie stecken Ihre Nase nicht dahin, wo sie nicht erwünscht ist«, sagt der Polizist in scherzhaftem Ton, aber Martin ist ausgelaugt nach seiner Begegnung mit Denise Speight, und der Erinnerung an den Tatort. Er hat keine Lust auf Flachsereien.

»Finden Sie seinen Mörder, Morris. Und sagen Sie mir Bescheid, wenn ich helfen kann.«

Montifore entgeht sein ernsthafter Ton nicht. »Natürlich. Sorry. Passen Sie auf sich auf.« Von der anderen Straßenseite kommt Montifores Kollege, Ivan Lucic, herüber, mit einem Tablett, auf dem drei Take-away-Kaffeebecher stehen. Er begrüßt Martin mit einem Grunzen und folgt seinem Chef in das Immobilienbüro.

Als Martin den Boulevarde hinunter geht, findet er eine Arkade, die zum Strand führt. Er kommt an einem Antiquariat vorbei, an einer Nudelbar und zwei leeren Läden mit Plakaten von

Speight Immobilien, auf denen ZU VERMIETEN steht, und schließlich an einem Surfershop. Dann erreicht er einen Fußweg, der sich zwischen Norfolk-Island-Kiefern über die Dünen schlängelt. Er folgt ihm bis zu einer Betontreppe, die zum Strand hinunterführt.

Jemand hat den Sand geharkt. Wer harkt einen Strand? Die Stadtverwaltung, ohne Zweifel, mit einem Traktor. Aber warum? Ein alter Mann kommt vorbei, über einen Metalldetektor gebeugt. Die Haut auf seinem Rücken sieht aus wie braunes Leder. Eine Erinnerung erwacht: Martin sieht sich selbst als Teenager, der sein Taschengeld damit verdient, dass er Rentnern den Rasen mäht. Elstern folgen ihm, jagen nach Würmern, picken mit chirurgischer Präzision im frisch gemähten Gras herum. Der alte Mann erinnert ihn an diese Elstern. Martin sieht, wie er sich bückt, etwas aufhebt, es kurz betrachtet und in einen Bastbeutel wirft, den er über der Schulter trägt. An das Rasenmähen hat Martin seit Ewigkeiten nicht mehr gedacht.

Der Strandgutsammler ist nicht allein; der Strand ist gefüllt mit den schimmernden Körpern unbekümmerter Backpacker. Manche liegen dösend auf ihrer Decke, manche rauchen, andere sind mit ihren Telefonen beschäftigt. Niemand scheint zu sprechen; es ist, als hätten die Partys der vergangenen Nacht alle Worte aufgebraucht. Draußen an der Landspitze unterhalb des Leuchtturms dümpelt ein Schwarm Surfer und hofft, dass die sanfte Dünung eine brauchbare Welle zustande bringt. Der Himmel ist wolkenlos und die Sonne wird kräftig. Offiziell ist es Herbst, aber hier an der subtropischen Nordküste von New South Wales hält der Sommer noch durch. Nur die Intensität des Lichts und der Stand der Sonne lassen erkennen, dass es damit bald vorbei sein wird. In seiner Jugend wäre der Strand an einem Dienstagmorgen so gut wie leer gewesen. Nur Jasper, Scotty und er hätten die Schule geschwänzt und in den Dünen Zigaretten geraucht. Das ist heute anders.

Martins Blick wandert wieder gen Süden. Der Leuchtturm ist noch derselbe: streng beherrscht er die Skyline über der Landspitze und leuchtet weiß vor dem klaren Blau des Himmels. Unterhalb des Turms sieht Martin verstreute Luxusresidenzen der Reichen. Hier leben gutbetuchte Pensionäre und Aussteiger aus Sydney und Melbourne, Topmanager und Banker haben ihre Urlaubssitze, aber auch Einheimische, die es geschafft haben. Nobb Hill haben sie diese Gegend früher genannt. Es war immer die beste Adresse in Port Silver, Backsteinhäuser in einer Stadt aus Faserbeton. Inzwischen verschwinden die Backsteinfassaden wieder, ersetzt durch Stahl und Beton, Stein und gebeiztes Holz, Doppelglasfenster vom Boden bis zur Decke und hoch oben über den Normalsterblichen gibt es Terrassen mit Blick auf Sonnenaufgänge, vorüberziehende Wale und den langen goldenen Bogen vom Town Beach im Norden bis zum Five Mile Beach im Süden. Martin fragt sich, ob Jasper Speight wohl dort angekommen ist, in Nobb Hill. Egal was Denise Speight über die Immobilienfirmen sagt, die den Löwenanteil einstreichen – in der Stadt, zu der Port Silver sich entwickelt, wird es auch den Maklern nicht schlechtgehen.

»Martin!«

Er dreht sich um. Die Tramper, Topaz und Royce, kommen über den Strand auf ihn zu. Royce trägt Bermudas, sein Waschbrettbauch ist nackt, ein Beach Bag hängt über seiner Schulter, und seine einarmige Sonnenbrille sitzt in einem kessen Winkel auf seiner Nase. Aber es ist Topaz, die seine Aufmerksamkeit fesselt. Sie ist fast nackt; ihr Bikini ist kaum größer als die tätowierte Seejungfrau neben ihrem Nabel. Er weiß nicht, wo er hinsehen soll, und als ob sie es spürt, dreht sie die Hüften um ein oder zwei Grad, bevor sie stehenbleibt. Sie streckt ihm selbstbewusst die Brüste entgegen.

»Hey, was ist passiert?«, fragt Royce. »Die Bullen waren bei uns. Wollten wissen, ob Sie uns mitgenommen haben.«

»Was habt ihr ihnen gesagt?«

Royce zuckt die Achseln. »Na, die Wahrheit natürlich. Dass Sie uns mitgenommen und abgesetzt haben. Wann das war und wie Sie ausgesehen haben. Was ist denn passiert?«

»Ein paar Minuten nachdem ich euch am Hostel abgesetzt habe, bin ich über den Tatort eines Mordes gestolpert.«

»Im Ernst? Mord? Hier?« Royce lässt den Blick über die heitere Strandszene wandern.

»Ja. Aber danke. Ihr habt mir ein Alibi gegeben.«

»Echt jetzt? Sie standen unter Verdacht?« Royce klingt so ehrfürchtig, als wäre Martin soeben einem True-Crime-Podcast entstiegen.

»Nicht lange, euch beiden sei Dank.«

»Super«, sagt Topaz. »Dann schulden Sie uns ein Abendessen.« Sie wirkt verspielt und selbstsicher.

»Natürlich«, sagt Martin.

»Super. Dann bis bald.« Sie schlendert weiter. Royce grinst, zieht über seiner schiefen Sonnenbrille eine Braue hoch und folgt ihr. Martin dreht sich um und sieht ihnen nach. Topaz' Pobacken hüpfen beim Gehen provokant. *Du bist lächerlich*, tadelt er sich.

Der Port Silver Surf Lifesavers Club befindet sich immer noch in bester Lage oberhalb des Town Beach, aber der von freiwilligen Helfern gebaute Schuppen aus Martins Jugend ist nicht mehr da, und die schlichte Hohlblockbaracke wurde durch eine blitzende zweigeschossige Zumutung ersetzt, die aus den

Dünen aufragt wie ein Flughafenterminal. Eine Terrasse aus Stahl erstreckt sich über die gesamte, vierzig Meter lange Front und den weißen Sand bis zum Wasser. Trotz der frühen Stunde herrscht schon Hochbetrieb. Als Martin darauf zugeht, sieht er, dass das Untergeschoss im Schatten des Stahlbalkons dem Gründungszweck des Clubs gewidmet ist. Durch offene Rolltore sieht man altmodische Surfboote, Seilrollen, Surfskier – die traditionelle Ausrüstung der Brandungsrettungsschwimmer. Unten am Strand liegt moderneres Gerät: Ein glänzender Jetski steht einsatzbereit auf einem Trailer hinter einem Quad Bike. Ein kleiner Beobachtungsturm schaut über die rot-gelben Wimpel hinaus. Rettungsschwimmer in knappen roten Badehosen rekeln sich davor, lassen die Muskeln spielen und taxieren die vorübergehenden Backpacker. Wann haben sie angefangen, werktags am Strand zu patrouillieren? Und sind es immer noch Freiwillige?

Vom Strand aus hat man keinen Zugang zur Veranda. Martin betritt sie vom Fußweg oberhalb des Strandes aus. Die Türen sind dem Boulevarde zugewandt. Das Foyer ist gesäumt von Ehrentafeln – goldene Lettern auf dunklem Holz – und Vitrinen voller Trophäen mit von der Seeluft geschwärztem Silber, Überbleibsel aus dem alten Clubhaus, die aussehen wie Museumsstücke. Schwarzweißfotos von lächelnden Männern in altmodischen Badehosen verblassen allmählich in ihren schwarz lackierten Rahmen. Daneben körnige Erinnerungen an jüngere Jahrzehnte, Männer mit großen Schnurrbärten, behaarter Brust und winziger Badehose. Das Rot-Gold ihrer Kappen ist mit der Zeit verblichen.

Auf einer Theke liegen die üblichen Schreibblöcke, hier können spontane Besucher sich eintragen. Martin entdeckt eine junge Frau, die im Gehen auf einem Tablet liest. Sie hat das Haar zurückgebunden, ist für das Büro gekleidet, nicht für den Strand, und strahlt Kompetenz aus. »Verzeihung«, sagt er. »Mitgliedschaft?«

»Sie möchten beitreten?«

»Wenn ich darf.«

»Wohnen Sie hier? Sie sollten aus der Stadt sein.«

»Ja. Ziehe gerade her.«

Sie runzelt die Stirn.

»Ich ziehe zurück, genau gesagt. Ich bin hier aufgewachsen.«

Ihre Miene hellt sich auf. »Na, dann ist alles okay.«

»Wie viel?«

»Zwanzig Dollar für ein Jahr, fünfzig für drei. Zwanzig Prozent Rabatt auf alle Speisen und Getränke.«

Martin lächelt. »Dagegen ist nichts einzuwenden.«

»Also drei Jahre?«

»Natürlich. Die Spielautomaten laufen offenbar gut.«

»Ja, diese elenden Dinger.«

Nach dem Foyer folgt der Club, ein großer Raum, dessen Glastüren akkordeonartig zusammengeschoben sind, um ungehinderten Zugang zur Veranda zu bieten. Der Seewind weht herein und alles wirkt wohlhabend und entspannt. Am hinteren Ende ist ein Teil für die Spielautomaten abgetrennt. Der Rest des Raums ist nur durch einzelne Gummibäume und unterschiedliches Mobiliar in separate Zonen eingeteilt: Hohe runde Tische, von Hockern umringt, stehen vor der Bar, Tische und Stühle zum Essen und Kaffeetrinken findet man im Bistro, und am anderen Ende, den Automaten gegenüber, stehen Sessel vor einem riesigen Fernsehbildschirm. Im Fernsehen läuft Cricket, ein bedeutungsloses Spiel in Doha, das kein Mensch verfolgt. Vor dem Foyer erstrecken sich eine lange Bar sowie die Theken von Bistro und Café. Die meisten Gäste sitzen auf der Veranda; drinnen ist so gut wie niemand.

Martin wirft einen Blick auf die Uhr. Es ist noch nicht mal zehn, immer noch mehr als eine halbe Stunde, bis Nick kommt – falls er pünktlich ist. Martin sieht auf sein Telefon. Keine Nachricht von seinem Anwalt und nichts von Mandy. Er ruft sie noch einmal an, schon wieder meldet sich die Voicemail. Zweifellos ist sie ins Gespräch mit ihrer Anwältin vertieft. Vielleicht ist sie auch mit Liam beschäftigt – ein guter Grund, einen Anruf zu ignorieren. Er geht zur Theke des Cafés und bestellt einen Kaffee. Diesmal heißt es, Geld auf den Tresen und keine Haarspaltereien über Mischungen. Der Kaffee kostet nur halb so viel und schmeckt genauso wenig aufregend. Martin trägt ihn hinaus auf die Veranda.

Überlappende Segeltuchplanen überspannen die Veranda, von Stahlseilen straffgehalten, und sie bieten Schatten und Farben, Blau, Weiß und Gelb. Er schaut hinaus über den geharkten Sand und die wohlgeformten Körper, hinauf nach Nobb Hill und zum Leuchtturm, und hinunter zu den Flachwassersurfern. Später mag es heiß werden, aber hier im Schatten, wo ein leichter Wind vom Meer hereinweht, ist der Tag makellos. Wenn Jasper Speight nur hier wäre, um ihn mit ihm zu teilen – mit einem kalten Bier und den Neuigkeiten aus Jahrzehnten.

Sein Telefon vibriert auf der gläsernen Tischplatte: eine SMS. *Planänderung. Treffen bei Drake. 12 Uhr. Level 3, 18 The Boulevarde. Nick.* Martin schüttelt verärgert den Kopf, aber er antwortet mit einem »Daumen hoch«-Emoji und speichert die Nummer des Anwalts unter seinen Kontakten. Noch einmal zwei Stunden. Er sollte irgendwo duschen und sich umziehen. Nach einer Nacht in der Zelle fängt er bestimmt an zu riechen, ein Störfaktor am Postkartenstrand von Port Silver. Er könnte sein Auto holen, das noch vor Mandys Townhouse steht. Sein Gepäck ist auf dem Rücksitz. Er könnte schwimmen gehen und dann in der Umkleide duschen. Er leert seinen Kaffee und will los, da entdeckt er ihn über den Rand seiner Tasse hinweg. Vern.

Sein Onkel sitzt zwei Tische weiter und starrt ihn an. Er ist nicht allein; zwei Männer sitzen mit dem Rücken zu Martin bei ihm am Tisch, aber seine Aufmerksamkeit ist auf Martin gerichtet. Ihre Blicke treffen sich. Martin kann keinen Gedanken fassen; daran hat er nicht gedacht. Vern steht auf und kommt näher.

»Martin.«

Martin steht auf. »Vern.«

»Du bist wieder da.«

»Ich bin wieder da.«

Und wie die Sonne über dem Meer aufgeht, kriecht das Lächeln über das Gesicht seines Onkels, schmal erst, aber immer breiter, bis die Lippen sich teilen und die Zähne leuchten, ein glückliches und einladendes Lächeln. »Martin, mein Junge. Willkommen zu Hause!« Vern umarmt ihn und drückt ihn an sich. Martin spürt die Kraft in den Armen seines Onkels, die Breite seiner Brust und die Tiefe seiner Gefühle. Er erwidert die Umarmung. Vern, sein einziger lebender Verwandter.

Martin sieht, dass die Freunde seines Onkels verstummt sind und sich umgedreht haben. Vern schaut sie an und seine Stimme klingt fröhlich. »Das ist Martin. Mein Neffe. Der Journalist. Der Junge meiner Schwester. Er ist wieder da.« Er grinst Martin an wie ein Verrückter und klopft ihm auf den Rücken. Sein grau gesträhntes Haar ist immer noch dicht, er hat Fältchen um die Augen, aber ein jugendliches Gesicht, die Haut an seinem Hals ist faltig, aber seine blauen Augen sind klar und funkeln. Martin ist einundvierzig. Sein Onkel muss Mitte fünfzig sein.

»Vern«, sagt Martin, »es tut mir leid.«

»Leid? Was tut dir leid?«

»Du weißt schon. Alles.«

»Quatsch. Vergiss es.«

Martin kann es nicht fassen. Vern hat alles Recht der Welt, ihm böse zu sein, aber im Blick seines Onkels sieht er nichts als Freude.

»Wie lange bleibst du?«

Jetzt lächelt Martin. »Eine Weile. Vielleicht für immer.«

»Für immer? Heilige Maria, Mutter Gottes, für immer?«

Martin lacht. »Vielleicht.«

»Ich fass es nicht. War schwer genug, dich im Land zu halten, ganz zu schweigen von Kaffsville, New South Wales.«

»Kaffsville scheint es aber ganz gut zu gehen«, wendet Martin ein.

»Dahinter steckt ein Mädchen, oder? Muss ja.« Vern grinst. »Sag nichts – es ist die Blonde aus der Zeitung, was? Die aus dem Busch? Die umwerfend Schöne?«

Martin grinst ebenfalls.

»Sie ist es? Ha, ich hab's gewusst! Du verdammter Glückspilz!«

Martin merkt, dass er rot wird. Der abgebrühte Auslandskorrespondent wird wieder zum Teenager. Er versucht, souverän zu klingen. »Sie heißt Mandalay. Oder Mandy. Mandy Blonde.«

»Ja, leck mich doch am Arsch«, ruft Vern und klopft seinem Neffen auf die Schulter. »Sie gefällt mir, diese Mandalay Blonde, wenn sie dich hierher zurücklockt. Wann lerne ich sie kennen? Ich muss ihr einen Drink spendieren.«

»Bald. Bald, hoffe ich.«

»Gut. Aber jetzt will ich *dir* einen spendieren. Feiern wir die Rückkehr des vergorenen Sohnes.«

»Des verlorenen, Vern.« Martin lacht. »Es heißt verloren.«

Vern hat aufgehört zu grinsen. »Scheiße. Sorry, Martin. Ich habe vergessen, dass du nicht trinkst.«

»Nein, ist schon okay. Inzwischen trinke ich gelegentlich. Habe wieder angefangen, als ich Journalist wurde. Aber zehn Uhr morgens ist vielleicht zu früh.«

Vern geht zu seinen Freunden, murmelt ein paar Worte, nimmt seinen Kaffee und den Rest eines Toast-Sandwichs und kommt zu Martin. Sie setzen sich.

»Das ist wirklich ein Glückstag für mich, Martin. *Fuck*, ein Glücksjahr. Ich bin so froh, dich zu sehen.«

»Gleichfalls, Vern. Ich bin auch froh, dich zu sehen. Tut mir leid, dass ich so ein selbstsüchtiges Arschloch war. Das hast du nicht verdient.«

»Keine Ahnung, wovon du redest.«

Aber natürlich weiß er es, und Martin weiß, dass er es weiß. Vern, damals gerade einundzwanzig Jahre alt, war die wichtigste Stütze für den achtjährigen Martin geworden. Vern, der die Schule offiziell mit fünfzehn und inoffiziell mit zwölf verlassen hatte. Vern, der kaum lesen und schreiben konnte, aber ihn aufgenommen und darauf bestanden hat, dass er die Schule beendet. Der voller Liebe und Stolz immer wieder Geld geschickt hat, als Martin sich durch die Uni quälte. Vern, den Martin im Stich gelassen hat. Die Reporter-Kanone, besessen von sich selbst und entschlossen, Port Silver und alles Leid hinter sich zu lassen, entschlossen, Karriere zu machen. Er hat seinem Onkel kaum jemals gedankt, hat immer Geburtstags- und Weihnachtskarten bekommen, aber selten geantwortet, weil die hakeligen Buchstaben und die kindliche Rechtschreibung ihm peinlich waren. Später, nach dem Studium, als er finanziell unabhängig war, kamen die Karten immer noch. Nach einer Weile waren sie *c/o Sydney Morning Herald* adressiert, weil Vern seine Privatadresse nicht mehr hatte. Aber sie kamen weiter. Irgendwann wollte er vergessen und Port Silver für immer hinter sich lassen und schickte seinem Onkel einen Scheck, eine Rückzahlung, eine Art Vergeltung für alles, was der Onkel für ihn getan hatte. Vern hat den Scheck nie eingelöst, aber die Postkarten haben aufgehört. Martin sieht Vern in die Augen, in diese gütigen blauen Augen, und er fragt sich, wie er je so unendlich gedankenlos sein konnte.

»Wirklich, Vern: Es tut mir leid.«

»Mate, zerbrich dir nicht den Kopf. Jetzt bist du wieder da, im Schoße der Familie.«

»Hast du von Jasper Speight gehört?«

»Nein. Was?«

»Er ist tot.« Seine Worte wischen das Lächeln aus dem Gesicht des Onkels. »Tut mir leid, Vern.«

»Tot? Im Ernst?«

»Ich habe ihn gestern gefunden. Erstochen.« Martins Stimme wird brüchig; gerade war er noch ein errötender Teenager, und jetzt zittert seine Stimme wie die eines verzweifelten Kindes. Bis vor einem Jahr hat er seinen Beruf wie einen Panzer getragen, stolz, distanziert und emotionslos, aber das ist vorbei. Im Nahen Osten ist etwas passiert, und unten in der dürregeplagten Riverina ebenfalls. Er hat sich verändert, der Panzer ist weg. Und jetzt spricht er nicht mit einem Ressortleiter, sondern mit seinem Onkel. Er sitzt nicht in einer Pressekonferenz, sondern sieht in die Augen des Mannes, der ihn großgezogen hat. Der an ihn geglaubt hat. Der ihn gerettet hat. Er sieht den Schmerz in den Augen seines Onkels und fühlt Tränen. Ihn schaudert, aber ihm wird klar, dass die Jahre des Distanzierens und Verleugnens vergebens waren. Es gibt Dinge, denen man nicht entkommen kann.

Vern schüttelt den Kopf. »Jasper, na so was! Das war der Mann, der gestern in Riverside Place umgebracht worden ist?«

»Ja.« Martin hat Mühe zu sprechen, ohne dass seine Stimme zittert.

»Wie schrecklich«, sagt Vern. »Das verdient niemand.«

»Kann ich dich nach ihm ausfragen, Vern? Nach Jasper?«

»Ja, natürlich. Warum?«

»Weil ich herausfinden will, wer ihn umgebracht hat.«

Verns Blick wird heller. »Wirklich? Guter Junge. Eine *Herald*-Recherche.« Die Schatten kehren zurück, als ihm einfällt, worum es hier geht. »Na, wenn ich irgendwie helfen kann – frag mich einfach.«

»Danke.«

Aber bevor er eine Frage stellen kann, spricht Vern weiter. »Hör zu, Martin, es tut mir leid, aber die Leute, mit denen ich da sitze – das ist geschäftlich. Ich muss zurück zu ihnen. Ich sag dir was: Ihr kommt heute Abend zum Essen, du und dein Mädchen, okay?«

»Ja, mal sehen. Ich weiß nicht, ob es ihr recht ist. Ich habe sie noch nicht gesprochen.«

»Okay, aber du kommst. Wir reden. Hier.« Vern hat eine Visitenkarte in der Hand, und Martin sieht, wie sein Onkel mühselig seine Privatadresse auf die Rückseite malt. Er umklammert den Stift wie ein Kind. Dann gibt er Martin die Karte und strahlt, stolz auf seine Schreibkunst. »Ruf an, wenn du es nicht schaffst, aber warte nicht zu lange. Ich heize den Grill an. Dann essen wir und reden über Jasper und die alten Zeiten.«

Vern steht auf und Martin ebenfalls. Sein Onkel mustert ihn noch einmal von Kopf bis Fuß, als müsse er sich vergewissern, dass er wirklich da ist. »Martin Scarsden, na so was! Wieder in Port Silver. Wie schön.«

Er umarmt Martin rasch noch einmal. »Ich muss wieder rüber, Mate. Wir sehen uns heute Abend.«

Er geht zurück zu seinen Freunden, und Martin sieht die Visitenkarte an. *Vern Jones – Angeltouren Charter & Walbeob-*

achtungen. Und auf der Rückseite steht die Adresse in schiefen Buchstaben und mittelmäßiger Rechtschreibung.

FÜNF Das Meer ist immer noch das Meer und der Strand ist der Strand. Auch wenn noch so viele Veränderungen über den Boulevarde hinwegfegen und noch so viel neues Geld altes Elend übertüncht, das Wasser ist immer noch das Wasser. Alles umschließend, desinteressiert, beständig. Martin hüpft durch die knöchelhoch schäumenden kleinen Wellen, vorbei an Kleinkindern, die durch das Wasser stapfen, vorbei an Rucksacktouristen, die sich im flachen Wasser Bälle zuwerfen, vorbei an Kids auf ihren ersten Surfbrettern. Er watet weiter, schiebt sich durch höhere Wellen. Fühlt, wie das Wasser um ihn gischtet. Er taucht mit offenen Augen unter einer klaren grünen Wand hinweg, die sich vor ihm erhebt, und berührt den Boden mit der Hand, als die Welle seine Füße leckt. Als er auftaucht, macht er ein paar Freestyle-Schwimmzüge. Seine Schultern begrüßen das noch immer vertraute Gefühl, und er arbeitet sich hinter den Brechern weiter hinaus, weiter nach draußen.

Er schaukelt aufrecht, wassertretend, und seine Füße berühren den Grund nicht mehr. Er spürt den sanften Sog und Druck des Meeres, den mächtigen Atem des Ozeans. Er holt tief Luft und taucht mit offenen Augen durch das klare Wasser. Abwärts taucht er, hinunter in kälteres Wasser, berührt noch einmal zufrieden den sandigen Grund und steigt wieder hoch. Er lässt sich vom eigenen Auftrieb nach oben tragen, auf die goldenen Lanzen zu. So gut fühlt sich das Wasser an, so ehrlich, es wäscht das Grau der Polizeizelle ab, spült den Hauch des Todes weg und schwemmt die jüngste Vergangenheit aus seinen Poren.

Er atmet schwerer, als er sich, wieder wassertretend, umschaut. Das Meer ist offen, nicht bedrohlich. Erinnerungen steigen auf und wirbeln um ihn herum: wilde Gischt in sturmgepeitschtem Meer, gefangen im Rückstrom der Brandung, aus dem er seitwärts hinausschwimmt, draußen, jenseits der Wellen, um dann von einem riesigen Brecher auf den Sand geschleudert zu werden, dass es ihm den Atem verschlägt. Noch eine Erinnerung: wie er in den Dünen ein Mädchen küsst und sie ihn auslacht. Wie er mit Scotty und Jasper abhängt. Sie rauchen Zigaretten und trinken, schnippen die Stummel mit geübter Lässigkeit weg und machen sich lustig über die Rettungsschwimmer mit ihren albernen Kappen.

Das Wasser strömt über ihn hinweg, kühl und beruhigend. Fünfzehn Meter weiter schwimmt, parallel zum Strand, ein älterer Mann. Methodisch bewegt er die Arme, er hat es nicht eilig. Martin sieht ihn vorbeiziehen und fragt sich, ob der Mann in der durch die rot-gelben Wimpel definierten Zone hin und her schwimmt oder ob ihn die Rettungsschwimmer und ihre Versuche, das Meer zu regulieren, nicht interessieren. Seinem Schwimmstil nach, so langsam und mühelos, ist er vielleicht selbst ein alter Rettungsschwimmer, ein Mitglied auf Lebenszeit, ein Veteran der Stadt Port Silver.

Martin taucht wieder hinunter in die grüne Tiefe, fühlt wieder die sanfte Dünung und die wohltuenden Strömungen. Das Wasser hält ihn, verzeiht ihm und lässt ihn wieder an die Oberfläche. Und zum ersten Mal, seit Mandy ihm offenbart hat, dass sie hierher, in die Brutstätte seiner Jugend ziehen will, zum ersten Mal, seit er sein True-Crime-Buch vollendet und Sydney verlassen hat, zum ersten Mal, seit er am Escarpment heruntergefahren ist, hat er das Gefühl, hierher zurückzukommen ist vielleicht gar nicht so schlecht. Die Vergangenheit ist Vergangenheit, und die

Zukunft haben er und Mandy in der Hand. Das Meer ist immer noch das Meer, und die Stadt verändert sich. Vielleicht, ja, vielleicht wird alles gut werden.

Im Umkleideschuppen – zwischen den Rettungsschwimmern und dem Backpacker-Hostel, nach Schritten über brennenden Sand und glühenden Beton – steht Martin mit geschlossenen Augen unter der Dusche. Vern. Vielleicht ist seine Rückkehr nach Port Silver vom Schicksal bestimmt, bietet ihm Gelegenheit zur Wiedergutmachung, er kann die Verbindung zu seinem Onkel erneuern, während er mit seiner eigenen Vergangenheit Frieden schließt.

Und wieder eine Erinnerung. Er kommt von irgendwo nach Hause zu Vern, aus der Schule vielleicht. Sein Onkel sitzt am Küchentisch und hat Tränen in den Augen. Vor ihm liegt ein Formular, ein Antrag auf eine Bootslizenz. Martin sieht die Frustration in seinem Gesicht, den Zorn und die Scham in seinem Blick. Wortlos füllt Martin das Formular aus und deutet auf die Stelle, die auf Verns Unterschrift wartet. Dann verlässt er die Küche, verlegen angesichts der Unfähigkeit seines Onkels. Er kann nicht verstehen, wieso ein so geschickter und tüchtiger Mann so schwer lernt.

Eine Empfangsdame – ihr Haar ist glatt und vollkommen wie eine Nylonperücke, ihr Parfüm ein höflicher Hauch in der klimatisierten kühlen Luft – führt Martin durch die Büros von Drake and Associates in einen Konferenzraum mit Rauchglaswänden, schwarzledernen Drehsesseln und einem Tisch aus schwarzem Holz. Der Tisch ist so blank, so makellos, dass Martin meint, er sei aus Stein oder Acrylharz. Genau in der Mitte steht eine weiße Vase mit frischen Lilien. Ein großer, dunkler Fernsehbildschirm hängt am Kopfende des Tisches an der Sandsteinwand, der einzigen Wand, die nicht aus Glas ist. Ein Sideboard mit einer silbernen Wasserkaraffe und Gläsern steht am anderen Ende des Raums, der so staubfrei ist wie der Clean Room eines Computerherstellers. Hier riecht es nur nach Lilien, Leder und Geld. Die Kanzlei von Drake and Associates füllt die gesamte oberste Etage, den zweiten Stock, und würde auch in einen Wolkenkratzer in Manhattan passen.

Ein Mann von ungefähr sechzig Jahren kommt herein. Er hat dichtes graues Haar und die glatte Haut der Selbstzufriedenheit. Sein Anzug ist gut geschnitten, seine Manschettenknöpfe funkeln im Licht, seine Zähne sind absolut regelmäßig. »Harrold Drake, Martin, willkommen.« Sie geben sich die Hand, und die Rezeptionistin, die noch in der Tür wartet, fragt Martin, welche Espressomischung er möchte. Martin sagt, er hätte nichts gegen eine Tasse Tee.

»Nehmen Sie Platz, Martin«, sagt Harrold Drake. »Die anderen werden jeden Moment kommen.«

Martin will sich setzen, da hört er Mandys Stimme.

»Ist er schon hier? Martin?«

Dann kommt sie herein und fliegt ihm in die Arme, sie drückt ihn fest an sich, legt den Kopf an seine Schulter und weicht dann zurück, will ihm in die Augen sehen. Er sieht die Liebe in ihrem Blick, die Erleichterung. Sie küsst ihn, nicht lange, aber leidenschaftlich. »Ich bin so froh, dass du da bist«, sagt sie, aber ihre Worte sind bloße Untertitel, während ihr Gesicht in filmischer Vollkommenheit sein Blickfeld ausfüllt. Einen Moment lang pumpt sein Herz Emotionen statt Blut durch den Körper: Sehnsucht, Fürsorge, Liebe. Diese Frau hat seine Bastionen eingerissen und eine Rettungsleine in die dunkle See seiner Einsamkeit geworfen.

»Ich bin so froh, hier zu sein – deinetwegen.« Er ist selbst überrascht von dieser ungefilterten Aufrichtigkeit. Und um die Stimmung aufzulockern, fügt er hinzu: »Deine Frisur gefällt mir.«

»Danke.«

»Wo ist Liam?«

»Ich habe ihn in der Tagesstätte abgesetzt, bevor ich Winifred abgeholt habe.«

»Dann lassen Sie uns zur Sache kommen«, sagt eine Stimme sehr geschäftsmäßig.

Martin schaut an Mandy vorbei und entdeckt Winifred Barbicombe. Die Anwältin sieht genauso aus, wie Martin sie in Erinnerung hat. Aufrechte Haltung, ein zurückhaltend gestyltes Kostüm aus Seide und Schurwolle, eine Lesebrille mit halbmondförmigen Gläsern an einer dünnen Goldkette um den Hals. Sie ist mindestens Ende sechzig, aber das Alter hat ihr nichts anhaben können. Ihre Stimme ist volltönend, ihr Blick wach. »Schön, dass Sie hier sind, Martin. Wo ist Ihr Anwalt?«

»Hier«, sagt Nick Poulos und drängt sich an der Rezeptionistin vorbei in den Raum. »Komme ich zu spät?« Er trägt einen blauen Leinenanzug und ein weißes Leinenhemd. Beides sieht zerknautscht aus, er wirkt entspannt und professionell. Seine braunen Chelsea Boots mit dem Gummibandeinsatz an der Seite glänzen und er ist frisch rasiert. Martin fragt sich, ob er wohl so vor dem Friedensrichter erscheint. Wahrscheinlich.

»Danke, Harry«, sagt Winifred. »Wir kommen dann allein zurecht.«

Harrold Drake ist einen Moment lang verdattert, dass sie ihn aus seinem eigenen Konferenzraum wirft, aber er fasst sich sofort wieder. »Alles klar. Rufen Sie das Mädchen, wenn Sie was brauchen.« Im Hinausgehen wirft er Nick einen Blick zu, als hätte der junge Anwalt hier nichts zu suchen. Dann schließt er die Tür hinter sich.

Winifred geht auf den Stuhl am Kopfende des Tisches zu, dann überlegt sie es sich anders. Sie platziert die Anwesenden zu beiden Seiten des Tisches – Martin neben sich und Mandy gegenüber. Nick neben Mandy und ihr gegenüber. Martin gefällt diese Anordnung: So sitzt nicht ein Team auf der einen und das andere auf der anderen Seite.

»Wir wissen Folgendes.« Winifred spart sich Smalltalk und einleitende Bemerkungen. »Gestern am späten Vormittag wurde ein Mann aus dieser Stadt, ein Immobilienmakler namens Jasper Speight, von einem oder mehreren unbekannten Angreifern erstochen. Der Mord geschah im Flur eines Townhouses, das Mandalay von Speights Firma gemietet hat. Das Haus befindet sich in Riverside Place. Mandy hielt sich zur Tatzeit im Badezimmer im oberen Stockwerk auf. Sie hörte Lärm und ging hinunter, um nachzusehen. Als sie unten ankam, lag Speight sterbend auf dem Boden. Von dem Angreifer war nichts zu sehen; er oder sie war anscheinend geflüchtet. Mandy versuchte, Speight zu helfen, aber es war zu spät. Er starb kurz danach. Sekunden später erschien Martin und entdeckte Speight. Mandy saß im Wohnzimmer und war unter Schock. Martin alarmierte die Polizei den Notarzt und uns.«

Winifred sieht in die Runde. Nick nickt. Mandy nickt. Martin nickt.

»Im Tausch gegen unsere versprochene Kooperation habe ich von der Polizei die folgenden Informationen erhalten. Die Mordwaffe war mit großer Sicherheit ein sehr scharfes Messer, möglicherweise ein Filetiermesser mit schmaler Klinge, ungefähr zwanzig Zentimeter lang. Die Polizei hat uns gebeten, diese Information unbedingt für uns zu behalten.«

Wieder wandert ihr Blick um den Tisch herum, und wieder nicken alle.

»Diese Townhouses sind vollständig möbliert. Die Eigentümerin hat bereits bestätigt, dass das Inventar komplett ist. Der Mörder muss die Mordwaffe mitgebracht haben. Das ist wichtig. Wenn der Mörder die Waffe mitgebracht hat, lässt das darauf schließen, dass die Tat geplant war. Und wenn die Polizei wegen dieser Tat gegen Mandy ermitteln will, müsste sie belegen, woher Mandy das Messer hatte und, noch wichtiger, wie sie es nach dem Mord beseitigt hat. Bis jetzt ist es nicht gefunden worden. Die Polizei hat Hinweise darauf, dass der Täter durch die Hintertür des Townhouses und den Fluss entlang geflohen ist – vielleicht, nachdem Mandy ihn gestört hat. Auch diese Information will die Polizei noch nicht öffentlich machen. Die Beamten haben es nicht ausgesprochen, aber ich vermute, dass Mandy momentan nicht die Hauptverdächtige ist.«

Martin schaut Mandy an und sieht ihre Erleichterung. Er lächelt ihr zu.

Winifred spricht weiter. »Wie es aussieht, hat das Opfer, Jasper Speight, sich gewehrt. Er wurde schwer verwundet, trug Schnittverletzungen an Brust, Bauch und Händen davon. Vielleicht wollte er weglaufen, als er den Stich in den Rücken bekam. Dieser Stich hat ihn wahrscheinlich getötet.«

Winifred verstummt, denkt offenbar über die Bedeutung dieser Informationen nach. Martin und Mandy starren auf die Tischplatte. Die Erinnerung an den entsetzlichen Anblick hat sie im Griff.

Nick spricht als Erster. »Das Messer – Sie sagen, es war ein Filetiermesser. Eins, wie die Fischer es benutzen?«

»Genau«, sagt Winifred. »In einer Stadt wie dieser gibt es davon zehn Stück für einen Penny.«

»Das Messer ist verschwunden, aber was ist mit anderen Spuren?«, fragt Nick. »Hat man Fingerabdrücke gefunden?«

»Eine Menge, aber die Polizei weiß nicht, ob diese zu gebrauchen sind. Sie glaubt, dass der Mörder Handschuhe getragen hat. Auch das deutet auf Planung hin. Und es hilft, Mandy zu entlasten. Wenn sie Handschuhe getragen hat, wo sind die jetzt? Und wenn sie alternativ das Messer mit einem Lappen abgewischt hat, wo ist jetzt der Lappen? Martins Aussage ist hier entscheidend. Er ist so kurz nach Jasper Speights Tod erschienen, dass Mandy gar keine Zeit hatte, diese Dinge zu beseitigen.«

Martin spürt, wie die Anspannung nachlässt. »Die Polizei weiß also, dass wir nichts damit zu tun hatten. Wir sind aus dem Schneider.« Er sieht Mandy an, und sie lächelt.

Aber die Anwälte schweigen. Winifred holt tief Luft, bevor sie schließlich spricht. »Der unbekannte Angreifer ist auf jeden Fall die Theorie Nummer eins, auf die sie sich erst mal konzentrieren werden, aber wir sollten uns nicht entspannt zurücklehnen. Es gibt andere Szenarien: dass Mandy oder Sie beide den Mörder kennen, dass Sie Komplizen sind oder den oder die Täter aus irgendeinem Grund schützen. Oder dass es gar keinen unbekannten Mörder gibt und Sie beide gemeinsam gehandelt haben. Mandy könnte Speight ins Haus gelockt und Martin ihn ermordet haben; danach hätten Sie beide Messer und Handschuhe beseitigt, Indizien für die Flucht des Täters durch die Hintertür gefälscht und erst dann die Notrufnummern gewählt.«

»Das ist lächerlich«, sagt Martin ungläubig. »Der Rettungswagen war sofort da. Die Besatzung könnte bestätigen, dass Speight gerade erst gestorben war.«

»Ja. Es gibt einen Rettungsdienst hier in der Stadt. Man hat die Sanitäter bereits befragt.«

»Da wäre noch eine Möglichkeit«, sagt Nick leise. »Noch ein Szenario.« Alle Blicke richten sich auf ihn, aber er hält den Kopf gesenkt und schaut auf den Tisch. »Was, wenn der Mörder

Jasper nicht in das Haus gefolgt ist? Wenn es andersherum war? Jasper hat gesehen, wie der oder die Täter ins Haus gingen, ist ihnen gefolgt und hat sie zur Rede gestellt, dann haben sie ihn angegriffen.«

Martin und Winifred sehen Mandy an. Sie macht große Augen, als sie begreift, was das bedeutet. »Dann wollte jemand *mir* etwas antun?«

»War die Haustür offen?«, fragt Winifred. »Könnte jemand vor Jasper hereingekommen sein?«

Mandy schüttelt den Kopf. »Nein, ich bin sicher, sie war geschlossen.«

»Als ich kam, steckte außen ein Schlüssel in der Tür«, sagt Martin.

»Dann hat Jasper sich selbst hineingelassen.« Winifred sieht Mandy an, mitfühlend und beruhigend. »Er war das Ziel, nicht Sie.«

»Vermutlich«, sagt Mandy unsicher.

»Er hat sich Zutritt verschafft, und der Täter ist ihm gefolgt«, sagt Martin. Die Abfolge der Ereignisse ist ihm plötzlich klar. »Ich habe heute Morgen mit Denise Speight gesprochen, Jaspers Mutter. Sie sagt, die Polizei glaubt, dass Jasper angegriffen wurde, versucht hat, das Messer abzuwehren und dann fliehen wollte. Der Mörder war im Flur hinter ihm, und Jasper hat versucht, ins Haus zu laufen. Dafür spricht die Lage der Leiche.« Er blickt in die Runde und sieht nur Zustimmung.

»Da ist noch etwas«, Winifred richtet sich an alle Anwesenden. »Die Polizei weiß es schon, also sollten Sie es auch wissen. Mandy?«

Martin schaut zu ihr hinüber. Sie nagt an der Unterlippe. Ihm ist diese Geste vertraut; Mandy scheint aus irgendeinem Grund beunruhigt.

»Ich habe den Lärm gehört und bin vorsichtig die Treppe hinuntergegangen. Dann habe ich Jasper gesehen; er lag auf dem Boden, wo du ihn gefunden hast. Aber er war nicht tot, noch nicht. Ich habe mich neben ihn gekniet und wollte ihm helfen. Deshalb hatte ich Blut an den Händen. Aber ich konnte nichts tun. Er hat irgendwie …« Sie bricht ab und zittert. Die Erinnerung durchbohrt sie wie eine Glasscherbe. »Er hat irgendwie … gegurgelt. Hat versucht, zu atmen. Aber da kamen Blasen, rote Blasen, als würde er ertrinken. Ich konnte nicht verstehen, was er sagte. Er fing an zu krampfen und Blut zu husten. Nur ein einziges Wort ergab Sinn: *Martin*.« Sie sah ihn an. »Sorry.«

»Das heißt, er wollte zu mir?«

Mandy nickt. »Er hatte etwas in der Hand. Ich wollte es ihm wegnehmen, aber er hielt es fest und versuchte, zu sprechen. Und dann nannte er deinen Namen.«

»Das habe ich auch gesehen.« Martin blickt in die Runde. »Ein religiöses Bild. Christus oder ein Heiliger. Wahrscheinlich eine Postkarte. Seine Mutter hat mir erzählt, er hatte Tausende davon. Ein Sammler.« Er sieht Winifred an. »Hat die Polizei das erwähnt?«

Winifred schüttelt den Kopf und macht ein besorgtes Gesicht. »Nein«, sagt sie leise. »Mandy?«

»Ja, sie haben mich danach gefragt, aber ich erinnere mich nicht so gut wie Martin.«

Es ist still am Tisch. Die Polizei hat Winifred von dem Messer erzählt und von den Verletzungen, die Jasper Speight erlitten hat, aber nicht erwähnt, was der Tote in der Hand gehalten hat.

»Woher wusste Jasper, dass ich gestern kommen wollte?«

»Ich hab's ihm erzählt«, sagt Mandy. »Letzte Woche. Ich habe ihm erzählt, dass du mit dem Buch fertig bist und Sonntag oder gestern hier sein würdest.«

»Wenn Sie erst gestern nach Port Silver gekommen sind, woher kannte das Opfer Sie dann?«, fragt Winifred.

»Er war mein Freund«, sagt Martin. »Wir sind zusammen aufgewachsen. Auf der High School waren wir enge Freunde.«

»Sie sind hier aufgewachsen?« Wie Winifred das sagt, klingt es halb wie eine Frage, halb wie eine Feststellung.

»Ja.«

Winifred wendet sich an Mandy. »Haben Sie das gewusst?«

Mandy sieht Martin sorgenvoll an. »Ja. Jasper hat es mir erzählt. Er hat sich darauf gefreut, dich zurückzubekommen. Er meinte, es wäre toll, einen solchen Spitzenjournalisten in der Stadt zu haben.«

Winifred und Nick wechseln wieder einen Blick. Dann sieht Winifred ihn an. »Nur damit ich das richtig verstehe: Als Mandy Ihnen gesagt hat, dass sie nach Port Silver ziehen will, haben Sie nicht erzählt, dass Sie hier aufgewachsen sind?«

Martin spreizt die Hände, eine versöhnliche Geste, mit der er sein Versäumnis eingesteht. »Ich dachte, ich hätte es getan.«

Mandy runzelt die Stirn und schüttelt den Kopf. »Martin hat gesagt, dass er Port Silver gut kennt. An etwas anderes erinnere ich mich nicht.«

Die beiden Anwälte wechseln noch einen Blick, verfolgen aber die Sache nicht weiter.

Stattdessen wendet Nick sich an Mandy. »Woher kannten Sie Jasper? Und hatten Sie ihn erwartet?«

»Er war der Immobilienmakler, der mir das Townhouse vermietet hat«, sagt Mandy. »Und ich hatte früher oder später mit ihm gerechnet. Er sollte mir die Schlüssel zu meinem Haus vorbeibringen.«

»Zu welchem Haus?«, fragt Nick.

»Ich habe ein Haus geerbt. Darum habe ich mich entschieden,

hierherzuziehen.« Wieder runzelt sie die Stirn und sieht Martin an. Er fragt sich, ob sie ihm das schon erzählt hat und er nicht zugehört hat, weil er mit der Arbeit an seinem Buch beschäftigt war. Sie schaut missbilligend und wendet sich Nick zu. »Ich habe ein großes Vermögens geerbt; deshalb ist Winifred meine Anwältin. Einige Immobilien unten in der Riverina gehören dazu, aber auch ein Haus hier oben. Es hat meiner Großmutter väterlicherseits gehört, Siobhan Snouch.«

»Deiner Großmutter?«, fragt Martin.

»Ja. Der Mutter meines Vaters Harley. Sie ist vor Jahren gestorben, und ihr Vermögen fiel an ihren Ehemann Eric und jetzt an mich. Winifred und Harrold Drake haben die Eigentumsrechte geklärt, ausstehende Steuern und alte Abgaben bezahlt und eine Liste der Immobilien zusammenstellen lassen. Ich hatte gehofft, ich könnte diese Woche alles übernehmen. Vielleicht ist Jasper mit den Schlüsseln gekommen.«

»Das glaube ich nicht«, warf Martin ein. »Ich habe mit Jasper Speights Mutter Denise gesprochen. Das hätte sie bestimmt erwähnt.«

»Ja«, sagte Winifred, »die Liste ist noch nicht fertig, aber bald.«

Wieder ist es still, vier Köpfe mühen sich, das Verbrechen zu verstehen. Martin denkt über Mandys Erbschaft nach. Deshalb hat sie sich für Port Silver entschieden: Sie besitzt hier ein Haus. Er kann sich nur zu gut daran erinnern, wie sie ihm erzählt hat, dass sie hierherziehen wollte; vielleicht war er zu geschockt, um sich auch den Grund zu merken. Er schüttelt den Kopf. Das ist nicht gut. Für ein Paar, das eine gemeinsame Zukunft plant, kommunizieren sie nicht gut. Besser gesagt, er hört nicht gut zu.

»Wo ist das Haus?«, fragt er.

»Auf der anderen Seite des Flusses, auf der Landzunge, mit Blick aufs Meer.«

»Siobhan Hartigan?«, fragt Nick.

»Leck mich am Arsch«, sagt Martin.

Sie erwartet ihn an einem Picknicktisch im Schatten einer Norfolk-Island-Kiefer oberhalb des Strandes. Sie starrt hinaus auf das Meer und ist mit ihren Gedanken woanders. Er hat Fish and Chips für sich und Sushi für sie gekauft. Sie starrt gebannt auf die glitzernden Wellen und merkt nicht gleich, dass er da ist. Die Sonne scheint, der Tag ist heiß, das Meer glitzert. Er bleibt stehen und beobachtet sie. Sie ist eine lebendige Vision, die Sonne spielt auf ihrem neuerdings kastanienroten Haar. Jetzt hat sie etwas gemerkt und dreht sich um, und sie lächelt, als er näher kommt. Er spürt, wie die Erde wieder in ihre Umlaufbahn zurückkehrt und das Grauen des Mordes verblasst. Sie strahlt, als er das Essen auspackt, und lacht beim Anblick des Sushi. Nach all den Jahren im Busch, sagt sie, liebt sie frischen Fisch noch immer.

Beim Essen deutet sie auf Schulkinder, die einen Surfkurs machen, und ihr Lachen klingt wie die Gischt des Meeres, als die Kinder versuchen, aufrecht zu stehen und gleich wieder in die sanften Wellen plumpsen. Er deutet auf einen übergewichtigen Mann ohne Hemd. Bauch und Brüste schwabbeln wie Gelee, als er am Wasser entlangwandert. Er bewegt sich wie ein Jogger, aber mit dem Tempo eines Spaziergängers. Martin sagt, das sei er in ein paar Jahren, und Mandy sagt, das ist er vielleicht jetzt schon. Seine Augen glänzen, und er genießt den Smalltalk, den entspannten Austausch des normalen Lebens. Er macht ihr ein Kompliment über ihre neue Haarfarbe, und sie sagt, sie wollte nicht, dass die Leute sie als die Frau aus der Zeitung erkennen.

Er sagt, es sieht wundervoll aus, und sie sagt, sie hat es selbst gemacht. Er sagt, sie ist jetzt eine reiche Frau und kann sich einen Friseur leisten. Er kann sie mal, antwortet sie.

Dann sitzen sie eine Zeitlang schweigend da, entspannt in der Gesellschaft des anderen, und essen. Die Fish and Chips sind heiß, fettig und salzig, und schmecken himmlisch. Fish and Chips – das Essen, das seine Mutter immer am Freitagabend gemacht hat. Trotz allem hat er davon nie genug bekommen. Als Junge hat er sich ein Leben in Reichtum, Luxus und Faulheit vorgestellt, weit weg von den Kämpfen der Siedlung: Er würde in Nobb Hill wohnen, ein schickes Auto fahren und Fish and Chips essen, morgens, mittags und abends. Er lächelt: Vielleicht schafft er es ja noch.

Ständig wandern Leute an ihnen vorbei zum Strand – Backpacker, Touristen und Rentner. Ihre Füße versinken wispernd im pulverfeinen Sand und zerstören die säuberlich geharkte Ebenmäßigkeit des Morgens, und die natürliche Form ist wiederhergestellt, Hügel und Täler, ein Echo des gekräuselten Meeres. Leute lassen sich hier und da nieder; sie halten sich an ein unausgesprochenes Muster und kommen ihren Nachbarn nicht zu nahe. Die Jungen halb nackt und mit biegsamen Gliedern, im Bikini, glänzend von Sonnenöl, die Alten tragen breitkrempige Hüte und noch breitere Sonnenbrillen, und ihre Haut ist von der Sonne runzlig wie Dörrobst. Von der Surfkurs-Gruppe abgesehen, sind nur wenige Kinder da, heute ist ein Schultag. Der Wind ist sanft, die Mittagssonne heiß, und Martin ist dankbar für den Schatten des Baumes. Er betrachtet die Fremden, die aufgereiht sind wie die Punkte in einer Präsentation. Sie sehen entspannt aus, gefangen in der Perfektion des Tages. Ist ihr Leben wirklich so einfach: Essen, Schlafen, Strand, dazu die kleinen Entscheidungen des Alltags? Oder ist das nur eine weiche Oberfläche, unter der tiefere Strömungen für Unruhe sorgen wie bei ihm und Mandy? Bestimmt hat niemand ein sorgenfreies Leben; jeder erlebt seine eigenen Dramen aus Liebe und Hoffnung, Not und Verzweiflung. Dennoch ist es schwer vorstellbar, dass einer von denen, die da in der Sonne baden, etwas erlebt hat, das den Nöten gleichkommt, die er und Mandy in einem Jahr erlebt haben, von dem gerade drei Monate vergangen sind.

Unten am Wasser spielen zwei Mütter mit ihren kleinen Kindern. Sie bauen eine Sandburg, und ihre Stimmen wehen im Wind mit dem Rauschen der Wellen.

»Wo ist Liams Tagesstätte?«, fragt Martin.

»Draußen neben der High School an der Straße nach Longton.«

»Wie praktisch.«

»Ja. Sie hat erst vor ein paar Wochen aufgemacht. Ein perfektes Timing. Die Leiterin ist eine alleinerziehende Mutter. Wohnt im hinteren Teil des Gebäudes. Sie hat einen Narren an Liam gefressen und passt gern auf ihn auf, jederzeit. Sie ist ein Geschenk des Himmels.«

»Ist er nicht zu klein für so etwas?«

Mandy lächelt. »Nein, eigentlich nicht. Er ist zehn Monate alt. Das ist gut für ihn. Normalität. Manche fangen schon mit ein paar Wochen an.« Sie beißt sich auf die Lippe und macht ein sorgenvolles Gesicht. »Für ihn wird alles okay sein, oder, Martin?«

Er wischt sich das Fett von der Hand. »Natürlich. Warum denn nicht?«

Ihre Besorgnis bleibt. »Ich werde das Bild nicht los, wie Jasper da auf dem Boden liegt und an seinem eigenen Blut erstickt. Wie er spuckt und gurgelt und nach Luft ringt. Um sein Leben kämpft. Ich mache die Augen zu und bin wieder da, höre und rieche all das. Ich mache die Augen auf und sehe das hier, dieses

Paradies.« Sie deutet auf den Strand. »Ich sehe das und kann mir eine Zukunft hier vorstellen. Aber wenn ich die Augen schließe, sehe ich nur die Vergangenheit. Sie ist immer da und wartet auf uns.« Mandy seufzt.

»Das ist doch erst gestern passiert. Gib dir Zeit. Die Polizei wird den Mörder finden, und die Sache wird irgendwann Vergangenheit. Die Zukunft wird dann immer noch da sein und auf uns warten. Darauf warten, dass wir es schaffen. Dass wir es mit Liam schaffen.«

Sie nickt, als akzeptiere sie seine Weisheit, aber ihre Stirn bleibt gerunzelt und ihr Blick traurig. »Warum hast du mir nicht erzählt, dass du hier aufgewachsen bist?«

Martin seufzt. »Ich weiß es nicht. Ich hätte es sagen sollen. Ich wollte es nicht verderben. Du warst so begeistert.«

»Verderben? Wie meinst du das?«

Er sieht weg. Einen Moment lang kann er ihr nicht in die Augen schauen. Er schluckt. Die Wahrheit – jetzt ist der Augenblick, damit anzufangen. »Es war keine gute Kindheit. Meine Eltern sind gestorben. Meine Schwestern sind gestorben. Ich bin übrig geblieben.« Er versucht, nüchtern und sachlich zu klingen, aber seine Stimme verrät ihn.

»Ach, Martin.« Sie drückt seine Hand, aber er kann ihr immer noch nicht in die Augen sehen. Er starrt auf das Meer hinaus, ohne etwas zu sehen, und kämpft mit seinen Gefühlen. Schließlich wendet er sich ihr zu. »Port Silver war okay«, versichert er. »Wirklich. Bevor alles Scheiße wurde. Hier Kind zu sein war gut. Das hatte ich vergessen.«

Sie antwortet nicht sofort, und als sie es tut, klingt ihre Stimme leise und mitfühlend. »Bist du deshalb nicht sofort gekommen, sondern in Sydney geblieben, um dein Buch zu schreiben?«

Er zuckt die Achseln mit gespielter Gelassenheit. »Kann sein.

Ich weiß es nicht. Ich wollte das Buch hinter mich bringen. Mit Riversend abschließen und hier neu anfangen.«

Sie sagt nichts, sieht ihn nur an. Er weiß nicht, was sie denkt. Also wechselt er das Thema. »Es ist also das Haus, Hartigan's – hast du dich deshalb für Port Silver entschieden?«

Sie lächelt. »Ja, das Haus. Ich musste weg von Riversend, weg von der Trockenheit, weg von der Vergangenheit. Einen glatten Schnitt machen. Ich habe an Sydney gedacht – an Bondi oder Manly oder Balmoral –, aber nicht mit Liam, nicht in eine Großstadt. Dann dachte ich an Bermagui oder Tassie. Und dann hat Winifred mir erzählt, dass ich das Haus hier geerbt habe. Es war perfekt. Es *ist* perfekt, und es wird perfekt sein. Von außen habe ich es mir schon angesehen: ein altes Haus, holzverkleidet, auf der Klippe, mit einem endlosen Blick. Und ich habe mich an der Southern Cross University eingeschrieben, zum Fernstudium. Sie haben einen Campus in Lismore und einen in Coffs Harbour; ich brauche nur ein paar Wochen pro Jahr dort zu sein, und den Rest des Studiums kann ich von hier aus erledigen. Ich kann das Haus in Ordnung bringen, Liam großziehen, Literatur studieren. Fisch essen.« Sie lächelt wieder, und ein wenig von der Leichtigkeit kehrt zurück – die Grübchen und das Funkeln im Blick. »Mit dir. Falls du Lust dazu hast.«

»Natürlich habe ich Lust dazu.« Er drückt ihre Hand. Die Dämonen seiner Jugend sind nicht ihre Dämonen, und seine Vergangenheit ist nicht ihre gemeinsame Gegenwart.

Aber ihr Lächeln erlischt wieder, verweht wie eine Sturmbö über dem Strand. »Kann es das sein? Perfekt? Jasper Speight stirbt in meinem Hausflur – das ist wie ein Omen. Eine Warnung.« Sie starrt Martin an. »Glaubst du an Schicksal?«

Martin grinst. »Dieses Gespräch haben wir schon einmal geführt.«

»Wirklich?«

»Bei unserer ersten Begegnung. Im Buchladen in Riversend.«

»Du hast ein gutes Gedächtnis.«

»Es war unvergesslich. Du warst unvergesslich.«

Jetzt strahlt sie, und ihre Grübchen sind wieder da. »Schmeichler«, sagt sie. »Du hast dich verändert, Martin.«

»Das hoffe ich.«

»Was hast du geantwortet?«

»Worauf?«

»Schicksal …?«

»Nein. Wir sind selbst verantwortlich.«

»Und was ist mit Karma?«

Martin blickt hinunter auf den Strand, auf die Leute, die in der Sonne schmoren. All ihre Lebenswege fließen genau in diesem Augenblick zusammen, an diesem Tag, an diesem Strand. »Keine Ahnung. Vielleicht.« Er weiß, dass er sich vor wenigen Monaten über den bloßen Gedanken lustig gemacht hätte. Jetzt geht er nicht weiter darauf ein. Vielleicht hat er sich wirklich verändert.

»Wenn jemand Jasper umbringen wollte, warum tut er es in meinem Haus?«, fragt Mandy.

»Mandy, das ist kein Omen. Das Haus, die Uni, die Küste, Liam – du hast recht, Port Silver ist perfekt.«

»Die Vergangenheit ist immer bei uns. Der Geist im Zimmer.«

Jetzt ist er es, der die Stirn runzelt. Ihr Ton beunruhigt ihn. »Meinst du?«

»Ja.« Sie schaut nachdenklich. »Wir sind Barrikaden, Barrikaden, die die nächste Generation schützen und verhindern, dass die Vergangenheit sie verletzt. Wir schützen sie, schützen Liam. Alles liegt hinter uns, die Verbrechen seines Vaters und seines Großvaters. Das Gleiche gilt für dich, für das, was dir hier passiert ist. Damit müssen wir leben und weitergehen. Aber Liam, der ist gerade erst geboren. Unschuldig. Darum will ich hier sein, und das will ich von Port Silver. Ich will, dass er hier aufwächst wie jedes andere Kind, frei von dem, was vorher war.« Sie sieht ihn an. »Und ich will, dass du hier bist. Das ist unsere Chance, Martin.«

»Und das Schicksal?«

»Scheiß auf das Schicksal.« Wieder lächelt sie, aber jetzt voller Trotz, nicht Heiterkeit.

»Scheiß auf das Schicksal«, wiederholt er und drückt ihre Hand.

Das Meer wirkt so glatt, so gütig. Er hat es an anderen Tagen gesehen, brodelnd und tödlich, schäumend von einem Ende des Strandes zum anderen, während die Boote nach nördlichen Zyklonen und Ostküsten-Tiefdruckgebieten tagelang im Hafen festlagen. Martin entdeckt plötzlich im Süden, am Horizont hinter dem Leuchtturm und den Surfern, eine Wolkenfront. Ein Wetterumschwung kommt von Süden und bringt Erinnerungen mit sich, Isobare der Reue. Er hat genug gesagt; er wird ihr mehr erzählen, aber nicht jetzt. Erst müssen sie sich von dem Schock über Jasper Speights Ermordung erholen.

»Dann erzähl mir von dem Haus«, sagt sie, als habe sie seine Gedanken gelesen. »Du und Nick Poulos, ihr wisst ja offenbar alles darüber.«

Martin zieht eine Grimasse. Er weiß, er muss ihr von seiner Vergangenheit erzählen. Das Haus ist ein guter Anfang.

»Als wir Kinder waren, wohnte da niemand. Siobhan Hartigan muss nach Riversend gezogen sein, bevor wir geboren wurden. Das Haus oben auf der Landspitze stand verlassen da und verfiel langsam. Vielleicht wurde es als Ferienhaus benutzt, das weiß ich nicht, aber wir dachten immer, es sei leer. Unter uns Kindern war es wie eine Legende. Wir glaubten, es spukt dort.«

»Ein Spukhaus? Das ist toll.« Sie lächelt. »Bist du da gewesen?«

»Nur das eine Mal.«

SECHS Sie kommen über den Fluss zum Haus, die drei Jungen: Martin, Jasper und Scotty. Zufällig. Zwölf Jahre alt, die drei, auf der Schwelle zur Pubertät. Die tektonische Veränderung zur Jugend naht – Mädchen, Alkohol und Delinquenz, fiebrige Hormone, zerbrechende Familien, brüchige Identitäten. Aber noch sind sie Kinder, die mit Scottys Kanu dahintreiben. Sorgenfrei und sorglos auf dem Argyle, vorbei am Wohnwagenpark und unter der Brücke hindurch. Nach Tagen des Unwetters ist die Sonne heiß, der Wind mild, und die Ebbe setzt ein und verstärkt die Strömung des Flusses zum Meer, statt sie zu behindern. Die Jungen lachen und zeigen auf den Hafen und die Stadt, die vorüberzieht. Jasper steht auf, lässt die Hose herunter und zeigt Port Silver den blanken Arsch. Das Kanu schaukelt bedrohlich, und die Jungen lachen kreischend über seine Kühnheit.

Als die Stadt hinter ihnen verschwindet, wird es Zeit umzukehren. Aber die Fluten des angeschwollenen Flusses, verstärkt durch die zunehmende Ebbe und den Druck der vom Regen gespeisten Zuflüsse, sind gegen sie. Sie versuchen stromaufwärts zu paddeln, aber die zurückweichende Uferböschung macht klar: Sie bewegen sich rückwärts, hinaus in die Mündung des Flusses, auf die tückische Sandbank und das offene Meer zu.

»Nicht gut«, sagt Scotty im Bug des Kanus. Er keucht schon. »Wir kommen nicht dagegen an.«

»Die Rückströmung ist zu stark«, sagt Jasper, der in der Mitte sitzt. »Wir müssen seitwärts steuern, zum Ufer. Oder wir lassen uns treiben, durch die Mündung und hinaus aufs Meer, und dann kommen wir zum Strand zurück.«

»Scheiß drauf. Wir paddeln ans Ufer«, ruft Martin. Alle sind plötzlich nervös.

Welches Ufer sie ansteuern sollen, ist keine Frage: Der Fluss trägt sie weg von der Stadt und dem bewohnten Südufer, hin zum weniger einladenden Nordufer. So weit flussabwärts ist die Uferböschung steil und überwuchert. Sie drehen das Kanu seitwärts in die Strömung, die sie sofort Richtung Meer drückt. Sie wissen, sie könnte das Boot leicht zum Kentern bringen. »Paddeln!«, schreit Scotty, und sie paddeln in dem Takt, den er vorgibt, paddeln angestrengt und mit stummer Zielstrebigkeit. Der Bug zeigt Richtung Ufer, aber die Strömung treibt sie immer weiter seitwärts. Die Bäume ziehen vorüber, als säße das Boot auf einem Fließband. Martin hat Angst, sie werden es nicht schaffen, denn die Strömung nimmt zu, weil der Fluss noch ein letztes Mal schmaler wird. Die Böschung zieht immer schneller vorbei. Die Stadt am rechten Ufer ist fast zu Ende, und die Mole beginnt. Martin ist kurz davor, aufzugeben, will seinen Freunden zurufen, sie sollen den Bug Richtung Meer drehen, bevor sie seitlich in die Brandung geraten und kentern. Sie können sie schon sehen: die Sandbank, die weiß gischtend und hungrig brüllt. Die Augen der Jungen weiten sich angstvoll, und für einen Moment hören sie auf zu paddeln und schauen ihrem Schicksal ins Gesicht. Doch dann, als sie schon fast alle Hoffnung fahren lassen, schießen sie an einer kleinen Landspitze vorbei, einem Felsen eigentlich, und der Fluss wird wieder breiter. Die Strömung, die sie so unerbittlich festgehalten hat, lockert ihren Griff. Verzweifelt paddeln sie wieder und kämpfen sich durch die Strömung. Martin und Jasper folgen Scottys Rhythmus. Niemand spricht, niemand schreit, alle konzentrieren sich mit schmerzenden Muskeln.

Die Brandung an der Sandbank ist jetzt knapp fünfzig Meter entfernt und deutlich sichtbar. Sie hören das Tosen der Brecher und spüren den Dunst der See auf den Gesichtern. Nach den stürmischen Tagen geht die Dünung hoch, und der vom Regen genährte Fluss stürmt dagegen an. Die Sandbank, selbst an den besten Tagen gefährlich, ist eine schäumende, brüllende Bestie. Dies ist ihre letzte Chance. Entweder erreichen sie das Ufer oder sie geraten in den Sog. Wie hat das so schnell passieren können? Sie sind jetzt ein gutes Stück am Felsen vorbei, und während die Strömung nachlässt, weicht das Ufer zurück und gibt den Blick auf einen schmalen Strand frei, noch vor der Sandbank, aber dem Meer zugewandt. Ein verborgener Strand, die Verheißung einer Zuflucht, die quälend nah erscheint, obwohl auch sie langsam zurückweicht. Und dann – und dann gibt die Strömung sie frei. »Weiter!« Jasper hat im Donner der nahenden Brandung seine Stimme wiedergefunden. Das Wasser vor dem Strand ist ruhig, jenseits der Macht des Flusses und durch die Sandbank geschützt vor dem wütenden Meer, ein Fleckchen der Ruhe. Das Kanu gehorcht ihnen wieder, und ihr Schwung trägt sie über die letzten paar Meter. Der Bug schiebt sich knirschend auf den Sand. Martin ist erleichtert. Die Anspannung löst sich, und Freude überkommt sie.

Sie keuchen, und sind erschöpft. Eine Zeitlang schweigen sie, und jeder ist gefangen in seinen eigenen Gedanken. Das Adrenalin fließt immer noch, und nacheinander übermannt sie das Gelächter. Es überkommt sie wie eine Brandungswelle und lässt die Stimmung steigen. Martin fällt rückwärts ins Kanu, die Rippen tun ihm weh, er lacht hysterisch und atemlos, und Tränen rollen über sein Gesicht. Lange bleiben sie so liegen, überwältigt von der Euphorie ihrer Rettung.

Schließlich ziehen sie das Kanu auf den Strand, viel höher als nötig, hinauf über die Hochwasserlinie bis zum Fuß der Klippe. Dann lassen sie sich in den Sand fallen; nebeneinander sitzen sie da und schauen hinaus über die stille Bucht zur Sandbank und auf das offene Meer. Die Brandung draußen rollt wild heran, schneeweiß und brodelnd, grollend wie tausend hungrige Mäuler. Niemand spricht, aber alle drei denken das Gleiche: Ihr kleines Boot hätte die Passage nicht überstanden.

»Wir müssen warten, bis die Flut kommt«, sagt Scotty.

»Das dauert mindestens drei oder vier Stunden«, erwiderte Martin.

»Länger«, sagt Scotty. »Die Ebbe läuft noch drei oder vier Stunden ab. Wir brauchen eine kräftige Flut, um gegen den Fluss anzukommen. Nach dem Regen führt er Unmassen von Wasser.«

Jasper und Martin wechseln Blicke. Scotty hat recht. Aber es ist schon fünf Uhr, und bevor die Bedingungen auf dem Fluss ideal sind, könnte es Mitternacht werden. Bis dahin müssen sie hierbleiben, mit Fluss und Brandung vor und hinter sich, und hinter dem Strand eine von Regenwald bedeckte Steilwand.

Martin deutet auf die Brandung, die hinter der Sandbank und der Mündungsströmung anrollt. »Wenn die Dünung zunimmt, kommen die Wellen über die Sandbank, und wenn es zu dunkel ist, sehen wir sie nicht kommen.«

»Sollen wir uns über die Sandbank trauen?«, fragt Jasper. Er sieht die ungläubigen Gesichter seiner Freunde. »Ich frag ja nur.«

»Vielleicht können wir ein Fischerboot heranwinken«, schlägt Scotty vor.

»Dazu ist es zu spät. Die Flotte ist mittags wieder zurück«, sagt Martin. Sein Onkel Vern ist Fischer, und Martin kennt die Gepflogenheiten. »Aber vielleicht sieht uns jemand, der den Tag über zum Angeln draußen war.« Sie betrachten das Wüten an der Sandbank. Kein Sportangler wäre so verrückt, sich in diesen Hexenkessel hineinzuwagen, schon gar nicht gegen den Strom der Ebbe.

»Mein Alter bringt mich um«, sagt Scotty. »Das Kanu gehört ihm.«

»Mir ist heiß«, verkündet Jasper. »Ich gehe schwimmen.«

»Pass auf die Strömung auf«, sagt Scotty. »Schwimm nicht so weit raus.«

»Ja. Ist ja gut.« Jasper zieht sein T-Shirt aus, schüttelt die Flip-Flops ab und stürzt sich ins Wasser. »Kommt schon, ihr Schlappschwänze!«, schreit er und treibt wassertretend vor dem Strand.

»Wir sollten Feuer machen«, sagt Scotty. »Und unser Wasser rationieren.« Martin lächelt; seine beiden Freunde sind manchmal sehr verschieden.

Er holt ihre Rucksäcke aus dem Kanu. Scotty hat eine Plastikflasche, die halb voll Wasser ist, und eine kleine Packung Kekse. Jasper hat eine halbe Flasche Coke. Martin hat drei Zigaretten, die er seinem Vater geklaut hat. Scotty betrachtet die Vorräte. »Das wird nicht lange halten. Wir könnten ziemlichen Durst kriegen.«

»Besser als ersaufen.« Endlich kann Martin die Angst in Worte fassen.

Martin und Scotty sammeln Brennholz – Treibholz vom Strand und Kleinholz aus dem dichten Gestrüpp hinter ihnen. Sie stapeln alles neben einem Steinkreis, den andere hinterlassen haben, einer alten Feuerstelle oberhalb der Hochwasserlinie. Jasper kommt vom Schwimmen zurück und legt sich in die Sonne, bevor er sich zu ihnen setzt. »Wie wollt ihr das anzünden? Habt ihr Streichhölzer?«

Martin lächelt und hält sein Wegwerffeuerzeug hoch.

Sie setzen das Feuer in Gang, hauptsächlich um etwas zu tun zu haben. Es ist Sommer und dunkel wird es erst in zwei Stunden. Sie rauchen die Zigaretten. Jeder bemüht sich, nicht zu husten, und tut abgebrühter, als er sich fühlt. Jasper versucht, mit seinem Hemd über dem Feuer Rauchsignale zu machen, kapituliert aber bald.

»Wenn sie uns suchen, sieht vielleicht jemand den Rauch«, sagt Martin.

»Suchen wird man uns frühestens, wenn wir zum Abendessen nicht zu Hause sind.«

»Ach du Scheiße«, sagt Jasper. »Seht doch.« Er zeigt nach Süden. Am Horizont sind Gewitterwolken aufgezogen. Sie sind zwar noch weit entfernt, aber schon bedrohlich. »Vor einer halben Stunde waren die noch nicht da.«

»Das hat uns gerade noch gefehlt«, seufzt Scotty.

»Was tun wir jetzt?«, fragt Jasper.

»Wir machen das Feuer, so groß wie möglich«, schlägt Martin vor.

»Nein«, sagt Scotty, »wir suchen Deckung. Vielleicht gibt's irgendwo einen Überhang. Dann tragen wir das Feuer dorthin, bevor es anfängt, zu regnen.«

Scotty läuft zum hinteren Ende des Strandes und sucht nach einer geschützten Stelle unter der Landspitze, und Jasper tut das Gleiche an der Flussmündung, unter dem Felsvorsprung. Inzwischen entdeckt Martin am Rand des Regenwaldes die Treppe, die in den Fels gehauen ist, von Moos bedeckt, aber gut zu erkennen. Er ruft die anderen.

»Wo führt die hin?«, fragt Jasper.

»Hinauf auf die Landzunge«, sagt Martin. »Vielleicht gibt es da oben einen Weg. Dann können wir zur Straße gehen, bevor es dunkel wird.«

»Da oben ist das Hartigan-Haus«, sagt Scotty.

Martin und Jasper wechseln einen Blick und zögern kurz.

»Lasst uns gehen«, sagt Jasper dann. »Bevor es regnet. Bevor es dunkel wird.«

Bevor wir da oben festsitzen, denkt Martin.

Martin unterbricht seine Geschichte, als Mandy scharf bremst, um einer alten Frau auszuweichen, die mit ihrem Elektroroll-stuhl den Boulevarde überquert. Ein orangegelber Wimpel flattert fröhlich über ihr. Sie sind unterwegs zur Kindertages-stätte, um Liam abzuholen. Mandy findet, das Townhouse habe ein schlechtes Karma, und sie will ihren Sohn holen, damit sie zu dritt eine andere Bleibe suchen können. Martin kann es ihr nicht verdenken.

»Wir brauchen nur für eine oder zwei Wochen etwas«, sagt Mandy. »Danach können wir ins Haus ziehen.«

»Ist es denn bewohnbar?«

»Das wird es dann sein.«

Mandy steuert das Auto durch die Stadt, vorbei an der Hafen-einfahrt, dann biegen sie ab in die Longton Road und fahren in südlicher Richtung. Die Kindertagesstätte steht neben der High School, die neu ist. Als Martin zur Schule ging, musste er jeden Tag mit dem Bus fahren, langsam und halsbrecherisch am Es-carpment hinauf zur Longton High – auch ein Grund, weshalb so wenige Schüler aus der Stadt das zwölfte Schuljahr beendeten.

»Deine Geschichte von dem alten Haus gefällt mir«, sagte Mandy. »Ihr seid bestimmt die Treppe rauf und habt euch unter-stellen können. Gutes Karma.«

»Ja«, brummt Martin. »Gutes Karma.«

Mandy muss fast auf Schrittgeschwindigkeit abbremsen, weil vor ihnen ein Traktor eine riesengroße Maschine schleppt. Auf der rechten Seite, zwischen den Palmen, sieht Martin die Faserplattenbauten der Siedlung und die sonnendurchglühten Straßen seiner Jugend, von der eigentlichen Stadt getrennt durch die Hauptstraße und einen Puffer aus Zuckerrohrfeldern – ein Teil von Port Silver und doch getrennt, als wäre Armut ansteckend. Wer weiß. Vielleicht stimmt das ja. Die Häuser sind von Feldern umgeben, und am Horizont sieht man das Escarpment, langgestreckt und grün. Vor ihnen, im Süden, türmen sich die Wolken, die aufgeblähten Knollen eines Gewitters, über denen ein verräterischer, ambossförmiger Pilz aufragt.

»Hey, Martin«, sagt Mandy und runzelt die Stirn, »wieso weiß Nick Poulos von dem Haus? Ich dachte, er ist neu hier.«

Martin seufzt. »Na ja, die Geschichte ist noch nicht zu Ende.«

Die Treppe hinaufzusteigen ist leichter gesagt als getan. Vom Strand bis zur Oberseite der Landzunge geht es ungefähr sechzig Meter steil nach oben. Als die Treppe noch gut gepflegt war, vor einem halben Jahrhundert, dürfte der Aufstieg nur ein paar Minuten gedauert haben. Aber inzwischen sind die Stufen verfallen. Die ersten paar Meter sind relativ mühelos. Aber dann ist der früher gepflegte Weg, der in Serpentinen den Steilhang hinaufführt, überwuchert und schlecht zu erkennen. Für ein paar Meter ist es noch relativ leicht, ihm zu folgen. Er ist auf beiden Seiten von Steinen gesäumt, verschwindet aber bald im Gebüsch. Die Freunde klettern durch Farn und Unterholz, verlieren den Pfad und finden ihn wieder, aber sie können ihn von den zahllosen Wallaby-Wildwechseln kaum unterscheiden. Der Himmel über ihnen wird verschluckt vom Blätterdach. Sie haben keine Ahnung, wie nah das Unwetter schon ist. Woanders würden sie sich vielleicht verlaufen, aber hier können sie sich an der Steilwand und dem beständigen Rauschen der Brandung orientieren. Langsam, ganz langsam, kommen sie voran. Ein paar Meter weiter, als es beinahe senkrecht nach oben geht, entdecken sie die Überreste einer Holztreppe, Stufen und Geländer, festgeschraubt an der Felswand. Aber Rost hat die Schrauben zerfressen, und das Holz ist so morsch, dass das, was von der Konstruktion noch übrig ist, abzustürzen droht.

»Dann sind wir also auf dem richtigen Weg«, sagt Jasper optimistisch.

»Lasst uns außen herumgehen«, schlägt Martin vor. »Immer im Zickzack. Solange wir aufwärts gehen, kommen wir voran. Den Pfad finden wir bestimmt wieder.«

»Genau«, sagt Jasper. »Geh du voran.«

»Ich?«, fragt Martin.

»Ja. Du bist der mit den Schuhen.«

Martin wirft einen Blick auf die Füße seiner Freunde. Scotty trägt Strandschuhe wie er, aber Jasper ist barfuß, und zwischen dem Schlamm an seinen Füßen blitzt es rot. Seine Flip-Flops hält er in der Hand; auf dem steilen, schlüpfrigen Gelände sind sie nicht zu gebrauchen. »Alles okay?«, fragt Martin ihn.

»Na klar«, sagt Jasper. »Schuhe sind überschätzt.«

Martin klettert weiter, schiebt Farnwedel zur Seite, steigt über umgestürzte Baumstämme, tastet sich zögernd voran, wo er den Boden nicht sehen kann, schiebt einen Fuß vor, bevor er ihm sein ganzes Gewicht anvertraut. Einmal stürzt er beinahe. Das Herz schlägt ihm bis zum Hals, und er ist immer noch außer Atem, als seine Füße tatsächlich unter ihm wegrutschen. Verzweifelt greift er nach Pflanzen, krallt die Finger in einen Baumstamm. Er schürft sich beide Knie auf und zerschrammt sich die Hand, aber ein Termitenhügel fängt ihn auf. Winzige weiße Ameisen schwärmen über ihn hinweg, und in der Stille, die das Brandungsrauschen übertönt, flüchtet ein Känguru nah, aber unsichtbar, krachend durch das Unterholz. Martins Finger umschließen die bloßliegende Wurzel eines Pandanus-Baums, er zieht sich hoch und kriecht auf allen vieren zurück auf den Pfad. Er warnt seine Freunde vorsichtig zu sein.

Während sie weiterklettern und das Rauschen der Brandung leiser wird, macht sich ein neues Geräusch bemerkbar: nahendes Donnergrollen. Die Sonne verschwindet, der Busch verliert seine getüpfelte Klarheit und versinkt in bedrohlichem Schatten. Die Luft wird still, der Tag hält den Atem an. In Martins Ohren knackt es, und er will etwas sagen, als ein Blitz über den Himmel zuckt und das Blätterdach wie ein Röntgenstrahl durchdringt, fast unmittelbar gefolgt von einem rollenden Donner, der um sie herum und an ihnen vorbeizieht. Sie fühlen sein Vibrieren im Bauch, und der Boden scheint unter ihnen zu zittern. Als hätte der Blitzschlag sie gelöst, fallen dicke Regentropfen vom Himmel und klatschen auf den Boden. Das Gewitter ist schon beinahe über ihnen.

»Los!«, ruft Martin. »Beeilung«! Er zieht sich hoch, so gut er kann, und hört die anderen hinter sich. Fünf Meter hoch, zehn, noch ein Stückchen, dann lässt die Steigung nach, und er erreicht einen klar erkennbaren Pfad. »Hier lang!«, drängt er. »Der Pfad! Der Pfad!« Er wartet, bis Scotty und dann auch Jasper aus dem Dickicht auftauchen. Jaspers linker Fuß ist blutig. »Alles okay?«

»War nie besser.«

Der Wind rauscht durch das Gestrüpp herauf. Er schwenkt die Bäume wild hin und her und schüttelt das Unterholz. Mit ihm kommt der Regen, nicht mehr in einzelnen Tropfen, nicht mehr zurückgehalten vom Laub, sondern in wehenden Schleiern, kalt und beißend und bösartig. Der nächste Blitz, gleißend hell, fährt über den Himmel. Der Donner folgt sofort, dröhnend wie die Stimme Gottes. Die Jungen rennen, als wäre ihnen der Teufel auf den Fersen, und dann steht es vor ihnen, das alte Haus: Hartigan's.

Ob sie zögern? Vielleicht für einen Augenblick. Und als spürte der Sturm ihr Zögern, steigert er seine Wut noch. Ein kreischender Blitz, ein markerschütternder Donnerschlag. Der Regen wird zu Hagel, und die Körner treffen schmerzhaft auf dünne Hemden, bloße Arme und verschrammte Beine. Die Jungen zögern nicht länger, sondern rennen zum Haus hinauf und dann auf die Veranda. Der Sturm fegt jetzt beinahe waagerecht heran, und das Verandadach bietet keinen Schutz. Das alte Haus scheint zu schwanken. Sie rennen zur windabgewandten Nordseite der Veranda. Erst dort finden sie ein trockenes Plätzchen, wo es ruhig genug ist, dass sie sich verständigen können. Um sie herum ächzt das Haus, als klage es über die Wut des Sturms oder über ihre Anwesenheit, während der Hagel schrill auf das Blechdach prasselt.

»Das ist gut«, sagt Jasper. »Hier sind wir sicher.«

»Das ist schlecht«, sagt Scotty. »Meine Mum und mein Dad, unsere Familien, die werden glauben, wir wären draußen auf dem Wasser. Die werden glauben, wir wären ertrunken.«

»Und wenn sie erfahren, dass wir es nicht sind, werden sie so erleichtert sein, dass sie an nichts anderes mehr denken – weder an das Kanu noch daran, dass wir zu weit rausgefahren sind oder uns hier verkrochen haben«, meint Jasper.

Einen Moment lang sitzen sie da und betrachten die graue Wand des Unwetters. Selbst die nächsten Bäume, die nur zwanzig Meter entfernt sind, können sie im Regen kaum erkennen. Martin fröstelt; sie sind zwar in Sicherheit, aber sie frieren und sind völlig durchnässt.

»Mann, wenn wir bloß diese Kippen nicht geraucht hätten«, sagt Jasper.

Martin will antworten, da fällt sein Blick auf Jaspers Fuß: Aus einer tiefen Wunde quillt immer noch Blut. »Scheiße. Lass mal sehen.«

»Das ist nichts.« Jasper tut abgebrüht, aber ein Zittern untergräbt seinen Trotz. Martin hält den Fuß seines Freundes fest und sieht das Blut, das durch den Schlamm zwischen den Zehen quillt. Wasser strömt vom Verandadach. »Komm«, sagt Martin, »wir müssen das saubermachen.« Jasper verzieht das Gesicht, als der Regen auf die Wunde trifft. Martin wischt den Schlamm weg und sieht eine tiefe, scharfgeränderte Schnittwunde in der Fußsohle, aus der immer weiter Blut läuft.

»Scheiße«, sagt Martin noch einmal.

Jasper dreht sich und hält seinen Fuß so, dass er die Verletzung sehen kann. »Gibt Schlimmeres.«

Jetzt ist auch Scotty bei ihnen. »Das muss vielleicht genäht werden.«

»Meinst du?«

»Vielleicht. Wir müssen einen Druckverband machen und den Fuß hoch lagern, damit die Blutung aufhört.«

»Wo hast du das denn gelernt?«

»Bei den Pfadfindern.«

»Na klar.«

Jasper zittert, und das Unwetter lässt nicht nach. Sie wissen alle, was zu tun ist: Sie müssen ins Haus. Draußen zu bleiben, wäre verrückt, von Jaspers Verletzung ganz abgesehen. Sie sind nass und frieren. Und es wird Abend.

Sie versuchen ihr Glück bei den Glastüren am Ende der Veranda, aber die sind alle verschlossen. Trotz des Regens rennt Martin um das Haus herum, aber die anderen Türen, die beiden zur Zufahrt und zum Wald, sind ebenfalls verschlossen. Er kommt patschnass zurück.

»Hier«, ruft Scotty. Er hat ein zerbrochenes Fenster entdeckt. Ein Stück Sperrholz ist an den Rahmen genagelt. Es klappert im Wind; die Nägel haben sich gelockert. »Wir müssen das abmachen.« Er schiebt die Finger dahinter und rüttelt. Dann reißt er das Sperrholz herunter. Dahinter entdecken sie ein Schiebefenster, dessen obere Scheibe zerbrochen ist. »Bingo.« Vorsichtig greift er hinein und öffnet den Riegel. Er und Martin schieben die Hände unter den Rahmen und rütteln, bis sie die untere Scheibe hochschieben können. »Gut gemacht«, sagt Scotty.

Drinnen ist es trocken und dunkel und irgendwie still, obwohl das Haus bebt und ächzt. Sie stehen in einem großen Zimmer, einem Wohnzimmer mit Fenstern auf drei Seiten. Martin und Scotty ziehen die Vorhänge auf. Sie sind brüchig vom Alter und schwer von Staub, und einer zerreißt, als Scotty ihn verschiebt. Es wird ein wenig heller im Raum, und der Sturm klingt ein bisschen lauter. Martin probiert einen Lichtschalter, aber nichts passiert.

Scotty wuchtet ein zweisitziges Sofa zum Fenster. »Hier, Jasper. Setz dich und leg den Fuß hoch.« Jasper humpelt gehorsam hinüber, legt sich auf die Seite und hebt den rot verschmierten Fuß auf eine Armlehne. Martin und Scotty wechseln Blicke. Der Fuß blutet immer noch. Sie brauchen Verbandszeug. Das Haus um sie herum murmelt, knackt, quietscht und kreischt im Getrommel des Regens. Eine Bö rüttelt das Gebäude, und Blitze lodern und füllen den Raum mit Licht. Sie machen sich auf Donnerschläge gefasst, und sie poltern durch das Haus und lassen es erzittern. Fenster und Bilderrahmen klappern. Zwei Türen rechts und links an der fensterlosen Wand führen nach hinten ins Haupthaus. Dazwischen entdecken sie einen großen Kamin.

Martin öffnet die linke Tür, Scotty bleibt dicht hinter ihm. Ein langer Korridor mit verrammelten Fenstern führt an der Südseite des Hauses entlang. Martin späht in die Dunkelheit, schiebt sich langsam vorwärts, vorbei an einer Tür auf der rechten Seite, dann an einer zweiten Tür – und dann kommt eine Treppe, die hinauf in den ersten Stock führt. Der Korridor endet an der Vordertür. »Komm, wir gehen zurück«, flüstert Martin.

Sie kehren zurück ins Wohnzimmer, zeigen Jasper den hochgestreckten Daumen und versuchen es mit der zweiten Tür. Diese führt in ein Esszimmer mit Fenstern auf der rechten Seite. Der Esstisch fesselt ihre Blicke. Er ist aus massivem Holz und bedeckt mit Staub, toten Fliegen und Mäusescheiße, Tellern, Bestecken und leeren Flaschen, zerknüllten Servietten und Knochen, den Überresten eines Festessens. Irgendwann, vor Wochen, Monaten oder Jahren, hat jemand hier ein Bankett veranstaltet und die Reste zurückgelassen. »Da ist jemand schnell verschwunden.« Scotty macht große Augen.

Sie sehen zwei Türen, beide sind geschlossen. Die eine führt nach links, vermutlich in den Korridor, die andere geradeaus. Ängstlich schleichen sie sich an dem Tisch vorbei zu der Tür vor ihnen, nicht zu der, die in den Korridor führt. Auf der einen Seite tobt das Gewitter, auf der anderen wartet die verlassene Festtafel. Martin fröstelt – wegen der Kälte, denkt er. Sie erreichen die Tür, aber da stimmt etwas nicht: In dem Raum dahinter klopft es, unüberhörbar trotz des Sturms. Martin und Scotty wechseln einen Blick. Scotty macht eine Gebärde: Er will Schere, Stein, Papier spielen. Verdammt noch mal. Martin nickt widerstrebend. Eis, zwei, drei. Martin hat Papier, Scotty Schere. Martin packt den Türgriff, und Scotty weicht zurück in Richtung Wohnzimmer.

Ganz langsam zieht Martin die Tür auf. Dahinter ist eine Küche. Eine leere Küche. Sofort hat er das Klopfen geortet: Ein

Fensterladen ist offen und schlägt im Wind hin und her. Martin seufzt, dreht sich um und winkt Scotty. Die Jungen betreten einen großzügig geschnittenen Raum, vor einem Fenster stehen ein Tisch und vier Stühle. Die Arbeitsflächen sind voller schmutzigem Geschirr und alten Lebensmittelverpackungen.

»Das ist anders«, sagt Scotty.

»Wie meinst du das?«

»Es riecht.«

Scotty hat recht. Der Geruch von verdorbenem Essen und verfaultem Fleisch erfüllt den Raum. Martin schaut hinüber zu dem klappernden Fensterladen. Das Schiebefenster steht einen Spaltbreit offen. Luft strömt herein, aber der Geruch ist hartnäckig. Wasser tropft in ein Spülbecken voll mit schmutzigem Geschirr und vergammelten Speiseresten. Hier war jemand, vor sehr viel kürzerer Zeit als die Leute, die im Speisezimmer getafelt haben.

»Lass uns abhauen«, sagt Scotty.

»Nein, wir können Jasper nicht transportieren«, sagt Martin. »Such einen Behälter und lass Wasser hineinlaufen. Ich suche Verbandszeug.«

Scotty geht widerstrebend zum Spülbecken. Martin öffnet einen Schrank und findet einen blauen Plastiktopf, dessen Boden mit Staub und den pulvrigen Überresten von Motten bedeckt ist. »Hier«, sagt er und wirft Scotty den Topf absichtlich lässig zu. Scotty rudert panisch mit den Händen und fängt den Topf gerade noch auf. Martin grinst. Er durchsucht die Schubladen neben dem Schrank und findet Platzdecken und Küchenutensilien. In der dritten ist das, was er braucht: Geschirrtücher. Auf dem obersten liegt eine dünne Schicht Staub und Schimmel, die es sogar ins Innere der Schublade geschafft haben, aber die Tücher darunter sind sauber und ordentlich gefaltet. Er nimmt ein paar und wartet, bis Scotty den Plastiktopf ausgewaschen und mit Wasser gefüllt hat. Die beiden nicken sich zu und laufen hastig zurück ins Wohnzimmer.

Jasper liegt immer noch auf dem Sofa. Er hält seinen Fuß hoch und betrachtet ihn mit gequälter Miene. Martin glaubt, Tränen in Jaspers Augen zu sehen, aber weder er noch Scotty sagt etwas.

»Lass mich mal ran«, sagt Scotty und kniet neben Jasper. »Das haben wir bei den Pfadfindern gelernt.«

Im Haus ist es zwar trocken und windgeschützt, aber Martin zittert vor Kälte. Er geht zum Kamin. Ein Funkenschutz aus Drahtgitter ist zur Seite geschoben worden. Ein paar trockene Äste, zersägt oder zerbrochen, sind neben der Feuerstelle aufgestapelt. Mit etwas Anmachholz könnte er Feuer machen. Er durchsucht das Zimmer nach Zeitungen oder Zeitschriften, findet aber nichts. Er überlegt, ob er sich noch einmal in die Tiefe des Hauses wagen soll, da entdeckt er unter den Fenstern an der Nordseite ein Bücherregal. Auf dem untersten Bord steht eine mehrbändige *World Book*-Enzyklopädie, daneben stecken ein rundes Dutzend Comics. Martin zieht sie heraus: das *Phantom*. Nie im Leben wird er die verbrennen. Er trägt sie zum Sofa, wo Scotty Jaspers Wunde versorgt. »Hier, sieh dir das an«, sagt er und gibt Jasper die Comics. Der nimmt sie grinsend.

Martin kehrt zurück zum Bücherregal und überlegt, welchen Band der Enzyklopädie er opfern soll. Er entscheidet sich für den dünnsten: U-V. U-V wird niemand vermissen. Er geht zum Kamin, und bevor er Seiten herausreißt, benutzt er das Buch, um eine Mulde in der Asche zu graben.

»Heilige Scheiße!« Er dreht sich zu den anderen um. »Scotty, komm mal her.«

»Sofort. Ich bin gleich fertig. Was ist denn?«

»Der Kamin. Die Asche ist noch warm.«

Unheilvolle Stille senkt sich herab. Jasper starrt ihn ungläubig an, und Scottys Blick geht nach oben, zur Decke, zum oberen Stockwerk.

»Gut«, sagt Jasper mit einer Art Zuversicht. »Die können uns helfen.«

Martin denkt an den Speisesaal, an das verlassene Festessen, die faulig stinkende Küche. Sein Bauchgefühl sagt ihm, dass nichts gut ist.

Scotty verknotet den Verband an Jaspers Fuß, ein dickes Knäuel aus Küchenhandtüchern, und kommt herüber, kniet hin, hält die flache Hand über die Asche und bestätigt Martins Entdeckung. »Wir müssen weg«, flüstert er. Sie hören nichts als die Feindseligkeit des Sturms, der ums Haus heult.

Martin will vorschlagen, dass Scotty bei Jasper bleibt, während er losläuft, um Hilfe zu holen, da fliegt die Tür zum Korridor auf. Ein Mann steht im Türrahmen. Sein graues Haar ist wild, sein Blick noch wilder. Ein höhnisches Grinsen entblößt gelbe, abgebrochene Zähne, und über seine Lippen kommt ein Fluch. In der erhobenen Hand hält er eine Axt, die Klinge nach vorn.

Für einen Moment, eine Mikrosekunde, die ewig dauert, stehen sie wie angewurzelt da in einer Konfrontation, die sie in ihrem impliziten Grauen erstarren lässt. Scotty bewegt sich als Erster. Er springt auf, schiebt sich an Martin vorbei und stürmt zur Esszimmertür. Martin sieht, dass Jasper aufgestanden ist und auf die Verandatür zu humpelt. »Stopp!«, brüllt der Mann mit der Axt. »Stopp!«

Aber Martin stoppt nicht. Er flieht, folgt Scotty in die Küche. Scotty dreht wie verrückt den Türknauf, aber die Tür ist verschlossen. »Scheiße«, flucht Martin. Er schlägt die Tür zum Esszimmer zu und klemmt einen Stuhl unter den Türknauf, wie er es im Kino gesehen hat. Dann zerrt er den Küchentisch herüber und kippt ihn gegen den Stuhl. »Das Fenster«, zischt er. »Zum Fenster raus!«

Scotty schaut zum Fenster und begreift. Er will etwas sagen, da splittert die Axt durch das Türblatt. Sofort sind die Jungen am Fenster, schieben es hoch. Scotty rutscht kopfüber hinaus, Martin folgt ihm und landet auf dem regennassen Boden. Er wirft einen Blick zurück und sieht, wie der Türknauf von der Esszimmertür abspringt. Die Axt hat ihn abgeschlagen.

»Mach schon!«, schreit Scotty. »Renn!«

»Was ist mit Jasper?«

»Der hat 'ne Axt, verdammt!«

»Stopp! Ich tu euch nichts.« Es ist der Mann. Nur einen Meter entfernt streckt er den Kopf aus dem Fenster. Aber die Axt in seiner Hand straft ihn Lügen. Scotty ist weg, verschwunden im Unwetter. Martin weicht langsam zurück, lässt sich Zeit. Der Mann ist zu dick, zu alt. Er kann ihnen nicht so einfach durch das Fenster folgen. Martin schaut ihm in die Augen und sieht Wahnsinn, Verzweiflung und Mordabsichten, aber auch noch etwas anderes, etwas, das Martin um Verständnis bittet. »Nicht weglaufen«, sagt der Mann. »Ich bin nicht gefährlich.« Martin will weg, er weiß, er muss weg, aber ihm ist klar, je länger er bleibt, je länger er die Aufmerksamkeit des Irren fesselt, desto bessere Chancen hat Jasper, die Terrassentür aufzubekommen und davonzuhumpeln. Wenn er nicht schon tot ist.

»Wer sind Sie?«, ruft Martin. »Was machen Sie hier?«

»Ich habe mich nur untergestellt. Wie ihr.«

Seine Worte sollen beschwichtigend klingen, und fast gelingt das auch. Martin zögert. Dann verschwindet der Kopf des Mannes. Beinahe zu spät begreift Martin: die andere Tür, die Tür am Ende des Korridors. Die Haustür. Er sprintet los, rast in den prasselnden Regen hinaus, landet auf einer Zufahrt, einer Buschpiste. Als er einen Blick zurückwirft, sieht er den Mann mit der Axt aus dem Haus kommen und ein paar Schritte in den Regen hinaus machen. Er scheint zu hinken. Martin begreift: Der Mann kann ihn nicht einholen, er schwenkt die Axt, macht kehrt und verschwindet wieder im Haus. Martin rennt hinunter in den Wald, der trotz des heftigen Regens und der zunehmenden Dunkelheit seltsam einladend wirkt, und er ruft Scottys Namen.

Mandy fährt an den Straßenrand, hält an und schaltet die Warnblinkanlage ein. Das neue Unwetter ist kurz vor der High School über sie hereingebrochen. Regen trommelt auf das Autodach und überflutet die Windschutzscheibe. Die Scheibenwischer können die Wassermassen nicht bewältigen, und die schlechte Sicht macht das Fahren zu gefährlich. Sie macht große Augen; nach all den Jahren der Trockenheit im Hinterland ist der Regen noch neu für sie, und die Geschichte von dem Gewitterabenteuer aus Martins Kindheit beunruhigt sie nicht. »*Fuck*, das gefällt mir«, sagt sie.

Martin lächelt. Er kennt das Wetter hier – plötzliche Stürme mit heftigem Regen, ein paar Minuten lang, dann ziehen sie weiter, während einen oder zwei Kilometer entfernt kein Tropfen fällt. Ein anderer Regen als das Unwetter, das damals den jungen Martin und seine Freunde bei Hartigan's überfallen hat.

»Wie ging's weiter?«, fragt sie. »Jasper ist offenbar weggelaufen.«

»Nein, ist er nicht. Scotty habe ich schließlich eingeholt. Er war allein und heulte, weil er dachte, Jasper und ich wären tot. Als wir irgendwann zur Dunes Road kamen, war es dunkel. Wir hatten fast die Brücke erreicht, als der Ortspolizist, Sergeant Mackie, uns fand. Sie hatten schon nach uns gesucht.«

»Und dann?«

»Wir erzählten Mackie von dem Kerl mit der Axt. Er setzte uns am Revier ab und holte einen Mann mit einem Allradwagen. Sie nahmen Gewehre mit und fuhren rauf zu Hartigan's. Sie fanden Jasper im Wohnzimmer, wo wir ihn zurückgelassen hatten, aber er saß vor dem brennenden Kamin, hatte den Fuß ordentlich verbunden und aß Baked Beans und Toast. Der Alte hatte ihn versorgt und war dann abgehauen.«

Mandy lächelt erleichtert. »Das ist eine wunderbare Geschichte. Der Mann war harmlos, das Haus hat euch gerettet. Gutes Karma.«

Martin fühlt sich versucht, es dabei zu belassen, aber sein Blick verrät ihn.

»Was? Was ist denn?«

»Der Mann … er war nicht harmlos. Er war auf der Flucht. Wurde in Victoria gesucht, wegen Mordes und Schlimmerem.«

Nachdenklich verarbeitet sie diese neue Wendung. »Und er hat dort gewohnt? In meinem Haus?«

Martin weiß, was er jetzt sagen muss. »Es ist gutes Karma, Mandy. Natürlich ist es das. Das Haus hat uns gerettet. Niemandem ist etwas passiert. Gleichzeitig hat es einen Mörder ausgeliefert, der seit Monaten auf der Flucht war. Mackie war nicht dumm; er spürte ihn auf und verhaftete ihn. Besseres Karma gibt's nicht.«

Mandy schaut unsicher in den Regen hinaus. »Wahrscheinlich«, sagt sie.

Plötzlich hört der Regen auf. Die Sonne bricht durch die Wolken, und der Horizont wird wieder sichtbar. Rechts erstrecken sich Zuckerrohrfelder bis zum Escarpment; sie leuchten erntereif in einem beinahe schillernden Grün.

»Sieh doch«, sagt Martin. Links von ihnen ist ein Regenbogen erschienen, tief am Himmel, aber deutlich erkennbar vor dem Grau der abziehenden Regenfront. Mandy zieht die Brauen hoch, als gebe sie ihm recht. Sie startet den Motor und konzentriert sich auf das Fahren.

Martin betrachtet den Regenbogen und die sonnensatte Ebene der Zuckerrohrfelder. Er erzählt ihr nichts von der Belohnung, zwanzigtausend Dollar, die die Jungen sich teilten. Scotty bekam einen Chemiebaukasten und einen Tennisschläger, und Jasper bekam ein Mountainbike und ein Sparbuch. Und Martin bekam nichts. Auch vom Polizeirevier erzählt er Mandy nichts. Scottys Eltern warteten dort, außer sich vor Sorge, und sie weinten vor Freude, ihren Sohn wieder zu haben. Das Kanu war vergeben und vergessen. Denise Speight warf Martin mörderische Blicke zu und betete dann leise, als Mackie und sein Deputy sich aufmachten, um Jasper zu suchen. Er erzählt ihr auch nicht, wie Mackie ihn kurz vor Mitternacht nach Hause brachte und sein Vater vor dem Fernseher sturztrunken aufwachte. »Martin? Ich dachte, du bist längst im Bett.«

SIEBEN Das Gelände der High School an der Straße nach Longton wirkt wie aus den Zuckerrohrfeldern herausgeschnitten. Die Schule besteht aus rechteckigen Gebäuden auf einem rechteckigen Stück Land, wie von Ikea geliefert und mit einem riesigen Inbusschlüssel zusammengebaut. Quadrate in den Grundfarben behaupten erfolglos ein wenig Lebendigkeit. Ein schwarzer Stahlzaun mit bescheidenen Dornen, der entweder Einbrecher draußen oder Schüler drinnen halten soll, markiert die Grenze zwischen Schule und Feldern. Das Zuckerrohr ist so hoch wie der Zaun und drängt von drei Seiten heran. Die grünen Halme bewegen sich im Wind wie eine Marschkolonne. Martin denkt an Schlangen. Der Zaun dürfte sie kaum fernhalten. Ob überhaupt noch Schlangen im Zuckerrohr lauern? Oder sind sie in einem Massenselbstmord ausgestorben, weil sie sich mit Agakröten vollgestopft haben? An diesen wilden Amphibien besteht kein Mangel; nach dem Regen feiern sie auf dem Sportplatz der Schule und springen in ihrem hässlichen Ballett herum. Ein paar liegen plattgewalzt auf der Straße, weil ihre Pirouetten sie zu weit von der Tanzfläche weggeführt haben. Mandy zerquetscht noch zwei, als sie auf das Schulgelände fährt, zerbricht sich um ihr Schicksal nicht den Kopf – ist schon jetzt wie eine Einheimische. Als Martin Kind war, kamen die Tiere nicht so weit nach Süden. Hunde, Katzen und Schlangen konnten gefahrlos umherstreunen. Man wusste, dass die kühlen Winter von New South Wales die Amphibien in Schach halten. Jetzt sorgt der Klimawandel dafür, dass sie bald Sydney erreichen. Kröten im Hafen, Karpfen im Murray. Was kommt als Nächstes? Krokodile im Brisbane River?

Das Beeindruckendste an der Schule ist das Schild – DOUG ANTHONY HIGH SCHOOL schreit es von einer imposanten Mauer herunter, beschützt von einem größeren Stahlschild, das verkündet, dass der Bau der Schule mit Mitteln der Bundesregierung ermöglicht wurde. Das ist der Vorteil des Lebens in einer Randregion. Martin fragt sich, warum diese Schule gebaut wurde – wegen wachsender Nachfrage oder als Wahlgeschenk? Vielleicht beides.

Die Bepflanzung des Geländes ist zu neu, um Schatten zu spenden; Zufahrt und Zaun sind von Setzlingen gesäumt, die nur einen Meter hoch sind, und schwarze Bewässerungsröhren ragen aus dem Boden wie die fordernden Schnäbel kleiner Vögel. Die betagten Autos von Lehrern und Schülern, die auf dem Parkplatz schmoren, unterscheiden sich nur durch ihre Insignien:

Anfänger-Nummernschilder und die Silhouetten von Marihuana-Blättern hier, »Baby an Bord«-Sticker und Aufkleber der Brisbane Broncos da.

Alle, Kinder wie Lehrer, sind im Haus und erleben die letzten Unterrichtsstunden des Tages. Außer den tanzenden Kröten und dem schwankenden Zuckerrohr regt sich nichts. Mandy fährt über den Parkplatz und auf der anderen Seite wieder hinaus, dann biegt sie von der asphaltierten Straße ab auf einen Pfad, der schnurgerade durch einen Tunnel im schwankenden Zuckerrohr führt. Nach hundert Metern weichen die grünen Wedel zurück und geben den Blick auf die Kindertagesstätte frei. Sie ist im ehemaligen Farmgebäude untergebracht und von hohen Bäumen überschattet. Die Holzverkleidung ist frisch gestrichen, und ein neuer, schlangen- und krötensicherer Stahlzaun umgibt das Grundstück. Ein Golfschläger liegt neben dem Eingang, eine Einladung an Eltern und Gäste.

Mandy parkt im Schatten von Pappeln und stellt den Motor ab, aber bevor sie aussteigt, nimmt sie seine Hand und holt ihn mit leiser Stimme aus seinen Gedanken. »Du weißt alles über meine Eltern«, sagt sie ernst. »Ich wurde gezeugt, als mein Vater meine Mutter vergewaltigte. Sie ist tot, er ist auf der Flucht. Schlimmer geht es nicht.« Sie wartet kurz, bevor sie weiterspricht. »Sieh mich an.«

Martin merkt, dass er starr geradeaus auf die Tagesstätte geblickt hat. Jetzt wendet er sich ihr zu und sieht ihre Besorgnis.

»Es tut weh, Martin«, sagt sie. »Es tut weh, zu wissen, was meiner Mum passiert ist und wie es ihr Leben beeinträchtigt hat. Aber ich kann es nicht ändern. Wenn da Schande im Spiel ist, ist es nicht meine Schande, und wenn jemand Schuld hat, dann nicht ich. Ich komme damit zurecht. Für mich. Für Liam. Für uns. Verstehst du? Für uns.«

Martin nickt. Er weiß, was sie ihm sagen will, und er spürt, dass sie auf seine Antwort wartet. Wenn er eine Beziehung zu dieser Frau haben will, dann muss er sie hereinlassen, ihr von seiner eigenen Vergangenheit erzählen. Das sagt er sich, seit er hier ist. Aber vorher muss er sich dieser Vergangenheit selbst stellen. Nein, sich stellen muss er nicht. So klingt es wie ein Kampf, den er führen muss. Aber er muss die Vergangenheit akzeptieren. Er holt tief Luft. »Meine Mutter und meine Schwester sind gestorben, als ich acht war. Bei einem Autounfall. Als mein Vater starb, war ich sechzehn.«

Er spürt, dass Mandy ihn ansieht. Ihr Blick versucht, sein Schweigen zu durchdringen, zu sehen, was darunter liegt. »Sind sie hier begraben?«

»Wahrscheinlich.«

»Du weißt es nicht?«

Er schaut sie an. »Ja, sie sind hier begraben, denke ich.« Er schluckt, und sie wartet. »Ich war nie an ihren Gräbern.« Mandy schweigt. »Es war noch zu frisch.«

»Du warst nicht auf den Beerdigungen?«

»Nein.«

»Hast du mir deshalb nicht gesagt, dass du von hier bist? Ich habe dir erzählt, das ich nach Port Silver ziehen will, und du hast geschwiegen. Tut es immer noch weh?«

»Eigentlich nicht. Ich habe es einfach ausgeblendet. Wie du sagst, ich habe es hinter mir gelassen und in die Zukunft geblickt.«

Mandy nickt, als fasse sie einen Entschluss. »Du hattest also eine beschissene Kindheit, verstehe. Ich auch. Aber das zu ignorieren ist keine Option. Ich hab's versucht. Es hat nicht funktioniert. Die Geschichte wird dich verfolgen und uns beschädigen.«

»Ich weiß«, sagt er leise. »Du hast recht.«

»Gut. Ich will keine Stückchen von dir, ich will dich ganz. Mach es nicht kaputt.«

Er sieht sie an und nickt.

Aber sie ist noch nicht fertig. »Ich kann dir gar nicht sagen, wie sehr ich mich gefreut habe, dass du kommst. In das Haus ziehst. Ein neues Leben anfängst. Das Einzige, was ich von der Vergangenheit haben will, ist Liam. Aber wenn sie mich verfolgt, bin ich bereit. Ich gehöre ihr nicht – nicht mehr. Ich werde mir von ihr nicht diktieren lassen, wer ich bin. Und du darfst das auch nicht.«

»Ich bin also nicht die Vergangenheit? Ich gehöre nicht nach Riversend?«

Sie lächelt, und in diesem Lächeln liegt Staunen und Sehnsucht. »Nein, Martin. Du bist nicht die Vergangenheit. Du bist die Gegenwart. Und hoffentlich kannst du auch die Zukunft sein.«

Sie drückt seine Hand und steigt aus. Er bleibt sitzen und sieht ihr nach. Er bewundert sie – ihre Kraft und ihre Belastbarkeit. Sie ist es, gegen die die Polizei wegen Mordes ermittelt, sie ist es, die erst vor einem Tag Jasper Speights schreckliches Ende mitangesehen hat. Er sollte sie unterstützen, nicht umgekehrt. Er muss sich zusammennehmen. Vielleicht ist er nicht mehr der kugelsichere Auslandskorrespondent vergangener Jahre, aber das bedeutet nicht, dass er ein Jammerlappen sein muss.

Martin kommt nach Hause – er weiß nicht mehr, woher, vielleicht war er mit Jasper und Scotty unterwegs, vielleicht allein, vielleicht war er am Fluss und hat gelesen. Jedenfalls war er nicht daheim. Wie alt ist er? Elf, vielleicht zwölf. Es ist dunkel und warm und es fängt an zu regnen; Zeit, dass er daheim ist und nicht draußen. Wenn er Glück hat, ist sein Vater noch unterwegs, säuft im Surf Club und zockt. Oder vielleicht hat ihn Sergeant Mackie auch für die Nacht hinter Gitter befördert. Und wenn Ron Scarsden daheim ist, so hofft Martin, dann hängt er sinnlos betrunken in seinem vinylbezogenen Sessel, hat den Gürtel geöffnet, das Unterhemd mit Essen und Schnaps und Sabber beschmiert und der Fernseher plärrt blöde dazu. Das ist seine Hoffnung – dass er mit seinem Vater nicht reden muss, weil der nicht länger daran interessiert ist, mit ihm zu reden. Kein gewalttätiger oder grausamer Mann, nur desinteressiert und ständig betrunken. Also – ja, vielleicht ist Martin zwölf, und die Pubertät rückt näher.

Aber heute Abend ist es schlimmer, viel schlimmer. Sein Vater ist betrunken – natürlich ist er betrunken –, aber er schläft nicht. Ganz und gar nicht. Martin hört es sofort, als er ins Haus kommt: das schrille Kichern, das schweinische Grunzen, das Klatschen von Fleisch auf Fleisch. Sein Vater treibt es mit Hester, die unten in der Straße wohnt. Sie liegt über dem Esstisch, und sein Vater rackert sich hinter ihr ab wie eine Lokomotive, der die Kohlen knapp werden. Klatsch, klatsch, klatsch. Martin starrt die beiden an, überwältigt von so viel Hässlichkeit, und er fragt sich, ob das Glück seinem Vater einen Herzinfarkt spendieren wird. Klatsch, klatsch, klatsch. Hester hebt den Kopf und grinst ihn lasziv an. Ihre linke Titte baumelt hin und her, und ihre Wangen sind mit Rouge beschmiert. Sie sieht aus wie einem Gemälde von Albert Tucker entsprungen. Sein Vater ist zu sehr auf seine Rammelei konzentriert, um ihn zu bemerken. Dann dreht er sich um und schnappt nach Luft, schafft es aber nicht, ihn hinauszuschicken. Martin wendet sich ab und geht. Der Regen ist kalt, aber sauber. Kalt und sauber.

In Mandys Auto vor der Kindertagesstätte, wo die Sonne die Folgen des Wolkenbruchs wegwischt, döst Martin fröstelnd in der Hitze. Aber der Damm ist gebrochen, und alles kommt zu ihm zurück. Die Vergangenheit lauert wie eine Schlange und wartet auf ihre Chance.

Es ist später am selben Abend, Hester ist weg, sein Vater liegt sturzbetrunken im Bett, und Martin hat das Wohnzimmer für sich. Der riesige Fernseher, der einzige Überrest vom Lotteriegewinn, zeigt Bilder aus Berlin. Martin sitzt da und schaut wie gebannt. Die Mauer fällt, die verhasste Mauer. Männer attackieren den von Graffiti übersäten Beton mit Vorschlaghämmern, mit Meißeln und mit bloßen Händen, und die Menge singt und schreit, weint und lacht. Junge Männer mit schlecht geschnittenen Haaren sitzen rittlings auf der Mauer, reichen Flaschen hin und her, machen Friedenszeichen und grinsen in die Kamera. Eine Totale zeigt Leute, die durch eine Lücke im Beton strömen, durch diese Bresche in der Geschichte fluten und sich in Martins Bewusstsein drängen. Und inmitten dieser Menschenmassen steht ein Mann, ruhig und ungerührt, und spricht mit klinischer Präzision in die Kamera. Seine Aussprache ist perfekt, sein blaues Hemd faltenfrei, und er steht über dem ganzen Tumult, spricht mit der Würde des Propheten und rückt alles ins richtige Licht – eine Insel der Logik im wogenden Meer der Emotionen. »Dies ist ohne Zweifel ein historischer Augenblick. Hier wird Geschichte gemacht«, sagt der Auslandskorrespondent, und Martin weiß, es ist die Wahrheit.

Denise Speights Maklerbüro ist geschlossen. Eine handschriftliche Notiz, die innen an der Glastür klebt, verrät, was los ist: *Bis auf weiteres geschlossen. Todesfall in der Familie. Bestattungstermin siehe Longton Observer.* Sie hat Martins Rat doch noch befolgt und sich Urlaub genommen.

»Was jetzt?« Mandy schaukelt Liam auf der Hüfte.

»Ins Hotel?«

»Im Ernst? Können wir nicht was Besseres finden? Ich will eine Wohnung, mit Küche und Bad und Waschmaschine. In einem Hotelzimmer kann ich kein Baby versorgen. Und ich will nicht irgendwo sein, wo die Leute auf mich zeigen und tuscheln.«

»Dann das Townhouse?«

»Nein, da bleibe ich nicht. Das kann ich nicht.«

»Ich versuche Airbnb oder frage Vern. Der wird was wissen.«

»Vern? Wer ist Vern?«

»Mein Onkel.«

Sie sieht ihn ungläubig an. »Dein Onkel? Du hast hier einen Onkel?«

»Ja. Mums Bruder. Ich habe ihn heute getroffen. Ganz zufällig.«

Mandy schüttelt verärgert den Kopf. »Aha. Und wann genau wolltest du mir das erzählen?«

Martin betrachtet seine Füße. »Er hat uns zum Essen eingeladen.«

»Was? Wann?«

»Heute Abend.«

»Oh, verdammt, Martin. Nein.« Sie ist sichtlich erbost. »Ich stehe unter Mordverdacht, falls du das vergessen hast. Dein alter Schulfreund ist gestern Morgen vor meinen Augen gestorben, und ich war voll von seinem Blut. Ich habe die halbe Nacht in einer Polizeizelle verbracht. Ich muss ein zehn Monate altes Baby versorgen. Da werde ich nicht ausgehen und mit deiner Verwandtschaft schön essen und Wein trinken. Das kommt nicht in Frage.« Ihre Stimme hat einen scharfen, beinahe hysterischen Unterton. Liam schaut stumm seine Mutter an; als spüre er ihre Stimmung.

Martin begreift, dass er sich idiotisch benommen hat. »Hör

zu, nimm Liam und geh einen Kaffee trinken oder etwas essen. Ich suche uns eine Bleibe, okay? Ich rufe dich an.«

Sie treffen sich am Townhouse, das am Ende einer Sackgasse mit der Rückseite zum Fluss steht. Martin hat im Wohnwagenpark am anderen Ufer des Argyle einen Bungalow für Selbstversorger gemietet. Nichts Extravagantes, aber am Telefon klang es nach einer geräumigen Behausung, wo sie ungestört sein würden. Als Erstes muss Mandy ihre Sachen und all die Dinge holen, die im 21. Jahrhundert nötig sind, um ein Baby zu versorgen. Von außen wirkt das Townhouse unauffällig, eins unter vielen Beispielen städtischer Architektur mit spitzen Winkeln und sanften Farben. Das heißt, das wäre es, wenn das polizeiliche Absperrband am Tor nicht wäre, der unheimlich aussehende Lieferwagen, der davor parkt, und die beiden Männer in blauen Plastikoveralls mit der Aufschrift SPURENSICHERUNG auf dem Rücken. Die Polizei ist beim Einpacken. Ein Kriminaltechniker mittleren Alters bittet sie, zu warten, während er telefonisch die Genehmigung besorgt. »Alles okay. Wir sind fertig. Sie können reinkommen, wenn Sie wollen«, sagt er. »Aber möchten Sie nicht lieber bis morgen warten? Dann sind die Tatortreiniger fertig. Es ist immer noch ziemlich abscheulich da drin.«

Mandy bleibt entschlossen. »Nein. Mein Baby. Ich brauche seine Sachen.«

Der Mann nickt und führt sie um das Haus herum nach hinten, zwischen ein paar Bananenstauden am Fluss hindurch, über einen von Joggern und Hundebesitzern ausgetretenen Pfad oberhalb der Ufermauer und schließlich durch den kleinen Garten ins Haus. Kleine gelbe Fähnchen mit Zahlen stecken in regelmäßigen Abständen im Rasen.

»Gibt es Fußspuren?«, fragt Martin.

»Ja. Möglicherweise vom Täter. Er ist gerannt.«

»Er?«

Der Kriminaltechniker will antworten und überlegt es sich dann. »Tut mir leid, das müssen Sie die ermittelnden Kollegen fragen.«

»Natürlich«, sagt Martin liebenswürdig und betrachtet die Fähnchen. An den meisten Stellen kann er die Fußspuren, die sie markieren, nicht erkennen, aber vor der Glasschiebetür zum Haus, wo der Rasen an den Beton grenzt, sieht er einen deutlichen Abdruck im Boden. Martin geht vor dem Fähnchen in die Hocke. Für sein laienhaftes Auge sieht die Spur aus wie die Sohle eines gewöhnlichen Schuhs, wie ein Büroangestellter sie tragen würde. Er schaut zu dem Kriminaltechniker auf.

»Darf ich das fotografieren?«

»Nein, lieber nicht. Nicht mit unserer Markierung.« Er lächelte. »Aber wir sind bald weg.«

Martin starrt den Fußabdruck an. Er ist unvollständig, gibt ihm aber Hoffnung: Je mehr Sachbeweise sich finden, desto schneller ist Mandy entlastet.

Im Haus liegt überall feiner Staub: schwarzes Pulver auf den weißen laminierten Arbeitsflächen, rosa Puder auf den Messingtürklinken. Fingerabdruckpulver. Abgesehen davon sind Küche und Esszimmer unauffällig, erfüllt vom Durcheinander des Alltag. Der Kriminaltechniker führt sie ins Wohnzimmer. Liams Laufstall steht dort, aber das ist es nicht, was ihre Aufmerksamkeit erregt: Mitten im Türbogen zum Flur leuchtet eine große, rostrote Pfütze getrockneten Bluts wie ein Hindernis, das es zu überwinden gilt. Sie bleiben davor stehen. Die Pfütze ist nicht konturlos, wie Martin vermutet hätte; sie hat wohl schon angefangen zu gerinnen, bevor Jasper Speight weggebracht wurde, und man sieht die unscharfen Umrisse seiner Gestalt. Martin starrt hin, Mandy würgt.

Der Techniker geht, und sie holen Kartons aus der Garage. In der Küche packt Mandy alles ein, was sie für Liam braucht: Dampfgarer, Mixer und Sterilisator, Fläschchen, Schnuller und Plastikgeschirr. Von oben holt sie Babykleidung, Windeln, Wolldecken. Martin hilft ihr und umkurvt vorsichtig das Blut am Fuße der Treppe. Er nimmt Liams Bettchen auseinander, den Wickeltisch, den Hochstuhl und den Laufstall. Er hat gar nicht gewusst, wie viele Dinge ein Kleinkind braucht.

Das Townhouse ist aufgeräumter als er Mandys Haus auf dem Land in Erinnerung hat. Vielleicht hat sie zur Vorbereitung auf seine Ankunft dafür gesorgt, oder sie war noch nicht vollständig eingezogen. Das Waschbecken im oberen Badezimmer ist mit einer braunen Flüssigkeit bespritzt. Zuerst hält er es für Blut, dann begreift er, dass es Haarfarbe sein muss. Er kämpft gerade mit einer widerspenstigen Schraube am Wickeltisch, als der Teamleiter der Spurensicherung den Kopf zur Tür hereinstreckt. »Wir sind weg«, sagt er. »Das Haus gehört Ihnen. Die Tatortreiniger kommen heute im Laufe des Tages oder morgen früh.« Martin bringt ihn hinaus, dann durchstreift er das Haus und fotografiert alles mit seinem Handy. Im Garten nimmt er den Fußabdruck aus allen denkbaren Blickwinkeln auf und legt seinen Autoschlüssel zum Größenvergleich daneben.

Der Wohnwagenpark liegt am anderen Ufer des Argyle River und westlich der Brücke, wo die Longton Road zur Dunes Road wird. Mandy und Liam folgen Martins altem Corolla in ihrem neuen Subaru durch das Tor, ein dreieckiges Gerüst aus rostigem Metall, an dem ein verwittertes Schild mit abblätternder Farbe hängt: RIVERSIDE CARAVAN PARK. Ein aus Sperrholz gesägter Delphin hängt an seiner Nase; die Schraube, die seinen Schwanz gehalten hat, ist abgebrochen. Früher oder später wird entweder der Delphin herunterfallen oder das ganze Tor einstürzen, vielleicht beim nächsten starken Sturm. Martin hofft, dass sie bis dahin längst weg sind und es sich in ihrem neuen Zuhause auf der Klippe gemütlich gemacht haben, im Hartigan's. Die Einfahrt hinter dem Tor ist von weiß angemalten Steinen und Schwänen aus alten Autoreifen gesäumt. Überall stehen Schilder: SPIELENDE KINDER und 10 KM / H und BESUCHER AN DER REZEPTION MELDEN und CAMPEN IST NUR AN DEN AUSGEWIESENEN PLÄTZEN ERLAUBT – es ist ein wahrer Wald von Anweisungen und Verboten. Martin fragt sich, ob es ein ungeschriebenes Gesetz gibt: Je billiger, desto mehr Schilder.

Die Zufahrt gabelt sich. Ein weiteres Schild verkündet, dass rechts für DAUERCAMPER bestimmt ist. Der Weg nach links ist für TOURISTEN – KURZZEITAUFENTHALT. In der Weggabelung steht wie eine Zollstation ein zweigeschossiges Gebäude auf Stelzen. Anscheinend bevorzugt es die Kurzzeittouristen, denn es neigt sich halsbrecherisch zu ihrer Seite. Martin hält vor einem großen Stoppschild und einem Pfeil mit der Aufschrift REZEPTION, Mandy wartet hinter ihm. Das Büro ist im unteren Stockwerk; man erreicht es über ein paar Stufen.

Eine Frau mittleren Alters sitzt davor und raucht Pfeife. Sie trägt Shorts und Arbeitsstiefel und versucht nicht, ihre Beinprothese zu verbergen, eine moderne Konstruktion aus glänzendem Metall und Hightech-Komponenten. Ein Schäferhund liegt zusammengerollt zu ihren Füßen, und blauer Rauch umrahmt ihr Gesicht. Der Hund hebt den Kopf und hält die Nase schnuppernd in den Wind. Als Martin aussteigt, senkt der Hund wieder unbeeindruckt den Kopf. »Tag.«

»Tag«, sagt die Frau.

»Ich habe angerufen. Wegen eines Bungalows. Martin Scarsden.« Martin bleibt unten an der Treppe stehen.

Die Frau mustert die beiden Autos, vollgepackt mit Taschen und Kram. »Kein Problem. Wollen Sie erst mal reinschauen?«

»Gern. Ist es am Wasser?«

»Wohl kaum. Da drüben, hinter den Bäumen. Aber man kann den Fluss sehen.«

»Okay«, sagt Martin. Aus irgendeinem Grund hat er sich einen Balkon mit Blick auf das Wasser vorgestellt.

»Hochwasser«, sagt die Frau, als sollte das eigentlich jedem klar sein. »Am Fluss sind nur Zeltplätze und Selbstfahrerbereiche. Hütten und Waschräume stehen auf höherem Gelände, und die Dauerbewohner sind noch mal ein Stück höher. Wohlgemerkt, nicht hoch genug. Wenn die ganz große Welle kommt, sind wir alle im Arsch.«

»Verstehe«, sagt Martin. »Wundert mich, dass der Stadtrat das erlaubt.«

Die Frau lacht, laut, kehlig und rau von Tabak. »Ha! Die Stadt braucht uns. Das hier ist wie eine Seniorensiedlung – all die alten Knacker, die sich nichts Besseres leisten können, und dazu die alleinerziehenden Mütter. Hier sind wir niemandem im Weg. Hier oder in der Siedlung – aber wer will da schon wohnen?« Die Frau wirft einen Blick auf Mandys Auto. »Keine Angst, es sind gute Leute; die werden Ihnen nichts tun. Ihre Wertsachen sollten Sie aber für alle Fälle einschließen.«

ACHT Verns Haus, das ursprünglich holzverkleidete Cottage, hat im Laufe der Jahre Anbauten bekommen, die wie Zweige aus einem Baumstumpf sprießen, organisch gewachsene Konstruktionen aus Faserplatten, Holz und Schalbrettern, so dass die frühere Fassade kaum noch zu erkennen ist. Das Dach ist bedeckt mit schief angebrachten Solarpaneelen, Fernsehantennen, Satellitenschüsseln, Wasserboilern, Kaminen aus Backstein und Stahl und etwas, das wie Laub aussieht. Wie um die exzentrische Anmutung des Hauses zu betonen, sind einzelne Teile in verschiedenen Farben gestrichen, als wären sie farbcodiert je nach Datum der Fertigstellung. Das Haus steht in einer Flussbiegung auf einem fünf Hektar großen Grundstück, einer der seltenen Halbinseln auf höherem Gelände, ein paar Kilometer westlich der Brücke, draußen hinter den ziegelverblendeten Faserplattenbauten der Mietwohnungssiedlung, wo Angestellte der städtischen Gastronomie wohnen, Arbeiter und Obstpflücker, Rentner und Invalide, Arbeitslose und alleinerziehende Mütter, meilenweit entfernt von der Flutmarke des Geldes auf dem Interstate Highway, über die sich kein Tourist hinauswagt. Die Sonne steht tief, als Martin sein Auto in die Zufahrt steuert, vorbei an Zitrus- und Avocadobäumen, und zwischen einem dunkelgrünen Fließheck, einem verbeulten, staubigen Toyota-Truck, einem HiAce-Lieferwagen und einem rot-schwarzen Geländemotorrad mit Anfängerkennzeichen und Satteltaschen parkt. Im Westen spiegeln sich die letzten Sonnenstrahlen in den glänzenden Plastikwänden der Treibhäuser, die die Ebene wie ein Flickenteppich bedecken.

Ein barfüßiger Junge von ungefähr zwölf Jahren öffnet die Tür. Er trägt ein schmuddeliges Nike-T-Shirt und macht ein mürrisches Gesicht. Sein verwuscheltes Haar sieht aus wie ein Vogelnest. »Ja? Was wollen Sie?«, fragt er herausfordernd.

Bevor Martin antworten kann, erscheint Vern in einer verschlissenen Schürze. »Komm rein! Willkommen!« Er schüttelt Martin begeistert die Hand.

Einen Flur gibt es nicht; durch die Haustür kommt man direkt ins Wohnzimmer. Es ist eng, und Kinder und Chaos lassen alles noch kleiner wirken. Kleine Kinder rennen hin und her und spielen Verstecken; eins erwählt sich Martin als potentiellen Unterschlupf, findet dann aber eine bessere Deckung. Drei ältere Kinder, zu denen sich jetzt auch der verstrubbelte Junge gesellt, hocken vor einem riesigen Flatscreen-Fernseher und sind in ein Videogame vertieft. Der Lärm schwillt an: Maschinengewehre und Explosionen mischen sich in das Kreischen und Lachen der Kleineren und die Musik der Rolling Stones, die irgendwo in den Tiefen des Hauses dröhnt. Halb sortierte Wäsche türmt sich auf den Sesseln, eine bunte Ansammlung, auf die jeder Wohltätigkeitsbazar stolz sein könnte, und überall auf dem Boden liegen Spielsachen. Eine Klimaanlage pumpt kühle Luft in den Raum.

Es ist nicht das, was Martin erwartet hat; er wusste nicht, dass sein Onkel Kinder hat. Ein Knirps von ungefähr drei Jahren klammert sich an sein linkes Bein und will geschwenkt werden. »Huckepack«, verlangt die unwesentlich ältere Schwester des Jungen.

»Mein Gott, Vern. Gehören die alle dir?«

»Nein, nur ungefähr ein halbes Dutzend. Ich hab aufgehört zu zählen.« Er strahlt stolz.

Eine Frau erscheint. Sie zeigt keine Spur von Schüchternheit, kommt auf Martin zu und umarmt ihn. »Willkommen, Martin«, sagt sie, bevor sie ihn wieder loslässt. Martin sieht ihr breites, freundliches Lächeln und den warmherzigen Blick ihrer sanften braunen Augen. »Ich bin Josie.« Erst, als sie einen Schritt zurück macht, sieht er ihren indigenen Anteil: die breite Nase und die Haut, braun wie Milchkaffee. Sie ist jünger als Vern, vielleicht so alt wie Martin. Sie hat ein bisschen Übergewicht, wirkt fit und vital in ihrem Khakihemd und den Shorts eines Rangers.

»Schön, dich endlich zu treffen«, sagt sie. »Ich habe das Gefühl, ich kenne dich schon lange. Vern zeigt mir immer deine Artikel.«

»Aha.« Martin wirft einen verlegenen Blick zu seinem Onkel hinüber.

»Schade um die Hochzeit, aber man kann ja nicht an zwei Orten zugleich sein«, fährt Josie fort und bückt sich, um das Kind von seinem Bein zu klauben.

Hochzeit? O Gott.

»Hausbräu?«, fragt Vern und hält eine langhalsige Flasche ohne Etikett hoch. »Wir haben auch noch milderen Stoff, falls die Kinder nicht alles weggetrunken haben.«

»Hausbräu klingt gut, danke.«

»Du trinkst also heutzutage?«

»Ja, ab und zu.«

Vor dem Fernseher bricht ein Kampf aus; zwei Teenager streiten um den Gamecontroller.

Weder Vern noch Josie versuchen, sich einzuschalten; Vern zieht nur die Brauen hoch und verdreht die Augen. »Komm, wir gehen raus. Hier entlang.« Er führt Martin durch einen Korridor, und Josie folgt ihnen. Zwei kleine Kinder tapsen hinterher. Der Linoleumboden ist weich und nachgiebig, und die ungestrichenen Gipsplattenwände sind mit Kinderkritzeleien und Fingerfarbenkunst auf Wachspapier bedeckt. Martin entdeckt durch offene Türen unaufgeräumte Schlafzimmer mit Stockbetten. Es riecht nach Räucherstäbchen, Staub und Mensch. Der Korridor macht einen Knick nach rechts und dann wieder nach links, und durch ein recyceltes Fenster kann man sehen, warum: Das Haus ist um einen großen Macadamia-Baum herum gebaut, der einen Innenhof beschattet.

»Ich bin gleich wieder bei euch«, sagt Josie und biegt, gefolgt von den beiden Kindern, in eine große Küche ab. Die Küche ist hell und luftig, ein Eigenbau, aber mit Küchengeräten aus Edelstahl, die im Licht der breiten Fenster, der Oberlichter und einer Reihe LED-Lampen glänzen. Auf dem Herd steht ein großer Topf, und der Duft von Suppe steigt Martin in die Nase.

Die beiden Männer betreten eine große Veranda, deren hinteres Ende noch nicht fertig ist. Sie erstreckt sich über die ganze Rückseite des Hauses. Im schwindenden Tageslicht sieht Martin, dass die Planken in Türnähe hellgrau verwittert sind. Das neuere Holz hinten ist dunkler. »Unsere Zweitälteste, Josies Tochter Lucy May«, erklärt Vern. »Sie hämmert das Ding zwischen zwei Jobs zusammen.« Die Veranda mag noch nicht fertig sein, aber benutzt wird sie trotzdem: Ein riesiger Gasgrill steht an der Küchenwand unter einer fleckenlosen schwarzen Plastikabdeckung, und ein langer Tisch daneben, groß genug für ein Dutzend Leute, ist aus zwei stark verwitterten Vorgängern zusammengeflickt, deren Enden schräg abgesägt wurden, um die Teile zu einem größeren Ganzen zusammenzusetzen. Der Tisch ist umringt von Stühlen, die von irgendwoher zusammengetragen worden sind. Keine zwei sehen gleich aus. Neben dem Tisch steht eine alte Kühlbox voll Eis; Vern zieht eine Langhalsflasche mit Hausbräu heraus und hebelt sie auf mit einem Flaschenöffner, der mit einer Schnur an der Kühlbox befestigt ist. »Bitte sehr. Mal sehen, was du sagst.«

Die Flasche liegt kalt in der Hand. Martin nimmt einen Schluck und stellt erleichtert fest, dass das Bier leicht und sauber ist, nicht das stark gehopfte Gebräu, das er erwartet hat. »Verdammt gut«, sagt er. Sie stoßen an, heben die Flaschen an die Lippen und trinken gleichzeitig.

Vern führt Martin über eine behelfsmäßige Treppe von der Veranda hinunter zu einem viel genutzten Grill aus Porenbetonblöcken, umrahmt von Flusssteinen und Beton. Ein Feuer brennt bereits, aber Vern holt noch mehr Holz aus einer benachbarten Wellblechhütte, spaltet es mit mühelosen Axthieben auf einem Baumstumpf und füttert die Flammen.

Martins Blick folgt dem Rauch, der in den klaren Himmel hinaufsteigt. Es ist ein warmer Abend, klar und still. Im Westen leuchtet der Himmel noch in Rosa- und Orangetönen, Malvenblau und Gelb. Unterhalb der schwarzen Höhen erscheint der Sonnenuntergang noch einmal als Spiegelung im breiten Fluss, ein Band aus Licht, das auf das Haus zufließt, durch die Biegung unterhalb von Verns Grundstück und weiter nach Port Silver und ins Meer. Funken steigen knisternd in den Himmel und lassen die Rauchfahne flackern.

»Was für eine Gegend«, sagt Martin. »Seit wann wohnst du hier?«

»Seit fast zwanzig Jahren. War nur eine Hütte, als ich sie gekauft habe. Kurz nach deiner Abreise.«

»Und flutsicher?«

»Das sollte es sein. Der Fluss ist noch nie so hoch gestiegen, nicht seit die Weißen hier wohnen. Das heißt nicht, dass es nicht passieren kann, aber dafür muss schon eine biblische Katastrophe kommen.«

»Aber dann kriegst du Geld von der Versicherung«, meint Martin.

»*Fuck*, keine Ahnung. Ich hab nie nachgesehen. Wenn wir überflutet werden oder wenn alles abbrennt, baue ich es eben wieder auf. Lucy May ist Zimmermannslehrling. Sie kann so was. Wenn sie die Veranda fertig hat.«

Martin lächelt. Er freut sich, dass Vern seine entspannte Einstellung trotz der Kinder behalten hat. In seiner eigenen Kindheit, als alle so verkrampft waren – seine Eltern, seine Lehrer, die Eltern seiner Freunde –, war Vern immer Mr. Cruise. Martin fragt sich, wie viel davon echt und wie sehr es der Ausgleich war dafür, dass er nicht schreiben konnte. Das meiste war echt, entscheidet er. Martin hebt die Flasche und nimmt noch einen großen Schluck. Der Geschmack passt gut zu der warmen Luft, dem Geruch von Holzrauch und dem Fluss. Oben im Nordwesten, wo der Argyle sich dem Escarpment entgegenschlängelt, sieht er die Lichter der Zuckermühle aufleuchten, und der Schornstein pafft wie ein versonnener Raucher. Der Abendfrieden, unterstrichen von dem scheinbar fernen Lärm von Kindern und Rockmusik, der aus dem Haus driftet, durchdringt ihn.

»Du wirkst glücklich, Vern.«

»Oh, das bin ich auch. Ich bin für jeden Tag dankbar.«

»Wie hast du Josie kennengelernt?«

»Beim Angeln.«

»Beim Angeln?«

»Ja. Nicht professionell, nicht auf hoher See. Ich habe einen Bach oben auf dem Escarpment gesucht. Es war ein verdammt heißer Tag, und ich dachte, da oben ist es kühler. Ich hab einen Wasserfall gefunden, das Angeln vergessen und bin schwimmen gegangen. Sie hat mich entdeckt und meine Kleider geklaut.« Verns Augen leuchten im Widerschein des Feuers, und er grinst breit. »Sie hatte schon Lucy May, und ich hatte Levi. Dazu zwei Streuner, die uns zugelaufen sind. Inzwischen haben wir fast unsere eigene Cricketmannschaft zusammengebracht.«

»Und womit verdienst du deine Brötchen, wenn ich fragen darf? Auf deiner Karte steht was von Chartertouren zum Angeln.«

»Stimmt. Die Regierung hat die Fischerei weitgehend zugemacht und die meisten Lizenzen zurückgekauft, auch meine beiden. Neunzig Prozent der Küste sind jetzt Meeresschutzgebiet. Es gibt nur noch zwei ganz Hartnäckige mit beschränkten Li-

zenzen, die die Restaurants im Ort beliefern. Und die Hobby-
angler. Ich kann nebenher ein bisschen verkaufen, aber hauptsächlich kommt das Geld von den Touristen.«

»Das ist hart. Es fehlt dir sicher.«

»Nein, eigentlich nicht. Ist alles zum richtigen Zeitpunkt passiert. Ich hab genug Geld gekriegt, um dieses Haus zu bezahlen.
Das hat uns gerettet; die Fischbestände wurden immer weniger,
und die Banken kreisten über uns. Ich habe das große Boot verkauft und das kleine behalten, für Charterausflüge zum Angeln
und zum Wale-Gucken. Im Sommer läuft es gut, im Frühling
und im Herbst okay. Levi geht mir zur Hand. Er ist ein guter
Junge. Zwischendurch und im Winter mache ich Gelegenheits-
arbeiten und helfe den Handwerkern in der Stadt. Ich habe
immer noch meine Schreinerwerkzeuge, soweit Lucy May sie
nicht geklaut hat. Josie hat einen Fulltime-Job. Sie gehört zu den
indigenen Rangern und ist die eigentliche Ernährerin der Familie. Ich mache viel mit den Kindern. Ist ein ziemlich ausgefülltes
Leben. Hast du Kinder?«

»Nein. Ja. Sozusagen. Meine Partnerin hat einen kleinen Jungen. Jetzt werde ich wohl mehr mit ihm zu tun haben.«

»Freu dich.«

»Irgendwelche Tipps?«

»Man muss Kinder lieben, für sie sorgen, sie unterstützen. Ihnen den Kopf zurechtrücken, wenn sie es brauchen. Aber glaube
nie, du könntest sie ändern. Sie sind die, die sie sind. So einfach
ist das.«

Martin nickt, aber er fragt sich, ob Mandy mit Liam je so entspannt sein wird. Und ob er es werden kann. »Mandy lässt sich
übrigens entschuldigen. Sie möchte dich kennenlernen, aber sie
steht noch unter Schock.«

»Wegen Jasper?«

»Ja.«

»Und du?«

»Mir geht's gut. Ich habe so was schon öfter gesehen.«

»Was hast du schon öfter gesehen?«

»Den Tod.«

Vern trinkt einen Schluck und denkt über Martins Worte nach. »Aber es ist bestimmt schwieriger, wenn es um einen Freund geht.«

»Ja. Vielleicht.«

Die Männer schweigen. Vern stochert im Feuer. Der Himmel wird dunkler, die ersten Sterne erscheinen im Osten, und darunter funkeln die Lichter von Port Silver

»Na, du warst nie besonders gesprächig.« Vern bricht das Schweigen. »Wenn du mal jemand brauchst, zum Reden, und deine Frau nicht beunruhigen willst: ich bin immer hier.«

»Danke, Vern, das ist nett von dir.«

»Ich mein's ernst. Und gib acht auf sie, Martin. Eine gute Frau ist schwer zu finden.«

»Meinst du?«

»Darauf kannst du einen lassen. Josie hat mir praktisch das Leben gerettet. Na ja, jedenfalls hat sie es in Ordnung gebracht. Ich kann mir nicht mehr vorstellen, ohne sie zu sein. Sie hat mir sogar etwas Lesen und Schreiben beigebracht.«

Martin nickt. Ein Leben ohne Wörter ist für ihn undenkbar. Hat er sich deshalb so früh von Vern gelöst? War das einer der Gründe?

»Ich habe Legasthenie und noch ein paar Sachen. Es war schwer. Aber sie hat mir geholfen.«

»Das war bestimmt nicht einfach.«

»War es auch nicht. Mit manchen von den Analysen, die du so schreibst, wenn du auf deinem hohen Ross sitzt, komme ich immer noch nicht klar. Dann lasse ich sie mir von Josie vorlesen.«

»Meine Artikel?«

»Ja. So hat sie es mir beigebracht. Sie dachte, es wäre leichter, wenn es was ist, was mich interessiert.«

Martin weiß nicht, was er sagen soll. Also schweigt er, ist froh, dass Vern sein Gesicht nicht sehen kann.

»Aber das Wichtigste, was sie mir beigebracht hat, waren nicht Wörter oder Zahlen. Das Wichtigste war, dass ich nicht dumm bin. Früher dachte ich, ich bin blöd. Jetzt denke ich das nicht mehr. Das ist ein Geschenk, das sie mir gemacht hat.«

»Du warst nie dumm, Vern.« Das stimmt; Martin hat seinen Onkel nie für unintelligent gehalten. Aber im Gegensatz zu Josie hat er nie etwas unternommen, um ihm zu helfen. Oder um seine Selbstachtung zu stärken.

»Deshalb musst du auf diese Mandy achtgeben. Wenn du eine gute Frau hast, darfst du sie festhalten.«

Wieder schweigen die Männer. Vern macht sich am Feuer zu schaffen, und Martin schaut zu und denkt an Mandy, die jetzt allein mit Liam im Wohnwagenpark ist. Vern hat recht, er sollte bei ihr sein. Aber er kann seinen Onkel nicht einfach sitzen lassen. Soll er ihn ausfragen oder sich der verführerischen Wärme des Abends und des Feuers hingeben? Es war ein langer Tag nach der unruhigen Nacht in der Zelle. Er spürt, wie die Erschöpfung ihn übermannt und reißt die Augen auf. Sein Onkel trinkt sein Bier aus.

»Willst du noch eins?«

Martins Flasche ist fast leer. »Na klar. Ich gehe welches holen.«

Er kommt von der Kühlbox zurück und reicht seinem Onkel eine Flasche. »Vern, heute Morgen habe ich Denise Speight gesehen.«

»Die arme Frau. Wie verkraftet sie es?«

»Nicht gut, fürchte ich.«

»Ich glaube, ich bringe ihr ein bisschen Fisch. Mal sehen, was wir sonst tun können.«

Martin lächelt, als er sich vorstellt, wie Vern mit Beileidswünschen und einer Meeräsche vor Denise Speight steht. »Denise sagt, Jasper war gegen ein Erschließungsprojekt in Mackenzie's Swamp, mit Yachthafen und Golfplatz.«

»Das stimmt. Aber du glaubst doch nicht, dass er deswegen umgebracht wurde, oder?«

»Keine Ahnung. Vielleicht. Denise meint, er wollte, dass ich eine Story über die Erschließungspläne schreibe. Sie sagt, du hast mit ihm zusammengearbeitet.«

»Ein wenig. Josies Leute haben einen indigenen Besitztitel für die Lagune und das Land drumherum. Wir versuchen, Einspruch gegen jede Erschließung einzulegen, bis dieser Besitztitel geklärt ist.«

»Einspruch? Ihr habt einen Anwalt?«

»Ja. Ein junges Ass hier in der Stadt. Grieche.«

»Nick Poulos?«

»Du kennst ihn?«

»Wir sind uns begegnet. Er ist ein Ass?«

»Wenn er kostenlos arbeitet, ja.«

Das ist sie wieder, Verns lakonische Treffsicherheit. »Was glaubst du, wie groß eure Chancen sind, es zu stoppen?«

Vern nuckelt an seiner Flasche. »Weiß nicht. Aber aus Yachthafen und Golfplatz wird nichts, wenn aus dem Resort am Hummingbird Beach nichts wird. Hat Denise dir davon erzählt?«

»Ja.«

»Ohne das Resort wäre der Yachthafen eine Fehlinvestition. Genau wie der Golfplatz.«

»Und woran hapert es bei dem Resort? Gibt es da auch indigene Besitzansprüche?«

»Nein. Auf dieser Seite der Straße ist alles in Privatbesitz. Aber soweit ich weiß, will die Eigentümerin nicht verkaufen.«

»Wer ist denn die Eigentümerin?«

Vern hört auf, im Feuer herumzustochern, schaut ihn an. Martin hat den Eindruck, dass sein Onkel in seinem Gesicht etwas sucht, vielleicht ein Zeichen der Erinnerung. Dann antwortet er. »Jennifer Hayes, genannt Jay Jay. Erinnerst du dich an sie?«

»Nein. Aber bei dem Namen klingelt irgendwas. War sie nicht Surf-Champion oder so?«

»Genau. Da warst du noch ein Kind. Sie ist vor ein paar Jahren zurückgekommen. Hat das Gelände geerbt, als ihre Eltern gestorben sind. Eine von vielen pleitegegangenen Milchfarmen. Sie hat sich selbstständig gemacht, kann ihre Grundsteuer bezahlen, und ihren Lebensunterhalt verdient sie mit Strandhütten für Backpacker, Surfkursen für Ausländer, Yoga-Klassen für Frauen mittleren Alters.«

»Und das reicht ihr?«

»Jetzt ja. Seit sie sich einen Swami angeschafft hat. Davon musst du doch gehört haben.«

»Einen Swami? So was wie einen Guru? Wirklich?« Martin lacht. »Wieso soll ich davon gehört haben?«

»Swami Hawananda. Das ging vor ungefähr einem Monat durch die Nachrichten.«

»Die Nachrichten? Im Ernst?«

»Ja. Sie hat ihn aus Indien importiert. Mit einem befristeten Arbeitsvisum.«

»Und der *Longton Observer* war nicht einverstanden?«

Vern schüttelt den Kopf und lacht. »Nein, nicht das Lokalblatt. In den landesweiten Nachrichten. Nicht zu fassen, dass du nicht davon gehört hast. Ein großer Soap-Star, Garth McGrath, hat seine Frau verlassen und ist hierher gezogen, um Hawanandas Jünger zu werden. Es gab alle möglichen Storys über Orgien und Drogen und Partys. Die Ortspolizei hat ihnen Ärger gemacht, hat sogar Razzien veranstaltet. Fotografen haben in Booten vor dem Strand gelauert und Drohnen fliegen lassen. Lauter so'n Mist.«

Eine Erinnerung erwacht: ein Bericht in dem alten Fernseher in seinem Motelzimmer unten in der Riverina, Leute tanzten halb nackt im Kreis wie in einer Neuauflage von Woodstock. Das war Port Silver? »Und wie ging's weiter?«

»Gar nicht. Es war ein reiner Medienzirkus. Die Cops haben keine Drogen gefunden, nur zwei Backpacker mit etwas Gras. Und Sex ist ja nicht illegal. Das war während der Ferien, und ich hatte mit Charterfahrten vollauf zu tun, aber Jasper und Nick haben Jay Jay geholfen. Jasper hat vermutet, dass jemand sie in Misskredit bringen wollte und die Stadt sie dann zwingt, zu verkaufen.«

»Tatsächlich? Könnte das passieren?«

»Nicht so ohne weiteres. Die Hälfte der Ratsmitglieder sind Grüne, deshalb ist sie nicht ohne Unterstützung. Inzwischen ist Gras darüber gewachsen. Als die Cops nichts fanden, haben die Medien das Interesse verloren. Man kann nicht endlos viele Bilder von einem Soap-Star bringen, der seinen Pimmel in den Wind hängt.«

»Ist der Swami noch hier?«

»Soweit ich weiß, ja. Ich schätze, Gurus sind schwer zu finden.«

»Und Jay Jay Hayes – sie will nicht verkaufen?«

»Davon geht Jasper jedenfalls aus. Er meint, sie hat so viel Spaß wie noch nie und verdient genug.«

»Und die Pläne für die Marina und den Golfplatz anzufechten eilt nicht?«

»Soweit ich weiß, nein.«

»Warum sollte jemand Jasper ermorden, wenn die Erschließung nicht vorankommt?«

»Verdammt, ich weiß es nicht. Hat wahrscheinlich nichts miteinander zu tun.«

Martin nimmt noch einen Schluck und verwirft widerwillig die Möglichkeit, dass Jasper ermordet wurde, weil er gegen die Erschließung von Mackenzie's Swamp war. Eine Erinnerung taucht unversehens auf: wie er draußen im Westen allzu bereitwillig voreilige Schlüsse gezogen hat und dann derart daneben lag, dass er seinen Job verlor. »Denise meinte, Jasper hatte vielleicht etwas für mich. Irgendwelche Informationen. Hast du eine Ahnung, was das sein könnte?«

»Nein. Keine Ahnung.«

»Anscheinend hat er Postkarten gesammelt.«

»Wirklich?« Vern ist verblüfft. »Und du glaubst, jemand hat ihn deswegen umgebracht?«

Martin muss lachen. »Nein. Natürlich nicht.«

Ein junger Mann kommt von der Veranda herunter. Er ist gut fünfzehn Zentimeter größer als Martin oder Vern und hat harte Muskeln, einen tätowierten Bizeps und die Hautfarbe eines Insulaners. Er kommt auf Martin zu, und seine Stimme klingt selbstbewusst. »Du bist also der große Martin Scarsden? Ich weiß alles über dich.«

»Was ›groß‹ betrifft, bin ich nicht sicher, aber Martin Scarsden bin ich.«

»Ich bin Levi. Dein Cousin.«

»Aha.« Martin streckt ihm die Hand entgegen und versucht, nicht zusammenzuzucken, als der junge Mann sie drückt. Und die ganze Zeit überschlagen sich seine Gedanken. Verns Kinder sind seine Cousins. Natürlich sind sie das; warum muss Levi darauf extra hinweisen? Cousins. Bei dem Gedanken muss er lächeln. »Es ist wirklich toll, dich kennenzulernen, Levi. Ich wusste nicht, dass ich eine so große Familie habe.«

»Ja, dieser verdammte Vern«, sagt sein Cousin mit freundlichem Spott. »Wer weiß, wie viele Nachkommen er hier in der Gegend hat? Es heißt ja, die halbe Siedlung stammt von ihm ab.«

Vern lacht nur; Levi scheint dem Einfluss des väterlichen Rüffels entwachsen.

»Ich gehe lieber wieder rein und mache mich nützlich. Mum will wissen, wann du das Fleisch brauchst.«

»Jederzeit«, sagt Vern. »Das Feuer ist gleich so weit.«

»Ein großer Junge«, sagt Martin und sieht Levi nach, der mit zwei Schritten wieder auf der Veranda steht.

»Und erst siebzehn. Verdammt, hoffentlich ist er fertig mit dem Wachsen. Er frisst uns noch die Haare vom Kopf.«

Das Feuer ist heruntergebrannt und glimmt rot in der Nacht. Vern harkt die Glut glatt und legt einen Grill darüber, als wie auf ein Stichwort Levi und ein Teenager mit asiatischem Gesichtsschnitt – vielleicht Lucy May, die Schreinerin – mit Platten voll Fleisch, Fisch und Würsten von der Veranda herunterkommen. Martin geht ihnen zur Hand, zerschneidet eine Kette Würstchen und sticht sie mit einer Gabel an, während Vern das Grillen übernimmt. Levi und seine Schwester sitzen auf der Veranda und reden leise.

»Okay!«, ruft Vern seinen Kindern zu. »Noch fünf Minuten!«

Lucy May geht wieder ins Haus, um die anderen zu rufen, und Levi kommt herunter. Levi und Martin halten die Platten, während Vern das Fleisch darauf stapelt. Josie und Lucy May kommen, begleitet von einem Kindergeschwader, das den Tisch deckt und Petroleum- und Gaslampen, Citronella-Kerzen und Anti-Moskito-Spiralen anzündet. Salate werden gebracht, Berge von Weißbrot, Gläser und Wasserkrüge, Vier-Liter-Behälter mit Tomatensauce und ein Topf mit dampfender Minestrone. Jedes Kind weiß, was es zu tun hat, an die Stelle des scheinbaren Chaos im Zimmer ist koordinierte Aktion getreten. Eine Kette von bunten Partylämpchen auf dem Dach erwacht flackernd zum Leben, und plötzlich ist die Nacht erfüllt von Lärm und Licht, Menschen und Lachen. Martin zählt zehn Kinder, angefangen mit zwei Kleinkindern bis hinauf zu zwei etwa fünfzehnjährigen Jungen und Lucy May und Levi. Martin bekommt den Ehrenplatz am Kopf des Tisches zwischen Josie und Vern. Die Augen der Kinder sind auf ihre Eltern gerichtet. Einen Moment lang glaubt Martin, sie warten, dass jemand das Tischgebet spricht. »Okay«, sagt Vern stattdessen. »Lasst was für Martin übrig. Er gehört zur Familie.« Und wie auf Startschuss, machen die Kinder sich über das Essen her, aber auf disziplinierte Art. Die Älteren helfen den Jüngeren und reichen das Gegrillte herum. Martin beobachtet, wie Vern und Josie seinen Teller mit Köstlichkeiten beladen und muss sie bremsen, bevor sie ihm zu viel geben.

Nach dem Essen, als die Kinder den Tisch abgeräumt haben und unter Lucy Mays und Levis Aufsicht ins Haus zurückgekehrt sind, sitzen die drei Erwachsenen in der warmen Abendluft. Josie dreht konzentriert einen Joint, und bald hängt der schwere Duft von Marihuana-Rauch in der Luft. In Martin erwacht die Erinnerung an Teenagersünden. Der Geruch hat etwas Tröstliches, Vertrautes. Josie reicht ihm den Joint, und er nimmt ihn – eher aus Höflichkeit, nicht aus Verlangen. Seine Lider werden schwer; Essen und Trinken und die Erschöpfung nach dem langen Tag machen ihn schläfrig. Er nimmt ein paar flache Züge und lauscht dem Knistern der Glut, bevor er den Joint an Vern weiterreicht.

Die Augen fallen ihm zu, und die Nacht umschließt ihn. Aus dem Haus kommt Musik und mischt sich in die Geräusche der Nacht: Frösche quaken, irgendwo zwischen den Treibhäusern bellen Hunde, das heruntergebrannte Feuer knistert gelegentlich, und im Fluss springt ein Fisch.

Er schreckt hoch. Verns Hand liegt auf seiner Schulter. »Komm, Soldat. Wir bringen dich nach Hause.«

Martin rappelt sich hoch, und es dauert einen Moment, bis er ganz wach ist. Josie ist nicht mehr da. »Scheiße, wie lange habe ich geschlafen?«

»Nicht lange. Ein paar Minuten. Komm. Ich bringe dich zurück.«

»Du kannst fahren?«

»Nicht mit dem Auto. Nicht, solange die Polizei unterwegs ist. Wir nehmen den Fluss. Levi steuert das Boot.«

»Okay.«

»Du kannst gern bleiben, Martin, aber ich dachte, dein Mädel macht sich vielleicht Sorgen.«

Jetzt ist Martin hellwach. Mandy. Er wirft einen Blick auf sein Handy und sieht, dass es erst zehn Uhr ist. Es fühlt sich eher wie Mitternacht an. Er schickt ihr eine SMS. *Fahre jetzt los. Bin gleich da.*

Levi führt sie zum Fluss hinunter. Er hat eine altmodisch geformte Lampe in der Hand. Der Weg ist ausgetreten und leicht zu erkennen. Am Fluss, in einer kleinen Bucht, liegt ein Aluminiumboot. Es ist an einen Kasuarinabaum gebunden. Offenbar ist Ebbe. Sie schieben das Boot ins Wasser, Levi hält es fest, und sein Vater und Martin klettern an Bord. Levi watet hinterher und steigt geschickt über die Bordwand. Er kippt den Motor herunter, senkt die Schraube ins Wasser und zieht zweimal mühelos am Starterseil. Der Motor springt an und tuckert leise. Draußen im Osten über dem tintenschwarzen Wasser geht der Mond auf. Fledermäuse kreisen am Himmel, und die Lichter von Port Silver kommen näher. Die Milchstraße spiegelt sich im Wasser, und Martin fühlt sich zu Hause. Vielleicht wird Port Silver sich tatsächlich als Zufluchtsort erweisen, ein Platz, an dem Mandys und seine Wunden heilen und sie Liam großziehen und ein gemeinsames Leben aufbauen können. Mit Vern und Josie. Seinen Verwandten. Als Familie.

Vor dem Wohnwagenpark ragt unter einer Laterne ein kleiner Anleger in die Dunkelheit. Eine Stahlleiter führt hinauf. Levi manövriert das Aluboot mit geübter Leichtigkeit heran, steht auf und packt die Leiter, hält das kleine Boot ruhig, damit Martin die schlüpfrigen Sprossen hinaufklettern kann. Martin dreht sich noch einmal zu seinem Onkel um. »Verzeih mir, Vern. Es tut mir leid, dass ich so stumm war all die Jahre.«

»Mach dir keine Sorgen. Ich war ja dabei. Ich weiß, wie sehr du gelitten hast.«

»Das weißt du?«

»Natürlich.«

Es gäbe mehr zu sagen, viel mehr. Aber dazu werden sie reichlich Zeit haben. Martin steigt die Leiter hoch, aus der Dunkelheit hinauf in den kleinen Lichtkreis.

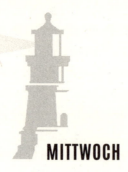

MITTWOCH

NEUN Liam sitzt in seinem Kindersitz und ist glücklich. Für die beiden, die vorn sitzen, gilt das nicht. Mandy fährt Martin zu Vern, sein Auto abholen. Martin ist reumütig, Mandy gereizt; er möchte sich entschuldigen, sie stellt das Radio lauter. Er seufzt. Sie hat gesagt, er könne zu seinem Onkel zum Essen gehen, aber ihm ist jetzt klar, dass es falsch war, sie beim Wort zu nehmen. Er ist spät am Abend in den Bungalow zurückgekommen, betrunken und nach Marihuana stinkend, und sah sich zum Schlafen auf eine Pritsche in einem kleineren Zimmer verbannt. Erst jetzt, als er aussteigt, spricht sie mit ihm. »Ich treffe mich mit Winifred in der Stadt. Ich rufe dich an, falls wir dich brauchen.« *Falls.* Dann lässt sie ihn stehen, und er sieht ihr nach. Sie wirft keinen Blick zurück. Lektion gelernt.

Er klopft an die Tür des alten Hauses. Hunde kläffen, aber niemand ist da. Die Autos sind weg – der Truck, der Lieferwagen, der Fließheck. Nur ein Mountainbike ist noch da. Er will gerade in seinen Wagen steigen, als er das Heulen einer Motorsäge hört.

Er geht um das Haus herum, vorbei an alten Dreirädern, einem Gemüsegarten und einem Hühnergehege, und findet Lucy May an der Rückseite, wo sie an der Veranda arbeitet. Sie trägt Kopfhörer über einer Baseballkappe und eine Schutzbrille, hat ihr dunkles Haar zu einem Pferdeschwanz gebunden. In diesem sensorischen Kokon bemerkt sie Martin nicht. Er beobachtet sie eine ganze Weile, fasziniert von ihrer entspannten Sicherheit. Die Erinnerung an seinen Vater erwacht, an seinen Vater vor dem Unfall, wie er hinten im Schuppen arbeitete, an seine Hände, seine magisch vernarbten, rauen Hände, die alles bauen und alles reparieren konnten. Martin beobachtet Lucy May, und ihm fällt ein, wie er als Kind zugeschaut und geglaubt hat, die Hände seines Vaters arbeiteten irgendwie getrennt von dem Mann, sie flickten, besserten aus und erschufen Neues, sie reparierten Rasenmäher und Waschmaschinen und Fernsehantennen und bauten Stühle, Tische und Hühnerställe, und sie zerlegten Automotoren mit der Sicherheit eines Herzchirurgen. Ron Scarsdens Hände hatten ein Eigenleben. Martin sieht seine eigenen Hände an, die weichen Hände eines Schreibtischarbeiters. Sie führen kein unabhängiges Leben, sondern gehören eindeutig zu ihm. Damit ist er ganz zufrieden; es gab eine Zeit, in der sie ihm fremd vorkamen. Er begreift, dass die Zeit, da er sich nach Händen wie denen seines Vaters sehnte, lange vorbei sind.

»Hallo.« Lucy May hat ihn endlich bemerkt und nimmt Kopfhörer und Schutzbrille ab. Sie sieht sehr jung aus, und ihr makelloses Gesicht passt nicht zu ihre offensichtlichen Erfahrung.

»Tag«, sagt Martin. »Vern und Josie sind nicht da?«

»Nein. Für heute Morgen ist das Chaos vorbei. Die Kids sind in der Schule, die Eltern auf der Arbeit.« Sie wischt sich über die Stirn; es ist zwar noch kühl, aber die Arbeit hat sie ins Schwitzen gebracht. »Gibt's was Dringendes?«

»Nein. Ich habe mein Auto gestern Abend hiergelassen. Wollte es jetzt abholen.«

»Gut. Hast du eine Minute Zeit? Ich könnte Hilfe gebrauchen.«

»Na klar.«

»Danke. Zu zweit geht's leichter.«

Es ist fast, als habe sie ihn erwartet. Sie hat zwei Balken zurechtgeschnitten, es sind die beiden letzten Teile der Querstrebe für das rückwärtige Ende der Veranda. Er hilft ihr, sie nacheinander an ihren Platz zu heben, und hält diese fest, als Josie die Balken mit einem Gummihammer perfekt ausrichtet, bevor sie sie mit zwei geschickt schräg eingeschlagenen Nägeln fixiert. Martin bewundert dieses junge Mädchen und die überraschende Kraft ihrer Arme.

»Du hast Übung. Hat Vern dir das beigebracht?«

Sie lächelt. »Seit ich klein war. Besser gesagt, er hat mich damit angesteckt.«

»Wie alt bist du jetzt?«

»Knapp siebzehn.«

»Und du bist Lehrling?«

»Ja. Heute ist Berufsschultag. Ich wollte nur noch ein paar Sachen erledigen, bevor ich nach Longton rauffahre.« Sie wirft einen Blick auf die Uhr. »Ich muss los. Danke für die Hilfe.«

»Kein Problem. Grüß Vern und Josie von mir.«

Auf der Rückfahrt denkt er an seinen Onkel und dessen Frau, und Staunen erfüllt ihn bei dem Gedanken an diese gemischte Familie, die so gut funktioniert. Denn das tut sie, bei allem Chaos und den gegensätzlichen Bedürfnissen, dank Verns lakonischer Ruhe und Josies warmherziger Kompetenz. Ob er und Mandy es jemals schaffen werden, sich mit der gleichen ruhigen Sicherheit zu entspannen? Optimistisch ist er nicht; anscheinend sind sie beide zu nervös. Vielleicht steht aber auch Jasper Speight mit seinem Tod, dieses ungeklärte Verbrechen, zwischen ihnen und ihrer Zukunft. Umso mehr Grund für Martin, der Polizei bei der Suche nach dem Mörder zu helfen.

Er hat fast die Hauptstraße erreicht, als er das Schild Ressling Road sieht. Als er bremst, ist er schon vorbei und muss zurücksetzen. Aber da ist sie. Die Ressling Road, die durch die Zuckerrohrfelder in die Erinnerung führt. Auf einem Schild darunter steht in weißen Lettern auf blauem Grund: WERTSTOFF-HOF. Er biegt ein und kommt an einem weiteren Schild vorbei: SACKGASSE. Die Straße ist ein Mosaik; Teerfleck reiht sich an Teerfleck, so dass vom ursprünglichen Asphalt nichts mehr zu sehen ist, und neue Schlaglöcher verlangen nach weiterem Flickwerk. Einen halben Kilometer weiter sind die Zuckerrohrfelder zu Ende. Und da ist sie – die Siedlung, vier Wohnblocks, schnurgerade und rechtwinklig wie jede Vorortsiedlung, aber mitten im Nirgendwo, aus den Augen, aus dem Sinn, und die Straßen sind es nicht wert, Namen zu tragen, sondern heißen in der einen Richtung A, B und C Avenue und in der anderen 1st, 2nd und 3rd Street. An den ersten Häusern bleibt er stehen, und weiß, ohne auszusteigen, dass sich wenig verändert hat. Abseits der Stadt, fern der Meereswinde, ist die Luft heißer, trockener und staubiger. Er kennt sie nur zu gut, kann sie auf der Zunge schmecken, ihren scharfen Geruch von Armut. Fliegen schwärmen von der Müllkippe heran. Unmittelbar vor ihm steht ein Haus, makellos sauber, mit einem gemähten und bewässerten Rasen, Rosen und einem Vogelbad im Garten. In der Einfahrt steht ein uralter Holden; der Wagen ist blank poliert trotz einiger Schlamm- und Rostflecken. Beim Nachbarhaus hängt die Fliegentür schief in den Angeln, der Garten besteht aus nackter Erde und halbmeterhohem Gras, und vor der Veranda verrostet ein ausrangierter Kühlschrank neben einem halben Motorrad. Auf dem Dach thront eine Satellitenschüssel, und in der Einfahrt steht ein nagelneuer Jeep, staubig und schlammbespritzt. Die Bewohner werden nicht mehr die seiner Jugend sein, aber anscheinend ist ihre Geschichte die gleiche. Menschen sieht er nicht; auf der Straße sind nur Hunde unterwegs, die Nachkommen der Mischlingsköter, die durch die Nachbarschaft streunten, als er Kind war. Er kennt diese Straßen nur zu gut. Mit verbundenen Augen könnte er das Haus seiner Kindheit finden, 13 C Street. Aber er versucht es nicht. Er wendet und fährt zurück.

Auf der Hauptstraße angekommen, weiß er, was er tun wird: Er wird sich auf das Hier und Jetzt konzentrieren und die Zukunft sichern, bevor er sich zurück in die Vergangenheit wagt. Er will Hummingbird Beach sehen, das Herz der Erschließungspläne für das Nordufer des Argyle. Er fährt vorbei an Fastfood-Restaurants, einer Tankstelle und einem flachen Motel, dann weiter über die Argyle-Brücke. Der Fluss glitzert im Morgenlicht. Hinter der Brücke ist die Geschwindigkeitsbegrenzung aufgehoben, und Martin beschleunigt. Die Dunes Road ist eine schnurgerade Linie durch das Teebaum-Gebüsch. Das Gelände ist flach, der Straßenrand sandig, und salzige Luft peitscht durch das offene Fenster herein. Rechts sieht er Gestrüpp aus dem brackigen Wasser ragen, und weiter oben auf dem Hang, der zu den Uferklippen hinaufführt, wachsen richtige Bäume. Durch die Vegetation zur Linken schimmern immer wieder Wasser und Schlamm. Mag sein, dass sie es Crystal Lagoon nennen, aber bei Ebbe riecht es wie Mackenzie's Swamp.

Plötzlich überquert er eine kleine Brücke, die über den Kanal zum Sumpf führt. Er hat den Abzweig zum Hummingbird Beach verpasst und ist zu weit gefahren. Nach weiteren hundert Metern wird die Straße immer schlechter, und aus dem breiten, gut gepflegten Asphaltband wird eine gewundene, einspurige Piste. Er hält an und stellt sich Denise Speights Landkarte vor: Die Straße schlängelt sich weiter durch die Dünen und verbindet den Zugang zu entlegenen Küstenstreifen im Osten und einzelnen Milchfarmen und Zuckerrohrfeldern im Westen, bevor sie im Nichts endet. Eine Straße nach Nirgendwo. Er wendet und fährt zurück, aber bevor er die bessere Straße wieder erreicht, kommt ein SUV über die Brücke auf ihn zugerast und bremst scharf. Bevor er nach links abbiegt, fällt Martin die grelle Schrift auf der Seite ins Auge: ein Übertragungswagen von Channel Ten mit getönten Fenstern, der durch ein offenes Tor auf ein Gelände fährt, auf dem die alte Käsefabrik stehen muss. Ein Fernsehteam. Hier. Warum?

Martin folgt ihnen; seine journalistische Neugier treibt ihn an. Auf Hunderten von Kilometern gibt es hier keinen Fernsehsender. Hat Channel Ten etwas entdeckt, das Nachrichtenwert hat? Er fährt langsamer, als er das Tor erreicht. An dem Maschendrahtzaun hängt ein großes Schild, die ursprüngliche Aufschrift ist unter einer dünnen Farbschicht immer noch sichtbar: MACKENZIE'S CHEESE AND PICKLES. Der Rest ist überdeckt von neuen, amtlich aussehenden roten Lettern: PRIVATBESITZ – BETRETEN VERBOTEN und ZUWIDER-HANDLUNG WIRD STRAFRECHTLICH VERFOLGT. Auf einem weiteren Schild darunter steht: 24 STUNDEN ÜBER-WACHUNG – OMNIVU SECURITY. Aber das Tor ist offen. Er fährt auf das Gelände. Eine der Maximen seines alten Redakteurs kommt ihm in den Sinn: Verzeihung bekommt man leichter als Erlaubnis.

Er weiß fast nichts über die alte Fabrik – nur, dass sie vor ein paar Jahren geschlossen wurde und dass ein Immobilienentwickler ein Golfclubhaus plant. Vern, Josie und Jasper Speight sind gegen dieses Projekt. Noch eine Erinnerung erwacht, ein Gedanke an früher: der Küchentisch, die Zwillinge in ihrem Zweisitzer-Hochstuhl, sein Vater hat ein Bier vor sich stehen und ist guter Laune. Seine Mutter stellt das Abendessen auf den Tisch. Keine Würstchen, kein Eintopf, sondern Fleisch, rosa-grau und unglaublich zart, eine Offenbarung für seine kindliche Zunge. »Habe zwei Schichten in der Käsefabrik gemacht«, sagt sein Dad und lacht, aber seine Mutter teilt weder die Freude des Vaters noch Martins Entzücken.

Martin runzelt die Stirn, ist verstimmt, nicht wegen der Erinnerung an sich, sondern weil sie nach so vielen Jahren so schnell an die Oberfläche kommt.

Die Zufahrt zur Fabrik ist breit, gebaut für Milchtanker und Kühlwagen. Die Straße führt zwischen hohen Bäumen bergauf und um einen bewaldeten Hügel herum. Martin versucht, sich an Denise Speights Karte zu erinnern, während er unter den Bäumen hervorkommt und den Wagen zum Stehen bringt. Die Fabrik liegt schräg vor ihm. Es ist nicht der flache, funktionale Backstein-und-Wellblechbau, den er erwartet hat, sondern etwas Großartigeres, Poetischeres, in Beton gegossene Dauerhaftigkeit und Milchglasfenster wie auf einem Standfoto von Studio Ghibli. Das Gebäude besteht aus drei Geschossen, jedes ist kleiner als das darunter, und jedes hat einen Sockel aus rotem Wellblech. Der oberste Stock ist lang und schmal und komplett verglast. Ein doppelseitiges Oberlicht erstreckt sich unter einem ebenfalls mit rotem Blech verkleideten Dach. Der Sockel ist genauso hoch wie bei den unteren Geschossen. Das Gebäude ist älter als erwartet; es stammt wohl aus den 20er Jahren, ist vielleicht noch älter. Der weiß gestrichene Putz zeigt vielfarbige Nuancen der Vernach-lässigung. Ranken, Efeu und andere Kletterpflanzen wachsen an der Vorderfront hinauf, und manche tragen große rote Blüten. Der Regenwald holt sich das Gebäude zurück.

Er entdeckt drei Laderampen. Die Tore sind aus grün gestrichenem Holz und tragen die Patina des Alters. Es sind Flügeltüren, keine modernen Rolltore. Vor den Rampen parken der SUV der Fernsehgesellschaft, ein großer Transporter und ein Allradwagen. Hinter den Fahrzeugen sieht er die Lagune glänzen, eingerahmt von einer Reihe dicker Palmen und einem Bootsanleger. Langsam lässt er den Corolla bergab rollen und parkt neben den anderen Autos. Er will gerade aussteigen, als zwei Leute neben dem Gebäude auftauchen, ein Mann und eine Frau in weißen Overalls und mit Staubmasken. Was sie bei sich tragen, sieht aus wie Metalldetektoren – schnurlose Staubsauger, allerdings mit großen Tellerfüßen. Überrascht bleiben sie stehen.

»Morgen«, sagt Martin fröhlich und steigt aus. »Wie geht's?« Die beiden rühren sich nicht.

»Das Tor stand offen. Dachte, ich sehe mich mal um.« Jetzt hat er sie erreicht.

Der Mann wendet sich an die Frau. »Hol Mike«, sagt er, und sie verschwindet wieder im Gebäude. Der Mann sieht Martin an. »Augenblick«, sagt er in neutralem Ton.

»Natürlich«, sagt Martin unbekümmert und breitet in einer Gebärde der Offenheit die Arme aus. Er sieht, dass der Mann Schutzhüllen über den Schuhen trägt; sie sehen aus wie zweckentfremdete Duschhauben. »Was machen Sie denn hier? Ich dachte, die Fabrik ist eingemottet worden.«

Der Mann starrt Martin an, ohne zu antworten. Ein riesiger Mann, ein Maori oder ein Insulaner, kommt aus dem Schuppen, gefolgt von der Frau. Der Mann trägt Schwarz – schwarze Jeans, schwarze Sonnenbrille, ein schwarzes T-Shirt mit einem einzigen Wort in weißen Lettern auf der Brust: SECURITY. Die gleichen

Duschhauben bedecken seine schwarzen Stiefel. Um den mächtigen Bizeps des einen Arms schließt sich ein Tribal Tattoo. Er kommt auf Martin zu, kommt ihm zu nah. Sein Gesicht ist nur noch ein paar Zentimeter von Martins entfernt. Er schwitzt, und Martin riecht ihn, den Geruch von Testosteron und Aggression. Der Mann ist sicher über zwei Meter groß. »Was ... zum Teufel ... wollen Sie?«, fragt er bedrohlich langsam. Er betont jedes Wort und dehnt es dramatisch.

Martin weicht zurück, aber der Mann folgt ihm, und jetzt tippt er mit dem Finger ganz leicht gegen Martins Brust. »Wer ... zum Teufel ... sind Sie?«

Martin zuckt die Achseln und breitet die Hände aus wie einer, der nichts zu verbergen hat. »Entschuldigung. Ich wollte mich nur umsehen. Ist nicht wichtig. Ich geh ja schon.« Aber sein versöhnlicher Ton bleibt wirkungslos.

»Ich ... breche dir ... die verdammten ... Arme«, flüstert der Riese.

Martin überkommt Angst. Der Kerl meint es ernst.

Da erscheint aus der Käsefabrik, ein bekanntes Gesicht aus der jüngeren Vergangenheit. Doug Thunkleton, der Fernsehreporter. »Martin?«

»Doug?«

»Sie kennen dieses Arschloch?«, fragt der Gorilla, jetzt folgt Wort auf Wort.

»Ja. Er ist ein Kollege.«

»Er arbeitet mit Ihnen zusammen?«

»Nein, das nicht gerade. Aber es gibt keinen Grund, ihm zu drohen.«

»Sind Sie sicher?«

»Ja«, sagt Doug. »Bedrohen Sie niemals einen Journalisten. Bringen die euch denn gar nichts bei?«

Der Security-Mann mustert Martin, als wäre er Ungeziefer. »Na, dann lasse ich euch Turteltäubchen allein.« Er wendet sich dem Pärchen mit den Metalldetektoren zu. »Kommt. Die Kameracrew ist so weit.« Die drei verschwinden in der Käsefabrik.

»Ihr Regisseur?«, fragt Martin.

Doug lacht. »Nein, das ist nur ein Security-Mann. Randvoll mit Steroiden. Kommen Sie ihm nicht in die Quere.«

»Sie sind ein Glückspilz.«

»Was machen Sie hier, Martin?«

»Ich habe Ihren Wagen gesehen und war neugierig.«

»Ich meine, was machen Sie in Port Silver? Ich dachte, Sie hätten Ihren Job verloren.«

»Ja, dank Ihnen.«

Das ist Thunkleton peinlich. Er hat Martin unten in der Riverina übel mitgespielt und sich später damit entschuldigt, dass er von einem bösartigen Producer hinters Licht geführt worden sei, aber Martin hat seinen Job trotzdem nicht zurückbekommen.

»Ich arbeite nicht, Doug. Ich bin mit Mandalay Blonde hierher gezogen. Sie erinnern sich an sie?«

»Wie könnte ich sie vergessen«, sagt Doug. »Sie sind immer noch zusammen?«

»Wir arbeiten dran.«

»Das ist die halbe Miete. Die Frau hat Klasse.«

»Was machen Sie hier, Doug?«

Thunkleton runzelt die Stirn. »Da ist wirklich nichts, woran Sie arbeiten?«

»Nein. Ich redigiere das Buch über Riversend.«

»True Crime«, sagt Thunkleton.

»Ja. So nennt es der Verleger.«

»Nein, hier geht es wirklich um True Crime. Deshalb bin ich hier. Ein alter, ungeklärter Fall. Sie wollen ein Special für die

Nachrichten, vielleicht sogar eine ausgewachsene Doku, wenn ich eine auf die Beine stellen kann. Und ein Podcast. Das alles ist der neueste heiße Scheiß, wissen Sie. Podcasts, Cold Cases, True Crime. Die Kunden lieben das.«

»Ja«, sagt Martin und sieht zur Fabrik hinüber. »Ich dachte, Sie machen Tagesnachrichten?«

»Ich habe Bewährung. Man war nicht allzu glücklich mit meiner Berichterstattung aus Riversend. Wenn ich nicht vor Vertragsende noch etwas abliefere, kann ich ebenfalls meine Sachen packen.«

Martin hat kein Mitleid. »Um was für ein Verbrechen geht's denn?«

»Das wissen Sie wirklich nicht?«

Martin zuckt die Achseln. »Nein.«

»Oh, Mate. Es ist ein Kracher.« Dougs Enthusiasmus ist wieder da, einfach so.

»Soll ich weiter raten?«

Doug sieht ihn an, vielleicht überlegt er, ob Martin immer noch ein Konkurrent ist. »Kommen Sie. Suchen wir uns ein schattiges Plätzchen.«

Auf der anderen Seite des Parkplatzes stehen Bäume, aber Doug geht mit ihm um das Gebäude herum. Wo das Gelände zur Lagune hinunterführt, stehen Stützpfeiler aus Beton und Backstein. Dazwischen thronen Tanks, riesige Fässer aus rostigem Eisen, die Schattenseite des schönen Bauwerks. Abflussrohre, Boiler und Druckventile sind dem Verfall preisgegeben.

Martin schaut hinaus auf die Lagune. Das Wasser schimmert in der Sonne, blau wie der Himmel. Zwei Pelikane treiben vorbei, und nur der Gesang der Vögel durchbricht die Stille. Das Ufer ist von Mangroven gesäumt, nur hier nicht, wo das Land steil abfällt ins Wasser. Ein paar Sprösslinge haben Wurzeln

schlagen können, sind aber noch nicht groß genug, um die Sicht
zu verdecken. Ein zementierter Weg, aus dessen Rissen Unkraut
sprießt, führt zu einer Mole. Das Ganze könnte ein Ausflugs-
ort für Öko-Touristen sein, eine unverdorbene Idylle: das klare
Wasser, die Mangroven und Teebäume, Kasuarinen und Palmen.

Es ist leicht zu erkennen, warum St Clair diesen Ort an sich
bringen will: Er ist der perfekte Platz für sein Clubhaus. Martin
betrachtet noch einmal die Käsefabrik, die von hier unten groß
und beeindruckend wirkt. Ihre Fenster schauen auf die Lagune
hinaus, und das Haus sieht aus wie ein Hotel der Belle Époque,
nicht wie eine Industrieruine.

»Hübsch, was?«, sagt Thunkleton. »Aber kommen Sie nie bei
Sonnenuntergang her. Die Mücken bringen einen um.«

»Warum zeigen Sie mir das, Doug?«

Doug schaut auf das Meer hinaus. Seine Stimme klingt plötzlich honigsüß und eine halbe Oktave tiefer, und Bedeutsamkeit
schwingt darin. »Jetzt sieht es aus wie ein Paradies, aber vor
nicht allzu langer Zeit war dies der Schauplatz eines der rätsel-
haftesten Verbrechen in diesem Land, eines Verbrechens, das
bis heute ungelöst geblieben ist.« Ohne Martins Verblüffung zu
bemerken, macht Doug eine dramatische Pause, bevor er weiter
rezitiert. »Channel Ten kann jetzt zum ersten Mal entscheidende
neue Hinweise enthüllen, die vielleicht endlich eine Aufklärung
bringen, Aufklärung … und Gerechtigkeit.«

»Doug, könnten Sie bitte normal reden?«

Aber Doug ist jetzt in Fahrt. »Es geschah hier, an einem
samtenen Freitagabend im November vor etwas mehr als fünf
Jahren, dass der angesehene Geschäftsmann Amory Ashton seinen Angestellten ein schönes Wochenende wünschte, die Tore
seiner preisgekrönten Fabrik verschloss und zu diesem Anleger
ging, um seine Angel auszuwerfen und ein wohlverdientes Bier

zu genießen. Es war das letzte Mal, dass ihn jemand zu Gesicht bekam, lebendig oder tot.« Doug dreht sich zu Martin um, und seine Stimme wird wieder normal. »Wir haben tonnenweise Interviewmaterial gedreht. Seine Arbeiter haben gesehen, wie er mit seinem Angelzeug hier herunterging. Dann nichts mehr. Wir drehen hier wie blöd, bevor sie den ganzen Laden abreißen.«

»Woher wissen Sie, dass er nicht einfach abgehauen ist?«

Doug wendet sich der Lagune zu, und seine Stimme wechselt wieder in den TV-Moderatorenton. »Als Amorys Mitarbeiter am nächsten Montag zur Arbeit kamen, fanden sie die Gebäude verschlossen vor, und von ihrem Arbeitgeber keine Spur. Aber Ashton kam immer als Erster und ging als Letzter, und seine Leute befürchteten sofort, dass etwas passiert war.« Doug sieht Martin an, und seine Stimme klingt wieder normal. »Die Interviews sind eindeutig. Alle sagen, was für ein verfluchter Leuteschinder er war.«

»Und wie kommen Sie darauf, dass ein Verbrechen passiert ist?«

Doug wendet sich wieder dem Meer zu und seinem gravitätischen Gehabe. »Man gab Alarm, und noch am selben Tag wurde sieben Kilometer nördlich von hier Amory Ashtons neuer Mercedes gefunden, ausgebrannt, an einem verlassenen Strand an der Treachery Bay. Das ist die Verräterbucht.« Martin hört staunend, wie viel Bedeutung der Fernsehmensch in die Worte *ausgebrannt*, *verlassen* und *Verräter* legen kann. »Von Ashton war keine Spur. Damals nicht, und bis heute nicht. Aber hier auf dieser Mole, an diesem paradiesischen Ort, bleibt die Frage: Was ist mit Ashton Amory geschehen?« Der Fernsehreporter wird wieder zu einem normalen Menschen. »Als Titel stelle ich mir *Das verlorene Paradies* vor. Was halten Sie davon?«

Martin betrachtet die Rohre, die von den Bottichen ins Wasser führen. Zwei Riesenkröten treiben Unzucht am Wasser. »Doug, das hier war eine Fabrik.«

»Ja, ich weiß.« Der Reporter runzelt die Stirn. »Aber wie finden Sie es? Ist doch ein Knüller, oder?«

»Absolut. Und was sind die entscheidenden neuen Tatsachen, die Sie entdeckt haben?«

Doug schaut verächtlich. »Mein Lieber, da werden Sie schon auf die Sendung warten müssen.«

Martin lacht. »Einverstanden.«

Die beiden Männer gehen zurück. Die Kameracrew hat die Fabrik verlassen und erwartet sie. Es ist nicht das Team, das Doug in der Riverina dabei hatte. Man nimmt, was man kriegen kann. »Wollen Sie diese Aufnahme haben oder nicht?«, fragt der Kameramann Doug. »Es stinkt zum Himmel da drin.«

»Na klar. Bin sofort bei euch.« Doug wendet sich Martin zu. »Kollege, ich wäre Ihnen dankbar, wenn Sie vorläufig mit niemandem darüber reden würden. Mit niemandem aus der Branche.«

»Selbstverständlich«, sagt Martin. »Aber eine Frage hätte ich: Was war mit dem Muskelmann? Der war drauf und dran, mir den Kopf abzureißen, bevor Sie eingegriffen haben.«

»Ja, tut mir leid. Der gehört nicht zu uns. Warum sollten wir bei einem solchen Job Security brauchen? Er arbeitet für den Eigentümer.«

»Und wer ist der Eigentümer?«

»Ein Bonze aus der Gegend. Mit 'nem Boxernamen.«

»Was?«

»Tyson. Tyson St Clair.«

»Dem gehört das alles?«

»Anscheinend. Ein Glückstreffer. Er ist ein großer Fan von

mir, sagt er. Er war ein Kumpel von Ashton, will wissen, was passiert ist. Jetzt muss ich nur noch alles zusammenstellen.«

Martin wirft einen Blick hinüber zu dem alten Gebäude. Metalldetektoren. Wonach haben sie gesucht? Ashtons Angelzeug? »Sie sagen, das Gebäude wird vielleicht abgerissen?«

»Kann gut sein. Im jetzigen Zustand ist es zu nichts nutze.«

Martin weiß, er sollte den Mann hassen für das, was er ihm in der Riverina angetan hat, aber jetzt hat er plötzlich Mitleid mit ihm. Da sitzt der Mann in einer verfallenden Käsefabrik fest und versucht, seine stockende Karriere wiederzubeleben und Tote aufzuerwecken. So tapfer, so absolut ahnungslos.

ZEHN Martin fährt von der Käsefabrik über den Kanal und hält hinter der Brücke an. Menschliche Laute sind nicht zu hören, nur der Wind in den Bäumen, die Vogelstimmen und das ferne Grollen der Brandung. Er geht zurück zu der Betonkonstruktion. Die Brücke und die Straße wirken wie eine lange, harte Narbe in dieser sanften Welt. Er blickt hinunter auf das Wasser unter der Brücke, das jetzt bei Flut in den Sumpf strömt. Der Kanal ist flach, der Grund sandig, das Wasser klar. Ein Rochen treibt schwerelos in der Strömung wie ein Adler in der Thermik, und kleine Fische, Guppys, schwimmen in Formation neben ihm. Dies ist kein Fluss wie der Argyle, sondern ein Küstenzufluss, durch den das Wasser hinein- und hinausläuft, wenn der Sumpf mit den Gezeiten atmet. Davon gibt es hier Hunderte, an jedem zweiten oder dritten Strand. Ihr Wasser ist tief genug für ein Kajak oder ein Kanu oder bei Flut auch für ein Aluboot mit Außenbordmotor, aber ein Boot mit Kiel kann hier nicht fahren. Ein Yachthafen wäre ein ehrgeiziges Projekt. Der Kanal müsste ständig ausgebaggert werden, und man würde eine neue Brücke bauen müssen, um Segelboote mit ihren Masten durchzulassen. Das alles würde viel Geld kosten.

Landeinwärts verschwindet der Kanal unter den Mangroven, und das Land ist flach und sumpfig, bis auf das steil ansteigende Waldgelände, das die Käsefabrik verdeckt. Die Yachthafenanlage würde auf Pfählen über Sand und Schlamm gebaut werden müssen. Noch mehr Geld. Der Standort der Fabrik wäre ideal für ein Clubhaus, aber die Anlage und Wartung des Golfplatzes selbst würde einen riesigen Aufwand erfordern. Martin erinnert sich an eine Reportage, die er mal geschrieben hat, einen Bericht über Landraub in Indonesien. Da wurden riesige Hotels und Golfplätze für die Reichen gebaut und die Kleinbauern ohne Entschädigung von ihrem Land vertrieben. Er hat dabei gelernt, dass es bei der Golfplatzplanung in erster Linie um Wasser und Entwässerung geht. Aber wie will man ein Terrain auf der Höhe des Meeresspiegels entwässern? So eine Anlage im Sumpfland würde massive Erdarbeiten erfordern: Bulldozer und Bagger, Staumauern und Kanäle, ohne dass man den steigenden Meeresspiegel berücksichtigt. Die Kosten wären atemberaubend. Unfreiwillig vergleicht er die Landschaft mit den Karten in Denise Speights Büro: Für die Verwirklichung von Yachthafen und Golfplatz braucht man eine reiche Klientel, die begeistert ist und in der Nähe wohnt. Denise und Vern haben recht: Erschließungsarbeiten westlich der Straße können nicht in Angriff genommen werden, ohne dass das Resort am Hummingbird Beach die Kundschaft sichert.

Aber Doug hat angedeutet, dass der Abriss der Käsefabrik vielleicht unmittelbar bevorsteht. Hat sich da etwas geändert, wodurch sich die Erschließung rechnet?

Er geht auf die andere Seite der Brücke und schaut Richtung

Meer. Auf der Südseite des Kanals steigt das Land unvermittelt zu einer kleinen, zweihundert Meter weit entfernten Landspitze an. Hummingbird Beach muss dahinter liegen, wo es sich wie ein nordwärts gewandter Halbmond einer weiteren Landspitze entgegenkrümmt, hinter der das Meer liegt. Von seinem Standort aus sieht er die Mündung des Kanals, beinahe genau gegenüber der ersten Landspitze, wo das Nordufer in einem schmalen Sandstreifen endet. Dahinter schäumt die Brandung.

Martin steigt wieder in den Toyota, und ein paar hundert Meter südlich der Brücke findet er den Abzweig. Der Feldweg führt durch eine Wand aus Teebäumen, steigt ein paar Meter an und wird wieder eben. Dann kommt Martin an eine Weggabelung. Der Weg nach links ist von zwei Schildern flankiert. Auf dem einen steht in dunkler Schrift: HUMMINGBIRD BEACH – BUNGALOWS – ZELTPLÄTZE – SURFKURSE – YOGA. Auf dem anderen, kleineren Schild liest er DIVINE MEDITATION FOUNDATION in orangebraunen Lettern neben einem kreisförmigen Symbol in der gleichen Rostfarbe. Auf der anderen Straßenseite steht ein altmodischer Wegweiser; er war einmal weiß, aber jetzt blättert die Farbe ab, so dass man graues Holz und graugrüne Flechten sieht. HUMMINGBIRD BEACH steht auf einem hölzernen Finger, der zur linken Abzweigung deutet. Nach rechts zeigt der oberste Finger zur RIDGE ROAD und darunter zu SERGI, CROMWELL und HARTIGAN. Cromwell wirkt neu, die anderen sind stark verblasst. Hartigan. Das ist interessant. Anscheinend führt die Straße durch den Busch zurück zur Stadt und gewährt Zugang zu den Anwesen oben auf den Klippen. Er hat nicht gewusst, dass es eine zweite Straße zu Mandys Haus gibt, und nimmt sich vor, der Sache nachzugehen. Aber jetzt hat Hummingbird Beach Priorität. Er nimmt den linken Abzweig und kommt zu einem Viehrost. Die Reifen vibrieren, als er darüber hinwegfährt. Es ist ein Überbleibsel der alten Milchfarm.

Sofort wird die Straße zu einer kaum noch gewarteten Piste, übersät von Schlaglöchern und Pfützen. Sie schlängelt sich im Zickzack unter niedrigen Bäumen hindurch, führt hinauf zu einem Höhenkamm, wo die Bäume stattlicher aussehen, bevor es auf der anderen Seite wieder hinuntergeht. Der Straßenbelag ist verwittert. Martin fährt bergab, der Wald öffnet sich, und Martin kann das Meer sehen. Golden und türkisblau lodern die Wellen. *Kannst du das Meer sehen?* Die Stimme kommt von Nirgendwo, eine Erinnerung, die an die Oberfläche schießt. *Siehst du das Meer, kommst du wieder her.* Er unterdrückt die Erinnerung. Sie gehört nicht hierher. Er war noch nie am Hummingbird Beach.

Da ist ein Parkplatz. Abgebrochene Äste sind am Rand zusammengeschoben worden und markieren eine Grenze. Er stellt seinen Toyota zwischen den bunt zusammengewürfelten anderen Fahrzeugen ab. Da stehen ein gepflegtes Wohnmobil mit einer Fliegentür, ein Kombi aus der Traumzeit der Hippies, ein robuster Allrad-Wagen, ein Mietlieferwagen, bemalt mit cartoonhaften Brüsten und plumpen Slogans, ein neues BMW-Cabrio, dessen schwarzes Stoffdach mit Vogelscheiße bekleckert ist, ein kleiner Leihwagen mit gesprungener Windschutzscheibe. Der Busch ringsum riecht sauber, der Laubteppich unter seinen Füßen ist feucht und glitschig. Ein Kookaburra lacht irgendwo hinter ihm. Er geht bergab zum lockenden Strand, vorbei an einem großen Hohlblockgebäude, der alten Meierei vielleicht. Heute riecht es nach Wasser und Seife; wahrscheinlich sind hier Duschräume und die Wäscherei. Ein paar ziemlich neue Hütten stehen unter den Bäumen, und ungefähr in der Mitte der Anlage entdeckt er das alte Farmhaus, einen bescheidenen holzverkleideten Bau mit neuer Veranda, die einen Blick auf das Meer bietet. Auf der anderen Seite steht eine Gruppe von Bungalows. Unterhalb, zwischen dem Haus und der Kante vor dem Strand, erstreckt sich Rasen über die ganze Breite des Geländes, und hier und da stehen Zelte, buschgrün, marineblau und leuchtend orange. Eine kleine Känguruherde grast am Waldrand, die Rasenmäher der Natur, und das Gras ist mit harten dunklen Kügelchen aus Känguruscheiße übersät, dem Dünger der Natur.

Zum Strand zu, wo das Gelände flacher wird, stehen Tische und Grillroste unter einem schrägen Wellblechdach. Drei Männer und eine Frau sitzen an einem Tisch. Sie tragen Sarongs und Badekleidung, spielen Karten und trinken Bier. Einer der Männer – er hat beeindruckende Dreadlocks und einen weniger beeindruckenden Bart – winkt freundlich. Martin winkt zurück, bleibt aber nicht stehen. Er möchte das Terrain erkunden, bevor er ein Gespräch anfängt.

Das Gras endet, wo der Boden zwei Meter zum Strand abfällt. Wieder fesseln die Wellen Martins Aufmerksamkeit, übereinander stürzende Parabeln, in denen sich das Sonnenlicht in flackernden Grün- und Goldtönen bricht. Sanft rollen sie heran, regelmäßig wie ein Metronom. Der Strand ist vor dem offenen Meer durch eine Landzunge und einen Felsen geschützt. Man hört das Echo des sanften Donners, wenn eine Welle sich im Sand bricht. Dann ist es still, bis das Geräusch sich wiederholt. Die Brandungswellen akzentuieren die Stille, und die Stille akzentuiert das Rauschen der Brandung – ein akustisches Yin und Yang. Hinter der Brandung ist das Wasser glatt, aber weiter im Norden, jenseits der Sandbank am Nordufer des Kanals, donnern die Wellen wild ans Ufer. Das ist der ungezähmte Strand der Treachery Bay, wo Amory Ashtons Auto gefunden wurde. Dieser Strand ist kilometerlang, nicht von Landzungen unterbrochen, breit und wild, beharkt von unberechenbaren Strömungen und wechselnden Fluten. Furchtlose Angler kommen hierher, Bushwalker, die nach Norden in den Nationalpark wollen, und ab und zu ein paar Nudisten.

Der Anblick dieser unberührten Natur lässt diesen Strand, der sich in das Amphitheater des Buschlandes schmiegt, umso magischer erscheinen. Hummingbirds Nordstrand wird die Wintersonne einfangen, und der Höhenkamm dahinter schützt ihn vor den Stürmen aus dem Süden. In diesen Breiten könnte man das ganze Jahr hindurch schwimmen. Kein Wunder, dass die Backpacker sich hier treffen, und kein Wunder, dass die Immobilienentwickler ihnen das Gelände wegnehmen wollen.

Ein junges Paar ist mit einem Kajak draußen. Die beiden, ein junger Mann mit blonden Locken und seine dunkelhaarige Freundin, steuern ungeschickt durch die Brandung und lachen über ihre eigene Unfähigkeit. Ein Paar mittleren Alters liegt nackt am Strand und liest. In der Stille zwischen den Brandungswellen hört Martin jetzt einen gleichförmigen Singsang. Er dreht sich um, sucht die Quelle des Gesangs und entdeckt eine Gruppe, ungefähr zwölf Leute, die am östlichen Ende des Strandes mit gekreuzten Beinen und geschlossenen Augen im Kreis sitzen und leise singen. Martin geht auf sie zu. Ein großer Mann mit nacktem Oberkörper, brauner Haut und stolzem Bauch, gibt das Mantra vor. Ein feingezeichnetes Bindi in Hennarot schmückt seine Stirn. Das also ist der berüchtigte Swami Hawananda, der zu Orgien anstachelt. Aus dieser Entfernung sieht er ganz harmlos aus. Als Martin sich der Gruppe nähert, dreht der Mann den Kopf, öffnet die Augen und sieht Martin an, als habe er sein Kommen gespürt. Martin bleibt beunruhigt stehen. Der Gesang geht weiter. Der Guru sitzt bewegungslos da und hält den Blick starr auf Martin gerichtet. Sein Gesicht wirkt irgendwie heiter und gelassen. Er fixiert Martin, schließt dann die Augen und wendet sich ab, um weiter zu singen. Martin fühlt sich für bedeutungslos befunden und abgewiesen. Im Blick des Gurus liegt nichts Drohendes oder Vorwurfsvolles, aber Martin hat trotzdem das Gefühl, sich unbefugt genähert zu haben. Der heilige Mann hat geradewegs durch ihn hindurchgesehen, seine Unzulänglichkeiten erkannt und seine Mängel registriert. Martin kehrt um und nimmt sich einen Augenblick Zeit, bevor er zum Strand hinuntersteigt. Er geht hinüber zu dem nackten Paar, das zum Glück bäuchlings im Sand liegt.

»Verzeihen Sie«, sagt er, »ich suche Jay Jay Hayes. Haben Sie eine Ahnung, wo ich sie finden könnte?«

»Wahrscheinlich ist sie draußen beim Surfen«, sagt die Frau. »Vor der Landzunge. Entweder da, oder Sie versuchen es im Büro. Oder in der Küche.«

»Nicht bei dem Guru?«

»Bei dem Swami?«, fragt der Mann. »Wahrscheinlich nicht.«

»Ach, da ist sie ja«, sagt die Frau.

Martin späht in die Richtung, in die sie zeigt. Auf dem Festlandsockel, unterhalb der Landspitze im Osten, kommt eine Frau auf sie zu. Sie trägt ein Surfboard, ihr schwarzer Wetsuit ist eine Silhouette vor der schimmernden See.

»Danke«, sagt Martin und geht der Surferin entgegen.

Sie winkt, als sie ihn kommen sieht, aber als er näherkommt, bleibt sie stehen und starrt ihn an.

»Hallo«, sagt er.

»Wer sind Sie?« Ihre Stimme klingt unsicher.

»Ich heiße Martin Scarsden.«

»Scarsden?«, fragt sie. »Der Journalist?«

Er erinnert sich an das, was Vern ihm am vergangenen Abend erzählt hat – von den Medien, die über den Strand hergefallen sind und die Radios mit Sensationen und die Boulevardblätter mit Spekulationen gefüllt haben. »Ich bin nicht als Reporter hier«, sagt er hastig. »Ihre Zeremonien oder was immer da vorgeht, interessieren mich nicht. Und Ihre prominenten Gäste auch nicht. Oder Ihr Swami.«

Das stimmt sie anscheinend nicht versöhnlicher. »Was dann? Warum sind Sie hier?«

»Ich möchte Ihnen nur ein paar Fragen stellen.«

Sie scheint beunruhigt, tritt von einem Bein auf das andere. »Worüber?«

»Über Pläne zur Erschließung dieses Strandes.«

Sie schüttelt den Kopf, als wäre sie verwirrt. »Pläne? Was für Pläne?«

Jetzt ist Martin verwirrt. Sie weiß doch sicher von dem Erschließungsprojekt? »Ich habe gehört, Sie sind von einem großen Unternehmen angesprochen worden, das hier ein High Ende Resort bauen will.«

Jay Jay Hayes starrt ihn an, blinzelt dann. Schließlich entspannen sich ihre Schultern, und sie lächelt. »Ach so. Ja. Das. Natürlich. Kein Problem. Geben Sie mir eine Viertelstunde. Ich gehe unter die Dusche, und wir treffen uns im Büro.« Er sieht ihr nach, als sie mit dem Board unter dem Arm am Strand entlang auf das nackte Paar zugeht. Sie muss mindestens zehn Jahre älter sein als er – sie war Surf-Champion, als er ein Junge war –, aber sie bewegt sich immer noch mit der Anmut einer Athletin, und in dem Wetsuit sieht ihr Körper aus wie der einer halb so alten Frau.

Das Büro ist leicht zu finden; es geht von der Vorderseite des alten Farmhauses ab. Die Tür ist verschlossen; also wartet Martin draußen. Er wirft einen Blick auf sein Handy, hat aber kein Netz. Der Strand ist abgeschnitten von der Welt, gehört nicht zur Digitalprovinz von Port Silver.

Ein Königssittich mit scharlachroter Brust und grünen Flügeln landet auf dem Geländer, dicht gefolgt von seiner weniger bunten Partnerin. Sie trippeln seitwärts über das Geländer und nicken nach links und nach rechts, zahm und auf der Suche nach Futter. Er fotografiert sie mit seinem Handy und hält die zarte Zeichnung ihres Gefieders fest. Musikalisch zirpend, wechseln die beiden ein paar Bemerkungen, und er hat das Gefühl, fast zu verstehen, was sie sagen. Schließlich fliegen sie davon, auf der Suche nach freigiebigeren Spendern.

Martin verlässt die Veranda und schaut den Hang hinauf zum Parkplatz. Das Gelände dahinter steigt stetig an. Man braucht wenig Phantasie, um es mit den Augen eines Immobilienentwicklers zu sehen. Das natürlich ansteigende Land ist ideal für flache Häuser, die sich gestaffelt aneinanderreihen. Alle hätten einen Blick auf den Strand, alle die magische Aussicht die Küste entlang, und alle wären in dieser Höhenlage vor Sturmfluten geschützt. Das Amphitheater ist abgeschieden und geschützt, ein Hippie-Paradies, reif für jedwede Erschließung. Er sieht das Projekt glasklar vor sich, versteht aber nicht, was das alles mit Jasper Speights Tod zu tun haben soll.

Er hört, wie sich die Tür hinter ihm öffnet, ein Glöckchen klingelt. Als er eintritt, erwartet Jay Jay Hayes ihn hinter einem Schreibtisch. Ihr dichtes, sandblondes Haar hat graue Strähnen; es ist nass und aus der gebräunten Stirn gekämmt. Das Alter schleicht sich über ihr Gesicht und die faltige Haut an ihrem Hals, aber ihre Augen sind kristallblau, als wäre der Ozean in sie eingedrungen. Sie trägt ein Hemd, und ihre nackten Schultern sind vom jahrelangen Paddeln durch die Brandung geformt. Die Dusche scheint ihre Irritation weggespült zu haben; von der Anspannung am Strand ist nichts mehr da. »Martin, es freut mich, Sie kennenzulernen.« Sie steht auf, streckt die Hand über den

Schreibtisch zu einem freundlichen Händedruck. »Nehmen Sie Platz. Sie sind sehr willkommen hier.«

Martin setzt sich.

»Wie kann ich Ihnen helfen?«, fragt sie.

»Ich möchte einer Freundin behilflich sein. Mandalay Blonde.«

»Der Frau aus der Zeitung, stimmt's? Aus Ihrer Story aus dem Westen?«

»Ganz recht.«

»Ich habe sie kennengelernt. Sie macht einen netten Eindruck.« Sie lächelt ironisch. »Und sie ist eine Freundin, ja?«

Martin ist seine Wortwahl peinlich, er lächelt verlegen. »Sie ist meine Partnerin. Und ich möchte tun, was ich kann, um ihr zu helfen.«

»Jasper Speight«, sagt Jay Jay.

»Ja. Er wurde in ihrem Townhouse ermordet. Die Polizei behandelt sie notgedrungen als verdächtig.«

»Und Sie nicht?«

»Nein, mich nicht.«

Jay Jay lächelt nicht mehr. »Der arme Jasper. Ich mochte ihn.«

»Sie kannten ihn gut?«

»Ziemlich gut. Er hat viel Zeit hier draußen verbracht.«

»Ich habe gehört, er hat Sie wegen des Verkaufs Ihres Geländes angesprochen.«

»Ja. Und wenn ich je daran interessiert gewesen wäre, zu verkaufen, dann hätte ich es über ihn verkauft.«

»Warum?«

Sie wedelt mit der Hand, als wäre die Erklärung offenkundig. »Er war ein guter Kerl. Ein bisschen in Schwierigkeiten, aber durchaus anständig.« Sie holt tief Luft, fasst offenbar einen

Entschluss. »Vor ungefähr einem Jahr hat er mir einen Hinweis darauf gegeben, dass die Stadt mich aufs Korn nehmen würde. Er hat mich gewarnt: Ich sollte meine Sickertanks in Ordnung bringen, die Trinkwasserqualität kontrollieren, die Sauberkeit in der Gemeinschaftsküche. Und richtig, eine oder zwei Wochen später standen die Inspektoren vom Gesundheitsamt vor der Tür, dazu ein Kerl aus Sydney. Höchstwahrscheinlich hätten sie mir den Laden dichtgemacht, wenn er mich nicht gewarnt hätte. Ein paar Monate später verriet er mir, dass der Stadtrat meine Kommunalabgaben erhöhen will. Diese Vorwarnung gab mir Zeit, die grünen Stadträte auf meine Seite zu bringen und herauszufinden, was der Wohnwagenpark und das Backpacker Hostel in der Stadt zahlen.«

»Und jetzt?«

»Ich muss mehr bezahlen, aber nicht annähernd so viel, wie man mir aufbrummen wollte. Weniger als der Wohnwagenpark, mehr als das Hostel.«

»Mehr? Aber das Hostel steht mitten in Port Silver, unmittelbar am Town Beach.«

»Ja, aber es gehört Tyson St Clair, und der hat Einfluss auf den Stadtrat. Der Rat sagt, das Hostel hat einen viel kleineren Footprint. Es ist ja nur ein Gebäude. Der Wohnwagenpark und die Anlage hier haben sehr viel mehr Land.«

Martin denkt nach. »Wäre es angemessen zu behaupten, dass Sie ohne Jaspers Hilfe Mühe gehabt hätten, das Gelände zu behalten?«

Sie zuckt die Achseln. »Schwer zu sagen. Zumindest hat er mir Geld und Ärger erspart. Und mir Zeit gegeben.«

»Und Swami Hawananda? Und die Geschichten über Drogenmissbrauch? Wieso hat man Ihnen den Laden nicht zugemacht?«

Jay Jay wirkt verärgert. »Weil es Bullshit ist. Die Polizei hat eine Razzia gemacht und nichts gefunden.«

»Glauben Sie, jemand hat sie aufgehetzt?«

»Das weiß ich nicht. Bei der Sensationslust der Medien hatten sie vielleicht das Gefühl, sie *müssten* etwas tun.«

»Die Gesundheitsbehörde, eine Abgabenerhöhung, eine Razzia. Das klingt nach einem organisierten Einschüchterungsversuch.«

Jay Jay lächelt. »Und hier bin ich.«

»Und warum behalten Sie den Swami? Sind Sie eine Anhängerin?«

Über diese Vermutung muss sie lachen. »Das würde ich nicht sagen. Aber er bringt gutes Geld. Er hat seinen Platz auf dem Gelände, und was da passiert, ist seine Sache. Wie gesagt, die Polizei hat nichts gefunden.«

»Was meinen Sie damit – er hat seinen Platz? Ich habe keine Unterteilung gesehen.«

»Nein. Alle teilen sich die Küche, die Duschen, den Strand. Aber dieses Haus ist wie ein Grenzstein. Die Bungalows auf der Ostseite sind für ihn und seine Anhänger reserviert. Er nimmt immer zwölf auf einmal für einen vierzehntägigen Aufenthalt.«

»Und was berechnet er dafür?«

»Fünfhundert Dollar pro Person. Ungefähr. Sie bezahlen mich für die Unterkunft und ihn für den Kurs.« Jay Jay lächelt. »Er ist ganz harmlos. Ein bisschen exzentrisch, aber freundlich und bescheiden. Ich mag ihn. Die Leute kommen her und meditieren, ernähren sich vegan und reinigen sich. Sie bleiben vierzehn Tage, veranstalten am Ende eine Party und reisen glücklich ab. Mir hilft es, die Rechnungen zu bezahlen. Eine Win-Win-Situation.«

»Es gibt also keine Drogenpartys und Orgien?«

Sie seufzt. »Bei seinem Programm geht es um Meditation, Reflexion und Selbstreinigung. Ganz asketisch, nahezu spartanisch. Nur am letzten Abend gibt es eine Zeremonie, eine Feier zum Ende des Programms und zur Rückkehr in die Welt. Am kommenden Freitag zum Beispiel. Da mischt er seinen zeremoniellen Trank – ein Elixier, könnte man sagen –, in einer alten Keramikschale und verteilt ihn mit einem goldenen Becher. Ich weiß nicht genau, was drin ist, aber nach dem, was ich mitbekommen habe, besteht er nur aus Alkohol, Obstsäften und Gewürzen.«

»Keine Ekstase?«

»Von ihm aus nicht«, sagt sie ernst. »Die Leute trinken, rauchen Gras, und zweifellos nehmen sie auch andere Sachen. Oft wird nackt getanzt. Ein Fressen für die Presse, aber nicht illegal.«

Und gute Publicity, denkt Martin, hält aber den Mund. »Und was ist mit Jasper? Sie sagten, er war oft hier. Hat er den Kurs absolviert?«

Jay Jay lacht. »Ja. Keine Ahnung, wie rein er dabei wurde, aber es hat ihm anscheinend Spaß gemacht.« Ihr Lächeln vergeht. »Seien Sie nicht zu zynisch, Martin. Ich glaube, er war auf der Suche nach etwas, und was der Swami zu bieten hat, war anscheinend hilfreich.«

»War er religiös?«

»Jasper? Nicht, dass ich wüsste.«

»Als er starb, hielt er eine Postkarte in der Hand. Ein Jesusbild oder so. Hat er je so etwas erwähnt?«

Jay Jay runzelt die Stirn: »Nein, nie.«

»Hat Jasper sonst noch etwas getan, um Ihnen zu helfen?«

»Ja, allerdings. Er sagte, wenn ich meine Abgaben deutlich senken wollte, könnte ich einen Teil meines Geländes durch eine Erhaltungsvereinbarung schützen.«

»Eine Erhaltungsvereinbarung? Was ist das?«

»Sie beruht auf einem Programm der Staatsregierung. Man schließt eine Vereinbarung zur Erhaltung eines Teils seines Grundbesitzes ab und verpflichtet sich, es für alle Zeit als Naturschutzgebiet zu erhalten. Diese Vereinbarung ist auch dann gültig, wenn man das Land verkauft, und der neue Eigentümer ist daran gebunden. Im Gegenzug zahlt man für diesen Teil des Landes keine Steuer.«

»Damit wäre dieses geplante Projekt mit einem Schlag verhindert.«

Aber Jay Jay schüttelt den Kopf. »Ich wüsste nicht, wieso. Der Teil, den sie erschließen wollen, ist das Gelände rund um den Strand hier. Ich habe nicht vor, es mit einer Erhaltungsvereinbarung zu belegen. Aber wenn dadurch meine Kosten reduziert werden, wird es für mich leichter, hier zu bleiben.«

»Verstehe. Und das übrige Gelände, das für ein Naturschutzgebiet vorgesehen ist – ist das in irgendeiner Hinsicht wertvoll?«

»Nein, eigentlich nicht. Die Bäume sind natürlich ein bisschen was wert, aber in diesem Bezirk ist die Holzfällerei heutzutage verboten. Also – nein. Oben auf der Klippe gibt es ein bisschen Land, das wertvoll wäre, aber das würde ich aus jeder Vereinbarung heraushalten.«

»Und Sie haben nicht vor, zu verkaufen?«

»Nein. Das habe ich nicht vor.«

Martin denkt darüber nach. Ohne Hummingbird Beach gibt es auch keinen Yachthafen und keinen Golfplatz. Aber Doug Thunkleton schien zu glauben, dass die Käsefabrik demnächst abgerissen würde. »Hat ein Mann namens Tyson St Clair jemals mit Ihnen über einen Verkauf gesprochen?«

»Natürlich. Er und Jasper haben ja die französische Firma vertreten, die eine exklusive Hotelanlage für ihre Longitudes-

Kette bauen wollen. St Clair ist der Mann, der den Sumpf erschließen will.«

Tyson St Clair. Denise hat von seinen Plänen für Yachthafen und Golfclub gesprochen, aber sie hat den Eindruck erweckt, dass nur Jasper die Franzosen vertrete. Doug Thunkleton hat gesagt, St Clair sei bereits Eigentümer der Käsefabrik. »Wenn Jasper wollte, dass Sie verkaufen, warum hat er Sie dann vor Steuererhöhungen und Gesundheitsinspektoren gewarnt, also vor genau den Dingen, die Sie zum Verkauf hätten zwingen können?«

Jay Jay zuckt die Achseln. »Weil er ein netter Kerl war. Vielleicht hatte er andere Prioritäten.«

Vielleicht, denkt Martin und erinnert sich daran, dass sie, wenn überhaupt, nur über Jasper verkauft hätte. Ja, er hat ihr geholfen, aber war er aufrichtig, oder war es nur eine Strategie, um sich bei ihr einzuschmeicheln? »Hat er also mit Tyson St Clair um den Verkauf konkurriert, oder waren die beiden ein Team?«

Wieder ein Achselzucken. »Das weiß ich nicht. Ich habe ihnen gesagt, dass ich hierbleibe. Deshalb ist die Frage akademisch.«

»Was können Sie mir über Tyson St Clair erzählen? Er ist ein Bauunternehmer aus dem Ort, oder?«

»Der größte. Ich dachte, Sie würden sich an ihn erinnern.«

»Nein. Warum sollte ich?«

»Weil er mit Ihrem Dad befreundet war.«

»Tatsächlich?« Martin kann sich nicht erinnern, jemals seinen Namen gehört zu haben. »Kannten Sie meinen Dad?«

»Jeder kannte Ihren Dad«, sagt sie lakonisch.

Er weiß nicht, wie er darauf reagieren soll. Also fragt er, wo er St Clair finden kann.

»In Nobb Hill. Fahren Sie Richtung Leuchtturm. Sein Haus ist das einzige dem Meer zugewandte an der Straße. Man sagt, er arbeitet er am liebsten zu Hause.«

Martin überlegt, was er außerdem fragen müsste, da kommen zwei Backpacker herein. Die junge Frau trägt einen dünnen weißen Sarong aus locker gewebtem Mull, das der Phantasie wenig Spielraum lässt. Für die Kleidung ihres Freundes braucht man überhaupt keine Phantasie, denn er ist splitternackt bis auf ein Paar Sandalen. Unbeeindruckt von seiner baumelnden Männlichkeit, sieht Jay Jay ihm in die Augen.

»Könntet ihr bitte einen Moment warten?«, sagt sie.

»Nein. Sorry. Unsere Tür ist zu. Der Schlüssel ist drinnen.« Sein Akzent klingt nach Osteuropa.

»Okay. Ich komme gleich.«

»Der Gaskocher. Er ist an. Im Bungalow.«

»Okay.« Jay Jay seufzt genervt. »Ich bin sofort wieder da«, sagt sie zu Martin, nimmt einen Schlüsselbund und geht mit dem Pärchen hinaus. Martin sieht sich im Raum um. Ein Schreibtisch, ein paar altmodische Aktenschränke, ein Bücherschrank voll eselsohriger Paperbacks, ein Ständer mit Touristenbroschüren. Ein Regal auf der einen Seite enthält Lebensmittel – Dosentomaten, Nudeln, Kartons mit H-Milch, Blockschokolade. Ein Kühlschrank ist auch da. Martin öffnet ihn und sieht Milch und Bier, Käse und Margarine. Ob Jay Jay eine Lizenz zum Alkoholverkauf hat? Vermutlich nicht. An der Wand hängt eine Karte des Bezirks neben ein paar alten Surfplakaten und einer Schriftrolle, auf der das Gedicht »Desiderata« auf ein Bild des Ozeans bei Sonnenuntergang gedruckt ist: *Geh seelenruhig du inmitten Lärm und Hast und bedenke, welcher Friede in der Stille liegen kann …*

Martin verzieht peinlich berührt das Gesicht und schaut sich weiter um. Da hängen ein paar gerahmte Fotos, die auf dem Gelände aufgenommen wurden, darunter eins von einem Surfer, der in kraftvoller Pose in eine Welle steuert. Martin sieht genauer hin. Der Surfer ist eine Frau: Jay Jay Hayes. Er betrachtet noch einmal die alten Plakate. Sicher ist die Frau im Bikini, die mit flatternden blonden Haaren aus einer Wellenröhre herausschießt, ebenfalls Jay Jay, die Surfmeisterin auf dem Höhepunkt ihres Ruhms.

Er geht auf das Poster zu, als er auf dem Boden hinter dem Schreibtisch einen Karton entdeckt, der große Umschläge enthält. Sie sind überwiegend weiß, professionell bedruckt und zu groß für einen Aktenschrank. Er geht in die Hocke, um sie sich genauer anzusehen. Es sind Scans: Röntgen, MRT, PET, Ultraschall. Mehr als ein Dutzend, alle adressiert an Jennifer J. Hayes.

Die Tür fällt ins Schloss. »Geht's Ihnen gut?« Jay Jay ist wieder zurück.

»Entschuldigung«, sagt Martin. »Ich habe mich nur ein bisschen umgesehen.«

»Das sehe ich.« Jay Jay klingt verärgert. »Ich glaube, Sie sollten jetzt gehen.«

»Hören Sie, es tut mir leid«, sagt Martin, aber sie fällt ihm ins Wort.

Sie lächelt, aber ihre Stimme ist kalt. »Gehen Sie einfach, Martin. Es ist nichts passiert. Aber gehen Sie.«

Martin fährt zurück in die Stadt und beschleunigt auf der geraden Straße. Er denkt an Bauunternehmer und Hippie-Paradiese, als er es entdeckt: das Kreuz am Straßenrand. Er wirft einen Blick in die Rückspiegel. Da ist kein Verkehr; die Straße ist leer, menschengemachte Symmetrie, die der Natur übergestülpt wurde. Er wendet in drei Zügen, fährt zurück, vollführt eine 180-Grad-Wende und hält an. Das Kreuz ist aus Holz und weiß gestrichen, braucht aber frische Farbe und steht ein bisschen schief unterhalb der Straße. Martin sieht sich um: Hier ist es passiert. Eine ganz unauffällige Stelle. Hinter dem Kreuz geht es hinunter zur stillen Lagune. Hier muss der Wagen ins Wasser gefahren sein. Er hat sich immer vorgestellt, es sei auf der anderen Straßenseite passiert, auf der westlichen, wo das Wasser tiefer ist. Ihm war nicht klar, dass die Straße auf einer Art Damm liegt, mit Wasser zu beiden Seiten. Hinter der Unglücksstelle, jenseits des Wassers im Südosten, steigt das Terrain zu den Klippen an. Statt der Mangroven wachsen hier Kasuarinen und Eukalyptusbäume und Palmen und die Myriaden der Flora des Regenwaldes. In der Ferne strahlt der weiße Leuchtturm von Port Silver im Morgenlicht. Martin ist allein mit dem Wind und dem Kreuz. Eine Plakette ist am Fuße des Kreuzes befestigt. *In liebevollem Gedenken – Hilary, Enid und Amber.* Die Worte lassen ihn erstarren. In der Hitze des Vormittags steht er reglos da. Seine Mutter, seine Schwestern. Ein Sträußchen Plastikblumen ist kürzlich hier abgelegt worden. Die Farben sind noch nicht von der Sonne gebleicht. Vern. Vern muss das Kreuz gezimmert und die Blumen hingelegt haben. Martin erinnert sich an das Datum. Der Jahrestag des Unfalls liegt erst wenige Wochen zurück. Dreiunddreißig Jahre und ein paar Wochen. Wie hat er das vergessen können? Hat er es überhaupt behalten? Oder ist es eins der vielen Dinge, die er ausgeblendet hat, an die er sich nicht erinnern wollte? War es immer so schmerzhaft? Er erinnert sich nicht, dass es ihn je belastet hat. Er hat mit Scotty und Jasper gespielt und ist zum Teenager herangewachsen, während sein Vater verfiel. War es wirklich zu schmerzhaft, die Toten zu ehren? Er war gerade acht, als seine Mutter und seine Schwestern starben, und er hat Port Silver erst zehn Jahre später verlassen. Trotzdem war er niemals hier, damals nicht und auch nicht in den Jahrzehnten danach. War es so einfach? Hatte er das alles einfach in einer Kammer seines Gehirns eingeschlossen? Und in seinem Herzen?

Unversehens kniet er, streckt die Hand aus, berührt die Plakette und sucht nach einer Verbindung. Verbindung womit? Mit seiner toten Mutter und mit seinen Schwestern, an die er sich kaum erinnern kann? Mit sich selbst? Eine Erinnerung erwacht. Er und Vern warten im leeren Haus. Die freudige Erwartung versickert allmählich, und an ihre Stelle tritt erst Sorge, dann wachsende Angst. Die Fish and Chips sind kalt und aufgeweicht, das Kondenswasser an der Champagnerflasche ist in der Sommerhitze verdunstet, und die teure französische Flasche steht da wie der Leuchtturm von Port Silver. Martin erinnert sich: Er hat ein Gebet an diese Flasche gerichtet, an die Veuve Clicquot mit ihrem orangegelben Etikett und der Verheißung eines neuen Lebens, an diesen Talisman der Hoffnung mit lauter ausländischen Wörtern und flüssiger Freude. Er hat darum gebetet, dass alles in Ordnung sei, dass sie nur eine Autopanne haben mögen oder dass einem der Zwillinge im Auto schlecht geworden sei. Dass die Feier gleich beginnen werde. Aber die Champagnergöttin hat keine Freude, keine Erlösung gebracht. Das Telefon hat geklingelt, Vern hat den Hörer abgenommen und mit leiser und ernster Stimme gesprochen, und der Riss in Martins Leben war real für alle Zeit.

Ein Lieferwagen fährt vorbei. Es ist der Wagen vom Hummingbird Beach mit der plumpen Montage aus Titten und Frauenhass, der ihn aus seinen Gedanken reißt und in die Gegenwart zurückbringt. Er schaut sich um, als sehe er die Szene mit neuen Augen. Was hat seine Mutter hier draußen im Sumpfland gewollt, so weit weg von der Stadt, auf einer Straße im Nirgendwo? In der Ferne sieht er nichts als den Leuchtturm.

ELF Der Leuchtturm zieht ihn magisch an – auf der Dunes Road geht es zur Brücke über den Argyle, vorbei am Hafen und The Boulevarde entlang durch die Stadt und den Hang nach Nobb Hill hinauf, vorbei an den teuren Häusern bis zum strahlend weißen Turm. Als er den Hügel hinauffährt, wächst der Wohlstand mit jedem Meter Höhe, und der Leuchtturm flüstert ihm zu. Er flüstert von Geld: Alles ist verbunden mit Geld und Land, dieser betörenden Mischung, die jede Stadt an der australischen Ostküste erfüllt, von der Harbourside in Sydney bis Nobb Hill in Port Silver, von Byron Bay bis Noosa, von Bermagui bis Port Douglas. Er flüstert von den Lockungen des Paradieses, gesehen durch dreifach verglaste Fenster und gedämpft durch eine Umluft-Klimaanlage, die die tropische Schwüle zähmt. Geld und Land und Habgier, flüstert er, das Silber in Port Silver. Und der Leuchtturm flüstert vom Tod. Von Jaspers Tod, dem Tod eines Immobilienmaklers, der mit Land und Geld und Sehnsucht handelt. Das hat ihn getötet, flüstert er. Deshalb wurde er durch die Hand eines Unbekannten getötet. Silber. Wenn Martin nur die Ader finden und ihr bis zu ihrem Anfang folgen könnte.

Ein ummauertes Grundstück auf der linken Seite reißt ihn aus seinen Gedanken, versperrt den Blick auf das Meer. Das muss das Haus von Tyson St Clair sein. Aber auf der gewundenen Straße ist das Anhalten verboten. Martin fährt an der Mauer vorbei und parkt schließlich am Fuße des jetzt schweigenden Leuchtturms. Eine Sturmbö aus dem Nichts fegt heran, fünf Minuten lang prasselt der Regen, der Corolla wird stakkatohaft vom Wind geschüttelt. Dann zieht der Schauer ab, und die Sonne scheint wieder. Aus dieser Höhe betrachtet ist das Meer ein zweifarbiger Flickenteppich aus Sonne und Schatten, Blau und blauerem Blau. Der Wind schiebt Wolken über den Himmel. Martin geht den Hang hinunter und auf die Stadt zu. Auf der linken Seite stehen

Häuser, von Architekten geplant, gebaut, um Eindruck zu machen. Zur Rechten fällt das Gelände steil ab, und man sieht das weite Meer und den endlosen Horizont, bis sich Tyson St Clairs Grundstücksmauer ins Bild schiebt. Das Wohnhaus selbst ist vor neugierigen Blicken geschützt – das einzige Haus, das sich nicht zur Schau stellt, selbstbewusst genug ist, um sich zu verbergen. Hinter der zwei Meter hohen Mauer und zahllosen Bäumen sieht man von der Straße aus nur den Dachfirst und ein einziges Türmchen.

Martin geht darauf zu. Ein paar italienische Touristen machen Selfies und lachen ausgelassen. Martin sieht jemand das Grundstück verlassen, eine junge Frau. Sie sieht aus wie die Anhalterin, Topaz. Der Schwung ihrer Hüften und das Wehen ihres Haars lässt keinen Zweifel. Sie sieht ihn nicht, geht bergab, auf The Boulevarde zu. Er ist sicher, dass sie es ist, aber bevor er ihr folgen kann, haben die Italiener ihn umzingelt und wollen, dass er sie fotografiert. Wieder steht der Leuchtturm voll im Sonnenlicht und strahlt weiß hinter ihnen, während sie lachen und reden.

Als sie ihn mit einem Schwall von *grazie* und *ciao* endlich gehen lassen, ist Topaz verschwunden.

In der Mauer ist ein Tor und daneben eine Sprechanlage: ein Knopf, ein Lautsprecher, eine Kamera. Martin drückt einmal auf den Knopf.

»Ja?«, fragt eine Männerstimme.

Martin blickt direkt in die Kamera. »Hallo, mein Name ist Martin Scarsden. Ich hatte gehofft, ich könnte mit Tyson St Clair sprechen.«

Niemand antwortet. Martin will seinen Satz wiederholen, da hört er, wie das Torschloss sich klickend öffnet. »Kommen Sie herein«, sagt die Stimme.

Vom Tor führt ein schmaler Weg zu einer von Drahtseilen getragenen Brücke, darunter fällt das Gelände steil ab. Die Brücke führt zum Haus, das unmittelbar an der Klippe steht. Überall wachsen Farne, Büsche, Bäume und Ranken. Rote Blüten, violette Blüten. Papageien. Es ist kühl und feucht in dieser Senke zwischen Hügel und Haus, eine Welt, die weicher und gedämpfter ist als der glühende Asphalt vor der Mauer. Als Martin an der Haustür steht, begrüßt ihn die gleiche Stimme aus einer anderen Sprechanlage. »Kommen Sie herein, Martin. Ich bin gleich bei Ihnen.« Wieder klickt es. Martin drückt gegen die schwere Tür, und sie öffnet sich.

Die Eingangshalle liegt scheinbar verlassen da. Sie ist mit exotischen Hölzern getäfelt und dunkel bis auf ein einsames Spotlight, das ein Gemälde von Brett Whiteley beleuchtet. Martin hält inne, er kann nicht widerstehen. Noch nie hat er ein Millionen-Dollar-Bild einfach an der Wand hängen sehen, so dicht vor ihm und ungesichert. Es ist schön. Schwarze Linien, zielsicher fließend, das strahlende Blau des Hafens, der Bogen der Brücke, die geschmeidigen Kurven einer Nackten. Er hört ein Echo des Flüsterns: Das ist die Schönheit, die man mit Silber kaufen kann. Vom Licht angezogen, geht er durch das Foyer in einen großen Wohnraum. Durch offene Türen kann er die Veranda sehen, und dahinter nichts als den Himmel. Er überlegt, ob er weitergehen soll, als eine Stimme ihn aufhält.

»Martin, entschuldigen Sie. Ich habe nicht mit Besuch gerechnet.«

Vor ihm steht ein kleiner, drahtiger Mann in Boardshorts und Hawaii-Hemd. Er ist barfuß, und seine lässige Kleidung sieht nagelneu aus. Der Mann ist etwa Mitte sechzig, sonnengebräunt und fit, und er strotzt von Energie. Was von seinem Haar übrig ist, trägt er kurz geschnitten und nach vorn gekämmt wie ein römischer Kaiser. Mit strahlendem Lächeln und blitzenden Zähnen kommt er heran und streckt die Hand aus. »Tyson St Clair.«

Martin gibt ihm die Hand. St Clair packt zu wie ein Nussknacker. »Martin Scarsden.«

»Ja. Der berühmte Journalist. Wieder in Port Silver. Was kann ich für Sie tun?« Der Mann ist entspannt; er ist der König, und dies ist sein Reich.

»Jasper Speight. Sie haben gehört, was passiert ist?«

St Clair zuckt die Achseln. »Wer nicht?«

»Ich versuche herauszufinden, was zu seinem Tod geführt hat.«

St Clair hört auf, zu lächeln, hört auf, sich zu bewegen, und mustert Martin eingehend. »Verstehe. Und Sie glauben, dabei kann ich helfen?«

»Ich bin nicht sicher. Darf ich Ihnen ein paar Fragen stellen?«

St Clair scheint ihn zu taxieren, bevor er sich entspannt und wieder lächelt. »Natürlich, wenn Sie glauben, das könnte nützlich sein. Möchten Sie etwas trinken? Ein Bier? Etwas Stärkeres? Etwas Schwächeres?«

Martin runzelt die Stirn. Sein knurrender Magen sagt ihm, dass die Mittagszeit vorbei ist. Er würde lieber etwas essen. »Trinken Sie auch etwas?«

»Ich? Nein. Nicht vor Sonnenuntergang, und nur selten danach. Zu viel Arbeit.« Wieder lächelt er. Martin empfindet dieses Lächeln als unnatürlich; die Lippen kräuseln sich wie zu einem Zähnefletschen und entblößen die Eckzähne. Martin überlegt, ob der Mann sich das Gesicht hat straffen lassen.

»Dann nehme ich nur ein Glas Wasser, danke.«

»Kein Problem. Kommen Sie.« St Clair führt ihn in eine Designerküche. Martin ist beeindruckt – nicht von der enormen Größe oder den marmornen Arbeitsplatten, den Edelstahlgeräten und den kupfernen Dunstabzugshauben: Der Blick auf die Stadt verschlägt ihm den Atem.

»Sie haben ein unglaubliches Haus«, sagt er.

»Nicht schlecht, was?« St Clair bleckt wieder erfreut die Zähne. Er holt eine große Flasche italienisches Mineralwasser aus einem riesigen Kühlschrank, der nichts als Flaschen enthält, und reicht sie Martin, bevor er sich selbst eine nimmt, sie aufschraubt und einen großen Schluck nimmt. »Cheers«, sagt er, hebt die Flasche und trinkt noch einmal. Martin öffnet seine Flasche und trinkt ebenfalls. Das Wasser ist kalt, die Kohlensäure sparsam dosiert, und es schmeckt beinahe süß auf der Zunge.

»Ich bekomme es von einem Importeur in Brisbane«, sagt St Clair.

»Sehr angenehm.« Martin tut, als studiere er das Etikett.

»Also, Martin – Jasper Speight. Wie kann ich behilflich sein?«

»Er wurde ermordet.«

»Das habe ich gehört. Im Townhouse Ihrer schönen Freundin Mandalay Blonde, stimmt's?«

»Sie kennen sie?«

»Noch nicht. Aber ich höre, sie ist etwas Besonderes.« St Clair grinst sein Raubtiergrinsen. »Sie wollen also herausfinden, wer ihn umgebracht hat? Sind Sie deshalb hier?«

Martin nickt. »Ja. Zumindest will ich Mandy entlasten. Das wird die Polizei am Ende auch tun, aber es besteht die Gefahr, dass man sie vorher allen möglichen Unannehmlichkeiten aussetzt.«

»Verstehe. Ich weiß nicht, ob ich Ihnen helfen kann, aber ich werde es versuchen.« Er schweigt, als wolle er Martins Reaktion abwarten, bevor er weiterspricht. »Erinnern Sie sich an mich?«

»Nein.«

»Ich kannte Ihren Vater.«

»Das hat man mir erzählt.«

»Ich habe nicht immer auf Nobb Hill gewohnt. Es gab Zeiten, da habe ich in derselben Straße gelebt wie Sie, in der Siedlung in der B Street, und mit Ihrem Dad zusammengearbeitet. Gelegenheitsjobs. Damals hieß ich anders.« Er hält die linke Hand hoch. Erst jetzt sieht Martin, dass der kleine Finger und der Ringfinger bis zum ersten Knöchel fehlen. »Käsefabrik. Ihr Dad war dabei. Er hat die Blutung gestoppt und mich nach Longton ins Krankenhaus gefahren.«

»Aha«, sagt Martin. Er weiß nicht, wie er reagieren soll. »Tyson St Clair ist also nicht Ihr richtiger Name?«

»Jetzt doch. Autoren haben Künstlernamen, Generäle haben Kriegernamen, ich brauchte einen Geschäftsnamen.«

»Spiel es, bis du es bist«, bemerkt Martin.

St Clair grinst und deutet um sich herum. »Es ist lange her, dass ich es spielen musste.« Er wird wieder ernst. »Aber ich vergesse nicht, woher ich komme. Deshalb will ich natürlich tun, was ich kann. Aber ich helfe Ihnen als Person, ich helfe dem Sohn eines alten Freundes, einem Mann, dem das Schicksal seiner Freundin am Herzen liegt. Ich helfe nicht dem Journalisten. Nichts von dem, was ich Ihnen erzähle, ist für die Zeitung bestimmt. Verstanden?«

»Absolut. Ich bin nicht hinter einer Story her. Ich will Mandy helfen.«

»Dann haben Sie den Journalismus hinter sich gelassen?«

»Ich glaube, eher hat er mich hinter sich gelassen.«

Wieder dieses Wolfsgrinsen. »Gut, aber jetzt bin ich neugierig. Schießen Sie los, fragen Sie.«

»Sie kannten Jasper gut?«

»Gut genug.«

»Sie haben Geschäfte mit ihm gemacht? Über ihn?«

»Natürlich. Von Zeit zu Zeit.«

»Und wie war Ihr Verhältnis?«

»Eigentlich hatten wir gar keines. Ich bin ihm hin und wieder begegnet. Port Silver ist ein ziemlich kleiner Ort, aber er war kein guter Freund oder so etwas. Er gehörte zu Ihrer Generation, nicht zu meiner.«

»Fällt Ihnen jemand ein, der ihm vielleicht schaden wollte? Hatte er Feinde?«

»Nein, Nicht, dass ich wüsste.« Er macht eine Pause. »Obwohl …«

»Obwohl?«

»Hören Sie, ich will nichts Schlechtes über einen Toten sagen, aber er galt als Schürzenjäger. Ich habe keine Ahnung, ob zu Recht oder nicht, aber das Gerücht machte die Runde, als seine Frau ihn verließ. Und wie ich hörte, war er bei den Orgien dabei, die sie draußen am Hummingbird Beach veranstalten.«

»So was gibt's da draußen?«

»Stand in der Zeitung.«

Touché. »Was wollen Sie damit andeuten?«

»Vielleicht war es ein eifersüchtiger Ehemann. Oder eine verschmähte Geliebte.«

Martin sieht den Tatort vor sich. Ein Verbrechen aus Leidenschaft passt eher als ein geplanter Mord. »Fallen Ihnen irgendwelche Namen ein?«

»Mir? Nein. Keine Ahnung. Aber ich könnte mich umhören, wenn Sie wollen.«

»Würden Sie das tun? Ich wäre Ihnen sehr dankbar.«

Beide schweigen kurz. Martin weiß, die Polizei wird den gleichen Gedanken, das gleiche Motiv verfolgen. Nur, dass sie wahrscheinlich auch Mandy auf der Liste der potenziell Verdächtigen haben.

»Sonst noch was?«, fragt St Clair.

»Ja, da wäre noch etwas. Ich habe gehört, dass Sie und Jasper ein französisches Unternehmen vertreten haben, das Hummingbird Beach erschließen will, aber er war gegen Ihre Pläne mit Mackenzie's Swamp.«

»Das haben Sie gut erkannt.«

»Sie haben also zusammengearbeitet, Sie beide?«

»Gewissermaßen.«

Martin erinnert sich an das, was Jay Jay ihm erzählt hat: Jasper habe sie vor der Gesundheitsbehörde und einer Steuererhöhung gewarnt. Ob St Clair dahintergesteckt hat? »Klingt problematisch«, sagt er.

»Inwiefern?«

»Sie wollen den Sumpf erschließen, er ist dagegen, aber beim Hummingbird Beach müssen Sie beide zusammenarbeiten.«

St Clair schüttelt den Kopf, als habe Martin etwas übersehen. »Nein. Geschäft ist Geschäft. Jasper wusste sehr genau, dass die Pläne der Franzosen für diese Stadt die Wende bringen können.« Sein Raubtierlächeln blitzt auf, als sei ihm eine befriedigende Lösung eingefallen. »Haben Sie Zeit, Martin? Ich möchte Ihnen etwas zeigen.«

»Ja, natürlich.«

St Clair führt ihn aus der Küche, durch das Wohnzimmer, vorbei an der Verandatür und zu einem Alkoven mit einer Wendeltreppe, die nach oben führt. Sie steigen hinauf, St Clair als Erster.

Oben befindet sich ein einziger Raum, ein großes Arbeitszimmer in einem achteckigen Turm mit Fenstern auf sechs Seiten, lichtdurchflutet und mit Panoramaaussichten – auf den Leuchtturm im Süden, so nah, dass Martin meint, ihn berühren zu können, auf die blaue Weite und den gebogenen Horizont des

Ozeans im Osten, auf die Stadt, die sich im Norden ausbreitet, und dahinter der Fluss, Mackenzie's Swamp und der breite goldene Sandstrand der Treachery Bay. Der Argyle schlängelt sich nach Westen, zu den Zuckerrohrfeldern, der Zuckermühle und dem Escarpment.

St Clair lässt ihm Zeit, das alles zu betrachten, bevor er spricht.

»Nicht übel, was?«

»Das können Sie laut sagen.«

»Das ist der eigentliche Grund, weshalb ich dieses Haus gebaut habe. Dieser Blick von hier oben.«

»Man hat mir erzählt, Sie arbeiten am liebsten zu Hause. Jetzt verstehe ich, warum.«

»Gut erkannt.«

Martin reißt sich von dem Panorama los und sieht sich in dem Raum um. Ein großer Schreibtisch, ein maßgetischlertes Achteck, steht in der Mitte. Die beiden Seiten im Westen, wo die Treppe heraufkommt, sind holzgetäfelt. Gegenüber, auf der Ostseite, reichen die Fenster vom Boden bis zur Decke, aber im Norden und im Süden beginnen sie erst in Hüfthöhe, und darunter sind eingebaute Theken, einen Meter tief, mit Schubladen bis zum Boden. Auf beiden Theken, Richtung Leuchtturm und Richtung Stadt, stehen große Modellanlagen.

»Hier, schauen Sie sich das an.« St Clair geht zu der Theke unter dem Leuchtturmfenster. »Das ist es, was Sie sehen sollten.«

Es ist ein Modell von Hummingbird Beach, dem Kanal und Mackenzie's Swamp, nicht wie sie jetzt aussehen, sondern wie sie sein könnten, sorgfältig und detailliert. In Tyson St Clairs Vision ist das Wasser blau, der Golfplatz grün, und die Gebäude sind weiß. Alleinstehende Bungalows, Townhouses und Apartmentgebäude erstrecken sich über den Hang. Der Parkplatz ist auf die andere Seite des Höhenkamms verbannt, und auf der geplanten

Anlage sind nur Golf-Buggys zu sehen. Eine neue Brücke spannt sich in einem eleganten Bogen aus stählernen Spinnweben zwischen zwei Türmen hoch über dem Kanal. Der Yachthafen kann diskret von der Dunes Road versorgt werden, vom Resort aus ist er per Buggy erreichbar. Martin inspiziert die Brücke genauer. Auf der Westseite führen Fahrspuren für die Buggys zum Golfclub. Das zweigeschossige Clubhaus hat eine breite Terrasse, selbst im Kleinformat beherrscht es die Lagune und bietet eine atemberaubende Aussicht. Aus dem Sumpf ist ein klar begrenzter See geworden, umgeben von Ufermauern, und der Golfplatz umschmiegt das Nord- und Westufer. An der Ostseite dürfen hier und da Mangroven stehenbleiben, die den Golfplatz gegen die Hauptstraße abschirmen.

Martin nickt. »Beeindruckend.«

»Nicht wahr?«, sagt Tyson St Clair. Der Stolz in seiner Stimme ist unüberhörbar. »Phase eins ist die Entwicklung von Hummingbird Beach. Phase zwei sind Brücke und Yachthafen, Phase drei ist der Golfplatz. Und hier – ich zeig's Ihnen.« St Clair tritt zum Modell und hebt einen breiten Streifen Buschwerk zwischen dem Fluss und der Westgrenze des Golfplatzes hoch, wo der Argyle nach Norden biegt. Dann öffnet er eine tiefe Schublade unter dem Modell. »Helfen Sie mir«, sagt er, und Martin gehorcht. Die beiden Männer heben den neuen Teil heraus und setzen ihn an seinen Platz wie ein Stück in einem Riesenpuzzle. Jetzt ist das Gelände zwischen Golfplatz und Flussbiegung mit weißen Papphäuschen besiedelt; jedes hat seinen eigenen Bootsanleger, und alle sind durch eine Straße mit der Dunes Road im Süden der Lagune verbunden. »Phase vier. Blick auf den Fluss und Sonnenuntergänge auf der einen Seite, Golfplatz auf der anderen, Ferienanlage weiter unten. Ein Paradies für Ruheständler. Eine exklusive, umzäunte Wohnanlage.« Er bewundert sein Werk und die Stimmigkeit seiner Vision. »Das – dies alles hier wird Port Silver zum Erfolg verhelfen.«

Martin betrachtet das Modell, erkennt die Logistik dahinter und überlegt, wie viel Geld nötig wäre. »Haben Sie die nötigen Mittel?«

»Die kann ich kriegen.«

»Und der Wohnwagenpark?«

St Clair zuckt die Achseln. »Der kann bleiben. Aber irgendwann wird das Gelände zu wertvoll werden, und die Stadt wird es verkaufen.« Er zeigt auf den äußeren Rand des Modells. Die Zufahrt zu der Wohnanlage führt dahinter entlang.

»Was ist mit Hochwasser? Ich dachte, der ganze Bereich ist gefährdet.«

»Stimmt. Wir brauchen jede Menge Deiche. Billig wird das nicht. Aber fahren Sie mal rauf zur Gold Coast, oben bei Broadwater hat man Erstaunliches geleistet. Ganze Inseln sind da entstanden, für Häuser und Gärten.«

»Ich dachte, es gäbe Vorschriften der Gemeinden. Man darf nur einige Meter oberhalb des Meeresspiegels bauen.«

»Das stimmt. Wir müssen für Hochwasserschutz sorgen.«

»Und das ist teuer?«

»Das kann man wohl sagen.«

Martin wendet sich wieder dem Modell zu. So betrachtet, wirkt es realistisch. »Warum zeigen Sie mir das?«

»Damit Sie wissen, was auf dem Spiel steht.«

Martin runzelt die Stirn. »Was steht denn auf dem Spiel? Was meinen Sie?«

»Hier. Kommen Sie hier herum.« St Clair geht zum Fenster gegenüber, wo das zweite Modell steht. Das Fenster bietet einen Ausblick auf die Stadt, und das maßstabsgetreue Modell gibt diesen Blick wieder. »Da, Martin. Port Silver.«

»Und?«

»Es ist eine großartige Stadt. Meine Stadt. Ihre Stadt. Aber seien wir ehrlich. Sie hat nie ihr Potenzial ausgeschöpft, und wird das wahrscheinlich auch nie tun.«

»Ich kann Ihnen nicht folgen.«

»Hören Sie zu. So lange ich zurückdenken kann, haben wir immer gesagt, wir sind das nächste große Ding: das nächste Byron, der nächste Noosa-Nationalpark, die nächste Gold Coast. Und in der Vergangenheit war ich immer die treibende Kraft. Wir haben den Strand, wir haben den malerischen Hafen, wir haben verzweifelte Politiker, die darauf hoffen, sich Stimmen zu kaufen – mit neuen High Schools und Polizeistationen, Rettungsposten und Schwimmbädern. Aber das genügt nicht.«

»Warum nicht?«

»Die Reichen kaufen Wochenendhäuser, aber sie wohnen nicht drin. Die Rucksacktouristen kommen, die Obstpflücker kommen, die Rentner kommen. Aber das Geld kommt nicht.«

»Welches Geld?«

»Das große Geld.« St Clair deutet hinüber zum Leuchtturm. »Sehen Sie sich das an. Das ist der größte Leuchtturm südlich von Byron, Ende der 1890er gebaut, als aus diesem Ort ein bedeutender Hafen werden sollte. Hier wollte man Zedernholz aus den Wäldern verschiffen, Öl von der Walfangstation, Milchprodukte von den Farmen, Zucker von den Zuckerrohrfeldern und Fleisch aus den Schlachthöfen. Der Leuchtturm war der Anfang, das Fanal unseres Wohlstands. Aber zwei Dinge verhinderten all das: die verdammte tückische Sandbank vor der Mündung des Argyle und der Eselspfad, die Todesfalle am Escarpment. Der Hafen konnte nie etwas Größeres aufnehmen als einen Trawler. Er ist tief und geschützt genug, aber die Sandbank lässt nicht mehr zu. Wir haben alle möglichen geologischen und ozeanographischen Untersuchungen gemacht. Da unten liegt ein gewaltiges Riff, massiver Fels, und darauf schiebt sich die Sandbank hin und her. Man kann sie nicht abbaggern, und man bräuchte eine verdammte Atombombe, um sie loszuwerden. Also hat der Hafen sich nie weiterentwickelt. Im Gegenteil. Je größer die Schiffe wurden, desto weniger Verkehr gab es. Die Eisenbahn kam nach Longton und fuhr weiter, und der Abzweig am Escarpment herunter wurde nie gebaut, denn es gab keinen Hafen, der angebunden werden musste, und die Strecke ist so steil, dass die Kosten nicht zu rechtfertigen sind. Die Holzfällerei wurde eingestellt, die Walfangstation geschlossen, die Fischereiflotte ging an die Bank, und die Käsefabrik wurde stillgelegt. Und die Zuckermühle wird demnächst auch den Betrieb einstellen. Sie macht jetzt schon täglich Miese. Es gibt hier unten nicht genug Zuckerrohrfarmen und keine nennenswerte Industrie. Und wenn sie zumacht, sind aller Zuckerrohrfarmen am Arsch. Die Milchbauern können sich immer noch zusammenschließen und ihre Milch mit Tanklastern am Escarpment hinauffahren, aber niemand weiß, wie man die Steigung mit Zuckerrohrtransportern bewältigen könnte. Nicht genügend jedenfalls.« St Clair seufzt tief und mitleidig. »Dämmert's allmählich?«

Aber Martin schüttelt den Kopf. »Ich weiß nicht. Die Stadt kommt mir wohlhabender vor als früher.«

St Clair beruhigt sich ein wenig. »Natürlich. Wir haben immer noch die Gärtnereien oben am Fluss. Wir haben die Backpacker. Und wir ziehen jede Menge Senioren an, Leute, die sich hier zur Ruhe setzen. Also – ja, es ist Geld da. Aber vieles davon ist immer noch Staatsgeld und von knappen Mehrheiten in der Verwaltung abhängig. Kratzen Sie an der Oberfläche, kommt immer noch jede Menge Armut zum Vorschein. Und zu wenige

Jobs. Wir kriegen die invaliden Rentner und die alleinerziehenden Mütter und die Junkies und die armen Schweine mit psychischen Problemen. Die können sich nicht leisten, in Sydney oder Brisbane oder Byron zu wohnen, und bald können sie sich auch Coffs und Tweed Heads nicht mehr leisten. Also ziehen sie hierher. Dazu die einheimischen Gooris, für die das Leben so hart ist, wie es immer hart war. Die Siedlung reicht nicht mehr; die Armen sind jetzt auch im Wohnwagenpark.«

Martin deutet auf das maßstabsgetreue Modell von Hummingbird Beach und der Crystal Lagoon. »Und das ist die Antwort? Das und eine Gated Community?« Seine Skepsis ist unüberhörbar.

»Tourismus ist die Antwort. Tourismus und hochkarätige Pensionäre. Und Bildschirmarbeiter. Die High School und das Schwimmbad sind toll, aber die eigentliche Veränderung bringt das Breitband-Internet. Wir werden hier von knappen Mehrheiten regiert, deshalb haben wir ein besseres Internet als ein Lobbyist in der Macquarie Street. Und ich werde einen kostenlosen WLAN-Hotspot auf den Leuchtturm setzen.« Spöttisch grinsend schaut er zu dem Baudenkmal hinüber. »Dann ist er wenigstens noch zu etwas nutze.«

»Und Sie glauben wirklich, dieses Projekt nördlich des Argyle kann anderthalb Jahrhunderte Stagnation wettmachen?«

»O ja. Unser Fehler war es, dem Wachstum hinterherzulaufen. Jahrzehntelang habe ich geglaubt, wir müssten wachsen, wir müssten größer werden – wie all die anderen Boomtowns. Aber das war ein Irrtum. Unsere Zukunft liegt nicht in der Größe, sondern in der Exklusivität.« St Clair lässt sich das letzte Wort genüsslich auf der Zunge zergehen. »Das Escarpment und die Sandbank behindern die Entwicklung nicht, sie schützen uns vor übermäßiger Entwicklung. Ich habe aufgehört, für die Begradigung der Straße zu werben, ich dränge nicht mehr darauf, die Molen zu verlängern. Stattdessen spende ich jetzt den Grünen und arbeite an einer Begrenzung der Einwohnerzahl. Ich will, dass McDonald's hier rausfliegt, genau wie in Byron. Klein und exklusiv wollen wir sein, sauber und grün.«

»Ich weiß nicht, ob man die Trockenlegung von Mackenzie's Swamp wirklich als sauber und grün bezeichnen kann. Und spielen die Aborigines jetzt Golf?«

St Clair lacht. Er ist nicht gekränkt. »Nein, aber ich möchte, dass sie es können. Sie werden sich überzeugen lassen. Und die Grünen auch.«

»Wie denn?«

Der Unternehmer sieht ihn an, und Gerissenheit liegt in seinem Blick. »Sind Sie oben gewesen? Am Hummingbird Beach? Bei der Lagune?«

»Heute Morgen erst.«

»Und darüber hinaus? Sind Sie weiter gekommen?«

»Nein. Warum sollte ich?«

»Eben. Niemand geht da hin. Die Strände sind zu wild, das Land dahinter ist zu sandig und zu versalzen. Die wenigen Milchfarmen, die es noch gibt, fangen erst zwei Kilometer landeinwärts an. Ein paar Zuckerrohrfelder – aber was aus denen wird, habe ich Ihnen schon erzählt. Das ist eine Drecksgegend da. Die Regierung hat den größten Teil zum Naturschutzgebiet erklärt, weil sie nicht weiß, was sie sonst damit machen soll.«

»Und was schlagen Sie vor?«

»In ein paar Monaten wird die Premierministerin hierher kommen. Sie wird einen neuen Nationalpark eröffnen, der an den weiter nördlich gelegenen anschließt. Jobs für indigene Ranger sind Teil des Deals.«

»Im Tausch gegen den Sumpf?«

»Daran arbeite ich. Aber das bleibt unter uns. Nichts davon darf in die Zeitung.«

»Nein, natürlich nicht.« Martin kann sich nicht vorstellen, dass der *Herald* sonderliches Interesse an einem Artikel über einen unbedeutenden Nationalpark hätte, selbst wenn er noch bei dieser Zeitung angestellt wäre. »Und die Staatsregierung ist an diesen Verhandlungen beteiligt?«

»Ja. Aber erwarten Sie nicht, dass ich dazu viel mehr sage. Ich habe Diskretion zugesichert.«

»Ein Nationalpark also. Ein Puffer für das Projekt Hummingbird Beach. Garantierte Ungestörtheit, Exklusivität und wunderbarer Ausblick.«

»Jetzt haben Sie's. Luxus und Exklusivität am Rande der Wildnis, und Port Silver für den täglichen Bedarf und die nötigen Arbeitskräften liegt zwanzig Autominuten entfernt. Das ist perfekt. Hummingbird Beach ist das Sandkorn, das Gebiet nördlich des Flusses ist die Perle, und Port Silver ist die Auster, die fett und saftig wird.« St Clair entblößt seine Eckzähne. So stellt er sich wohl ein gewinnendes Lächeln vor.

Martin geht an der Fensterfront entlang zurück zu dem Modell. »Ich höre, Sie wollen die alte Käsefabrik abreißen.«

Jetzt grinst St Clair nicht, er lacht laut. »Ich doch nicht. Die gehört mir nicht.«

»Wirklich nicht? War das nicht Ihr Security-Mann, den ich heute Morgen dort getroffen habe?«

»Sie waren fleißig.«

Martin lässt nicht locker. »Was hat er da draußen verloren?«

»Er geht einem hart arbeitenden Journalisten zur Hand.«

»Ja. Doug Thunkleton. Der scheint aber zu glauben, das Gebäude gehört Ihnen.«

St Clair schüttelt den Kopf. »Keine Ahnung, wie er darauf kommt. Es gehört Amory Ashton.«

»Ich dachte, der ist tot.«

»Das denken wir alle. Aber es gibt keine Leiche. Und solange er nicht für tot erklärt worden ist, gehört ihm die Fabrik noch.«

»Und wenn Doug Thunkleton eine Leiche findet, dann hilft Ihnen das?«

»Richtig.«

»Dann haben Sie Doug den Tipp gegeben, stimmt's?«

»Stimmt.«

»Und wem gehört die Käsefabrik, wenn Ashton für tot erklärt wird?«

»Das ist egal. Meine Chance, sie demjenigen abzukaufen, ist auf alle Fälle dann größer.«

Martin runzelt die Stirn. »Was sollen die Metalldetektoren?«

»Hat Thunkleton Ihnen das nicht erzählt?«

»Nein.«

St Clair bleckt die Zähne. »Ashton war ein missgelaunter alter Bastard, vielleicht wegen seiner beschissenen Ernährung. Rotes Fleisch, roter Wein, blauer Käse. Chronische Arthritis. Von Kopf bis Fuß.«

»Verstehe ich nicht.«

»Er hatte eine neue Hüfte, neue Knie, alles aus Titan. Wenn er da draußen irgendwo liegt, werden die Metalldetektoren ihn finden. Das Signal ist unverwechselbar.« St Clair zieht die Brauen hoch, findet diese Vorstellung offenbar amüsant. Er dreht sich um und schaut kurz auf das Meer hinaus, bevor er Martin wieder ansieht.

»Die Käsefabrik hat nichts mit Jasper zu tun. Glauben Sie mir. Da gibt es keinen Zusammenhang.«

»Wieso sind Sie so sicher?«

»Jasper war gegen das Projekt, das ist allgemein bekannt, und deshalb war er nicht auf dem Laufenden. Er wusste nicht, was ich vorhatte.«

»Wenn es nichts damit zu tun hat, warum zeigen Sie mir das alles?«

»Wegen der Siedlung.«

»Was?«

»Von hier aus kann man sie immer noch sehen – die Siedlung. Im Sommer hängt eine Art Dunst darüber, man kann die Probleme förmlich sehen. Sozialhilfeempfänger. Junkies und Alkis und Bootsflüchtlinge. Gooris, die vom eigenen Land vertrieben wurden. Da kommen Sie her, Martin. Da kommen die Scarsdens her. Und da komme ich her. Da will ich etwas ändern.«

»Indem Sie eine geschützte Wohnanlage bauen? Und einen Golfplatz?«

»Ganz recht. Echte Arbeitsplätze. Echtes Geld und eine echte Zukunft.«

»Wirklich?«

»Wirklich, Martin. Und es wird passieren, so oder so.«

Aber Martin schüttelt den Kopf. »Nicht, wenn Jay Jay Hayes ihr Land nicht verkauft. Und wenn ich sie richtig verstehe, wird sie es nicht tun. Und ohne Hummingbird Beach bricht alles andere zusammen.«

»Sie wird verkaufen.«

»Wie können Sie da so sicher sein?« Unwillkürlich denkt Martin an den Karton mit Scans hinter Jay Jays Schreibtisch, Röntgenbilder, MRTs und so weiter. Was weiß St Clair?

»Die menschliche Natur. So viel Geld, das rumliegt und sie in Versuchung führt. Sie wird verkaufen.«

»Die Franzosen sind also immer noch interessiert?«

»Allerdings. Die haben eine Million Dollar auf den Tisch

gelegt. Als Prämie, falls Jasper und ich Jay Jay zum Verkauf überreden können.«

Martin denkt nach. Jasper hat Jay Jay Hayes beschützt und sie
vor bevorstehenden Inspektionen und Abgabenerhöhungen gewarnt. Hat er mit St Clair konkurriert oder mit ihm zusammengearbeitet? »Warum erzählen Sie mir das?«

»Ich möchte, dass Sie für mich arbeiten.«

»Was?« Martin fängt an zu lachen. Er glaubt, St Clair habe
einen Scherz gemacht, aber der Gesichtsausdruck des Mannes
spricht dagegen. »Für Sie arbeiten? Und wie?«

»Bei der Verwirklichung dieses Projekts.« Der Unternehmer
deutet auf das Modell. »Sie haben selbst gesagt, der Journalismus
hat Sie rausgeworfen. Sie brauchen einen Job.«

»Was für ein Job soll das sein?«

»Kommunikation. Public Relations. Behördenkontakte. Dies-
seits von Brisbane gibt es niemanden mit Ihren Fähigkeiten. Jemanden mit Medienerfahrung und Beziehungen, der weiß, wie
die Welt da draußen funktioniert.«

Martin antwortet nicht, aber ein Wurm in seinem Gehirn
sagt ihm, dass Tyson St Clair recht hat. Wenn er mit Mandy in
Port Silver bleibt, was wird er arbeiten? Für den *Longton Observer* schreiben? Nach Kriminalfällen suchen und True-Crime-
Bücher füllen? »Was bieten Sie mir?«

»Eine Menge, Martin. Eine Menge. Aber tun Sie es nicht dafür. Tun Sie es nicht für Geld. Helfen Sie mir, die Siedlung ein
für alle Mal aus der Welt zu schaffen.«

Scotty kam nie in die Siedlung. Jasper kam nicht mehr, nachdem
sein Dad gestorben war und seine Mum mit ihm umzog. Sie
wollten nicht kommen, und er wollte sie nicht einladen. Nie begriff er, welches Stigma dem Ort und der Bezeichnung »Siedler«

anhaftete. Nicht in all den Jahren, während er und sein Vater ver-
lotterten, der Rasen zu Unkraut wurde und es im Haus so sehr
stank, dass sie das ganze Jahr über die Fenster geöffnet hatten.
Sein Haus lernte er zu hassen, aber nicht die Nachbarschaft. Die
Siedlung war seine Heimat, die einzige, die er kannte. Zumindest
war das so, bevor seine Mum und seine Schwestern starben, und
dann noch einmal in den zwei Jahren, nachdem Vern eingezogen
war und sie das Haus in Ordnung brachten. Es gab gute Leute
dort, Leute mit einem guten Herzen, die nur Pech gehabt hatten.

Scotty kam nie zu ihm, und Jasper kam nie zu ihm, und auch
sonst kam niemand je zu ihm. Mit Ausnahme von Maz. Sie waren
fünfzehn. Er war scharf auf sie, und er begriff zu spät, dass sie
scharf auf ihn war. Sie küsste ihn eines Abends unten am Strand,
in den Dünen, und ihr Mund schmeckte süß nach Cola und Rum
und nach Minze von den Mentholzigaretten. Er sagte kein Wort,
und sie sagte kein Wort, aber danach teilten sie dieses Gefühl,
dieses unausgesprochene Wissen, dass sie früher oder später
ein Paar werden würden. Und dann kam sie eines Tages in die
Siedlung, zu ihm, ohne Einladung. Sie war offenbar den ganzen
Weg von Five Mile Beach zu Fuß gegangen, durch die Stadt und
auf der Ressling Road wieder hinaus. Er war zu Hause in seinem
Zimmer und sah sie durch das Fenster. Sie trug ihre beste Jeans
und ein geblümtes Top, hübsch und sittsam. Ihr Haar glänzte in
der Sonne, und sie war geschminkt. Sie stand am Tor und starrte
herüber. Schließlich sah sie nach der Hausnummer und versuchte, das Tor zu öffnen, das Tor, das festgerostet war und über das
er immer hinwegkletterte. Schließlich hörte sie auf, warf noch
einen Blick auf das Haus und wandte sich ab.

Danach fing er an, alles auf Vordermann zu bringen. Vern
half ihm, den Rasenmäher zu reparieren, die Zündkerzen zu
wechseln, die Klingen zu schärfen, den Vergaser zu reinigen und

das Öl zu wechseln. Er mähte das Unkraut und fing an, bei den Nachbarn zu mähen, die zu alt oder zu krank waren, um es selbst zu tun – für Geld, wenn sie bezahlen konnten, und kostenlos, wenn sie das nicht konnten. Er selbst sah immer ordentlich aus, hatte jeden Morgen geduscht und seine Schuluniform und seine Straßenkleidung gewaschen, wenn sie schmutzig war. Jetzt fing er an, auch das Haus zu putzen, Schritt für Schritt, angefangen mit seinem Zimmer. Er wusch seine Bettwäsche, und als das nichts brachte, weichte er sie tagelang ein, und als das auch nichts brachte, warf er sie weg und kaufte von seinem Rasenmähergeld neue. Er saugte Staub und wischte den Boden und warf Sachen weg, die ihm zu klein geworden waren; manche hatte er schon gehabt, bevor er acht wurde. Nach seinem Zimmer nahm er sich die Küche vor. Dort hätte es nicht so schlimm sein dürfen, denn sie kochten nie. Aber im Ofen lagen Dinge, die zu Krümeln verrottet waren, und im Kühlschrank verfaulten andere Dinge langsamer. Aus dem Siphon unter dem Spülbecken stieg ein scheußlicher Gestank herauf. An einem Wochenende wurde es zu viel. Er schrubbte den ganzen Tag und die ganze Nacht bis zum Morgengrauen, angetrieben von einem manischen Eifer. Am Ende stand ein Erfolgsgefühl, das ihn stolz machte. Und dann übergab sich sein Vater im Badezimmer, und jemand stahl den Rasenmäher.

Danach sah er Maz ziemlich oft. Es war unmöglich, ihr aus dem Weg zu gehen: im Bus zur Schule nach Longton, in jeder zweiten Schulstunde, manchmal auf dem Boulevarde vor Theo's oder beim Rauchen in den Dünen. Sie war immer höflich, sagte nie etwas Gemeines, nannte ihn niemals einen Siedler. Aber das unausgesprochene Einverständnis gab es nicht mehr, und in ihrem Blick sah er manchmal das vernichtendste aller Gefühle: Mitleid.

Auf dem Boulevarde macht Martin Halt, um etwas zu essen. Der alte Supermarkt ist jetzt ein Haushaltswarengeschäft, aber auf dem Dach kann man immer noch parken. Er steuert den Toyota die Rampe hinauf. Sie kommt ihm kürzer und viel weniger steil vor als damals bei ihrem nächtlichen Einkaufswagenrennen. Es ist glühend heiß auf dem Beton. Hier gibt es nichts als Hitze und grelles Licht und kein Fitzelchen Schatten. Der Platzregen, der über Nobb Hill hinweggezogen ist, als er bei Tyson St Clair war, ist längst vorbei. Es ist nicht der beste Platz, um ein Auto zu parken. Martin dreht die Fenster herunter. Wenn jemand die alte Rostlaube stehlen will: bitteschön.

Der Tag war anstrengend; er muss etwas essen und seine Gedanken ordnen. Er hat die Auswahl zwischen mehreren Cafés und erinnert sich an die Delikatesse seiner Jugend: Fish and Chips. Zwei Tage hintereinander? Warum nicht? Aber statt des neuen Ladens neben der Sushi-Bar fällt ihm sein altes Stammlokal ein, das Theo's.

Drinnen sieht es fast so aus wie früher. Das Linoleum wellt sich, zwischen den Sitzbänken stehen laminierte Tische mit schweren gläsernen Zuckerspendern und silbern glänzenden Gewürzständern. Unter der Decke hängen zwei Ventilatoren, die langsam kreiseln. Die Kühlschränke in den Farben von Coca-Cola sind neu, und die Bakelit-Aschenbecher sind nicht mehr da, aber verblichene Plakate in billigen Rahmen mit toten Leuten schmücken noch immer die Wände: Elvis, Bogie und Lauren Bacall, Marilyn, James Dean, Clark Gable, Errol Flynn, Judy Garland. Irgendwann im letzten Vierteljahrhundert sind John, Paul, George und Ringo in dieses Pantheon eingezogen, aber nicht die Hippie-Beatles, sondern die Pilzköpfe lachen in die Kamera, und das Foto ist schwarzweiß wie die anderen. Das Pantheon Café.

An derselben Theke die gleiche Bestellung: zwei Stück Fisch

mit Pommes. Der Teenager hinter der Theke sagt nicht einmal, was es kostet, schiebt ihm einfach das Kartenlesegerät hin. Gefärbtes Haar, Piercings, Tattoos und eine arrogante Attitüde: ein Punk in Port Silver.

»Bargeld?«, fragt Martin.

»Von mir aus.«

Martin reicht dreißig Dollar hinüber und bekommt zur Strafe eine Handvoll Kleingeld. Sie starrt ihn übellaunig und herausfordernd an. Martin ist es egal; er schiebt die Münzen eine nach der anderen in eine leere Spendensammeldose. Als er gerade das letzte Geldstück einwirft, kommt ein Mann geschäftig aus dem Hinterzimmer in den Laden und wischt sich die Hände an der Schürze ab. Martin erkennt ihn sofort. Es ist nicht Theo Tomakis, sondern sein Sohn George, der irgendwie zum Ebenbild seines Vaters geworden ist. George, ein Altersgenosse aus Schulhoftagen, ein ehemaliger Fußballstar, gelenkig und gutaussehend, mit scharfem Kinn. Aber die Konturen sind inzwischen weicher, seine Taille runder geworden und der Haaransatz ist zurückgewichen. Zum Ausgleich hat er sich einen mächtigen Schnurrbart wachsen lassen, aber es besteht kein Zweifel daran, dass er es ist.

»George«, sagt Martin.

George sieht ihn an, will etwas sagen, runzelt die Stirn und lächelt schließlich. Er deutet auf Martin und sagt: »Martin Scarsden. Der Superreporter.«

»George.«

Sie schütteln einander grinsend die Hand. Martin weiß gar nicht, woher diese Herzlichkeit kommt; sie waren Schulkameraden, keine Freunde. George war einer von denen, die vor dem Ende des zehnten Schuljahres verschwanden. Er wollte den Traum vom Berufsfußballer wahrmachen, und Martin hat ihn seitdem nicht mehr gesehen, aber aus irgendeinem Grund ist er froh, ihm hier zu begegnen. Und dann dämmert es ihm: Der Fish-and-Chips-Mann ist auch ein Siedler, ein Überlebender wie er. »Ich habe gehört, dass du zurückkommst«, sagt George. »Jasper Speight hat es mir erzählt.«

»Du hattest immer noch Kontakt zu Jasper?«

»Na klar. Er kam einmal die Woche, meistens. Fish and Chips und eine Schokomilch.«

Martin lächelt. »Manche Dinge ändern sich nie.«

»Du hast es gehört, oder?« George wirkt ernst.

»Ja, ich hab's gehört.«

»Alter. Diese Stadt. So was hat's hier noch nie gegeben. Streit, Schlägereien, Gewalt zu Hause, klar. Die Siedlung war kein Ponyzirkus. Aber Mord? Mann!«

»Wohnst du immer noch da draußen? In der Siedlung?«

»Ich? Scheiße, nein. Mum und Dad sind noch lange geblieben, auch als sie sich schon leisten konnten, wegzuziehen. Aber ich nicht. Ich konnte es nicht erwarten, da wegzukommen.«

»Wie geht's deinen Eltern?«

»Dad ist tot. Seit Jahren schon. Herzinfarkt. Sein einziges Training waren Poker und Zigaretten. Mum wohnt jetzt bei uns. Wir haben die Garage für sie umgebaut.«

»Auf Nobb Hill?«

George lacht. Es ist ein echtes Lachen, das aus dem Bauch kommt. »Herrje, nein. Aber ganz nett. Doppelziegelwände. Klimaanlage. Direkt am Five Mile Beach – vom 1. Stock kann man die Brandung sehen. Dort gibt's ein bisschen Wind, und die Kinder können im Sand spielen. Wirklich nett.«

»Klingt gut. Hast du Jasper oft gesehen?«

»Nein. Nur wenn er kam, um seine Fish and Chips zu essen. Hat nie viel geredet – aber manchmal erzählt, was du in der Zeitung geschrieben hast und wo du warst. Und um zu fragen, wann wir verkaufen.«

»Der Laden hier gehört dir?«

George lacht wieder, diesmal noch herzlicher. »Erzähl's nicht weiter, aber meiner Mum gehört der halbe Boulevarde.«

Martin schmunzelt, als er an die bescheidene alte Frau denkt, die nicht aus der Siedlung wegziehen wollte und ihren Lebensabend in einer umgebauten Garage verbringt. »Das heißt, ihr könntet auf Nobb Hill wohnen, wenn ihr wolltet?«

»Sie könnte es, ja. Aber sie ist alt, und sie hasst das Treppensteigen. Außerdem will sie nicht da oben bei den anderen wohnen.«

»Bei den anderen?«, wiederholt Martin. »Reiche Rentner und Großstadtanwälte, habe ich gehört.«

»Ja. Wichser. Und die Einheimischen sind noch schlimmer. Reden immer nur über Immobilienpreise und wie viel Geld sie haben. Wollen ganz oben auf dem Misthaufen sein. Mate, da oben geht's zu wie bei *Game of Thrones*. Mum kann das nicht ausstehen.«

Die halbwüchsige Helferin demonstriert immense Langeweile. Sie will den Edelstahlkorb mit dem Fisch aus der Fritteuse heben, aber George greift ein und tut es selbst. Er hängt den Korb zum Abtropfen über die Fritteuse und tut das Gleiche mit den Pommes. Dann klopft er beide Körbe ein paar Mal auf den Rand der Fritteuse, um das überschüssige Fett loszuwerden.

»Wird dir nicht so gut schmecken wie früher«, sagt er.

»Wieso nicht?«

»Früher haben wir mit Rindertalg frittiert. Riesige weiße Blöcke. Jetzt ist es nur noch Raps-Öl. Angeblich gesünder, schmeckt aber nach nichts.«

Martin bedankt sich bei George und geht mit seinem Essen hinunter an den Strand. Mit dem Rindertalg ist es vorbei, und auch das Metzgerpapier gibt es nicht mehr. Stattdessen liegt das Essen in einer Schachtel in einer weißen Papiertüte, damit der Dampf abziehen kann und Fisch und Pommes frites knusprig bleiben. Aber George kann sagen, was er will, es schmeckt immer noch genauso gut. Auch der Strand hat sich nicht verändert: Man kann ihn harken, so lange man will, es bleibt derselbe Strand. Martin beißt in den Fisch. Die Panade ist heiß und knusprig und schmeckt salzig. Der Geschmack erfüllt seinen Mund und die Erinnerung seinen Kopf. Die Fish and Chips sind wie früher und besser als in dem neuen Laden.

Während er isst, kehren seine Gedanken wieder zur Siedlung zurück; er sitzt auf der Couch und isst Fish and Chips, konzentriert sich auf den Fernseher und versucht, seinen Vater zu ignorieren, der im Sessel hängt und seinen Burger herunterschlingt. Fett trieft, und Sauce tropft. Und im Fernsehen, in den Nachrichten, reden die Auslandskorrespondenten mit erhabener Objektivität, unerschütterlicher Gewissheit und immensem Faktenwissen.

Gegen Ende ist es oft so: Sein Vater ist seltener bei den Lifesavers, wo er die Spielautomaten füttert und Geld auf die Pferdewetten verteilt. Er sitzt immer öfter betrunken und halb besinnungslos zu Hause in seinem Sessel, wirft Martin Geld hin, will etwas zu essen aus dem Takeaway. Dann essen die beiden, ohne ein Wort zu wechseln. Nur die Fernsehnachrichten und die Kaugeräusche seines Vaters durchbrechen die Stille. Martin lernt die Namen der Reporter, verfolgt ihre Reisen und nimmt den Zustand der Welt in sich auf, als die Sowjetunion zusehends zerfällt; Nelson Mandela kommt frei, Jugoslawien wird zu einem Mosaik aus Blut und Schrecken.

Und auf dem Fernseher steht sein Talisman, wundersamerweise immer noch ungeöffnet, die Flasche mit dem französischen

Champagner. Das orangefarbene Etikett ist die Verheißung eines besseren Lebens und versichert ihm, dass auch er eines Tages die Welt bereisen und ein knitterfreies blaues Hemd mit Schulterklappen tragen wird wie James Bond. Aber er wird mit einer Schreibmaschine bewaffnet sein statt einer Pistole, mit einem Mikrophon statt einem Schalldämpfer, mit einer Champagnerflöte statt einem Martinikelch. Er wird durch die Welt reisen und Champagner aus Flaschen mit orangegelben Etiketten trinken, wird trinken darauf, dass er der schmutzigen Banalität und dem emotionalen Treibsand von Port Silver entkommen ist.

Sein Telefon zirpt und holt ihn zurück in die Gegenwart und zu seinen halb verzehrten Fish and Chips. Es ist eine Textnachricht von Mandy. *Beachside Café. Bitte komm sofort.*

ZWÖLF Das Beachside Café ist nicht am Strand, sondern auf dem Boulevarde, wenn auch auf der Ostseite der Straße. Einen Blick auf die Brandung hat man, wie Martin später feststellt, nur durch das Fenster über dem Urinal auf der Herrentoilette. Das Café ist weniger prätentiös als sein Nachbar, das Che Bay Café, aber deutlich ambitionierter als das Theo's. Innen ist es zwanglos wie eine Strandbar mit seinem glatten Betonboden, den Holztischen und den alten Fischernetzen an der Decke. Die Speisekarte ist mit Kreide auf eine Schiefertafel geschrieben, und man bestellt und bezahlt am Tresen.

Mandy erwartet ihn mit einem zaghaften Lächeln. Winifred Barbicombe ist ebenfalls da, lächelt aber nicht. Liam schläft in seinem Kinderwagen; er ist also doch nicht in der Tagesstätte. Schon beim Eintreten spürt Martin, dass etwas nicht stimmt.

»Was ist?«, fragt er. »Was ist passiert?«

»Nichts allzu Ernstes«, sagt Mandy.

Martin sieht die Anwältin an. Winifred schweigt.

Mandy seufzt. »Die Polizei ist immer ratloser. Sie jagt Phantomen nach, das ist alles.«

»Dann ist sie am gefährlichsten«, sagt er und erntet ein Kopfnicken von Winifred und ein Stirnrunzeln von Mandy.

»Nick Poulos hat mich vom Lifesavers Club aus angerufen«, sagt Winifred ernst. »Er sagt, die Polizei war da und hat nach Mandalay und Jasper Speight gefragt. Offenbar sucht man nach einem Motiv, das Mandy für den Mord an Jasper haben könnte.«

Martin starrt Mandy an. »Was ist passiert?« Seine Stimme ist zu einem Flüstern geworden. »Warum im Lifesavers Club?«

»Zwischen Jasper und mir gab es vor ein paar Wochen im Club eine kleine Kabbelei. Irgendein braver Bürger muss das der Polizei erzählt haben.«

»Eine Kabbelei?« Das Wort ist so willkommen wie ein Loch im Kopf. Unter »Kabbelei« versteht er eine Rangelei unter Liebenden. Alles andere ist ein Streit oder eine Auseinandersetzung oder eine Meinungsverschiedenheit. Es gibt ein Dutzend Wörter dafür. Warum Kabbelei? »Was ist passiert?«

»Wir haben zusammen gegessen. Ich fand ihn nett. Er hatte mir das Townhouse vermietet und bei dem Papierkram für das Hartigan's geholfen. Ich wusste, dass er dich kennt, dass ihr Schulfreunde wart und dass er gern deine Artikel liest. Ich wollte mich mit ihm anfreunden, eine Beziehung zur Gemeinde herstellen. Er machte einen aufrichtigen Eindruck und betonte, wie notwendig es sei, einen Teil der örtlichen Umwelt zu erhalten. Und dann legte er mir eine Hand aufs Knie. Ich bat ihn, sie wegzunehmen, und er tat es. Aber dann legte er sie wieder hin und versuchte, sie höher zu schieben. Da bin ich aufgestanden und habe ihm ein Bier über den Kopf geschüttet.«

»Okay.« Martin unterdrückt ein Lächeln.

»Dann habe ich ihm ein kostenloses Leumundszeugnis ausgestellt.«

»Weiter«, sagt Winifred.

Mandy zuckt die Achseln. »Ich habe gesagt, er soll sich verpissen. Das ist alles. Ich habe nicht gedroht, ihn umzubringen oder so.«

»Jeder im Club hat es gesehen. Und gehört. Sie haben ihn gedemütigt«, stellt Winifred fest.

»Das hat er verdient. Was hätte ich denn tun sollen?«

Martin fühlt sich verraten, sein alter Freund hat sich an Mandy rangemacht, aber er sagt: »Hast du nicht überreagiert?«

Sie starrt ihn verblüfft an, und ihr hitziger Ton wird eiskalt. *»Fuck you.«*

Zu spät fällt ihm der Morgen ein, ihr leise köchelndes Missfallen über seinen Abend bei Josie und Vern. Er rudert zurück. »Ich sage ja nicht, dass du im Unrecht warst. Aber du weißt ...« Er spricht nicht zu Ende, und sie fixiert ihn mit einem Blick, der Tschernobyl einfrieren könnte.

»Was? Was weiß ich? Dass er wenig später tot bei mir auf dem Boden liegt?«

Winifred greift ein wie ein Rugby-Schiedsrichter, der eine Prügelei beendet, und sagt zu Martin: »Und Sie? Haben Sie etwas Brauchbares herausgefunden?« Ihr Ton lässt vermuten, dass sie nichts Besonderes erwartet; sie will nur das Gespräch am Laufen halten.

»Ja, vielleicht habe ich was.« Und er erzählt – während Mandys Blicke Löcher in seinen Kopf bohren – von seinem Vormittag, von der Käsefabrik, von Hummingbird Beach und von seiner Begegnung mit Tyson St Clair.

Der Name Doug Thunkleton jagt Mandy einen Schrecken

ein. Sie hat nicht vergessen, wie er ihnen in Riversend über den Sender zugesetzt hat. »Dieser Arsch ist hier in Port Silver? Er ist aber nicht hinter mir her, oder?«

Martin beruhigt sie.

Winifred ist fasziniert von den Plänen für das Nordufer des Argyle. »Sie glauben also, Jasper Speights Tod könnte irgendwie mit diesen Erschließungsplänen zusammenhängen?«

»Möglich wär's. Ich habe keinen Beweis, aber das Geld, das bei diesen Projekten im Spiel ist … Es geht bestimmt um Hunderte Millionen Dollar, wenn nicht Milliarden. Das ist ein starkes Motiv.«

»Allerdings«, sagt Winifred. Sie legt die Fingerspitzen aneinander und denkt nach. »Könnten Sie da dranbleiben, Martin? Vielleicht kriegen Sie noch mehr heraus.«

»Natürlich. Haben Sie mit Montifore gesprochen?«

»Nur kurz. Warum?«

»Die Karte in Jaspers Hand. Hat man Ihnen gesagt, was darauf war?«

»Ja, Sie hatten recht. Es war eine Postkarte, das Bild eines griechisch-orthodoxen Heiligen.«

»Und was stand darauf?«

»Nichts. Sie war leer.«

Martin runzelt die Stirn. Eine leere Postkarte in der Hand seines toten Freundes. Warum? »Wer war der Heilige?«

»St Myron von Kreta. Das stand auf der Rückseite, auf Griechisch und Englisch.«

»Myron?«

»Myron, der Wundertäter. Schon mal von ihm gehört?«

»Nein.«

»Ich habe ihn gegoogelt. Ein orthodoxer Heiliger aus dem dritten oder vierten Jahrhundert. Bischof von Kreta. Haben Sie eine Ahnung, warum Jasper die Karte bei sich hatte? Warum er sie Ihnen vielleicht zeigen wollte?«

»Ich weiß es nicht. Seine Mutter sagt, er hat Postkarten gesammelt. Aber er war nicht religiös. Rätselhaft.«

»*Fuck*«, sagt Mandy leise.

Ivan Lucic steht in der Tür. Der Sergeant kommt herüber und sagt beinah sanft zu Mandy. »Kommen Sie. Gehen wir.«

Winifred steht auf, um ihre Mandantin zu begleiten. »Martin, berichten Sie Nick, was passiert ist; bringen Sie ihn auf den neuesten Stand, okay?«

»Jawohl.«

»Gut. Und hören Sie sich weiter um.« Sie sieht Mandy an, die noch dasitzt und besorgt aussieht. »Kommen Sie, Mandalay. Wer unschuldig ist, hat nichts zu befürchten.«

Aber Mandy steht immer noch nicht auf. Sie schaut Martin an. Er sieht die Sorge in ihrem Blick. »Liam. Kannst du auf ihn aufpassen?«

»Selbstverständlich.«

Sie gibt ihm ihren Autoschlüssel und sagt, wo sie den Subaru geparkt hat. Alles, was Liam brauche, sei auf dem Rücksitz, sagt sie. »Er wird Hunger haben, wenn er aufwacht. Hinten im Kinderwagen sind ein fertiges Fläschchen und ein Glas mit Gemüsebrei. Und ich habe einen Babyrucksack gekauft, damit du mit ihm spazieren gehen kannst. Er liegt hinten im Auto, falls du ihn ausprobieren willst.«

Sie zittert, als sie aufsteht. Winifred, Lucic und Martin warten, während sie sich über ihren schlafenden Sohn beugt und ihn sanft auf die Stirn küsst. Als sie sich wieder aufrichtet, hat sie feuchte Augen. »Pass auf ihn auf, Martin. Bitte.«

Dann gehen sie nacheinander hinaus, die Anwältin, der Polizist und die Verdächtige. Die Blicke aller im Café folgen ihnen, die Klatschweiber machen sich an die Arbeit, und Martin bleibt allein zurück mit Liam, der ahnungslos in seinem Kinderwagen schläft.

Er wacht auf, sowie Martin ihn aus dem Wagen hebt, und stößt einen gellenden Schrei aus. Martin empfindet kurz Panik und krasse Unzulänglichkeit. Dann gibt er dem Kleinen sein Fläschchen und Liam ist sofort zufrieden. Martin seufzt erleichtert. Aber passiert, wenn das Fläschchen leer ist? Er schiebt das Kind in den Babyrucksack und schnallt es fest. Dann hebt er den Rucksack hoch und schiebt ihn herum, bis Liam auf seinem Rücken sitzt und das Tragegestell auf seinen Hüften ruht. Zuerst zieht er den Hüftgurt straff und dann die Schulterriemen. Zufrieden geht er ungeschickt in die Hocke und hält den Rücken kerzengerade, damit Liam nicht vornüberkippt. Er nimmt die Tragetasche vom Rücksitz des Autos. Sie ist voll mit Fläschchen, Windeln, Feuchttüchern. So viel Zeug.

Er geht den Boulevarde hinunter und hört den Jungen an seinem Ohr schnaufen und an seiner Flasche nuckeln, offenbar glücklich über dieses neue Abenteuer, die Höhe und das Gefühl der Bewegung. Die clevere Mandy muss gewusst haben, dass es ihrem Jungen gefallen würde. Martin gefällt es auch; es ist viel besser, als einen Kinderwagen zu schieben. Vorübergehende Frauen lächeln ihn beifällig an. Liam gluckst, Martin lächelt, Liam gurgelt, Martin macht alberne kleine Geräusche über die Schulter. Als Liam sein Fläschchen fallenlässt, dringt sein entsetztes Geheul geradewegs in Martins linkes Ohr und bohrt sich in seinen Schädel. Er geht in die Hocke, will das Fläschchen aufheben, aber eine junge Mutter mit einem Kind an der Hand ist schneller. Sie gibt Liam seine Flasche und lächelt. »Bitte sehr.«

Martin nimmt Kurs auf den Strand. Vielleicht, denkt er, hat der Junge Spaß an Wellen und Möwen. Aber vorher geht er bei Theo's vorbei und bittet den übellaunigen Teenager, George zu holen.

»Martin? So schnell wieder da? Und wer ist der kleine Kerl?«

»Liam. Der Sohn meiner Freundin.«

»Sieht nach Ärger aus.« George lächelt breit. »Was kann ich für dich tun?«

»Die griechische Gemeinde hier in Port Silver – ist sie sehr groß?«

»Nein, vielleicht fünf oder sechs Familien. Kann man kaum als Gemeinde bezeichnen.«

»Jemand aus Kreta dabei?«

»Aus Kreta? Glaube ich nicht. Zwei Zyprioten, oben in Longton, aber das war's auch. Warum?«

»Hast du schon mal von St Myron, dem Wundertäter, gehört?«

George lacht. »Nein. Klingt wie der Name einer Band. St Myron und die Wundertäter.«

»Danke, George.«

An einem Picknicktisch oberhalb der Dünen lässt Martin im Schatten einer Kiefer behutsam das Tragegestell sinken. Liam hat den Sauger der Flasche noch im Mund und sieht Martin staunend an. Martin setzt das Gestell auf den Boden und hält es mit einer Hand aufrecht. Liam lässt die stämmigen Beinchen baumeln. Ungelenk zieht Martin seine Schuhe aus. In der Tragetasche findet er einen Hut und Sonnencreme für Liam. Mandy hat an alles gedacht. Liam lacht und zappelt, als Martin ihm die Creme ins Gesicht schmiert, für ihn ist es eine Art Kitzelspiel.

Liam ist immer noch mit der Flasche beschäftigt, als Martin Nick Poulos anruft. Der Anwalt meldet sich sofort. »Martin?«

»Nick – die Polizei hat Mandy zur weiteren Vernehmung mitgenommen.«

»Echt? Wegen des Streits im Lifesavers Club?«

»Ich glaube schon. Können wir uns treffen?«

»Natürlich, aber ich weiß nicht genau, wann. Die Inspektoren sind in der Stadt. Könnte ein Weilchen dauern.«

»Inspektoren?«

»Fischereiaufsicht. Sie kontrollieren die Fänge. Ich bin am Hafen.«

»Und was machen Sie da? Picken Sie Ihre Klienten aus dem Rinnstein?«

»Vom Kai. Man muss leben.«

»Krass. Sie und die Möwen. Aber hören Sie, es gibt ein, zwei Dinge, bei denen Sie vielleicht helfen können. Wissen Sie, wie ich Jasper Speights Ex-Frau erreichen kann? Susan heißt sie, glaube ich.«

»Nicht auf Anhieb, aber ich kann es herausfinden. Was ist das zweite?«

»Haben Sie je von einem Heiligen namens Myron, der Wundertäter, gehört? Aus Kreta?«

Nick lacht. »Noch nie. Sie fragen den falschen Griechen. Ich habe keine Ahnung von diesem orthodoxen Kram.«

»Ich frage ja nur. Ich bin jetzt am Town Beach und wandere ein bisschen herum. Wir sehen uns.«

Er will sich Liam wieder auf den Rücken wuchten, googelt aber vorher noch den griechischen Heiligen. Das Internet sagt, dass Myron um das Jahr 250 herum geboren wurde und tatsächlich Wunder wirken konnte. Er konnte fassweise Wein herbeizaubern und über das Wasser laufen wie ein Jesus für Arme. Martin fragt sich, was wohl der Unterschied zwischen einem Wundertäter und einem Zauberer ist. Er liest, dass der Feiertag des Heiligen im August ist, und überlegt, ob das eine Bedeutung haben könnte, aber ihm fällt keine ein. Dann findet er einen kuriosen Bericht, in dem es heißt, dass der Heilige vor ein paar Jahren einigen Gemeindemitgliedern im Traum erschienen ist und aus seinem Grab geholt werden wollte. Die Kirche hat seine sterblichen Überreste exhumiert und in einem Glassarg ausgestellt.

Martin liest den Artikel noch einmal, schaut dann zu den hedonistischen Strandbesuchern hinüber und fragt sich, was ein griechischer Heiliger aus dem dritten oder vierten Jahrhundert mit Jasper Speights Tod zu tun haben könnte.

Am Strand herrscht viel Betrieb. Die Temperatur erreicht ihren frühnachmittäglichen Spitzenwert. Die Leute liegen im Sand, die Jungen und Sorglosen, die Alten und Erschöpften. In seiner Kindheit war dies sein Zufluchtsort, inoffiziell, aber eine Selbstverständlichkeit. Der Strand. Jetzt sieht er ihn, wie die europäischen Backpacker ihn wohl sehen, und weiß ihn neu zu schätzen. Er geht auf die Wellen zu, damit Liam, der auf seinem Rücken sitzt, besser sehen kann. Ein Seeadler gleitet mit ausgebreiteten Flügeln über dem Strand. Martin zeigt zu ihm hinauf.

»Vogel, Liam. Vogel.«

Liam ahmt das Wort nach. Dann haut er Martin sein Fläschchen auf den Kopf. Es ist inzwischen leer, und der Kleine hat eine neue Verwendung dafür gefunden. *Plopp.* Er schlägt noch einmal zu und kräht dabei vor Begeisterung.

»Liam! Scheiße, verdammt!«

Plopp. Liam lacht.

Martin reißt die Arme hoch und nach hinten, will den Jungen festhalten, aber das Tragegestell sitzt so, dass Martin nicht weit genug nach hinten greifen kann. Liam quietscht vor Vergnügen über diese neue Entwicklung in seinem Spiel. *Plopp. Plopp. Plopp.* Ein Schlag auf jede Hand und einer auf den Kopf.

Eine kleine Gruppe Backpacker in Boardshorts und Bikinis hören auf, ein Volleyball-Spielfeld im Sand zu markieren. Sie zeigen herüber und lachen über die Darbietung. Eine lächelnde junge Frau kommt heran; sie hält ihr Smartphone hoch und macht ein Video von der Szene, Futter für die Sozialen Medien. *Plopp. Plopp.* Lautes Jauchzen von Liam. Martin dreht der Amateurfilmerin den Rücken zu und fängt an, das Tragegestell abzuschnallen.

»Nein, nein«, protestiert die junge Dokumentarfilmerin. »Ist sehr komisch! Noch mal!«

Aber Martin lässt das Gestell in den Sand sinken. Er stellt es aufrecht, kniet daneben nieder und stützt es mit einer Hand, damit es nicht umkippt. Liams Augen funkeln. Er hält die Flasche am Sauger fest, lässt sie hin und her schwingen und verpasst Martin noch einen krönenden Klaps auf den Arm. Martin lacht. Anders als die Schläge auf den Kopf ist das weder lästig noch schmerzhaft. Also spielt er mit und zieht Grimassen, als Liam noch einmal zuschlägt.

»Er ist so süß!«, ruft das Bikinimädchen, als es vor ihnen steht. »Zum Anbeten!« Sie filmt nicht mehr. Martin nimmt Liam die Flasche weg, und der Junge wirkt verunsichert. Martin löst die Gurte, hebt den Jungen aus dem Gestell und nimmt ihn auf den Arm. »Darf ich ihn mal halten?«, fragt das Mädchen.

Martin will ablehnen, da hört er laute Stimmen. Schimpfworte schwirren durch die Luft, und die Ruhe ist dahin. Er und das Mädchen drehen sich um. Zwei junge Männer kommen über den Sand, sie stoßen und schieben und beschimpfen einander. Einer der beiden ist Royce. Seine Sonnenbrille sitzt immer noch schief. Der Streit eskaliert, aus den Stößen werden Schläge, und die Schimpfworte werden zu Beleidigungen. Die Sonnenbrille fliegt durch die Luft. Royces Gegner ist genauso groß wie er und nicht weniger muskulös. Er hat langes blondes Surferhaar, und er grinst böse und verspottet Royce. Immer mehr Faustschläge finden ihr Ziel, und die Geräusche von Haut auf Haut, Knöchel auf Knochen, werden überraschend laut.

»Nimm mal den Jungen!«, befiehlt Martin und reicht Liam dem Mädchen. »Aufhören! Aufhören!«, schreit er und stürmt los. Die beiden taumeln ihm entgegen, und plötzlich ist er dicht vor ihnen, er hört sie atmen und riecht ihren Schweiß. »Aufhören!«, ruft er und schwenkt die Arme, aber damit lenkt er Royce ab. Der junge Mann will sich umdrehen, erkennt seinen Fehler zu spät und fängt einen linken Haken ein. Er wankt, und seine Knie knicken weg. »Nein!«, brüllt Martin, aber im Sand kommt er nicht schnell genug voran, und sein Protest ist umsonst: Die nun folgende Rechte erwischt Royce mitten im Gesicht. Martin hört das Übelkeit erregende Geräusch von schmatzendem Fleisch und knirschendem Knochen. Blut spritzt über den Sand und trifft Martins Haut. Royces Knie geben vollends nach, und er ist besinnungslos, bevor er auf dem Boden aufschlägt. »Nein!«, ruft Martin noch einmal. Er kann nicht glauben, was er gesehen hat, kann nicht glauben, dass es nicht ungeschehen zu machen ist.

»Was soll das, verflucht?«, fragt er den Angreifer, der triumphierend dasteht, die Beine gespreizt und mit wildem Blick, ganz wie ein Gladiator. »Das können Sie nicht machen!«

»Kann ich nicht?« Der Mann kommt näher.

Martin hat keine Chance zu antworten oder sich zu fragen, ob es klug ist, zu antworten. Er kann nicht einmal die Hände heben. Er sieht eine Bewegung, hört einen hässlichen Schlag, fühlt brennenden Schmerz. Blutroter Nebel zieht ihn zu Boden. Bevor er das Bewusstsein verliert, hört er den Schrei des Bikinimädchens, das Rauschen der Brandung und den dumpfen Aufprall, als sein Kopf im Sand landet.

Dunkelheit, Verwirrung Licht. Der Geschmack von Fish and Chips. Sein Vater, lachend. Sein Vater, jung und fit und lachend. Sie laufen, laufen über einen Strand. Nein, es ist Martin, der läuft, im Kreis herum, rennt, ein Kind, wenige Jahre alt, das Möwen jagt. Die Vögel watscheln aus dem Weg, fühlen sich nicht bedroht genug, um davonzufliegen. Und seine Mutter. Seine Mutter ist da und lächelt nachsichtig, lacht, während Martin und sein Vater spielen. Am Strand. In der Sonne. Und die Sonne, die Sonne ist so warm.

Das Erste, was er hört, als er wieder zu sich kommt, ist Liams Weinen. Liam! Er öffnet die Augen, zuerst das rechte, das linke dauert ein bisschen länger. Der obere Teil seines Gesichts tut weh. Er schließt die Augen wieder und tastet mit den Fingern nach dem Schmerz. Er drückt auf sein linkes Augenlid, aber da ist alles in Ordnung. Vorsichtig fährt er mit der Fingerspitze um die Augenhöhle herum und den Nasenrücken herunter. Er streicht über sein linkes Jochbein und die Wange. Da ist es – das Epizentrum. Der Schlag hat den Kiefer getroffen, dicht unter der Schläfe. Er beißt die Zähne zusammen und drückt mit der Fingerspitze. Ein stechender Schmerz, eine Prellung, aber wohl keine Fraktur. Wieder öffnet er die Augen. Die Sonne entfacht den Schmerz in den Höhlen, und das Echo hallt aus dem Hinterkopf zurück. Hat er sich im Fallen den Kopf angeschlagen?

»Immer mit der Ruhe, Mate. Keine schnellen Bewegungen, okay?« Martin sieht nicht, wer da spricht, aber die Stimme klingt vernünftig und ruhig. Er will den Kopf heben, und ihm wird schwindlig, also beschließt er, der Stimme zu gehorchen. Aber dann hört er Liam wieder schreien und rollt sich herum, damit er etwas sehen kann. Über ihm kniet ein junger Mann, einer der Volleyballspieler, mit einem nassen Handtuch, das er sanft auf Martins Gesicht legt. Es fühlt sich gut an. Neben dem Mann steht das Bikinimädchen mit Liam auf dem Arm. Das Baby streckt die Hände nach ihren Titten aus. »Nein«, sagt sie und gibt ihm sanft, aber entschieden einen Klaps auf die Finger. Martin muss lachen. »Sie haben aber einen ungezogenen Jungen, Mister.« Sie grinst breit.

Martin versucht, sich aufzusetzen, und mit der Hilfe des jungen Mannes gelingt es ihm. »Wie lange war ich k. o.?«

»Nicht lange. Höchstens eine Minute.«

Martin sieht sich um und weckt damit den Schmerz in seinem Hinterkopf. In der Nähe umringt eine größere Gruppe den am Boden liegenden Royce. »Ist alles okay mit ihm?«

Der junge Mann zuckt die Achseln. »Er lebt. Atmet. Ist aber noch bewusstlos. Der Rettungswagen ist unterwegs. Und die Polizei.«

Aber die Rettungsschwimmer kommen als Erste; zu dritt sprinten sie über den Sand. Zwei laufen zu Royce, der dritte kniet sich neben Martin.

»Alles okay, Mate? Was ist passiert?«

»Der Typ hat mich aus heiterem Himmel k. o. geschlagen.«

»Daran erinnern Sie sich? Wissen Sie auch noch, was davor passiert ist?«

»Ja, an alles.«

»Gut. Wie heißen Sie?«

Martin sagt es ihm – das und das Datum von heute, und den Namen der Premierministerin.

»Das ist gut, Mate. Ausgezeichnet. Waren Sie bewusstlos?«

»Ungefähr eine Minute lang, heißt es.«

»Okay«, sagt der Rettungsschwimmer, »dann haben Sie eine Gehirnerschütterung.«

»Woher wissen Sie das?«

»Weil das die Definition ist: Wenn Sie das Bewusstsein verlieren, haben Sie eine Gehirnerschütterung. Sie müssen ins Krankenhaus.«

»Du machst Witze. Ich war doch nur eine Minute lang weg.«

»Sie müssen mindestens vier Stunden beobachtet werden, falls ein dauerhafter Schaden vorliegt.« Er sieht die Skepsis im Martins Blick. »Im Ernst.« Der Rettungsschwimmer ist etwa sechzehn. Sein Gesicht ist voller Akne, und er hat einen flaumigen Schnurrbart, aber er spricht mit der Autorität des Geschulten. Martins eigenes Training für den Aufenthalt in feindseliger Umgebung sagt ihm das Gleiche: Ein neurologischer Schaden müsste in den nächsten paar Stunden erkennbar werden, und für den Fall ist das Krankenhaus der beste Ort.

»Royce! Royce!«

Martin hört die Stimme und dreht sich um. Topaz kommt vom Backpacker Hostel herunter, »Royce!« Sie drängt sich durch den Kreis der Zuschauer und fällt auf die Knie neben den Rettungsschwimmern, die sich um ihren Freund kümmern. Sie haben ihn in die stabile Seitenlage gebracht und ihm ein feuchtes Handtuch auf die Stirn gelegt, aber er ist immer noch ohnmächtig.

Martins Kopf wird langsam klarer, aber der Schmerz in seinem Jochbein wächst. Noch einmal betastet er die Stelle, vergewissert sich, dass nichts gebrochen ist.

»Hier«, sagt das Bikinimädchen und gibt ihm ihr Smartphone. Der Selfie-Modus ist eingeschaltet. Er bedankt sich und benutzt das Telefon wie einen Spiegel, betrachtet sein Gesicht, so gut es im grellen Sonnenlicht geht. Er sieht, wo die Faust ihn getroffen hat. Der Bluterguss wandert bereits zum Auge hinauf.

Martin wird ein prachtvolles Veilchen bekommen. Aber er hat Glück gehabt. Wenn der Schlag die Augenhöhle getroffen hätte, wäre die Verletzung schwerer.

»Wer war das Arschloch, das zugeschlagen hat?«, fragt er.

»Der Typ aus dem Hostel«, antwortet der junge Volleyballspieler.

»Aus dem Hostel?«

»Aus dem Backpacker Hostel. Da drüben.«

Martin schaut hinüber zum Sperm Cove Hostel, das leuchtend blau einen Abschnitt des Strandes dominiert. Er hört eine Sirene. Der Krankenwagen. Das ging schnell. Und er sieht Sergeant Johnson Pear, der auf sie zu gestapft kommt, dicht gefolgt von dem rundlichen Constable. Beide staksen in ihren Dienststiefeln unbeholfen durch den Sand. Pear watet zuerst zu dem Kreis der Leute, die den immer noch besinnungslosen Royce umringen. Dann zeigt jemand zu Martin herüber, und Pear kommt heran.

»Scarsden. Alles okay?«

»Ich bin angegriffen worden.«

»Das sehe ich. Erinnern Sie sich, was passiert ist?«

»Absolut. So ein aggressiver junger Scheißer hat den Mann da drüben k.o. geschlagen, und dann hat er das Gleiche mit mir getan. Hat mir ins Gesicht geschlagen.«

»Warum?«

»Keine Ahnung. Die beiden haben sich geprügelt. Ich wollte eingreifen und sie beruhigen, und für meine Mühe habe ich eine Faust abgekriegt.«

»Okay. Also der Mann da und der andere, der Sie geschlagen hat, die haben sich geprügelt?«

»Ja, genau.«

»Und Sie wissen nicht, warum?«

»Nein. Ich habe mich um das Baby gekümmert und mit dieser

jungen Frau geredet, als ich die beiden hörte. Es muss woanders angefangen haben, vielleicht im Hostel, ich weiß es nicht. Aber sie haben sich angeschrien und dann angefangen, sich zu prügeln.«

»Kannten Sie den Mann, der Sie geschlagen hat?«

»Nein, aber die Leute hier kennen ihn.«

»Ja«, sagt der junge Mann, und das Mädchen nickt. »Er heißt Harry und arbeitet drüben im Hostel.«

Pear zieht eine Grimasse, er weiß offenbar sofort, von wem die Rede ist. »Harry Drake«, sagt er laut und fügt dann leise hinzu: »Harry der Junge.«

»Drake?«, wiederholt Martin. »Wie Harrold Drake?«

»Junior.« Pear klingt nicht beeindruckt. »Die Welt ist klein.«

»Werden Sie ihn festnehmen?«

»Verdammt, ja, allerdings …« Pear sieht nicht allzu glücklich aus. »Haben Sie Zeugen?«

»Den halben Strand.«

»Gut.«

Pear hat sein Notizbuch herausgeholt und fängt an, die Namen und Kontaktdaten der Volleyballspieler zu notieren. Martin richtet sich auf; zuerst kniet er und steht dann vorsichtig auf. Ihm ist nicht mehr schwindelig. Das Bikinimädchen reicht ihm Liam. Der Kleine starrt mit großen Augen an Martin vorbei den Rettungswagen an, der auf dem Parkplatz des Hostels anhält und seine Sirene noch ein letztes Mal aufheulen lässt, bevor sie verstummt. Zwei Sanitäter steigen aus, holen ihre Rucksäcke aus dem hinteren Teil des Wagens und gehen zum Strand. Pear ist weitergelaufen, spricht jetzt mit Topaz und macht sich Notizen in sein Buch.

Royce fängt an zu stöhnen und kommt langsam zu sich. Die beiden Sanitäter wechseln ein paar Worte mit den Rettungsschwimmern, dann übernehmen sie und sprechen leise mit Royce; sie leuchten ihm mit einer Lampe in die Augen und fordern ihn auf, Arme und Beine zu bewegen und ihre Finger zu drücken. Dann gehen sie und besprechen die Situation leise miteinander. Einer der beiden kommt zu Martin. »Sind Sie der Typ, mit dem er sich geprügelt hat?«

»Nein. Ich bin ein unbeteiligter Zuschauer.«

»Gut. Wir wollen keine zwei Streithähne im Rettungswagen haben. Aber Sie waren bewusstlos, stimmt's?«

»Weniger als eine Minute.«

»Egal.« Der Sanitäter macht rasch eine Serie von Tests mit ihm, die er aus seinem Spezialtraining für feindselige Umgebungen kennt. »Okay. Keine Anzeichen für einen Schaden. Aber den anderen müssen wir ins Krankenhaus bringen. Er muss beobachtet werden. Wollen Sie mitfahren?«

»Halten Sie das wirklich für nötig?«

»Liegt ganz bei Ihnen.«

Martin stellt sich vor, stundenlang im Krankenhaus zu sitzen und auf die Uhr zu starren. Er will ablehnen, als ihm etwas einfällt. »Machen Sie da auch Scans?« Martin legt den Finger unter sein Auge. »In Longton? Weichteil-Scans?«

»Bei Ihrem Auge? Nein, Mate. Nur Röntgen und Ultraschall, das ist alles.«

»Kein MRT, keine PET-Scans?«

»Soll das ein Witz sein? Dafür müssen Sie nach Sydney oder Brisbane. Aber Sie brauchen keinen Scan, Sie brauchen einen Augenarzt. Der leuchtet Ihnen in die Pupille und untersucht alles. Warum? Sehen Sie verschwommen?«

»Nein, alles bestens. Ich dachte nur.«

Der Sanitäter zieht die Stirn kraus. »Wie Sie meinen. Wollen Sie jetzt mitfahren oder nicht?«

Martin stellt sich vor, wie Liam mit ihm in der endlosen Langweile eines Wartezimmers in der Notaufnahme eingesperrt ist. »Vielen Dank, aber nein. Ich habe die Spezialausbildung gemacht, ich weiß, worauf ich achten muss. Verschwommene Sicht, Übelkeit, eingeschränkte motorische Fähigkeiten, Verwirrtheit.«

»Okay, Ihre Entscheidung. Aber zögern Sie nicht, okay?«

Martin nickt, und der Sanitäter geht wieder zurück zu Royce, der jetzt bei Bewusstsein ist. Die Sanitäter helfen ihm auf die Beine und führen ihn zum Rettungswagen. Topaz bleibt an seiner Seite. Die Zuschauer sehen ihnen nach. Als Royce eingestiegen ist und der Rettungswagen abfährt, gehen sie auseinander. Die Volleyballspieler winken Martin zu und bereiten weiter ihr Feld vor.

Martin will Liam wieder in sein Tragegestell setzen und die leere Flasche in die Netztasche an der Seite schieben, als er die Notwendigkeit eines Windelwechsels riecht. Das hat ihm gerade noch gefehlt. Er hat pochende Kopfschmerzen. Mandy hat ihn vor dieser Eventualität gewarnt und ihm alles gezeigt. Fabelhaft: dem Baby eines anderen Mannes die Windel wechseln. Aber kaum ist dieser Gedanke in seinem Kopf aufgetaucht, schon verwirft er ihn. Er liebt Mandy, und das hier ist Teil des Pakets. Und er liebt auch Liam. Der Kleine kann ja nichts dafür, dass er noch nicht sauber ist. Martin sieht sich um und beschließt, dass Sand und Windeln vielleicht nicht zusammenpassen. Also geht er hinauf zu einem Stück Wiese neben dem Hostelparkplatz.

Er ist gerade fertig – für Liam ist es zum Glück ein vertrautes Spiel –, als Johnson Pear aus dem Hostel kommt. Allein. Er sieht Martin, zieht eine Grimasse und geht kopfschüttelnd weg. Martin sträuben sich die Nackenhaare. Wieso hat der Polizist Harry

Drake nicht festgenommen? Martin will ihm etwas hinterher-
rufen, da kommt Harry der Junge aus dem Gebäude. Er sieht
Martin und geht auf ihn zu.

»Alles klar, Mate?«, fragt er, als hätte Martin sich den Zeh
angestoßen oder so etwas.

»Nein, überhaupt nicht.«

Harry grinst, als hätte er einen Witz gemacht. »Mate, es tut
mir leid. Ich dachte, Sie gehören zu ihm und mischen sich ein,
um zu zweit auf mich loszugehen.«

»Hast du das auch Pear erzählt?«

»Genau. Selbstverteidigung.«

»Und das hat er dir abgekauft?«

»Wenn er klug ist, tut er das«, sagt Harry großspurig.

»Und was ist mit Royce? Den hättest du beinahe totgeschlagen.«

»Totgeschlagen? Bullshit. Der wird schon wieder.« Noch
mehr Großspurigkeit. »Der würde nicht hinten im Rettungswagen sitzen, wenn ich es ernst gemeint hätte.«

»Was hast du Pear über ihn erzählt?«

»Die Wahrheit. Er hat als Erster zugeschlagen, vor drei oder
vier Zeugen.« Harry grinst noch breiter. Er ist beeindruckt von
seiner eigenen Verteidigung. Martin glaubt ihm nicht. Als der
Streit anfing, haben sie einander angeschrien und geschubst,
aber sie haben sich nicht geprügelt. Martin ist nicht bereit, zu
diskutieren. Der junge Mann platzt fast vor Stolz. An einer Gür-
telschlaufe seiner Jeans hängen eine Scheide mit einem Messer
und eine Schlüsselkette. Ein echter Chuck Norris.

»Sie sind Martin Scarsden, stimmt's?«, sagt Harry der Junge.
»Ich habe von Ihnen gehört und auch ein paar Sachen gelesen.
Sie ziehen hierher.«

»Und?«

»Na ja, die Stadt ist klein. Wir wollen keinen Ärger. Der Typ, das ist kein Student im Brückenjahr und kein Backpacker aus dem Ausland. Der ist ein Penner. Ein Schnorrer. So einen erkenne ich auf den ersten Blick. Er wird bald wieder verschwinden und dann sind wir noch hier. Tut mir leid, dass Sie was abbekommen haben. Ich werde es wiedergutmachen.«

»Wie denn?«

»Das weiß ich noch nicht. Mir fällt schon was ein.«

Er streckt die Hand aus, und Martin nimmt sie widerstrebend. Es gefällt ihm nicht, aber er hat schon viel schlimmeren Leuten als Harry die Hand geschüttelt: ethnischen Säuberern, Mafia-Killern, russischen Oligarchen und Pornographen – und mehr Politikern, als er zählen möchte. Eine Quelle ist eine Quelle, beschließt er. Liam furzt verächtlich.

DREIZEHN »Wieso geben Sie diesem Arschloch die Hand?«

Topaz kommt aus dem Hostel. Sie schleppt zwei Rucksäcke, einen auf dem Rücken, einen auf den Armen.

»Zieht ihr aus?«, fragt Martin.

»Hier kann ich nicht bleiben. Nicht nach all dem.«

Sie lässt den einen Rucksack in den Sand fallen und windet sich aus den Gurten des anderen. Dann streckt sie sich, biegt den Rücken, als wolle sie die Anspannung lockern, und schiebt die Brüste vor. »So ein Scheiß«, sagt sie und lässt die Hüften kreisen. Liam, der ihr von seiner hohen Warte aus zusieht, gluckst beifällig. »Nettes Baby«, sagt Topaz. »Ihres?«

»Von meiner Freundin.«

»Glückliche Freundin.« Sie lächelt kokett. »Hoffentlich gefällt ihr das blaue Auge. Es sieht ja irgendwie sexy aus.«

»Ja.« Vorsichtig berührt er seine geschwollene Wange. Jetzt fängt es an, wirklich weh zu tun.

»Aber danke, dass Sie versucht haben zu helfen«, sagt Topaz.

Martin reagiert nicht. Soweit er sich erinnert, hat er Royce nicht geholfen, sondern ihn eher im genau falschen Augenblick abgelenkt und Harry die Gelegenheit gegeben, ihn zusammenzuschlagen. »Wo werdet ihr wohnen?«

»Keine Ahnung. Erste Station ist das Krankenhaus. Kann man da zu Fuß hin?«

»Es ist in Longton.«

»In Longton? Im Ernst? Diesen verdammten Berg rauf?«

»Yep.«

»Scheiße.« Sie schaut sich um, überlegt. »Sie könnten nicht auf unsere Rucksäcke aufpassen, oder? Während ich da rauftrampe und nach ihm sehe?«

Sich mit zwei Rucksäcken zu belasten, ist das Letzte, worauf er Lust hat. »Nein. Ich habe mit dem Kleinen genug am Hals. Sorry.«

»Wissen Sie denn, wo man sonst noch wohnen kann? Gibt es andere Hostels, hier oder in Longton?«

Martin weiß es nicht, aber es kommt ihm unwahrscheinlich vor. Longton ist eine Stadt am Highway, nicht am Backpacker-Trail. Alle Obst- und Gartenbauplantagen sind unten in der Flussebene. Er denkt an den Wohnwagenpark, verwirft diese Idee aber sofort. Er kann sich nur zu gut vorstellen, wie Mandy reagieren würde, wenn die kokette Amerikanerin dort einzöge. »Tja, da gibt's was, aber es liegt ein bisschen abgelegen. Hummingbird Beach.«

Topaz' Augen leuchten auf. »Wo die Sexpartys stattfinden?«

Martin lacht, und der Schmerz durchzuckt sein Jochbein. »Du hast davon gehört?«

»Scheiße, ja. Gestern Abend haben alle im Hostel davon geredet. Freitagsabends fährt ein Bus da hin. Wir wollten alle mit.«

»Wirklich?«

»Darauf können Sie wetten. Das Arschloch verkauft Tickets. Könnten Sie mich da draußen absetzen?«

Martin fragt sich, ob Jay Jay Hayes oder der Swami von Harrys Unternehmergeist wissen. »Bist du sicher? Das ist die entgegengesetzte Richtung zum Krankenhaus.«

»Mir fällt schon was ein.«

Martin zögert. Aber er hätte nichts dagegen, sich noch mal am Hummingbird Beach umzusehen.

»Okay. Warte hier, ich muss den Wagen holen.«

Martin trägt Liam zurück zu Mandys Subaru. Er muss ihn ausborgen, denn sein Corolla hat keinen Kindersitz. Unterwegs zieht er sein Telefon heraus und ruft Nick an.

»Martin, Scheiße. Ich hatte vergessen, dass Sie kommen. Wo sind Sie?«

»Auf dem Boulevarde. Mir ist was dazwischengekommen. Vielleicht müssen wir es verschieben.«

»Passt mir gut. Ich stecke bis über die Ohren in Arbeit.«

»Ein paar Plattköpfe über der Fangquote?«

»Ha. Schön wär's.« Martin hört einen ernsten Unterton in der Stimme seines Anwalts. »Da ist noch was. Was Ernsteres. Ich habe keine Ahnung, was die suchen. Abalone oder Hummer oder so.«

Martin grinst. So weit im Norden gibt es nicht allzu viel Abalone. Sein Auge tut wieder weh. Vielleicht ist die Verletzung doch schlimmer als gedacht. »Dann lasse ich Sie lieber in Ruhe.«

Als Nächstes ruft er Mandy an, landet aber sofort auf der Voicemail. Offenbar ist sie noch bei der Polizei. Er schickt ihr eine SMS, damit sie weiß, dass er ihr Auto genommen hat, dann hängt er noch ein paar unterstützende Wort an, garniert mit zwei Herz-Emojis. Als Nächstes ist Winifred an der Reihe, aber auch bei ihr meldet sich sofort die Voicemail. Winifred bekommt keine SMS und keine Emojis.

Mandys Subaru ist neu. Er riecht neu und fühlt sich neu an. Nichts klappert. Das Radio funktioniert. Und verglichen mit seinem Corolla ist er makellos sauber. Martin holt Topaz am Parkplatz des Hostels ab und hilft ihr, die Rucksäcke im Kofferraum neben Liams Kinderwagen und dem Tragegestell zu verstauen. Er schiebt die restlichen Sachen des Jungen auf dem Rücksitz zusammen, um Platz zu machen. Der Junge macht große Augen und beklagt sich nicht mehr, sondern sieht aufmerksam zu, als Martin und Topaz umräumen. Die junge Amerikanerin setzt sich auf den Beifahrersitz und fängt an, ihre Brüste hin und her zu schieben. »Stimmt da was nicht mit dem Sicherheitsgurt? Können Sie mir mal helfen?«

Die Nummer ist allmählich abgestanden. Es pocht unter Martins Auge, nicht zwischen seinen Beinen. »Das schaffst du schon.« Und sie schafft es auch und grinst wie ein ungezogenes Kind.

Martin verlässt den Parkplatz und fährt vorsichtig durch die Stadt. Sein Blick ist unscharf. Liam ist stumm, eingelullt vom Fahren. Auf der Brücke über den Argyle ist er eingeschlafen. Topaz legt die Füße auf das Armaturenbrett. Ihre Beine ragen aus den abgeschnittenen Jeans und schimmern golden und braun in der Sonne. Wenn sie sich Sorgen um Royce macht, merkt man es ihr nicht an. Ihr Freund ist ins Krankenhaus gebracht worden, aber sie fährt, anscheinend völlig unbekümmert, mit Martin in die entgegengesetzte Richtung. Sie hat ihr Fenster heruntergelassen, und der Wind bläst ihr langes Haar über das sonnengebräunte Gesicht. Sie bemerkt Martins Blick und lächelt ihn an, wirkt gleichzeitig so, als sei sie nicht von sich überzeugt.

»Warum haben die beiden sich geprügelt?«, fragt er. »Harry und Royce?«

»Harry hat mich angebaggert. Royce dachte, er muss meine Ehre verteidigen. Sie wissen doch, was für Idioten Männer sein können.«

Martin erinnert sich, dass Royce neulich im Auto anscheinend gar nicht auffiel, wie Topaz mit ihm geflirtet hat. »Das glaube ich nicht«, sagt er, und es ist keine Herausforderung, eher eine Feststellung.

Sie starrt ihn an, als sähe sie ihn zum ersten Mal. Dann schaut sie nach vorn und seufzt, während Martin über die Kreuzung fährt, wo es links zum Wohnwagenpark und rechts hinauf zu Hartigan's geht. Er gibt Gas, bis der Tacho fast hundert Stundenkilometer zeigt. »Versprechen Sie, dass Sie den Bullen nichts sagen?«, fragt sie schließlich.

»Ja«, sagt Martin.

»Drogen«, sagt Topaz. »Royce ist ein Vollidiot. Er hat versucht, in der Bar im Hostel Ecstasy zu verkaufen. Harry hatte was dagegen.«

»Wirklich? Ist Harry gegen Drogen?«

Topaz lacht. »Machen Sie Witze? Natürlich nicht. Aber *er* verkauft sie. Royce war in seinem Revier, der Schwachkopf.«

»Aha«, sagt Martin. Es klingt wahr. Ob Johnson Pear etwas über Harrys Nebengeschäfte weiß?

»Es ist keine große Sache«, sagt Topaz. »Alle Backpacker wollen ihren Spaß haben. Drogen gibt's immer, wenn man welche haben will. Wenn das Hostel selbst keine anbietet, sagen sie einem, zu wem man gehen muss. Royce hätte das vorher checken müssen. Er ist ein süßer Typ und gut gebaut, nur eben ohne Hirn.«

»Dann hat er gekriegt, was er verdient hat?«

»Kommt drauf an, wie schlimm er verletzt ist.«

»Hast du von ihm gehört?«

»Ja, von den Leuten aus dem Rettungswagen. Anscheinend wollen die ihn im Krankenhaus ein paar Tage beobachten.«

»Und was hast du vor? Suchst du immer noch Arbeit?«

»Nein. Sobald er entlassen wird, fahren wir weiter, wahrscheinlich zurück nach Sydney.«

»Was ist mit eurem Visum?«

»Wie bitte?«

»Ich dachte, ihr braucht einen Job in der Gegend.«

»Ja. Aber an der Küste rauf und runter gibt es jede Menge Orte, in denen man arbeiten kann. Und draußen im Westen, an den Flüssen, habe ich gehört. Mit dieser Scheißstadt und diesem beschissenen Hostel will ich nichts mehr zu tun haben.«

Schweigend fahren sie weiter auf der schnurgeraden Straße, die das sumpfige Gebüsch von Mackenzie's Swamp durchschneidet. Die Wipfel der Mangroven schwanken in Augenhöhe. Offenbar ist Flut, denn der brackige Geruch hat nachgelassen. Ein Pelikan gleitet mühelos über das Auto, gefolgt von zwei weiteren, sie nehmen Kurs auf die Lagune. Martin versucht sich die Landschaft vorzustellen, falls Tyson St Clairs Projekt Wirklichkeit werden sollte. Nach Aussage des Unternehmers wird genug Buschwerk übrig bleiben, um Golfplatz und Yachthafen gegen die Straße abzuschirmen. Demnach dürfte alles nicht anders aussehen als heute.

Im Vorbeifahren blitzt das Kreuz am rechten Straßenrand auf. Wie alt wären seine Schwestern heute? Fünfunddreißig? Sechsunddreißig? In den besten Jahren jedenfalls, mit eigenen Familien, und seine Mutter – die dann auch noch leben würde – wäre vernarrt in ihre Enkelkinder. Der Gedanke ist traurig und verblüffend: Nie zuvor hat er diese Rechnung angestellt. Erst seit er wieder hier ist, kommt er auf solche Ideen. Erinnerungen an seine Familie steigen in seinem Bewusstsein auf und beharren leise darauf, dass er sie anerkennt wie einen Grundbesitztitel. Ihre Geister bestehen auf einer Beziehung zu ihm. Sein Verstand mag das anders sehen, darauf bestehen, dass dies alles in der Vergangenheit liegt und das Port Silver von heute eine *terra nullius* ist, aber hier gibt es keinen Hohen Gerichtshof und kein Appellationsgericht. Mandy fällt ihm ein, wie sie fragt, ob er an Schicksal glaubt oder Karma. Er schüttelt den Kopf. Vielleicht sollte er zum Krankenhaus nach Longton fahren, und nicht in die andere Richtung. Dann liegt das Gedenkkreuz für seine Mutter und seine Schwestern hinter ihm, und das Gericht der menschlichen Gefühle erhebt sich von den Plätzen und wird vorläufig vertagt. Er fährt weiter zum Abzweig nach Hummingbird Beach.

»O mein Gott!«, ruft Topaz, die typische Amerikanerin. Martin ist auf den holprigen Parkplatz gefahren, und Topaz ist aus dem Wagen gesprungen. »O mein Gott!« Sie starrt auf den Strand hinunter. »Das ist ja himmlisch!«

»Das Büro ist in dem alten Haus.« Martin deutet darauf. »Ich hole Liam, wir treffen uns dort.« Weil der Wagen steht, wird Liam allmählich wach. Martin umarmt ihn, hebt ihn hoch, schnuppert an seinem Po, dann trägt er ihn auf einem Arm, während er mit der freien Hand den Kofferraum aufmacht. Allmählich hat er wohl den Bogen raus. Es gelingt ihm sogar, das Tragegestell herauszuheben und das Kind hineinzuschieben und festzuschnallen, ohne es fallenzulassen. Liam schaut ihn fragend an, als wisse er nicht genau, was das alles soll. Er streckt die Hand aus und zeigt auf Martins Gesicht. Vielleicht hat er den wachsenden Bluterguss gesehen.

Als er am Büro ankommt, ist Topaz bereits mitten in Verhandlungen mit Jay Jay Hayes.

»Martin, Sie sind aber schnell wieder da. Sie suchen doch nicht auch eine Bleibe?«, fragt Jay Jay.

»Nein, aber ich wollte mich entschuldigen wegen heute Morgen.«

»Er hat mich hergefahren«, erklärt Topaz.

»Ach, wirklich?« Jay Jay zieht amüsiert eine Braue hoch. »Was ist denn mit Ihrem Gesicht passiert?«

»Der Flegel, der das Hostel führt. Harry der Junge. Er hat mir eine gelangt.«

»Wirklich? Kommen Sie ihm nicht in die Quere.«

»Warum nicht?«

»Er ist jähzornig.« Sie runzelt die Stirn, dann lächelt sie und wendet sich wieder der jungen Amerikanerin zu. »Jetzt lassen Sie mich mit Topaz klarkommen.«

Die billigste Möglichkeit ist eine Pritsche in einer Schlafbaracke, die nächste ist ein Zelt. Stattdessen beschließt die Amerikanerin, einen Bungalow zu mieten. Jay Jay stattet sie mit Wäsche aus, und Martin geht zurück zum Auto und lädt die beiden Rucksäcke aus. Mit Liam auf dem Rücken kann er nur einen zum Büro schleppen.

Als er die Veranda betritt, ist Topaz auf dem Weg zu ihrem Bungalow. Er lässt den Rucksack fallen und sagt ihr, dass der andere am Auto steht. »Nett von Ihnen, Martin«, sagt sie und drückt ihm einen Kuss auf den Mund. Dann grinst sie über sein Unbehagen und zerzaust Liam das Haar.

Martin geht zurück ins Büro. Jay Jay sitzt am Schreibtisch. Er schaut sich um; der Karton mit den Scans ist nirgends zu sehen.

»Ich wollte mich entschuldigen«, wiederholt er.

»Das sagten Sie schon.«

»Ich habe nichts gesucht. Eigentlich nicht. Ich war nur neugierig. Eine Berufsproblem.«

»Okay. Vergessen Sie's.«

»Das kann ich nicht«, sagt er. »Jay Jay, ich muss tun, was ich kann, um Mandy zu helfen. Ich glaube, Jaspers Tod hat irgendwas zu tun mit den Plänen für Ihren Grundbesitz und Mackenzie's Swamp. Ich weiß nur noch nicht, was.«

Jay Jay mustert ihn kurz, atmet dann tief aus, als ergebe sie sich. »Was wollen Sie wissen?«

Martin setzt das Tragegestell ab, hebt Liam heraus und hält den Jungen vor der Brust. Er setzt sich hin, und die ganze Zeit überlegt er, wie er seine Frage formulieren soll. Am Ende fragt er einfach. »Was passiert, wenn Sie sterben?«

Jay Jay macht große Augen und betrachtet ihn einen Moment lang eindringlich. Dann lacht sie los. Martin ist überrascht. Es ist ein echtes Lachen, ein Lachen aus dem Bauch und nicht gespielt. »Ich werde nicht sterben, Martin. Jedenfalls nicht so bald.«

»Aber die Scans«, sagt Martin. »Gesunde Menschen haben keine Scans. Jedenfalls nicht solche. Nicht so viele.«

Die Heiterkeit verschwindet aus ihrem Gesicht. »Haben Sie sie angesehen?«

»Nein, nur die Umschläge.« Er breitet den freien Arm aus, eine Gebärde der Unschuld. »Die haben einfach da gelegen. Ich war sicher nicht der Erste, der sie sieht.«

»Ach, verflucht noch mal.« Jay Jay steht auf, dreht ihm den Rücken zu, greift an den Saum ihres Hemdes und zieht es über den Kopf. Auf dem Rücken, unter dem BH, sieht er zwei große Dreiecke aus Narbengewebe, glatt und rosig, tief eingeprägt in die sommersprossige Haut, jedes ungefähr zwölf Zentimeter lang und halb so breit. »So«, sagt sie, »schauen Sie genau hin.« Sie lässt das Hemd wieder sinken, dreht sich um und setzt sich.

»Hautkrebs«, sagt Martin.

»Melanome«, sagt Jay Jay. »Jahrelang ohne Wetsuit gesurft. Irgendwann hat es mich eingeholt.«

Martin weiß nicht, was er sagen soll. »Ist alles …?«

»Ist alles okay? Ja. Sie wurden vor sechs Jahren herausgeschnitten. Nach fünf Jahren ist man aus dem Schneider. Wenn ich jetzt noch mal eins bekomme, ist es zu neunundneunzig Prozent etwas Neues, kein Rezidiv. Ich bekomme alle drei Monate ein Screening, und bis letztes Jahr gab es alle sechs Monate einen Scan. Aber mit den Scans bin ich jetzt fertig. Ich habe sie alle in den Karton gepackt, um sie wegzuwerfen. Ich brauche sie nicht mehr.«

»Dann geht's Ihnen gut?«

»Es ging mir nie besser.«

»Das ist fabelhaft, Jay Jay. Wirklich. Und es tut mir leid, dass ich herumgeschnüffelt habe.«

Sie lacht wieder. »Ja, genau. Sagt der Reporter.«

Martin lächelt, als habe sie ihm ein Kompliment gemacht. »Aber sagen Sie – wer hat gewusst, dass Sie krank waren?«

Jay Jay zuckt die Achseln. »Mein Arzt. Der Apotheker. Ein paar Leute im Krankenhaus in Longton. Ein paar Freunde.«

»Jasper Speight?«

»Nein. Soweit ich weiß, nicht. Ich habe nie mit ihm darüber gesprochen.«

»Tyson St Clair ist anscheinend davon überzeugt, dass Sie verkaufen werden.«

»Ach ja? Tja, da muss ich ihn leider enttäuschen. Wer verkauft schon das Paradies?«

Sie hat recht. Was würde er an ihrer Stelle tun? Vielleicht würde er keinen Campingplatz führen, vielleicht würde er keinen Guru beherbergen, und vielleicht würde er keine Besäufnisse veranstalten, aber verkaufen würde er auf gar keinen Fall. Nicht, wenn es sich vermeiden ließe. »Entschuldigen Sie, Jay Jay.« Er steht auf – vorsichtig, um Liam nicht fallenzulassen.

»Halten Sie mich auf dem Laufenden, Martin. Wenn ich Ihnen helfen kann, tue ich es. Das bin ich Jasper schuldig.«

»Gut«, sagt Martin. »Eins noch. Was wissen Sie über das Verschwinden von Amory Ashton?«

Das Lächeln verschwindet aus Jay Jays Gesicht. »Ashton? Was ist mit ihm?«

»Ein TV-Team sucht in der alten Käsefabrik nach seiner Leiche.«

»Was für ein TV-Team?«

»Channel Ten. Aus Sydney. Sie produzieren ein Special über ungeklärte Kriminalfälle.«

»Ich weiß nicht mehr als die anderen«, sagt sie. »Er ist vor Jahren verschwunden. Sein ausgebranntes Auto wurde irgendwo oben an der Treachery Bay gefunden. Es hieß, er sei ermordet worden, aber niemand weiß, warum.«

»Angenommen, er ist wirklich tot. Haben Sie eine Ahnung, wer seinen Besitz erben würde?«

Sie schüttelt den Kopf. »Nein. Er hatte wohl keine Familie. Ich habe jedenfalls nie von einer gehört.«

Martin verlässt die Anlage, und tausend Fragen gehen ihm durch den Kopf. Jay Jay will nicht verkaufen, sie ist nicht krank, und damit sind die Pläne von Tyson St Clair und allen anderen vom Tisch. Warum also glaubt Doug Thunkleton, dass Tyson St Clair die Käsefabrik abreißen will? Und warum ist St Clair so zuversichtlich, dass Jay Jay Hummingbird Beach verkaufen wird? Und warum wurde Jasper Speight ermordet? Hat jemand den gleichen Fehler gemacht wie Martin und geglaubt, Jay Jay sei ernsthaft krank, und der ganze Erschließungsplan sei wieder aktuell?

Der Bluterguss auf seinem Jochbein beginnt zu pulsieren und scheint durch irgendeine Faser mit dem Kopfschmerz verbunden, der in seinem Hinterkopf wieder heraufzukriechen droht. Er hat das Gefühl, immer mehr Informationen zu sammeln, die immer weniger bedeuten. Als treibe er in einer Strömung, die ihn zu ertränken droht, statt ihn voranzutragen. Das Wasser wird immer trüber und überall sind Strudel.

Der Subaru rattert über den Viehrost, und der ganze Wagen vibriert. Liam stößt bedrohliches Geheul aus. Martin fährt langsamer. Wo der Fahrweg in die Straße mündet, hält er an. Die Wegweiser macht ihn nachdenklich. Finger deuten zu den Anwesen auf der Klippe: Sergi, Cromwell und Hartigan's. Liam quäkt ungeduldig; er will scheinbar, dass der Wagen weiterfährt. Martin biegt links ab.

Der Schotterweg ist voller Rinnen und Wellen und muss dringend planiert werden. Überschattet vom Blätterdach hoher und majestätischer Eukalyptusbäume, schlängelt er sich zur Anhöhe hinauf. Außerdem wachsen hier kleinere Bäume mit Umhängen aus Schlingpflanzen und Ranken, während Farne und Grasbäume im Unterholz miteinander konkurrieren, Überreste des Küstenregenwaldes aus der Zeit vor Holzlastern und Milchfarmen. Er hat das Fenster geöffnet und genießt die warme Luft. Das Echo der Vogelstimmen fliegt hin und her. Ein Wallaby, klein und mit dunklem Pelz, beobachtet ihn von einer Böschung oberhalb der Straße aus, bevor es sich abwendet und im Gebüsch verschwindet. Der Schotterweg schlängelt sich ein oder zwei Kilometer bergauf und führt dann nach Süden. Umgeben von Wald, kann Martin es nicht mit Sicherheit erkennen, aber vermutlich befindet er sich dicht unter dem Gipfel der Klippe. Er kommt an einer kleinen Lichtung zur Linken vorbei und sieht eine Lücke zwischen den Bäumen. Von Ferne hört er ein leises Rauschen; vielleicht ist es die Brandung am Fuße der Klippe, vielleicht auch der Wind in den Wipfeln.

Er hat dieses Gefühl immer geliebt, das Erkunden eines neuen Weges – als Kind beim Wandern oder Radfahren, wenn er Abkürzungen durch die Zuckerrohrfelder oder Wege am Fuße des Escarpment gesucht hat, als Reporter, wenn er ein neues Land erlebte, einen neuen Konflikt, eine neue Realität. Dieser Weg ist ihm neu; er hat nicht gewusst, dass die Ridge Road existiert. Als Jungen haben sie sich nur selten auf die Straße zur Käsefabrik gewagt. Damals führte sie einfach zwanzig Kilometer weit ins Nirgendwo, zu einem Sumpf, einer Käsefabrik und den von tückischen Strömungen geplagten Stränden der Treachery Bay.

Unvermittelt endet der Wald an einem Zaun. Dahinter leuchtet das satte Grün einer Weide, und grasende Milchkühe heben die Köpfe und starren den Eindringling neugierig an. Der Schotterweg führt über einen Viehrost und auf eine Koppel. Martin geht vom Gas. Kühe wandern vor ihm herum und bestehen auf ihrem Eigentumsrecht. Er muss ihnen ausweichen. Liam blubbert staunend. »Kühe, Liam«, sagt Martin. »Kühe.« Liam antwortet mit seltsamen Lauten. Links sieht Martin in einer Mulde unterhalb des Höhenkamms ein Haus, umgeben von landwirtschaftlichen Gebäuden. Rechts senkt das Terrain sich bergab zu einem fernen Zaun und einem Waldrand. Eine Zufahrt zum Haus geht vom Schotterweg ab. SERGI steht auf einem Schild. Martin fährt über einen weiteren Viehrost und zurück in den Wald. Die Straße wird immer schmaler; sie ist jetzt einspurig, und Gras wächst zwischen den Reifenspuren. Nach ein oder zwei Kilometern geht es nach links durch ein Tor. Da steht ein Schild: CROMWELL-PARK. Er fährt weiter, und der Weg windet sich bergauf. Martin lässt den Busch hinter sich und kommt zu einem Haus. Es ist neu, ist nicht groß, nicht beeindruckend, aber hell und luftig, eine Mischung aus Holz und Stein und vorgerostetem Stahl und mit breiten, von strategisch angebrachten Markisen geschützten Fenstern. Statt vor der Witterung Schutz zu suchen wie die Sergi-Farm, öffnet sich dieses Haus; es sitzt auf der Klippe, und dahinter ist nichts als ein unendlich weiter Himmel und vermutlich das Meer. Martin ist verwirrt: Der Schotterweg endet am Haus. Er schaltet herunter und steuert den Subaru langsam weiter. Eine Gestalt mit dichtem Silberhaar erscheint in der Tür.

Martin stellt den Motor ab, steigt aus und geht auf den Mann zu, der ihm entgegenkommt. Der Mann ist hager und etwa fünfundzwanzig Jahre älter als Martin. Er trägt eine Segeltuchhose und ein blaues Hemd. Beides ist mit Farbe bekleckert, genau wie seine Hände. Ein Maler, vermutlich.

»Hallo«, sagt der Mann, als sie voreinander stehen. »Kann ich Ihnen helfen?« Seine Stimme hat einen sonoren, selbstbewussten Klang, eine Stimme, die aus Old-School-Privilegien gewachsen ist.

»Ja«, sagt Martin. »Ich wollte zum Hartigan-Haus.«

»Geht nicht«, sagt der Mann. »Zumindest nicht damit.« Er deutet auf Martins Auto, als fehle ihm der Stammbaum.

»Aber ich habe einen Wegweiser gesehen«, sagt Martin. »Unten beim Hummingbird Beach. Da stand, die Straße führt bis zu Hartigan's.«

»Das war mal. Auf halber Strecke gab es mal eine Brücke, und die ist vor Jahren eingestürzt. Also nichts für Autos. Gelegentlich ein Bushwalker, ein Mountainbike oder ein Radfahrer, ein oder zwei unerschrockene Angler, aber das war's. Der Pfad ist noch da. Unten, neben unserem Tor.«

»Und Sie wollen nicht, dass die Gemeinde das repariert? Und Ihnen den Weg in die Stadt abkürzt?«

»Auf gar keinen Fall.« Der Manns schweigt und taxiert Martin eingehender. »Warum interessiert Sie das?«

»Mein Name ist Martin Scarsden. Meine Freundin, Mandalay Blonde, hat das Hartigan-Haus geerbt. Wir werden da einziehen.«

»Ah, dann verstehe ich«, sagt der Mann. »Tja, dann werden wir ja Nachbarn. Ich bin Bede Cromwell.« Ein breites Lächeln leuchtet auf seinem Gesicht. Wenn er seine Einsamkeit schätzt, dann sieht er offenbar in diesem zukünftigen Nachbarn keine Bedrohung. Die Männer geben sich die Hand.

»Und Sie sind Maler?«

»Sie haben von mir gehört?«, fragt Bede.

»Ja, ich glaube schon.«

Der Mann lacht. Martins höfliche Lüge amüsiert ihn. »Ja, das kann ich mir vorstellen.« Humor funkelt in seinen braunen Augen. Martin findet ihn sympathisch. Bede wird wieder ernst. »Sie wollen die alte Straße nicht wieder aufmachen, oder?«

Martin schüttelt den Kopf. »Ich wüsste nicht, warum. Wir können doch die Dunes Road nehmen. Wahrscheinlich ist es besser, alles so zu lassen, wie es ist.«

»Das freut mich zu hören. Das Gleiche habe ich dem anderen Mann auch gesagt.«

»Welchem anderen Mann?«

»Jasper Speight. Dem Immobilienmakler.«

Bede Cromwell ist äußerst mitteilsam. Seine Zurückhaltung verschwindet restlos, seit er weiß, dass Martin sein Nachbar wird. Er bittet ihn ins Haus. Auf Liam reagiert er eher neugierig als überschwänglich. Sie gehen durch ein Wohnzimmer von bohémehaftem Chic. Leere Wände sind hier kostbar: Große abstrakte Gemälde konkurrieren mit überquellenden Bücherregalen, und zu allem Überfluss gibt es eine ganze Wand nur aus Glas, ausgefüllt von Himmel und Meer, ein Panorama der Blautöne. Bedes Partner, ein schweigsamer Mann namens Alexander, wohl Schriftsteller, sitzt an einem Schreibtisch und starrt konzentriert auf einen Computerbildschirm. Er darf nicht gestört werden, und so führt Bede seine beiden Gäste hinaus auf die Terrasse. Und was für eine Terrasse das ist – eher ein Nest, das halsbrecherisch auf der Kante der Klippe thront. Man hat einen Hundertachtzig-Grad-Blick auf das Meer und die Klippen, achtzig Meter über der Brandung. Nach Norden führt die Steilküste kilometerweit im Zickzack. Im Süden weicht sie landeinwärts zurück und dringt dann wieder bis zu einer Landspitze vor. »Das da draußen wird Ihr Grundstück sein, auf der Spitze, fast versteckt hinter den Bäumen«, sagt Bede. »Auf der anderen Seite der Schlucht. Zwei oder drei Kilometer von hier.«

Martin steht da und wiegt Liam. »Bei Sturm muss es hier wild zugehen«, sagt er.

»Wie auf der Brücke eines Schiffs.« Bedes Augen leuchten. »Das Haus bewegt sich, seitwärts und rauf und runter. Als wäre es lebendig. Wir lieben das.«

»Klingt furchterregend.«

»Nicht, wenn man die Statik kennt. Es soll schwanken. Alle Oberflächen bestehen aus Holz, aber darunter verbergen sich Hightech-Verbundwerkstoffe und flugzeugtaugliches Aluminium.«

Bede bietet einen Nachmittagstee an und ist sichtlich entzückt, als Martin lieber Espresso trinken möchte als Kräutertee. Als der Gastgeber im Haus verschwindet, nutzt Martin die Gelegenheit, Liams Windel zu wechseln. Wie viele der Kleine

wohl verbraucht? Bede serviert Olivenbrot mit hausgemach-
ten Dips und Paté. Martin reicht Liam ein bisschen Dip auf
der Fingerspitze. Der Junge ist begeistert. Er hat offensichtlich Hunger, und zu spät erinnert sich Martin an das Essen, das
Mandy eingepackt hat. Das Glas mit Gemüsebrei liegt auf dem
Rücksitz des Wagens. Aber der Kleine kann von dem Dip nicht
genug bekommen und beißt Martin versehentlich mit seinen
neuen Schneidezähnchen auf die Finger. Bede bringt einen
Krug Regenwasser und Martin macht eine neue Trinkflasche
fertig.

»Sie wissen, dass Jasper Speight tot ist?«, fragt Martin dann.

»Nein. Ist das wahr?« Der Mann sieht ihn überrascht an.
»Was ist passiert?«

»Er wurde ermordet.«

»Ermordet? Sind Sie sicher?«

»Es gibt keinen Zweifel. Erstochen.«

»Das ist ja schrecklich.«

»In dem Haus in der Stadt, in dem meine Freundin wohnt –
gewohnt hat.«

Bede wendet sich ab und blickt auf das Meer hinaus. Ungläubig schüttelt er den Kopf. »Selbst hier. Es gibt kein Entkommen,
nicht wahr? Vor der Gewalt.«

»Vor welcher Gewalt?« Martin kann dem Gedankengang des
Malers nicht folgen.

Bede zuckt die Achseln. »Vor der Gewalt eben. Sie scheint
allgegenwärtig. Darum sind wir von Sydney hierher gezogen.
Alexander will nicht mal einen Fernseher haben.«

»Verstehe«, sagt Martin, aber er ist nicht sicher.

Bede schaut ihn an. »Alexander wurde in Sydney zusammengeschlagen. Zweimal.«

Dazu gibt es kaum etwas zu sagen. Also sitzen sie eine Zeitlang schweigend da, bis Martin das Gespräch wieder in Gang bringt. »Was hatte Jasper denn vor?«

»Oh, er hat geplant, die Anwesen hier oben zu parzellieren. Unser Grundstück, Ihres, Sergis und das von Jay Jay Hayes. Fünf-Hektar-Parzellen, alle mit Häusern auf der Klippe. Er dachte wohl an insgesamt zwanzig. Aber keiner von uns war interessiert. Ich weiß, Bert Sergi ist es nicht, und ihm gehört das meiste Land. Und Jay Jay Hayes wollte offenbar auch nichts davon wissen.«

»Was hat er angeboten?«

»Geld natürlich. Gutes Geld, genau gesagt. Und wir würden unsere Häuser natürlich behalten. Jedes Haus sollte von den anderen abgeschirmt sein. Ich weiß nicht genau, wie er das hin-kriegen wollte, aber so weit sind wir nie gekommen. Keiner von uns war interessiert.«

»Ich verstehe. Es gefällt Ihnen, wie es ist. Aber gab es an die-sem Plan etwas, das …« Er sucht nach dem richtigen Wort und weiß nicht, ob er es gefunden hat. »… anstößig war?«

Bede lächelt amüsiert. »Das ist wahrscheinlich Ansichts-sache.« Er spreizt die farbbekleckerten Hände. »Um fair zu sein: Wenn Sie die Klippe hier erschließen wollen, könnten Sie es viel schlechter anstellen. Er wollte die Durchgangsstraße öffnen, was uns nicht gefiel, aber das Gelände unterhalb sollte in ein Natur-park-Reservat überführt werden und bis ans Ufer des Sumpf-landes reichen. Ich habe vergessen, wie er es genannt hat.«

»Eine Erhaltungsvereinbarung?«

»Ja, genau.«

Martin formuliert gerade seine nächste Frage, als das Handy in seiner Tasche trillert. »Sie haben hier Netz?«

»Liegt an der Höhe«, sagt Bede.

Tatsächlich, er hat einen Balken. Es ist eine Textnachricht von Winifred. *18 Uhr, Breakwater Hotel.* Martin lächelt: Die am wenigsten geschwätzige Anwältin der Welt. Er sieht auf die Uhr. Schon nach fünf; er muss los. Er bedankt sich und verspricht, ihn und Alexander einzuladen, sobald er und Mandy Hartigan's bewohnbar gemacht haben.

Als er den Subaru langsam zurücksteuert, fragt er sich, warum Jay Jay Jaspers Vorschlag nie erwähnt hat. Sie hat von dem Gelände auf der Klippe gesprochen, aber nicht von dem Angebot des Maklers. Und er wird Mandy nach Hartigan's fragen müssen. Jasper wusste, dass sie das Haus geerbt hat. Wenn er Bede und Alexander, Bert Sergi und Jay Jay Hayes angesprochen hat, dann ist er bestimmt auch bei ihr gewesen. Warum also hat sie ihm nichts davon erzählt? Vielleicht war Jasper schon von den anderen abgewiesen worden und hatte seinen Plan zu den Akten gelegt, als Mandy auftauchte. Oder war es andersherum? War Mandys Ankunft und ihre Erbschaft für Jasper der Katalysator gewesen? Eine Möglichkeit, Geld zu verdienen, das Sumpfland zu schützen und Tyson St Clair zu übertrumpfen? Warum hat Mandy das nicht erwähnt? Wenn die Polizei sie verdächtigt, etwas zu verbergen, und sei es noch so irrelevant, dann würde der Verdacht von neuem aufflackern. Hat sie es den Polizisten erzählt? Hat sie sich Winifred anvertraut? Und wenn ja, warum dann nicht auch ihm?

Er bugsiert den Wagen über einen Hindernisparcours aus Schlaglöchern, als er die Abbiegung nach links entdeckt, die Fortsetzung der Straße. Wenn man von oben kommt, ist sie leichter zu sehen. Er steuert den Subaru hinein. Es ist eher ein Feuerwehrpfad als eine Straße. Bäume recken die Äste über den Weg, streichen über Windschutzscheibe und Dach und bilden einen Tunnel über dem Wagen. Er sieht auf die Uhr. Zwanzig nach fünf. Er sollte umkehren, lässt aber den Wagen langsam weiterrollen. Die Neugier ist stärker. Der rote Lehmboden ist feucht und glitschig, ganz anders als die staubige Zufahrt zur

Käsefabrik, nur wenige Kilometer von hier entfernt. *Das Mikroklima*, denkt Martin.

Hundert Meter weiter öffnet sich die Piste zu einer Art Lichtung. Hier ist genug Platz zum Wenden; er müsste vielleicht fünf Mal vor- und zurückfahren. Und da, direkt vor ihm, versperrt ein Tor den Weg. Er stellt den Motor ab und steigt aus. Alles ist still. Die Luft ist kühl und feucht. Der Regenwald riecht nach Natur, und er hört Vögel zwitschern. Hinten auf dem Rücksitz fängt Liam leise an zu heulen. Hat er Angst, zurückgelassen zu werden? Martin sucht den Boden ab. Er sieht Reifenspuren im Lehm, die durch das Tor führen. Allzu alt können sie nicht sein, nicht bei dem vielen Regen, den dieser Wald anziehen dürfte. Er betrachtet das Tor. Es ist aus galvanisiertem Stahl, alt und rostig, und es droht aus den Angeln zu brechen, aber eine neue Kette mit einem blanken Messingschloss stabilisiert es. Wer hat den Schlüssel? Wer fährt auf einer Piste, die nicht weiterführt? Wer verschließt das Tor ins Nirgendwo? Der Weg auf der anderen Seite des Tors sieht gangbar aus, zwei Rinnen, die zwischen den Bäumen verschwinden, nicht schlechter als der Weg, auf dem Martin gekommen ist. Vielleicht hält die heimische Freiwillige Feuerwehr diese Piste als Rettungsweg instand? Martin überlegt, ob er Liam und den Babyrucksack holen, über das Tor steigen und zu Fuß weitergehen soll, zumindest bis zu der eingestürzten Brücke. Aber wozu? Wieder sieht er auf die Uhr: halb sechs. Er kommt jetzt schon zu spät. Winifred wird pünktlich sein: Leute, die ihre Zeit in Sechs-Minuten-Abschnitten in Rechnung stellen, sind das meistens. Er späht über das Tor, aber da ist weiter nichts zu sehen. Der Weg und der Busch, das ist alles. Im Unterholz, entdeckt er ein altes Blechschild. Er kratzt das Laub weg. HARTIGAN. Zaun und Tor markieren anscheinend die Grenze zwischen den beiden Anwesen.

Es ist einen Moment lang still, dann geschehen zwei Dinge beinahe gleichzeitig. Liam stößt einen ohrenbetäubenden Schrei aus, und Martins Handy klingelt. Er schaut auf das Display. Mandy. Aber Liam duldet keine Verzögerung; er schreit, und zwar richtig. Martin gerät in Panik, er hört den Schmerz in der Stimme des Jungen, und fürchtet, ein Tier könnte ihn gebissen haben. Er läuft zurück zum Auto, schnallt den Jungen los und hebt ihn aus dem Kindersitz. Das Telefon hört auf zu klingeln. Er hebt Liam hoch, versucht, ihn zu beruhigen, wiegt ihn in den Armen. Einen Augenblick lang ist Ruhe. Liams Gesicht ist rot und er schnappt nach Luft. Anscheinend staunt er über seine eigene Not. Er sieht Martin hilfesuchend an, dann bricht er wieder in herzzerreißendes Geheul aus. Kein Zweifel, ihm tut etwas weh. Das Telefon klingelt erneut. Martin meldet sich verzweifelt. »Mandy!«

»Hi, Martin …« Sie hört das Schreien ihres Sohnes. »Ist das Liam?«

»Ja. Gerade ging es ihm noch gut, und dann …« Ein neuerlicher Schrei übertönt seine Stimme. Der Junge windet sich in seinen Armen, und das Telefon rutscht ihm aus der Hand und fällt zu Boden.

»Verdammt, Martin? Was hast du gemacht?« Mandys Stimme ist weit weg, aber sie klingt entsetzt.

»Was soll ich tun?«, schreit er und kommt sich absolut nutzlos vor.

Das Telefon ist stumm. Entweder ist es ausgefallen, oder Mandy hat aufgelegt.

Liam atmet tief ein und bereitet sich anscheinend auf die Mutter aller Schreie vor, aber plötzlich hält er inne, und Staunen und Glückseligkeit malen sich auf seinem radieschenroten Gesicht. Und dann geht der Durchfall los.

VIERZEHN Martin findet Winifred Barbicombe in der Bar ihres Hotels, des Breakwater, wo sie, an einem Fenster mit Blick auf den Hafen sitzend, die Überreste eines Longdrinks betrachtet. In Martins Jugend war das Lokal ein Zwitter. Die Front Bar war ein Ort für Fischer und Dockarbeiter, Fischputzer und Mechaniker, Fabrikarbeiter und pensionierte Walfänger, und oben, erreichbar durch einen separaten Eingang, lagen die bescheidenen Ferienapartments. Es hat immer ein bisschen suspekt gewirkt, ein bisschen englisch: Warum sollte jemand auf einen Fischereihafen schauen wollen, wenn er ein Zimmer mit Strandblick haben konnte? Aber das war früher. Seit der Einführung der Meeresschutzgebiete ist die Fischereiflotte zu einer Verzierung geworden. Der Hafen ist gentrifiziert. Segelyachten, Motorbarkassen und Charterboote liegen verstreut zwischen leeren Liegeplätzen und eingemotteten Trawlern. Die Docks haben ein Café, ein Großhandels-Kontor, betrieben von der Fischereigenossenschaft, und eine Weinbar. Das Hotel ist noch nicht so weit: Der Teppichboden in der Bar ist an manchen Stellen klebrig, an anderen ziemlich abgenutzt. Die Sitzpolster einiger Barhocker haben angefangen sich aufzulösen, gelbe Schaumstoffinnereien quellen heraus. Es riecht nach abgestandenem Bier und längst vergangenen Partys. Wenn dies ein Teil von Tyson St Clairs neuem Touristen-Hotspot Port Silver sein soll, ist ein Facelifting dringend geboten. Über der Bar hängt ein Transparent – UNTER NEUER LEITUNG –, also wird hier möglicherweise bald renoviert.

»Hallo, Winifred.«

Die Anwältin blickt auf, und Martin findet plötzlich, dass man ihr das Alter ansieht. »Hallo, Martin. Alles in Ordnung? Das ist ein ordentlicher Bluterguss.«

»Nichts, was nicht heilen wird.«

»Was macht der Kleine?«

»Dem geht's gut, nehme ich an. Mandy hat ihn.«

»Wo?«

»Sie hat oben ein Zimmer gemietet, damit sie ihn baden kann.«

»Gute Idee. Er hat's nötig, sie kann es sich leisten.«

Martin bleibt stehen. Er ist immer noch ein bisschen verdattert von den Strömen von Scheiße – wie passen solche Massen davon in ein so kleines Kind? – und von Mandys Standpauke. »Was trinken Sie da?«, fragt er Winifred.

»Long Island Iced Tea.«

»Möchten Sie noch einen?«

»Nein, einer ist mehr als genug. Aber bitte, holen Sie sich etwas, und lassen Sie es auf meine Rechnung setzen.«

Martin macht einen Umweg über die Toilette und findet dort ein abgesplittertes Keramikbecken, wo er sich zum dritten oder vierten Mal die Hände schrubben kann. Noch immer hat er Mühe, den Geruch aus der Nase zu bekommen. Als er am Tresen steht und etwas bestellen will, schaut er zu der Anwältin hinüber. Winifred starrt wieder in ihr fast leeres Glas und schiebt mit dem Strohhalm das Eis auf dem Boden herum. Etwas macht ihr Sorgen.

»Haben Sie noch etwas Brauchbares herausbekommen?«, fragt sie, als er mit seinem Bier an den Tisch kommt.

»Vielleicht, aber ich werde nicht so recht schlau daraus.« Er erzählt ihr von seinem zweiten Besuch am Hummingbird Beach, von dem Weg, der über Mandys Land führt, von Jasper Speights Plan, die Grundstücke auf der Klippe zu parzellieren – und von seinem Verdacht, dass Jasper Mandy wegen dieses Plans angesprochen haben muss.

Winifred hört aufmerksam zu und nickt gelegentlich zum

232

Zeichen, dass sie verstanden hat. Aber als Martin fertig ist, verzieht sie das Gesicht und schüttelt den Kopf. »Das hilft nicht weiter. Wenn Jasper Speight dafür geworben hat, die Grundstücke zu parzellieren oder die alte Straße auszubessern oder sonst etwas, wird die Verbindung zwischen ihnen nur enger. Das will ich nicht. Ich will, dass sie so weit voneinander entfernt sind wie irgend möglich.«

»Aber hat sie der Polizei von Jasper und den Parzellierungsplänen erzählt? Oder Ihnen?«

Winifred starrt ihn an, bis er wegsieht. »Sie wissen, was anwaltliche Schweigepflicht bedeutet, oder?«

Martin wird wütend. »Sie hat weder der Polizei noch uns von ihrem Streit mit Jasper im Lifesavers Club erzählt.«

»Was wollen Sie damit andeuten?«

»Dass sie etwas verheimlicht. Etwas, das mit Jasper zu tun hat.«

»Werden Sie darüber mit ihr sprechen?«

Martin hält dem Blick der Anwältin nicht stand. Er starrt in sein Bier. Schon einmal hat er Mandy beschuldigt, ihn in die Irre zu führen. Das war in Riversend, und es hätte ihre Beziehung beinahe beendet, bevor sie wirklich angefangen hat. »Ich weiß nicht, wie ich das tun soll.«

»Ich denke, es wäre klug«, sagt Winifred trocken.

»Vielleicht sollten Sie sie danach fragen. Anwaltliche Schweigepflicht und so.«

»Vielleicht«, sagt Winifred. »Aber denken Sie an Jasper Speights letzte Worte, er hat Ihren Namen gesagt. Er wollte zu Ihnen oder zu Ihnen beiden. Es muss also mehr dahinterstecken. Etwas anderes.«

»St Myron, der Wundertäter?«

Winifred schüttelt den Kopf. »Was das bedeutet, weiß ich nicht. Und die Polizei weiß es auch nicht, glaube ich.«

Ein alter Mann kommt auf sie zu. Seine Wangen sind von einem feinen Netz geplatzter Äderchen überzogen. Er verkauft Tombolalose. Man kann einen Präsentkorb mit Fleisch gewinnen, und der Erlös geht an ein örtliches Kinderprojekt. Nach Liams Auftritt hat Martin keinen Appetit auf Fleisch oder sonst was. Höflich lehnt er ab.

»Sie sind Journalist, Martin, also erklären Sie es mir: Der Mord an Jasper Speight ist in der Großstadtpresse kaum erwähnt worden. Warum nicht? Ist das nicht ungewöhnlich?«

Martin zuckt die Achseln. »Eigentlich nicht. Die Nachricht ist ja nichts Besonderes. Mord an einem Immobilienmakler in einer Kleinstadt. Das ist eine Erwähnung wert, aber mehr auch nicht.«

»Angenommen, Mandy würde verhaftet … was dann?«

»Wofür verhaftet?«

»Ich weiß es nicht. Verhaftet im Zusammenhang mit dem Mord.«

»Dann könnte es anders aussehen.« Martin überlegt. »Es könnte ein Mediengewitter geben wie in Riversend. Nach den Ereignissen dort ist sie öffentliches Eigentum. Noch ein Mord, in einer anderen Stadt? Der Wanderzirkus wäre hier, ehe wir piep sagen können.«

Winifred starrt aus dem Fenster. »Manchmal wünschte ich, sie wäre nicht so fotogen. Daran liegt es zum Teil, nicht wahr?«

»Natürlich. Aber da ist auch die Background-Story – das, was sie dort unten durchgemacht hat. Sie ist perfektes Nachrichtenmaterial. Manche Leute werden glauben, sie sei irgendwie schuldig, und andere werden für sie auf die Barrikaden gehen.« Er schaut in sein Bier und sieht dann Winifred an. »Lassen Sie nicht zu, dass man sie verhaftet.«

Winifred antwortet mit sarkastischem Lächeln. »Das habe ich vor.« Aber dann ist ihr sorgenvolles Stirnrunzeln wieder da.

»Was wissen Sie über Morris Montifore? Sie haben ihm unten in der Riverina aus der Patsche geholfen.«

»Das heißt nicht, dass ich ihn kenne. Er lässt sich nicht gern in die Karten schauen.«

»Ich habe ihn unter die Lupe genommen«, sagt Winifred. »Zusammen mit ein paar Kollegen in New South Wales.«

»Und?«

»Er ist einer der Besten. Einer der führenden Ermittler der Staatsanwaltschaft. Bekannt für seine Gründlichkeit und Professionalität und dafür, dass er Resultate bringt. Und er ist sauber; nichts deutet darauf hin, dass er in irgendwelche Machenschaften verwickelt wäre. Außerdem hat er politischen Scharfsinn. Man sagt, er führe seine Ermittlungen und bringe Ergebnisse, ohne die da oben zu verärgern.«

»Was heißt das?«

»Das heißt, dass seine Ermittlungen beim Thema bleiben und nicht auf politisch brisante Bereiche überschwappen. Dass die Identität einflussreicher Leute vertraulich behandelt wird. Dass die Presse entweder zum Schweigen gebracht wird oder dass sie Tipps und vollen Zugang erhält. Er macht seine Arbeit, aber er tut das auf eine Weise, die den Prioritäten des politischen Establishments entspricht.«

»Worauf wollen Sie hinaus?«

»Warum ermittelt er in einem Mordfall, der nicht einmal in der Großstadtpresse auftaucht? Was ist da so heikel, dass die ihren Spitzenmann darauf ansetzen?«

Darüber hat Martin noch nicht nachgedacht, und von Montifores Ruf hatte er keine Ahnung. »Mandy?«

»Das muss es sein«, sagt Winifred. »Wenn Jasper Speight irgendwo anders in dieser Stadt umgebracht worden wäre, dann frage ich mich, ob Montifore der ermittelnde Beamte wäre.«

Der Mann mit dem Präsentkorb ist wieder da und erklärt, dass die Ziehung erst stattfinden kann, wenn das letzte Los verkauft ist. Martin kauft für zwanzig Dollar alle übrigen Lose, um ihn loszuwerden.

Er trinkt sein Bier aus, während der Mann gewissenhaft auf jedem Los die Details notiert – den Vornamen und die Handynummer. Als er endlich weg ist, nimmt Martin das Gespräch wieder auf. »Glauben Sie, Montifore versucht, Mandy aus der Presse herauszuhalten? Weil über die Ermittlungen möglichst wenig bekannt werden soll?«

Winifred beantwortet diese Frage nicht direkt. »Heute war ein merkwürdiger Tag. Montifore hat Mandy und mich gut fünf Stunden lang auf dem Revier festgehalten. Er hat sie dreimal vernommen, jedes Mal ungefähr eine halbe Stunde lang. Dazwischen hat er sie warten lassen.«

»Was denken Sie?«

Die Anwältin verzieht das Gesicht. »Die Vernehmungen waren seltsam. Manchmal war mir schleierhaft, worauf er mit seinen Fragen abzielte. Er benutzte eine ungewöhnliche Vernehmungstechnik. Ich habe so etwas zwar schon erlebt, aber eher selten. Er wechselte immer wieder den Fokus, sprang hin und her in Zeit und Raum, als wollte er sie durcheinanderbringen und in eine Falle locken. Manchmal war ich nicht einmal sicher, ob es überhaupt um den Mord an Jasper ging. Ab und zu wollte er wissen, ob sie diese oder jene Person kennt. Anfangs dachte ich, es gehe um Leute aus der Stadt: Harrold Drake, Tyson St Clair, den Lehrer, den Pfarrer, den Bäcker, den Schuster. Aber ich habe das überprüft. Ein oder zwei waren nicht von hier.«

»Wer waren sie?«

»Keine Ahnung. Das hat mich beunruhigt. Hier ist etwas im Gange, und ich weiß nicht, was genau. Mandys Auseinandersetzung mit Jasper Speight im Lifesavers Club war nur kurz Thema, als hätten sie die Sache schon als irrelevant abgetan.«

»Sie glauben, Montifore ermittelt in einer ganz anderen Sache? Die mit Jasper Speight überhaupt nichts zu tun hat?«

»Ich weiß es nicht.«

»Haben Sie sie gefragt? Weiß sie es?«

»Wenn ja, dann sagt sie es mir nicht.«

Beide schweigen. Martin durchforscht seine Erinnerungen und hofft auf eine Inspiration, aber da kommt nichts.

Plötzlich schiebt Mandy Liams Kinderwagen in die Bar. Sie sieht erschöpft aus. Und hinreißend. Martin springt auf. Sie mustert ihn kurz, lächelt dann und lässt sich gegen ihn sinken, weniger zu einer Umarmung, sondern vielmehr, damit er sie stützen kann.

»Alles okay?«, fragt er.

»Ja. Nur kaputt.«

»Und Liam?«

»Wieder gut. Sie werden krank, sie werden gesund.«

»Möchtest du was trinken?«

»Herrje, ja. Einen Gin and Tonic. Mit viel Gin.«

Martin bestellt den Drink an der Bar und kauft mit Mandys Erlaubnis eine Flasche Wasser und einen Apfelsaft für Liam. In einer sterilen Flasche schüttet er eine schwache Mischung zusammen. Der Junge strahlt, als Martin vor ihm in die Hocke geht. »Marn«, sagt er. »Marn!« Martin blickt zu Mandy hoch, aber sie ist ins Gespräch mit Winifred vertieft und hört nichts. Martin gibt Liam das Fläschchen. Das lässt ihn verstummen, und Martin schaut zu, wie er nuckelt. Dann steht er auf, holt Mandys Drink von der Bar und bringt ihn ihr. Sie schiebt den Trinkhalm zur Seite und nimmt einen großen Schluck. Dann seufzt sie erleichtert. »Danke. Ich kann dir gar nicht sagen, wie sehr ich das gebraucht habe.«

»Okay.« Martin setzt sich wieder und sieht sich nach Liam um, der in seinem Kinderwagen mit der Flasche beschäftigt ist. »Ein anstrengender Tag?«

»Ein sinnloser Tag. Zeitverschwendung. Diese Arschgeigen.« Sie sieht Winifred an, und die nickt. Mandy trinkt noch einen Schluck. »Lass uns was vom Takeaway holen, Martin. Und dann früh ins Bett.«

»Klingt gut.«

Am anderen Ende der Bar, hinter Mandy, sieht Martin den Losverkäufer, der seine Ziehung vorbereitet. »Komm, wir verschwinden«, sagt er.

Später, im Wohnwagenpark, liegt Mandy auf der Couch und döst. Liam dagegen ist hellwach, als hätte er seiner Mutter die letzte Energie geraubt und verschwende sie jetzt vergnügt. Er rutscht auf dem Po über den Linoleumboden und schiebt sich mit den pummeligen Beinchen umher auf der Suche nach irgendetwas. Er findet eine Zeitschrift, versucht, daran zu lutschen, und fängt dann an, sie zu zerreißen.

»Rucksack, Liam? Tragen?«

Der Kleine strahlt Martin an. Versteht er ihn, oder bildet Martin sich das nur ein? Jedenfalls hört er nicht auf, zu zwitschern, als Martin ihn in das Gestell hebt und festschnallt. Martin hat allmählich Freude an dem Ding; das Gewicht gefällt ihm, die Last auf Schultern und Hüften, die ihm Schwung verleiht.

Er tritt vor die Hütte und lässt Mandy schlafen. Beinahe sofort kommt ihm eine Erinnerung. Vielleicht hat das Gewicht auf seinem Rücken sie geweckt, vielleicht ist es auch die Sonne, die über dem fernen Escarpment untergeht. Martin steht da und lässt die Erinnerung kommen, und er schließt die Augen, als wolle er einen Traum festhalten. Sein Vater. Er folgt seinem Vater.

Beide tragen Rucksäcke, und Ron Scarsden hat noch eine Tasche dabei. Wo? Wann? Martin hält die Augen geschlossen, blendet die Gegenwart aus, zwingt die Vergangenheit zurück. Camping. Camping mit seinem Vater. Da ist Sand, und die Sonne steht tief. Camping. Nacht, Moskitos, Schlaflosigkeit, sein Vater schnarcht. Sein Vater baut das Zelt auf, geschickt und schnell. Martin sieht es voller Ehrfurcht und denkt, dass er so etwas niemals zustande bringen wird. Und Angeln. Sein Vater wirft den Haken aus und rollt die Schnur wieder ein. Die wilden Strände. Treachery Bay. Da war er mit seinem Vater, damals, bevor alles schiefging.

Liam rutscht hin und her. Das Sonnenlicht zwischen den Bäumen hypnotisiert ihn nicht mehr, und er treibt Martin weiter wie ein Jockey sein Pferd. Martin öffnet die Augen, rührt sich aber nicht. Treachery Bay. Er hat schon einmal versucht, sich zu erinnern. Und jetzt taucht ungerufen diese Erinnerung auf. Was ihn erschüttert, ist die Erinnerung selbst. Wie sie schmeckt, wie sie sich anfühlt. Sein Gefühl für seinen Vater, die Gefühle, die er damals hatte. *Vorher.* Bewunderung. Respekt. Liebe. Er atmet ein. So lange hat er die Erinnerungen an das Danach zu unterdrücken versucht, dass er sich nie gefragt hat, wie es davor war. Er bleibt einen Augenblick stehen, im Westen strahlt der Himmel grell von Pink und Gold und Orange, dann fängt Liam an zu maulen.

Martin geht zum Fluss, wie magisch angezogen vom Wasser und dem Sonnenuntergang, der sich darin spiegelt. Farben kräuseln sich im Kielwasser eines vorüberfahrenden Bootes, und Liam kräht bewundernd. Noch eine Erinnerung erwacht – wie er als Kind, noch zu klein für verständnisvolle Worte, von Licht fasziniert war. Und noch eine, jetzt an ein frühes Feuerwerkserlebnis: Vern und Dad zünden die Raketen, Feuerwerksraketen, die in leeren Bierflaschen stehen, hoch schießen in den

Himmel über der Siedlung und dort explodieren. Er erinnert sich an den magischen Anblick und das kollektive »Aaaah« der Zuschauer. Die Siedlung. Er erinnert sich: Jedes Jahr gab es ein riesiges Freudenfeuer auf einem Brachgrundstück, und die ganze Gemeinde war da, vereint in dem Wunsch, es brennen zu sehen. Ob Liam schon einmal ein Feuerwerk gesehen hat? Hoffentlich kann er dabei sein, wenn der Junge zum ersten Mal eins erlebt.

Sie gehen am Ufer entlang bis zu dem Anleger, wo Vern ihn gestern Abend abgesetzt hat. Zwei Männer sitzen mit ihren Angelruten Seite an Seite auf einer Holzbank, dunkle Silhouetten vor dem Sonnenuntergang. Der eine blickt auf und nimmt einen Schluck aus seiner Bierflasche.

»Hallo, Martin, was machst du denn hier?«

Martin schaut den Mann an. Im goldenen Licht kommt ihm das Gesicht irgendwie bekannt vor, aber es dauert einen Moment, bis er weiß, woher. »Sergeant Mackie?«

Der Mann schnaubt. »Lange her, dass ich Sergeant war, mein Junge. Heutzutage bin ich einfach der alte Clyde.«

»Wer ist das?«, fragt der andere Mann. Seine Stimme klingt, als gurgelte er mit Kies. Martin kennt ihn nicht. Das Alter hat Mackie runder werden lassen und seinen Schwerpunkt nach unten verlagert; der andere Mann dagegen ist drahtig und hat kein Gramm Fett am Leib. Sein Gesicht ist sauber gefaltet – keine schlaffen Hängebacken, nur Runzeln, tief wie Schluchten.

»Das ist Martin Scarsden – Ron Scarsdens Sohn«, sagt Clyde Mackie.

»Ist das wahr? Na, dann freut es mich, Sie kennenzulernen. Ich heiße Brian. Brian Jinjerik.« Brian steht nicht auf, streckt ihm die Hand entgegen. Martin erinnert sich nicht an ihn.

»Das ist okay, Martin.« Mackie scheint seine Gedanken zu lesen. »An Brian dürftest du dich kaum erinnern. Er hat die meiste Zeit im Knast gesessen, als du Kind warst.«

»Nur, weil du mich eingesperrt hast, du alter Drecksack«, erwidert Brian ohne Groll.

»Nur, weil du es verdient hast.«

Es ist ein freundschaftliches Geplänkel. Ein alter Bulle und ein alter Gauner, die zusammen im dämmrigen Gewässer von Port Silver angeln.

»Was gefangen?« Martin weiß nicht, was er sonst sagen soll.

»Einen Scheißdreck«, sagt Brian. »Die Tageszeit ist gut, aber der Wasserstand ist schlecht.« Damit rollt er seine Leine ein. »Wird Zeit, dass ich gehe. Die Missus wird das Abendessen fertig haben, und morgen muss ich früh raus. Hat mich gefreut, Mate.« Der Mann steht schnell, nimmt seine Rute und den Köderkasten und nickt Richtung Liam. »Und wer ist der junge Mann? Ron Scarsdens Enkel?«

»Beinahe«, sagt Martin ein bisschen stolz. »Der Sohn meiner Freundin. Liam.«

»Ein prächtiges Kerlchen. Passen Sie auf ihn auf.«

Martin sieht Brian nach, der auf spindeldürren Beinen krummbeinig davongeht, als hätte er sein ganzes Leben im Sattel verbracht.

»Setz dich«, sagt Mackie. »Brian hat recht mit dem Wasserstand, aber hier sitzt man immer noch besser als oben vor dem Bungalow. Verdammt schön hier, was?«

»Allerdings.« Martin lässt das Tragegestell von den Schultern rutschen und setzt es so ab, dass Liam über das funkelnde Wasser blicken kann. Er nimmt neben Mackie Platz und schlingt die Beine um das Gestell, damit es nicht umfällt. »Es gibt also keine Mrs. Mackie, die mit dem Abendessen wartet?«

»Nicht mehr. Ist letztes Jahr gestorben.«

»Oh, das tut mir leid, Ich wollte nicht respektlos sein.«

»Mach dir keine Gedanken. Sie ist leicht gestorben. Ein Schlaganfall, der ihr sagte, was kommt, und noch einer, der die Sache abgeschlossen hat. Sie hat ein gutes Leben gehabt und ist einen guten Tod gestorben.«

Dann schweigen sie und blicken auf das Wasser, das langsam Richtung Meer fließt. Sogar Liam ist still und schaut wie gebannt auf das schimmernde Licht. Irgendwo hinter ihnen ruft ein Frosch, und eine Grille antwortet. Flughunde fliegen den Fluss herauf in den verblassenden Sonnenuntergang, um über Obstplantagen, Treibhäuser und Marktgärten herzufallen. Martin überkommt ein seltsames Gefühl. Nostalgie ist es nicht, nein. Es ist etwas anderes. Er hat das Gefühl, hierher zu gehören. Hier ist er zu Hause. Ein Teil von ihm hat Port Silver nie verlassen.

Während der Sonnenuntergang seine Farben verliert, die Straßenbeleuchtung auf der Brücke den Himmel im Osten erhellt und das Licht von Port Silver wie eine Aura aufsteigt, atmet er das Gefühl dieses Ortes ein. Am anderen Ufer werden die Lichter vor einzelnen Häusern intensiver. Die Frösche werden kühner und lauter, und zwischen seinen Knien stimmt Liam in ihren Gesang ein, als genieße er die Laute. Die Luft ist warm und feucht und nachsichtig.

»Komisch«, sagt Martin. »Sie und Brian Jinjerik. Dass Sie Freunde sind und so.«

»Nein, das ist gar nicht so komisch. Wir waren in derselben Welt unterwegs, kannten dieselben Leute, lebten nach denselben Regeln. Harte Zeiten, harte Männer. Harte Frauen und harte Kinder. Draußen in der Siedlung.«

»Sie sind aus der Siedlung?«

»Bin da aufgewachsen. Einer von denen, die Glück hatten – meine Mum wusste, wo oben war. Hab die Schule überstanden und war dann beim Militär. Leute wie Brian hatten nicht die gleichen Chancen.« Mackie schweigt eine Zeitlang, rollt seine Schnur ein, kontrolliert den Köder und wirft die Angel wieder aus. »Er war tough. Brian. Er und seine Freunde. Dein Vater war nicht so tough, aber schlauer.«

»Wie meinen Sie das?«

»Er hat ziemlich schnell begriffen, dass Lagereinbrüche, Autodiebstähle und Lastwagenentführungen etwas für Trottel ist.«

»Er war kriminell?«

»Ist nie überführt worden.«

»Verhaftet?«

»Oft. Besonders nach dem Tod deiner Mum und deiner Schwestern. Ordnungswidrigkeiten unter Alkohol, fast jede Woche.«

»Daran erinnere ich mich. Aber vorher?«

»Brian war im Gefängnis wegen eines Einbruchs in einem Warenlager oben in Brisbane. Ich hatte deinen Vater im Verdacht, mit drinzustecken, konnte ihm aber nichts nachweisen. Deine Mum hat ihm die Ohren langgezogen, und er hat sich vernünftigere Arbeit gesucht.«

»Ich kann mich nicht erinnern, dass er viel gearbeitet hätte. Auch vorher nicht.«

»Nein. Er hat sich in einer Schicht in der Zuckermühle den Rücken verrenkt. Bekam eine Entschädigung und bezog nachher Invalidenrente.«

»An einen kaputten Rücken erinnere ich mich auch nicht.«

»Komisch.«

Martin lacht. »Sie haben ihn nicht bei der Versicherung angezeigt?«

»Ich? Scheiße, nein. Nicht mein Problem. Wenn er dadurch

nicht mehr in Schwierigkeiten kam, war mir das recht. Ab und zu habe ich ihn ermahnt, nicht allzu unverfroren mit den anderen Sachen umzugehen.«

»Mit den anderen Sachen?«

»Jobs. Nebenbei. Auf Baustellen oder nachts auf einem Kutter oder in der Käsefabrik.«

»Aha.« Martin fragt sich, ob die Zuckermühle davon jemals etwas erfahren hat.

»Und als Brian aus dem Gefängnis kam, hat dein Dad ihm gezeigt, wo es langgeht. Hat ihm auch eine Rente besorgt und geholfen, ihn ins Lot zu bringen.«

Die beiden schweigen. Liam ist inzwischen in seinem Gestell eingeschlafen.

Plötzlich schießt Mackie hoch. Die Rute zuckt in seinen Händen. »Oh, Scheiße, ich habe einen Fisch gefangen.« Martin leuchtet ihm mit der Lampe seines Smartphones, während der alte Bulle die Angel einholt und den Fisch silbern und zappelnd aus dem Wasser zieht. Die Bewegungen wecken Liam. Etwas an dem zuckenden Fisch erschreckt ihn, und er fängt an zu weinen. Martin kniet vor ihm und beruhigt ihn mit leisen Worten. Dann hebt er das Tragegestell auf den Rücken, verabschiedet sich und lässt den alten Polizisten in Ruhe seinen Fang ausnehmen.

Mandy ist wach und wartet auf ihn. Sie sieht zu, wie Martin das Gestell mit Liam absetzt und hebt den schlafenden Jungen behutsam heraus. Sie hält ihn im Arm und wiegt ihn sanft, bevor sie ihn in sein Reisebettchen legt. Der Kleine wacht nicht auf. Mandy kommt zu Martin und legt ihm die Arme um den Hals.

»Es tut mir leid«, sagt sie.

»Was?«

»Alles. Es ist nicht so, wie ich es mir vorgestellt habe.«

»Mir tut es auch leid.« Er zieht sie an sich und legt die unverletzte Wange auf ihren Kopf.

»Du musst dich für nichts entschuldigen.«

»Meinst du?«

»Ich bin so froh, dass du da bist.« Und sie küsst ihn. Es ist der erste Kuss von vielen.

Aber nachher, in der Nacht, grübelt Martin wieder. Er liegt neben der schlafenden Mandy, denkt an seinen Vater und will sich erinnern, nachdem er mehr als sein halbes Leben lang versucht hat, zu vergessen. Wie war der Vater vor dem Lotteriegewinn, vor dem Tod seiner Mutter und seiner Schwestern, bevor der Alkohol ihn holte? Martin stellt fest, dass er es nicht weiß. Die alles bestimmende Erinnerung ist die an den Trinker, an den Sessel gefesselt und fernsehsüchtig, verschlossen vor der Welt und verschlossen für seinen Sohn, an den Vater, der sein Geld verschwendet und seine Gesundheit zerstört. Er hat seine Frau um acht Jahre überlebt; so lange hat er gebraucht, um von einem kräftigen und charmanten Sechsunddreißigjährigen zu einer Lusche mit Zirrhose und Diabetes zu werden. So lange hat er gebraucht, um all das Geld durchzubringen, an den Spielautomaten und bei hoffnungslosen Pferdewetten auf Rennbahnen in ganz Australien, so dass er seinem Sohn nichts als Schulden hinterlassen hat. Unbezahlte Stromrechnungen, unbezahlte Miete, ungetilgte Kredite. Kein Wunder, dass er gestorben ist. Er hatte nichts mehr, wofür sich zu leben lohnte.

Die Schuldgefühle kommen zurück, jetzt, in dieser schlaflosen Nacht, ein Rest der Schuld, die Martin wegen des Todes seines Vaters empfindet, wegen seiner Reaktion auf die unerwartete Neuigkeit. Es war ein tödlicher Verkehrsunfall ohne weitere Beteiligte. Der Vater ist von der Straße abgekommen und gegen einen Baum gefahren, und sein Alkoholpegel betrug das Dreifache der zulässigen Menge. Ein dummer Unfall, der ein dummes Leben beendet hat. Die Schuldgefühle kommen zurück, als Martin sich an seine Reaktion erinnert. Er war erleichtert und befreit. Glücklich. Sein Vater war tot. Und er lachte. Und selbst, als er in den folgenden Tagen entdeckte, dass alles Geld weg war, blieb das Gefühl der Freiheit, seine Dankbarkeit dafür, dass er mit Vern leben durfte, dass die Ketten von ihm abgefallen waren und er sich neu erschaffen konnte.

Aber es hat noch einen anderen Ron Scarsden gegeben, den Mann, an den Clyde Mackie sich erinnerte, den Ron Scarsden, der mit seinem Sohn zum Campen und Angeln zur Treachery Bay gewandert ist. Martin versucht, ihn heraufzubeschwören. Das Erste, was ihm in den Sinn kommt, sind seine Hände, stark und schwielig, gelenkig und zupackend – das einzige Bild, das er nie ganz vergessen hat. Es stammte sicher aus dem *Vorher*, als Ron Scarsden noch nebenbei auf Fischerbooten und Baustellen und in der Käsefabrik arbeitete, um seine Invalidenrente aufzustocken. Aber im Hintergrund lauern noch andere Erinnerungen. Sie fahren mit dem alten Lieferwagen, Martin neben seinem Vater, und sein Vater lacht und albert und erzählt Witze. Er hat Martin mitgenommen, zur Gesellschaft auf der gewundenen Straße über das Escarpment nach Longton hinauf. *Kannst du das Meer sehen?* Noch eine Erinnerung, feiner diesmal. Sein Vater fährt ihm durchs Haar und fragt, ob er mitkommen will nach Longton. Daran erinnert er sich jetzt, und Tränen treten ihm in die Augen. Er will sich noch weiter erinnern, aber die Erschöpfung überkommt ihn wie eine Flutwelle und trägt ihn in den Schlaf.

DONNERSTAG

FÜNFZEHN Martin döst. Die beklemmenden Gedanken der Nacht liegen hinter ihm, die Matratze im Bungalow ist ihm zu weich, und das Morgenlicht sickert durch die fliederfarbene Plastikjalousie. Es fällt ihm schwer, zu sich zu kommen. Der Tag gestern war lang und anstrengend, und sein Schlaf war unruhig. Irgendwo klingelt ein Telefon. Er streckt den Arm aus. Mandy ist schon auf. Mütter kleiner Kinder können nicht lange schlafen. Das Telefon klingelt hartnäckig; es ist ihres, nicht seins. Er hört ihre sanfte Stimme, seinetwegen leise, und ein warmes Gefühl durchströmt ihn. Er weiß immer noch nicht, was sie in ihm sieht, aber ihre Zuneigung scheint das Bett zusätzlich zu wärmen. Wieder hört er ihre Stimme und dann ihr Lachen. Er will nicht mehr schlafen, er will bei ihr sein: Was bringt sie so zum Lachen, was macht ihr Freude?

In der kleinen, vom Morgenlicht durchfluteten Küche findet er sie: Sie tanzt im Kreis herum und hat Liam auf dem Arm. Der Kleine lacht; er versteht die Stimmung seiner Mutter, ohne ihre

Worte zu verstehen. Einen Moment lang sieht Martin wie gebannt zu und will den Zauber nicht zerstören. Dann sieht Mandy ihn, kommt herüber und küsst ihn. »Guten Morgen, Sir.« In ihren Augen spielt das Licht, und die Grübchen auf ihren Wangen tanzen. »Es hat geklappt. Hartigan's.«

»Das Haus?«

»Ja. Wir müssen nur noch hin, ein paar Unterlagen unterschreiben und die Schlüssel abholen. Es gehört uns.«

Martin nimmt sie in die Arme, sie und ihren Sohn, und sie tanzen gemeinsam. »Es wird unser Zuhause sein, unsere Zuflucht. Liams Burg.« Sie strahlt Liam an. »Habt Ihr gehört, Sir Liam? Eure Burg.«

Die freudige Stimmung passt nicht zur Atmosphäre im Konferenzraum bei Drake and Associates, aber Mandy zwitschert noch immer vor Freude, und sogar Winifreds schmale Lippen verziehen sich zu einem Lächeln. Liam ist aus seinem Kinderwagen befreit worden und unter den Konferenztisch gekrabbelt. Von dort sendet er Quietschlaute, halb Wörter, halb Lachen, Harrold Drake wirkt konsterniert. Martin entdeckt sein eigenes Spiegelbild in einer der dunklen Glaswände und stellt überrascht fest, dass er auch lächelt. Ausnahmsweise scheint das Schicksal auf ihrer Seite zu sein, und die Achse der Welt ist tatsächlich gekippt. Er überlegt, ob er Liams Windel wechseln soll, nur um Drakes Unbehagen zu vergrößern.

Viel zu besprechen gibt es nicht. Mandy unterschreibt, Martin ist Zeuge, und Drake schüttelt beiden die Hand. Er überreicht ihnen zwei Schlüsselbunde, als mache er ihnen ein Geschenk.

»Gehen wir!«, ruft Mandy und nimmt Martins Hand. Dann kriecht sie unter den Tisch, um Liam einzusammeln.

Aber Winifred räuspert sich, und ihr Lächeln verschwindet.

Sie wendet sich an ihren Gastgeber. »Harrold, wir haben noch ein paar Kleinigkeiten zu besprechen. Organisatorisches. Geben Sie uns ein paar Minuten Zeit?«

»Selbstverständlich«, sagt Harrold, aber er kann sich nicht verkneifen, einen Blick unter den Konferenztisch zu werfen, bevor er geht.

»Was gibt's denn?«, fragt Mandy. Sie ist wieder aufgestanden und hat jetzt Liam auf dem Arm.

»Setzen wir uns«, sagt Winifred. »Meine Beine sind nicht mehr so jung.«

Verwundert setzt sich Martin. Winifred könnte bestimmt schneller laufen als er, wenn es sein müsste. »Was ist? Was ist passiert?«

Mandy hört die Besorgnis in seiner Stimme, und ihr Lächeln wird unsicher. Sie schiebt Liam wieder unter den Tisch und nimmt Platz. »Winifred?«

Aber die Anwältin lächelt wieder beruhigend. »Ich habe ein bisschen der Käsefabrik und ihrem Eigentümer, Amory Ashton, nachgeforscht. Es besteht eine reelle Chance, dass Mandy sie ebenfalls erbt.«

Mandy runzelt die Stirn. »Das Gebäude an der Lagune, von dem Martin uns gestern erzählt hat? Wirklich? Wieso?«

»Amory Ashton war Ihr Großonkel – Siobhan Hartigans Halbbruder.«

»Und er hat sie mir hinterlassen?«

»Das nicht gerade. Sie waren noch nicht auf der Welt, als er sein Testament verfasst hat. Er hat alles seiner Schwester und ihren Erben vermacht. Als Siobhan starb, ging ihr Vermögen an den Ehemann Eric, Ihren Großvater, und der hat praktisch seinen gesamten Besitz an Sie vererbt.«

»Dann gehört es mir?« Mandy ist immer noch unsicher.

»Nicht so schnell. Ashton ist noch nicht für tot erklärt worden, nicht offiziell. Es gibt keine Leiche, er ist einfach verschwunden. Das war vor etwas mehr als fünf Jahren. In New South Wales muss er sieben Jahre unauffindbar sein, bevor man ihn für tot erklären kann.«

»Worauf wollen Sie hinaus?«, fragt Mandy. »Irgendwann werde ich erben. Oder bedeutet das noch etwas anderes?«

Winifred spricht ruhig und legt die Fingerspitzen aneinander, eine Geste, die Martin allmählich vertraut ist. Sie signalisiert eine juristische Einschätzung. »Harrold Drake hat Amory Ashtons Testament hier in seiner Kanzlei.«

»Also weiß Drake, dass Mandy die Erbin ist?«, fragt Martin.

»Wahrscheinlich.«

»Warum nur wahrscheinlich?«, fragt Mandy. »Er hat es doch sicher gelesen.«

»Die Sache funktioniert folgendermaßen.« Winifred wirkt plötzlich wie eine Mathematiklehrerin. »Drake kann jederzeit auf Ashtons Testament zugegriffen haben, aber wahrscheinlich hatte er nie einen Grund, bis Ashton verschwunden ist. Dann muss er gesehen haben, dass Siobhan Hartigan die Erbin ist und ihr Erbe wiederum Mandys Großvater, Eric Snouch.«

Martin unterbricht sie. »Moment mal. Er hatte Ashtons Testament, aber Ihre Kanzlei hat doch sicher das Testament von Siobhan Snouchs und ihrem Ehemann.«

»Richtig. Eine Woche nach Ashtons Verschwinden hat Drake sich erst nach Siobhans und dann nach Erics Testament erkundigt. Darüber haben wir Unterlagen.«

»Und Sie haben ihm Einsicht gewährt?«

»Er hatte jedes Recht darauf. Testamente sind keine Geheimdokumente.«

Jetzt schaltet sich Mandy ein. »Aber ich dachte, Erics Testament wäre unter Verschluss oder so, bis zu meinem dreißigsten Geburtstag?«

»Nein, nicht das Testament. Aber der Haupterbe ist ein Treuhandfond. Drake hat von diesem Treuhandfond erfahren und wusste, dass nach Snouchs Tod der größte Teil des Vermögens der Familie Snouch dorthin geflossen ist. Wer der Nutznießer dieses Fonds war, konnte er nicht wissen. Das wusste niemand, bis Sie dreißig wurden – von den Treuhändern natürlich abgesehen.«

»Mit anderen Worten, von Ihnen.«

»Richtig.«

»Und hat Drake gefragt, wer der Nutznießer ist?«, will Martin wissen.

»Ich habe nachgesehen. Ja, das hat er.«

Martin lächelt. »Aber Sie waren gesetzlich verpflichtet, es ihm nicht zu sagen.«

»Wenn ich richtig gelesen habe, waren wir sehr höflich.«

»Und heute?«, fragt Mandy.

Winifred zuckt die Achseln. »Er hat immer noch keinen Zugang. Nichts hat sich geändert, rechtlich gesehen jedenfalls. Aber wer Nutznießer des Fonds ist, haben wir ihm praktisch in dem Augenblick verraten, als wir ihn informierten, dass Mandy Siobhan Hartigans Haus aus dem Snouch-Vermächtnis geerbt hat. Das ist dieselbe Erbfolgelinie.«

Martin spürt, wie ein Puzzleteilchen seinen Platz findet. »Darum hat Tyson St Clair also Channel Ten kontaktiert und die Suche nach Ashtons Leiche veranlasst. Er hat mir frei heraus gesagt, es ist ihm egal, wer Ashton umgebracht hat oder wie er zu Tode gekommen ist, er will nur, dass er für tot erklärt wird, damit über die Eigentumsfrage entschieden wird. Und jetzt kennt er die Erbfolge und kann Mandy ein Angebot machen.«

»Genau«, sagt Winifred. »Aber warum die Eile? Noch zwei Jahre, und Ashton würde sowieso für tot erklärt werden.«

Mandy hat die Antwort. »In zwei Jahren könnte das Land bei Hummingbird Beach verkauft und die Erschließung im Gange sein. Er ist überzeugt, dass Jay Jay Hayes verkaufen wird. Und mir würde dann klar sein, dass ich keine stillgelegte Fabrik am Rand eines Sumpfes mitten im Nirgendwo besitze, sondern ein sehr wertvolles Gelände. Deshalb hofft er darauf, frühzeitig zuzugreifen und der dummen Blondine das Gelände für ein Butterbrot abkaufen zu können.«

»Hat St Clair dich angesprochen?«, fragt Martin.

Mandy schüttelt den Kopf. »Nein. Ich bin ihm nie begegnet.«

Die drei schauen einander an und überlegen, da wird Martin auf den Widerspruch aufmerksam. »Es ergibt keinen Sinn. Er hat Mandy nicht kontaktiert. Und was noch wichtiger ist, er hat sich beinahe ein Bein ausgerissen, um mir von seinen Plänen für die Fabrik und den dazugehörigen Grund und Boden zu erzählen. Er wusste, dass ich mit Mandy zusammen bin.« Die beiden Frauen nicken zustimmend.

»Hat Jasper Speight ihn je erwähnt?« Winifred sieht Mandy fragend an.

Wieder schüttelt Mandy den Kopf, und jetzt klingt sie nicht mehr so sicher. »Jasper hat erwähnt, dass es Pläne zur Erschließung von Hummingbird Beach gibt, und ich meine mich zu erinnern, dass er auch etwas von einem Sumpf gesagt hat, den er retten wolle. Vielleicht hat er den Namen St Clair erwähnt, aber ich weiß es nicht.« Sie zuckt die Achseln. »Ich war nicht an irgendwelchen Erschließungsprojekten interessiert. Ich wollte nur mein Haus oben auf der Landspitze.«

Martin nimmt die Gelegenheit wahr. »Hat Jasper Speight je von einem Plan zur Erschließung des Landes oben auf den Klippen gesprochen? Fünf-Hektar-Parzellen, von Hartigan's nach Norden bis hinauf zu der Landspitze bei Hummingbird Beach?«

»Ja, einmal. Er war sehr enthusiastisch. Er sagte, die anderen Grundbesitzer überlegen noch, aber ich wollte nicht parzellieren.«

»Er hat gesagt, die anderen überlegen noch?«

»Ja. Aber ich weiß noch nicht mal, wer die anderen sind.«

»Ich schon«, sagte Martin. »Keiner von denen will sein Land aufteilen.«

»Ich würde das nicht überbewerten«, bemerkt Winifred. »Ein Immobilienmakler, der sich die Wahrheit zurechtbiegt. Wenn niemand daran interessiert ist, zu verkaufen, hat sich sein Plan erledigt.«

»Wir übersehen etwas«, sagt Mandy. »Wenn Jay Jay Hayes nicht vorhat, Hummingbird Beach zu verkaufen, warum hat Jasper dann die Parzellierung angesprochen? Und warum ist St Clair so scharf darauf, Amory Ashtons Leiche zu finden? Doch sicher nicht, weil ich als Erbin von Hartigan's und der Fabrik aufgetaucht bin. Oder?«

Es wird still. Sie alle spüren es: Diese neue Information ist wichtig, aber sie begreifen nicht, wieso. Mandy bückt sich und hebt Liam auf den Schoß. Der Junge sieht sich erwartungsvoll um und wartet auf den nächsten Beitrag. Seine Mutter spricht weiter. »Ist es das, was Jasper uns sagen wollte? Was er Martin sagen wollte?«, flüstert sie. »Hat er gewusst, wer Ashton umgebracht hat?«

Zu dritt fahren sie zu Hartigan's: Mandy, Liam und Martin. Wie eine richtige Familie. Mandy sitzt am Steuer, und sie scheint entschlossen, die Begeisterung des Morgens wiederzubeleben. Für sie ist die Suchaktion in der Käsefabrik gut, sagt sie: Wenn Doug

Thunkleton eine Leiche findet, die ein Motiv für den Mord an Jasper Speight liefert, dann wird das helfen, ihre Unschuld zu beweisen. Gleichzeitig kann Martin seine journalistische Neugier nicht abschütteln. Sie ist ein Teil von ihm. Irgendwo in alldem steckt eine Wahnsinnsstory, die danach schreit, geschrieben zu werden. Sie hat nicht die atemberaubende Kriminalität von Riversend, aber auf jeden Fall fesselt sie die Phantasie: Mord und Geheimnisse, Drogen und Sex, Prominenz und Religion, und das alles vor dem Hintergrund von Immobilienspekulationen, Kleinstadtambitionen und dem großen Geld. Er lächelt. Mandys Entlastung steht an erster Stelle, zusammen mit ihrem gemeinsamen Leben. Aber wenn da auch noch eine Story abfällt, eine große, packende Story – na, umso besser.

Ein Stein fällt ihm vom Herzen, als er sich Verns und Josies Freude vorstellt, wenn sie die gute Nachricht hören: Wenn Mandy die Käsefabrik gehört, kann sie den Golfplatz verhindern, wenn nicht sogar den Yachthafen. Er denkt an das, was Jay Jay Hayes ihm über Erhaltungsvereinbarungen erzählt hat. Wenn Mandy die Käsefabrik damit belegt, wird das helfen, das Golfplatzprojekt zu verhindern. Damit wiederum wäre die Basis für St Clairs benachbarte Wohnsiedlung am Fluss zerstört. Martin lächelt. Allmählich macht ihm die Sache Spaß.

»Kannst du das Meer sehen?«

Mandy spricht mit Liam. Sie fahren durch den Regenwald zum Haus Hartigan hinauf.

»Kannst du das Meer sehen, Liam?«

Kannst du das Meer sehen? Die Stimme seines Vaters klingt ungebeten in seinem Ohr; sie bringt seine Gedanken zum Schweigen und dämpft seinen Enthusiasmus. Die hohen Bäume, das flackernde Sonnenlicht, die steile Anhöhe – Martin ist wieder im Lieferwagen und fährt am Escarpment hinauf. *Kannst du das*

Meer sehen? Ein Blick in seine Vergangenheit, so klar wie der Tag. Nicht nur ein Echo, ein flüchtiger Schatten, sondern so real, als wäre es gestern gewesen. Es war vor dem Unfall, vor Ron Scarsdens Niedergang, als Martin sechs oder sieben und sein Dad noch sein Dad war. Sein Held. Er muss sich nicht anstrengen, um diese Erinnerung heraufzubeschwören; sie ist in ihm, war es immer. Er schließt die Augen und kehrt zu seinem jüngeren Ich zurück. Der Wagen, die Geräusche, sein Vater neben ihm, wie er lacht. Glücklich. Groß und stark, mit seinen Handwerkerhänden, die eine auf dem übergroßen Lenkrad, die den Wagen geschmeidig durch die Haarnadelkurven steuert, die andere auf dem Schaltknüppel, wo sie mit geübter Leichtigkeit hoch- und wieder herunterschaltet. *Kannst du das Meer sehen?* Er hört die Stimme seines Vaters, ihr kehliges Timbre. Die Selbstsicherheit, die natürliche Zuversicht. Und Gefühle kommen zurück, die an diese Erinnerung gebunden sind: seine Liebe, sein Glücksgefühl, seine Freude darüber, dass sie zu zweit sind, die beiden Männer auf der Fahrt nach Hause, Vater und Sohn. *Siehst du das Meer, kommst du wieder her.*

»Martin?« Mandy holt ihn zurück in die Gegenwart. »Alles okay?«

Der Wagen steht. Sie haben ein Tor erreicht. HARTIGAN steht auf dem verblichenen Schild, das noch am Tor hängt. »Sorry.« Er schüttelt den Kopf und steigt aus.

Das Haus scheint kleiner, ist ein maßstabgetreues Modell des sturmumtosten Gebäudes seiner Erinnerung, wirkt aber immer noch beeindruckend. Mandy fährt darauf zu. Das Haus steht auf dem höchsten Punkt, wird von nichts überragt, ist zweistöckig. An den holzverschalten Wänden blättert die weiße Farbe, Flecken der gelben Grundierung und hier und da das nackte Holz treten zutage. Die Verwahrlosung wirkt schön an diesem sonnigen Morgen. Die Fensterläden sind geschlossen, und ihre meerblaue Farbe blättert ebenfalls, solidarisch mit den sie umgebenden Wänden. Irgendwie sieht es amerikanisch aus unter seinem Giebel mit dem Wellblechdach und den Mansardenfenstern, die nach Norden und nach Süden blicken. Martin sieht die beiden Türen an den Enden der ihnen zugewandten Fassade, und er weiß, wohin sie führen: in die Küche und in den Flur. Das Fenster, durch das er und Scotty geflüchtet sind, ist auch noch da. Diese Seite des Hauses, dem Busch gegenüber, wirkt leer; nur der kleine Portikus über der Eingangstür ist so etwas wie eine Einladung. Martin weiß, warum: Die Hartigans haben ihr Haus so gebaut, dass es zum Meer schaut, dem Land den Rücken zukehrt.

Mandy parkt und zusammen gehen sie auf das Haus zu. Mandy hat Liam auf dem Arm. Der Wind weht ihnen ins Gesicht, sauber und frisch, salzig und verheißungsvoll. Sie ignorieren die Vordertür. Die Seeseite des Hauses zieht sie an. Mandy geht vor, und der Grundriss offenbart sich, als sie näher kommen. Aus dem zweigeschossigen Gebäude ragt ein großer, eingeschossiger Raum, der über die ganze Breite des Hauses reicht: das Wohnzimmer, in dem Martin mit Jasper und Scotty Schutz vor dem Unwetter gesucht hat. Dieser Anbau zur Seeseite hin ist vollständig von einer Veranda umgeben, deren hinteres Ende geformt ist wie ein Schiffsbug. Überhaupt hat das Haus etwas Nautisches; es erinnert an ein Schiff, das in See sticht. Auf dem Dach des Wohnzimmers sitzt wie die Kommandobrücke eines Schiffes ein großer Balkon mit hölzerner Balustrade, den man von einem Zimmer im ersten Stock erreicht.

Sie steigen ein paar Stufen zur Veranda hinauf. Die Dielen sind verwittert, morsch und an manchen Stellen vollends zerbrochen. Aber was sie fasziniert, ist die Aussicht, nicht das Haus.

Im Süden senkt sich das Gelände ab und mit ihm die Bäume, so dass man die Mündung des Argyle und die Sandbank sehen kann. Dann wandert der Blick weiter über die Mole zum Town Beach, nach Nobb Hill und zum Leuchtturm. Rechts über den Baumwipfeln erkennt man den Hafen und die Stadt. Martin war nicht klar gewesen, dass diese Landspitze so hoch ist. Im Osten sieht man das Meer. Am Horizont liegen Containerschiffe, die Entfernung lässt sie bewegungslos erscheinen. Martin geht weiter die Veranda entlang. Im Norden falten sich die Klippen, Landzungen aus kahlem Sandstein, Regenwald, der bis ans Meer hinunterreicht. Auf einer entfernten Landzunge spiegelt etwas das Sonnenlicht. Das Haus von Bede Cromwell und Alexander Parkes hockt dort wie ein abflugbereites Insekt. Dahinter gehen die Klippen weiter, das weiß er – vorbei an Sergis Milchfarm bis zu der Landzunge, wo Jay Jay Hayes surft, und dann nach Hummingbird Beach und schließlich zu dem Kanal, der zu Mackenzie's Swamp und dem Gelände der alten Käsefabrik führt. Martin durchströmt ein Glücksgefühl. Das Spukhaus ist seine Rettung und bietet ihm etwas, das er sich niemals hätte träumen lassen: eine eigene Familie.

Mandy kommt zu ihm, hat Liam auf dem Arm. »Die Wale werden bald wieder in den Norden kommen«, sagt sie. »Wir können hier draußen sitzen und ihnen zuprosten, wenn sie vorbeiziehen.« Ihre Augen glänzen, und die Hochstimmung vom Morgen ist wieder da.

Sie stehen noch eine Weile auf der Veranda. Die Größe des Ozeans lässt sie verstummen. Er nimmt ihre Hand, während sein Blick suchend in die Ferne wandert. Er hofft, zwischen den weißen Schaumkronen einen frühen Wal zu sehen. Stattdessen schieben sich die Containerschiffe und ein Kohlenfrachter am Rand der Welt entlang, ein Fischkutter näher an der Küste und ein Anglerboot nähert sich der Klippe. Das dürfte eine gute Stelle sein, denkt Martin, dicht vor der Felswand und vom Land aus unzugänglich. Vorausgesetzt, die Dünung wird nicht zu stark.

Sie verlassen die Veranda und gehen durch die Glastür ins Haus. Das Fliegengitter scharrt protestierend über den Boden, und das Schloss hat anfänglich Zweifel an der Herkunft ihres Schlüssels. Drinnen präsentiert sich das Haus als merkwürdige Mischung aus Feriendomizil, Zeitkapsel und einem Versprechen auf Zukunft. Es gibt einen Röhrenfernseher, eine Stereoanlage mit Plattenspieler, ein Wählscheibentelefon, alles mit einer feinen Staubschicht bedeckt. Sie schauen sich um, sie planen, und sie fangen an, sich ihr gemeinsames Leben auszumalen. Mandy werden die Arme müde, und so übernimmt Martin das Kind, während sie den ersten Stock und das Erdgeschoss erforschen. Küche, Speisekammer, Waschküche, ein Bad mit einer Badewanne mitsamt Klauenfüßen. Das Esszimmer mit dem jetzt abgeräumten Tisch. Eine Treppe führt hinunter in einen Weinkeller, der leider geplündert wurde.

Oben sind Schlafzimmer, die beiden größten jeweils am Ende des Flurs. Das eine blickt auf den Wald, das andere auf das Meer; außerdem hat es einen Zugang zu dem schiffsbrückenartigen Balkon. Die beiden mittleren Räume haben jeweils zwei Mansardenfenster.

Sie verlassen das Haus so, wie sie es betreten haben, über die Veranda, und haben eine Liste von Dingen bei sich, die getan werden müssen. Sie brauchen Solarpanele, das Dach muss repariert werden, ein neues Badezimmer ist fällig, und Liam braucht ein Kinderzimmer. Die Wassertanks müssen gereinigt, die Sickergrube muss gewartet werden. Bevor er die Tür abschließt, wirft Martin einen letzten Blick in das Wohnzimmer. Fast dreißig Jahre ist es her, dass er hier mit Jasper und Scotty

Zuflucht gesucht hat. Der Kamin ist noch derselbe, die Asche ist allerdings verschwunden. Die zweisitzige Couch, auf der Jasper seinen verletzten Fuß gelagert hat, ist noch da, verschlissen und reif für die Müllkippe. Das Fenster, durch das sie eingestiegen sind, ist repariert worden. Die Bretter, die man davor genagelt hatte, sind weg, und die Glasscheibe ist neu. Mandys Großvater, Eric Snouch, ist erst vor fünf Jahren gestorben. Offenbar hat er alles einigermaßen instand gehalten. Martin wirft einen Blick auf das Bücherregal. Die Enzyklopädie ist noch da, und der Band U-V fehlt auch nicht, ebenso wenig wie die *Phantom*-Comics. Martin lächelt. Vielleicht kann er sie mit Liam zusammen lesen.

Sie fahren den Berg hinunter, und Martin öffnet das Tor. Er muss es etwas anheben; es hängt in den Angeln und schleift über den Boden. Er hat es zur Seite gewuchtet, als er ein schrilles Heulen hört, das Geräusch eines Zweitakters. Zuerst hält er es für eine Motorsäge. Jemand entweiht den Wald. Er hebt die Hand und signalisiert Mandy, sie solle im Wagen warten. Das Knattern wird lauter, und ein Geländemotorrad bricht höchstens dreißig Meter unterhalb von Martin aus dem Busch. Das Hinterrad schleudert Kies in die Luft, als der Fahrer es geschickt zur Seite wegrutschen lässt und wieder Gas gibt. Er beschleunigt und verschwindet bergab. Martin bleiben nur flüchtige Eindrücke: ein schwarz gekleideter Fahrer, Satteltaschen, ein gelbes Anfänger-Nummernschild. Das Motorgeräusch verhallt am Hang und öliger Auspuffdunst weht im Wind.

SECHZEHN Mandy setzt Martin am Wohnwagenpark ab, damit er seinen Wagen holen kann. Sie will Liam in die Tagesstätte bringen und dann einkaufen – Besen, Mopp und Staubsauger –, um im Hartigan-Haus zu putzen. Es soll jetzt schnell gehen; sie muss mit Architekten und Handwerkern reden. Martin gibt ihr Verns Nummer und sagt, dass sein Onkel alle Handwerksfirmen in der Stadt kennt und Lucy May vielleicht auch helfen kann. Er küsst sie zum Abschied und ist glücklich, weil sie glücklich ist. Da klingelt sein Telefon. Es ist Nick Poulos und er klingt eindringlich. »Martin. Können wir uns treffen?«

»Natürlich. Was gibt's denn?«

»Ich habe was für Sie. Im Lifesavers, in einer halben Stunde?«

»Haben Sie kein Büro?«

»Doch, natürlich. Also, im Lifesavers, um elf.« Dann ist das Telefon tot.

Martin ist pünktlich, aber der Anwalt kommt gut zwanzig Minuten zu spät. Ohne sich zu entschuldigen, nimmt er Martin gegenüber Platz. »Was ist denn mit Ihnen passiert?«

Martin berührt seine Wange. »Harry der Junge hat zugeschlagen.«

»Wollen Sie klagen?«

»Nein.«

»Gut.« Nick beugt sich verschwörerisch vor. »Ich habe gehört, sie durchsuchen die Käsefabrik.«

»Ja, ich weiß.«

Poulos ist verblüfft. »Sie wissen davon?«

»Ja. Ich war gestern da. Es ist Channel Ten. Sie drehen eine True-Crime-Doku über Cold Cases.«

»Dann ist es nicht die Polizei?«

»Nicht, dass ich wüsste.«

»Aha.«

»Nick, wollten Sie sich deshalb mit mir treffen? Das hätten Sie mir auch am Telefon sagen können.«

Der Anwalt schaut betreten. »Sorry.« Aber sofort ist sein Eifer wieder da. »Glauben Sie, das ist es, was Jasper herausgefunden hat?«

»Könnte sein.« Allmählich hält Martin dieses Treffen für Zeitverschwendung. »Ist es Ihnen gelungen, Jaspers Ex-Frau aufzustöbern?«

»Ja. Sie wohnt in Neuseeland, in Wellington. Habe ich Ihnen keine SMS geschickt?«

»Nein, Nick, das haben Sie nicht.«

»Oh. Na, dann hier.« Nick zieht sein Telefon aus der Tasche und sendet Martin die Kontaktinformationen.

Martin vergewissert sich, dass er sie empfangen hat, bevor er weiterredet. »Haben Sie Amory Ashton gekannt?«

»Ich? Nein, ich bin ihm nie begegnet. Er war schon weg, als ich hierher gezogen bin. Aber die Nachwehen habe ich mit-bekommen – oder das Ende der Geschichte. Er war wohl ein sehr windiger Typ. Ich habe ein paar seiner Arbeiter rechtlich beraten. In dem Laden gab es keinen Betriebsrat, und sie wollten haben, was ihnen zustand: ausstehende Löhne, Urlaubsgeld, Be-triebsrente, solche Sachen.«

»Und?«

»Gab's alles nicht. Die Buchhaltung, soweit sie existierte, war ein totales Chaos.«

»Und wie ist es für die Arbeiter ausgegangen?«

»Sie wurden verarscht, wie immer.«

»Und Sie?«

»Ich habe auch kein Geld gesehen. Danke der Nachfrage.« Nick grinst sarkastisch. »Aber ich war neu in der Stadt. Die Sa-che hat mir geholfen, Sympathien zu gewinnen.«

»Und wie ging es weiter? War Ashton bankrott? Wurde ein Insolvenzverwalter eingesetzt?«

»Ja, mehrere. Sie warfen einen Blick in die Bücher und machten die Fabrik zu. Aber eine Ausschüttung kann es erst geben, wenn er für tot erklärt und das Objekt verkauft ist.«

»Kann das nicht sowieso passieren? Kann er nicht in Abwesenheit für insolvent erklärt werden, so dass man das Gelände verkaufen kann?«

»Normalerweise würde das gehen, wenn die Immobilie auf seinen Namen eingetragen wäre. Aber das ist sie nicht. Es ist alles in einem Treuhandfonds gebunden.«

»Und wenn er für tot erklärt wird?«

»Dann erfahren wir, wer der Nutznießer des Treuhandfonds ist, wir erwirken einen Gerichtsbeschluss, und verkaufen die Fabrik mit Grund und Boden und verteilen den Erlös. Aber das wären ein paar Cent pro Dollar. Ein Scheißdreck.«

»Nick, ich weiß, wer der Eigentümer sein wird.«

Nick klappert mit den Lidern. »Wer?«

»Mandalay. Sie hat das alles geerbt, wie sie auch Hartigan's geerbt hat.« Nick senkt den Blick, reibt sich die Hände und denkt nach. »Aha. Darauf hätte ich wahrscheinlich auch kommen sollen. Aber noch hat sie nicht geerbt.«

Martin nickt. »Nein, aber was passiert, wenn Ashton für tot erklärt würde und sie die Kontrolle über das Vermögen bekommt? Können die Gläubiger sich zusammenschließen und einen Verkauf erzwingen, um herauszuholen, was geht?«

»Vermutlich.«

»Und gibt es einen Hauptgläubiger?«

»Ja, seine Bank. Die Westpac.«

»Wer weiß davon?«

»Die Bank, die Insolvenzverwalter, ich, Harrold Drake, ein paar der wichtigen Gläubiger. Die halbe Stadt. Warum?«

»Wenn also jemand verzweifelt darauf aus ist, das Gelände

zu kaufen, braucht er nicht zu warten, bis Ashton für tot erklärt wird, und er muss auch nicht mit Mandy verhandeln. Er könnte sich direkt mit der Westpac einigen.«

Nick Poulos richtet sich auf und denkt nach, scheint von dieser Möglichkeit überrascht. »Ja, ich glaube, das stimmt. Die könnten natürlich nicht eigentlich Eigentümer werden, aber – ja, alle Mechanismen könnten bereits installiert sein. Formal gesehen, könnte Mandalay das noch verhindern, aber dann müsste sie alle Gläubiger auszahlen. Sie wäre wahnsinnig, wenn sie das täte.«

»Können wir herausfinden, ob jemand schon die Westpac angesprochen und einen Deal vereinbart hat? Tyson St Clair, zum Beispiel?«

Nick nickt. Was Martin sagt, leuchtet ihm ein. »Harrold Drake – er ist St Clairs Anwalt –, also wird er nichts sagen, aber ich hatte mit den Insolvenzverwaltern zu tun. Mal sehen, was ich herausfinden kann.«

Als Nick gegangen ist, ruft Martin Vern an. Sein Onkel meldet sich. Er klingt munter. »Martin. Wie läuft's?«

»Gut, Vern. Was weißt du über Amory Ashton?«

»Dieser Scheißkerl. Was ist mit ihm?«

»Ein Kamerateam durchleuchtet die Käsefabrik. Seine Leiche soll da irgendwo vergraben sein.«

»Echt? Brauchen die Hilfe?«

»Willst du ihnen helfen?«

»Ich will auf sein Grab pissen.«

Martin lacht. »Klingt, als würdest du ihn mehr als kennen.«

»Darauf kannst du einen lassen. Er schuldet mir Geld. Mir und der halben Stadt.«

»Können wir uns irgendwo treffen?«

»Im Moment nicht, Mate. Ich bin am Hafen. Die Fischereiaufsicht ist da. Ich melde mich später, okay?«

Martin sieht sich im Lifesavers Club um. Unter den Einheimischen, den Rentnern in ihren Cargoshorts und Chinos, ihren bierbauchgeblähten Polohemden, ihren Füßen in Socken und Sandalen, ihren altersfleckigen Händen, mit denen sie das erste große Bier des Tages stemmen, das Gebiss korrekt im Mund – unter ihnen sind zweifellos welche, die Amory Ashton kannten. Inzwischen dürfte sich ihre Haltung verfestigt haben: Der Mann war als Boss ein Drecksack, und er war ein Gauner, er fuhr ein dickes Auto und wedelte mit seinem Geld herum, während er seine Arbeiter beklaute und seine Gläubiger verarschte. Aber Martin braucht Fakten, keine Meinungen. Und Fakten sind anscheinend dünn gesät. Er könnte sich nach dem Streit zwischen Mandy und Jasper erkundigen; der eine oder andere Mitarbeiter hat vielleicht etwas mitbekommen. Aber wozu? Mandy bestreitet ja nichts.

Stattdessen ruft er die ehemalige Susan Speight in Neuseeland an.

Ihre Stimme klingt munter und fröhlich. »Hallo?«

»Susan Speight?«

»Die nämliche.«

»Susan, hier ist Martin Scarsden. Ich bin –«

Sie unterbricht ihn. »Ich weiß, wer Sie sind. Der große Mann, Martin Scarsden.« Jetzt hat die Stimme einen feindseligen Unterton. »Wo waren Sie, als wir Sie brauchten?« Martin weiß nicht, was er sagen soll, und er sucht noch nach Worten, als die Frau weiterredet. »Was wollen Sie?«

»Ich will herausfinden, wer Jasper umgebracht hat.«

»Für Ihre Zeitung?«

»Nein, für mich. Für mich und meine Familie. Für Jasper. Ich will den Mörder finden.«

Nach einer Pause spricht sie wieder, und ihr Ton hat seine Schärfe verloren. »Was wollen Sie wissen?«

»Was für eine Sorte Mann war Jasper?«

Susan Speight seufzt. »Er war komplex. Eine Mischung aus Gut und Schlecht. Man wusste nie, mit welcher Seite man es gerade zu tun hat.«

»War er ein guter Ehemann und Vater?« Martin verzieht das Gesicht; die Frage klingt wie die eines Reporters.

»Er war ein phantastischer Vater.«

»Und als Ehemann?«

Ein bitteres Lachen erklingt. »Sie meinen, war er treu? Nein, war er nicht. Er war ein Spieler. Die halbe Stadt wusste das. Eine Kleinstadt wie Port Silver ist voller Tratschmäuler und missgünstiger Scheißer.«

»Haben Sie sich deshalb von ihm scheiden lassen?«

»Zum Teil. Deshalb, wegen des Geldes und wegen der Mutter.«

»Wegen des Geldes?«

»Er war ein Spieler. Er hat uns nie ruiniert, ist nie zu weit gegangen, aber ab und zu hat er es übertrieben. Dann hat er in einer Woche Tausende verloren. Er hat versucht, es zu verheimlichen, aber ich habe es immer gemerkt, und dann war er am Boden zerstört. Er hat es ein oder zwei Jahre bleiben lassen, bis der Druck zu stark wurde.«

»Was für ein Druck?«

»Seine Mutter.«

»Denise?«

»Ja. Das Erzbiest persönlich.«

Jetzt schweigt Martin kurz, fragt dann: »Können Sie mir das erklären?« Er sieht Denise vor sich, die trauernde Mutter, die in ihrem Maklerbüro in sich zusammenfällt. »Ich war lange weg.«

»Ach, kommen Sie, Sie müssen doch noch wissen, wie sie jeden seiner Schritte kontrolliert hat. Wie sie ihn davon abhielt, zur Uni zu gehen. Es war ständig Thema, dass Sie und dieser andere Freund gegangen sind. Wie hieß er gleich?«

»Scotty.«

»Ja, Sie und Scotty. Sie sind weggegangen und nicht mehr zurückgekommen, und seine Mutter wollte ihn nicht gehen lassen. Besonders Sie, schließlich kamen Sie aus der Siedlung und so. Vern konnte das Geld für Sie aufbringen, aber sie hat Jasper keinen Cent gegeben.«

Die Erwähnung von Verns Selbstlosigkeit versetzt ihm einen Stich. »Darüber hat Jasper geredet?«

»Andauernd. Sie wollen wissen, was unsere Ehe beendet hat? Diese Frau. Das war der Grund. Mit dem Fremdgehen konnte ich leben, die Zockerei konnte ich ertragen. Aber das nicht. Ich habe versucht, ihn zu überreden, wegzugehen und woanders neu anzufangen, und er war sehr dafür, aber es wurde nie etwas daraus. Als sie das Gleiche mit unseren Kindern versucht hat – sie wollte entscheiden, in welche Schule sie gehen sollten, bestand auf Zahnklammern, obwohl sie keine brauchten –, als er ihr da nichts entgegensetzen konnte, bin ich gegangen.« Sie bricht abrupt ab. Martin glaubt ein unterdrücktes Schluchzen zu hören. »Ich habe Jasper nicht verlassen. Ich wollte, dass er mitkommt. Aber er konnte nicht.«

»Wann war das?«

»Vor ungefähr drei Jahren.«

»Ist das Zocken schlimmer geworden, nachdem Sie weg waren?«

»Das weiß ich nicht. Den Unterhalt hat er immer pünktlich gezahlt. Und er hat hübsche Sachen für die Kinder geschickt.«

»Er hatte Kontakt zu den Kindern?«

»Theoretisch ja. Er versprach immer, sie zu besuchen, aber er hat es nie geschafft.« Jetzt ist Martin sicher, so etwas wie ein

Schluchzen zu hören. »Er ist nie gereist. Hat nur ständig die verdammten Postkarten gesammelt. Er konnte ihr nicht mal entkommen, um seine Kinder zu besuchen. Das hat mir das Herz noch einmal gebrochen.«

»Sie hatte also die Kontrolle über ihn.« Martin stellt keine Frage. Es ist eine Feststellung, eine Zusammenfassung.

»Ja. Und ab und zu brach er aus. Eine Affäre, ein unschickliches Abenteuer, eine Wettorgie beim Pferderennen. Eine dumme, vergebliche Rebellion. Aber er schaffte es nie, sich zu lösen.«

Martin gehen die Fragen aus. Er ist überwältigt von dem ganz neuen Bild, das er jetzt von seinem alten Freund hat. »Danke, dass Sie mit mir gesprochen haben, Susan. Sie waren unglaublich hilfreich. Und Ihr Verlust tut mir leid. Wirklich.« Er weiß, es ist zu wenig und kommt zu spät.

»Fangen Sie den Scheißkerl, Martin. Schreiben Sie eine spektakuläre Exklusivstory. Einen Kracher für die Titelseite. Das hätte Jasper gefallen.« Das Gespräch ist zu Ende.

Er sitzt allein im Club. Das Telefonat geht ihm immer noch durch den Kopf, und er denkt an den Jasper Speight seiner Jugend. Er hat Denise nie als übergriffig oder herrschsüchtig empfunden, aber Susan Speights Beschreibung klingt glaubhaft. Denise war mit Scotty und Martin nie einverstanden gewesen, besonders Martin mochte sie nicht, und sie hatte nie ein Hehl daraus gemacht, dass die beiden ihrer Ansicht nach nicht gut genug für ihren Sohn waren. Und was hat Susan noch gesagt? Dass die Affären, die unschicklichen Abenteuer immer kamen, wenn Jasper unter Druck stand. Unter welchem Druck hat er wohl gestanden, als er im Lifesavers Club die Hand auf Mandys Bein gelegt hat?

Er sieht sich um und will plötzlich nicht mehr hier sein. Er geht hinaus auf den Boulevarde und steuert auf Speights Maklerbüro zu. Er will Denise noch einmal befragen. Vielleicht weiß sie über die Käsefabrik Bescheid und kann ihm sagen, ob Ashton versucht hat, sie loszuschlagen, bevor alles den Bach hinunterging. Verglichen mit ihr ist Nick ein neu Zugezogener. Als Martin vor dem Maklerbüro ankommt, ist es immer noch geschlossen, und die handschriftliche Notiz klebt an der Tür. Martin liest die letzte Zeile noch einmal: *Näheres zur Bestattung siehe Longton Observer.*

Der *Longton Observer.* Einen Versuch ist es wert. Ein großer Arbeitgeber wie die Käsefabrik wird geschlossen, der Eigentümer verschwindet unter mysteriösen Umständen, das könnte eine Story gewesen sein. Der Redakteur würde die Fakten kennen – und auch den Klatsch. Martin kehrt zu seinem Wagen zurück, der auf dem Parkplatz über dem ehemaligen Supermarkt in der Sonne schmort, und macht sich auf nach Longton.

Die Stadt am Highway trägt ihren Wohlstand entspannter als Port Silver. Sie hat nichts von dem Flitter, nichts Prätentiöses, nicht den Drang, den Touristen zu gefallen; aber ein Vierteljahrhundert stetigen wirtschaftlichen Wachstums in Australien hat ihr seinen Stempel aufgedrückt. Die Hauptstraße ist voller Autos, es gibt keine leerstehenden Läden, keine Brachflächen. Wegweiser deuten zum Krankenhaus, zum Flughafen, zur Mall, zur Longton Grammar School. Zu einem Gewerbegebiet, einem Altenheim, einem Schwimmbad. Als er jedoch die zum Glück klimatisierten Räume der Redaktion betritt, deutet wenig darauf hin, dass der Wohlstand auch die Lokalpresse erreicht hat. Eine nicht mehr junge Rezeptionistin schaut ihn an und ist sichtlich unbeeindruckt. Ihr Haar ist zu einem Helm gekämmt, malvenblau getönt und mit Haarlack fixiert. Eine Katzenaugenbrille hängt an einer Kette um ihren Hals.

»Hören Sie, Schätzchen, wenn jemand Sie verprügelt hat, erzählen Sie das der Polizei, nicht uns.«

Martin berührt seine Wange. Der Schmerz lässt nach, aber der Bluterguss wird immer größer. »Darum geht es nicht. Ich möchte den Chefredakteur sprechen.«

»Dann wären wir schon zwei.«

»Er ist nicht da?«

Die Empfangsdame mustert ihn. »Sie verstehen nicht viel vom Journalismus, was, Schätzchen?«

»Wie meinen Sie das?« Martin ist verblüfft.

»Richtige Journalisten sitzen nicht auf dem Arsch. Die sind unterwegs und jagen Storys.«

»Aha.« Martin fühlt sich merkwürdig überrumpelt. »Das heißt, Sie wissen, wo er ist?«

»Natürlich.«

»Könnten Sie mir seine Handynummer geben?« Er bemüht sich, zu lächeln. »Bitte. Es ist wichtig. Eine Story. Ein Knüller.«

Sie starrt ihn an – ein Bullshit-Detektor aus Fleisch und Blut. Er hält ihrem Blick stand. »Okay – bitte sehr.« Sie hat sich entschieden und nimmt eine Visitenkarte von dem hohen Stapel auf der Theke. Sie reicht sie ihm. »Nicht, dass sie Ihnen viel nützen wird.«

»Wieso nicht?«, fragt Martin.

»Er ist wahrscheinlich außerhalb des Mobilfunknetzes.«

»Warum? Wo ist er denn?«

»In der alten Käsefabrik unten bei Port Silver. Keine Ahnung, warum.«

»Aha. Na gut.« Natürlich ist er da.

»Schönen Tag noch.« Er ist entlassen, und sie registriert einen weiteren Sieg über das Gesindel der Welt.

Aber Martin ist noch nicht fertig. »Sagen Sie, hat er etwas

über einen Mord in Port Silver geschrieben, der am Montag begangen wurde? Jasper Speight, ein Immobilienmakler?«

Sie fixiert ihn und in ihrem Blick liegen Mitleid und Verachtung. »Zeitung von gestern«, sagt sie nur. Sie reicht ihm ein Exemplar, zieht es aber weg, als er danach greift. »Drei Dollar.«

Martin beißt nicht an. »Karte?«

»Bar.«

Er durchsucht sein Portemonnaie und gibt ihr einen Fünfer. »Behalten Sie das Wechselgeld. Für Ihre Medikamente.«

Er verlässt die Redaktion. Die Titelseite ist ausgefüllt mit einem Artikel samt Werbung für einen lokalen Heimwerkermarkt; der Mord ist die erste echte Nachricht, der Aufmacher für Seite drei.

POLIZEI ERMITTELT IN LOKALEM TODESFALL
von Paulo Robb in Port Silver

Das Morddezernat Sydney, unterstützt von einem Spitzenteam forensischer Experten, ermittelt im Zusammenhang des Immobilienmaklers Jasper Speight aus Port Silver.

Es heißt, Mr. Speight (41) wurde am Montagmorgen gegen elf Uhr in einem Townhouse in 15 Riverside Place, Port Silver, tot aufgefunden.

Die Polizei macht noch keine Angaben zur Todesursache, schließt aber ein Verbrechen nicht aus. Am Dienstagnachmittag war man noch mit der Spurensicherung am Tatort beschäftigt.

Die Polizei bittet Zeugen, die Mr. Speight irgendwann am Montagmorgen gesehen oder während des Wochenendes Kontakt zu ihm gehabt haben, sich zu melden.

Man vermutet, dass die Immobilienfirma, die Mr. Speight

zusammen mit seiner Mutter Denise Speight geführt hat, das
Haus am Riverside Place im Auftrag auswärtiger Investoren
verwaltet.

Mr. Speight war eine lokal bekannte Persönlichkeit …

Danach wirft er einen Blick auf das Impressum, um zu sehen, wem die Zeitung gehört. Der Verlag heißt St Clair Holdings.

Martin wirft die Zeitung in den nächsten Abfalleimer, schickt eine SMS an Paulo Robb und bittet ihn um Rückruf. Er will über die Straße zur Bibliothek gehen, als er jemanden lachen hört. Die Stimme kommt ihm bekannt vor. Vor einem Café sitzt Tyson St Clair und trinkt Kaffee. Er spricht mit jemandem, einem kräftigen Mann mit einem breitkrempigen Panamahut, der Martin den Rücken zuwendet. St Clair sieht Martin und winkt ihm mit seiner unversehrten Hand zu. Der andere Mann dreht sich um, sieht ihn an und wendet sich wieder ab. Die beiden setzen ihr Gespräch fort, aber Martin ist stehen geblieben. Der andere Mann. Ein breites, braunes Gesicht. Martin ist einen Moment lang ratlos, aber dann fällt es ihm ein: der Swami vom Hummingbird Beach in Straßenkleidung. Der heilige Mann und St Clair? Zusammen? Was hat das zu bedeuten?

Martin denkt immer noch darüber nach, als er die Bibliothek von Longton betritt. Das Gebäude ist neu und geräumig, und die Rohre der Klimaanlage winden sich glänzend unter der Decke. An einem Pult sitzt eine junge Bibliothekarin, deren rot gefärbte Haare auf der einen Seite des Kopfes kurzrasiert und auf der anderen lang sind. Eine übergroße Brille balanciert auf ihrer Nasenspitze, und ihr Blick huscht hin und her zwischen ihrem Computermonitor und einem Formular, das vor ihr liegt. Sie spürt Martins Anwesenheit und schaut auf. »Was kann ich für Sie tun?«

»Ich interessiere mich für ältere Ausgaben des *Longton Observer*.«

»Im Ernst?«

»Yep.«

»Sie müssen's ja wissen«, sagt sie, aber ihr freundliches Lächeln nimmt ihren Worten die Schärfe. Sie steht auf. Sie trägt ein zerrissenes T-Shirt, eine Hose mit Schottenkaro und Doc Martens. »Kommen Sie mit.«

Sie führt ihn durch einen Lesesaal und zwischen ein paar vollen Regalen hindurch zur hinteren Wand. Da liegen die Zeitungen von heute auf einer langen Truhe mit alten Kartenschubladen, die es sicher schon im Vorgänger dieses Gebäudes gab. Der *Sydney Morning Herald* und der *Daily Telegraph* liegen hier, die *Courier-Mail* aus Brisbane, der *Financial Review*, *The Australian* und *The Land*. Den Ehrenplatz hat der *Longton Observer* zusammen mit einem kostenlosen Anzeigenblatt, dem *Rivers Real Estate and Restaurant Review*. Drei Sterne für den Stabreim.

»Die Zeitungen von heute liegen oben, die letzten Ausgaben in den Schubladen darunter. Alles, was mehr als ein paar Monate alt ist, haben wir online«, informiert ihn die junge Bibliothekarin.

»Können Sie mir das zeigen?«

»Natürlich.«

Sie führt ihn zwischen den Regalen hindurch zurück zu einer Reihe von kleinen Arbeitsplätzen, die alle mit Monitor und Keyboard ausgestattet sind. »Die Metropolenzeitungen sind in einer landesweiten Datenbank. Der *Observer* ist da auch, aber der Zugang durch unseren eigenen Server ist schneller.« Sie zeigt ihm das Portal. Er dankt ihr, und sie lächelt strahlend. Martin überlegt, ob sie sich gerade in jemanden verliebt hat, und setzt sich.

Er gibt einen Zeitraum ein – heute vor sechs Jahren bis heute vor vier Jahren – und als Suchbegriff den Namen »Ashton«. Er bekommt über hundert Ergebnisse, aber neun der ersten Zehn beziehen sich auf ein Mädchen, das in einer TV-Talentshow aufgetreten ist – Elaine Ashton, zehn Jahre alt. Eine Death-Metal-Gitarristin. Er schränkt seine Suche auf »Amory Ashton« ein, was die Zahl der Ergebnisse auf vierundzwanzig verringert. Im ersten Jahr finden sich nur vier Artikel. Zunächst wird berichtet, dass Mackenzie's Cheese and Pickles auf der Messe in Tamworth einen Preis für seinen »Port Silver Blue«-Käse bekommen hat. Martin schüttelt den Kopf und liest weiter. Im nächsten Artikel heißt es, dass Ashton für die Käsefabrik von einer Bundesinitiative zur Regionalen Entwicklung einen Förderzuschuss bekommen hat. Der Bericht liest sich wie eine Pressemitteilung (und wahrscheinlich ist es auch eine). Der Parlamentsabgeordnete für die Region, ein Mitglied der National Party, rechnet sich die Vergabe einer halben Million Dollar für »Umweltverbesserungsmaßnahmen« als Verdienst an. Ein Foto mit vier Männern in Anzügen folgt: Amory Ashton, fett und strahlend, flankiert von Cyril Klapper, dem Bürgermeister des Argyle River Shire, und Darryl »Dazzer« Duncan, dem Parlamentsabgeordneten der National Party. Neben dem Bürgermeister steht Tyson St Clair als Vorsitzender der Handelskammer von Port Silver. Martin betrachtet Ashton; vielleicht hat der Mann die Gewinne seiner Fabrik aufgegessen. Er ist nicht nur abstoßend übergewichtig; sein Gesicht hat einen so ungesunden Glanz, als stehe er kurz vor einem Herzinfarkt. Selbst verglichen mit dem Abgeordneten, dessen Kopf wie eine Rote-Bete-Pflanze mit Wucherungen wirkt, sieht er schlimm aus. Tyson St Clair hingegen ist schlank, fit und sonnengebräunt wie ein Rugbyspieler einer Veteranenmannschaft.

Die beiden anderen Artikel im ersten Jahr sind Routinesachen.

Die staatliche Umweltschutzbehörde hat eingewilligt, die Käse-fabrik zu inspizieren, und Ashton wird zitiert mit: es handele sich um eine Formsache, und er habe den Besuch veranlasst. Was die Behörde zu inspizieren gedenkt, wird nicht erwähnt. Der andere Artikel berichtet von einem Lastwagen der Käsefabrik, der auf der Straße am Escarpment verunglückt ist. Tyson St Clair wird zitiert, wiederum in seiner Eigenschaft als Handelskammerprä-sident. Er ruft alle Welt – Bundesregierung, Staatsregierung, Regionalrat und alle anderen – auf, einen Ausbau der Straße zu finanzieren.

In den nächsten vier Monaten kommt nichts, dann gibt es einen ganzen Schwall von Artikeln. Der erste ist eine Kurzmel-dung, zwei Absätze auf Seite sieben.

Die Polizei bittet um Informationen zum Aufenthalt des in Port Silver wohnhaften Amory Ashton, der zuletzt am Freitagnachmit-tag bei Mackenzie's Käsefabrik gesehen wurde. Nach Auskunft der Polizei handelt es sich zum jetzigen Zeitpunkt um routinemäßige Ermittlungen, aber sie erbittet Angaben von Mr. Ashton oder sonst jemandem über seinen Aufenthaltsort.

Martin wirft einen Blick auf das Datum. Es ist die Mittwochs-ausgabe der Zeitung. Am vorhergehenden Freitag wurde Ashton das letzte Mal gesehen. Vor fünf Jahren und drei Monaten.

In der Samstagsausgabe hat es Amory Ashton auf die Titel-seite geschafft. VERDACHT AUF STRAFTAT – FAHNDUNG NACH GESCHÄFTSMANN. Ein großes Porträtfoto ist dabei, vermutlich aufgenommen am Tag des Artikels über die Bundes-förderung. Ashton zeigt das gleiche selbstgefällige Grinsen und trägt den gleichen Anzug, er hat den gleichen ungesunden Glanz, und in den Falten seines schlaffen Gesichts funkeln Augen wie

Kieselsteine. Tote Augen. In dem Artikel heißt es, Ashtons Auto, ein Holden Statesman, sei von Fischern an einer abgelegenen Stelle in den Dünen hinter der Treachery Bay gefunden worden, ausgebrannt, und zwar am selben Tag, als der Fabrikbesitzer vermisst gemeldet wurde, aber sie hätten sich bei ihrem Fund nichts weiter gedacht und ihn erst gemeldet, als sie zwei Tage später wieder in die Stadt kamen. Die Zeitung berichtet noch einmal, Ashton sei am Freitag zuvor zuletzt von Arbeitern gesehen worden, die auf dem Heimweg waren. Mackenzie's Käsefabrik hatte die Wochenendarbeit drei Jahre zuvor abgeschafft, deshalb wurde Ashtons Verschwinden erst am folgenden Montag bemerkt. Der Werksleiter hatte es merkwürdig gefunden, dass sein Chef nicht wie sonst als Erster in der Fabrik war, und er fing an, sich Sorgen zu machen, als Ashton nicht zu einer Vormittagsbesprechung erschien. Trotzdem informierte er die Polizei erst am Nachmittag, als sein Boss immer noch nicht aufgetaucht war.

Die Zeitung vom nächsten Mittwoch meldet Ashton weiterhin als verschwunden. Die Schlagzeile lautet: WAS IST MIT AMORY ASHTON PASSIERT? In dem Artikel heißt es, die Polizei nehme den finanziellen Zustand von Mackenzie's Käsefabrik unter die Lupe. Das Blatt beruft sich auf ungenannte Quellen. Es gibt außerdem einen unbestätigten Bericht, nach dem Ashton in der Transitlounge des Flughafens Auckland gesehen wurde. Die Ausgabe vom folgenden Samstag ist schon weiter: Ashton wird immer noch vermisst, aber der Fokus hat sich auf die Zukunft der Käsefabrik verlagert, auf die Frage der Eigentümerschaft und Überlebensfähigkeit des Betriebs. Die Fabrik arbeitet zwar noch, aber ihre Zukunft ist ungewiss. Das ist in den nächsten Wochen das Hauptthema, die Fabrik wird stillgelegt, zunächst nur vorläufig. Die Arbeiter beschweren sich über ausstehende Löhne, die Gläubiger beantragen die Insolvenz, und das Werk wird endgültig geschlossen. Ashtons Schicksal wird zu einer Fußnote, denn es gibt nichts Neues zu berichten.

Langsam verebben die Artikel; Kurzmeldungen zum Jahrestag wandern per Cut and Paste von einem Jahr zum nächsten. Im letzten Jahr erscheint dann eine neue Serie von Artikeln, in denen es heißt, der »bedeutende heimische Geschäftsmann Tyson St Clair« entwickle »Visionen« für das Fabrikgelände, denke unter anderem an einen Golfplatz. Der Widerstand der einheimischen Aborigines wird zur Kenntnis genommen und Josie Jones wird zitiert, die sagt, das Gelände sei Gegenstand indigener Besitzrechtsansprüche. Martin ist beeindruckt; der Eigentümer des *Longton Observers* hat die Gegenstimmen nicht unterdrückt. Ashton und sein Verschwinden werden am Ende der Artikel erwähnt, so dass die Suchmaschine der Bibliothek darauf reagiert, aber weiter steht da nichts.

Martin beendet seine Recherche. Ashton ist entweder tot, (Mord oder Selbstmord), oder er hat vor seinen Gläubigern und erbosten Arbeitern die Flucht ergriffen. Möglich ist es durchaus. Wenn er wusste, dass die Fabrik nicht mehr zu retten war, hat er vielleicht die fünfhunderttausend Dollar Bundesmittel und alles andere eingesackt, was er von den Konten des Unternehmens abzweigen konnte, und das Land verlassen. Nick Poulos hat gesagt, die Bücher waren eine Katastrophe, und der *Longton Observer* hat Unregelmäßigkeiten angedeutet. Vielleicht lebt Ashton irgendwo in Übersee wie die Made im Speck, und das ausgebrannte Auto war ein raffiniertes Ablenkungsmanöver. Martin erkennt plötzlich, dass Ashton, falls er seinen Wagen angezündet hat und geflohen ist, einen Komplizen gebraucht hat, der ihn von dort wegbrachte.

Martin will gehen, da kommt ihm eine neue Idee. Wie weit gehen die digitalisierten Ausgaben zurück in die Vergangenheit?

Er verändert die Zeitspanne, ein zweiwöchiges Fenster vor zweiunddreißig Jahren. Er zögert kurz, und ein Kloß steigt ihm in die Kehle, bevor er seinen eigenen Nachnamen in das Suchfeld eingibt. »Scarsden«.

Und da steht es, aufgestiegen aus der Vergangenheit, und überwältigt ihn.

TRAGÖDIE IM SUMPFLAND

Eine junge Mutter aus Port Silver und ihre beiden Zwillingstöchter sind bei einem tragischen Unfall auf der Dunes Road ums Leben gekommen, drei Kilometer weit südlich von Mackenzie's Käsefabrik.

Mrs. Hilary Scarsden und ihre dreijährigen Töchter Amber und Enid starben, als der von Mrs. Scarsden gesteuerte Wagen von der Dunes Road abkam und in Mackenzie's Swamp versank.

Nach Angaben der Polizei war kein weiteres Fahrzeug beteiligt. Ein technisches Versagen ist nicht auszuschließen.

Da kommt noch mehr Text, aber Martin wird von einem Foto abgelenkt: Der Todeswagen taucht, von der Winde eines Abschleppfahrzeugs gezogen, an der Wasseroberfläche auf, und jemand gibt dem Mann an der Winde ein Zeichen. Es ist ein respektvolles Foto, aus einigem Abstand aufgenommen, und das einzig Lebendige ist der Mann an der Winde. Trotzdem, es genügt, um morbide Phantasien zu wecken. Sind die Toten noch im Auto oder hat man sie schon geborgen? Haben sie leiden müssen oder war es kurz und schmerzlos? War seine Mutter im Augenblick des Todes noch glücklich über den Lotteriegewinn oder hat sie das Grauen des Ertrinkens erfasst, die Angst um ihre wunderbaren Mädchen?

Er schüttelt den Kopf, will die Spekulationen vertreiben, die Wellen unwillkommener und ungewohnter Emotionen. Er betrachtet das Foto. Der Wagen sieht unbeschädigt aus. Bis auf eine zerbrochene Bremsleuchte. Er hat sich nicht überschlagen, und da ist keine Spur eines Aufpralls. Er ist von der Straße abgekommen und geradewegs ins Wasser gefahren.

Auf den nächsten Seiten geht die Story weiter. Neue Information über den Unfall gibt es nicht, nur Hintergrundmaterial. Mrs. Scarsden und ihre Töchter hinterließen ihren Ehemann Ronald Scarsden und den achtjährigen Sohn Martin, seit langem wohnhaft in der Siedlung. Es gibt ein weiteres Foto vom Unfallort, eine Weitwinkelaufnahme aus größerer Entfernung. In der Mitte sieht man den Abschleppwagen und das Rettungsfahrzeug. Der Unglückswagen ist zu beiden Seiten von Autos eingerahmt. Links steht ein Polizeifahrzeug; ein Polizist spricht mit einem Mann. Martin schaut genauer hin. Ist der Polizist Clyde Mackie? Spricht er mit der Person, die den Unfall entdeckt hat? Martin will wegsehen, denn der Schmerz in seinem Magen wächst. Aber dann entdeckt er rechts noch einen Wagen. Einen Morris-Lieferwagen. Der Wagen seines Vaters. Martins Blick kehrt zurück zu den beiden Männern am Polizeiwagen. Ist das sein Vater, der mit dem Rücken zur Kamera steht und der Polizei hilft? Ist er hinausgefahren, als er die schreckliche Nachricht bekommen hat? Aber wenn sein Vater mit dem Morris dort war, wessen Auto hat dann seine Mutter gefahren? Sie hatten nie zwei Autos, da ist er ganz sicher. Die Leute in der Siedlung konnten von Glück sagen, wenn sie *eins* hatten.

Er blättert zurück zur ersten Seite. Der Wagen kommt ihm irgendwie bekannt vor. Natürlich – Verns Auto! Sie hat es ausgeborgt, um ihrem Mann von ihrem Gewinn zu erzählen. Aber warum war sie auf der Dunes Road? Natürlich – die Käsefabrik.

Ihr Mann hat dort wahrscheinlich eine Schicht übernommen. Martin wendet sich noch einmal dem Weitwinkelfoto zu. In der Ferne entdeckt er jetzt noch ein Detail: der Leuchtturm von Port Silver, ein weißer, senkrechter Turm am fernen Horizont über dem Heck von Verns Auto. Das Kreuz ist also eindeutig auf der richtigen Straßenseite. Das heißt, sie war auf dem Rückweg in die Stadt, als sie verunglückte. Hatte sie seinem Vater schon von dem Lotteriegewinn erzählt und war auf der Rückfahrt nach Port Silver, glücklich und aufgeregt, als etwas schrecklich schiefgegangen war? Verns Auto. Hatte er es ordnungsgemäß gewartet? Waren die Bremsen okay? Martin denkt an seinen Onkel – nie gut im Schreiben, nie gut im Rechnen, aber immer gut mit den Händen. Wenn die Bremsen instand gesetzt werden mussten, würde Vern es selbst getan haben, und er hätte es richtig gemacht. Außerdem war die Straße schnurgerade, es gab keinen Grund zum Bremsen. Oder war ein Wallaby aus dem Gebüsch gesprungen?

Die Fragen kommen ungebeten und beharrlich. War sein Vater der Erste am Unfallort? Hat er den Unfall gesehen? Herrgott – kein Wunder, dass er mit dem Trinken angefangen hat, nachdem sein Leben so vor seinen Augen zerbrochen ist. Martin studiert das dreiunddreißig Jahre alte Foto noch einmal. Es ist nicht schwer zu erkennen, wenn man weiß, wonach man sucht: Der Mann, der mit dem Rücken zur Kamera steht und mit dem Polizisten spricht, hat einen dunklen Ring um den Oberkörper. Vom Wasser. Er ist hineingewatet und hat versucht, sie zu retten.

Die Stimme der Bibliothekarin reißt ihn aus seinen Gedanken. »Ist alles okay?«

Erschrocken blickt Martin auf und bemüht sich, in die Gegenwart zurückzukehren. »Ja. Alles okay. Warum?«

Sie sieht ihn an und zögert. »Sie weinen ja.«

Die Brandung am Town Beach ist rauer als sonst. Wolken gibt es hier nicht, nicht in Port Silver, aber die Dünung ist hoch, und die Wellen schäumen. Ein Wind vor der Küste sorgt für zusätzlich unruhige See, die Wellen sind unberechenbar. Den Schwarm der Surfer vor der Landzunge schrecken die nicht ab, aber die Schwimmer wagen sich nur bis zu den Hüften ins Wasser. Martin ist draußen zwischen den Brechern, taucht unter ihnen hindurch und kommt nur hoch, um Luft zu holen und wieder zu tauchen, sich vom Sog hin- und zurücktreiben zu lassen, während immer neue Brecher über ihm zusammenstürzen. Er ist nicht mehr daran gewöhnt: Sein Körper erinnert sich an das Muster, sein Verstand kennt die Taktik, aber seine Muskeln haben nicht mehr die entspannte Kraft der Jugend.

Plötzlich geht ihm die Luft aus, und er schafft es kaum, tief genug einzuatmen, bevor er unter der nächsten Welle durchtaucht. Aber er bleibt hartnäckig. Er braucht das – die hämmernde Brandung, die Reinigung, die blitzschnellen Entscheidungen, die Konzentration auf das Überleben, die jeden anderen Gedanken aus seinem Kopf verbannt. Er taucht auf, erwischt einen Mundvoll Wasser, während eine Welle ihre Vorgängerin in einem Doppelgipfel überholt.

Er hustet, will Luft holen und duckt sich nur unter dem nächsten Brecher weg, statt bis zum Sand hinab zu tauchen. Er spürt, wie die Kraft ihn schüttelt und brutal zum Strand zurückwirft, und er hat Glück, dass die Welle ihn erfasst hat, bevor sie bricht. Seine Arme werden müde und seine Lunge brennt. Er muss zurück ans Ufer, das höchstens fünfzig Meter entfernt ist. Aber da packt ihn etwas, eine Erinnerung, ein Instinkt. Eine Lücke zwischen den Wellen, und er schwimmt aufs Meer hinaus, so schnell er kann, weg von der Brandung.

Er taucht unter einer letzten Welle hindurch, bevor sie zerbirst, und sein Körper ist kurz vor einem Starrkrampf. Er zwingt sich zur Ruhe, strampelt, kommt hoch, treibt auf dem Rücken und entspannt sich. Die nächste Welle zieht unter ihm hindurch, ist aber keine Gefahr mehr, sie lässt ihn tanzen wie einen Korken. Dann schwimmt er zurück in die Brandung. Die erste Welle erwischt er nicht, ist aber wieder zwischen den Brechern. Unter dem nächsten taucht er durch. Er weiß, er darf nicht zu lange warten. Die folgende Woge bricht in Zeitlupe und rollt sich von links nach rechts. Das Timing ist perfekt, die Position ist perfekt. Er schwimmt Richtung Ufer, zwei oder drei schnelle Züge, dann erreicht ihn die Welle und trägt ihn auf einer rauschenden Wand aus Wasser. Er gleitet über der gischtend weißen Front, sie trägt ihn nur noch ein paar Meter, bevor sie ihn aus ihrem Griff entlässt. Er versucht zu stehen, seine Füße berühren den Boden. Die nächste Welle rollt heran, aber sie gischtet nur noch um seinen Kopf herum, eine letzte Liebkosung. Noch ein paar Züge, dann watet er weiter an den Strand. Seine Knie sind weich, und seine Blase drängt plötzlich. Er versucht, nicht zu taumeln. Ein Rettungsschwimmer schaut ihn wortlos und mit wissendem Blick an.

Als er bäuchlings am Strand liegt, die Sonne im Rücken, kehren Bilder aus seiner Teenagerzeit zurück. Die Zehen, die sich in den Sand graben, die schwebenden Schatten der Möwen. Aber es gibt auch handfestere Szenen. Sein Vater. Trinkend. Immer trinkend. Vertrinkt den Lotteriegewinn, als zerkleinere er einen Berg mit einem Meißel. Der Held seiner Kindheit versinkt in besinnungslosem Stupor, und seine Kommunikation beschränkt sich auf die Forderung nach mehr Bier aus dem Kühlschrank oder einem Essen vom Takeaway. Und immer die Flasche Veuve Clicqot. Hell wie ein Leuchtturm in ihrem Alkoven über dem Fernseher, verspricht sie, ihn in einen sicheren Hafen zu leiten, weg von den Seeungeheuern, die in der Tiefe lauern.

Er liegt immer noch im Sand, als Mandy ihn findet und in die Gegenwart zurückholt. Sie weint, und ihr schönes Gesicht ist schmerzverzerrt.

SIEBZEHN Martin springt auf. »Was ist? Was hast du?«

»Martin« ist alles, was sie hervorbringt.

Er legt die Arme um sie, zieht sie an sich. »Ist etwas mit Liam?«

Sie schüttelt den Kopf und schließt die Augen. »Ihm geht's gut. Er ist in der Tagesstätte.« Sie holt tief Luft. »*Fuck*, Martin, ich kann es nicht glauben. Ich – Scheiße. Was für eine Scheiße.«

Er wartet, schweigt.

Sie holt noch einmal tief Luft, ringt um Fassung. »Ich war bei Tyson St Clair.«

»Und?«

»Dieses Dreckschwein.« Ihre Stimme klingt jetzt entschlossen. »Dieses unglaubliche Dreckschwein.«

»Was ist passiert?«

Sie lacht auf, und Martin ist überrascht. Sie weicht zurück, sieht ihn an und schüttelt fassungslos den Kopf. Sie lacht noch einmal, aber es ist kein echtes Lachen. »Dieses Dreckschwein. Dieses miese Stück Scheiße.«

»Erzähl schon.«

»Ich bin zu ihm gefahren, wollte wissen, wie groß sein Interesse an der Käsefabrik ist. Schließlich bin ich die neue Eigentümerin, und er will sie kaufen.«

Martin nickt. Er weiß nicht, ob es sehr klug ist, wenn Mandy mit St Clair redet, schließlich hat die Polizei sie im Mordfall Jasper Speight immer noch im Verdacht. Aber er behält das für sich. »Und was ist passiert?«

»Er arbeitet nicht im Büro, sondern zu Hause, oben beim Leuchtturm.«

»Ich weiß, ich war da.«

Sie sieht ihn an, versucht, diese Information einzuordnen. »Aha. Hat er dir sein Arbeitszimmer gezeigt, mit der Aussicht und den Modellen? Seinen Adlerhorst?«

»Ja. Aber was ist passiert?«

»Er öffnet die Tür, als hätte er mich erwartet. Ich dachte, er blufft, will mich verunsichern. Jedenfalls schickt er mich nach oben und sagt, er komme gleich nach. Ich warte also oben, bewundere die Aussicht und sehe mir die Modelle an. Da ist eins von Hummingbird Beach, von der Käsefabrik, seine ganzen Pläne. Dann kommt er die Treppe herauf, im Bademantel. Und plötzlich ist er sauer. ›Was machst du denn?‹. Ich will wissen, was er meint. Und …« Sie muss sich zusammenreißen, bevor sie weiterspricht. »Er kläfft mich an: ›Zieh dich aus und bück dich!‹«

»*Was?*«

»Du hast schon verstanden. Er …« Wieder bricht ihre Stimme. »Was zum Teufel … Was hast du getan?«

»Ich habe ihm in die Eier getreten.« Wieder kommt das Lächeln, und sie lacht und weint gleichzeitig und kämpft gegen beides. »Dann bin ich abgehauen. Ich bin zur Treppe gelaufen, er hat mich am Arm festgehalten, und ich habe ihn geohrfeigt. Nicht so fest, wie ich wollte, weil ich das Gleichgewicht verloren habe. Und ich habe gesagt, er soll sich verpissen. Er war wütend, so wütend. Ich glaube, er wollte mich schlagen. Und dann schien er zu kapieren. Er machte ein entsetztes Gesicht und ließ mich los.«

»Was schien er zu kapieren?«

»Ich glaube, er hatte mich mit jemandem verwechselt. Mit einer Frau, die er erwartet hatte.«

»Was? Mit wem?«

Der Schmerz ist wieder in ihrem Blick, und ihre Stimme zittert von neuem. »Begreifst du nicht, Martin? Er dachte, ich bin eine Hure.«

Martins Synapsen feuern, die Neuronen verbinden sich und Fakten und Phantasien mischen sich und verschmelzen mit Ahnungen und journalistischem Instinkt und köcheln und blubbern in der intuitiven Suppe seines Verstandes. Tyson St Clair, Immobilienprojekte, eine Verwechslung – die Zutaten brodeln in seinem Schädel, sie schmoren und dampfen. Es ist das vertraute, berauschende Gefühl kurz vor einer Entdeckung zu stehen, vor einer großen Story, die sich da zusammenbraut. Sie ist da, er kann sie spüren und schmecken, er fühlt das Kribbeln, das einem Scoop so oft vorausgeht. Aber er hält sich zurück, sagt kein Wort zu Mandy, weil sie so verstört ist. Und er denkt an Riversend, wo er falsche Schlüsse gezogen und deshalb seinen Job verloren hat. Nicht noch einmal. Diesmal wird er alles doppelt überprüfen, und diesmal wird seine Story Bestand haben.

Als Erstes setzt er Mandy an der Kanzlei von Drake ab. Sie hat sich wieder gefasst, und will Winifred treffen, Anzeige erstatten und St Clair in einer juristischen Rotisserie am Spieß braten. Martin nimmt sie ein letztes Mal in die Arme, küsst sie und sieht ihr nach. Sie hat recht, St Clair muss sie verwechselt haben; das ist die einzig denkbare Erklärung. Mandy und St Clair sind einander vorher nie begegnet. Offenbar hat er die vielen Artikel über die Morde in Riversend nicht verfolgt und die Verbindung nicht hergestellt. Oder ihr dunkelbraunes Haar hat ihn getäuscht. Er ist also nicht nur ein Arschloch, sondern ein dummes Arschloch. Weil Liam jetzt in der Tagesstätte ist und Mandy mit Winifred ein Komplott schmiedet, kann Martin ungestört seiner

Intuition folgen. Zwanzig Minuten später stellt er den Corolla auf dem Parkplatz am Hummingbird Beach ab.

Topaz liegt am Strand, flankiert von zwei jungen Männern. Sie trägt kein Oberteil und liegt mit geschlossenen Augen auf dem Rücken in der Sonne. Ihre Brüste sind perfekte Halbkugeln, und ihre Bewunderer können kaum wegschauen.

Martin schüttelt den Kopf; die Typen sind wie Wachs in ihren Händen. Er sieht, dass einer der beiden Männer der Soap-Star Garth McGrath ist. Sein Haar ist lang geworden, aber sein Stoppelkinn ist kantig wie immer.

»Topaz?«, sagt Martin.

»Wer sind Sie?«, fragt McGrath, als sie die Augen öffnet und lächelt.

»Das ist Martin Scarsden«, sagt Topaz schelmisch. »Der berühmte Reporter.«

»Scarsden? Noch ein schmuddeliger Journalist?« McGrath spuckt in den Sand.

»Der bin ich.«

»*Fuck*. Kriegt ihr Typen denn nie genug? Das ist Belästigung. Wo ist Ihr Fotograf? Im Gebüsch?«

»Hier ist kein Fotograf, Sonnenscheinchen. Du bist 'ne Nachricht von gestern.«

»Was?«

»Ja. Tut mir leid.« Martin wendet sich Topaz zu, die ihn anlächelt. »Können wir reden? Unter vier Augen?«

Sie zieht eine Braue hoch. »Echt?«

»Ja. Es dauert nicht lange.«

Martin hofft, dass sie aufstehen und mitkommen wird, stattdessen sieht sie die beiden Männer an. »Jungs, lasst ihr uns einen Moment allein?« Und die stehen gehorsam auf und gehen den Strand entlang. So groß ist die Macht zweier wohlgeformter

Titten. Martin sieht den Männern nach. McGrath sucht im Gebüsch immer noch nach Paparazzi.

Martin geht in die Hocke. »Gestern Morgen war ich bei einem Mann namens Tyson St Clair. Er wohnt beim Leuchtturm.«

»Wenn Sie es sagen.«

»Als ich einen Parkplatz suchte –, habe ich dich weggehen sehen.«

Sie sagt nichts.

»Was hast du da gemacht?«

»Geht Sie nichts an.«

»Topaz, ich bin kein Polizist, ich erzähle es niemandem. Aber ich muss es wissen.«

»Warum? Damit Sie eine Story schreiben können? Tut mir leid, Alter, aber: nein.«

»Es geht nicht um eine Story. Ich will nicht, dass meine Freundin Mandy im Gefängnis landet.«

Topaz runzelt die Stirn. »Dieser Mord, für den wir Ihnen ein Alibi gegeben haben – das ging es um sie?«

»Es war ihr Haus. Sie steht immer noch unter Verdacht. Ich will ihr helfen.«

Topaz schaut seufzend über das Wasser. »Wie soll ich da helfen? Ich habe schon mit den Bullen geredet.«

Martin lässt sich nicht irritieren, versucht aber, weniger Druck zu machen, setzt sich, schaut über die Wellen und sagt mit ruhiger Stimme: »Sie ist ein bisschen wie du, weißt du. Jung und sehr gutaussehend. Sexy. Sie war bei St Clair. Er hat gesagt, sie soll sich ausziehen.«

Topaz prustet vor Lachen. »Das glaube ich sofort, der geile alte Bock. Was hat sie denn erwartet?«

»Sie wollte geschäftlich mit ihm sprechen. Er hat sie mit jemandem verwechselt.«

»Klingt so. Aber sorry, Martin. Ich kann Ihnen wirklich nicht helfen.«

»Warum nicht? Was bist du denen schuldig?«

»Denen?«

»Denen.« Er lässt das Wort und die Bedeutung sacken. »Dem Mann, der Royce verprügelt hat, und seinen Hintermännern. St Clair gehört das Hostel; er ist der Boss von Harry dem Jungen.« Jetzt hat er ihre Aufmerksamkeit. »Sag mir den wahren Grund, weshalb Harry der Junge Royce zusammengeschlagen hat. Sonst steht das alles in der Zeitung. Es hatte nichts mit Drogen zu tun, oder?«

Topaz starrt ihn an, und ihre Lippen kräuseln sich angewidert. »So machen Sie das also? Sie drohen den Leuten? Kommen Sie so an Ihre Storys?« Sie will aufstehen.

Aber Martin gibt nicht auf. »Die haben deinen Freund verprügelt. Er liegt mit einer schweren Kopfverletzung im Krankenhaus. Du willst diese Rechnung doch begleichen, oder? Niemand wird je erfahren, wer es mir erzählt hat, versprochen.«

Etwas in ihr verändert sich, die fröhliche Fassade fällt, die sorglose Rucksacktouristin verschwindet. Sie sieht älter aus, plötzlich weltmüde. Sie setzt sich wieder, schweigt, hält die Luft an. Nimmt ein Badetuch und wickelt es um die Schultern. Starrt auf die Brandung. Martin lässt sie nachdenken. Ein junges Pärchen schlendert Arm in Arm vorbei, blind für ihre Umwelt: der Junge mit den blonden Locken und seine schöne Freundin, die mit dem Kajak draußen waren, bei Martins erstem Besuch am Hummingbird Beach. Martin und Topaz sehen ihnen nach.

»Okay«, sagt sie schließlich. »Aber bringen Sie mich heute oder morgen zu Royce? Ich muss mit ihm sprechen. Und dann müssen wir hier verschwinden. Sie garantieren mir, dass nichts davon veröffentlicht wird?«

»Hundertprozentig.«

Sie seufzt noch einmal, bevor sie weiterredet. »Okay. Es stimmt, Harry verkauft Drogen an die Backpacker, kein großes Ding, aber das Hostel hat auch eine Art Arbeitsvermittlung. Die haben einen Bus – Sie haben ihn wahrscheinlich schon gesehen –, und fahren damit jeden, der Interesse hat, zu den Gärten und Treibhäusern und Obstplantagen, dort sollen sie als Pflücker arbeiten, was weiß ich. Die Backpacker verdienen ein bisschen Geld, und wenn sie drei Monate durchhalten, kriegen sie eine einjährige Verlängerung für ihr Visum. Für das Hostel ist das ein gutes Geschäft, wenn sie die Leute für drei Monate unterbringen. Harry vermittelt auch Apartments.« Topaz schweigt, schluckt und überlegt, was sie als Nächstes sagen soll. Martin hält den Mund. Er weiß, sie zu drängen, wäre kontraproduktiv. »Aber es gibt eine Abkürzung. Ein paar von den Farmern unterschreiben die Papiere und besorgen dir das Visum, wenn du ein-, zweimal mit ihnen schläfst. Das ist eine ziemlich beliebte Möglichkeit. Alle Mädchen wissen davon. Ist ein offenes Geheimnis. Und schadet niemandem.«

»Und Tyson St Clair?«

»Nur einmal. Er will jedes Mädchen nur einmal. Das ist die kürzeste aller Abkürzungen.«

»Und er will nur die hübschesten Mädchen.«

Sie lächelt kurz und bitter. »Ja, so ähnlich. Harry der Junge sucht sie aus und schickt sie hin. Und macht klar, was von ihnen erwartet wird.«

»Welche Ehre.«

Sie dreht sich zu ihm um und sieht ihn mit blitzenden Augen an. »Seien Sie kein solches Arschloch. Ich bin nicht stolz darauf.«

»Verzeihung. Kannst du mir erzählen, was dann passiert ist?«

»Schreiben Sie eine Story, erzählen Sie den Leuten, was er da tut.«

»Soll ich das?«

Topaz überlegt. »Ich weiß nicht. Vielleicht. Aber Sie dürfen meinen Namen nicht nennen. Nicht mal, wenn er Sie verklagt. Nicht mal vor Gericht. Ich werde nicht aussagen.«

Martin ist überrascht, dass sie sich mit übler Nachrede und Gerichten auskennt. »Ich bin seit zwanzig Jahren Journalist. Ich weiß, wie man eine Quelle schützt. Erzähl's mir.«

»Er hat mich rauf in sein Büro geschickt. Ganz ohne Smalltalk. Harry hatte mir gesagt, was ich tun muss. Mich ausziehen. Also war ich nackt, als der Alte erschien. Er kam die Treppe rauf und befahl mir, mich hin- und herzudrehen, damit er mich ansehen konnte. Er hat richtig gesabbert. Ekelhaft. Dann musste ich mich über den Schreibtisch beugen, neben dem Modell von Port Silver. Das habe ich getan und aus dem Fenster auf die Stadt gesehen. Und dann hat er mich von hinten gefickt.« Sie lacht spröde. »Und während er rammelt, quatscht er die ganze Zeit und prahlt, dass ihm die Stadt gehört. *Ich habe sie gebaut* und *Ich zeige es den Schweinen* und solchen Scheiß, und das Modell der Stadt zittert wie bei einem Erdbeben. Er klang nicht mal so, als ob es ihm Spaß macht. Und kaum ist er fertig, sagt er, ich soll mich anziehen und verschwinden.«

»Was für ein Gentleman.«

»Was für ein Arschloch.«

»Aber du hast dein Visum bekommen?«

»Ja, ich habe die Papiere.«

»Und Royce? Was war mit ihm?«

»Royce war nicht so begeistert von der Sache. Meine Schuld – warum habe ich es ihm erzählt? Jedenfalls wollte er ein bisschen absahnen. Er hat Harry gedroht, das kleine Sex-für-Visa-Geschäft auffliegen zu lassen, und hat eine Kommission verlangt. Hat super funktioniert, nicht wahr?«

»Deshalb hat Harry ihn zusammengeschlagen?«

»Ja. Royce hat gesagt, er kennt einen Journalisten, und wenn sie nicht zahlen, stünde alles in der Zeitung.«

»Er kennt einen Journalisten? Er hat aber nicht meinen Namen genannt, oder?«

»Was glauben Sie, warum Harry Ihnen am Strand eine geknallt hat?«

»Verflucht noch mal.«

Sie schweigen beide und schauen hinaus über die Wellen.

»Da kommt der große Mann«, sagt Topaz.

»Wie bitte?«

»Da drüben.« Sie deutet mit dem Kopf auf jemanden hinter Martin. Der dreht sich um und sieht den Swami mit einer kleinen Gruppe seiner Anhänger am Strand entlanggehen.

»Sehen Sie sich das an«, sagt Topaz sarkastisch. »Der Seher und seine Jünger.«

»Du hast dich also nicht bekehren lassen?«

»Scheiße. Der sollte mit seiner Bettelschale durch den Pandschab wandern, statt Aussies auszunehmen.« Und mit der Verachtung der ewig Dünnen fügt sie hinzu: »*Fuck*, der ist so fett.«

Sie sehen zu, wie der heilige Mann seine Jünger ins flache Wasser führt. Sie knien nieder, als es ihnen bis an die Waden reicht, und er legt ihnen nacheinander die Hand auf den Kopf und taucht sie unter.

Martin lacht. »Sieht eher aus wie eine christliche Taufe, nicht wie ein Hindu-Ritual.«

Aber Topaz antwortet nicht, und er sieht, dass sie den Swami und sein Gefolge verächtlich anstarrt.

»Alles okay?«, fragt er.

»Dieses Arschloch. St Clair besorgt einem wenigstens ein Visum.«

Die gespielte Taufe geht zu Ende, und die Gruppe setzt sich oberhalb des Strandes ins Gras und fängt an, leise zu singen. Topaz steht auf, anscheinend fasziniert. »Was machen die da?«

Die Frommen im Gras setzen sich nacheinander vor den Swami und bekommen mit rotbrauner Farbe ein Zeichen auf die Stirn gemalt, kein Bindi, sondern einen Kreis, der Punkte umschließt. Martin erkennt das Symbol wieder; er hat es auf dem Schild an der Abzweigung von der Ridge Road gesehen.

Und er erinnert sich an das, was Jay Jay ihm erzählt hat. »Sie waren jetzt vierzehn Tage hier«, sagt er. »Offenbar ist das die Vorbereitung auf das Kursende. Dann gibt's morgen Abend eine große Party. Könnte lustig werden.«

Aber Topaz sagt immer noch nichts. Jede Spur von Humor ist aus ihrem Gesicht gewichen, sie wirkt beunruhigt.

»Topaz?«

»Ich habe Ihnen erzählt, was Sie wissen wollten«, sagt sie. »Müssen Sie nicht los, Ihre Freundin retten?«

Er steht auf und geht zurück zum Parkplatz. Unterwegs dämmert ihm allmählich die Bedeutung dessen, was sie ihm erzählt hat. St Clair und sein Laufbursche Harry Drake betreiben im Backpacker-Hostel ein Sex-für-Visa-Geschäft. Wenn Jasper Speight das entdeckt haben sollte, hätte das die Ambitionen des Immobilienunternehmers gefährdet. Und wenn St Clair wegen eines Visavergehens verurteilt würde, wäre er als Geschäftsmann erledigt. So ist das Gesetz. Wenn Jasper ihn entlarvt hätte, hätten die internationalen Interessenten am Projekt Hummingbird Beach St Clair fallengelassen und sich stattdessen an Jasper gehalten. Also hätten St Clair und Harry ein handfestes Motiv,

Speight zu ermorden. Martin muss mit Montifore sprechen. Er geht schneller.

Vielleicht hat Jasper es darauf angelegt, etwas gegen St Claire in der Hand zu haben. Vielleicht hat er sogar Johnson Pear informiert, den Polizisten, der Harry den Jungen nach der Schlägerei am Strand hat laufen lassen. Vielleicht hat Pear nichts unternommen, sondern St Clair und den Jungen benachrichtigt. Vielleicht wollte Jasper deshalb Martin treffen und ist ins Townhouse gekommen, um seinem alten Freund von einem neuen Kleinstadtskandal zu berichten. Vielleicht.

Eine neue Sorge erwächst aus diesen Spekulationen, eine gefährliche neue Realität. Wenn Jasper umgebracht wurde, um den Visa-Betrug geheim zu halten, dann wäre Mandy in Gefahr. Martin hat sie bei Winifred gelassen, damit sie ihr von St Clairs empörendem Benehmen berichtet. Er gerät in Panik. Er muss Winifred warnen: Sie darf St Clair nicht mit rechtlichen Schritten drohen. Harry der Junge hat Royce krankenhausreif geschlagen, als der Backpacker drohte, an die Öffentlichkeit zu gehen. Wie gewalttätig würde er gegen Mandy werden? Martin geht auf das Büro zu. Sein Handy hat kein Netz, und er muss das Festnetztelefon benutzen. Er muss Montifore anrufen, aber vorher muss er Mandy warnen.

Jay Jay Hayes ist nicht in ihrem Büro, und die Tür ist abgeschlossen. Er hat keine Ahnung, ob sie in der Nähe ist oder vor der Landspitze surft oder zum Einkaufen in die Stadt gefahren ist. Egal; er hat keine Zeit, sie zu suchen. Er muss Mandy und Winifred erreichen. Im Laufschritt stürmt er den Hang hinauf zu seinem Auto.

Nervös fährt er los. Ist er zu langsam, kommt er vielleicht zu spät; ist er zu schnell, riskiert er einen Unfall. Sein Verstand ermahnt ihn, vorsichtig zu sein – auf ein, zwei Minuten wird es nicht ankommen. Aber sein Herz sagt etwas anderes. Er gibt Gas, reißt das Lenkrad zur Seite, um einem Schlagloch auszuweichen, und kracht in das nächste, das so breit ist wie der ganze Wagen, das Fahrgestell setzt auf, die Ölwanne schrammt über Steinchen. Bäume kratzen an den Flanken des Toyotas, Fahrrinnen greifen nach den Felgen. An einer Ecke verliert er beinahe die Gewalt über den Wagen; zum Glück streift er den Baumstumpf am Straßenrand nur, statt frontal dagegen zu prallen. Hinter einer Kurve blockiert ein liegengebliebener Van fast die ganze Straße. Ein Mann hat einen Wagenheber in der Hand, und eine Frau starrt einen platten Reifen an. Martin drückt auf die Hupe, fährt aber nicht langsamer, während sich das Paar in Sicherheit bringt und ihm eine Kanonade von Schimpfworten hinterherschickt. Als er sich der Kreuzung auf der Klippe nähert, hat sein Verstand die Tempodebatte verloren und speist einen neuen Faktor in seine Berechnungen ein: Auf der Dunes Road wird er ein Mobilfunksignal erst am Wohnwagenpark empfangen, also in gut fünfzehn bis zwanzig Minuten. Aber er erinnert sich, dass er auf der Ridge Road Verbindung hatte und Nachrichten klingelnd eingingen. Wo war das? Vor Sergis Farm? Also vielleicht fünf bis zehn Minuten entfernt? In hohem Tempo rumpelt er über den Viehrost und verliert für einen Augenblick die Bodenhaftung. Das Stahlgitter klingt in der stillen Luft. Auf der Klippenstraße biegt Martin links ab. Hier ist der Regenwald.

Die Straße durch die Wildnis zu befahren ist selbst mit zwei Händen schwierig genug, aber als er sich dem ersten Gipfel nähert, fährt er langsamer, lenkt mit der Rechten und hält das Telefon mit der Linken hoch. Das Display mit der Meldung »Kein Signal« verspottet ihn. Er ist fast oben und fragt sich allmählich, ob der Empfang gestern nur so gut war, weil die Wolken das Signal zurückwarfen. Da erscheint auf seinem Handy wie durch

Zauberei ein Balken. Er tritt auf die Bremse, und das Signal verschwindet wieder. Ganz oben, auf dem Gipfel, ein paar hundert Meter weiter, klappt es vielleicht besser. Und tatsächlich – Wunder über Wunder, es funktioniert. Zwei Balken. Das Telefon feiert mit feinem Glockenton das Eintreffen von E-Mails und Textnachrichten. Er ignoriert sie alle und ruft Mandy an. Zu seiner Erleichterung meldet sie sich sofort. Sie ist bei Drake, und Winifred ist auch da. Er bittet sie, den Lautsprecher einzuschalten. Ihm ist bewusst, dass er schwer atmet. Er atmet tief durch und erzählt ihnen, was er weiß. Sie unterbrechen ihn nicht. Als er fertig ist, spricht Winifred.

»Sie werden es der Polizei erzählen?«

»Das wird mein nächster Anruf. Aber ich spreche nur mit Morris Montifore. Der örtlichen Polizei und diesem Johnson Pear traue ich nicht.«

»Verstehe. Und die Zeugin? Diese junge Frau?«

»Ich habe ihr versprochen, ihren Namen nicht zu nennen.«

»Okay. Das wird Montifore nicht gefallen, aber damit müssen Sie klarkommen, nicht ich.«

»Haben Sie seine Nummer?«

»Ich schicke Ihnen eine SMS. Aber sagen Sie nicht, dass Sie sie von mir haben.«

»Danke, Winifred. Und St Clair darf nicht erfahren, dass wir von seinem Visa-Betrug wissen. Der Mann könnte gefährlich werden.«

Winifred schickt ihm die Telefonnummer, aber Morris Montifore geht nicht an den Apparat. Martin hinterlässt eine Nachricht. »Morris, hier ist Martin Scarsden. Ich bin auf etwas Wichtiges gestoßen, auf ein Motiv für den Mord an Jasper Speight. Es betrifft Tyson St Clair und Harrold Drake Junior. Rufen Sie mich an.«

Und jetzt? Er atmet immer noch schwer. Das Adrenalin pulsiert in seinen Adern. Er steigt aus und sieht sich das Auto an. An den Seiten sind Schrammen, aber die waren immer schon da. Außerdem ist alles voller Schlamm und Dreck und Staub. Das Glas an einem der vorderen Blinker ist kaputt; das orangegelbe Plastik fehlt da, wo er den Baumstumpf gestreift hat, aber das ist alles. Er steigt wieder ein, fährt langsam weiter und sucht eine Stelle zum Wenden. Sein Motor klingt jetzt dunkler; er hat irgendwo ein Loch. Martin wendet und fährt den Weg zurück, auf dem er gekommen ist. Er muss immer noch in die Stadt, muss immer noch zu Montifore, aber seine Mission ist jetzt nicht mehr so dringend.

Er lässt sich durch den Kopf gehen, was er herausgefunden hat und was für eine Story sich dahinter verbirgt. Die Verbindung zwischen dem Visa-Betrug und dem Mord an Jasper wird von Minute zu Minute klarer. Der alte journalistische Imperativ ist wieder da, der Drang, den Dingen auf den Grund zu gehen. St Clair, das bösartige Raubtier, und Harry der Junge, sein brutaler Komplize, stehen höchstwahrscheinlich unter dem Schutz des korrupten Ortsbullen, Johnson Pear, und sie haben Jasper Speight ermordet, um nicht entlarvt zu werden. Entlarvt durch Martin Scarsden, den Investigativjournalisten par excellence. Es ist eine tolle Story. Weniger Tote als in Riversend, aber nicht schlecht. Sie würde Scarsdens Ansehen aufpolieren und wäre ein Schlag ins Gesicht der rückgratlosen Mistkerle beim *Herald*, die ihn rausgeworfen haben. Doug Thunkleton wird ihn um Vergebung anflehen und um ein Interview betteln. Martin betastet sein Jochbein; es ist noch geschwollen, und die Berührung tut weh. Er wirft einen Blick in den Rückspiegel. Der Bluterguss ist jetzt dunkelviolett. Vielleicht sollte er sich fotografieren lassen: der Wahrheitssucher, verprügelt vom Komplizen des Mörders.

Vielleicht kommt das Bild auf die Rückseite seines nächsten Buches.

Er bugsiert den Corolla in einen flachen Graben hinunter und auf der anderen Seite wieder hinauf, dahin, wo sein Telefon den ersten Balken empfangen hat, und bevor die Piste nach links und bergab führt. Dort erreicht er ein kleines Plateau. Am Wegrand ist Platz genug, um zwei Autos zu parken. Neugierig hält er an und stellt den Motor ab. Als er aussteigt, begrüßt ihn die Kühle des Waldes, der Wind rauscht in den Baumwipfeln. Der Parkplatz ist nicht zufällig da: Ein Wanderweg verschwindet im Unterholz. Dies muss immer noch Jay Jays Land sein, ein Teil des Buschgeländes, das nie für die Milchviehhaltung kultiviert wurde. Vielleicht ist das der Teil, an dessen Erschließung Jasper Speight interessiert war. Martin beschließt, sich umzusehen.

Zügig geht er den Pfad entlang, der sich bald gabelt. Der linke Abzweig führt hinunter zum Hummingbird Beach. Martin geht rechts, und nach ungefähr hundert Metern dringt das Rauschen der Brandung zwischen den Bäumen herauf, und er riecht das Salz. Dann hat er die Bäume hinter sich gelassen, und der Pfad führt noch zehn, zwölf Meter weiter zu einem Sandsteinplateau mit Blick auf das Meer. Die Landspitze ist nicht so hoch wie erwartet, nicht so hoch wie bei Hartigan's oder bei Bede und Alexander, aber der Blick ist womöglich noch spektakulärer. Man schaut von der Küste bis zu den wilden Stränden und der tosenden Brandung von Treachery Bay. Wenn man landwärts blickt, erkennt man, wo die Strände am Nordufer des Kanals zu Mackenzie's Swamp anfangen. Hummingbird Beach kann Martin nicht sehen, aber der Strand wird nur ein paar hundert Meter entfernt sein, verborgen hinter einer Landzunge. Ungefähr dreißig Meter unterhalb entdeckt er auf ein flaches Felsensims. Er sieht Felsentümpel, Priele, durch die die Wellen ein- und ausströmen, und große Sandsteinblöcke, die von längst vergangenen Stürmen aus der Klippe gebrochen worden sind. Und dann bemerkt Martin, wie eine Gestalt, ganz in Schwarz und mit einem Surfbrett, vom Hummingbird Beach um die Landzunge herumkommt. Es ist Jay Jay Hayes. Der Wetsuit schützt sie vor der Sonne und hält sie zugleich warm. Er will ihr etwas zurufen, aber dann lässt er es. Sie blickt nicht auf. Anscheinend ist sie tief in Gedanken versunken, oder – wahrscheinlicher – sie ist mit dieser Landschaft so vertraut, dass sie nicht mehr hinsehen muss.

Martin sieht sie bis zum Ende des Felsplateaus gehen. Sie befestigt die Leine an ihrem Bein und steht dann still da, verfolgt den Rhythmus des Meeres und wartet auf den richtigen Moment. Dann stürzt sie sich, elegant wie eine Katze, in die Dünung. Martin ist hypnotisiert von ihrem Können; sie paddelt völlig sicher durch den Ozean, unbeeindruckt von den nahen Felsen, zutiefst vertraut mit ihrer Umgebung. Im Handumdrehen ist sie vor der Landzunge und wartet einen Augenblick, bevor sie vorwärts auf die Welle paddelt, auf das Brett springt und über die Welle auf Martin zupflügt. Er hält den Atem an; sie ist praktisch genau über den Felsen und berührt diese fast, bevor sie blitzartig umschwenkt. Die Welle läuft vor der Landzunge weg, und Jay Jay gleitet auf ihr davon und verschwindet kurz, als sie sich in den rollenden Wasserzylinder duckt. Dann erscheint sie wieder auf der Oberseite und gleitet hinunter. Das Brett gehorcht ihrem Willen, ist ein Teil von ihr. Die Welle verliert langsam an Kraft, als sie auf Hummingbird Beach und den Kanal zurollt. Jay Jay lässt sich herunterfallen, das Board deutet schon wieder in Richtung Ozean, und sie rollt sich geschmeidig auf den Bauch und paddelt sofort wieder auf die offene See hinaus. Jetzt, als sie fast wieder an ihrem Ausgangspunkt angekommen ist, blickt sie hoch und sieht Martin. Sie winkt, und er winkt zurück. Ihr ganz privater Surf Break – kein Wunder, dass sie nicht verkaufen will.

Morris Montifore sieht nicht glücklich aus. Er wirkt abgespannt, seine Augen sind müde. Er sitzt an einem Schreibtisch in einem Großraumbüro, einer Art Sitzungssaal, den als provisorisches Hauptquartier für die Detectives des Morddezernats Sydney dient. Sein Deputy, Ivan Lucic, ist auch da und beäugt Martin skeptisch.

»Martin Scarsden, Journalist«, sagt Montifore, und seine Stimme klingt weniger gereizt als erschöpft.

»Martin Scarsden, Zeuge. Martin Scarsden, Informationsquelle.«

Montifore ist nicht beeindruckt. »Von mir aus. Erzählen Sie, was Sie wissen. Aber wenn das ein Trick ist, um mir irgendwelche Informationen abzuluchsen, bin ich nicht in der richtigen Stimmung. Dann gehen Sie lieber gleich.«

»Kann ich mich setzen?«

»Natürlich können Sie sich setzen.«

Martin nimmt Platz und berichtet, was er und Mandy über Tyson St Clair herausgefunden haben, erzählt von seinem Hang zu jungen Rucksacktouristinnen und seinem Sex-gegen-Visa-Geschäft. Lucic grinst anzüglich, als Martin erzählt, wie St Clair sich benimmt; Montifore dagegen hört nur zu, und sein strenger Blick ist unergründlich. Von Zeit zu Zeit ermuntert er Martin mit einem Kopfnicken, weiterzureden, und sein Stirnrunzeln ist unübersehbar. Martin berichtet, dass er einen Zeugen gefunden hat, der alles bestätigen kann, von Tysons Vorlieben bis zum Verkauf von Visa gegen Sex.

Als Martin fertig ist, sagt Montifore lange Zeit nichts. Dann wendet er sich an seinen Sidekick. »Ivan, lassen Sie mich bitte mit Mr. Scarsden unter vier Augen sprechen.« Lucic nickt und geht zur Tür. »Und, Ivan, kein Wort zu niemandem. Noch nicht. Okay?«

»Selbstverständlich.«

Montifore wartet, bis sein Mitarbeiter den Raum verlassen und die Tür hinter sich geschlossen hat. Dann sagt er: »Ihre Theorie ist also, dass Jasper Speight von diesem Geschäft wusste und St Clair drohte, ihn auffliegen zu lassen?«

»Ja. Deshalb wollte er mich vielleicht am Morgen seines Todes sehen.«

»Und warum sollte er St Clair auffliegen lassen?«

»Weil er an das Konsortium herankommen wollte, das Hummingbird Beach erschließen möchte. Laut St Clair gibt es eine Million Dollar Prämie plus eine Kommission, sowie Jay Jay Hayes bereit ist, zu verkaufen. Außerdem hätte er für das Konsortium der Mann in Port Silver werden können. Und wenn St Clair verurteilt würde, könnte er Mackenzie's Swamp nicht mehr erschließen. Jasper war gegen diese Pläne. Das wissen Sie, oder?«

»Allerdings«, sagt Montifore. Er denkt kurz nach. »Ich nehme an, Mandalay Blonde ist bereit, eine Aussage über ihre Erfahrung mit St Clair zu machen?«

»Da müssen Sie sie selbst fragen, aber ich bin sicher, sie wird es tun.«

»Und was ist mit Ihrer Rucksacktouristin? Wie heißt die?«

Martin holt tief Luft. »Das kann ich Ihnen nicht sagen. Ich habe ihr versprochen, dass sie anonym bleibt.«

Montifore schüttelt den Kopf. »Natürlich haben Sie ihr das versprochen, verdammt.« Die Verärgerung ist dem Polizisten anzusehen, aber seine Stimme bleibt nüchtern. »Ihr Schreiberlinge mit eurem Quellenschutz. Ich brauche Sie nicht daran zu erinnern, dass es dafür keine rechtliche Grundlage gibt. Nicht die geringste.«

Martin zuckt die Achseln. »Ich kann Ihnen den Namen nicht nennen. Nicht ohne ihre Einwilligung.«

»Tja, in dem Fall haben wir nichts. Mandalay Blondes Angaben sind ohne eine Bestätigung so gut wie unbrauchbar, das sehen Sie doch selbst. Schlimmstenfalls hat St Clair sich unsittlich verhalten. Widerlich, aber nicht ungesetzlich. Und er hat weder Visa noch irgendein anderes *Quid Pro Quo* erwähnt, jedenfalls nicht Mandalay Blonde gegenüber, habe ich recht?«

Martin nickt.

»Na also. Und um alles noch schlimmer zu machen, sie hat ein persönliches Interesse in dieser Sache. Speight ist in ihrem Haus gestorben, und das hat für die Polizei eine große Bedeutung. Infolgedessen kann jede Aussage, die von ihr kommt, als eigennützig interpretiert werden. Als Versuch, von sich abzulenken. St Clairs Anwalt würde sie in der Luft zerreißen.«

»Aber Sie können doch sicher ermitteln. Sie sind Polizist. Sie brauchen meine Zeugin nicht, Sie können andere finden.«

»Meinen Sie? Wenn St Clair den Frauen nach einem Fick eine Visumsverlängerung verschafft, warum sollten sie sich noch länger hier herumtreiben? Und warum sollten sie mit uns reden und sich selbst belasten? Vergessen Sie nicht, wir fordern sie auf, zuzugeben, dass sie gegen das Gesetz verstoßen. Sie werden Angst haben, im Gefängnis zu landen oder ausgewiesen zu werden oder beides. Und was immer andere im Hostel gehört haben mögen, wäre Hörensagen und vor Gericht als Beweismittel nicht zulässig. Wir brauchen Ihre Zeugin oder eine wie sie – eine, die die Unterlagen für eine Visumsverlängerung bekommen hat.«

Martin weiß nicht, was er sagen soll. Montifore könnte mehr Enthusiasmus an den Tag legen. Martin bietet ihm einen soliden

Hinweis, einen potenziellen Durchbruch, und der Polizist ist eher wütend als dankbar. »Was ist eigentlich los, Morris? Was erzählen Sie mir nicht?«

Diese Bemerkung trägt wenig dazu bei, den Detective zu besänftigen. »Erstens reden wir uns nicht mit dem Vornamen an. Und zweitens, ich bin Detective beim Morddezernat, und Sie sind Journalist. Ich bin nicht verpflichtet, Ihnen etwas zu erzählen. Im Gegenteil.«

»Und warum schicken Sie dann Ivan Lucic aus dem Zimmer?«

»Was wollen Sie damit sagen?«

»Keine Zeugen, keine Aufzeichnungen.«

Montifore lehnt sich auf seinem Stuhl zurück und lacht. »Mein Gott. Sie sind wirklich ein blöder Sack, was?«

»Was denn? Sagen Sie's mir.«

Aber Montifore schüttelt den Kopf und lächelt immer noch. Der Polizist hat wenigstens ein einnehmendes Wesen.

»Hören Sie«, sagt Martin, »Sie wissen, warum ich hier bin. Ich will helfen, Mandy von einem Verdacht zu befreien. Und – ja, wenn dabei am Ende eine gute Story herausspringt, umso besser. Aber Sie wissen, wo ich stehe.«

Montifore nickt, fasst offenbar einen Entschluss. »Okay, Folgendes kann ich Ihnen erzählen. Nicht zur Veröffentlichung. Kapiert?«

»Natürlich.«

»Das Erste ist, dass Sie Informationen haben, die für eine laufende Mordermittlung von entscheidender Bedeutung sind. Hinweise, die Sie der Polizei vorenthalten. Das ist eine Straftat. Ich könnte Sie auf der Stelle verhaften. Wenn Sie diese Informationen weiter zurückhalten, wenn ich Sie – sagen wir, morgen – vor den Friedensrichter bringe, dann wäre das außerdem Missachtung des Gerichts. Das bedeutet Haft.«

Martin sieht den Polizisten an, der nicht lächelt. Er selbst verzieht ebenfalls keine Miene und widersteht der Versuchung, den Wirbelsturm von Beschimpfungen, der in seinem Kopf tobt, herauszulassen. Er überlegt noch, wie er antworten soll, da spricht Montifore weiter.

»Aber das werde ich nicht tun. Stattdessen möchte ich, dass Sie diese Quelle überreden, mit mir zu sprechen. Unter vier Augen. Ich werde ihre Identität vertraulich behandeln. Wenn Ihre Theorie sich als zutreffend erweist, werden wir diese Zeugin vor Gericht höchstwahrscheinlich gar nicht brauchen. Wir können ihre Aussage dazu benutzen, Beweise zu sammeln. Durchsuchungsbeschlüsse. Telefonunterlagen. Das ganze Zeug, Aber wir brauchen ihre Aussage, um die richterlichen Beschlüsse zu bekommen.«

Martin lächelt. »Sie machen sich Sorgen wegen Johnson Pear.«

»Kein Kommentar«, sagt Montifore, aber in seinem Blick liegt die Andeutung eines Eingeständnisses.

Natürlich, denkt Martin, deshalb hat er Lucic rausgeschickt. Sein Untergebener soll nicht sehen, dass er die Integrität eines Kollegen in Frage stellt.

»Folgende Situation«, fährt Montifore fort. »Ab morgen sind hier nur noch Ivan Lucic und ich, und ein unerfahrener Constable. Die Kriminaltechnik und der Rest der Einheit kehren nach Sydney zurück. Ich bin auf Pear und seinen guten Willen angewiesen, um von diesem Revier aus zu arbeiten; ich brauche administrative Unterstützung und zusätzliches Personal. Ich kann mir nicht leisten, ihn ins Abseits zu stellen, und erst recht kann ich ihm keinen Hinweis geben. Sie müssen mir diese Zeugin bringen. Bis dahin sind mir die Hände gebunden. Und Sie müssen dafür sorgen, dass jeder andere, der davon weiß, einschließlich Ihrer Freundin und dieser Nervensäge von Anwältin, sich darüber ebenfalls im Klaren ist.«

Martin sagt kein Wort. Er weiß, er bewegt sich auf dünnem Eis.

»Ich werde Ihrer Theorie nachgehen«, sagt Montifore, »aber ich möchte das diskret tun. Wenn Jasper Speight entdeckt hat, dass St Clair in kriminelle Geschäfte verwickelt ist, kann es gut sein, dass er zuerst zu Johnson Pear gegangen ist. Als nichts passiert ist, hat Speight beschlossen, sich an Sie zu wenden. Was das bedeutet, wissen Sie so gut wie ich: Pear hat nicht ermittelt.«

Die beiden Männer starren einander an, schließlich sagt Martin: »Sie glauben nicht, dass Pear in den Mord verwickelt ist?«

»Sprechen Sie mit Ihre Quelle, Martin. Sagen Sie ihr, sie soll mit mir reden. Ich verspreche, niemand mit hineinzuziehen. Wir wollen sie nicht in Gefahr bringen.«

ACHTZEHN Martin fährt den Boulevarde entlang. Sein kaputter Auspuff gibt ein dunkles Brüllen von sich, das von den Schaufenstern widerhallt und durch das offene Fenster in den Wagen dröhnt. Er will zurück zum Hummingbird Beach und Topaz dazu überreden, mit Montifore zu sprechen. Aber zuerst will er sich vergewissern, dass Mandy sich von ihrer Begegnung mit St Clair erholt hat. Sie hat Drakes Kanzlei verlassen und ist unterwegs zur Tagesstätte, um Liam abzuholen. Er wird im Wohnwagenpark auf sie warten und dann zum Hummingbird Beach fahren.

Er überquert die Brücke, der Argyle fließt träge unter ihm dahin. Als er langsamer wird, um nach links in den Wohnwagenpark abzubiegen, leuchten seine Rückspiegel auf, blau und rot. Polizei. Scheiße. Das hat ihm gerade noch gefehlt. Gewissenhaft setzt er den Blinker und fährt hinunter in die Zufahrt. Der Delphin hängt an seiner Nase und droht immer noch, abzustürzen. Martin stellt den Motor ab und wartet auf den Polizisten. Heutzutage springt man nicht aus dem Wagen und läuft ihnen entgegen, wie er es in seiner Jugend getan hat. Ist wohl was Amerikanisches, nimmt er an – die Angst vor einer Schusswaffe. Bleib im Wagen und leg die Hände aufs Lenkrad.

Er sieht eine Bewegung im Rückspiegel, und sein Herz setzt kurz aus. Es ist Johnson Pear, der da auf ihn zukommt, die Daumen in den Gürtel gehakt, die Pistole unübersehbar. Martin legt beide Hände oben auf das Lenkrad. Scheiße. Er holt tief Luft und schaut neutral.

»Ach nein. Was für eine Überraschung. Der berühmte Journalist persönlich.« Pears Grinsen trieft von Bösartigkeit wie ein liberianischer Tanker. Der Polizist beugt sich vor und legt die Hände auf den Fensterrahmen.

Martin sieht ihn an und lächelt. »Tag, Officer.«

»Führerschein und Wagenpapiere.«

Martin weiß, dass Pear das Kennzeichen bereits durch den Computer im Streifenwagen überprüft hat, aber er will nicht diskutieren. Er lässt die Hände auf dem Lenkrad. »Mein Führerschein ist in der Brieftasche in meiner hinteren Hosentasche. Die Fahrzeugpapiere liegen im Handschuhfach.«

Pears Grinsen wird breiter. »Gut. Holen Sie sie raus.« Er nimmt die Hände von der Tür, richtet sich auf und schiebt die Daumen wieder unter den Gürtel. Neben seine Waffe.

Martin hat keine Wahl, er muss gehorchen. Langsam schiebt er die Hand nach hinten, drückt das Kreuz durch und zieht seine Brieftasche aus der linken Hosentasche. Dabei beobachtet er Pear; er sieht das schikanöse Grinsen und die beiläufige Bewegung der Hand zur Pistole. Er hebt die Brieftasche über das Steuer und klappt sie mit beiden Händen auf, nimmt seinen Führerschein heraus. Er reicht ihn Pear, der nur einen flüchtigen Blick darauf wirft, bevor er ihn zurückgibt. »Fahrzeugschein.«

Martin schiebt den Führerschein zurück in die Brieftasche und legt sie vorn auf die Ablage, bevor er sich abwendet und zur Seite hinüberlehnt, um das Handschuhfach zu öffnen. Gerade will er die Papiere herausnehmen, da hört er Pear leise und feindselig sagen: »Stopp. Hände hoch, damit ich sie sehen kann.«

Martin gehorcht, dreht sich um und zuckt unwillkürlich zusammen. Pear hat die Pistole in der Hand und zielt auf ihn. Die Mündung ist ein schwarzes Loch, das Martins ganze Aufmerksamkeit aufsaugt und Angst verströmt wie Röntgenstrahlen. Der Augenblick dauert ein paar Sekunden und eine Ewigkeit.

»Mein Fehler«, sagt Pear. »Ich dachte, ich hätte was gesehen.« Er grinst und zieht eine Augenbraue hoch. »Vergessen Sie den Fahrzeugschein.« Er schiebt die Pistole ins Halfter, ist aber noch nicht fertig. »Starten Sie mal den Motor.«

Martin tut es.

»Geben Sie ordentlich Gas, ja?«

Martin gehorcht.

Pear nickt mit gespieltem Ernst. »Der Schalldämpfer ist im Arsch. Das wissen Sie?«

»Ist heute Morgen passiert«, sagt Martin, dann beißt er sich auf die Zunge, denn er kennt das Spielchen, das Pear hier spielt. Egal, was er sagt, es wird nichts ändern.

»Ach, wirklich?« Pear zieht die andere Braue hoch. Er geht um den Wagen herum und fängt hinten mit seiner Kontrolle an. Martin verfolgt ihn im Spiegel und lässt die Hände unübersehbar auf dem Lenkrad. Pear kommt auf der anderen Seite des Wagens nach vorn und bleibt stehen. Er grinst Martin an und fährt sich mit dem Finger quer über die Kehle. Er soll den Motor wieder abstellen. Martin gehorcht.

»Sehen Sie sich das an«, befiehlt Pear.

Martin steigt aus. Er weiß, was jetzt kommt.

»Das Blinklicht vorne links ist kaputt. Wussten Sie das?«

Martin nickt. »Auch seit heute Morgen.«

»Ein harter Tag«, sagt Pear. »Okay. Sie können wieder einsteigen.« Dann fügt er hinzu: »Hände da, wo ich sie sehen kann.«

Martin setzt sich wieder ans Steuer. Pear geht mit theatralischem Getue zurück zu seinem Streifenwagen und kommt mit einem Gerät zurück, das aussieht wie ein Kartenleser. Er tippt mit einem Stift darauf herum. Martin versucht, sein Pokerface zu bewahren, während er sich fragt, für wie viele Verstöße er Strafzettel bekommen wird. So viele, wie Pear will, wahrscheinlich. Der Polizist lässt sich Zeit; er kreuzt alles Mögliche an, als wäre es ein Frühstücksmenü in einem Hotel, in dem er auf Spesen wohnt. Ein Van fährt vorbei, der offenbar überhaupt keine Auspuffdichtungen mehr hat. Schwarzer Rauch kommt hinten heraus. Pear sieht ihm nach und lächelt Martin an. Ein großer, schwarzer Range Rover bremst und biegt vor ihm in den Wohnwagenpark ab. Getönte Fenster verhindern den Blick ins Innere. Martin spürt einen Adrenalinstoß. Ein solch teures Auto ist ungewöhnlich für einen Wohnwagenpark. Gerade noch rechtzeitig wirft er einen Blick auf das Nummernschild, aber dieser kurze Blick genügt. Es sind nur drei Buchstaben: TSC. Scheiße. Seine Phantasie ergänzt, was seine Augen nicht sehen konnten: Tyson St Clair und Harry der Junge und der Gorilla aus der Käsefabrik. Sie führen nichts Gutes im Schilde. Martin will weiter, will auf das Gelände, bevor Mandy und Liam kommen, aber er weiß, er ist machtlos. Wenn er jetzt versucht, wegzufahren, wird Pear ihn auf der Stelle verhaften, und wenn er sein Telefon benutzt, wird er ihn vielleicht erschießen und nachher behaupten, er habe geglaubt, Martin wolle eine Pistole ziehen. Also ist er Pear hilflos ausgeliefert. Jeder Versuch, die Sache zu beschleunigen, hätte den gegenteiligen Effekt. Er schließt kurz die Augen und zwingt sich zur Ruhe.

Da entdeckt er im Seitenspiegel wieder eine Bewegung. Ein Wagen kommt heran. Aus Befürchtung wird Realität: Es ist der Subaru. Er sieht Mandys Gesicht. Sie fährt langsamer, blinkt und bleibt mit laufendem Motor neben ihnen stehen.

Pear dreht sich zu ihr um. »Fahren Sie weiter.«

Sie ignoriert ihn, was ein Glück. »Alles okay?«, ruft sie Martin zu.

»Sie sollen weiterfahren«, wiederholt Pear, »sonst kriegen Sie auch ein Strafmandat.«

»Warte an der Rezeption auf mich«, ruft Martin.

Mandy runzelt die Stirn und schüttelt den Kopf: Sie hat ihn nicht verstanden. Sie fährt weiter, ihr Wagen verschwindet durch den rostigen Torbogen der Einfahrt. Der Delphin hängt da wie ein Damoklesschwert, und Martin bekommt Magenkrämpfe vor Nervosität.

Pear dreht sich zu ihm um und legt wieder die Hände auf den Fensterrahmen. »Ich sage Ihnen was. Da Sie jetzt wieder ein Einheimischer sind, lasse ich es bei einer Verwarnung. Als Willkommensgeste.«

Wenn Pear ihn mit seinem Benehmen willkommen heißen will, ist der Versuch gescheitert, findet Martin. Aber er will unbedingt weiterfahren, Mandy folgen, nichts riskieren. »Vielen Dank. Das ist sehr großzügig.«

Aber Pear ist noch nicht fertig. Er beugt sich herunter, schiebt den Kopf fast in den Wagen. Sein Atem riecht nicht gut. »Sie wissen, was eine Verwarnung ist, oder?« Er wartet, bis Martin nickt. »Ausgezeichnet. Dies ist eine Verwarnung. Die erste und die letzte.« Er zieht den Kopf zurück und richtet sich auf. »Jetzt hauen Sie ab.«

Martin startet gehorsam den Motor, setzt brav den Blinker und fährt im Schritttempo unter dem baumelnden Delphin hindurch. Als er die Einfahrt hinter sich hat und Pear nicht mehr zu sehen ist, beschleunigt er, ohne auf die grellen Tempolimit-Schilder zu achten. Er muss sofort zu Mandy. An der Weggabelung vor der Rezeption bremst er, die Eigentümerin tritt auf den Fahrweg. Ihre Beinprothese glänzt in der Sonne wie frisch poliert. Mitten in der Zufahrt bleibt sie stehen, versperrt ihm den Weg. Sie winkt mit beiden Händen, fordert ihn auf, langsam zu fahren, bevor sie zur Seite geht. »Nicht so schnell, Mate. Können Sie nicht lesen? Hier gibt's jede Menge Kinder und alte Leute.«

Martin möchte fluchen und seine Frustration an der Frau auslassen, aber er beherrscht sich. »Sie haben recht«, sagt er. »Ist ein altes Auto. Klingt schneller, als es ist.«

Die Eigentümerin ist nicht beeindruckt, aber das ist Martin egal. Er fährt zu seinem Bungalow.

Er kommt gerade rechtzeitig, um das Ende des Spektakels mitanzusehen. Vor dem Bungalow parkt der Range Rover, ein großer, glänzender Wagen. Wenn der je im Gelände unterwegs war, sieht man ihm das nicht an. Martin hält, springt aus dem Auto und läuft los. Und bleibt stehen. Vor dem Bungalow: Tyson St Clair. Von Harry dem Jungen ist nichts zu sehen, ebenso wenig von dem bedrohlichen Insulaner. Der Immobilienunternehmer ist bewaffnet mit einem Blumenstrauß und einem Geschenkpaket, und er wirkt verdattert. Mandy steht in der Tür und hält ihm eine Strafpredigt. Martin kommt gerade noch rechtzeitig, um den Höhepunkt mitzubekommen, leise, aber resolut: »Verpiss dich einfach und stirb, du elender, jämmerlicher, widerlicher Perverser.« Dann geht sie zurück in den Bungalow, bedenkt St Clair mit einem vernichtenden Lächeln und schließt die Tür.

Einen Moment lang steht St Clair wie erstarrt da, die Blumen schlaff in der einen Hand, das Geschenk in der anderen.

»Das ist ja gut gelaufen«, sagt Martin. Bosheit steigt in ihm auf und statt Angst und Unruhe empfindet er Erleichterung und Triumph.

St Clair dreht sich zu ihm um. »Ich wollte nur etwas erklären und mich entschuldigen.«

Martin grinst. »Viel Glück.«

»Sie hat es Ihnen erzählt?«

»Dass Sie dachten, sie sei eine Gewerbliche? Allerdings.«

St Clair kommt die Stufen herunter, wirft einen Blick auf die nutzlosen Blumen und schmeißt sie auf die Motorhaube des Range Rover. Das Päckchen fliegt hinterher. Er kommt auf Martin zu. »Hören Sie, das war wirklich ein Irrtum.«

Martin zuckt die Achseln. »Mich müssen Sie nicht überzeugen.«

»Ich muss überhaupt niemanden überzeugen«, sagt St Clair knapp. »Ich brauchte nicht herzukommen. Ich wollte es wiedergutmachen, das ist alles.«

Martin lässt sich die Situation kurz durch den Kopf gehen. St Clair hat keine Ahnung, dass er von dem Visa-Geschäft weiß. Gut. Aber dass Mandy die neue Eigentümerin der Käsefabrik ist, weiß er inzwischen bestimmt. Martin bemüht sich um einen ernsthaften Ton. »Tut mir leid, ich kann Ihr Jobangebot nicht annehmen, Tyson.«

St Clairs Augen blitzen wie zwei blaue Edelsteine, aber er antwortet nicht.

Martin lässt nicht locker. »Ich bleibe beim Journalismus.«

St Clair macht schmale Augen. Sein Gesicht verhärtet sich. »Was wollen Sie?«

»Sagen Sie mir, warum Sie die Suche in der Käsefabrik angezettelt haben«, sagt Martin. »Warum Sie Channel Ten einen Tipp gegeben haben. Warum jetzt?«

Ein Lächeln erscheint in dem harten Gesicht. Tyson St Clair wittert einen Deal. »Schön, ich werde Ihnen all das erzählen, aber dafür will ich etwas.«

»Ich bin ganz Ohr.«

»Sie geben mir Ihr Wort, dass der Zwischenfall mit Mandalay unter uns dreien bleibt. Er wird unter keinen Umständen an die Presse weitergegeben oder in einem schmutzigen kleinen Buch über Kleinstadtintrigen verwertet.«

Martin runzelt die Stirn, als müsse er über den Ehrenkodex des Journalismus nachdenken. Aber das ist Theater; innerlich lächelt er spöttisch. Irgendwann wird er die Geschichte schreiben, aber es wird nicht darum gehen, dass Tyson St Clair eine aufrechte Bürgerin für eine Prostituierte gehalten hat. Er wird vielmehr detailliert über den Visa-Betrug und über erzwungenen Sex berichten. Deshalb ist es kein ernsthaftes Versprechen, obwohl Martin feierlich klingt. »Sie haben mein Wort. Unter keinen Umständen werde ich das veröffentlichen. Es ist ja auch nicht in Mandys Interesse.«

St Clair grinst. »Ganz recht. Ich stehe schlecht da, aber wo Rauch ist, ist auch Feuer. Das werden die Leute denken.«

Martin macht eine Geste, die wie Zustimmung aussieht. »Weshalb glauben Sie, dass Ashton ermordet wurde und irgendwo in der Käsefabrik begraben liegt?«

St Clair zuckt die Achseln, als wolle er andeuten, dass er nichts Neues zu sagen habe. »Der Mann hatte eine Menge Feinde. Er schuldete vielen Leuten viel Geld. Es geht das Gerücht, er sei tot, und in der Käsefabrik wurde er zuletzt lebend gesehen. Da lohnt es sich doch, nachzuschauen.«

»Hat Ashton *Ihnen* Geld geschuldet?«

»Das kann man wohl sagen. Der Scheißkerl. Und stellen Sie sich vor: Bevor er verschwand, habe ich Wind davon bekommen, dass er in Not war. Er hat mir den ganzen Laden zum Kauf angeboten. Mir war nicht klar, wie dringend er Geld brauchte. Ich hätte wahrscheinlich alles für ein Butterbrot gekriegt.«

Martin runzelt die Stirn. »Und warum haben Sie es nicht getan?«

»Weil die Fabrik vor fünf oder sechs Jahren nur ein Dreckloch im Nirgendwo war. Mit dem Kauf hätte ich riskiert, dass die Umweltschutzbehörde mir die Kosten für die Sanierung aufzwingt. Ganz zu schweigen von einem Haufen Gläubiger, die mir im Nacken gesessen hätten. Nein danke.«

»Was hat sich verändert?«

»Die Franzosen sind aufgetaucht. Sowie Ashton für tot erklärt wird, kann ich die Erben ausfindig machen und ihnen das Objekt abkaufen.«

»Sie wissen nicht, wer demnächst der Eigentümer sein wird?«

St Clair schnaubt verächtlich und wirft einen Blick auf die Blumen und das Geschenk. »Natürlich weiß ich das.«

»Bezahlen Sie Channel Ten für die Durchsuchung der Fabrik?«

»Nein. Die wohnen kostenlos in einem meiner Objekte. Das ist alles.«

»Und haben sie etwas gefunden?«

St Clair mustert ihn. »Ich habe Stillschweigen schwören müssen. Aber unter uns: Doug Thunkleton sagt, sie machen Fortschritte.«

»Was heißt das?«

»Da müssen Sie ihn fragen. Haben wir eine Abmachung?«

Martin schüttelt St Clair die Hand, in dem Moment kommt Mandy aus dem Bungalow. Sie trägt Liam auf dem Arm, und ihr Blick gleicht einer Mordwaffe. Sie macht auf dem Absatz kehrt und verschwindet wieder.

Sowie St Clair abgefahren ist, folgt Martin ihr ins Haus, will alles erklären, und er fürchtet das Schlimmste. Aber Mandy lächelt.

»Er hat keine Ahnung, was?«, sagt sie. »Dass wir von den Visa-Geschichten wissen?«

»Nein, ich glaube nicht. Aber er hat ganz sicher herausbekommen, dass du die Eigentümerin der Käsefabrik bist oder demnächst sein wirst.«

Sie schüttelt den Kopf. »Was für ein unglaublicher Vollidiot. Behandelt mich so, wie er es getan hat, und bildet sich ein, mit Blumen und ein wenig Firlefanz kann er die Sache wiedergutmachen?« Sie nimmt Martins Arm. »Verdammt, ich hoffe, du schreibst etwas. Einen Artikel.«

»Alles zu seiner Zeit.«

Sie lächelt wieder, und er auch. Vielleicht kommen sie voran. Vielleicht, Aber es ist nur ein flüchtiger Augenblick der Ruhe. Er muss zum Hummingbird Beach und Topaz überreden, ihnen zu helfen. Aber vorher ruft er Montifore an. Diesmal meldet der Detective sich sofort.

»Martin? Wie ist es mit Ihrer Quelle gelaufen?«

»Da bin ich noch nicht. Vorher muss ich noch etwas mit Ihnen klären.«

Das ist nicht das, was Montifore hören wollte, und seine Antwort fällt entsprechend knapp aus. »Ich höre.«

»Wussten Sie, dass Channel Ten in der stillgelegten Käsefabrik an der Dunes Road nach einer Leiche sucht?«

»Ist mir bekannt. Und?«

»Ich habe eben Tyson St Clair getroffen. Er behauptet, das Fernsehteam mache Fortschritte.«

»Fortschritte? Was soll das heißen?«

»Das weiß ich nicht. Deshalb erzähle ich es Ihnen ja.« Montifore schweigt, aber Martin bleibt hartnäckig. »Wenn Jasper herausgefunden hat, wer Ashton umgebracht hat, könnte der Täter Jasper ermordet haben, um ihn zum Schweigen zu bringen.«

»Sie hätten Polizist werden sollen.«

»Sie haben mit St Clair gesprochen?«

»Selbstverständlich.«

»Das hätten Sie mir erzählen können.«

»Was hätte ich Ihnen erzählen können? Ein Gerücht über einen Cold Case?«

»Hat St Clair sonst noch etwas gesagt? Weiß er, wer Ashton umgebracht hat?«

Jetzt klingt der Polizist ein wenig verärgert. »Glauben Sie, ich würde hier auf dem Arsch sitzen, wenn ich das wüsste?« Nach einer sehr kurzen Pause sagt er: »Martin, reden Sie mit Ihrer Quelle. Wir brauchen sie, und wir brauchen ihre Aussage.« Dann legt er auf.

Der Detective hat recht; Martin muss Topaz überreden, mit der Polizei zu sprechen. Er verabschiedet sich von Mandy und geht. Auf der Dunes Road überlegt er, wie er die Amerikanerin überzeugen kann, aber das ungedämpfte Auspuffgeräusch des Corolla, das kehlige Grollen, das durch die offenen Fenster geradewegs in seinen Kopf dringt, weckt Erinnerungen.

Jasper und sein aufgemotzter Mazda. *The Beast.* Sie rasen die Dunes Road entlang und pfeifen auf das Tempolimit, Jasper und Martin vorn, Scotty auf dem Rücksitz, die Ellenbogen auf den Fensterrahmen, johlend und übermütig. Der Wagen ist ein Examensgeschenk von Denise – entweder das, oder sie will Jasper bestechen, damit er seinen Freunden nicht nach Sydney folgt. Ein altes Auto mit neuer Lackierung: signalgelb mit schwarzen Rallyestreifen, vorn tiefergelegt, hinten erhöht, eine wummernde, gurgelnde Kombination aus Chrom und Hormonen. Ein Magnet für Mädels, behauptet Jasper. Er hat ihn nur einen Monat, bevor Martin für immer nach Sydney verschwinden wird, bekommen, aber in diesem einen Monat machen sie alles: Sie drehen endlose Runden auf dem Boulevarde, fahren um die Wette am Escarpment hinauf, versuchen nach Mitternacht auf der Dunes Road den Geschwindigkeitsrekord zu brechen. Und bei drei Gelegenheiten werden sie von Clyde Mackie gestoppt.

Martin lächelt. *The Beast.* Nicht alle Erinnerungen sind schlecht. Dann kommt er am Kreuz für seine Familie vorbei, das einsam am Straßenrand steht, und er wird schroff in die Gegenwart zurückgerissen und daran erinnert, dass die meisten Erinnerungen nicht gut sind.

Er findet Topaz am Strand. Sie sitzt mit einer kleinen Gruppe Bewunderer um eine Feuerstelle, und ein Joint macht die Runde. Ein paar der fleißigeren Camper schleppen Brennholz aus dem Wald herunter für den Abend. Die letzten goldenen Sonnenstrahlen blitzen zwischen den Bäumen hindurch, der Wind hat nachgelassen, und das Rauschen der Brandung klingt regelmäßig wie ein Herzschlag.

»Hi, Topaz. Kann ich dich kurz sprechen?«

»Natürlich.« Herausfordernd reicht sie ihm den Joint. »Wir sind unter Freunden.«

Martin nimmt der Form halber einen Zug, fühlt sich wie ein Außenseiter, wie er da im Sand steht, ein einundvierzig Jahre alter Mann in Straßenkleidung. Er reicht den Joint an den Jungen neben ihm weiter. »Im Ernst. Es ist wichtig.«

Sie steht lächelnd auf und löst sich aus dem Kreis. Sie schwenkt die Hüften, weiß, man wird ihr nachschauen. Sie klettert die Böschung hinauf auf das Gras oberhalb des Strandes und dreht sich zu ihm um. Ihre Augen funkeln im letzten Sonnenlicht. »Was gibt's?«

»Die Polizei. Die wollen mit dir sprechen.«

Sie runzelt die Stirn. »Sie haben gesagt, Sie verraten denen meinen Namen nicht.«

»Das habe ich auch nicht getan. Deshalb bin ich hier. Sie wissen nicht, ob ich die Wahrheit sage. Solange es von mir kommt, ist es nur Hörensagen.«

»Was ist mit Ihrer Freundin? Glauben die ihr nicht?«

»Sie ist bei St Clair rausgestürmt, als er wollte, dass sie sich auszieht. Von einem Visum war gar nicht die Rede.«

Aber Topaz schüttelt den Kopf. »Nein, ich kann nicht. Ich mach's nicht.«

»Bitte. Jemand hat meinen besten Freund ermordet. Verstehst du? Ohne deine Hilfe kommt der Mörder womöglich davon und bringt noch jemanden um. Und vielleicht kommt meine Freundin ins Gefängnis. Willst du das?«

»Das sagen Sie, aber Sie wissen es nicht. Und wenn die Polizei wüsste, dass ich mir eine Visumsverlängerung erschlichen habe, könnte sie mich verhaften und ausweisen. Das riskiere ich nicht, nicht, solange Royce hilflos im Krankenhaus liegt.«

»Dann hast du den Antrag schon gestellt?«, fragt er.

»Welchen Antrag? Den Antrag auf Visumsverlängerung?«
»Ja.«

Sie runzelt die Stirn, als redeten sie aneinander vorbei. »Nein, noch nicht. Wenn ich wieder in Sydney bin.«

»Aber du hast die Unterlagen, das Formular, den Brief, oder was es sonst ist?«

»Ja.«

»Aber dann hast du noch nichts Unrechtes getan. Wenn du den Antrag nicht gestellt hast, hast du gegen kein Gesetz verstoßen.«

Topaz wirkt unsicher. »Was wollen Sie damit sagen?«

»Wenn du mit der Polizei sprichst, können sie dir nichts zu Last legen, selbst wenn sie wollten. Du brauchst nur zu sagen, du hast es dir anders überlegt. Dann bist du aus dem Schneider. Keine Festnahme, kein Verfahren, keine Ausweisung. Im Gegenteil, die werden dir dankbar sein für deine Hilfe.«

»Und ich habe kein Visum.«

»Nein. Aber wenn du dieses Formular einreichst und eine Visumsverlängerung beantragst, nachdem du knapp eine Woche in Port Silver warst – was, glaubst du, wird passieren?«

»Sie wollen mir drohen?«

»Nein. Ich will dir helfen. Du kannst dieses Formular nicht benutzen. Nicht jetzt. Nicht, wenn die Polizei weiß, was hier läuft. Aber wenn du es der Polizei gibst, hat sie damit den Beweis, den sie braucht.«

»Ich werde nicht aussagen.«

»Das brauchst du auch nicht. Wenn die Polizei mit dir sprechen kann und das Formular sieht, hat sie genug Beweismaterial für einen Durchsuchungsbeschluss. Dann kann sie sämtliche Unterlagen aus der Vergangenheit beschlagnahmen und die Fälle finden, in denen Verlängerungen gewährt wurden aufgrund von betrügerischen Dokumenten. Wahrscheinlich interessieren sie sich nicht einmal dafür, wer die Verlängerung bekommen hat. Sie werden sich St Clair und Drake und die Farmer vornehmen. Du willst doch bestimmt, dass Drake seine Quittung kriegt – nach dem, was er mit Royce gemacht hat?«

Topaz starrt ihn an und denkt nach. Die unbekümmerte Fassade ist vorläufig verschwunden. »Okay, ich rede mit denen. Wenn sie das Formular haben wollen, sollen sie es kriegen, aber vor Gericht erscheine ich nicht. Das ist meine Bedingung. Ich will Anonymität und Immunität.«

»Okay. Dann rufen wir sie an. Diese Zusagen kann nur die Polizei machen.«

Zusammen gehen sie zum Büro. Martin hofft, dass Jay Jay da und die Festnetzleitung frei ist.

Durch die Fenster des Büros fällt gedämpftes Licht. Martin will die Tür öffnen, als Topaz seinen Unterarm festhält. »Hören Sie mal«, zischt sie.

Martin erstarrt und lauscht mit angehaltenem Atem. Er hört die Brandung, ferne Musik und Lachen, und in der Nähe stöhnt jemand. Adrenalin schießt ihm in die Adern und dämpft die Wirkung des Dopes. Da hat jemand Schmerzen, jemand im Büro. Er streckt die Hand nach dem Türgriff aus, aber wieder packt Topaz seinen Arm und hält ihn fest. Er sieht sie an und sie lächelt, schüttelt den Kopf, lässt ihn los und macht mit beiden Händen eine obszöne Geste: Ein Finger bewegt sich in einem Loch vor und zurück. Plötzlich geht Martin ein Licht auf. Dieses Stöhnen – da hat jemand Sex.

Topaz geht zu einem Fenster, drückt die Nase an die Scheibe und dreht sich dann zu Martin um. Sie grinst. »Sehen Sie sich das an«, flüstert sie.

Vielleicht liegt es am Dope, vielleicht ist es seine angeborene Neugier, jedenfalls widersteht Martin der Einladung zum Voyeurismus nicht. Er schiebt das Gesicht ans Fenster und umrahmt es mit den gewölbten Händen, um das grelle Licht der untergehenden Sonne abzuschirmen.

Das Paar liegt auf dem Boden vor dem Schreibtisch, auf dem

brennende Kerzen stehen. Zwei Füße, eine füllige braune Gestalt: Ein Mann liegt da auf dem Rücken. Sein Kopf ist verdeckt
von einer Frau, die begeistert auf ihm reitet. Sie hat dem Fenster
den Rücken zugewandt. Ihre weiße Haut leuchtet im Kerzen-
schein. Zwei große Narben auf ihrem Rücken bewegen sich,
während die Frau auf ihrem Lover vor- und zurückgleitet.

»Jay Jay«, flüstert Martin.

»Und der Swami.« Topaz lacht. »Gott, der Typ ist das reinste
Trampolin.«

Martin antwortet nicht. Er ist wie versteinert. Die beiden
Krebsnarben tanzen im Kerzenlicht, und darunter krümmt sich
ein unregelmäßiger Halbmond um ihr Gesäß, leuchtet im Fla-
ckerlicht violett und dunkelrot. »Was hat sie da auf dem Hintern?«, fragt er.

»Er hat sie verdroschen«, sagt Topaz ehrfürchtig. »Gott, die
beiden lassen nichts aus.«

Martin wirft einen letzten Blick durch das Fenster. Topaz hat
recht. Jay Jay reckt jetzt die Arme in die Höhe und biegt den
Rücken durch. Ihr Stöhnen wird lauter und leidenschaftlicher.
Martin hat genug gesehen.

Als sie wieder am Strand sind, ist die Sonne untergegangen,
und das Feuer brennt. Die Flammen leuchten hell im Zwielicht.
Aus einem tragbaren Lautsprecher kommt das, was in diesem
Jahrzehnt als Folk Music gilt. Martin möchte unbedingt, dass
Topaz sofort mit Montifore spricht, bevor sie es sich anders
überlegt. Seine Einladung, die Straße hinaufzufahren bis in den
Bereich des Mobilfunknetzes, hat sie schon abgelehnt. Also ist
das Telefon in der Rezeption die einzige Möglichkeit. Aber er
muss warten, bis Jay Jay und der Swami herauskommen, bevor
er es benutzen kann. Er schaut Topaz über das Feuer hinweg an.
Sie hat einen Arm um eine hinreißende junge Polynesierin in

Tanktop und engem Jeansrock gelegt. Die junge Frau lacht zu viel und ist offenbar high. Jemand reicht Martin einen Joint; er nimmt einen tiefen Zug und reicht ihn weiter, bevor er Schuhe und Strümpfe auszieht.

Immer mehr Leute kommen an den Strand, die Musik wird lauter. Martin akzeptiert ein Glas Orangensaft und merkt sofort, dass es mehr ist als Saft. Alkohol. Wodka. Er trinkt das Glas aus. Es schmeckt klebrig süß. Bier ist auch da. Ein Junge fragt ihn, ob er sich an den Kosten beteiligen will. Zwanzig Dollar und trinken, so viel er will. Und rauchen. Martin will nur ein Bier, aber er zahlt, will hierbleiben, auf Jay Jay und den Guru warten und Topaz nicht sich selbst überlassen. Sie tanzt jetzt mit der Polynesierin und beide lassen die Hüften kreisen. Garth, der Soap-Star, erscheint; er trinkt ein Bier und lässt Topaz nicht aus den Augen. Martin befürchtet, dass er den geilen Pinsel in ein Gespräch verwickeln muss; der darf sich nicht an Topaz heranmachen, bevor Jay Jay und der Swami zurückkommen.

Und dann kommen sie, der Guru und die Surferin. Auf dem Gesicht des spirituellen Führers liegt himmlischer Friede. Jay Jay sieht nur selbstgefällig aus.

Sie entdeckt Martin, und ihre Blicke begegnen sich. Sie kommt um das Feuer herum zu ihm. »Ich dachte nicht, dass ich Sie hier sehe«, sagt sie.

»Ich entdecke gerade den Hippie in mir.« Er lacht über seinen eigenen Witz und verstummt dann. Die Mischung aus Alkohol und Dope ist offenbar stärker als geahnt.

Jay Jay schüttelt ungläubig den Kopf. »Dann geben Sie mir Ihr Telefon. Und alle Kameras, die Sie bei sich haben.«

»Was? Warum?«

»Sie sind nicht der Erste, Schätzchen. Ich hatte schon die halbe Presse des Landes an meinem Feuer.«

»Jay Jay, ich schwöre, deshalb bin ich nicht hier.«

»Natürlich nicht. Aber sicherheitshalber deponiere ich die Sachen in meinem Büro. Sie kriegen alles zurück, wenn Sie gehen.«

Martin nickt und sieht seine Chance. »Natürlich. Aber wenn Sie schon mal da sind, darf ich Ihr Festnetztelefon benutzen?«

Sie zuckt die Achseln. »Warum nicht? Wollen Sie Ihrer Freundin sagen, wo Sie sind?«

»Nein.«

Sie lacht. »Dachte ich mir. Aber sagen Sie ihr doch, sie soll herkommen, wenn sie Lust hat. Beim letzten Mal hat es ihr gefallen. Vielleicht hilft es ihr, ein bisschen zu chillen.«

Martin zuckt. Mandy? Beim letzten Mal?

»Telefon«, sagt Jay Jay und streckt die Hand aus.

Martin reicht sein Smartphone hinüber. »Ich bin gleich da«, sagt er. »Ich muss jemanden mitbringen.«

»Von mir aus«, sagt Jay Jay. »Aber machen Sie nicht so lange. Ich will noch mal schwimmen, bevor es ganz dunkel ist.«

Aber es ist zu spät; Topaz hat kein Interesse. Er kann sie nicht überreden, mit dem Tanzen aufzuhören. Sie ist beschäftigt mit der Polynesierin und mit Garth McGrath, der mit geilem Blick seine Hände über die beiden wandern lässt.

Martin gibt auf und geht allein zum Büro. Er merkt, dass er ein bisschen schwankt. Im Dämmerlicht übersieht er eine der Stufen zum Büro; er stolpert und fällt beinahe hin. Drinnen riecht es nach den ausgelöschten Kerzen, nach Räucherstäbchen und anderen asiatischen Substanzen. Jay Jay lehnt an ihrem Schreibtisch und trinkt.

»Wollen Sie ein Bier?«, fragt sie, »Es ist kälter als das da unten am Strand.«

»Gern.« Martin nimmt die Flasche, die sie ihm reicht. »Okay, wenn ich jetzt anrufe?«

»Absolut. Ist doch kein Überseegespräch, oder?«

»Nein, ein Ortsgespräch. Ich brauche aber mein Telefon, um die Nummer nachzusehen.«

Jay Jay reicht ihm sein Telefon. Martin sucht Montifores Nummer heraus und ruft ihn an.

»Ja?«

»Martin Scarsden hier.«

»Martin.«

»Moment mal.« Martin dreht sich zu Jay Jay um, die sein Telefon in ihre Schreibtischschublade legt. »Ich schließe ab, wenn ich hier fertig bin, falls es Ihnen recht ist.«

Jay Jay lässt den Blick durch das Büro wandern. Offensichtlich misstraut sie ihm. Kein Wunder. »Okay«, sagt sie. »Schlagen Sie die Tür einfach hinter sich zu.« Sie deutet in eine Ecke unter der Decke. »Die Überwachungskamera. Sie funktioniert.«

Martin nickt und wendet sich dann wieder dem Telefon zu. »Morris, sind Sie noch da?«

»Ja.«

»Ich habe die Zeugin gefunden. Ich glaube, sie wird mit Ihnen reden. Können Sie ihr zusagen, dass sie nicht verhaftet wird?«

»Weshalb?«

»Wegen Visavergehens.«

»Hat sie die Verlängerung denn schon beantragt?«

»Nein. Sie hat das Formular unterschrieben, aber noch nicht eingereicht.«

»In dem Fall kann ich ihr versichern, dass sie kein Verfahren zu befürchten hat. Aber ich muss die Papiere sehen.«

»Das verstehe ich. Ich werde versuchen, sie zu überreden, vorher anonym mit Ihnen zu telefonieren. Sind Sie damit einverstanden?«

»Anonym?«

»Im ersten Schritt. Dann können Sie sie überreden, ihre Aussage zu Protokoll zu geben und Ihnen die Unterlagen zu überlassen.«

»Okay, gut. Wenn das nicht klappt, besorgen Sie mir einfach das Formular.«

Will der Polizist etwa vorschlagen, er soll die Unterlagen stehlen? Martin beschließt, die Idee zu ignorieren. »Ich melde mich wieder.«

Die Party am Feuer hat an Schwung zugelegt. Die Musik ist lauter, die Flammen schlagen höher. Ein paar Leute sind vom Zeltplatz heruntergekommen. Ungefähr zwei Dutzend sind jetzt da, hauptsächlich Backpacker, aber auch einige Paare. Das Teenagerpärchen, das Martin am Strand gesehen hat, tanzt so eng umschlungen, als wollten die beiden miteinander verschmelzen. Martin stellt erleichtert fest, dass er nicht der Älteste ist; ein paar Hippies in den Fünfzigern und Sechzigern stehen in einer Gruppe zusammen, wiegen sich im Takt der Musik, sehen den Tanzenden zu und lassen einen riesigen Joint herumgehen. Schwerer Marihuanageruch mischt sich mit der Meeresbrise, der Musik, dem Lachen und Reden. Die Leute geben sich dem Augenblick hin, lassen ihre Sorgen los und ihre Hemmungen fallen. Martin sieht und hört es und fragt sich, ob er je so entspannt sein wird.

Dann ist Topaz bei ihm. Er soll mit ihr tanzen. Sie wiegt sich dicht vor ihm. Er will sie wegschieben, als er sieht, wie Garth ihn wütend anfunkelt. Martin kann nicht anders; er fängt an zu tanzen.

Er schwitzt in der Abendluft, trinkt noch ein Bier und dann ein Glas Bowle. Er ist erschöpft und beschwingt.

Der Swami sitzt im Lotossitz da, ein breites Grinsen auf dem Gesicht, und sein nackter Bauch schimmert im Feuerschein. Ihm gegenüber sitzt ein hübsches, blondes Mädchen in der gleichen

Position. Sie streckt ihm die Hände entgegen, und der Swami streicht mit Mittel- und Zeigefinger sanft darüber hinweg. Dann berührt er ihre Stirn. Sie öffnet die Augen und strahlt. Er hat eine große Coke-Flasche neben sich, aus der er jetzt ein oder zwei Schlückchen in einen Plastikbecher schüttet, den er ihr reicht. Sie lächelt dankbar, steht auf und nimmt den Becher mit. Ihren Platz nimmt eine ältere Hippie-Frau mit schweren Brüsten ein.

»Was ist das?« Martin sieht Topaz an.

»Hm? Was?«

»Der Swami. Der verteilt da was.« Martin lacht. »Holen wir uns auch etwas.«

»Scheiß drauf«, sagt Topaz.

»Selbst schuld.«

Martin sieht dem Guru in die Augen. Sie sind wie tiefe Seen, dunkel und unergründlich. Martin schließt die Augen und spürt einen Sog, als hätte ihn eine Flutwelle erfasst.

Dann tanzen sie wieder, er und Topaz und die hübsche junge Blondine und die alten Hippies und Garth und das polynesische Mädchen und das verliebte Teenagerpärchen. Später hat er noch eine Erinnerung ans Schwimmen, an Sterne, die so hell sind, dass sie ihm in den Augen schmerzen. Und an den Geschmack eines Kusses, süß und heimtückisch.

FREITAG

NEUNZEHN Martin träumt. Eine Biene, gelb und schwarz, summt um seinen Kopf. Sie will ihm etwas sagen, etwas Wichtiges. Was da summt, sind Worte, die er nicht versteht; es ist die falsche Sprache. Er bereut, dass er in der Schule nicht besser aufgepasst hat. Die Biene wächst und wächst, wird zu schwer zum Fliegen. Sie landet, ihr Pelz wird glänzend, und sie verwandelt sich in ein Auto, blankes Gold mit schwarzen Streifen. Jaspers Auto. Jetzt sitzt er drin, Jasper sitzt am Steuer, erklärt, der Wagen sei ein Amphibienfahrzeug. Und das stimmt; sie fahren den Argyle hinunter. Sie lachen. Durch das Fenster sieht Martin, wie Scotty auf Wasserskiern vom Auto gezogen wird. Dann sitzt Mandy am Steuer, Jasper und Scotty sind verschwunden, und die Stimmung ändert sich. Sie fahren auf die Sandbank zu, die tödliche Brandung. Er will sie warnen, aber sie hört nicht zu. Liam schläft auf der Rückbank, angeschnallt in seinem Kindersitz. Er kann nicht schwimmen! Martin greift panisch ins Steuer, reißt es herum, versucht, den geheimen Strand zu erreichen und sie in Sicherheit zu bringen. Das Lenkrad bricht ab, und er hält es in der Hand. Entsetzen erfüllt ihn. Er sitzt allein im Auto, nicht in Jaspers Auto, sondern in seinem eigenen. Er knattert auf der Dunes Road entlang, und der Auspuff schrammt über den Asphalt. Im Rückspiegel sieht er einen Wagen näher kommen. Blaue und rote Lichter blitzen. Er geht aufs Gas, so fest er kann, aber nichts passiert. Er schaut nach unten. Die Pedale sind durch das Bodenblech auf die Straße gefallen. Er sieht in den Spiegel: Das herankommende Auto ist kein Polizeiwagen mehr. Es fährt zu schnell, es wird ihn rammen. Er ist hilflos. Es wird ihn umbringen.

Martin wacht auf. Ein Moskito schwirrt um sein Ohr herum, aber er kann sich nicht bewegen. Seine Augen sind verklebt, er sieht verschwommen. Das Sonnenlicht sticht wie mit Messern und zerrt ihn ins Bewusstsein. Sein Mund ist trocken, und ihm ist warm, zu warm; er hat zu lange geschlafen. Seine Glieder sind steif und tun weh. Wo ist er? Das Bett ist ungewohnt, das Zimmer kennt er nicht, und es riecht seltsam. Der Wohnwagenpark? Nein. Was für ein Geräusch ist das, dieser ferne Rhythmus? Brandungswellen? Scheiße, er ist am Hummingbird Beach. Er richtet sich auf. Ein Glas Wasser steht neben dem Bett. Er leert es hastig. Übelkeit überflutet ihn; sein Magen rebelliert gegen das Wasser. Nur mit Mühe verhindert er, dass er sich übergibt. Er schlägt die Decke zurück und schaut an sich hinunter: Arme und Brust sind übersät von Moskitostichen, die, entzündet, anfangen zu jucken, sowie er sie entdeckt. Seine Beine protestieren. Er wirft die Decke zur Seite. Er ist nackt. Seine Knie sind aufgeschürft und schon von getrocknetem Blut verkrustet. Wie ist das passiert? Sein Kopf stimmt in das Orchester der Proteste ein und übernimmt die erste Geige: Ein pulsierendes Pochen wird immer heftiger, ein Skalpell schneidet hinter sein linkes Auge, ein Übelkeit erregender Schmerz bohrt sich in seinen Nacken.

Er schließt die Augen, versucht Schmerzen und Übelkeit durch Willenskraft zu vertreiben, aber nichts lindert sein Leiden. Im Gegenteil, er fängt an zu zittern, fühlt sich wie durch den Wolf gedreht und wieder ausgespuckt.

Er will aufstehen, verliert die Balance und setzt sich wieder. Scheiße. Er kann kaum denken. So einen Kater hat er noch nie gehabt. Er erinnert sich an den vergangenen Abend, bis zu einem bestimmten Punkt: Er tanzt am Strand. Danach werden seine Erinnerungen lückenhaft. Er schwimmt im Meer. Er knutscht. Knutscht mit wem? Und dann erinnert er sich an nichts mehr. An gar nichts.

Er schaut an sich herunter, registriert erneut, dass er nackt ist. Wo sind seine Sachen? Er sieht sich um. Nichts. Was soll er jetzt machen? Er muss sich bewegen, das weiß er, aber der bloße Gedanke daran löst eine neue Woge der Übelkeit aus. Sein linkes Knie blutet. Er hebt die Arme, aber das reizt seinen schmerzenden Nacken. Seine Ellenbogen sind auch aufgeschrammt. Gott, der Swami und sein Dschungeltrunk. Danach ist seine Erinnerung zunehmend zerfranst. Scheiße. Nackt. Er langt mit der Hand hinunter und fühlt zwischen seinen Beinen herum. Klebrig. Er riecht an seiner Hand. O Gott.

Topaz taumelt herein. Ihr Haar ist zerzaust, ihr Gesicht von Emotionen zerrissen. Sie hat ein Badetuch um sich geschlungen. »Du«, sagt sie.

Martin kann nicht sprechen. Er nickt nur.

»Rutsch rüber«, sagt sie und kriecht zu ihm ins Bett. Mit dem Gesicht nach unten bleibt sie liegen. Das Badetuch fällt herunter. Sie ist ebenfalls nackt, und ihr Rücken ist übersät von Schrammen und blauen Flecken.

Endlich findet Martin die Sprache wieder. »Mein Gott.«
»Haben wir?«, fragt Topaz.

»Ich weiß es nicht. Ich glaube, ich hab's mit jemandem getrieben, aber da ist ein schwarzes Loch. Ich erinnere mich an nichts.«

»Du also auch.« Ihre Stimme ist ein heiseres Flüstern.

Martin will sich hochstemmen, aber ihm wird wieder schlecht, und er unterdrückt ein Husten.

»Geh kotzen«, sagt Topaz. »Damit du es los wirst. Falls noch was drin ist. Und trink Wasser, so viel du kannst.«

»Kann ich dein Badetuch haben?«

»Verdammt«, sagt sie, rollt sich zur Seite und gibt das Tuch frei. Martin sieht Knutschflecken an ihrem Hals. Er berührt seinen eigenen Hals und fühlt etwas dort. Hoffentlich ist es ein Moskitostich. Er betastet sein Jochbein, den Bluterguss, den Harry ihm verpasst hat.

»Bist du okay?«, fragt er.

Die Frage lässt ihre Tränen fließen. Sie schüttelt den Kopf und kann nicht sprechen. Martins Blick wandert an ihrem Körper hinunter, nicht erregt von ihrer Nacktheit oder betört von ihren Brüsten, sondern entsetzt über die blauen Flecken an ihren Oberschenkeln. Hat er das getan? War er dazu fähig? Bestimmt nicht.

Er rappelt sich auf und hält ihr Badetuch wenig überzeugend vor seine Genitalien. Er erreicht die Tür, aber das Sonnenlicht entfacht das volle Spektrum des Orchesters. Kesselpauken dröhnen in seinem Kopf, und er rennt die Treppe hinunter, schafft es gerade noch bis nach unten, bevor er sich übergibt. Das Badetuch fliegt zur Seite, er übergibt sich wieder und wieder, weit über den Punkt hinaus, an dem es noch etwas hervor zu würgen gibt. Trotzdem würgt er weiter, bis die Restsäure in der Kehle brennt und seine Magenmuskeln krampfen.

Schließlich richtet er sich auf. Topaz steht in der Tür. »Hier.« Sie wirft ihm eine Plastikflasche mit Wasser zu. Er bückt sich, um sie aufzuheben, das Blut strömt ihm in den Kopf und erhöht den Druck. Das Orchester spielt einen misstönend donnernden Refrain. Er spült sich den Mund aus, gurgelt, spuckt das Wasser aus und versucht ein paar Schlucke herunterzubringen. Das Wasser fühlt sich wunderbar an, aber in seinem Inneren tobt immer noch eine Revolution.

»Jemand hat dich ganz schön bearbeitet«, sagt Topaz. »Hoffentlich nicht ich.«

»Wie meinst du das?«

»Dein Arsch ist rot und wund.«

Martin starrt sie schockiert an. Zögernd greift er hinter sich. Sie hat recht, sein Hintern fühlt sich an, als hätte er eine Tracht Prügel bezogen. Er schiebt die Hand zwischen den Beinen hindurch, betastet seinen After und ist grenzenlos erleichtert, als er keinen Schmerz fühlt und kein Blut an den Fingern hat. Es ist nicht passiert, aber es hätte sein können.

»Jetzt weißt du, wie wir uns fühlen«, sagt Topaz verächtlich.

»Verdammt, was haben die uns gegeben?«

»Ich dachte, das wäre Ecstasy. Das haben jedenfalls die anderen gesagt.«

»Nicht zu mir.«

»Niemand hat dich gezwungen, was zu nehmen.«

»Dich hat auch niemand zu irgendwas gezwungen.«

Sie starren einander an, aber Martin ist zu keiner Konfrontation fähig. »Also, was war das?«

Topaz schüttelt den Kopf. »Weiß der Geier. Ecstasy auf jeden Fall. Und dieses andere Zeugs. Rohies.«

»Rohypnol?« Die Vergewaltigungsdroge. Dafür bekannt, Hemmungen zu senken, dafür berüchtigt, einen Blackout zu hinterlassen. Wahrscheinlich hat Topaz recht. »Hast du das schon mal genommen?«

»Ja.«

»Und?«

»Und ja. Filmriss, wie jetzt.«

»Scheiße«, sagt Martin. Plötzlich, als käme das Bewusstsein schrittweise zurück, wird ihm klar, dass er nackt ist. Er schlingt sich das Badetuch um die Hüften.

»Ich habe mich schon gefragt, wann dir das auffällt.« Topaz lächelt matt.

»Und jetzt?«, fragt Martin.

»Kannst du fahren?«

Martin kneift die Augen zusammen. »Noch nicht.« Vorsichtig nimmt er noch einen Schluck Wasser. »Aber bald. Ich muss. Warum?«

»Wir sollten ins Krankenhaus fahren.«

»Du willst zu Royce?«

»Ja«, sagt sie und wischt eine Träne aus dem Auge. »Und ich will jedes Antibiotikum und Virostatikum haben, das es gibt. Solltest du auch nehmen.«

Martin schaut auf den Strand hinaus. Es ist ein stiller Morgen. Kängurus grasen, die Vögel schweigen, nur die Wellen messen die Zeit wie ein Metronom. So viel zum Thema Paradies.

Sie brechen erst nach zwei Stunden auf. Die erste Stunde verbringen sie im Bett; sie trinken Wasser, dösen und kommen langsam zu sich. Topaz hat Schmerztabletten – Ibuprofen, Paracetamol, Kodein, Aspirin. Martin schluckt zwei von jeder Sorte und ist erleichtert, als sie ihm nicht wieder hochkommen. Die zweite Stunde vergeht mit der Suche nach seinen Kleidern, die um das niedergebrannte Feuer herum am Strand liegen. Seine Brieftasche mit Kreditkarten und Bargeld ist tatsächlich noch in seiner Hosentasche. Sie essen Toast und trinken Milch in der Gemeinschaftsküche, und kehren langsam in die Normalität zurück.

»Ich fühle mich total scheiße«, sagt er in den Raum hinein zu den drei oder vier Leuten, die da sind. Aber die zucken nur die Achseln, als sei nichts Außergewöhnliches passiert. Martin erkennt ein paar wieder; er hat sie vor seinem Filmriss gesehen. Sie waren bei der Party, sehen aber heute Morgen fit aus. Er sieht ein fröhlich lachendes Paar, das zum Strand hinuntergeht. Er schaut Topaz an und fragt sich, ob sie es auch bemerkt: Nicht alle haben zu kämpfen. Sie wollen gerade gehen, da kommt Garth McGrath herein. Ein Blick auf sein Gesicht genügt: Es geht ihm genauso wie ihnen. Er ist unrasiert und hat rote Augen. Das Gesicht ist bleich unter der Sonnenbräune, und er hat sein T-Shirt falsch herum an.

»Du auch?«, fragt Martin.

»Was?«

»Gestern Abend. Ich kann mich an den letzten Teil des Abends nicht erinnern.«

McGrath sieht ihn an. Er schwankt und wirkt unsicher. Er nickt. »Ja. Ich auch nicht.«

»Ist das schon mal passiert? Du bist doch viel länger hier als wir.«

Er schüttelt den Kopf. »Nein. So war's noch nie.«

Einen Moment lang schweigen alle drei.

Dann sagt Garth: »Manchmal gibt es bloß Schnaps und Dope. Manchmal ist mehr drin, in der Bowle. Aber es war immer gut. Es war Fun. Nicht wie jetzt. Nicht mit Blackout.« Er scheint den Tränen nahe, fährt sich mit der Hand durch sein glänzendes TV-Star-Haar. Seine Fingerknöchel sind verletzt und blutig. »Haben die das absichtlich gemacht?«

»Wie meinst du das?«

»Mich unter Drogen gesetzt. Habt ihr einen Fotografen gesehen?«

Martin und Topaz wechseln einen Blick. Keiner macht sich die Mühe, darauf zu antworten.

»Ich glaube, die haben mich reingelegt«, murmelt der Soap-Star.

Topaz steht auf und geht langsam auf ihn zu. »Ich bin in deinem Bett aufgewacht«, sagt sie mit schneidender Stimme.

»Stimmt«, sagt Garth. Ein Lächeln malt sich auf seinem Gesicht. Weit kommt es nicht. Topaz schlägt ihm mit der Faust in den Bauch. Der Promi krümmt sich, würgt und schafft es nur mit knapper Not hinaus auf die Wiese.

»Komm«, sagt Topaz, »wir gehen.«

Sie verlassen das Haus, Garth starrt ihnen nach wie ein geprügelter Hund.

»Sieh mal«, sagt Martin und deutet hinüber zu dem Swami, der im Kreise seiner Jünger mit geschlossenen Augen im Lotossitz auf dem Boden sitzt. Er sieht friedvoll aus, und seine Anhänger machen einen heiteren, gelassenen Eindruck. Topaz wirft ihnen einen hasserfüllten Blick zu.

»Sein Trank. Hast du davon getrunken?«

»Nein«, sagt Topaz. »Nicht, soweit ich mich erinnere.«

Beinahe zu spät fällt Martin sein Telefon ein. Jay Jay ist nicht im Büro, aber ein junger Mann hält die Stellung. Martins Telefon liegt auf dem Schreibtisch und wartet auf ihn. Auch sein Autoschlüssel ist abgegeben worden und liegt neben dem Telefon. Was hat er sonst noch vergessen?

»Topaz, die Antragsunterlagen. Können wir sie mitnehmen?«

»Willst du das wirklich jetzt erledigen?«

»Ja.«

Sie antwortet mit einem bösen Lächeln. »Na klar. Zahlen wir es den Schweinen heim.«

Auf der Fahrt nach Port Silver schweigen sie. Erst als sie sich dem Wohnwagenpark nähern und wieder im Bereich des Mobilfunknetzes sind, fängt Martins Telefon an zu zittern und zu zirpen. Er biegt links ab in die Zufahrt zu Hartigan's, kurz bevor die Straße die Brücke erreicht. Mandy hat ihn mit einem Hagel von Textnachrichten eingedeckt. Die ersten sind ermutigend. *Sei vorsichtig. Ein Glück, dass ich dich habe.* Dann sind es Routinenachrichten: *Stehe in der Küche. Wann kommst du?* und *Esse jetzt. Lasse dir was übrig.* Bald klingt es besorgt: *Alles okay?* und *Gehe ins Bett. Bitte sag mir, dass du okay bist.* Eine Nachricht ist von Montifore; er hat sie am Morgen abgeschickt: *Gibt es Fortschritte?* Dann noch eine: *Wo sind Sie? Müssen reden.* Und schließlich noch einmal Mandy: *Verdammt, wo bist du? Polizei kommt.*

»Scheiße«, sagt Martin. Die Polizei. Die Einfahrt zum Wohnwagenpark ist gleich hier, auf der anderen Seite der Dunes Road. »Es dauert nur eine Minute«, sagt er zu Topaz.

Mandy wartet. Sie steht vor dem Bungalow und hält ihr Telefon umklammert, als wollte sie ihn zurücklocken.

Er hält neben ihr.

Sie schaut bang, und ihre Stimme zittert. »Wo bist du gewesen?«

»Ist eine lange Geschichte. Was ist passiert?«

»Die Polizei kommt. Man will mich noch einmal vernehmen.« Sie sieht mitgenommen aus, als hätte sie ebenfalls eine ausschweifende Nacht hinter sich.

»Warum?«

»Ich habe keine Ahnung.«

»Weiß Winifred es?«

»Nein. Sie wartet auf dem Polizeirevier auf mich.«

»Warum bist du nicht hingefahren?«

»Das soll ich nicht, haben sie gesagt. Ich habe auf dich gewartet.« Ihr Blick geht zu seinem Auto und zu Topaz auf dem Vordersitz.

»Wo ist Liam?«, fragt Martin.

»In der Tagesstätte. Ich habe ihn heute Morgen hingebracht. Dann hat die Polizei angerufen, weil sie mich gesucht hat. Da bin ich wieder hergekommen.« Sie lächelt matt und lässt es dann. »Ich wollte dich sehen. Ich habe mir Sorgen gemacht.«

»Mir geht's gut.«

Ihr Blick wandert wieder zu Topaz im Auto. »Hast du mit ihr geschlafen?«

Martin spürt die Panik in seiner Magengrube. »Nein. So ist es nicht.«

Aber sie sieht seinen ausweichenden Blick. Er lügt. Sie schlägt ihn mit aller Kraft auf die blau-grüne Wange, sagt nichts, starrt ihn nur durchdringend an, und ihr Blick ist schmerzhafter als jede Beschimpfung.

Die Anspannung wird unterbrochen von der Polizei. Wie ein Hai gleitet der Streifenwagen heran. Mandy geht wortlos darauf zu. Sie hat eine Reisetasche dabei. Der Anblick erschreckt Martin. Womit rechnet sie? Was weiß sie? Er will ihr nachlaufen und sie beruhigen, aber er steht da wie angewurzelt. Mandy steigt ein, der Polizeiwagen fährt ab, und Martin steht immer noch da.

Winifred Barbicombe geht nicht ans Telefon, Martin hinterlässt eine gestammelte Nachricht, fragt, warum die Polizei Mandy vernehmen will und ob er helfen kann. Als er Nick Poulos anruft, lässt der das Telefon klingeln und klingeln und meldet sich, gerade als Martin aufgeben will.

»Martin, was gibt's?«

»Sie haben Mandy verhaftet.«

»Verhaftet? Sind Sie sicher?«

»Na, dann eben festgenommen. Sie sind eben zum Wohnwagenpark gekommen und haben sie zur Vernehmung mitgenommen. Sie durfte nicht selbst fahren.«

Poulos schweigt einen Moment. »Überlassen Sie das mir«, sagt er dann. »Mal seh'n, was ich rausfinden kann. Was ist mit Ihnen? Wollten die auch mit Ihnen sprechen?«

»Nein. Sie haben mich ignoriert.«

»Das ist gut«, sagt Nick. »Ich rufe zurück, sowie ich mehr weiß.«

Widerstrebend steigt Martin wieder ins Auto. Er will bei Mandy auf dem Revier sein und herausfinden, was los ist. Eine Fahrt zum Longton Hospital ist das Letzte, worauf er Lust hat, aber im Flur eines Polizeireviers zu warten, womöglich stundenlang, nutzt niemandem. Er startet den Motor und macht sich auf den Weg zum Krankenhaus.

Unterwegs schweigt Topaz. Sie hat abwechselnd die Augen geschlossen oder sie starrt aus dem Seitenfenster. Martin konzentriert sich auf die Straße. Er weiß, er darf jetzt keinen Fehler machen; wahrscheinlich sollte er nicht Auto fahren. Das Letzte, was er gebrauchen kann, ist Johnson Pear, der ihn einen Alkoholtest machen lässt. Oder eine Blutprobe anordnet.

Das Longton Hospital besteht aus zwei Teilen. Das ursprüngliche Gebäude aus Holz und Ziegelsteinen, das irgendwann Anfang des zwanzigsten Jahrhunderts errichtet wurde, wird heute überschattet von einem zweigeschossigen Bau von betonschwerer Funktionalität. Einer Tafel ist zu entnehmen, dass Verwaltung, Physiotherapie und Ambulanz im älteren Teil untergebracht sind, während Unfallklinik, Notaufnahme und allgemeinmedizinische Stationen im Neubau zu finden sind. Im Wartezimmer der Unfallklinik ist es ziemlich ruhig; ein rotblonder Junge mit geröteten Augen, den verletzten Arm in einer provisorischen Schlinge, sitzt neben seiner Mutter, und ein älterer Asiate ist drei Stühle weiter eingeschlafen. Die Aufnahmeschwester wirft einen skeptischen Blick auf Martin und Topaz, bevor sie ihre Daten notiert und sie auffordert, Platz zu nehmen. Martin lässt sich neben Topaz auf einen Plastikstuhl fallen und wirft einen flüchtigen Blick auf die Zeitschriften, die herumliegen. *Woman's Day, Women's Weekly, New Idea, Who.* Royalty, die britische und die aus Hollywood, Babys, die unterwegs sind, Scheidungen, die bevorstehen, Affären, von denen man munkelt. Er sehnt sich kurz nach einem Leben, das so langweilig ist, dass der Babybauch einer Prominenten sein Interesse wecken könnte. Topaz starrt noch immer abwechselnd in mittlere Ferne und schließt minutenlang die Augen. Sie runzelt die Stirn, und Martin weiß nicht, ob sie Schmerzen hat. Irgendwann fragt er an der Anmeldung, wie lange es noch dauert. Die Schwester sagt, er sei der Vierte, aber das könne sich ändern. Er lechzt nach einer Zeitung und einem Kaffee und riskiert, wegzugehen. Vorher sagt er der Schwester, er sei gleich wieder da. Die Ärzte sollten sich zuerst um Topaz kümmern. Wieder wandert die Augenbraue hoch.

Als Martin mit zwei Bechern Kaffee, zwei Doughnuts und einem *Sydney Morning Herald* zurückkommt, sitzt Topaz immer noch da. Mit einem Dankeschön nimmt sie Kaffee und Gebäck.

»Alles okay?«, fragt Martin.

»Nein, eher nicht.«

Martin weiß nicht, was er darauf sagen soll. Zumindest schmecken Kaffee und Doughnut, vor allem der Zuckerguss, und es tut gut, etwas in den Magen zu bekommen. Zum ersten Mal an diesem Tag fühlt er sich wieder ein wenig wie ein Mensch.

Eine Assistenzärztin mit einem Gesicht aus Indien und einem Akzent aus Parramatta, ruft ihn vor Topaz herein und führt ihn in ein kleines Untersuchungszimmer. »Wann ist das passiert?«, fragt sie und betrachtet sein Auge.

»Vorgestern. Es wird schon besser.«

»Darf ich mal?« Sie untersucht ihn kurz und zieht das Augenlid behutsam hoch. Sie hat eine kleine Taschenlampe und ein Vergrößerungsglas. »Wie können Sie sehen?«

»Gut. Ohne Probleme.«

Sie sieht ihn verwirrt an. »Warum sind Sie dann hier?«

»Nicht wegen des Auges.« Er schildert die Party, erwähnt die Möglichkeit, dass er ungeschützten Sex mit mehreren Partnern hatte.

»Das ist eine *Möglichkeit*?« Blitzt da ein Lächeln durch ihre professionelle Fassade?

»Ich bin nicht sicher.«

Ihre Professionalität gewinnt wieder die Oberhand, aber das Lächeln funkelt weiter in ihrem Blick. »Und warum haben Sie es so eilig, damit zu mir zu kommen?«

»Ich habe eine Freundin«, sagt er beschämt. »Sie war nicht dabei.«

Der Blick ist nicht mehr amüsiert, aber Martin hat nicht den Eindruck, dass sie ihn verurteilt. »Das ist sehr vernünftig von Ihnen. Rücksichtsvoll.« Sie verschreibt ihm ein Sortiment von Medikamenten und rät ihm, eine Woche lang keinen ungeschützten Sex zu haben. Er bittet um Schmerztabletten, möglichst starke. Sie verschreibt ihm niedrig dosierte Kodeintabletten.

»Noch etwas«, sagt er. »Ich habe das Gefühl, man hat mir etwas Illegales verabreicht. Irgendeine Droge. Können Sie einen Bluttest machen?«

Die Ärztin runzelt die Stirn. »Ich kann Ihnen Blut abnehmen, bin mir aber nicht sicher, ob unsere Pathologie für so etwas eingerichtet ist.«

»Könnten Sie mir trotzdem etwas abnehmen? Vielleicht finden sie ja was.«

Die Ärztin zuckt die Achseln. »Wahrscheinlich ist es keine schlechte Idee. Wir könnten Ihre Leberfunktion überprüfen.«

Als er fertig ist, wartet Topaz immer noch.

»Ich muss zur Apotheke«, sagt er. »Bin gleich wieder da.«

»Schon okay, du brauchst nicht auf mich zu warten. Ich besuche Royce, wenn ich hier fertig bin.«

»Bist du sicher?«

»Ja. Es gibt einen Bus nach Port Silver. Oder ich spendiere mir hier ein Motelzimmer.«

»Okay. Und das Antragsformular für das Visum – kann ich das der Polizei geben?«

Ihr Blick wird hart. »Ja. Tu das. Scheiß auf die Typen.«

Die Sonne brennt und bringt die Stadt zum Glühen.

Martin findet einen Drugstore, aber der Apotheker ist für ein paar Minuten außer Haus. Sie nehmen sein Rezept an und sagen, er soll in einer halben Stunde zurückkommen. Herrgott, in einer halben Stunde. Er versucht, Nick anzurufen, aber die Verbindung wird unterbrochen. Er fragt sich, warum, als eine Textnachricht ankommt. *Ich arbeite dran. Melde mich bald.* Martin schreibt eine Nachricht an Montifore: *Habe das Antragsformular. Bin gleich da.*

Er sieht sich um. Was kann er tun? Was um alles in der Welt kann er tun? Er setzt sich in den Schatten. Alles geht schief. Vielleicht liegt es an den Drogen, vielleicht auch an ihm. Mandy ist in Schwierigkeiten, aber er hat keine Ahnung, welche es sein könnten. Ausgerechnet, wenn sie ihn braucht, sitzt er hier in Longton fest und wartet auf seine Medikamente. Er holt das Formular heraus, studiert es. Der Sponsor ist nicht Tyson St Clair, sondern jemand, von dem er noch nie gehört hat. John

Prentice. Die Adresse, oben am Argyle, legt nahe, dass Prentice Farmer ist.

Martin versucht, sich an die vergangene Nacht zu erinnern, aber ohne Erfolg. Er fürchtet, dass das so bleiben wird. Es sind immer die gleichen Splitter: Erinnerungen an das Tanzen, Schwimmen und daran, dass er sich sehr gut gefühlt hat. Und dann ist da ein Loch, und nichts kann es füllen, nur seine blühende Phantasie. Er denkt an heute Morgen und daran, wie übel ihm war. Nur Topaz, ihm und Garth McGrath. Sonst niemandem. Was also ist passiert? Hatte es jemand auf ihn, Topaz und Garth abgesehen? Und wenn ja, warum?

Er sieht auf sein Telefon. Immer noch fünfundzwanzig Minuten. Ihm kommt eine Idee.

In der Stadtbücherei von Longton geht er geradewegs zu den Computern, die Zugang zum digitalen Pressearchiv bieten. Auf einen Monitor zu starren ist zwar das Letzte, wozu er Lust hat, aber er gibt »Jay Jay Hayes« ein, setzt das Datum um vierzig Jahre zurück und klickt auf »Suchen«. Der erste Treffer ist siebenunddreißig Jahre alt, ein Foto, das ein Trio zeigt, drei Frauen, die stolz mit ihren Surfboards dastehen. Jay Jay ist die Jüngste, gerade dreizehn, aber schon in der Mitte, flankiert von den beiden anderen. Der Text, eher eine Bildunterschrift, nennt die Namen der drei und berichtet, dass sie den lokalen Surf-Wettbewerb gewonnen haben. Im Jahr darauf gewinnt Jay Jay die Regionalmeisterschaft und erreicht die letzte Vorrunde in der Landesmeisterschaft. Danach kommt viel mehr: Jay Jay, die auf den Wellen reitet, Jay Jay, die schüchtern in die Kamera lächelt, Jay Jay im Bikini und mit mehr Selbstvertrauen, wie sie in den Reihen der Amateure aufsteigt und mit achtzehn zum Profisport wechselt. Alles so verheißungsvoll. Aus lokalen Lobeshymnen werden nüchterne Telexe von fernen Gestaden: Südafrika, Kalifornien, Chile, Hawaii. Eine Welttournee. Dann verblasst der Ruhm und klingt vor ungefähr fünfundzwanzig Jahren aus. Schließlich ist Jay Jay weg. Martin rechnet nach. Sie müsste fünfundzwanzig oder sechsundzwanzig Jahre alt gewesen sein. Keine Berichte über ein Karriereende, keine Meldungen von Verletzungen. Sie ist einfach weg. Er lehnt sich zurück. Sie hat das Surfen aufgegeben, wenigstens auf internationaler Ebene. Dafür kann es alle möglichen Gründe gegeben haben: Verletzungen, Ehe, vielleicht auch Kinder. Oder den alltäglichsten aller Gründe: Sie war nicht gut genug. Martin weiß, dass im Surfsport wie in den meisten Sportarten eine Menge Geld zu verdienen ist, aber nur für eine kleine Elite, die die lukrativsten Werbeverträge abschließt. Für die weniger Erfolgreichen versiegen die Preisgelder ziemlich schnell und Werbeauftritte werden in Naturalien bezahlt, mit Surfbrettern und Wetsuits und Strandkleidung, nicht mit dem Geld, das man braucht, um Flugtickets und Hotelzimmer und Restaurants zu bezahlen. Das gilt für heute. Vor fünfundzwanzig Jahren dürften die Frauen im Sport praktisch nichts verdient haben. Er überlegt und kommt zu dem Schluss, dass da nichts Wichtiges zu erkennen ist. Sie war eine vielversprechende Amateurin, sie wurde Profi, sie gab ihr Bestes, und dann war es vorbei.

Martin verschiebt die Daten für die Suche nach vorn. Nichts. Jahrelang nichts, jahrzehntelang nichts. Und dann, vor sieben Jahren, ein Nachruf. Ihr Vater. Gestorben mit dreiundachtzig Jahren. Seine Frau ist zwanzig Jahre zuvor verstorben, und die einzige Hinterbliebene ist seine Tochter Jennifer »Jay Jay« Hayes, die ehemalige Surfmeisterin. Ist sie dann nach Port Silver zurückgekommen? Zu seiner Beerdigung, und um die alte Milchfarm zu erben? Oder ist sie schon früher heimgekehrt, um ihn in seinen letzten Jahren zu versorgen? Martin denkt an Hummingbird Beach. Spuren der Milchfarm gibt es wenige.

Vielleicht hatte ihr Dad schon lange vor seinem Tod alles weg-gegeben und seinen Ruhestand im alten Farmhaus verbracht. Es gäbe schlechtere Orte.

Martin setzt die Suche fort, schiebt die Daten immer weiter nach vorn und erwartet nicht mehr viel. Die nächste Story trifft ihn wie ein Schlag, eine Titelzeile auf Seite eins. SURF-CHAM-PION VON HAI ANGEGRIFFEN. Zum ersten Mal an diesem Tag ist Martin wirklich wach. Adrenalin schießt durch seine Adern und durchschneidet seine Kopfschmerzen und seinen stumpfen Verstand. Er liest.

Die frühere Profi-Surferin Jennifer »Jay Jay« Hayes wird im Coffs Harbour Base Hospital behandelt, nachdem sie einen Hai abgewehrt hat, der sie 20 km nördlich von Port Silver vor Hum-mingbird Point schwer verletzte.

Man nimmt an, dass Hayes in der Abenddämmerung allein auf ihrem Surfbrett unterwegs war, als ein großer Hai das Brett von unten rammte, bevor sie ihn abwehren konnte.

Einheimische berichten, dass in der Nähe des Unglücksschau-platzes in letzter Zeit etliche Bullenhaie gesichtet wurden.

Ms Hayes konnte sich zunächst auf einem Felsen in Sicherheit bringen, bevor sie noch ein paar hundert Meter weitertaumelte, um Alarm zu geben. Sie wurde mit dem Helikopter nach Coffs Harbour transportiert, wo man tiefe Bisswunden und großen Blutverlust feststellte.

Nach Auskunft der Rettungssanitäter hat sie extrem viel Glück gehabt, weil keine großen Arterien durchtrennt waren. »Es ist wirklich äußerst bemerkenswert, dass sie den Hai abwehren konnte und danach noch die Geistesgegenwart hatte, Hilfe zu rufen.«

Ms Hayes war vor zwei Jahrzehnten eine prominente …

Martin lächelt grimmig. Jetzt hat er die Erklärung für das rote Mal, das er auf dem Hintern der Frau gesehen hat, als sie sich mit dem Swami vergnügte. Der hat sie nicht versohlt, es waren die Narben von den Haifischbissen. Und das erklärt auch, warum sie darauf besteht, selbst im März, wenn das Wasser am wärmsten ist, einen Wetsuit zu tragen. Nicht nur zum Schutz vor der Sonne, sondern auch, um ihre Verletzungen zu verbergen.

Martin will weiter suchen, da klingelt sein Telefon. Es ist Nick Poulos. »Mate, ich bin bei Inspector Montifore. Sie sollten schleunigst herkommen.«

ZWANZIG Als Martin das Polizeirevier in Port Silver betritt, ist Nick Poulos nirgends zu entdecken, aber Ivan Lucic sitzt da und grinst, als er Martin sieht. »Da lang«, sagt er.

»Was ist passiert?«, fragt Martin. »Wo ist Mandy?«

»Ganz ruhig. Das werden Sie gleich sehen.«

Aber Martin ist nicht ruhig. Lucic hat die Situation im Griff, selbstbewusst und boshaft. Martin hat das Gefühl, in eine Falle zu laufen. Er schüttelt den Kopf, um die Paranoia loszuwerden. Er ist auf einem Polizeirevier, Herrgott. Er braucht einen klaren Kopf, er muss sich vorsehen und nachdenken, bevor er redet. Er bereut, dass er es mit den Schmerztabletten aus der Apotheke in Longton so eilig hatte.

Lucic führt ihn in einen Vernehmungsraum, der aussieht wie in einem billigen Fernsehkrimi. Ein Tisch mit Kunststoffplatte, alte Bürostühle, Betonfußboden, Backsteinwände. Sauber. Es riecht nach Desinfektionsmitteln, als wären hier schreckliche Dinge passiert, die eine gründliche Reinigung erforderten. Aber kühl ist es. Wenigstens das.

Martin setzt sich, legt den Kopf in die Hände, schließt die Augen und versucht, sich zu sammeln. Da kommt etwas auf ihn zu, das spürt er, und es ist schlimmer als Kopfschmerzen. Er sitzt in einem polizeilichen Vernehmungsraum, und er weiß nicht, warum.

Die junge Polizistin kommt herein. Sie bringt ihre Videokamera mit. Martin sieht sich um. Es ist derselbe Vernehmungsraum wie am Montag, als Johnson Pear ihn befragt hat. Warum ist ihm das nicht aufgefallen? Gott, er ist nicht vorbereitet. Die Polizistin macht sich an der Kamera zu schaffen; sie befestigt sie auf einem Stativ, stöpselt ein Kabel ein, das zu dem auf dem Tisch montierten Mikrophon führt, kontrolliert, ob alles einsatzbereit ist. Sie würdigt Martin keines Blickes. Dann geht sie.

Ein paar Minuten später kommt Montifore herein, gefolgt von Lucic und der Polizistin. Montifore sieht ihn flüchtig und ernst an, beschäftigt sich dann mit einer Akte. Lucic hingegen starrt Martin nur grinsend an. Wenn das einschüchternd wirken soll, funktioniert es. »Aufzeichnung läuft«, verkündet die Polizistin, aber Montifore befasst sich weiter mit seiner Akte. Lucic grinst, als wollte er einen Rekord aufstellen.

Die Tür geht auf. Nick Poulos.

»Was ist los, Nick?«

Sein Anwalt verzieht das Gesicht. »Die Polizei hat ein paar Fragen an Sie.« Er wirft einen Blick zu Montifore, bevor er Martin wieder ansieht. »Es ist wichtig, dass Sie absolut ehrlich antworten.«

Martin starrt ihn ungläubig an. Auf wessen Seite steht dieser Kerl?

Poulos setzt sich neben ihn und legt ihm die Hand auf die Schulter, als wolle er Martin seiner Loyalität versichern.

»Fangen wir an«, sagt Montifore und schaut zur Polizistin. »Constable?«

»Die Aufzeichnung läuft, Sir.«

Montifore spult die Formalitäten ab: die Tageszeit, die Namen der Anwesenden. Dann macht er eine Pause, als wolle er seine Gedanken sammeln. Oder den Druck steigern.

»Martin, ich möchte Sie bitten, sich noch einmal an Ihre Ankunft in Port Silver vor vier Tagen zu erinnern. Sie haben zu Protokoll gegeben, dass Sie morgens gegen elf Uhr in das von Mandalay Susan Blonde gemietete Townhouse kamen. Sie haben ausgesagt, dass Jasper Speight schon tot war, als Sie eintrafen. Bitte denken Sie noch einmal gründlich nach. Gibt es an dieser Aussage irgendetwas, das Sie revidieren möchten? Etwas, das Sie ändern würden? Oder ergänzen?«

Martin sieht Poulos an, aber der zieht nur die Brauen hoch, was immer das bedeuten mag. »Nein«, sagt Martin. »Nichts.« Worauf will der Detective hinaus?

»Verstehe«, sagt Montifore. »Aber für das Protokoll – hätten Sie etwas dagegen, noch einmal zu wiederholen, was vom Zeitpunkt Ihrer Ankunft im Townhouse bis zur Ankunft der Polizei geschehen ist?«

Nick Poulos schaltet sich ein. »Moment. Er hat seine Aussage zu Protokoll gegeben und erklärt, dass er daran nichts ändern oder ergänzen will. Das sollte reichen.«

Montifore sieht Poulos an und lässt sich seine Worte durch den Kopf gehen. »Okay«, sagt er dann. »Mr. Scarsden, in Ihrer Aussage haben Sie erklärt, dass Sie, nachdem Sie Jasper Speights Leichnam entdeckt und sich vergewissert hatten, dass er tot war, Mandalay Blonde im Wohnzimmer sitzen sahen, nur ein paar Meter entfernt und mit blutbedeckten Händen. Entspricht das immer noch Ihrer Erinnerung?«

»Ja. Sie hatte Blut an den Händen. Ich würde nicht ›blutbedeckt‹ sagen. Das ist Ihr Ausdruck.«

»Danke«, sagt Montifore. »Und Sie sind nicht zu ihr gegangen? Sie haben den Notruf gewählt und auf Polizei und Rettungswagen gewartet, ohne sich zu bewegen?«

Martin sieht Poulos an, aber der reagiert nicht. Warum geht Montifore das alles noch einmal durch? »Das ist korrekt«, sagt er. »Ich glaube, sie hatte einen Schock. Ich glaube, ich auch.«

»Sie sagen, Jasper Speight war tot. Sie haben seinen Puls gefühlt. War irgendetwas von der Mordwaffe zu sehen?«

»Nein. Ich habe nicht danach gesucht, aber – nein, ich habe nichts gesehen.«

»Konnten Sie von da, wo Sie standen, Ms Blonde sehen?«

»Ja.«

»Und war sie von dem Augenblick an, wo Sie das Haus betraten, bis zum Eintreffen von Rettungswagen und Polizei irgendwann für Sie nicht zu sehen?«

»Nein. Sie saß nur da. Fast wie in Trance. Wie gesagt, sie hatte einen Schock.«

»Sie haben ausgesagt, dass Sie auf dem Boden gesessen haben. Sind Sie dort geblieben, bis Polizei und Rettungswagen kamen?«

Martin versucht, sich zu erinnern. »Die meiste Zeit. Aber ich bin wohl aufgestanden, als ich die Sirenen draußen hörte. Als die Polizei hereinkam, stand ich.«

»Da sind Sie sicher?«

»Ja.«

»Und haben Sie sich, als Sie standen, noch einmal zu Mandalay Blonde umgesehen?«

»Ganz bestimmt. Anders kann ich es mir nicht vorstellen. Ich war besorgt um sie.«

»Aber mit absoluter Sicherheit können Sie es nicht behaupten?«

Martin schließt die Augen. Mandy auf der Couch mit blutigen Händen, das ist ein Bild, das sich in sein Gedächtnis eingebrannt hat. Aber aus welchem Blickwinkel hat er sie gesehen? Auf dem Boden sitzend oder stehend? Irgendwie stimmt beides. Er schüttelt den Kopf. »Ich kann es nicht mit hundertprozentiger Sicherheit sagen. Aber es wäre bizarr, wenn ich sie nicht angesehen hätte. Und ich würde mich hundertprozentig erinnern, wenn sie von der Couch aufgestanden wäre. Warum?«

Montifore nickt, als habe er verstanden. »In Ordnung, Martin. Vom Boden aus, wo Sie Ms Blonde mit absoluter Sicherheit sehen konnten, haben Sie da auch gesehen, ob etwas neben ihr auf dem Sofa lag?«

Martin denkt nach und zuckt dann die Achseln. »Ich kann mich nicht erinnern, dass ich da etwas gesehen hätte. Jedenfalls nichts Wichtiges.«

»Kissen?«

»Was?«

»Lagen Kissen auf dem Sofa?«

Martin blinzelt. Dann durchzuckt ihn eine Erinnerung: etwas Weißes auf dem Sofa, ein Kontrast zu ihren Händen, wie Blut im Schnee. »Ja, da waren zwei Kissen, eins in jeder Sofaecke.«

Nick Poulos regt sich neben ihm. Martin sieht ihn an. Der Anwalt lächelt.

»Und sonst nichts?«

Martin überlegt noch einmal. »Nein. Das ist alles.«

»Also keine Spur von der Waffe? Weder dort noch anderswo?«

Die Waffe. Das Messer. Geht es darum? »Nein. Keine Spur.«

»Und Sie haben nicht mit Ms Blonde gesprochen?«

»Nein.«

»Das ist merkwürdig, oder?«

Martin sieht ihm in die Augen, lässt ein wenig Ärger in seinen Ton einfließen. »Finden Sie? Haben Sie einen Leitfaden, wie man sich benehmen soll, wenn man einen blutigen Leichnam in der Wohnung seiner Freundin vorfindet?«

»Sie brauchen nicht aggressiv zu werden, Mr. Scarsden«, sagt Lucic und grinst immer noch.

»Ich habe seinen Puls gefühlt und die Polizei gerufen, wenige Sekunden, nachdem ich ihn gefunden habe. Wollen Sie mir sagen, dass das nicht richtig war? Wollen Sie das im Protokoll haben?«

Montifore verzieht das Gesicht, Lucic grinst unverdrossen, und Poulos legt besänftigend eine Hand auf Martins Knie.

»Machen wir weiter«, sagt Montifore und wirft einen Blick in seine Notizen. Wenn er ein bisschen Zeit verstreichen lassen will, damit die Anspannung im Raum sich legt, funktioniert das nicht. »Der Zeitschiene nach, die mir vorliegt, sind Sie und Mandalay Blonde am Dienstagnachmittag in das Townhouse zurückgekehrt, also am Tag nach dem Mord. Ist das korrekt?«

»Ja.«

»Und warum waren Sie da?«

»Wir wollten Mandys Sachen holen. Kleidung, Toilettenartikel, was weiß ich. Und was sie für ihren Sohn braucht, für Liam. Fläschchen und Mixer und Wolldecken. Das ist eine Menge Zeug.«

»Und haben Sie Ms Blonde bei dieser Gelegenheit aus den Augen verloren?«

»Ja. Ein paar Mal.«

»Sie können also nicht mit letzter Sicherheit sagen, was sie alles mitgenommen hat?«

Martin schüttelt den Kopf. Mein Gott, die sind immer noch mit dem Messer beschäftigt. »Nein, das kann ich nicht. Aber die Polizei war mehr als vierundzwanzig Stunden im Haus und hat alles gründlich abgesucht. Überall war Fingerabdruckpulver, auf jeder Fläche.«

»Sie sind also ein Fachmann für Forensik und polizeiliche Durchsuchungsmethoden?«, fragt Lucic spitz.

»Nein, aber die Polizei ist es ganz bestimmt. Oder möchte Sergeant Lucic die Kompetenz seiner Kollegen in Zweifel ziehen?« Martin schaut in die Kamera.

Montifore lächelt. »Okay, lassen Sie es gut sein, alle beide. Machen wir weiter.«

Wieder tritt eine Pause ein, während der Detective in seinen Akten blättert. Nick Poulos legt Martin eine Hand auf die Schulter, damit der ihn anschaut. Dann nickt er ermutigend. Martin atmet aus. Er darf sich von diesem Idioten Lucic nicht reizen lassen. Nicht, solange er so müde und verkatert ist.

»Okay«, sagt Montifore. »Die Sachen, die Sie aus dem Townhouse geholt haben, Mandalay Blondes Eigentum. Was haben Sie damit gemacht?«

»Wir haben einen Bungalow im Wohnwagenpark auf der anderen Seite des Flusses gemietet. Da haben wir alles hingebracht.«

»Alles? Nichts weggeworfen? Zur Müllkippe gebracht? Am Straßenrand in den Mülleimer geworfen?«

»Nicht, dass ich wüsste.«

»Und Sie haben Ms Blondes Wagen benutzt?«

»Und meinen. Beide Autos.«

»Wo war der Junge? Liam?«

»Bei uns.«

»Sind Sie sicher?«

»Natürlich. Der Kleine hält uns auf Trab.« Martin sieht, dass die Polizistin hinter der Kamera lächelt. »Wir haben ihn aus der Tagesstätte abgeholt, eine Stunde bevor wir zum Townhouse gefahren sind. Sie können dort nachfragen.«

»Und wie lange waren Sie im Townhouse?«

Martin zuckt die Achseln. »Fünfundvierzig Minuten. Eine Stunde. Ungefähr.«

»Vor Sonnenuntergang?«

»Ja. Lange vorher.«

»Und als Sie im Wohnwagenpark angekommen sind, wer hat da die Sachen aus den Autos geholt?«

»Wir beide.«

»Sie haben zusammengearbeitet?«

»Ja.«

»Aber die Sachen gehörten hauptsächlich Mandalay Blonde und ihrem Kind?«

»Ja.«

»Also haben Sie ausgeladen, während Ms Blonde ihre Sachen im Bungalow eingeräumt hat?«

»Ich würde sagen, ja. Zum größten Teil.«

»Verstehe.« Montifore klingt entspannt. »Und am Nachmittag sind Sie und Mandalay Blonde mit dem Kleinen am Fluss spazieren gegangen, haben sich den Sonnenuntergang angesehen und dann in Ihrem Bungalow zu Abend gegessen.«

»Nein.«

»Wie bitte? Nein?« Montifore tut überrascht.

»Nein.«

»Wo waren Sie beide dann?«

Martin sieht Nick Poulos an, der jeden Blickkontakt vermeidet. Dann wendet er sich wieder Montifore zu. Lucic grinst nicht mehr, sondern schaut ihn durchdringend an. Die Polizistin hinter der Kamera scheint nicht mehr zu atmen. Martin spürt, dass dies ein Wendepunkt in der Vernehmung ist. Er weiß nicht, was er sagen und wie er Mandy helfen soll. Also sagt er die Wahrheit.

»Ich bin zu meinem Onkel weiter oben am Fluss. Zum Essen. Ich war gegen sieben bei ihm, oder ein bisschen später.«

»Vor Sonnenuntergang?«

»Ja, vielleicht eine Viertelstunde früher.«

»Und zurückgekommen sind Sie wann?«

»Weiß ich nicht. Vielleicht um elf, vielleicht auch später.«

»Wie heißt Ihr Onkel?«

»Vern Jones. Vernon, nehme ich an.«

»Und Ihr Onkel kann die Zeitangaben bestätigen?«

»Ja. Und seine Frau. Und ein Haufen Kinder. Mein Onkel und sein Sohn haben mich mit ihrem Boot zurückgebracht.«

»Warum?«

»Weil ich was getrunken hatte und nicht mehr fahren wollte.«

»Und Ihr Onkel? Der trinkt nicht?« In Montifores Blick liegt ein heiteres Funkeln.

»Sein Sohn hat das Boot gesteuert.«

Montifore lächelt, aber Lucic ist todernst, als er die nächste Frage stellt. »Nur fürs Protokoll, und damit das klar ist: Am Abend des Tages, nachdem Jasper Speight ermordet wurde und vor den Augen Ihrer Partnerin gestorben ist, sind Sie, statt bei ihr zu bleiben, zu Ihrem Onkel gefahren und haben sich betrunken?«

»So ist es«, sagt Martin.

Montifore sieht enttäuscht aus, aber Martin weiß nicht, ob von ihm oder von seinem Sergeant. »Danke für Ihre Unterstützung, Mr. Scarsden. Sie können gehen.« Er schaut in die Kamera und erklärt die Vernehmung für beendet.

»Moment noch«, sagt Martin. »Ich habe etwas für Sie.« Er zieht Topaz' Verlängerungsantrag aus der Tasche und reicht ihn Montifore. »Noch vor ein paar Stunden konnten Sie es kaum erwarten, den in die Hände zu kriegen.«

Montifore faltet das Formular auseinander und überfliegt es kurz. »Danke, Martin. Ich verspreche Ihnen, man wird die Sache mit der Aufmerksamkeit behandeln, die sie verdient.« Sein Blick ist aufrichtig, aber man hört Ironie in seinem Ton.

Martin wartet, bis er und Nick Poulos das Revier verlassen haben und die Treppe hinuntergegangen sind, bevor er sich seinem Anwalt zuwendet. »Was zum Teufel sollte das?«

»Lassen Sie uns einen Kaffee trinken«, sagt Poulos in versöhnlichem Ton.

»Nein, das tun wir nicht. Erklären Sie mir, was da gerade passiert ist. Und erklären Sie mir, warum Sie mir nicht geholfen haben.« Martin bremst seinen ausgestreckten Zeigefinger wenige Millimeter vor Poulos' Brust ab.

Nick hebt die Hände. »Die haben versucht, Ihnen eine Falle zu stellen, wollten sehen, ob Sie lügen.«

»Was heißt das?«

»Es gibt einen Zeugen, der gesehen haben will, wie Mandalay im Wohnwagenpark am Dienstag bei Sonnenuntergang etwas in den Fluss geworfen hat, als Sie bei Ihrem Onkel waren. Die Polizei meint, es muss das Messer gewesen sein. Polizeitaucher aus Sydney sind unterwegs hierher.«

Martin bleibt stehen und starrt Nick an, während seine Gedanken bereits auf Hochtouren unterwegs sind.

»Da ist noch etwas«, sagt Nick. »Wegen der Käsefabrik.«

Aber Martin rennt bereits los. »Erzählen Sie mir das später. Ich melde mich!«, ruft er über die Schulter.

Auf dem Boulevarde staut sich der Verkehr. Martin möchte am liebsten alle Leute anbrüllen, die da durch ihren Alltag schlafwandeln. Schließlich erreicht er den Wohnwagenpark.

Vor der Rezeption fährt er nach rechts in den für Dauergäste reservierten Bereich. Er kommt an einer Hecke vorbei und erreicht eine kleine, abgeschirmte Welt aus Cottages, die mit Faserzementplatten verkleidet sind – ursprünglich alle gleich, aber inzwischen von ihren Bewohnern individuell gestaltet. Es ist wie ein Miniaturdorf: Die Straßen sind zu Fahrradwegen geschrumpft, die Häuser so groß wie geräumige Hundehütten, das Leben der Bewohner auf Bonsai-Maßstab reduziert. Aber es gibt Leben hier. Zwei junge Mütter stehen da, rauchen und plaudern miteinander. Ihre Kinder liegen in billigen Kinderwagen. Ein tätowierter Typ in einem blauen Unterhemd taucht immer wieder tief in die Eingeweide seines aufgemotzten Autos, und auf einer kleinen Wiese spielt eine Gruppe älterer Männer Boule. Martin parkt seinen Corolla. Das alte Auto passt gut zwischen diese billigen Behausungen. Er geht hinüber zu den Männern und fragt nach dem Weg.

Clyde Mackie jätet auf seiner winzigen Veranda das Unkraut zwischen den Topfblumen. Ein Radio murmelt vor sich hin; es klingt nach Pferderennen. »Martin?«, fragt er. »Was gibt's?« Er spürt offenbar, dass es etwas Dringendes ist.

»Können wir uns unterhalten, Clyde?«

»Natürlich. Komm rauf.«

Martin steigt die Stufen zu der Veranda hinauf. Hier ist gerade genug Platz für zwei Stühle und einen kleinen Tisch. Mackie schaltet das Radio aus. »Willst du was? Tee, Kaffee? Was zu essen?«

Das Wort Essen löst Hunger aus; sein Körper will mehr als Hummingbird-Toast und ein Longton-Doughnut. »Wasser. Ein Glas Wasser wäre gut. Ja, und was zu beißen, wenn's geht.«

»Kommt sofort.« Clyde zieht die Gartenhandschuhe aus und verschwindet in seinem Häuschen. Kurze Zeit später kommt er mit zwei Gläsern Wasser und einem Weißbrotsandwich mit Lunchmeat und Tomatensauce wieder heraus. »Setz dich, Martin. Hier ist kein Platz zum Hin- und Herlaufen.«

Martin setzt sich, trinkt einen Schluck Wasser und fackelt nicht lange. »Clyde, wie oft gehst du mit Brian zum Angeln unten an den Anleger?«

»Fast jeden Tag, wenn das Wetter gut ist«, antwortet der alte Polizist mit klugem Blick.

»Und du angelst immer bei Sonnenuntergang?«

»Das sind wir so gewohnt.«

»Weißt du noch, ob du am Dienstag angeln warst?«

»Ich glaube, ich war diese Woche jeden Tag da.« Mackie versucht, sich zu erinnern. »Vielleicht einen Tag mal nicht. Montag, glaube ich. Aber das ist schwer zu sagen. Die Tage fließen irgendwie ineinander.«

Martin beißt sich auf die Unterlippe. »Clyde, es ist wichtig. Können wir Brian fragen?«

Der alte Polizist will antworten, da geht ihm ein Licht auf. »Moment mal. Dienstag, sagst du? War da nicht Cricket? Das Ein-Tages-Länderspiel?«

Martin sieht Clyde an, blinzelt und lächelt. »Mal nachsehen.« Er nimmt sein Handy aus der Tasche, sucht kurz und stellt fest, dass Australien tatsächlich am Dienstag gespielt hat. »Ja. Am Dienstagabend war Cricket.«

»Na, dann waren wir da. Wir hatten das Radio laufen, ungefähr ab halb sieben, sieben, bis es zu dunkel war zum Angeln. Das Spiel war der Hammer. Das Ende haben wir dann im Gemeinschaftssaal gesehen, so gegen zehn, halb elf.«

Martin spürt ein Lächeln nahen, aber er ist noch nicht fertig.

»Ihr wart also von halb sieben, sieben bis ungefähr eine Stunde nach Sonnenuntergang unten am Anleger?«

»Ja. Was ist los, Martin?«

»Habt Ihr sonst jemanden dort gesehen?«

»Ganz bestimmt. Um diese Uhrzeit gehen viele Leute an den Fluss.«

»Was ist mit meiner Freundin, Mandalay Blonde?«

»Nein, daran würde ich mich erinnern. Sie sieht ziemlich gut aus, weißt du.«

»Bist du sicher?«

»Natürlich. Wenn ich mich recht entsinne, wusste ich da noch nicht mal, dass ihr hier wohnt.«

»Du entsinnst dich recht, Clyde. Wir sind erst an dem Nachmittag hergezogen.« Das Lächeln hat sich durchgesetzt, aber er konzentriert sich weiter. Die Sache ist zu ernst. »Wenn Mandy bei Sonnenuntergang zum Fluss heruntergekommen wäre, hättet ihr sie übersehen können? Du weißt schon – zu sehr mit Angeln beschäftigt, dem Blick auf den Fluss, dem Cricketspiel?«

Mackie schüttelt den Kopf. »Nein, wenn sie da gewesen wäre, hätten wir sie gesehen.«

»Können wir Brian fragen?«

»Natürlich können wir das, mein Junge. Aber erst musst du mir sagen, was los ist.«

Also erzählt Martin ihm von dem geheimnisvollen Zeugen, der Mandy bezichtigt hat, am Dienstag kurz vor Sonnenuntergang etwas in den Fluss geworfen zu haben.

Mackie schüttelt den Kopf. »Das ist Quatsch. Ich bin sicher, wir hätten sie gesehen – oder sonst jemanden, der Beweismaterial ins Wasser wirft. Hast du eine Ahnung, wer dieser sogenannte Zeuge ist?«

»Nein.«

»Am Dienstag, sagst du. Wer wusste denn da, dass ihr hierher-gezogen seid?«

Martin sieht den Polizisten an, und seine Gedanken stieben in verschiedene Richtungen auseinander. Die Frage ist berechtigt; sie waren gerade erst angekommen.

»Komm, mein Junge, wir gehen Brian suchen.«

Brian Jinjerik ist vor seinem eigenen Cottage dabei, einen großen verzinkten Werkzeugkasten von der Ladefläche eines betagten Trucks zu wuchten. Martin hilft ihm.

»Danke, Mate«, sagt Brian. »Mein Rücken bringt mich noch um.«

»Sie haben gearbeitet?«

»Ja. Oben auf einem Dach, in der Hitze. Oberlicht kaputt. Kann ich irgendwie helfen?«

»Ja.«

Und er kann es wirklich. Er bestätigt die Erinnerung seines Freundes. Mandy war am Dienstag bei Sonnenuntergang nicht am Fluss.

Martin ruft Winifred an. Der Anruf landet in der Voicemail. Martin schluckt einen Fluch herunter und schreibt eine SMS in Großbuchstaben. *ZWEI ZEUGEN BESTÄTIGEN: MANDY DIENSTAG BEI SONNENUNTERGANG NICHT AM FLUSS.*

Keine zwei Minuten später meldet sich die Anwältin.

»Martin. Sind Sie sicher?«

»Ja, ich bin gerade bei ihnen. Zwei Bewohner des Wohn-wagenparks. Sie angeln jeden Tag bei Sonnenuntergang auf dem Anleger. Sie waren auch am Dienstag dort. Und sie schwören, sie hätten Mandy gesehen, wenn sie auch nur in die Nähe des Flusses gekommen wäre.«

»Sind die beiden zuverlässig?«

»Der eine ist ehemaliger Polizist. War jahrzehntelang im Dienst.«

Nach einer kurzen Pause fragt Winifred: »Kann ich mit dem Polizisten sprechen?«

Martin reicht das Telefon an Clyde Mackie weiter, und der berichtet der Anwältin. Seine Stimme ist plötzlich eine halbe Oktave tiefer und voll von einer im Gerichtssaal geschulten Autorität. Martin hört, wie er von der Übertragung des Cricketspiels berichtet und beschreibt, wo sie gesessen und was sie gesehen haben. Er versichert, dass er bereit ist, diese Aussage zu Protokoll zu geben.

Das Gespräch ist zu Ende. Mackies Augen glänzen. »Weißt du, was diese Anwältin mir erzählt hat? Dieser sogenannte Zeuge behauptet, deine Freundin hätte etwas – was immer es war, vermutlich die Mordwaffe – vom Anleger aus in den Fluss geworfen, nicht vom Ufer aus. Aber das ist ausgeschlossen. Wir haben die ganze Zeit auf dem Anleger gesessen.«

Martin spürt, wie ihm die Tränen kommen. »Danke, Clyde. Ich kann dir gar nicht sagen, wie dankbar ich dir bin.«

Mackie macht ein verlegenes Gesicht. »Ist schon gut, Junge. Ich tue dir ja keinen besonderen Gefallen. Ich sage nur die Wahrheit.«

»Wollen Sie ein Bier?«, fragt Brian Jinjerik. »Klingt, als hätten Sie in der Lotterie gewonnen.«

»Nein, danke. Ich muss noch ein paar Dinge erledigen.«

»Na, dann komm«, sagt Mackie zu Brian. »Bald geht die Sonne unter. Wir können ein Kaltes unten am Anleger trinken.«

Als Martin wieder im Auto sitzt, lässt ein Gedanke ihm keine Ruhe, etwas, dass Clyde Mackie gesagt hat: Am Dienstagnachmittag habe er noch nicht gewusst, dass Martin und Mandy in den Wohnwagenpark gezogen waren. Aber wer hat es gewusst? Winifred. Die Eigentümerin der Anlage. Wer noch? Nick? Aber der falsche Zeuge hat sich gerade erst gemeldet. Inzwischen dürften viele Leute mitbekommen haben, dass sie hier wohnen. Er schüttelt den Kopf. Dieser Gedanke führt nirgendwohin.

Sein Telefon klingelt. Nick Poulos.

»Nick?«

»Was ist passiert? Wieso ist Winifred so in Fahrt?«

Martin erzählt es ihm.

»Verdammt noch mal, das ist brillant«, sagt Nick. »Ein falscher Zeuge? Montifore wird ihn kreuzigen.«

»Hoffen wir's. Aber weiß er, wer es ist?«

»Keine Ahnung. Die Polizei sagt, es war ein anonymer Hinweis. Also weiß sie es wohl nicht. Aber es könnte auch ein Trick sein, mit dem die ihre Quelle schützen.«

»Jetzt nicht mehr. Nicht, wenn sie wissen, dass es Bullshit ist.«

»Sie lassen Taucher aus Sydney heraufkommen und wollen den Fluss absuchen.«

»Was? Warum? Warum sagen sie das jetzt nicht ab?«

»Überlegen Sie mal, Martin. Das Messer kann trotzdem da sein. Wenn jemand versucht, Mandy hereinzulegen, hat er es vielleicht auch selbst hineingeworfen, vom Ufer oder aus einem Boot, und hat dann den falschen Hinweis gegeben.«

»Könnte sie das zum Mörder führen?«

»Oder zu einem Komplizen. Wenn die Taucher das Messer finden. Und wenn sie herauskriegen, wer ihnen den Tipp gegeben hat.«

»Und was ist mit Mandy? Hat man sie gehen lassen?«

»Noch nicht. Aber es dürfte nicht mehr lange dauern.«

Martin schaut auf die Uhr. Scheiße. Liam.

»Nick, der Junge – unser Junge – er ist noch in der Kindertagesstätte.«

»Soll ich ihn abholen?«

»Würden Sie das tun?«

»Ich sage denen Bescheid. Man wird dort eine schriftliche Vollmacht von Mandy brauchen.«

Im Ernst?«

»Ja. Im Ernst. Warten Sie.« Martin hört, wie Nick mit jemandem redet. »Es ist okay«, sagt der Anwalt dann, »die Polizei lässt sie frei. Sie holt ihn selbst ab.«

»Kann ich mit ihr sprechen?« Martin hört gedämpfte Stimmen im Hintergrund.

Dann ist Nick wieder da. »Sorry, Mate, sie muss sich beeilen. Die Tagesstätte ist wahrscheinlich schon zu.«

Martin beendet das Gespräch und fährt zur Rezeption. Die Eigentümerin sitzt auf der Veranda und raucht ihre Pfeife. Martin steigt aus und geht zu ihr.

»Tag«, sagt er.

»Tag. Wie geht's Ihrer Frau?«

»Wie meinen Sie das?«

»Ich habe gesehen, wie die Polizei sie abgeholt hat.«

»Alles in Ordnung. Sie hat ihnen geholfen. Jetzt ist sie auf dem Rückweg.«

»Freut mich.«

»Hat die Polizei Ihnen erzählt, dass sie Taucher schickt, die den Fluss absuchen sollen?«

Die Eigentümerin runzelt die Stirn. »Woher wissen Sie das? Mir haben sie es erst vor fünf Minuten gesagt.«

»Na ja, wir sind bei den Ermittlungen behilflich.«

»Ist das wahr?«

»Ja«, lügt Martin. »Sagen Sie, dieser Fahrweg, ist das die einzige Zufahrt zum Park?«

»Soweit ich weiß, ja. Sie können mit dem Boot zum Anleger kommen oder zu Fuß am Fluss entlanggehen, aber mit dem Auto gibt es keinen anderen Weg.«

Martin nickt. »Ist Ihnen in den letzten Tagen jemand aufgefallen, der sich hier herumgetrieben hat? Abgesehen von Bewohnern oder Gästen?«

Sie schüttelt den Kopf. »Nein. Nur ein oder zwei Motorräder am Flussufer, aber das kommt vor.«

»Motorräder? Biker oder was?«

»Scheiße, nein. Kleine Idioten auf Geländemaschinen. Klangen wie eine Kreuzung aus Nähmaschine und Mixmaster.«

»Wann war das?«

»Gestern und vorgestern. Frühmorgens. Zu früh. Gibt ja auch Wanderer und Mountainbiker, aber die stören keinen.«

»Danke«, sagt Martin und nimmt sich vor, das Montifore zu erzählen. Wie heißt es immer, wenn die Polizei um Informationen bittet? Jedes Detail, und sei es noch so unbedeutend.

Die Frau bückt sich, hebt ihre Beinprothese auf und schnallt sie an, bevor sie aufsteht. »Klingt so, als würde es bald viel Betrieb geben. Die ganzen Polizisten.« Im Büro fängt ein Telefon an zu klingeln.

»Sagen Sie«, sagt Martin, »wenn ich fragen darf – was ist mit Ihrem Bein passiert?«

»Ein Hai«, sagt sie. »Zum Glück hat er nicht mehr von mir erwischt.«

»Wann war das?«

Sie zuckt die Achseln. »Vor ungefähr zehn Jahren.« Sie verschwindet zum Telefon.

Martin geht zu seinem Corolla zurück, steigt ein und denkt

nach. Motocross-Bikes am Fluss, Haifischattacken, falsche Zeugen. Puzzlesteinchen, die nicht zueinander passen. Er beugt sich vor und will den Zündschlüssel umdrehen, als ihm noch ein Gedanke kommt. Nick Poulos. Was hat er gesagt? Wenn die Mordwaffe in den Fluss geworfen wurde, dann kann das auch vom Ufer oder aus einem Boot geschehen sein.

EINUNDZWANZIG »Du kannst nicht hierbleiben«, sagt sie und sieht ihm kurz in die Augen, bevor sie sich herunterbeugt, um Liam loszuschnallen, der in seinem Kindersitz schläft.

Martin zuckt zusammen. Die Luft entweicht aus seiner Lunge und nimmt allen Optimismus mit. »Hat Winifred dir nicht erzählt, was ich herausgefunden habe? Dass ich es war, der dich entlastet hat?«

Sie richtet sich auf, lässt Liam für den Augenblick, wo er ist. »Doch, hat sie. Danke.« Aber in ihrer Stimme liegt wenig Dankbarkeit und keine Spur von Wärme.

»Mandy?«

Sie schüttelt den Kopf. »Du hast mit diesem Flittchen geschlafen. Das kann ich nicht vergessen.«

Martin spreizt in einer versöhnlichen Geste die Hände. »Ich stand unter Drogen. Ich weiß nicht mal, ob ich mit ihr geschlafen habe oder nicht. Ich kann mich nicht erinnern.«

Jetzt liegt Zorn in ihrem Blick. »Ich bin gerade vier Stunden lang von der Polizei verhört worden, die wissen wollte, wo ich Dienstag am Nachmittag und Abend war und was ich getan habe. Als ich endlich zur Tagesstätte kam, war Liam hysterisch. Und warum war ich so lange auf dem Polizeirevier? Weil niemand da war, der meine Aussage bestätigen konnte. Denn am Dienstagabend warst du bei deinem Onkel und hast getrunken und Gras geraucht. Und gestern Abend warst du schon wieder auf irgendeiner Party, hast Drogen genommen und deinen Schwanz weiß Gott wohin gesteckt. Die ganze Nacht. Du bist unzuverlässig, Martin. Unzuverlässige Männer hatte ich mehr als genug. Liam verdient etwas Besseres als einen Teilzeitvater.«

Als der Kleine seinen Namen hört, fängt er an zu weinen. Mandy beugt sich vor und hebt den Jungen aus dem Auto. Sie nimmt ihn auf den Arm.

»Marn!«, kräht der Junge und streckt einen Arm nach Martin aus.

Mandy schüttelt den Kopf. Sie hat Tränen in den Augen. »Du bist in Sydney geblieben und hast dein Buch geschrieben. Du hättest hier sein sollen. Und jetzt bist du hier und trotzdem nicht anwesend.«

»Mandy …«

»Nein. Du kannst nicht bleiben. Fahr zu Hartigan's. Da kannst du wohnen. Überleg dir, wie man das Haus in Ordnung bringt. Und wie man *uns* in Ordnung bringt.«

»Was hat Winifred gesagt?«

»Scheiß auf Winifred. Sie ist glücklich. Ich bin es nicht. Und jetzt geh.« Sie wendet sich ab und geht mit Liam in den Bungalow.

Als sie ein paar Minuten später wieder herauskommt, steht Martin immer noch da. Sie hat Liam in seinem Tragegestell und wirft Martin einen Schlüsselbund zu. Hartigan's. »Ich mach einen Spaziergang mit ihm. Sei ja nicht mehr hier, wenn ich zurückkomme.« Sie geht, bleibt kurz stehen und dreht sich um. »Ich rufe dich an«, sagt sie, und in ihrem Zorn schwingt Bedauern mit. Aber sie wendet sich trotzdem ab und geht.

Martin holt seine Sachen aus dem Bungalow. Das dauert nicht lange; er hat jede Menge Übung. Der reisende Korrespondent, der Mann der tausend Hotelzimmer – er packt und zieht weiter, wieder einmal. Scheiße.

Er verlässt das Gelände, überquert die Dunes Road und fährt hinauf zu Hartigan's. Sein Kopf ist müde und rastlos zugleich. Montifore ist dem Mörder auf den Fersen. Es gibt einen falschen Zeugen, der gesehen haben will, wie Mandy das Messer in den Fluss warf. Finde den Zeugen, finde das Messer, finde den Mörder. Wie schwer kann das sein? Und Montifore hat Topaz' Verlängerungsantrag für das Visum, den notwendigen Auslöser für einen Gerichtsbeschluss, für eine Durchsuchung und polizeiliche Ermittlungen. Wenn St Clair etwas mit der Tat zu tun hat, wird Montifore ihn aus seinem Bau treiben. Warum also ist Martin so niedergeschlagen? Er hat das Gefühl, dass sein Leben schiefgegangen ist. Er hat Angst, Mandy und Liam zu verlieren. Müdigkeit überflutet ihn, und die Vergangenheit drückt ihn zu Boden.

Am Tor zu Hartigan's hält Martin und bleibt im Auto sitzen. Ihm fehlt die Energie, sich zu bewegen. Als er die Augen schließt, erscheint ein Bild vor seinen inneren Augen. Die Siedlung breitet sich vor ihm aus, die Siedlung seiner Jugend, aus der Luft betrachtet. Er reißt die Augen auf und sieht sich um. Erinnerungen liegen verborgen in dieser Landschaft, ein Minenfeld, wohin er blickt, das jeden Moment unter seinen Füßen explodieren kann, und wenn er noch so vorsichtig auftritt. Etwas ist passiert; es gibt kein Halten mehr. Die Büchse der Pandora ist offen für das Publikum.

Martin weiß, er muss schlafen, muss sein Gleichgewicht wiederfinden, aber er hat Angst vor den Bildern der Vergangenheit. Er blinzelt und reißt die Augen auf. Die Sonne, tief am Himmel, lodert im Rückspiegel auf ihrem Weg zum Horizont. Im Haus wird es keinen Strom geben, und er hat keine Taschenlampe, nur sein Handy, um sich zurechtzufinden. Er schaut auf den Akku.

Halb leer, genau wie er selbst. Er sollte ins Haus gehen, und nachsehen, ob er Kerzen findet. Für ein Feuer ist es zu warm, aber der Gedanke an den Kamin weckt etwas anderes in ihm: Hunger. Er könnte nach Port Silver zurückfahren und sich Essen aus dem Takeaway und ein paar Kerzen besorgen.

In der Einfahrt kann Martin nicht wenden. Naheliegend wäre es, das Tor zu öffnen, zum Haus zu fahren, dort zu wenden und zurückzukommen. Aber schon die Vorstellung ist zu viel. Er legt den Rückwärtsgang ein, rollt langsam bergab und sucht eine Stelle, wo er drehen kann. Die Sonne scheint in den Rückspiegel, er blinzelt im Licht und benutzt die Außenspiegel. Ihm geht ein Bild durch den Kopf: das Motorrad, das gestern Morgen aus dem Busch geschossen kam. Er hält an, schwenkt quer zum Hang, reißt die Handbremse hoch und schaltet in den ersten Gang, bevor er den Motor abstellt. Er atmet tief durch und steigt aus. Wenn er den Hang hinaufschaut, sieht er das Tor. Das Motorrad kam ganz in der Nähe aus dem Gebüsch, vielleicht ein Stückchen weiter bergab. Jetzt, wo er danach sucht, ist der Pfad nicht schwer zu finden. Martin klettert über die Anhöhe und langsam hinunter zu den Überresten der alten Straße. Sie ist überwuchert bis auf den schmalen Pfad, den Cross-Motorräder, Bushwalker und Mountainbike-Fahrer freigehalten haben. Das Laubdach ist hier über der alten Straße spärlicher. Er blickt zurück und sieht, dass ein Baum gefällt worden ist und die Einmündung der Zufahrt zu Hartigan's verdeckt. Überall wachsen dort Büsche. Kein Wunder, dass er nichts davon gesehen hat, als sie gestern hinaufgefahren sind.

Martin möchte dem Pfad folgen, sehen, wohin der führt. Er ist von Hummingbird Beach auf der Ridge Road gefahren, und jetzt steht er hier am anderen Ende. Es irritiert ihn: Er hat die beiden Enden im Kopf, aber die Mitte fehlt. Bald geht die Sonne unter.

Er hat keine Zeit, die Gegend zu erkunden, nicht jetzt. Es ist zu spät, und er ist müde. Aber gleich morgen früh wird er sich dort umsehen. Vielleicht hat Jasper Speight hier etwas gefunden, das ihn das Leben gekostet hat.

Martin schläft. Keine Kerzen, kein Feuer, kein Essen. Das Einzige, was er seit Clyde Mackies Lunchmeat-Sandwich gegessen hat, waren Schmerztabletten, Antibiotika und Virostatika. Ausgelaugt von dem harten Tag, schläft er im Haus Hartigan auf derselben Couch, auf der Jasper Speight einmal seinen verletzten Fuß hochgelegt hat. Martins Sachen sind noch im Auto, er ist noch angezogen und ungewaschen. Er schläft so tief, dass der erste Helikopter kaum sein Bewusstsein erreicht. Der Spot des Suchscheinwerfers dringt durch die Fenster und überflutet ihn mit Licht, und der Luftdruck der Rotorblätter lässt die Fensterläden klappern. Erst als der Helikopter fast vorbei ist, wird Martin wach. Sein Hirn ist wie Sirup, und er hat Mühe, sich zu orientieren. Er schließt die Augen und dämmert wieder ein, als der Abwind des Helikopters das Haus von neuem erschüttert und ihn aus dem Schlaf holt. Er steht auf, öffnet die Verandatür und geht hinaus. Der Helikopter hat nach Norden abgedreht und fliegt die Klippen entlang davon. Er ist nicht allein. Es sind zwei. Dann ein neues Geräusch: Martin dreht sich rechtzeitig um, und sieht einen dritten Helikopter, der den anderen beiden dröhnend folgt. Helikopter. Hier. Warum? Vielleicht irgendwelche Promis aus Hollywood auf dem Weg nach Byron, die nur zum Spaß mit ihren Suchscheinwerfern die Klippen ableuchten. Privilegierte Arschgeigen. Mitten in der Nacht.

Drinnen klingelt sein Telefon. Auf dem Display steht *Bethanie Glass*. Bethanie, seine ehemalige Kollegin beim *Sydney Morning Herald*, die erstklassige Polizeireporterin der Zeitung.

»Martin, bist du das?« Ihre Stimme klingt dringend.

»Bethanie, hi.«

»Wo bist du?«

»Oben an der Küste. Mit Mandy.«

»In Port Silver? Du hast mir gesagt, du ziehst nach Port Silver.«

»Ja. Port Silver.«

»Phantastisch. Hast du gehört, was passiert ist?«

»Was? Nein.«

»Mach das Fernsehen an. ABC News.«

»Geht nicht. Kein Fernseher, kein Strom. Erzähl's mir.«

»In den Berichten, die reinkommen, ist die Rede von einem Massenmord beziehungsweise -selbstmord. Zahlreiche Tote, wie in Jonestown. In einer Hippie-Kommune namens Hummingbird. Kennst du die?«

»Ja.« Plötzlich ist er hellwach, und sein Hirn läuft auf Hochtouren. Mord ... Selbstmord. Hummingbird.

»Kannst du da hin? Was für uns schreiben? Von hier aus dauert es mit dem Auto sieben Stunden. Wir chartern ein kleines Flugzeug, aber es dauert trotzdem ein paar Stunden.«

Jonestown? Wer ist der Mörder? Der Swami? Wer sind die Opfer? Was soll er schreiben? »Bethanie, ich arbeite nicht mehr für den *Herald*.«

»Warte, ich verbinde dich mit Terri.«

Martin hört den Trubel in dem Büro, während er auf die Redakteurin wartet. Er sieht auf die Uhr. Halb elf. Also besonders spät, aber spät für den *Herald* in diesen Zeiten von Sparzwang und Rumpfmannschaften. Es muss eine große Story sein.

»Martin, Terri Preswell hier. Du kennst Hummingbird Beach?«

»Ich war heute Morgen da.«

»Was? Echt?«

»Wer ist denn tot, Terri? Und wer ist der Mörder?«

»Das wissen wir nicht. Bisher haben wir einen Scheißdreck. Die Polizei redet nicht. Die Sender haben ihre Helikopter, können aber nirgends landen; also gibt es nur Luftaufnahmen. Hier laufen die Telefone heiß. Es soll mindestens ein halbes Dutzend Tote geben, aber bestätigen können wir nichts. Kannst du hinfahren?«

»Ich arbeite nicht mehr beim *Herald*«, erinnert er sie.

»Fuck, Martin! Das ist ein Freelance-Job. Wir zahlen ein Spitzenhonorar, was immer du verlangst. Das ist die größte Story in Australien, aber wir brauchen sie sofort. Morgen wird es da wimmeln von Presseleuten.«

»Und ich zeichne mit meinem Namen?«

»Herrgott, Martin, natürlich zeichnest du mit deinem Namen. Wenn es nach mir ginge, hättest du deinen Job noch.«

»In Ordnung. Ich bin unterwegs. Aber Hummingbird Beach hat kein Mobilfunknetz. Ich muss hin, sehen, was ich rauskriege, und dann zurückfahren, bis ich wieder Netz habe.«

»Gut. Ruf an, sobald du kannst, gib uns die wesentlichen Punkte durch, und wir machen was draus, während du den Rest schreibst.«

»Okay«, sagt Martin. »Bis bald.« Er legt auf. Eine Sekunde lang fragt er sich, worauf er sich da eingelassen hat. Aber nur eine Sekunde lang: Das Adrenalin schießt in seine Adern, das alte Gefühl ist wieder da. Er spürt, wie alles andere nebensächlich wird und seine Aufmerksamkeit sich auf eine einzige Sache richtet: auf die Story. *Die größte Story in Australien.*

Beinahe kracht Martin gegen das Tor, als er hinausfahren will. Die Bremsen blockieren, der Wagen rutscht weiter und kommt nur Zentimeter vor dem Tor zum Stehen. Er reißt es auf und rast den Hang hinunter. An der Kreuzung zur Dunes Road muss er anhalten, weil ein Krankenwagen mit Blaulicht von Port Silver über die Brücke gerast kommt. Ein kurzer Fanfarenstoß der Sirene warnt ihn. Dicht dahinter kommt ein viersitziges Geländefahrzeug, dessen rot-blaues Blinklicht auf dem Dach Autorität behauptet. Martin blinzelt im Scheinwerferlicht und will hinterherfahren, aber ein Arm reckt sich aus dem hinteren Seitenfenster des Wagens und winkt wie wild. Das Fahrzeug bremst scharf und hält an. Eine Gestalt springt heraus und rennt auf ihn zu. Es ist Nick Poulos in einer reflektierenden Sicherheitsweste.

»Haben Sie es gehört?«, ruft er.

»Hummingbird Beach? Zahlreiche Tote?«

»Ja. Lassen Sie Ihren Wagen stehen und kommen Sie mit uns. Die Polizei hat den staatlichen Katastrophenrettungsdienst alarmiert.«

Martin setzt seinen Wagen zurück in die Einfahrt und folgt Nick zu dem Geländefahrzeug. Als jemand ihm eine orangegelb fluoreszierende Weste reicht, kann er sein Glück nicht fassen. Der Katastrophenrettungsdienst wird ihn mitten ins Geschehen bringen. Rasch werden alle einander vorgestellt. Phil, der Fahrer, ist Goori, neben ihm sitzt eine kleine Asiatin namens Lee, und hinten sitzt Nick jetzt in der Mitte und auf der anderen Seite neben ihm ein alter Knabe, der nach Schnaps und Tieren riecht. Er schielt auf einem Auge, trägt eine mit Hundehaaren bedeckte Vliesweste, und sein Name ist Paddles.

Sie jagen über die Dunes Road, erreichen im Handumdrehen die Ridge Road und biegen dann zum Hummingbird Beach ab. Am Straßenrand verstreut stehen Autos, die in der Hast des Augenblicks stehengelassen wurden. Martin sieht ein Fernsehteam, das seine Ausrüstung aus dem Lieferwagen einer Installateursfirma lädt, und er fragt sich, wo die Helikopter gelandet sein mögen. Weitere Journalisten werden unterwegs sein; sie fliegen in Charterflugzeugen von Brisbane und Sydney herauf, landen oben auf dem Flughafen von Longton und nehmen jedes Auto, das sie bekommen können, um über das Escarpment herunterzufahren. Er hat ein paar Stunden Vorsprung.

Sie kommen zu einer Straßensperre. Ein Polizeiwagen steht quer auf der Straße neben einer beschlagnahmten Barriere, an der noch die Aufschrift STRASSENBAUARBEITEN zu lesen ist. Die Scheinwerfer tauchen die Szenerie in ein hartes Licht. Doug Thunkleton fuchtelt mit den Händen und beschwört den Constable, ihn durchzulassen. Martin erkennt den jungen Polizisten, der ihm auf der Polizeistation sein Frühstück gebracht hat. Der Mann lässt Thunkleton stehen, wechselt ein paar Worte mit Phil und winkt sie durch. Martin hält den Kopf gesenkt.

Phil gibt Vollgas, und am Parkplatz vom Hummingbird Beach haben sie den Rettungswagen fast eingeholt. Blitzende Lichter durchfluten die Bäume mit Impressionen von Rot und Blau, Schatten, die tanzen wie in einer makabren Disko.

Die junge Polizistin ist da, die auf dem Polizeirevier die Kamera bedient hat. In drängendem Ton sagt sie zu den Sanitätern. »Da unten am Strand, wo die Scheinwerfer stehen. Das Team aus Port Silver hat da die Sammelstation eingerichtet.« Sie wendet sich an die Freiwilligen des Katastrophenschutzes. »Phil, gutes Timing. Ihr könnt den Sanitätern helfen. Tut, was sie euch sagen.«

Die Sanitäter, ein Mann und eine Frau, zerren bereits ihre Ausrüstung aus dem Wagen: Sauerstoffflaschen, einen Defibrillator, Instrumententaschen und Tragen. Das Katastrophenschutzteam übernimmt alles und rennt auf den Lichtkreis am Strand zu. Martin ist dabei.

Sie steigen hinunter in eine gespenstische Szene, wie ein Gemälde von Hieronymus Bosch. Manche Leute sind bekleidet, andere halb nackt; einige irren unter Schock umher, andere übergeben sich heftig, ein paar helfen, und andere sind hilflos. Sie kommen an Harry dem Jungen vorbei. Mit glasigem Blick lässt er sich widerstandslos von jemandem zum Parkplatz bringen. John Pear führt das Kommando, unterstützt von dem Paar mittleren Alters, das Martin am Strand gesehen hat. Jetzt sind sie nicht mehr nackt, und sie lächeln auch nicht mehr. Der Mann starrt immer wieder benommen in die Gegend, aber die Frau ist ganz bei der Sache. Eine einzelne Sanitäterin ist da: Offenbar transportiert der Rettungswagen bereits die ersten Opfer nach Longton und hat sie zurückgelassen. Ein Mann mit Dreadlocks kniet neben einer jungen Frau. Er hält ihre Hand und redet auf sie ein, obwohl sie anscheinend bewusstlos ist. Martin sieht, wie sie anfängt zu zucken. Offenbar hat sie Krämpfe. Sofort übernehmen hinzugekommene Sanitäter. Überall liegen Menschen. Etwa ein halbes Dutzend ist bewusstlos, andere sind wach, aber verwirrt, und sie murmeln und stammeln vor sich hin. Martin sieht Topaz und Jay Jay unter den Bewusstlosen, dazu einige, an deren Gesichter er sich aus der vergangenen Nacht erinnert. Es riecht nach Erbrochenem und Scheiße. Ein junger Mann fängt an zu schreien, Lee läuft hin, hockt sich neben ihn und versucht, durch einen Nebel von Drogen beruhigend auf ihn einzureden.

»Ihr hier«, sagt Pear zu den verbliebenen Freiwilligen. »Zwei von euch helfen den Sanitätern, die schwersten Fälle zum Krankenwagen zu bringen. Phil, du fährst?«

»Ja«, antwortet Phil.

»Okay. Sag den Sanitätern Bescheid. Wenn sie wollen, dass du weniger schwere Fälle nach Longton ins Krankenhaus bringst, tust du das, okay?« Pear wartet keine Antwort ab, sondern wendet sich an Nick und Martin. »Und ihr beide?« Er zögert kurz. »Habt ihr Taschenlampen? Telefone?«

Martin und Nick antworten im Chor. »Ja.«

»Okay. Sucht den Strand ab, die Zelte, die Hütten. Kann sein, dass Leute desorientiert davongewandert sind. Ihr müsst sie finden und zurückbringen.«

»Was ist mit denen da?«, fragt Martin. Außerhalb des Schutzdachs liegen am Rand des Scheinwerferlichts vier dunkle Gestalten.

»Zu spät. Lasst sie liegen.«

»Okay, mal herhören!« Das ist eine der Sanitäterinnen, eine junge Frau, deren Autorität nicht zu ihrem Alter passen will. »Sie haben eine Überdosis einer Droge getrunken. Kann sein, dass es ihnen bald schlechter geht, nicht besser. Sie müssen sofort jeden Rest dieser Substanz aus dem Magen bekommen. Wenn jemand noch bei Bewusstsein ist, sorgen Sie dafür, dass er sich übergibt. Stecken Sie ihm den Finger in den Hals, lassen Sie ihn Meerwasser trinken – egal was.«

Pear lässt Nick und Martin stehen und kümmert sich um die Lebenden.

»Zuerst den Strand«, schlägt Nick vor, »dann durchsuchen wir die Hütten und Zelte.«

»Wollen wir uns trennen?«

»Nein. Wenn wir jemanden finden, müssen wir ihn ja hierhertragen, und zwar so schnell wie möglich.«

»Stimmt. Also erst zum Strand.« Aber bevor Nick antworten kann, ist Martin zu den vier Gestalten gegangen, die abseits der hektischen Rettungsarbeiten auf dem Boden liegen. Im trüben Licht sieht er ihre leblosen Gesichter. Der Swami, Garth McGrath, eine junge Frau und ein alter Mann, dessen Hemd zerfetzt ist, als jemand ihn wiederbeleben wollte. Die beiden letzteren tragen noch die rot-braunen Bindis verschmiert auf der Stirn.

»Scheiße«, sagt Nick.

Eine Stimme durchdringt seine Gedanken. Johnson Pear. »Los, Leute. Der Helikopter kommt jeden Augenblick zurück.«

Sie lassen das Licht hinter sich und rennen hinunter zum Strand. Die Wellen rollen rhythmisch wie ein Metronom ans Ufer, unbeeinflusst von dem Drama, das sich an Land abspielt. Im Zwielicht sieht Martin jemanden am Strand bei den Überresten eines Feuers stehen. »Sehen Sie da«, sagt er zu Nick Poulos. Als sie auf die Gestalt zugehen, schaltet die eine Taschenlampe ein, schwenkt sie und leuchtet ihnen direkt ins Gesicht.

»Hey«, ruft Nick. »Sie blenden uns.«

Der Lichtstrahl senkt sich. »Was machen Sie hier?« Martin erkennt die Stimme. Es ist Morris Montifore.

»Katastrophenschutz«, sagt Nick. »Pear hat uns geschickt. Wir sollen nach weiteren Opfern suchen. Haben Sie welche gesehen?«

»Nein«, sagt Montifore. »Aber ich habe auch nicht gesucht.«

Martin schaut an Montifore vorbei. Das Feuer ist noch nicht ausgegangen; rote Glut leuchtet unter kleinen, orangegelben Flammen. Holzklötze und Baumstümpfe umgeben die Feuerstelle, hier haben die Leute gesessen. Ringsumher liegt der Müll einer Party: leere Plastikbecher, Wasserflaschen, Kleidungsstücke. Eine leere Holzschale mit goldenem Rand. Der Geruch von Erbrochenem.

»Gehen Sie nicht in die Nähe des Feuers«, warnt Montifore. »Das ist ein Tatort.«

Neuer Lärm überlagert alles. Ein Helikopter schießt über der Landzunge herauf, sein Suchscheinwerfer fegt über den Sand und erfasst sie mit seinem grellen Licht. Montifore winkt die Maschine weg von der Feuerstelle. Zuerst vermutet Martin, dass es sich um Presseleute handelt, aber dann sieht er eine Gestalt mit Helm und Schutzbrille, die an einem Seil herabgelassen wird. Der Mann schnallt sich los, als Montifore auf ihn zuläuft und etwas zu ihm sagt. Der Mann nickt zum Zeichen, dass er verstanden hat, spricht in das Funkgerät an seiner Schulter und leitet den Heli so, dass er weit weg vom Feuer landet.

»Sehen Sie!«, sagt Nick Poulos. »Da!«

Martin schaut hinüber. Am anderen Ende des Strandes liegt eine dunkle Gestalt am Wasser. Sie laufen darauf zu.

Es ist zwei Uhr morgens. Mandy hat ihn in den Bungalow gelassen, überredet von der Dringlichkeit seiner Stimme, vom Ausmaß der Story und von der Notwendigkeit einer Steckdose. Der Fernseher läuft leise. Martin telefoniert mit gedämpfter, aber eindringlicher Stimme. Er gibt die Neuigkeiten weiter an die Redaktion in Sydney, so schnell er kann. Terri Preswell ist nach Hause gegangen, Bethanie Glass ist in der Luft, aber Martin kennt den Mann am anderen Ende gut. Cormac Connors, ein echter Zeitungsmann, hat sich bereiterklärt, die Nachrichten, die hereinkommen, zu koordinieren. Martin zählt die Fakten auf. Sieben Menschen gelten als tot, darunter Swami Hawananda und Garth McGrath. Martin hört, wie Connors zischend einatmet. Der Tod des Soap-Stars ist Öl aufs Feuer, und die große Story ist unversehens doppelt so groß.

»Bei McGrath bist du sicher? Deine Quelle ist verlässlich?«

»Die Quelle bin ich. Er ist tot. Ich habe die Leiche mit eigenen Augen gesehen.«

»Okay. Und die Polizei hat noch keine Namen herausgerückt?«

»Nein, ich glaube nicht.«

»Gut. Ich muss Terri anrufen. Sie entscheidet, ob wir das bringen, bevor die Familie informiert ist. Ich rufe dich gleich zurück.«

Die Arme verschränkt, beobachtet Mandy ihn von der Schlafzimmertür aus. Sie starren einander über den Abgrund des Wohnzimmers hinweg an. Martin kann nicht sehen, was sie denkt, kann ihre Gefühle nicht erahnen.

Das Telefon klingelt. Es ist Terri Preswell. »Martin, erzähl mir, was du weißt.«

Er berichtet ihr, was sich ereignet hat.

»Und du hast absolut keinen Zweifel, dass es Garth McGrath war?«

»Keinen.«

»Okay. Scheiß auf die Formalitäten. Wir können das nicht zurückhalten. Er ist von öffentlichem Interesse. Wir bringen es.«

»Deine Entscheidung«, sagt Martin.

»Dein Name wird darunter stehen.«

»Das ist mir recht.«

»Brav. Was ist passiert? Was sagt die Polizei?«

»Es handelt sich eindeutig um eine Vergiftung. Entweder ist eine Drogenparty schiefgelaufen, oder wir haben es mit Mord beziehungsweise Selbstmord zu tun. Beides ist möglich. Die Polizei wird in alle Richtungen ermitteln.« Er schildert kurz, wie Montifore die Feuerstelle und die Überreste der Party bewacht hat.

»Fotos?«, fragt Terri.

»Ging nicht. Die Polizei war da. Sie hat mich überhaupt nur bleiben lassen, weil ich als Helfer mit dem Katastrophenschutz unterwegs war.«

»Okay, wir bauen so schnell wie möglich eine Story zusammen. Cormac kann sie schreiben. Aufmacher: Vermutlich sieben Tote, ein Dutzend wurde ausgeflogen oder mit dem Rettungswagen abtransportiert. Eine schiefgegangene Drogenparty oder Mord beziehungsweise Selbstmord. Vieles deutet auf den toten

372

Swami. Wir drucken es mit deinem Namenskürzel. Cormac wird dich anrufen und dir die Meldung vorlesen, bevor sie in Druck geht. Aber McGrath lassen wir vorläufig raus; im Moment wird das niemand lesen außer unserer Konkurrenz. Ich will damit bis sieben oder acht Uhr früh warten, jeder soll wissen, dass das unsere Exklusivmeldung ist. Hast du deinen Laptop bei dir?«

»Yep.«

»Gut. Ich will eine Meldung und deinen Bericht. Die Konkurrenz wird die Meldung sofort abgreifen, aber dein Vor-Ort-Bericht unterscheidet uns. Ist dir das recht?«

»Natürlich. Der Polizei wird es nicht gefallen.«

»Ganz sicher nicht. Stört dich das?«

»Nein.«

Preswell lacht. »Freut mich, dass du noch immer einer von uns bist. Ruf mich auf dem Handy an, wenn du deinen Text schickst. Ich fahre jetzt in die Redaktion.«

Martin lächelt, als er auflegt. Terris Kompliment amüsiert ihn. Dann sieht er Mandy, die mit verschränkten Armen dasteht und die Stirn runzelt. Sie schüttelt den Kopf. »Sieben Menschen sind tot, und du lächelst.« Sie wendet sich ab und schließt die Schlafzimmertür hinter sich.

Martin überlegt, wie er es ihr erklären kann, kommt aber zu dem Schluss, dass morgens um zwei nicht der richtige Zeitpunkt ist. Stattdessen packt er seinen Laptop aus und fängt an zu schreiben.

Um vier ist er fertig, danach schläft er unruhig auf dem klumpigen Sofa, und sein Telefon klingelt ungefähr alle halbe Stunde, weil Korrektoren die Fakten checken wollen. Bald wird Bethanie in Longton landen und sich mit ihm treffen wollen. Er schließt die Augen, will Kräfte sammeln, aber da wird er wachgerüttelt. Er öffnet die Augen. Mandy.

Es ist Morgen, und sie hat eine Tasse Kaffee für ihn.

Martin setzt sich auf. Sein Nacken tut weh. Die Sonne strahlt zu den Fenstern herein. Der erste Schluck Kaffee schmeckt so, dass er an Gott glauben möchte.

»Danke«, sagt er und betrachtet sie forschend.

»Ich habe deine Story gelesen«, sagt sie. »Du hast dem Jungen das Leben gerettet.«

Sie reicht ihm ihr iPad.

Ein Redakteur hat seinem Bericht aus erster Hand eine bewegende Überschrift verpasst.

UNSER NÄCHTLICHER KAMPF GEGEN DEN TOD
von Martin Scarsden am Hummingbird Beach

Wir fanden ihn am Strand. Er lag im Sterben, allein im Dunkeln. Die Wellen umspielten seine Füße und der Tod war ganz nah. Er begann zu krampfen, und der Herzstillstand drohte. Waren wir zu spät gekommen?

Ich weiß seinen Namen nicht. Aber der war in dem Moment unwichtig und ist es jetzt immer noch …

Er hebt den Kopf und sieht Mandy an. Sie lächelt nicht, aber sie wirkt ruhig. »Los. Tu, was du tun musst. Wir können reden, wenn es vorbei ist.« Sie wendet sich ab und dreht sich dann noch einmal um. »Und, um Gottes willen, geh duschen und zieh dir was Anderes an.«

Aber Martin rührt sich nicht. Sein Blick wandert zu den letzten Zeilen seiner Story.

Wir fanden sie in ihrer Hütte, immer noch eng umschlungen, immer noch verliebt. Aber wir kamen zu spät.

Nicht jeder konnte gerettet werden.

SAMSTAG

ZWEIUNDZWANZIG Das Krankenhaus in Longton ist im Belage-
rungszustand. Auf dem Parkplatz wimmelt es von Kameracrews
und Fotografen, Rundfunkreportern und Übertragungswagen,
ein sich bewegender Klumpen Ehrgeiz, hungrig nach Fakten,
gierig nach Neuigkeiten. Hummingbird Beach ist abgesperrt,
der Tatort darf nicht betreten werden, und so haben die Medien
sich hier vor dem Krankenhaus versammelt.

Martin umkreist das Gelände und lässt den Corolla schließlich einen Block weiter in der Sonne stehen, weil er in der Nähe
keinen Parkplatz findet. Er hätte wissen müssen, dass es so aussehen würde. Wenn noch irgendeine Redaktion gezögert hat,
Reporter loszuschicken, dürften seine Storys diesem Zögern ein
Ende gemacht haben – seine Storys, die jetzt im ganzen Land
und überall auf der Welt metastasieren. Ein religiöser Kult,
drogenbefeuerte Orgien, sieben Tote, darunter ein Fernseh-
star. Dazu der X-Faktor, das Geheimnis um das Geschehen
und die Verantwortlichen dafür. Viel größer geht es nicht. Die

Briten mit ihrer eigentümlichen Vorliebe für australische TV-Soaps sind aus dem Häuschen. Garth McGrath, der Star von *Paradise Waters*, ist tot, mit vierunddreißig Jahren, Opfer eines Kults. Bar jeder rechtlichen Rücksicht kreiseln die Londoner Boulevardblätter bereits ins Reich des Absurden und wetteifern mit den sozialen Medien um die Frage, wer die lächerlichsten, obszönsten und abwegigsten Theorien zustande bringt. Verwackelte Handyfotos der Todesszene tragen Fake News und schwarzen Humor in die Welt. Blumensträuße türmen sich vor der Klinikeinfahrt und wachsen an der schlichten Klinkerinschrift LONGTON BASE HOSPITAL hinauf. Eine Gruppe Frauen mittleren Alters drängt sich vor diesem Blumentribut und stützt einander in ihrem Schmerz, umgeben von gierigen Kameraobjektiven.

»Martin Scarsden, wie schön.« Er dreht sich um, als er die Stimme hört, eine Stimme mit dem sonoren Timbre der Autorität. Doug Thunkleton, der Fernsehreporter. »Ich hätte wissen können, dass Sie uns wieder mal voraus sind.«

»Hi, Doug.«

»Phantastischer Artikel. Verflucht, einfach brillant.«

»Danke. Sie sind wieder bei den Nachrichten?«

»Der Mann vor Ort, genau wie Sie. Ich habe wahnsinniges Material.«

»Sind Sie reingekommen?«

»Brauchte ich nicht. Ich habe erstklassige Handyaufnahmen und ein Interview mit dem Hippie, der sie gemacht hat.«

»Aha. Und was passiert jetzt?«

»Die Mediziner haben für zehn Uhr eine Pressekonferenz angekündigt. Ein Update zu den Opfern. Nach dem, was wir zuletzt gehört haben, ist der Zustand bei vieren noch kritisch, bei weiteren vier ernst, und ein Dutzend bleiben hier zur Beobachtung. Ein Paar ist nach Brisbane geflogen worden, aber den Rest wird hier behandelt.«

»Warum nach Brisbane?«

»Das ist näher als Sydney.«

Martin dreht sich um und wirft einen Blick auf das Krankenhaus. Ein Polizist und ein Mann vom Sicherheitsdienst bewachen den Eingang. »Kommt da jemand rein?«

»Ausgeschlossen. Wir haben versucht, einen Kameramann, als Pfleger verkleidet, reinzukriegen. Hat nicht geklappt.«

»Und das Scheckbuch?«

»Wofür halten Sie mich?«

»Hat nicht geklappt, oder?«

»Nein. Wir können nur warten. Da drin herrscht Chaos, habe ich gehört; sie entlassen, wen sie können, um Platz zu schaffen.«

»Wirklich?«

»Ja. Wir fragen die Leute an der Tür aus.«

»Und kriegen Sie was raus?«

»Nicht viel.«

»Okay. Danke, Doug. Wir sehen uns.«

»Hey, Martin, wenn wir schon mal hier sind – gibt's die Chance für ein schnelles Interview? Soweit ich weiß, sind Sie der einzige Journalist, der es zum Hummingbird Beach geschafft hat.«

Martin seufzt. Das hat ihm gerade noch gefehlt. »Natürlich, Mate, aber ein bisschen später, ja?« Er ist nur ein paar Schritte gegangen, als eine weitere Stimme ihn stoppt. »Martin!« Es ist Bethanie Glass.

»Bethanie! Das ging ja schnell. Hast du ein bisschen schlafen können?«

»Nicht viel. Hast du was Neues?«

»Nein. Du?«

»Nein. Ich war unten bei der Gemeinde, aber die haben alles

abgeriegelt. Kein Zutritt. Dann bin ich hergekommen. Hast du mit Terri gesprochen?«

»Heute Morgen noch nicht.«

»Das solltest du aber. Sie singt Loblieder auf dich. Liebt dich ohne Ende. Will, dass du bei uns bleibst. Du solltest sie anrufen. Ihr ein gutes Gehalt aus den Rippen leiern, solange du ihre Gunst noch hast.« Bethanie lächelt.

»Danke, das werde ich tun.«

»Wie willst du hier vorgehen?«

»Was meinst du?«

»Arbeitsteilung.«

»Na, einer von uns muss zu dieser Pressekonferenz.«

»Das kann ich übernehmen«, sagt Bethanie. »Du bist der mit den lokalen Kontakten.«

»Danke, Bethanie. Unter beiden Namen?«

»Unbedingt.«

Martin schaut hinüber zum Krankenhaus. »Ich komme gleich zurück.« Er geht zum Eingang.

»Sind Sie Presse?«, fragt der fleischige Security-Mann, überzeugt von seiner Wichtigkeit.

»Ich bin von hier. Port Silver«, Martin weicht der Frage aus. »Ich will einem Kumpel helfen. Er soll gleich entlassen werden.«

»Wie heißt er?«

»Royce McAlister. Hatte vorgestern eine Schlägerei unten am Strand. War zur Beobachtung hier.«

»Haben Sie daher auch Ihr Veilchen?«

»Ja. Ich habe versucht, die beiden zu trennen.«

»Warten Sie hier«, sagt der Wachmann und verschwindet im Gebäude.

Martin wendet sich an den Polizisten. »Sind Sie aus der Gegend?«

»Aus Glenn Innes«, sagt der Constable.

»Deshalb kenne ich Sie nicht. Sie sind weit gefahren, um eine Tür zu bewachen.«

»Wem sagen Sie das? Je eher ich hier wegkomme, desto besser.«

»Inzwischen ist bestimmt alles unter Kontrolle. Lange müssen Sie nicht mehr bleiben.«

Der Polizist mustert ihn misstrauisch. »Was weiß ich?«

Der Wachmann kommt wieder heraus und sagt zum Constable. »Ja, er ist in Ordnung.« Dann sieht er Martin an. »Kommen Sie mit.«

Martin folgt dem Security-Mann durch den Flur zur Aufnahme. Der Raum brummt vor Effizienz. Hier werden Dinge erledigt, alles ist dringend, aber unter Kontrolle; welch ein Kontrast zu der provinziellen Trägheit des vergangenen Tages und dem Chaos am Hummingbird Beach in der Nacht.

»Sie sind wegen Royce McAlister hier?«, fragt eine ältere Krankenschwester von matronenhafter Autorität.

»Jawohl.«

Gut. Kommen Sie mit.«

Royce sitzt aufrecht im Bett. Er ist nicht überrascht, Martin zu sehen, und er ist auch nicht überrascht, als die Schwester sagt, sein Freund sei hier, um ihn abzuholen. »Nett von dir, Mate«, sagt er nur.

»Sie können sich anziehen und Ihre Sachen abholen«, sagt die Schwester. »Unterschreiben Sie unten an der Aufnahme, wenn Sie gehen.«

Die beiden warten, bis sie den Raum verlassen hat, bevor einer von ihnen etwas sagt.

»*Fuck*, was ist denn los?«, flüstert Royce. »Heute Morgen lag hier ein alter Mann. Den haben sie rausgeschmissen und sie

379

hierher verlegt.« Martin sieht hinüber zu der jungen Frau, die friedlich schläft. Sie hängt an Monitoren, und zwei verschiedene Infusionen tröpfeln in ihren Arm. »Das ist 'ne Männerstation«, sagt Royce leise. »Aber die haben sie hier untergebracht und mir gesagt, ich müsste gehen. Ich sollte mir jemanden suchen, der mich abholt. Ich habe versucht, Topaz anzurufen. Gestern hat sie gesagt, wir fahren weg. Jetzt geht sie nicht ans Telefon.«

Martin spricht mit gedämpfter Stimme. »Sie ist im Krankenhaus, Royce. Hier oder in Brisbane.« Und er berichtet, so schnell er kann, was am Hummingbird Beach passiert ist. Bevor er fertig ist, wendet Royce sich ab, starrt die Wand an und schüttelt den Kopf. »*Fuck*, das glaube ich nicht. Topaz kann mit Drogen umgehen.«

Martin weiß nicht, was er darauf antworten soll.

»Ich ziehe mich an. Wir finden sie.«

»Nein, zieh dich nicht an«, sagt Martin. »Hier wimmelt es von Polizei und Security. Die schmeißen uns raus. Lass das Hemd an und stütz dich auf mich. Wenn sie glauben, du gehörst hierher, lassen sie uns in Ruhe.«

Royce sieht ihn anerkennend an. »Nicht dumm«, sagt er. Am Eingang zur Station steht ein Infusionsständer, an dem ein frischer Beutel Kochsalzlösung hängt. Royce nimmt den Ständer und schlingt sich den Schlauch des Beutels um den Arm. Sie brauchen nicht weit zu gehen, nur bis zur nächsten Station. Vier Betten, vier Frauen, die Vorhänge vor den Betten zurückgezogen. Wenn Menschenleben auf dem Spiel stehen, kommt die Privatsphäre an zweiter Stelle.

»Topaz«, flüstert Royce. Er hat sie in einem Bett nahe der Tür entdeckt, besinnungslos. Ein Monitor piepst im Takt zu ihrem langsamen Herzschlag. Er geht zu ihr. Der Infusionsständer und

Martin sind vergessen. »Topaz?« Er setzt sich auf ihre Bettkante und streicht ihr übers Haar.

In zwei weiteren Betten liegen schlafende Frauen, die Frau im letzten Bett ist wach. Sie sitzt aufrecht und starrt aus dem Fenster. Es ist Jay Jay Hayes. Martin geht zu ihr und setzt sich mit dem Rücken zur Tür auf einen Plastikstuhl.

Sie dreht sich um. »Hallo, Martin.«

»Jay Jay. Wie geht's Ihnen?«

»Beschissen. Die haben mir den Magen ausgepumpt. Mich mit Aktivkohle vollgestopft.« Sie ist sichtlich aufgebracht. Ihre Hände kneten die Bettdecke, und sie hat Tränen in den Augen, als sie aufblickt. »Ist es wahr? Sind Menschen gestorben?« Offenbar sieht sie ihm die Antwort an, denn sie schließt die Augen. »Mein Gott, Wie viele?«

»Sieben.«

»Sieben? O nein! Wer denn?«

Martin nimmt ihre zitternde Hand. »Garth McGrath. Ein Mann. Zwei Jünger. Ein junges Paar.« Bei dem Gedanken an das junge Liebespaar, unschuldig und tot, kommen ihm selbst die Tränen. »Und Swami Hawananda.«

»Dev? O Gott.« Sie reißt die Augen auf, erschrocken über den Tod ihres Lovers. »Er lebt nicht mehr?«

»Leider nein.«

»Und Sie waren da? Sie haben es gesehen?«

»Danach. Mit Nick Poulos und dem Katastrophenschutz. Wir haben geholfen. Getan, was wir konnten.«

Jay Jay nickt mit leerem Blick. »Verstehe.«

»Was ist passiert, Jay Jay? Was ist schiefgegangen?«

Sie schüttelt den Kopf. »Ich habe keine Ahnung. Der Trank war vergiftet. Mit einer Droge. Mehr fällt mir nicht ein. Ein Versehen. Eine Tragödie.«

»In der Bowle ist immer eine Droge. Das weiß jeder.«

»Nein.« Sie ist sicher, das sieht er an ihrem Blick. »Nein. Dev ist – war – immer sehr vorsichtig. Er hat die Mengen kontrolliert und dafür gesorgt, dass jeder wusste, was er tat und was er nahm.«

»Und das war …?«

»Alkohol. Gemischt mit Gewürzen. Vielleicht hat er früher noch Drogen dazugegeben, aber in letzter Zeit nicht. Nachdem Garth kam und mit ihm die Presse, habe ich mit ihm gesprochen. Er begriff, dass es zu riskant wurde. In den letzten Monaten waren es nur Alkohol und Gewürze.«

Martin schüttelt den Kopf. »Nein. Ich war Donnerstagabend da, erinnern Sie sich? Die Leute haben mehr als nur Alkohol getrunken.«

Jay Jay seufzt. »Sie haben recht. Drogen gibt es immer noch – Gras und Pillen, und was weiß ich –, aber das heißt nicht, dass er sie beschafft hat.«

»Nicht nur Partydrogen. Da war auch Rohypnol oder etwas Ähnliches.«

Die Verzweiflung ist nicht aus Jay Jays Gesicht verschwunden. »Die Vergewaltigungsdroge? Am Donnerstag? Sind Sie sicher?« Ihre Stimme ist zu einem Flüstern geworden.

»Ja. Ich war davon betroffen. Topaz ebenfalls. Und Garth McGrath. Vielleicht auch andere.«

Jay Jay schüttelt ungläubig den Kopf. »Ich war am Donnerstag da. Ich hatte nichts.« Sie sieht ihn an. »Garth? Warum ist er am nächsten Abend wieder gekommen? Und Topaz? Auch sie war an beiden Abenden da.«

Martin folgt ihrem Blick. Topaz ist immer noch bewusstlos, Royce sitzt auf ihrer Bettkante, hält ihre Hand und flüstert ihr etwas ins Ohr. Ja, warum? Das ist eine gute Frage. Er wendet sich wieder Jay Jay Hayes zu. Jetzt rollen Tränen über ihre Wangen. Sie wischt sie achtlos weg. Der Tod ihres Liebsten ist schmerzhafte Realität geworden. Er weiß, er sollte entweder gehen und sie trauern lassen oder hierbleiben und sie trösten. Das wäre anständig. Aber stattdessen bleibt er hartnäckig, weil ihm klar ist, dass er vielleicht keine zweite Chance bekommt. »Ist so etwas schon mal vorgekommen? Rohypnol?«

Sie nickt. »Ja. Nur einmal, soweit ich weiß. Vor einem oder zwei Monaten. Ich habe erst später davon gehört.« Sie schaut zu Boden. »Es war das Gleiche – nur wenige Leute waren betroffen.«

»Ist es möglich, dass der Swami nicht ganz ehrlich zu Ihnen war?«

»Dev?« Ihr Blick lodert auf, erbost und defensiv zugleich. »Nein. Nie im Leben. Und wer immer die Drinks mit Rohies versetzt hat – der Trank kann es nicht gewesen sein.«

»Da sind Sie sicher?«

»Dann hätte es doch jeden getroffen.«

»Wen hat es beim ersten Mal erwischt?«

Sie sieht ihn an und versucht, zu lächeln, aber ihr verzweifeltes Gesicht gehorcht ihr nicht. »Es gibt eine Regel: Was am Hummingbird Beach passiert, bleibt am Hummingbird Beach.«

»Und Sie glauben, das reicht der Polizei?«

Betrübt schüttelt sie den Kopf. »Nein. Das war Garths Regel. Aber er ist ja tot.«

»Also, wer war betroffen?«

»Garth. Jasper Speight.« Jetzt sieht sie ihn an. »Und vielleicht Ihre Freundin Mandalay.«

Das ist ein Schock. Seine Gedanken entgleisen. Mandy am Hummingbird Beach. Mit Jasper, mit Garth. Einen Moment lang fällt ihm das Atmen schwer. Jay Jay hat schon einmal erwähnt, dass Mandy dort war, aber das hat er beiseitegeschoben, überspielt, und sich eingeredet, dass sie nur da war, um alles anzusehen, nicht, um teilzunehmen. *Himmel!* Er redet entschlossen weiter und stopft seine Emotionen in einen Kasten, wie er es schon so oft getan hat, unterdrückt sie und hält sich ausschließlich an seinen Verstand, wie ein Pilot, dem ein Triebwerk ausgefallen ist.

»Stimmt, das klingt, als habe das Rohypnol nichts damit zu tun. Beide Male waren nur ein paar Leute betroffen und keiner wurde vergiftet. Diesmal wurden alle vergiftet. Der Trank ist offensichtlich der Träger. Wer hat ihn gemacht?«

»Dev. Er serviert ihn in einer zeremoniellen Schale.«

»Daran erinnere ich mich nicht. Am Donnerstagabend war es nicht so.«

Sie schüttelt den Kopf. »Nein, der Trank wird nur jeden zweiten Freitag gespendet, am Ende eines zweiwöchigen Intensivkurses. Er füllt ihn mit einer Kelle aus seiner Schale in kleine Gläser, das symbolisiert das Ende von zwei Wochen Abstinenz und den Wiedereintritt in die Welt.«

»Er war am Donnerstag da. Da gab es keine Schale, aber er hat etwas aus einer großen Coke-Flasche verteilt. Ich habe auch etwas bekommen.«

Jay Jay lächelt matt. »Was soll ich sagen? Er hat gern gefeiert.«

»Im Ernst?«

»Ja. Von den Leuten aus dem Intensivkurs dürfte niemand dabei gewesen sein, nicht am Donnerstag. An die würden Sie sich erinnern. Sie alle hätten Hennasymbole auf der Stirn gehabt. Die werden im Lauf der vierzehn Tage immer größer.«

Martin durchkämmt sein Gedächtnis. Er erinnert sich an den Guru im Lotossitz und an das hübsche Mädchen ihm gegenüber, aber er weiß nicht mehr, ob sie irgendwelche Zeichen auf der Stirn hatte.

»Und wer hat diesen Trank von ihm bekommen? Nur die Kursteilnehmer?«

»Nein. Sie waren die Ersten, aber jeder, der wollte, bekam etwas. Der Gedanke dahinter war, dass die Teilnehmer wieder in die Welt zurückkehrten. In den Wochen dazwischen gab es oft Partys. Sie hatte eigentlich nichts mit ihm zu tun, aber er kam gern dazu. Wie letzten Donnerstag.«

»Es gab also zwei Arten von Partys?«

»Ja, das würde ich sagen. Die Zeremonie fand alle vierzehn Tage statt. Zuerst war es nur der Swami mit zwei Jüngern, dann kamen die Leute vom Camping dazu. Es sprach sich herum, und irgendwann kamen sie mit dem Bus aus dem Hostel in der Stadt. Inzwischen findet jeden Freitag eine Party statt, auch wenn die Kursteilnehmer nicht dabei sind.«

»Aber der Swami war dann trotzdem da?«

»Meistens. Er war so was wie eine Attraktion.« Sie lächelt, als gehe ihr eine zärtliche Erinnerung durch den Kopf.

»Und wer hat die Partys organisiert?«

»Niemand. Sie wurden einfach zu einer regelmäßigen Veranstaltung.«

»Aber da kam ein Bus vom Hostel – gefahren von Harry Drake Junior?«

Jay Jay nickt und runzelt die Stirn. »Ja.«

»Liefert Harry Drogen?«

»Das weiß ich nicht mit Sicherheit, aber die Leute aus dem Hostel sind eigentlich immer zugedröhnt, mehr als alle anderen. Also – wahrscheinlich ja.«

Martin senkt die Stimme und bemüht sich um Takt, aber er weiß, es gelingt ihm nicht. »Die Polizei wird sich fragen, ob der Swami mit Absicht gehandelt hat.«

»Was meinen Sie damit?«

»Mord. Selbstmord. Manche Medien berichten bereits in diesem Sinne.«

Sie schüttelt den Kopf, schüttelt ihn ungläubig immer weiter. Anscheinend muss sie sich selbst genauso überzeugen wie ihn. »Nein. Dafür gab es keine Anzeichen. Nichts dergleichen. Er wollte lange am Hummingbird Beach bleiben.«

»Wo hat er seinen Trank zusammengerührt? In der Gemeinschaftsküche?«

»Nein. Oben in seinem Einkehrort. Oder in seinem Bungalow. Allein. Er brachte ihn dann in einer großen Coke-Flasche herunter, wie Sie sie gesehen haben, und goss ihn in seine Schale.« Sie will weitersprechen, aber dann fällt ihr etwas ein. Sie reißt die Augen auf. »Er hat mir erzählt, dass jemand seine Sachen durchwühlt hat.«

»Wann? Gestern?«

»Nein, vor ein oder zwei Wochen.«

»Das sollten Sie der Polizei berichten. Die wird es wissen wollen.« Sie nickt. »Aber sagen Sie – zwei Partys an zwei Abenden, zwei Drogenpartys in zwei Nächten nacheinander. Ist das normal?«

Sie schüttelt den Kopf. »Nein. Ich kann mich nicht erinnern, dass das schon einmal vorgekommen ist.«

»Glauben Sie, er war ehrlich?«

»Wie meinen Sie das?«

Martin denkt an den Swami in Straßenkleidung und mit Panamahut, wie er sich mit Tyson St Clair in Longton getroffen hat. »Hat er selbst an das geglaubt, was er tat?«

Sie lächelt schief. »Absolut. Er war sehr ehrlich. Er hat mir geholfen.«

»Womit?«

»Meditation. Reflexion. Vergebung.«

Martin sieht aus dem Fenster. Wenn man es so ausdrückt, klingt es beinahe verheißungsvoll. »Er war also echt.«

»Auf seine Weise. Unorthodox, aber ehrlich.«

»Inwiefern unorthodox?«

»Als ich das Surfen aufgegeben hatte, war ich einige Zeit in Indien, im Ashram. Um mich selbst zu finden.«

»Und?«

»Hat mir nicht geschadet, abgesehen von dem Durchfall.«

»Was hat das mit dem Swami zu tun?«

»Er kommt nicht aus dieser Tradition. Er kennt ein paar Gesänge, aber nicht die Schriften. Wenn er von einem Guru gelernt hätte, wäre er wie die anderen. Aber das bedeutet nicht, dass er ein Betrüger war.«

»Wohl nicht«, sagt Martin. Er hat nicht vor, über die Bedeutung des Wortes Betrüger zu diskutieren.

Eine Zeitlang schweigen beide und hängen ihren Gedanken nach. »Verdammt, was haben Sie hier zu suchen?« Morris Montifore steht in der Tür, wütend und entrüstet.

»Morris, ich muss Ihnen etwas erzählen.« Martin steht auf.

»Nein, müssen Sie nicht«, faucht Montifore. Er nimmt ihn beim Arm und zieht ihn hinaus auf den Korridor. »Damit das klar ist: Wir plaudern nicht miteinander, Sie nennen mich nicht beim Vornamen, und auf meinem Handy rufen Sie mich schon gar nicht an, verdammt!«

»Ich versuche, Ihnen zu helfen.«

»Indem Sie sich an einen Tatort schmuggeln und dann darüber im *Herald* schreiben? Sie haben mir gesagt, Sie sind fertig mit dem Journalismus.«

»Ich habe an diesem Tatort ein Menschenleben gerettet.«

Montifore stutzt, sprachlos vor Zorn. »Ist das eine Drohung?«, fragt er schließlich.

»Was?«

Montifore starrt seine Schuhe an, scheint bis zehn zu zählen und beruhigt sich ein wenig. »Okay. Schießen Sie los. Was gibt es so Wichtiges?«

»Die Drogenpartys. Die sind seit Monaten im Gange. Manchmal nur mit Alkohol und Marihuana. Manchmal auch Ecstasy. Aber vielleicht nicht durch den Swami zur Verfügung gestellt, jedenfalls nicht in letzter Zeit.«

»Das wissen wir.«

»Ich war am Donnerstagabend dabei. Da war noch etwas anderes im Spiel. Rohypnol.«

Jetzt wird Montifore aufmerksam. »Das können Sie nicht mit Sicherheit wissen.«

»Vielleicht nicht, aber ich weiß, wie Sie es herausfinden können. Ich war gestern hier. In diesem Krankenhaus. Ich und die komatöse junge Frau da drin, die mit dem hingebungsvollen Freund. Ihr Name ist Topaz. Man hat uns beiden Blut abgenommen. Sie haben meine Zustimmung, meine Probe zu untersuchen. Das gebe ich Ihnen auch schriftlich, wenn Sie es brauchen. Vergleichen Sie die Probe mit dem, was Sie von gestern Nacht haben.«

Montifore begreift die Logik in Martins Worten. »Sie meinen, es gibt eine Eskalation? Zwei Nächte hintereinander?«

»Vielleicht. Vielleicht besteht auch nicht der geringste Zusammenhang.« Er will weiterreden, dem Polizisten von dem weiter zurückliegenden Zwischenfall erzählen, aber dann lässt er es bleiben. Jasper und Mandy zusammen am Hummingbird Beach, das ist eine Information, die er Montifore jetzt lieber nicht zum Fraß vorwirft.

Der Detective bemerkt Martins Zögern nicht. »Okay. Gut. Aber jetzt verschwinden Sie. Sie haben hier nichts zu suchen.« Der Ton ist nicht mehr so scharf.

Martin will sich abwenden, aber dann sagt er: »Ich muss den Jungen mitnehmen. Sie haben ihn entlassen und sein Bett freigegeben.«

Montifore nickt. »Okay. Dann holen Sie ihn schnell. Und – Martin?«

»Ja?«

»Der Junge am Strand, den Sie gerettet haben – danke. Ich habe ihn nicht gesehen.«

»Selbstverständlich.«

Montifore nickt, ein kurzes, kaum wahrnehmbares Danke.

Martin geht zurück auf die Station. »Komm, Royce, wir müssen los.«

»Kann ich nicht bei ihr bleiben?«

Martin zuckt die Achseln. »Ich denke schon. Aber du musst dich trotzdem anziehen und deine Sachen holen. Dein Bett wird gebraucht.«

Draußen auf dem Parkplatz ist es heiß und wird immer heißer. Kein Wind, keine Meeresbrise, nicht mal das trockene Ausatmen des Hinterlandes ist zu spüren. Der Sommer streckt die Arme aus, und seine Kraft ist unvermindert.

Martin sieht Doug Thunkleton und zieht sich in den Schatten eines Jacaranda-Baums zurück. Er gibt einen Namen in sein Telefon ein und wählt die Nummer. Jack Goffing. Agent des australischen Geheimdienstes, der Australian Security Intelligence Organisation ASIO. Mit ihm hat er sich bei den Ermittlungen unten in Riversend angefreundet; sie haben einander aus schwierigen Situationen gerettet. Vielleicht kann Jack ihm jetzt helfen.

»Martin. Sie sind offenbar wieder mitten im Getümmel.«

»So kann man es ausdrücken.«

»Was kann ich für Sie tun?«

»Haben Sie Zeitung gelesen?«

»Über das australische Jonestown?«

»Mein Gott. Haben wir das geschrieben?«

»Wie alle anderen.«

»Jack. Was den toten Swami angeht – Dev Hawananda – er hat bei diesen Partys einen Trank verteilt. Vielleicht hat er ihn vergiftet, vielleicht hat jemand anders sich daran zu schaffen gemacht. Sie wissen, wovon ich rede?«

»Ja. Ich habe Ihre Story gelesen, unter anderem. Gute Arbeit übrigens.«

»Kann es sein, dass er ein Hochstapler ist?«

»Sie meinen, nicht wirklich heilig?«

Martin hört den Sarkasmus in der Bemerkung des Geheimdienstmannes, aber er kann Goffings Ironie nicht teilen. Er war dort und hat die Toten und die Sterbenden gesehen. »Ich meine, nicht wirklich ein Swami. Gibt es eine Möglichkeit, ihn unter die Lupe zu nehmen, zu sehen, ob er wirklich war, was er behauptete? Vielleicht auch seinen Background in Indien zu checken?«

Goffing schweigt kurz und sagt dann: »Morris Montifore ist da. Informieren Sie ihn. Sie brauchen mich nicht.«

»Montifore läuft sich hier die Hacken ab, und sein Kopf ist ein Dampfkessel. Ich komme nicht an ihn heran, und wenn ich es doch schaffe, wird er wahrscheinlich explodieren. Wenn Sie was rausfinden, gebe ich es an ihn weiter, versprochen.«

»Nachdem Sie es publiziert haben?« Goffing klingt amüsiert.

»Vorher natürlich. Ich will seinen Kommentar.«

Jetzt lacht Goffing schallend. »Okay, ich werde sehen, was ich tun kann. Aber Ihnen ist klar, dass heute Samstag ist? Sie haben Glück, dass ich heute Nachmittag arbeite.«

Martin fällt noch etwas ein. »Ach, Jack, eins noch. Hier gibt es ein junges Paar – ein Australier, Royce McAlister, und eine Amerikanerin namens Topaz, ihren Nachnamen weiß ich nicht. Sie sind jung, Mitte zwanzig. Irgendetwas stimmt da nicht.«

»Was meinen Sie?«

»Die beiden sind bei einem Erpressungsversuch erwischt worden. Der Freund sagt, Topaz kennt sich mit Drogen aus, aber sie war Donnerstag und Freitag bei den Partys am Hummingbird Beach dabei, und jetzt liegt sie im Krankenhaus, komatös und hängt an einer Infusion.«

Goffing antwortet nicht gleich. Bei jedem anderen würde Martin jetzt ungeduldig, aber er hat die vorsichtigen Erwägungen des Geheimdienstmannes schätzen gelernt. »Das verstehe ich nicht«, sagt er schließlich. »Was genau wollen Sie wissen?«

»Keine Ahnung. Frühere Straftaten. Verurteilungen. Vielleicht ist diese ganze Katastrophe die Folge eines schiefgegangenen Betrugs.«

»Haben Sie das Montifore erzählt?«

»Ich habe nichts, was ich ihm erzählen könnte. Noch nicht.«

Goffing verspricht, zu tun, was er kann, und beendet das Gespräch.

Martin will gehen, aber er kommt nicht weit, weil Doug Thunkleton ihn abfängt. Seine Kameracrew lauert im Hintergrund. »Das war cool. Wie sind Sie da reingekommen?« Der Fernsehreporter nickt Richtung Krankenhaus.

»Mit meinem angeborenen Charme.«

»Haben Sie Zeit für ein kurzes Interview?«

»Sollten wir nicht warten bis nach der Pressekonferenz?«

Thunkleton sieht auf die Uhr und runzelt die Stirn. »Da haben Sie wohl recht. Gleich danach also?«

»Gern. Kommen Sie einfach zu mir.«

Martin sieht Thunkleton nach, als dieser zur Meute zurückkehrt. Sie wird von Minute zu Minute größer, mehr und mehr

Journalisten kommen, aus Sydney und aus anderen Staaten. Es ist die größte Story in ganz Australien und sie wird immer größer. Das kann er riechen. Er will so schnell wie möglich nach Port Silver, die Fakten recherchieren und sie vor der ganzen Welt ausbreiten. Als Erstes vergewissert er sich, dass Bethanie zur Pressekonferenz geht. Dann läuft er zurück zu seinem Wagen und fährt mit knatterndem Auspuff Richtung Port Silver.

Aber die Straße interessiert sich nicht für Storys und Deadlines und journalistisches Ego. Sie ist zu schmal, zu viel Verkehr kriecht durch die Haarnadelkurven, und man kann nirgends überholen. Er hängt hinter einem Sattelschlepper, der sich im ersten Gang mahlend bergab quält. In einem Punkt hat Tyson St Clair recht: Ohne eine neue Zufahrtsstraße kann Port Silver nicht weiter wachsen. Gerade als er denkt, es geht nicht mehr langsamer, bleibt der Truck keuchend und mit zischenden Bremsen stehen. Zögernd schert Martin aus, um zu überholen, aber dann sieht er das Problem. Ein zweiter Sattelschlepper kommt den Berg herauf. Der Fahrer bugsiert das riesige Gespann in einer halsbrecherischen Dreipunktkehre durch eine Haarnadelkurve, und ein hilfsbereiter Autofahrer gibt ihm winkend Navigationsanweisungen. Martin schert wieder ein, hält an und schaltet die Warnblinkanlage ein. Das wird ewig dauern. Zuerst muss der Lastwagen heraufkommen, dann muss der Schlepper vor ihm hinunter, wozu das gleiche Manöver in der Kurve notwendig sein wird – und dann kommen noch zwei oder drei weitere Haarnadelkurven. Martin seufzt. Er versucht, sich einzureden, dass es nicht wichtig sei. Schließlich hat er keine Deadline. Aber der Stillstand tut seiner Konzentration und seiner Zielstrebigkeit nicht gut. Er will sich mit den Vergiftungen beschäftigen, die Aufrichtigkeit des Swami beleuchten, herausfinden, woher das Rohypnol gekommen ist; er will über Amory Ashtons geheimnisvolles Verschwinden nachdenken, er will über Royce und Topaz nachdenken und auch über die Rolle, die Harry der Junge spielt. Über all das will er sich den Kopf zerbrechen, nur nicht über Mandy am Hummingbird Beach mit Jasper Speight und Garth. Aber der Stau steht, und es gibt kein Entkommen. Jay Jays Enthüllung ist aus der Kiste gesprungen und nicht mehr zu ignorieren. Was hat das zu bedeuten? Dass Mandy untreu war? Hat sie ihn und Winifred in die Irre geführt, was den Streit mit Jasper im Lifesavers Club angeht? Hat sie die Polizei belogen? Auch in Riversend ist sie erst nach und nach mit der Wahrheit herausgerückt, was ihre Beziehung zu dem mörderischen Priester anging. Martin hat ihr geglaubt, sich durch ihre Schönheit blenden lassen. Aber das war, bevor sie ihn kannte, bevor beide ein Paar wurden, bevor sie eine gemeinsame Zukunft zu planen begannen. Warum hat sie ihm nicht erzählt, dass sie am Hummingbird Beach war? Sie hat ihm ins Gesicht geschlagen, als sie hörte, dass er die Nacht dort verbracht hatte. Jetzt kann er Jasper nicht mehr fragen, er kann Garth nicht mehr fragen, und bei dem Gedanken daran, Mandy zur Rede zu stellen, dreht sich ihm der Magen um.

Seine kreisenden Gedanken machen ihn rastlos, und er steigt aus, als könnte er sie im Auto zurücklassen. Der Sattelschlepper, der nach Longton fährt, kriecht bergauf an ihm vorbei, gefolgt von einer trägen Autokarawane. Er wird noch eine Weile hier festsitzen, weil der Laster vor ihm warten muss, bevor er selbst seine Pirouette durch die enge Kurve drehen kann. Martin geht zum Straßenrand, und die Sonne begleitet ihn wie ein langsames Stroboskop. *Kannst du das Meer sehen?*, fragt sein Vater. Er späht in die Ferne, über das Grün der Farne hinweg, durch die senkrechten Lücken zwischen den Eukalyptusbäumen. Und da ist es: das Meer, eine waagerechte Linie zwischen zwei Blautönen. Das Meer. Er kann das Meer sehen. Er musste nur lange genug stehen bleiben.

DREIUNDZWANZIG An der Zufahrt zum Hummingbird Beach liegen keine Blumensträuße. Nur eine schlechtgelaunte Polizistin mit verschränkten Armen wartet dort. Ihr Wagen parkt quer über den schmalen Weg hinter dem Viehrost. Martin stellt den Motor des Corolla ab, so dass der zunehmend ordnungswidrige Auspuff schweigt, und geht auf die Polizistin zu. Sie ist jung, trägt das Haar zu einem dunklen Bob geschnitten, und ihre Augen sind hinter einer Sonnenbrille verborgen. Sie wartet nicht, bis er etwas sagt.

»Das ist ein Tatort. Kein Zutritt.«

»Ich habe hier übernachtet«, sagt Martin in versöhnlichem Ton. »Ich will nur meine Sachen holen und die einer Freundin.«

Die Polizistin nimmt die Sonnenbrille ab. »Sie sind Martin Scarsden. Sie sind Journalist. Noch einen Schritt und ich verhafte Sie.«

»Ich war letzte Nacht hier, mit dem Team vom staatlichen Katastrophenschutz. Wir haben Menschenleben gerettet. Man hat mir gesagt, ich darf meine Sachen holen.«

Sie starrt ihn durchdringend an. In ihrem Blick liegt kein Funke Sympathie. »Ich bin Absolventin der Goulburn Police Academy«, sagt sie leise.

Martin kneift kurz die Augen zu. Warum erzählt sie ihm das?

»Ich war derselbe Jahrgang wie Robbie Haus-Jones. Der anständigste Mann, dem ich je begegnet bin.« Ihre Stimme klingt gleichmütig und sachlich.

Fuck. Jetzt hat er's. Robbie Haus-Jones, der junge Constable, mit dem er sich draußen im Westen angefreundet hat und der so viel getan hat, um ihm zu helfen. Der junge Constable, der sich jetzt von Verbrennungen dritten Grades erholen muss, vom Polizeidienst suspendiert und mit der Aussicht auf ein Strafverfahren. Robbie. Der arme Robbie.

Martin versucht gar nicht, etwas zu erwidern. Er steigt ins Auto und fährt mühsam rückwärts davon, getroffen vom unerbittlichen Blick der Polizistin. Als er ihren gerechten Zorn nicht mehr sehen muss, gelingt es ihm, zu wenden. Was nun? Er ist nicht sicher. Einen Moment lang überlegt er, zur Käsefabrik zu fahren, dort ein Kanu oder ein Kajak aufzutreiben und damit am Sumpf entlang und durch den Kanal zum Hummingbird Beach zu paddeln. Aber mit welchem Kanu, mit welchem Kajak? Leichter wäre es, an der Brücke zu parken, durch das Wasser zu waten und um die Landzunge herum zum Strand zu schwimmen. Und dann? Auftauchen wie das Monster aus der Schwarzen Lagune und sich verhaften lassen? Toll. Dann könnten sie ihn Doug Thunkleton und den übrigen Medienleuten vorführen: Beweisstück A – Blödmann. Martin kommt zu der Kreuzung mit der Ridge Road … Er erinnert sich an den Fußweg zwischen der Straße und dem Ausguck auf der Landspitze. Ein zweiter Weg zweigt davon ab und führt zum Hummingbird Beach hinunter, durch den Teil des Campingplatzes, auf dem die Anhänger des Gurus wohnten. Was hat Jay Jay gesagt, wo der Guru seinen Trank gemischt hat? *Oben in seinem Einkehrort oder in seinem Bungalow. Allein. Er brachte ihn dann in einer großen Coke-Flasche herunter.* Oben in seinem Einkehrort? Heruntergebracht? Ein Blick kann nicht schaden.

Ein paar Minuten später lässt er seinen Wagen am Anfang des Wanderwegs stehen, wo er ihn auch schon vor drei Tagen geparkt hatte. Heute ist die Natur nicht mehr so beeindruckend.

Es geht kein Wind, vielleicht ist das der Grund. Nichts lindert die zunehmende Hitze. Martin macht sich an den Abstieg, und entdeckt, immer noch ein gutes Stück oberhalb des eigentlichen Campingplatzes, eine einzelne Hütte rechts auf einem Plateau aus kahlem Sandstein, durch Laubwerk abgeschirmt. Als hätte seine Phantasie sie herbeigezaubert … Er folgt einem schmalen Pfad hinunter zur Hütte und gelangt über ein paar Stufen auf eine kleine Veranda. Die Hütte mag bescheiden sein, aber die Aussicht ist außerordentlich: Man steht auf dieser Veranda und atmet Begeisterung. Das Panorama erstreckt sich an der Küste hinauf bis zu den Dünen, den endlosen Stränden und der tückischen Brandung von Treachery Bay und weiter bis zu der fernen grün-blauen Linie, wo das Escarpment ans Meer stößt.

Zuerst bekommt er die Tür nicht auf. Er möchte nicht seine bloßen Hände benutzen, will keine Spuren hinterlassen. Also steigt er von der Veranda herunter, sucht sich zwei Stöcke und hebelt die Tür damit auf.

Die Hütte hat nur ein Zimmer; sie ist noch kleiner als die Gästehütten unten am Strand. Der Geruch von Räucherstäbchen und Gewürzen macht den engen Raum stickig. Ein großes Bett ist das beherrschende Möbelstück. Es ist hoch und von bunten Seidentüchern umgeben statt von Moskitonetzen. Auf dem Boden liegt eine leere Kondomschachtel. Martin zögert und begreift, dass die Polizei noch nicht hier gewesen ist. Anscheinend wissen sie nichts von dieser Hütte. Ist das möglich?

Er schiebt die Hände in die Hosentaschen, will nicht aus Versehen etwas anfassen. Vor dem Bett liegt eine Gebetsmatte. Martin stellt sich vor, wie der Swami hier im Lotossitz in der offenen Tür sitzt und die vor ihm ausgebreitete Welt betrachtet wie ein Gott, der auf die Erde blickt. Ein geschnitzter Shiva hängt auf der einen Seite an der Wand, ein Krishna auf der anderen. Martin holt sein Smartphone heraus und macht Fotos. Auf einem Kleiderschrank – ein balinesisches Möbelstück? – liegt ein Panamahut. In dem Schrank hängen verschiedene Gewänder, aber auch Oberhemden und Chinos, Straßenkleidung, wie der Swami sie in Longton bei seiner Unterhaltung mit Tyson St Clair getragen hatte. Martin fotografiert die Garderobe. Auf dem Boden des Schranks liegt ein Haufen Schuhe, asiatische Sandalen und westliche Schuhe und Boots, und daneben ein altmodischer Koffer, eine Antiquität – lackierte Pappe mit dunkelbraunen Rippen aus poliertem Holz, mit verblichenen Aufklebern geschmückt. Martin findet einen Lappen, fasst den Koffer damit an und hebt ihn aus dem Schrank, um ihn zu fotografieren. Auf den Stickern steht *Madras*, *London* und *Bombay*. Wie lange ist es her, dass Chennai Madras hieß und Mumbai Bombay?

Martin legt den Koffer auf das Bett, und mit einer von einem Seidentuch geschützten Hand öffnet er ihn behutsam. Darin liegen ein paar Kleidungsstücke, dicke Pullover und Wintersachen. Martin geht den Inhalt durch und findet einen zerlesenen Reiseführer, einen alten »Lonely Planet«-Guide für Indien. Er nimmt ihn in die seidenumwickelte Hand. Zwischen den Seiten stecken mehrere Postkarten. Postkarten. Martin stockt der Atem. Vorsichtig, mit unter dem Tuch ungeschickten Fingern, schlägt er das Buch auf und betrachtet nacheinander alle Karten, schiebt sorgfältig jede an ihren Platz zurück, entdeckt das Schwarzweiß-Porträt eines heiligen Inders, der auf der Rückseite als Swami Brahmananda Saraswati identifiziert wird. Eine andere Karte zeigt die Beatles mit Maharishi Mahesh Yogi, und auf einer dritten sieht man Bhagwan Shree Rajneesh in orangefarbenen Gewändern, grinsend wie die Katze, die das Sahneschälchen ausgeleckt hat. Die restlichen drei Karten zeigen hinduistische Gottheiten: Brahma, Vishnu und Ganesh. Keine der Karten ist auf der Rückseite beschrieben. Religiöse Postkarten. Er zermartert sich das Hirn und sucht nach einer Verbindung zu der Postkarte, die Jasper Speight in seiner sterbenden Hand gehalten hat. Aber es gibt keine Verbindung, nichts Handfestes. Vorsichtig legt er den Reiseführer zurück und klappt den Deckel zu. Martin will den Koffer gerade zurück in den Schrank schieben, als ihm ein Gedanke kommt, ein Verdacht. Er hebt den Koffer wieder auf das Bett und öffnet ihn. Da, auf der Innenseite des Deckels, auf einem blauen Stück Klebestreifen, steht, mit einem Stift geschrieben, der Name des Eigentümers. *Swami Dev Hawananda.* Warum schreibt man seinen Namen auf einen Klebestreifen, der so leicht zu entfernen ist? Vorsichtig versucht Martin, den Streifen abzuschälen, aber mit dem Seidentuch fällt es schwer. Er wirft es beiseite und benutzt seine Fingernägel. Er arbeitet langsam, denn er will weder den Klebstreifen zerreißen noch den Koffer beschädigen. Bald hat er genug abgelöst, um den Anfang einer Schrift zu sehen. Noch ein Name. Behutsam und mit wachsender Erregung, zieht er an dem Streifen, bis der Name freigelegt ist. Die Schrift ist nicht englisch, aber auch nicht Hindi oder Sanskrit, sondern kyrillisch oder vielleicht griechisch. Martin greift zu seinem Telefon und fotografiert den Namen: Μυρον Παπαδοπουλος.

Kurz überlegt er, den Koffer mitzunehmen. Es gab eine Zeit, da hätte er nicht gezögert. Als jüngerer Mann, als Auslandskorrespondent, hätte er ihn gestohlen, ohne Rücksicht auf Konsequenzen oder örtliche Vorschriften. Aber jetzt geht das nicht. Er darf kein Beweismaterial mitnehmen, das für die Polizei nützlich sein könnte. Was hat sich geändert – er selbst oder nur die Rechtslage? Wenn er in Indien wäre, hätte er dann genauso viel Respekt vor der Polizei? Oder so viel Angst? Egal, er kann den Koffer nicht mitnehmen. Stattdessen drückt er gewissenhaft den Klebestreifen wieder fest und reibt mit dem Seidentuch darüber, um sicher zu sein, dass der Streifen haften bleibt und er keine Fingerabdrücke darauf hinterlassen hat. Dann schließt er den Deckel, legt den Koffer auf den Boden und fotografiert ihn aus verschiedenen Blickwinkeln, bevor er ihn zum Schrank zurückträgt. Er muss gehen; er weiß, er hat keine Ausrede, wenn die Polizei ihn hier findet, aber er weiß auch, es ist seine einzige Chance. Sie werden ihn nie wieder hier hereinlassen, nicht solange die Habseligkeiten des Heiligen Mannes noch hier sind.

Martins Blick wandert durch die Hütte. Wonach sucht er? Was hat er übersehen? Dann geht ihm ein Licht auf. Er schiebt die Seidenvorhänge zur Seite und steigt auf das Bett. Und da, auf einem Bord über dem Kopfende, steht ein Mörser mit Stößel. Neben diesen steinernen Gerätschaften sieht er eine Apothekerflasche aus braunem Glas und einen schmalen Sandelholzkasten. Er lässt den Kasten, wo er ist, und öffnet nur die Messingschließe mit der in das Seidentuch gewickelten Hand. Nebeneinander stehen darin sechs kleine Arzneifläschchen mit Metallverschlüssen und ein durchsichtiger Plastikbeutel mit Tabletten. Die Fläschchen tragen alte Etiketten, die schwer zu entziffern sind. Martin holt sein Telefon heraus, macht aus großer Nähe mehrere Fotos. Dann klappt er den Deckel herunter, steigt vom Bett und verlässt mit klopfendem Herzen die Hütte.

Einen Moment lang ist er wie im Rausch. Das hier ist eine Sensation, verdammt. Das Allerheiligste eines Kultführers, die Giftfläschchen aufgereiht – und seine Fotos untermauern die Story. Martin Scarsden, nicht nur der Meute, sondern auch der Polizei weit voraus. Er hüpft den Weg entlang. Wenn erst Terri und die Kollegen beim *Herald* sehen, was er da hat! Die Titelseite ist ihm sicher. Er bleibt stehen und atmet tief durch. Die Luft schmeckt nach Salz und nach Rache. Er kann schreiben, was er will, behaupten, was er will – die Toten können nicht vor Gericht gehen. Während er so dasteht, überkommen ihn erste Zweifel. Hier ist er sicher, das weiß er. Selbst wenn die Polizei vom Strand heraufklettert, ist er ihnen weit voraus. Warum also zögert er? Etwas regt sich in ihm. Sein Gewissen? Nein, das nicht. Verantwortungsbewusstsein? Nein. Schuldbewusstsein? Möglich. Ist er wirklich imstande, solches Beweismaterial zu finden und der Polizei nichts davon zu sagen, bevor er es publiziert? Kann er damit durchkommen? Er steht wie angewurzelt da, und der Drang, zu hüpfen, ist weg. Er muss die Polizei informieren. Sonst darf er das Material nicht verwenden, ohne ein Strafverfahren wegen Unterdrückung von Beweismitteln zu riskieren und damit selbst zur Story zu werden. Seine Konkurrenten würden sich auf ihn stürzen und ihn wegen unethischen Verhaltens verdammen: der Mann, der eine Mordermittlung gefährdet hat. Allmählich begreift er, warum er zögert. Es geht nicht um die Story oder die mögliche Reaktion der Polizei. Es geht nicht einmal um Mandy. Es geht um den Tod von sieben Menschen und um die Frage, wer sie umgebracht hat. Wieder hat er das Bild vor Augen: das schöne Liebespaar, vereint selbst im Tod. Es geht um Jay Jay Hayes und die Trauer um ihren toten Geliebten. Martin zittert. Jetzt weiß er, was er zu tun hat. Wie hat er je etwas anderes denken können?

Er marschiert zu seinem Wagen und schließt den Kofferraum auf. Er hebt den zerfransten Teppich hoch und legt das Fach des Reserverads frei. Vorsichtig schiebt er sein Telefon neben den Reifen, dann schlägt er den Kofferraumdeckel zu, vergewissert sich, dass er verschlossen ist, dass das Auto verschlossen ist, und geht hinunter zum Hummingbird-Campingplatz. Noch im Schutz des Regenwalds, bleibt er stehen, atmet tief durch, wird ruhig wie ein Schauspieler, der in den Kulissen auf sein Stichwort wartet. Dann tritt er ins Freie.

Ivan Lucics Gesicht ist ein wahrer Genuss. Der Mann schaut

entsetzt, als er Martin heranschlendern sieht, und hat plötzlich kein Ohr mehr für das Gespräch mit den drei Polizisten in Wegwerf-Overalls aus Plastik und der Aufschrift FORENSIK in großen Buchstaben auf dem Rücken.

»Wie geht's?«, fragt Martin munter. »Brauchen Sie Hilfe?«

Aber Lucic lächelt nicht. »Martin Scarsden, Sie sind festgenommen wegen vorsätzlicher Missachtung einer polizeilichen Anordnung.« Er wendet sich an die anderen Polizisten. »Kann einer von Ihnen ein Paar Handschellen aus dem Wagen holen, bitte?« Einer der Kriminaltechniker zuckt die Achseln und stapft davon. Er ist es offensichtlich nicht gewohnt, Leute festzunehmen.

Martin hat plötzlich Mühe, so großspurig zu bleiben. »Im Ernst, ich bin hier, um Ihnen zu helfen. Ich habe wichtige Informationen.«

Lucic schüttelt den Kopf. »Die Kollegin am Tor hat Sie weggeschickt. Sie hätten ihren Anordnungen Folge leisten sollen.«

»Genau das habe ich getan, bis mir klarwurde, dass Sie möglicherweise entscheidendes Beweismaterial übersehen. Und sich lächerlich machen.« Das sind provokante Worte, aber Martins Stimme bleibt sanft.

Lucic beißt an. »Was für Beweismaterial?«

Martin schluckt. Lucic will ihn ans Kreuz nageln. Jetzt muss er überzeugend sein. »Ich habe ihre Anordnung befolgt. Ich bin zur Landspitze hinaufgegangen, nicht zum Tatort hinunter. Ich habe keine polizeilichen Absperrungen übertreten. Ich wollte nur feststellen, ob von da oben der Strand zu sehen ist, so dass unsere Fotografin vielleicht ein paar Aufnahmen von Ihnen bei der Arbeit machen kann. Sie wissen schon, mit dem Tele, im Paparazzi-Stil.« Er dreht sich um und macht eine Gebärde in Richtung Landzunge.

Lucic beherrscht sich. Er kocht, aber er ist auch neugierig. »Weiter.«

»Da gibt es einen Weg, der sich herunterschlängelt. Einen Fußweg. Ich habe nach einem Aussichtspunkt für die Fotografin gesucht. Und da habe ich sie gefunden.«

»Wen gefunden?«

»Die private Hütte des Swami.«

»Was?

»Seine Hütte.«

»Bullshit. Wir haben seine Hütte durchsucht. Sie ist da drüben.« Lucic deutet auf einen Punkt hinter Martin.

»Er hatte zwei. Da oben ist sein Rückzugsort. Gut versteckt. Leicht zu übersehen.« Martin spreizt die Hände. »Kein Absperrband. Nichts.«

»Woher wissen Sie, dass sie ihm gehört?«

»Jay Jay Hayes, die Besitzerin der Anlage, hat mir erzählt, dass er einen Bungalow hat und außerdem noch einen Rückzugsort. Ich habe einen Blick in die Hütte geworfen. Sie ist voll mit indischem Krimskrams. Seidene Gewänder, Räucherstäbchen, geschnitzte Hindu-Götter. Es sah nicht so aus, als wäre die Hütte durchsucht worden. Ich wollte gerade gehen, als ich Ihre Stimmen hörte und dachte, dass Sie das vielleicht wissen sollten. Bevor die Story fertig ist.«

Lucic starrt ihn an, als wollte er ihn grillen. »Sie waren also drin. Haben Sie etwas angerührt?«

»Ja, ich war drin. Deshalb weiß ich ja, dass es seine Hütte ist. Mir ist klar, dass Sie das wissen müssen, deshalb bin ich hier.«

Lucic überdenkt die Situation und lächelt dann boshaft. »Ich nehme Sie trotzdem fest.«

Verzweiflung durchströmt Martin. Er darf jetzt nicht verhaftet werden. Auf keinen Fall. Mandy braucht ihn, der *Herald* braucht ihn. Es wird Zeit, ein paar Trümpfe auszuspielen. »Nein, das tun Sie nicht«, sagt er ruhig und ist insgeheim beeindruckt von seiner Unverfrorenheit.

»Und warum nicht?«, fragt Lucic.

»Weil ich dem Untersuchungsrichter genau schildern werde, was passiert ist. Dass ich mich, obwohl man mir verboten hatte, das Gelände zu betreten, verpflichtet gefühlt habe, der Polizei wichtige Informationen weiterzuleiten, die sie übersehen hatte.«

Das genügt. Jetzt ist Lucic wirklich wütend. Man sieht es in seinen Augen, aber er behält die Nerven. »Warum sollte ein Untersuchungsrichter sich auf die Seite eines Journalisten stellen und nicht auf die eines Detective Sergeant?«

Martin schüttelt den Kopf, als habe er Mitleid. »Was der Untersuchungsrichter sagt, ist eigentlich egal. Es geht um den Gerichtshof der öffentlichen Meinung. Der *Sydney Morning Herald* wird meine Aussage drucken, und die übrige Presse ebenfalls. Ich werde erzählen, wie ich der Polizei behilflich war und dafür verfolgt wurde. Ihre Vorgesetzten werden das alles in der Zeitung lesen.«

Lucic antwortet nicht. Einen Augenblick lang schweigen sie beide. Es ist eine Pattsituation, die erst durch einen der Kriminaltechniker unterbrochen wird. »Ist das nicht so was wie ein, äh, Verstoß gegen die journalistische Ethik?«

Lucic und Martin starren ihn voller Verachtung an. Lucic spricht als Erster. »Warum helfen Sie Ihrem Kollegen nicht bei der Suche nach den Handschellen?« Der junge Mann wird rot und sieht seinen älteren Kollegen an, vermutlich seinen Vorgesetzten. »Besser noch«, sagt Lucic, »streichen Sie das. Holen Sie die Ausrüstung, die Sie brauchen, um diese Hütte da oben zu durchsuchen.« Er wartet, bis der junge Mann gegangen ist, ehe er sich an den letzten Kriminaltechniker wendet. Martin erkennt ihn: Es ist der junge Mann, der so verständnisvoll war, als er und Mandy ihre Sachen aus dem Townhouse abgeholt haben. »Wollen Sie noch etwas sagen?«

»Nein, Sir.« Dem Polizisten ist sichtlich unwohl.

Lucic sieht Martin an. »Geben Sie mir Ihr Telefon.«

»Das funktioniert hier draußen nicht. Kein Netz.«

»Das ist mir egal. Geben Sie mir Ihr Telefon.«

»Ich hab's nicht bei mir. Es ist im Wohnwagen, zum Aufladen. Ich wusste, dass es hier nicht zu gebrauchen ist.«

Lucic wendet sich an den Kriminaltechniker. »Durchsuchen Sie ihn.«

Der Mann ist schockiert. »Nein danke«, sagt er und geht davon. Ein Revierstreit, denkt Martin. Insubordination eines Untergebenen. Aber er ist klug genug, das nicht auszusprechen.

»Arme und Beine auseinander«, befiehlt Lucic.

»Im Ernst?«

»Im Ernst.«

Martin gehorcht. Lucic lässt sich Zeit mit dem Filzen, aber er nimmt sich keine Freiheiten heraus, sondern begnügt sich mit der unausgesprochenen Drohung, die diese Durchsuchung vermittelt.

»Okay. Sie können gehen.«

»Danke«, sagt Martin. »Und, ehrlich, ich hoffe, Sie finden was Brauchbares.«

»Verschwinden Sie, bevor ich es mir anders überlege.«

Martin wendet sich ab und geht. Er will sich schon beglückwünschen, da ruft Lucic ihm nach: »Nein. Nicht da lang. Sie kontaminieren den Tatort.«

»Ich war doch schon oben. Mein Auto steht da.«

»So ein Pech. Sie nehmen den Hauptweg und können dann über die Straße hinaufgehen.«

Ein Fußmarsch von zwei Kilometern. Eher drei. Aber Martin sagt nichts.

Als er an Jay Jays Haus und der Rezeption vorbeikommt, zögert er. Die drei Kriminaltechniker holen gerade ihre Ausrüstung vom Parkplatz. Zwei Uniformierte sitzen auf der Veranda, trinken Tee und schauen aufs Meer. Sonst sieht er niemanden. Er geht langsamer. Die blau uniformierten Kriminaltechniker marschieren an ihm vorbei und vermeiden jeden Blickkontakt. Martin läuft am Strand entlang, bis die Veranda außer Sicht ist. Dann bleibt er stehen und lauscht. Nur das gemächliche Plätschern der Wellen am Strand und das Rauschen der fernen Brandung sind zu hören. Er schaut hinunter auf die Anlage, überlegt und entscheidet schnell.

Er geht vorbei an den Hütten, in denen die Spaßtouristen wohnen, die Backpacker und die anderen coolen Typen. Nur fünf Hütten sind mit Flatterband versperrt. Martin erkennt die, die Topaz gemietet hat, deshalb schließt er sie aus. In der nächsten ist das junge Paar gestorben; die ist es also auch nicht. Martin sieht genau hin. Die Hütte am Ende der Reihe, oben am Rand des Buschlands, wirkt ein bisschen größer und hat einen eigenen Wassertank. Garth dürfte die beste Hütte für sich beansprucht haben.

Mit schnellen Schritten geht er zum Absperrband, duckt sich darunter hindurch und steigt zu der kleinen Veranda hinauf. Um keine Fingerabdrücke zu hinterlassen, drückt er die Tür mit dem Handballen auf. Er hat keinen Grund, hier zu sein, und er hat auch keine flotte Ausrede parat. Ihm ist bewusst, dass er sich unbefugt hier aufhält. Der Mann ist tot, und er ist ein Eindringling.

Im Raum herrscht Chaos. Überall liegen Kleidungsstücke. Auf einem breiten Bord unter einem Fenster an der Seite steht ein gerahmtes Foto: McGrath bei irgendeiner Preisverleihung. Wahrscheinlich soll es Besucher beeindrucken oder Garth versichern, dass sein Stern immer noch leuchtet. Daneben liegt eine Kulturtasche. Martin wickelt sich ein T-Shirt um die Hände und öffnet sie. Zahnpasta, Faltencreme, ein Selbstbräuner. Aber keine Tabletten, nichts Belastendes. Wenn welche hier gewesen wären, hätte die Polizei sie mitgenommen, um sie zu analysieren. Unter dem Bord steht ein Karton. Martin kippt den Inhalt auf den Boden. Eine Brieftasche, ein BMW-Autoschlüssel, eine goldene Rolex, die noch tickt. Eine Packung Kondome, extragroß. Martin rührt nichts an, wundert sich, dass diese persönlichen Gegenstände nicht weggebracht worden sind. Da ist noch ein Foto: McGrath mit einer blonden Frau, gutaussehend wie ein Model, und zwei kleinen Kindern. Die Familie, zurückgelassen in Sydney, in den Karton verbannt. Martin weiß nicht genau, was er eigentlich sucht. Vielleicht eine Erklärung dafür, wieso jemand wie McGrath an einem Ort wie diesem landet. Vorsichtig legt er die Sachen wieder in den Karton und sieht sich ein letztes Mal um. Was will er hier? Was sucht er? Vielleicht den Grund, weshalb er selbst noch lebt und McGrath tot ist. Einen Abend früher, und *er* könnte oben in Longton in der Pathologie liegen, in der Schublade neben McGrath, und jemand anders – Mandy höchstwahrscheinlich – würde seine Habseligkeiten ansehen, das letzte Strandgut seines Lebens, das im Kielwasser an die Oberfläche gekommen ist.

Er will gehen, da sieht er sie. Sie hängt an einem Haken an dem Bord unter dem Fenster: eine dünne silberne Halskette mit einer einzelnen Perle. Eine Kette, wie Mandy sie hat.

VIERUNDZWANZIG Sowie Martin das Wasser hinter sich gelassen hat, wird die Hitze drückend. Sein Hemd ist bald nassgeschwitzt, kleine Buschfliegen sitzen auf seinem Rücken und landen in seinem Gesicht, kriechen ihm in die Augen. Martin stapft die Ridge Road hinauf, die Bäume spenden kaum Schatten. Er hat zwei Nächte hintereinander wenig Schlaf bekommen, und vor Anstrengung werden ihm die Beine schwer. Aber der Weg bergauf ist der leichtere Teil; das Gefühl, betrogen worden zu sein, lastet sehr viel schwerer auf ihm. Mandy. Wie konnte sie nur? Garth McGrath. Ausgerechnet der. Martin muss sich ausruhen. Wieder zu Kräften kommen. Bald macht er sich Vorwürfe: Ein Heuchler ist er, und kindisch dazu. Er hat mit Topaz geschlafen oder mit dem polynesischen Mädchen. Wahrscheinlich jedenfalls. Aber nur, weil er unter Drogen stand. Und wenn es ihm passiert ist, warum sollte es Mandy nicht auch passiert sein? Jay Jay hat so etwas angedeutet. Garth McGrath, der Sexbesessene. Natürlich kann Martin nicht beweisen, dass es der Schauspieler war. Aber der war als Einziger an beiden Abenden da und beide Male betroffen, als die Vergewaltigungsdroge im Spiel war – zumindest hat er das behauptet. Kann ein Soap-Star so gut schauspielern? Und bei beiden Gelegenheiten hat Garth es eindeutig auf jemanden abgesehen: im ersten Fall auf Mandy, im zweiten auf Topaz. Und bei beiden Gelegenheiten waren andere Männer dabei, Beschützer oder Konkurrenten, Jasper und er, Männer, die hätten einschreiten können. Männer, die ebenfalls unter Drogen gesetzt wurden. Am Wagen angekommen, ist für ihn die Sache klar: Garth, die miese Type, hat die Frauen unter Rohypnol gesetzt und den Swami als Tarnung benutzt. Es gibt vielleicht nur Indizien, aber er kann sich kein anderes Szenario vorstellen, das zu den Fakten passt.

Martin will unbedingt seine Story schreiben und McGrath

der Lächerlichkeit aussetzen, die er so sehr verdient. Er will, dass der Blumenberg, der sich vor dem Krankenhaus in Longton türmt, zu Asche wird. Andererseits – widerstrebend muss er es zugeben –, wenn Garth diese Verbrechen begangen hat, egal wie abscheulich sie sind, war er doch höchstwahrscheinlich nicht verantwortlich für den Tod von sieben Menschen, sich selbst eingeschlossen. Die Opfer sind nicht an Rohypnol gestorben. Nein, die beiden Ereignisse hängen nicht zusammen. Grimmige Entschlossenheit packt ihn. Er will Rache für Mandy, aber vorher muss er sie vom Mordverdacht befreien. Er muss Jaspers Mörder finden. Garth McGraths Verkommenheit ist nicht das Wichtigste an dieser Story.

Und er muss Mandy sehen. Martin hat keine Ahnung, was er sagen wird. Vielleicht sollte er ein umfassendes Geständnis ablegen und erklären, was ihm an diesem verhängnisvollen Abend passiert ist. Bestimmt wird sie die Gelegenheit nutzen und ihm erzählen, was sie am Hummingbird Beach erlebt hat. Ganz bestimmt.

Diese Gedanken gehen ihm durch den Kopf, als er Kurs auf den Wohnwagenpark nimmt. Da fängt sein Telefon, das er wieder aus dem Kofferraum geholt hat, an zu zirpen. Er hat wieder Netz. Kurz vor der Zufahrt zu Hartigan's hält er an. Das Telefon zeigt empfangene Nachrichten und verpasste Anrufe an. Die ersten beiden kamen von einer unterdrückten Nummer, es wurde keine Nachricht hinterlassen. Martin ruft Jack Goffing an.

»Jack, waren Sie das?«

Kurze Pause. »Martin.«

»Haben Sie Informationen für mich?«

»Ja. Ihr Guru. Der Pass ist echt, die Details stimmen. Er ist Inder.«

»Okay.« Martin bemüht sich, nicht allzu enttäuscht zu klingen. »Vielen Dank.«

»Die beiden jungen Gauner dagegen sind weniger sauber.«

»Gauner? Sie meinen Topaz und Royce?«

»Ganz recht. Letztes Jahr wurde in Melbourne gegen sie ermittelt. Sie hatten eine schräge Nummer abgezogen. Aber das Opfer wollte sich ein Gerichtsverfahren ersparen.«

»Was haben sie getan?«

»Es war der älteste Schwindel der Welt. Ich nehme an, die Kleine sieht ganz gut aus.«

»Das tut sie. Und sie weiß das einzusetzen.«

»Das passt. Die Sache läuft folgendermaßen ab: Sie verführt einen verheirateten Mann. Die beiden sind gerade bei der Sache, als ihr angeblicher Ehemann hereinstürmt, sie *in flagranti* erwischt. Das Opfer zahlt, um Ruhe zu haben. Alter Trick, aber gut.«

»Scheiße. Und das klappt?«

»Nur zu oft. Und in diesem Fall wurde der Typ auch noch unter Drogen gesetzt, so war er leichter zu verführen und zu manipulieren.«

»Unter Drogen? Welche?«

»Wahrscheinlich Rohypnol.«

Rohypnol? Martin will die Puzzlesteine zusammenfügen, aber sie passen nicht zusammen. Topaz war nicht dabei, als Mandy unter Drogen gesetzt wurde, und die hätte nicht selbst die Droge genommen und sich dann von McGrath belästigen lassen. Bestenfalls bestätigt die Geschichte, dass Mandy etwas von Drogen und ihrer Wirkung versteht. »Danke, Jack. Ich weiß es wirklich zu schätzen, dass Sie sich für mich so weit aus dem Fenster lehnen.«

Goffing lacht – eine unerwartete Reaktion. »Schon okay, Martin. Sie stehen jetzt auf meiner Liste.«

»Was heißt das?«

»Sie stehen offiziell auf der Liste meiner Informanten.«

»Ernsthaft?« Martin rutscht unbehaglich auf dem Sitz herum. Irgendwo in den unterirdischen Gewölben der Geheimpolizei steht er jetzt auf einer Liste als Quelle, als Informant. »Ich weiß nicht, ob mir das recht ist.«

»Bleiben Sie locker. Sie sind nicht der erste Journalist in unseren Büchern, und Sie werden auch nicht der letzte sein.«

»Und warum ist mir jetzt nicht wohler?«

Goffing lacht wieder. Er weiß, er hat Martin da, wo er ihn haben will. »Ach, und noch was, Martin. Ihr Gaunerpärchen, Royce und Topaz … sie ist nicht seine Freundin. Die beiden sind verheiratet.«

»Verheiratet? Das heißt, sie hat ein unbefristetes Aufenthaltsrecht?«

»Noch besser. Sie ist australische Staatsbürgerin, hat einen australischen Pass – und einen amerikanischen. Warum?«

»Nur so. Ich muss Schluss machen. Vielen Dank, Jack.«

Martin fährt nicht gleich los. Die Geschichte, die sie ihm am ersten Tag aufgetischt haben, war also Bullshit. Topaz hat einen Pass, sie braucht kein Visum, und sie muss auch nicht auf dem Land arbeiten. Die beiden haben einfach ihre Tarngeschichte an ihm erprobt. Sie sind nach Port Silver gekommen, um die Visa-Nummer abzuziehen, eine Variante ihres üblichen Schwindels. Keine schlechte Idee: Jemand, der in illegale Geschäfte verwickelt ist, wird kaum zur Polizei gehen. Und ist vielleicht auch bereit, mehr zu zahlen. Das Risiko ist höher, der Ertrag allerdings auch.

Er ruft Bethanie an. Sie meldet sich sofort. »Martin. Ich habe versucht, dich zu erreichen. Hattest du kein Netz?«

»Nein. Ich war am Hummingbird Beach. Wie war die Pressekonferenz?«

»Nichts Besonderes. Die Ärzte haben als Erste gesprochen. Sieben Tote sind bestätigt, alle gestern Nacht am Strand verstorben. Vier Vergiftete sind in Brisbane, ihr Zustand ist ernst, aber man erwartet, dass sie alle überleben. Diejenigen, die hier sind, werden vermutlich innerhalb der nächsten ein, zwei Tage entlassen. Die Ärzte rechnen nicht mit bleibenden Organschäden.«

»Das sind gute Neuigkeiten. Und die Polizei?«

»Behandelt Hummingbird Beach als Tatort, will aber noch nicht von einem Verbrechen reden. Sie sagt, vielleicht ist es unabsichtlich passiert, eine versehentliche Überdosis. Vergleiche mit Jonestown sind, ich zitiere, weit hergeholt, substanzlos und unangemessen. Zitat Ende.«

»Okay, da kann man nicht widersprechen. Sonst noch was?«

»Ja. Sie sind sauer auf uns, weil wir McGraths Identität preisgegeben haben. Sie finden, man hätte die übliche Prozedur einhalten sollen. Aber schlaflose Nächte bereitet ihnen das wohl nicht.«

»Ja, was sollen sie auch sonst sagen? Schreibst du jetzt?«

»Ich bin dabei. Hast du noch was?«

Martin denkt an das, was er am Hummingbird Beach gefunden und was Goffing ihm erzählt hat. »Nein, nichts Handfestes. Noch nicht. Ich hoffe, es wird etwas für die Ausgabe von morgen. Aber anscheinend gab es vor ein oder zwei Monaten eine rege Berichterstattung über Hummingbird Beach, als ich unten in der Riverina festsaß. Garth McGrath hat seine Frau verlassen, es gab Besäufnisse am Strand und so. Können wir die Ausschnitte vom Archiv bekommen?«

»Ich habe sie schon heruntergeladen, schicke dir gleich den Link.«

Martin trennt die Verbindung und startet den Motor, fährt

aber noch nicht los. Nur hundert Meter entfernt, sieht er die Einfahrt zum Wohnwagenpark und den baumelnden Delphin. Er muss mit Mandy sprechen, muss sie nach McGrath fragen. Seine Unentschlossenheit belastet ihn. Er will diesen Gedanken wieder in seine Kiste zwängen, denn sein Verstand besteht darauf, dass eine Konfrontation ihm nicht weiterhelfen wird.

Sein Telefon klingelt. Er ist froh über die Ablenkung. *Nick Poulos*, steht auf dem Display.

»Nick.«

»Martin. Wo sind Sie?«

»Dunes Road.«

»Aha. Na, die Polizei ist hinter Ihnen her.«

»Hinter mir? Warum?«

»Sie sollen einen Tatort manipuliert haben.«

»Ernsthaft?«

»Ja, Martin. Sehr ernsthaft. Kommen Sie sofort in den Lifesavers Club.«

Martin kann sich die Frage nicht verkneifen. »Sie haben kein Büro, oder?«

»Lifesavers, Martin. Sofort.« Die Verbindung bricht ab. Martin wundert sich über den Kommandoton seines Anwalts.

Diesmal ist Poulos pünktlich. Als Martin kommt, wartet er drinnen schon auf ihn. Er sieht aus wie ein Gammler, nicht wie ein Anwalt. Sein Fünf-Uhr-Schatten hat sich zu einem Mitternachtsstoppelfeld ausgewachsen, aber sein Laptop ist aufgeklappt, und sein Gesicht verrät Konzentration. Martin setzt sich, ohne ihm die Hand zu geben.

»Also, erzählen Sie«, sagt Nick.

»Ich habe nach Informationen gesucht. Ich schreibe wieder für den *Herald*.«

»Das merke ich. Aber das ist keine Entschuldigung.«

»Ich habe kein Beweismaterial manipuliert.«

Nick schüttelt den Kopf, als höre er zu, wie ein Kind sich herausredet. »Sie sind da gewesen. Sie haben eine polizeiliche Absperrung umgangen. Montifore spuckt Gift und Galle. Er will Sie aufhängen.«

»Ich wollte doch nur helfen.«

Nick ist nicht überzeugt. Er klappt ein Notizbuch auf. »Berichten Sie mir.« Martin erzählt, was er am Hummingbird Beach gefunden hat, aber er erwähnt nicht, dass er Garth McGraths Bungalow durchsucht hat. Er berichtet, was er in der Hütte des Gurus gefunden hat, und betont, dass er Lucic auf der Stelle informiert hat. Als er fertig ist, lehnt der Anwalt sich kopfschüttelnd zurück. »Sorry, aber das wird nicht helfen. Sie hätten da nicht reingehen dürfen, nicht nachdem die Polizistin Sie weggeschickt hat. Die können Sie vor Gericht bringen.«

»Nick, im Ernst. Ich wollte helfen. Ich hätte die Informationen auch für mich behalten können.«

Poulos schüttelt wieder den Kopf. »Vielleicht haben Sie einen Tatort kontaminiert, vielleicht auch nicht, aber darum geht es nicht. Sie sind Journalist, die sind die Polizei. Das Gericht wird die Gelegenheit wahrnehmen, ein Exempel zu statuieren und eine klare Botschaft zu senden: Unter keinen Umständen darf ein Journalist die Anordnungen der Polizei missachten und einen Tatort betreten.« Nach einer kurzen Pause seufzt er und fasst zusammen. »Sie sind am Arsch.«

»Was schlagen Sie vor?«

»Rutschen Sie auf den Knien. Gehen Sie zu Morris Montifore, bevor die Sache eskaliert.«

»Vielleicht kann ich einen Tausch anbieten, denen geben, was ich gefunden habe.«

»Sie haben was gefunden?«

»Einiges. Als Erstes eine junge Frau, scheinbar eins der Opfer, derzeit in Longton im Krankenhaus. Topaz McAlister. Sie und ihr Mann sind kleine Betrüger. Vielleicht weiß die Polizei Bescheid. Könnte sein, dass die Todesfälle das Ergebnis einer schiefgegangenen Erpressung sind.«

»Wen wollten die beiden erpressen?«

»Ich weiß es nicht. Vielleicht Jay Jay Hayes. Vielleicht den Swami. Sein indischer Pass ist anscheinend echt, aber ich glaube trotzdem, dass bei ihm etwas faul ist. Er hat einen Reiseführer für Indien. Warum hat ein Inder so was? Und hier, sehen Sie sich das an.« Martin ruft eins der Fotos in seinem Telefon auf. Es zeigt den Namen, der in dem Koffer unter dem Klebstreifen gestanden hat.

Der Anwalt runzelt die Stirn und reißt überrascht die Augen auf. »Das ist Griechisch.«

»Können Sie es lesen?«

Poulos kneift konzentriert die Brauen zusammen. »Heilige Scheiße«, sagt er dann. »Myron. Myron Papadopoulos.«

Die beiden starren einander an.

»Myron, der Wundertäter«, sagt Martin. »Der Swami hatte Postkarten in seinem Koffer.«

»Mein Gott«, sagt Nick, »das müssen wir Montifore sagen. Er muss es erfahren.«

»Einverstanden. Aber wer ist Myron Papadopoulos?«

»Woher soll ich das wissen?«

»Könnte das vielleicht Hawanandas richtiger Name sein?«

»Sie haben gesagt, er war Inder«, sagt Nick.

»Mit einem Reiseführer für Indien?«

Nick starrt ihn an. Sein Gesicht ist ausdruckslos, sein Verstand läuft auf Hochtouren. »Ich kann es googeln.« Er fängt an, auf seinem Laptop zu tippen. »Mein Gott, das sind Tausende. Papadopoulos ist der häufigste Name in Griechenland. Wie Smith hier.«

»Es kann also ein Aliasname sein?«

»Ja. Haben Sie ein Foto von dem Kerl? Von dem Swami?«

»Nein«, sagt Martin, dann hat er eine Idee. »Darf ich mal an Ihren Laptop?« Nick schiebt den Computer über den Tisch. Martin loggt sich in seinen Webaccount ein. Und richtig, Bethanie hat geliefert. »Hummingbird-Artikel« steht in der Betreffzeile, und der Text ist ein Link zu einem Filesharing-Service. Martin öffnet einen Artikel nach dem anderen. Bald hat er ein Foto des Swami gefunden, im Lotossitz und Güte ausstrahlend.

Nick nimmt seinen Computer wieder an sich. »Ich will nur was versuchen.« Er tippt ein Weilchen und runzelt die Stirn. Plötzlich strahlt er. »Bingo!« Er dreht den Laptop zu Martin herum. »Das ist unser Mann.«

Martin sieht eine Facebook-Seite. Sie ist griechisch, und er kann nichts lesen, erkennt aber das Foto eines Mannes, bei dem es sich um den Swami handeln muss. Er ist es, nur sehr viel jünger. »Wie haben Sie das gemacht?«

»Mit der Gesichtserkennung von Facebook. Ich habe das Foto in meinen Feed hochgeladen, es getaggt und dann mit Myron angefangen. Daraufhin gab es ein paar Vorschläge, und ich habe diesen Typen gefunden. Myron Florakis.«

»Florakis? Also ist Papadopoulos ein Alias? Können Sie sich bestätigen lassen, dass er es ist?«

»Einen Moment.«

Nick tippt, und beim Tippen verändert sich sein Gesicht. Zuerst reißt er die Augen auf, dann zieht er die Brauen hoch, schließlich steht sein Mund offen. Dann ist sein Gesicht ein einziges Staunen. »Leck mich«, flüstert er.

»Was?«, sagt Martin.

»Scheiße noch mal.«

»Was ist, Nick?«

»Hier.« Nick dreht den Laptop um. Auf dem Display sieht man einen Zeitungsartikel, eine schwarzweiße pdf-Datei von schlechter Qualität wie ein Fax, das in einen Computer eingescannt wurde. Der Text ist griechisch.

»Was steht da?«

Nick liest vom Bildschirm ab und übersetzt dabei.

»Das ist knapp acht Jahre alt. Die Schlagzeile lautet: *Hexenbräu-Fall: Menschenjagd ausgeweitet.* Im Text heißt es dann: *Die Polizei hat die Fahndung im sogenannten Hexenbräu-Fall auf das Festland ausgedehnt, da anzunehmen sei, dass mehrere Personen mit wichtigen Informationen mit der Fähre von Kreta nach Piräus geflüchtet sind, darunter auch der selbsternannte religiöse Heiler Myron Florakis.*«

»Er ist auf der Flucht vor der Polizei?«

»Ja. Das war er«, sagt Nick und liest weiter. »Okay, jetzt kommt's. *Die religiöse Zeremonie ging schief, mehrere Jünger nahmen eine Überdosis und es gab drei Tote.*« Nick sieht Martin an. Weitere Worte sind nicht nötig.

»Gehen wir zu Montifore«, sagt Martin.

»Moment, da steht noch mehr. *Florakis, Sohn eines griechischen Vaters und einer indischen Mutter, kehrte vor ungefähr fünf Jahren nach Kreta zurück und eröffnete dort sein umstrittenes Heilungszentrum, eine Mischung aus christlichen und orientalischen Glaubenselementen.*« Nick sieht Martin an. »Indische Mutter. Das ist er«, sagt er nüchtern. »Gehen wir.«

»Moment, ich will schnell noch jemanden anrufen.«

Martin läuft hinaus auf die Veranda, aber da ist es zu voll und zu heiß; also geht er wieder hinein und sucht sich eine stille Ecke.

Er ruft Goffing an, erzählt ihm hastig, was sie herausgefunden haben, dass er Schwierigkeiten mit der Polizei hat und jetzt zu Montifore will, um sich zu entschuldigen. Er bittet Goffing, alles über Myron Florakis herauszufinden, auch, ob er wirklich auf der Flucht vor der Justiz war.

»Und das alles wollen Sie an Montifore weitergeben?«

»Scheiße. Ja. Ich muss meinen Arsch retten.«

Nach dem Telefonat sieht Martin auf die Uhr. Es ist kurz vor fünf. Es stimmt, er muss vor Montifore einen Kniefall machen, aber vorher muss er seinen Artikel an den *Herald* schicken. Gut möglich, dass der Polizist ihn gleich fesselt und knebelt. Diese Story ist zu groß, um darauf sitzenzubleiben.

Sie finden Montifore und Lucic im Heavenly Dragon, einem matt erleuchteten chinesischen Restaurant in Longton; die beiden sitzen an einem runden Tisch mit Platz für zwölf Personen. Das Licht draußen ist golden; die Spätnachmittagssonne überflutet die Stadt, aber drinnen ist es dämmrig. Vielleicht verbraucht die Klimaanlage allen Strom. Der Detective Inspector hat seine Papierserviette auf dem Schoß, der Detective Sergeant hat sie sich in den Kragen gestopft. Große Klasse. Sie sagen kein Wort, als Nick und Martin auf sie zukommen.

Nick Poulos kommt sofort zur Sache.

»Mein Mandant ist äußerst zerknirscht. Er ist bereit, vorbehaltlos zu kooperieren und entscheidendes Beweismaterial, das er zusammengetragen hat, zu übergeben.«

Montifore grunzt, vielleicht nur, um seine Verachtung auszudrücken.

»Dürfen wir uns setzen?«, fragt Poulos.

Auch mit diesem Grunzen ist kein Wort verbunden, aber es klingt doch nach einer Erlaubnis. Martin und Nick setzen sich.

Die Polizisten essen weiter und ignorieren die beiden: Sie sollen wissen, dass sie unbedeutend und Montifore vollkommen ausgeliefert sind. Der zerkaut eine Honiggarnele, hebt den Kopf und blickt vom Journalisten zum Anwalt. »Erzählen Sie«, sagt er.

Wie vereinbart, übernimmt Nick das Reden. »Mein Mandant fand, dass Swami Hawananda verdächtig wirkte, und wollte seinen Verdacht mit Ihnen teilen, aber er hatte nichts Konkretes in der Hand. Also fuhr er zum Hummingbird Beach und durchsuchte die Hütte des Gurus.«

Beinahe hätte sich Lucic verschluckt. »Das gibt er zu?«

»Jawohl«, sagt Martin.

»Er hat nichts weggenommen und nichts verändert«, sagt Nick.

Montifore sieht Martin an. »Kommen Sie zur Sache. Was haben Sie gefunden?«

»Mein Mandant …«, fängt Nick an, aber Montifore schüttelt den Kopf.

»Er. Nicht Sie.«

Nick hält den Mund, und Martin schluckt. »Da ist ein Koffer. Sie können ihn finden. Er ist –«

Montifore sieht Lucic an. »Wir haben ihn schon«, sagt der jüngere Polizist.

»Was ist drin?« Montifore wendet sich wieder Martin zu.

»Sein Name. Auf Griechisch. Unter einem Stück Klebestreifen auf der Innenseite des Deckels.«

Montifores Blick wandert wieder zu Lucic. Der Sergeant zuckt die Achseln, und Montifore fragt Nick: »Griechisch? Sind sie sicher?«

»Ja.«

»Er ist Inder«, sagt Lucic. »Sein Pass ist echt. Das haben wir überprüft.«

»Das stimmt«, sagt Martin. »Eine indische Mutter, ein griechischer Vater.«

Montifore starrt ihn an. »Weiter.«

»Wir haben ihn identifiziert«, sagt Nick. »Sein richtiger Name ist Myron Florakis.«

»Myron?«, wiederholt Montifore.

»Ganz recht. Er wird polizeilich gesucht. Oder wurde. Wir haben Zeitungsausschnitte. Ich kann sie Ihnen weiterleiten, aber sie sind in griechischer Sprache.« Nick gibt den Inhalt kurz wieder: Florakis war ein Sektenführer, drei seiner Anhänger starben, andere kamen mit einer Überdosis ins Krankenhaus, und er flüchtete. Die Überdosis war vielleicht ein Versehen, aber die Polizei hielt Florakis trotzdem für schuldig. Martin studiert die Gesichter der Polizisten, während sein Anwalt spricht. Er sieht, wie ihre Skepsis ins Wanken gerät und sie anfangen, nachzudenken. Lucic lehnt sich zurück und blinzelt konzentriert. Montifores Blick ist durchdringend, als er Martin wieder ansieht. »Und das steht morgen in der Zeitung?«

Martin nickt stumm.

»Wobei Ihre Rolle besonders betont wird. Der Polizei immer einen Schritt voraus, finden Sie die Beweise und geben den lahmarschigen Ermittlern einen Tipp. Steht alles drin, ja?«

Martin hält dem Blick des Polizisten stand. »Nein, nicht in der ersten Fassung.«

»Zitieren Sie Polizeikreise?«

»Nein.«

»Welche Quellen zitieren Sie?«

»Griechische Presse.«

Montifore nickt. »Gut für Sie.«

Erst als sie draußen sind, kann Martin wieder atmen. Nick Poulos ist anzusehen, dass es ihm genauso geht.

»Verdammt nochmal. Gut gemacht«, sagt er.

»Ja«, sagt Martin. »Ich muss nur schnell die Redakteurin anrufen.«

Sie haben den oberen Rand des Escarpment fast erreicht und sind auf dem Rückweg nach Port Silver. Nick sitzt am Steuer seiner Familienkutsche. Martin beendet mit einem Seufzer sein Telefonat. Terri hat es geschafft, den Text noch rechtzeitig zu ändern. Martins Bericht über den Fund des Koffers ist gestrichen, ebenso der Hinweis darauf, dass er den offiziellen Ermittlungen voraus war. Als Martin Nick informieren will, surrt sein Telefon. Es ist ein Anruf von einer unterdrückten Nummer.

»Hallo?«, fragt er.

»Martin, hier ist Jack. Sind Sie allein?«

»Nein, ich sitze im Auto mit meinem Anwalt. Er fährt.«

»Kann er mich hören?«, fragt Goffing. »Sie haben den Lautsprecher nicht eingeschaltet, oder?«

Martin wirft einen Blick hinüber zu Nick. »Nein, alles in Ordnung.«

»Ich habe eben Ihren Artikel gelesen. Bitte sagen Sie mir, dass Sie Montifore informiert haben.«

»Meinen Artikel? Der ist doch noch gar nicht erschienen.«

»Na und?«

»*Na und?* Der Geheimdienst bespitzelt die freie Presse?«

»Ja, kann sein. Hören Sie, ich habe was für Sie. Das müssen Sie Montifore sagen. Es ist wichtig.«

»Ich bin ganz Ohr. Moment.« Er legt die Hand auf das Telefon. »Nick, halten Sie kurz an. Vielleicht müssen wir zurückfahren.«

Poulos schaut zweifelnd, fährt aber an den Straßenrand.

Martin hat das Telefon wieder am Ohr. »Okay, ich höre.«

»Erstens, Ihre Informationen sind anscheinend korrekt. Ich nehme an, Ihr Anwalt hat Ihnen dabei geholfen?«

»Ganz recht.«

»Gut. Also, nach allem, was die griechische Polizei weiß, ist Myron Florakis immer noch auf der Flucht. Montifore wird ihn innerhalb der nächsten Stunden anhand der Fingerabdrücke identifizieren können.«

»Gut«, sagt Martin. »Ist das alles?«

»Nein. Halten Sie sich fest: Zwei der Opfer auf Kreta waren Touristen, ein Kanadier und seine amerikanische Freundin. Der Name der Amerikanerin war Cascade Throssel.« Goffing macht eine Pause.

»Ein ungewöhnlicher Name«, sagt Martin.

»Allerdings. Und Ihre hübsche junge Betrügerin, Topaz McAlister? Ihr Mädchenname war Throssel.«

Martin reißt die Augen auf. »Sie verarschen mich.«

»Sie waren Schwestern. Topaz war zwei Jahre älter. Und sie war da.«

»Auf Kreta?«

»Ja. Aber sie verschwand um die Zeit, als ihre Schwester mit dem Freund in das Meditationszentrum ging. Anscheinend ist sie seitdem auf Reisen.«

»Ich fasse es nicht«, sagt Martin ins Telefon und dreht sich zu Nick um. »Wir fahren zurück. Wenden Sie.«

»Martin? Sind Sie noch da?«, fragt Goffing.

»Ja.«

»Sagen Sie Montifore, Sie und Ihr Anwalt hätten diese Information in griechischen Zeitungsarchiven gefunden. Ich schicke Ihnen einen Link, den Sie benutzen können.«

»Sie wollen nicht hineingezogen werden?«

»Nein, verdammt. Auf keinen Fall.«

Montifore und Lucic sitzen immer noch an ihrem runden Tisch, essen frittierte Bananen mit Eis und spülen sie mit Bier herunter, als Martin und Nick hereinkommen.

»Haben Sie Ihren Artikel noch rechtzeitig ändern können?« Montifore ist die Ruhe selbst.

»Ich hoffe es.«

»Und was gibt's jetzt?«

»Wir glauben zu wissen, wer der Mörder ist«, sagt Martin. »Der Mörder am Hummingbird Beach. Es war nicht der Swami.«

Montifore sagt nichts. Lucic schiebt seinen Teller weg, trinkt sein Bier aus und winkt in Richtung Theke nach der Rechnung.

Fünf Minuten später verlassen die vier Männer das Restaurant und gehen zielstrebig in Richtung Krankenhaus, die beiden Polizisten vorneweg, und Martin und Nick hinter ihnen. Der Anwalt zeigt schon lange nicht mehr den Enthusiasmus eines Welpen, sondern stattdessen ruhige Entschlossenheit.

Die Polizisten bleiben stehen und drehen sich um. »Wir brauchen Ihre Hilfe nicht«, sagt Lucic zu Martin. »Verschwinden Sie.«

»Durchbruch bei den Ermittlungen«, sagt Martin. »Star-Detectives vor der Aufklärung. Seite eins. Das möchten Sie doch bestimmt lesen.«

»Erst wenn ich es sage«, antwortet Montifore. »Ich will, dass es unter meiner Kontrolle bleibt.«

»Bleibt es doch.«

»Okay. Lassen Sie sie mitkommen«, sagt Montifore zu Lucic. Vor dem Krankenhaus dreht er sich noch einmal um. »Warten Sie draußen. Ich kann nicht zulassen, dass Sie mit uns da reingehen. Wir kommen durch diese Tür wieder heraus. Wir hauen Sie nicht übers Ohr; die Story gehört Ihnen.« Die Polizisten betreten die Notaufnahme.

Sofort ruft Martin Bethanie an. Er macht sich Vorwürfe, weil er erst jetzt daran denkt.

»Martin? Was gibt's?«

»Hast du einen Fotografen dabei?«

»Ja, er ist gerade hier. Baxter James.«

»Baxter? Ist er nüchtern?«

»Im Moment ja. Was ist los?«

»Wo seid ihr?«

»In Port Silver. Wir haben uns im Breakwater Hotel eingerichtet. Bisschen schäbig, aber tolle Aussicht.«

»Okay, hör zu. Ich bin in Longton. Die Polizei ist im Krankenhaus wegen einer Verhaftung.«

»Eine Verhaftung? Okay, wir sind schon unterwegs. Bis gleich.« Sie legt auf.

Martin sieht auf die Uhr. Bis Port Silver sind es fünfundvierzig Minuten. Der Fotograf wird seinen Leihwagen bis ans Limit prügeln, vielleicht schafft er es in einer halben Stunde, wenn am Escarpment keine Lastwagen unterwegs sind. Martin überprüft die Kamera-App seines Smartphones und vergewissert sich, dass das Blitzlicht eingeschaltet ist. Dann ruft er Terri Preswell an und bringt sie auf den neuesten Stand.

»Zu spät, Martin, die Zeitung ist raus. Wir können den Aufmacher für die Online-Ausgabe umbauen und schreiben, wir glauben, dass eine Festnahme bevorsteht.«

Martin will antworten, da kommen Montifore und Lucic aus dem Krankenhaus gestürmt. Allein und mit leeren Händen.

»Terri, ich muss aufhören.« Und er beendet das Gespräch mit der Chefredakteurin des *Sydney Morning Herald*.

»Sie sind weg«, sagt Montifore. »Haben Sie sie gesehen?«

»Wir? Nein«, sagt Nick.

»Sie sind gerade weg. Abgehauen.«

»Die beiden haben kein Auto«, sagt Martin. »Wussten die, dass die Polizei hinter ihnen her ist?«

»Wieso ist das wichtig?«, faucht Lucic.

»Wenn sie wissen, dass die Polizei ihnen auf den Fersen ist, werden sie verschwinden. Sonst sind sie vielleicht per Anhalter am Highway unterwegs – oder sie nehmen sich ein Zimmer in einem Hotel.«

»Okay.« Montifore übernimmt das Kommando, sagt zu Lucic: »Lassen Sie alle von Port Silver herkommen. Schicken Sie Streifenwagen auf den Highway, die sollen auf Anhalter achten. Alle anderen treffen sich auf dem Revier in Longton. Von dort koordinieren wir alles.« Er sieht Martin an. »Folgendes. Die sollen nicht merken, dass wir ihnen auf den Fersen sind. Also nichts in der Zeitung, nichts online, bis wir sie haben. Verstanden? Dafür bekommen Sie *alles*, wenn wir sie haben – alle Bilder, alles exklusiv. Kapiert?«

»Abgemacht.«

Montifore und Lucic machen sich auf den Weg zum Polizeirevier.

»Und jetzt?«, fragt Nick.

»Warten Sie kurz.« Martin ruft Terri beim *Herald* an.

»Was ist jetzt schon wieder, Martin?«, fragt sie.

»Wir müssen den Teil mit der bevorstehenden Festnahme kippen. Das Exposé zu Myron Florakis ist stark genug.«

»Im Ernst?«

»Ja. Die Verdächtigen haben sich verdrückt. Die Polizei will nicht, dass die beiden Lunte riechen.«

»Interessiert uns das?«

»Sie haben exklusiven Zugang zu allem versprochen, wenn wir uns jetzt zurückhalten, und ewige Höllenpein, wenn nicht.«

Terri schweigt lange. »Glaubst du, das ist es wert?«

»Ja.«

»Okay. Einverstanden. Aber schick so viel Material, wie du kannst – mit Sperrvermerk. Sobald die beiden verhaftet sind, will ich alles online haben. Ist dir das recht?«

»Absolut.« Martin beendet das Gespräch.

»Nach Port Silver?«, fragt Nick.

»Nein. Zum Bahnhof. Sie sind mit dem Zug von Sydney hierhergekommen.«

Nick ist geschockt, dann lächelt er. »Blitzschnell gedacht.«

Martin lädt die Telefon-App der Staatlichen Eisenbahn herunter, dann haben sie es eilig: Der Zug nach Sydney hält in weniger als zehn Minuten kurz in Longton. Topaz und Royce haben den Zeitpunkt ihrer Flucht gut abgepasst. Nick fährt, Martin schreibt eine SMS an Bethanie. *Longton Bahnhof. Informiere Baxter. Sucht mich da. Unauffällig nähern.*

Es ist fast vollständig dunkel, als Nick hundert Meter vor dem Bahnhof auf den Seitenstreifen fährt. Die Hitze ist unverändert, und der Sternenhimmel ist dunstig.

»Sie warten hier«, sagt Martin und steigt aus. »Wenn ich die beiden nicht finde, bin ich in zwei Minuten zurück. Dauert es länger, heißt das, dass ich mit ihnen rede. Dann müssen Sie Montifore anrufen. Wenn wir sie in den Zug steigen lassen, ohne es ihm zu sagen, sind wir im Arsch.«

»Verstanden«, sagt Nick.

Es ist ein Kleinstadtbahnhof, eine Bedarfshaltestelle für den Bummelzug aus Brisbane, ein Ziegelbau aus dem 19. Jahrhundert, der jetzt in traditionellen Farben gestrichen und gut gepflegt ist. Die Autofahrt nach Sydney dauert sieben Stunden, der Zug braucht immer noch zehn.

Auf dem Bahnsteig ist niemand. Keine Menschenseele. Nur

Motten schwirren, erregt von der spätsommerlichen Wärme, immer noch um die Lampenmasten. Martins Herz setzt kurz aus. Er fängt an zu laufen, und seine Gedanken überschlagen sich. Wo könnten die beiden sein? Gibt es vielleicht einen Nachtbus? Hat er sich geirrt, was den Zug angeht? Dann sieht er sie in dem kleinen Warteraum. Die Rucksäcke stehen zu ihren Füßen, und sie sitzen schweigend da. Allein. Royce lächelt, als Martin hereinkommt, und als er ihn erkennt, lacht er. »Martin! Willst du dich verabschieden?« Er steht auf, scheint nicht zu ahnen, was los ist. Entweder das, oder er ist ein guter Schauspieler. Ein guter Betrüger.

Aber Topaz ist über jede Schauspielerei hinaus. Sie starrt Martin nur an, leidenschaftslos und mit leerem Blick.

Martin hat sie, hat die Flüchtige, die Mörderin. Für ein exklusives Fünf-Minuten-Interview.

»Ich weiß«, sagt er. »Kreta.«

Topaz nickt nur und schließt die Augen.

»Was soll das heißen?«, fragt Royce.

Martin zieht sein Handy aus der Tasche, macht ein Foto von Topaz. Sie ist förmlich geschrumpft, ihre Lebendigkeit ist weg, ihr Blick ist unendlich müde. Sie sitzt auf einer Bank in einem Kleinstadtwartesaal und starrt in die Kamera. Er macht noch zwei Fotos, bevor Royce wieder ins Bild kommt, sich neben seine Frau setzt und ihren Arm berührt. »Topaz?«

»Es war nicht geplant, oder?«, fragt Martin. »Du wusstest nicht mal, dass er hier ist, als ich euch am Montag mitgenommen habe.«

Topaz schüttelt den Kopf, und ihre Stimme ist ein Flüstern. »Nein.«

»Wann hast du es erfahren?«

»Als ich mit dir und Garth am Strand saß. Ich habe gesehen,

wie er seine Anhänger ins Wasser tauchte. Es war wie eine Taufe. Und dann die Zeichen auf der Stirn. Da hat's geklickt, irgendwie.«

»Aber sieben Tote?«, sagt Martin.

»Baby?« Royce hat den Arm um ihre Schultern gelegt, und in seinen Augen liegen Sorge und erste Anzeichen von Tränen.

Sie scheint bar jeden Gefühls und sagt zu Martin: »Es sollte nicht so laufen. Nur er. Er und ich.«

Martin erinnert sich, wie Topaz dalag, ausgestreckt und bewusstlos, bedeckt mit Erbrochenem. Sie hat eine tödliche Dosis genommen, aber nicht lange genug bei sich behalten.

»Was ist passiert?«

»Ich weiß es nicht.«

»Was für ein Gift war es?«

Aber sie schüttelt den Kopf. »Ist doch egal.« Und sie lässt sich an die Schulter ihres Mannes sinken. Verzweiflung liegt in seinem Blick, und nur in seinem.

Ein Dröhnen weht heran. Der Zug kommt. Martin streckt den Kopf zur Tür hinaus. Er sieht ein Licht näher kommen.

»Komm, Babe, wir gehen.« Royce steht auf. »Der Zug.«

Aber Topaz rührt sich nicht. Sie sitzt zusammengesunken da und hat die Augen wieder geschlossen. »Er hat verdient, zu sterben. Ich habe verdient, zu sterben. Aber nicht die anderen. Es tut mir so leid.« Sie verstummt, und Martin ist außerstande, ihr eine weitere Frage zu stellen.

Der Zug rollt in den Bahnhof, hält an und wartet erwartungsvoll keuchend. Martin kann nicht sehen, ob jemand ein- oder aussteigt. Er hat dem Zug den Rücken zugewandt und behält die beiden Flüchtigen im Auge.

Nick Poulos kommt in den Wartesaal und geht auf Topaz und Royce zu. Sie nimmt keine Notiz von ihm; also gibt er Royce wortlos seine Karte. Der junge Mann studiert sie und blickt auf. Er hat immer noch nicht begriffen. »Bitte helfen Sie ihr«, sagt er. Seine Stimme klingt brüchig.

Dann ist Montifore da, atemlos, und Lucic steht neben ihm. Die junge Polizistin vom Hummingbird Beach ist auch da. Die Pistole in ihrer Hand ist auf den Boden gerichtet. Montifore betrachtet das Paar vor sich. Martin und Nick ignoriert er. Er interessiert sich nur für Topaz und Royce.

»Topaz McAlister«, sagt er, »ich verhafte Sie wegen Mordes an Myron Florakis, auch bekannt als Swami Dev Hawananda.« Dann wendet er sich ihrem Mann zu. »Royce McAlister, ich verhafte Sie wegen Beihilfe zum Mord.« Royce ist verblüfft, Topaz resigniert, aber beide lassen sich Handschellen anlegen. Der Zug fährt los, setzt seine Reise nach Süden fort. Zwei weitere Polizisten kommen in den Warteraum und werden angewiesen, die Rucksäcke mitzunehmen.

Es ist eine klägliche kleine Prozession, die da aus dem Bahnhof kommt und ihn einer langen Nacht der gutbeleuchteten Trostlosigkeit überlässt. Zwei uniformierte Polizisten, die Topaz und Royce eskortieren. Montifore und Lucic mit der jungen Polizistin. Martin und Nick – und schließlich die beiden Polizisten, die mit Latexhandschuhen die Rucksäcke tragen. Niemand hat es eilig, alles ist ruhig. Bis plötzlich Blitze durch die Nacht zucken: Baxter James fotografiert.

Montifore versucht nicht, ihn zu stoppen. Stattdessen tritt er ins Bild, als Topaz auf den Rücksitz eines Streifenwagens geschoben wird. Erst als der Wagen abfährt, beendet der Polizist sein Schweigen. Er sieht Baxter und Bethanie an, redet aber mit Martin. »Gehören die zu Ihnen?«

»Ja. Vom *Herald*.«

»Okay. Ich habe die beiden festgenommen, aber wir erheben

frühestens morgen Mittag Anklage.« Er lächelt kurz. »Danke, Martin.« Und er geht zu einem wartenden Wagen.

»Ich fahre mit zum Revier. Die beiden brauchen einen Anwalt«, sagt Nick. Es ist eine Feststellung, keine Frage.

»Natürlich«, sagt Martin. Dann fällt ihm noch etwas ein. »Hey, Nick?«

»Ja?«

»Danke. Ich hätte es nicht herausbekommen ohne Sie.«

»Kann sein«, sagt der Anwalt, aber er lächelt nicht.

»Was war denn das?«, fragt Baxter. Er sieht bereits seine Aufnahmen auf dem Kameradisplay durch. »Die werden nicht sofort angeklagt?«

Bethanie erklärt es ihm. »Wir können vorläufig über alles berichten. Sowie Anklage erhoben worden ist, ist der Fall rechtshängig.«

»Aber für die aktuelle Ausgabe ist es zu spät«, sagt Baxter und sieht auf die Uhr.

»Ja. Ich rufe Terri an«, sagt Bethanie. »Sie wird nicht darauf sitzen wollen.« Sie greift nach ihrem Telefon.

Auf dem Highway gibt es ein McDonald's mit kostenlosem WiFi, aber das ist viel zu langsam. Also verbinden sie die Laptops mit ihren Telefonen. Baxter hat seine Bilder in Sekundenschnelle von seinem Tablet verschickt. Martin arbeitet an seinem Laptop, und Bethanie koordiniert alles mit dem Produktionsteam in Sydney.

»Sie brauchen es bis 21:00 Uhr; andernfalls wird alles bis morgen früh zurückgehalten«, sagt sie.

Also schreibt Martin, so schnell er kann. Er kümmert sich nicht um Tippfehler, Grammatik oder Stilfragen. Bethanie liest über seine Schulter mit, macht Vorschläge und korrigiert Fehler. Nach einer Viertelstunde sind sie fertig.

EXKLUSIV

von Martin Scarsden und Bethanie Glass in Longton

Eine junge australisch-amerikanische Staatsbürgerin namens Topaz MacAlister befindet sich in Haft und muss mit einer Anklage wegen siebenfachen Mordes rechnen. Zu den Opfern gehören der Schauspieler Garth McGrath und der selbsternannte religiöse Führer Swami Dev Hawananda.

Ein Team von Investigativreportern des Herald konnte Ms McAlister und ihren Ehemann, den Australier Royce McAlister, am Bahnhof abfangen, als sie mit dem Zug von Longton ins nördliche New South Wales fliehen wollten.

Das Paar unternahm seinen Fluchtversuch, als die Ermittlungen des Herald dramatische neue Beweise dafür entdeckten, dass es sich bei Swami Hawananda um einen Hochstapler mit dunkler Vergangenheit handelte.

In einer sensationellen Entwicklung konnte der Herald enthüllen, dass Hawananda in Wirklichkeit ein griechisch-indischer Straftäter namens Myron Florakis war, der im Zusammenhang mit dem Tod von drei Menschen auf Kreta vor acht Jahren gesucht wurde.

Man nimmt an, dass eins der Opfer auf Kreta Topaz McAlisters ältere Schwester Cascade Throssel war, und vermutet, dass dies ihr Motiv für den Mord an Florakis war.

Sieben Menschen starben am Samstagabend bei einer Beachparty in dem abgelegenen Resort samt spirituellem Zentrum am Hummingbird Beach in der Nähe von Port Silver, nachdem ein religiöser Trank mit einem unbekannten Gift versetzt worden war.

Vermutlich unternahm Ms McAlister einen Selbstmordversuch, indem sie selbst von der tödlichen Mischung trank, konnte aber durch das schnelle Handeln von Polizei und Notdienst gerettet werden.

Royce McAlister befindet sich wegen des Verdachts auf Beihilfe zum Mord in Haft. Man nimmt an, dass er von den Taten seiner Frau nichts wusste, bis das Reporterteam des Herald ihn damit konfrontierte …

Martin und Bethanie überfliegen den Text noch einmal, machen hier und da eine Korrektur und schicken ihn los. Er reist durch den Äther zu einem Computerbildschirm in der Redaktion des *Sydney Morning Herald*. Eine SMS bestätigt den Empfang. »Alles klar«, sagt Bethanie. »Gehen wir was trinken.

Martin lächelt. »Ich bin gleich da.«

Er geht hinaus auf den Parkplatz, von dem noch immer die Hitze aufsteigt. Voll Freude ruft er Mandy an.

Sie meldet sich mit unsicherer Stimme. »Martin?«

»Wir haben es gelöst! Wir wissen, wer die Leute am Hummingbird Beach ermordet hat. Die Polizei hat Topaz McAlister verhaftet.«

»Das ist gut«, sagt Mandy, aber es klingt nicht froh. »Verschwindet sie jetzt aus deinem Leben?«

Martin ignoriert den Stachel. »Und wir glauben zu wissen, wer Jasper umgebracht hat – und warum.«

Kurze Pause. »Wirklich?«

»Es ist noch nicht schlüssig, aber ich bin ziemlich sicher, es war der Swami. Sein richtiger Name war Myron. Er war halb Grieche, halb Inder.«

»Myron. Der Name, der auf der Postkarte stand?«

»Genau. Jasper hat es herausgefunden. Der Swami wurde im Zusammenhang mit Rauschgift-Toten in Griechenland gesucht.«

Sie wechseln noch ein paar Worte, aber Mandys Stimme klingt flach, und der Gedanke an die Kette, die Martin in McGraths Hütte gefunden hat, bedrückt ihn.

»Danke, Martin. Vielen Dank«, sagt Mandy schließlich seltsam förmlich und beendet das Gespräch.

Martin, Bethanie und Baxter feiern im Biergarten eines Pubs in Longton. Martin bestellt Fish and Chips, Baxter ein Steak und Bethanie ein Schnitzel, und sie teilen sich einen Salat und eine Flasche Weißwein. Und dann noch eine Flasche. Martin genießt es, wieder dazuzugehören, wieder mit den Kollegen zusammen zu sein, wie eine Sportmannschaft, die einen großen Sieg zu feiern hat. Sie haben gewonnen, und er ist seinem Ziel, Mandy zu entlasten, ein großes Stück nähergekommen. Viel besser kann das Leben nicht sein.

Terri Preswell ruft an. »Jetzt ist es online«, sagt sie. »Ausgezeichnete Arbeit, ihr drei. Erstklassig, verdammt. Supertext, Superfotos.« Sie ist high vom Adrenalin, wie es jeder Journalist kennt und liebt. Es ist die Droge, von der sie alle nicht genug bekommen. »Wir füllen die Homepage damit, und ich habe das Team der Social Media veranlasst, maximalen Traffic zu generieren.«

»Wow«, sagt Martin. »Danke, Terri. Für alles.«

»Kein Problem. Aber wir sind noch nicht fertig.«

»Was meinst du?«

»Ich habe die Juristen hier. Sie machen sich Sorgen um den Zeitpunkt der Anklageerhebung.«

»Die Polizei hat gesagt, frühestens am Mittag.«

»Und du glaubst ihnen?«

»Natürlich. Die wollen die Story veröffentlicht sehen.«

»Okay, aber das bedeutet, wir können nichts für die Montagsausgabe zurückhalten. Vor allem nichts über Topaz' Vergangenheit, über den Tod ihrer Schwester in Griechenland. Das könnte als präjudiziell bewertet werden. Wir müssen es online haben, *bevor* sie angeklagt wird.«

»Ja, verstehe. Ich kann ein Stück über Topaz schreiben. Sie und der Swami, Wege, die sich kreuzen, etwas in der Art. Über ihre Vergangenheit.«

»Okay. Aber konzentriere dich auf sie. Ich beauftrage einen Korrespondenten in Athen mit einem Artikel über den Tod von Florakis und die Todesfälle auf Kreta.«

»Liegt nahe.«

»Gut. Der Zeitplan ist also der gleiche wie gestern Abend. Wir wollen noch nichts anderes online stellen, brauchen aber frisches Material für morgen früh. Schreib heute Nacht und schick es uns, sobald du kannst. Morgen früh um sechs *muss* der Artikel hier sein. Die Juristen können einen Blick drauf werfen, und gegen sieben kann er im Netz stehen. Wir treten einen Sturm in den sozialen Medien los und sorgen dafür, dass das ganze Land die Nachrichten sieht. Sowie Topaz angeklagt wird, machen wir dicht.«

Martin ist einverstanden, und sie besprechen, wie die Bericht-erstattung koordiniert werden soll. Die ganze Zeit fragt er sich, wieso Terri Preswell die Strategie mit ihm erörtert – mit Martin Scarsden, dem freien Mitarbeiter – und nicht mit Bethanie Glass, dem aufsteigenden Stern des *Herald*. Es ist, als wäre er nie drau-ßen gewesen. Bevor das Gespräch zu Ende ist, sät er die Saat für einen weiteren Artikel, vielleicht für die Montagsausgabe – über den Mord an einem ortsansässigen Immobilienmakler, der mit den Todesfällen am Hummingbird Beach in Verbindung steht, wahrscheinlich begangen durch den Swami. Terri ist begeistert.

Martin, Bethanie und Baxter suchen sich ein Hotel. Martin und Bethanie nehmen eine Suite mit zwei Schlafzimmern und einem Wohnzimmer dazwischen, Baxter bezieht ein Einzelzimmer. Sie schalten ihre Laptops ein und fangen an zu arbeiten, während Baxter seine Kamera nimmt und sich auf die Jagd nach Fotos macht. Er verspricht, Kaffee und Snacks mitzubringen.

»Erzähl niemandem, was wir haben«, warnt Martin.

»Alter«, sagt Baxter, als sei die Vorstellung, dass er so etwas tun könne, eine Beleidigung. »Wird mich aber nicht daran hindern, rauszufinden, was die anderen wissen.«

»Und trink nicht zu viel«, sagt Bethanie.

»Wer, ich?« Er grinst, wie nur Baxter grinsen kann.

SONNTAG

FÜNFUNDZWANZIG Die Morgendämmerung in Longton ist sanft und ruhig, der Himmel vor dem Hotelfenster wird gemächlich von pink zu blau, aber Martin Scarsden ist hohläugig und zittrig, getrieben von zu viel Koffein und zu wenig Schlaf. Terri und die Juristen haben die Story, die Layouter haben sein Foto von Topaz McAlister, wie sie verloren im Warteraum sitzt, kurz bevor der Zug abfährt. Baxter war nicht glücklich, als er es gesehen hat. Er hat sofort begriffen, wie stark dieses Bild ist.

Bethanie schläft ein wenig, bevor der Tag beginnt. Aber Martin ist rastlos; er muss sich bewegen. Die Polizei hat Topaz wegen der Todesfälle am Hummingbird Beach verhaftet, der Swami hat mit fast hundertprozentiger Sicherheit Jasper Speight umgebracht. Mandy ist aus dem Schneider. Seine Story ist überall im Internet, produziert Nachahmungen und treibt den Nachrichtenzyklus voran. Er sollte glücklich sein, aber er ist es nicht. Irgendwann in der Nacht ist etwas an die Oberfläche gekommen und nagt an ihm. Er greift in die Tasche: Die Halskette ist noch da. Wieso kann Journalismus so leicht und das Leben so schwierig sein?

Also geht er spazieren. Ein Zug fährt durch die Stadt, eine dröhnende Erinnerung daran, dass das Leben keine Pausentaste hat. Die Sonne flackert durch die Zweige. Erinnerungen flimmern dazwischen. Ein Cricketball, Camping am Strand, eine leere Champagnerflasche. Eine schöne Frau in einer Buchhandlung im Nirgendwo. Plötzlich ist er sehr müde. Er fühlt sich verwundbar, all dem ausgeliefert, was sein Unbewusstes ihm vor die Füße werfen mag.

Ein Auto kriecht die Main Street von Longton entlang, als müsse es sich entschuldigen, weil es den jungen Tag stört. Martin sieht ein paar Tische und Stühle auf dem Gehweg. Eine Bäckerei ist hier wie überall das erste Geschäft, das morgens öffnet. Martin geht darauf zu und denkt an noch mehr Kaffee, vielleicht auch ein Frühstück. Eier mit Speck würden helfen. Aber als er die Bäckerei betritt, entdeckt er Royce McAlister und Nick Poulos. Sie sitzen an einem Tisch und trinken Kaffee. Nick winkt ihn herüber. Royce blickt ihn ohne Gefühlsregung an. Martin bestellt an der Theke einen Kaffee und etwas zu essen. Eier und Speck gibt es nicht; er muss sich mit Quiche von gestern begnügen. Er setzt sich ans Ende des Tisches. Nick sitzt auf der einen Seite, Royce auf der anderen.

»Alles okay?« Martin sieht Royce an.

Der junge Mann schüttelt wortlos den Kopf.

»Er ist aus dem Schneider«, sagt Nick. »Er hat nichts von alldem gewusst. Er war die ganze Zeit im Krankenhaus. Die Polizei hat die Ermittlungen gegen ihn eingestellt.«

Martin studiert Royces Gesicht. Da sind immer noch die Blutergüsse, die Harry der Junge ihm verpasst hat, und er sieht kein bisschen erleichtert aus.

»Und Topaz?« Martins Frage geht an Nick.

»Sie hat gestanden. Sie hat sich und den Guru vergiftet. Und sie besteht darauf, dass sie niemand anderem schaden wollte.«

»Sie glauben ihr?«

»Das ist eine akademische Frage. Einmal Mord, sechsmal Totschlag. Viel kann ich für sie nicht tun.«

»Sie vertreten sie?«

»Vorläufig.«

Martin wendet sich an Royce. »Wusstest du Bescheid? Über ihre Vergangenheit? Und ihre Schwester?«

Royce schüttelt den Kopf. »Nein.« Es ist das erste Mal, dass er spricht, und das Wort hat das Gewicht der Wahrheit. Der lebhafte junge Mann ist nicht mehr da. Die Realität hat ihm die Füße weggerissen. »Sie hat nie etwas gesagt.« Er starrt ins Leere und spricht mit sich selbst. »Ich dachte, wie wären ein Team. Wir beide gegen den Rest der Welt. Ich habe es so gemeint, sie anscheinend nicht.«

»Es sieht eher so aus, als hätte sie sich selbst nicht vertraut«, sagt Martin.

»Was soll das heißen?«

»Sie war auf der Flucht, Royce. Das ist nicht deine Schuld.«

»Leicht gesagt.« Der Schmerz steht ihm ins Gesicht geschrieben.

Es wird still am Tisch. Martin gibt die Quiche auf. Sie ist nahezu ungenießbar. Nick holt noch einen Kaffee für sich und Royce. Draußen hält ein Lastwagen. Seine Luftdruckbremsen zischen, und der Motor läuft im Leerlauf, als der Fahrer, ein Mann mit fettigem Haar, Tattoos und einem wohlgenährten Bauch, sein Frühstück ordert: ein Wurstbrötchen, ein Päckchen Tomatensauce und eine Flasche Schokomilch. Er zahlt. Die Gangschaltung knirscht, der Lastwagen fährt ab.

»Royce«, sagt Martin. »Am Montag, als ich euch beide mitgenommen habe, habt ihr erzählt, ihr seid von Sydney mit dem
Zug gekommen. Port Silver war kein zufälliges Ziel.«

Royce antwortet nicht. Nick ist aufmerksam – Martin mag
sein Mandant sein, aber Royce ist es auch.

Martin redet weiter. »Ich weiß, warum ihr hergekommen seid.
Ihr hattet von dem Sex-gegen-Visa-Geschäft gehört, das Harry
der Junge betrieb. Ihr dachtet, ihr könntet ihn ausnehmen. Das
war euer Plan.«

Royce sieht ihm in die Augen und zuckt die Achseln. »Ich
gebe nichts zu.«

»Das brauchst du auch nicht.«

»Dann brauchst du mich nicht danach zu fragen.«

»Und ich weiß, dass ihr verheiratet seid. Sie hat einen australischen Pass; sie braucht kein Visum.«

Royce reagiert desinteressiert. »Und?«

»Woher wusstet ihr von dem Visabetrug?«

»Alter, darüber weiß jeder zweite Backpacker Bescheid. Und
nicht nur hier. Das läuft überall. In allen Städtchen im Westen.
Geile Farmer gibt's überall. Allerdings kein organisiertes Busi-
ness wie hier. Wir hätten die weiter bescheißen sollen.«

»Also habt ihr so was schon früher gemacht? Leute abgezogen?«

Nick unterbricht. »Sie müssen nicht antworten.« Er sieht
Martin an. »Schalten Sie einen Gang runter, Herrgott.«

Martins Blick wandert zwischen Nick und Royce hin und
her, und seine Stimme wird sanfter. »Alles, was du Nick erzählst, unterliegt der anwaltlichen Schweigepflicht. Das weißt
du, oder? Weder die Polizei noch das Gericht kann ihn zwingen, preiszugeben, was du ihm erzählst. Was ich zu bieten habe,
ist ganz ähnlich. Ich gebe keinen juristischen Schutz, aber wenn

du mir im Vertrauen Informationen gibst, werde ich nicht verraten, von wem ich sie habe. Journalisten schützen ihre Quellen.«

Royce sieht Nick an, der zuckt die Achseln.

»Das war dein Kumpel«, sagt Royce. »Jasper Speight.«

Martin rührt sich nicht. Sein Mund steht offen, das nächste Wort bleibt ungesagt, seine Fragen sind vergessen. »Jasper Speight?« Mehr bringt er nicht hervor.

»Er hat uns von St Clair erzählt.«

»Von St Clair? Wie jetzt? Wart ihr etwa schon einmal in Port Silver?«

»Nein. Wir haben in Sydney versucht, den abzuziehen. Wir dachten, er ist verheiratet – er trug einen Ehering. Aber als ich reinkam, während er es mit Topaz trieb, lachte er nur und wollte uns die E-Mail-Adresse und die Telefonnummer seiner Ex-Frau geben. Der Kerl hat uns sofort durchschaut.«

»Wann war das?«

»Vor ungefähr einem Monat.«

»Das verstehe ich nicht. Wieso erzählt er euch von St Clair?«

Royce zuckt die Achseln. »Er hatte es auf den Typen abgesehen – und auf den Drecksack, der für ihn arbeitet. Auf Harry den Jungen.« Ohne es zu merken, berührt Martin sein immer noch geschwollenes Auge. Ob es je wieder besser wird? »Ja, tut mir leid«, sagt Royce halbherzig.

»Und was habt ihr mit Jasper verabredet? Er wollte, dass ihr St Clair reinlegt? Warum?«

Royce schüttelt den Kopf. »Nein, so war das nicht. Er wollte, dass Topaz alles filmt. Mit versteckter Kamera.«

Martin geht ein Licht auf. »Erpressung.«

»Wahrscheinlich«, sagt Royce. »Uns war scheißegal, wozu er es haben wollte. Der Typ, dieser Jasper, sagte, er gibt uns zehn

Riesen für das Video und dazu die Visumsdokumente. Das klang nach leicht verdientem Geld.«

»Und als ihr hörtet, dass er tot war – ermordet – habt ihr trotzdem weitergemacht.«

»Wir hatten kaum eine Wahl. Das Geld war knapp. Wir dachten, wir machen's einfach allein.«

»Deshalb hat Harry der Junge dich zusammengeschlagen?«

»Genau. Er hat gesagt, ich soll die Fresse halten und aus der Stadt verschwinden.«

»Was ist aus dem Video geworden?«, fragt Nick.

Royce schüttelt den Kopf. »Es gibt kein Video. Dieser Jasper wollte uns die Spionagekamera geben. Aber als wir ankamen, war er nicht mehr da.«

Wieder schweigen alle. Ein junger Mann kommt mit einem Tablett an den Tisch. »Hey, Mate, ich habe frische Quiche hier, wenn es Sie interessiert, direkt aus dem Ofen.«

Martin wirft einen Blick auf das angebissene Stück auf seinem Teller. »Nein danke«.

Nick sieht ihn an. »Da ist noch was. Ich wollte es Ihnen am Freitag erzählen, nachdem die Polizei Sie wegen des Messers vernommen hat, aber Sie mussten schnell weg. Wahrscheinlich ist es jetzt nicht mehr wichtig.«

»Was denn?«

»Sie haben mich gebeten, bei Westpac zu checken, ob jemand die Käsefabrik kaufen wollte. Erinnern Sie sich?«

Martin zuckt die Achseln. »Ja. Das ist jetzt wohl nicht mehr wichtig.«

»Wahrscheinlich. Aber es gab Leute. Vor kurzem.«

»Leute? Plural?«

»Tyson St Clair.«

»Das überrascht eher nicht.«

»Und dann Denise Speight. Sie hat schweres Geschütz auf-gefahren.«

»Schweres Geschütz? Was soll das heißen.«

»Sie hat eine verbindliche Absichtserklärung zum Kauf unter-schrieben.«

Martin lächelt. »Darüber wird St Clair nicht glücklich sein. Mir war nicht klar, dass sie eine solche Zockerin ist.«

»Ich frage mich, ob sie immer noch kaufen will«, sagt Nick. »Jetzt, wo Jasper nicht mehr da ist.«

Martin ist wieder draußen, und jetzt geht es ihm noch schlechter. Die unerwartete Verbindung zwischen dem Gaunerpärchen und Jasper Speight beunruhigt ihn, und er ist überrascht, dass es De-nise Speight gelungen ist, Westpac das Verkaufsrecht für die Kä-sefabrik abzuschwatzen. Nichts davon ist wichtig; vielleicht kann es als Hintergrund dienen, wenn er je über die Geschichte ein Buch schreibt. Aber es macht ihn nachdenklich. Jasper Speight bezahlt Topaz und Royce dafür, dass sie St Clair filmen, und Denise Speight drängt St Clair beim Kauf der Käsefabrik aus dem Rennen. Offenbar haben Jasper und seine Mutter sich zu-sammengetan, um St Clair auszuschalten. Aber warum ist Jasper mit der Postkarte von St Myron, dem Wundertäter, zu Martin gekommen? Sollte Martin den Swami als Betrüger entlarven? Oder wollte Jasper ihn manipulieren? Royces Anschuldigungen haben Martins Bild von seinem alten Schulfreund ins Wanken gebracht: Sexfallen, versteckte Kameras und Erpressung. Als Teenager war Jasper manchmal leichtsinnig und gedankenlos, aber niemals hatte er andere manipuliert und intrigiert. Was hat-te sich geändert? Hatte seine Mutter ihn beeinflusst? Oder hatte die Verlockung von Geld und Land ihn korrumpiert? Vielleicht war Jasper in Vertretung seiner Mutter am Hummingbird Beach, und vielleicht war der Swami ein Laufbursche für St Clair. Den Swami zu enttarnen wäre in Jaspers und Denises Interesse gewesen: So hätten sie den Heiligen und damit auch St Clair ausgeschaltet. Irgendwas stimmt an der Geschichte nicht.

Denise Speight und Tyson St Clair sind Konkurrenten. Was hat George im Fish-and-Chips-Shop gesagt? Dass die Hausbesitzer auf Nobb Hill sich benehmen wie in *Game of Thrones*? St Clair hatte seine Pläne für den Sumpf, die Käsefabrik und das Flussufer. Jasper hatte vor, die Klippen zu parzellieren. Aber Denise hat St Claire bei der Käsefabrik ausgebootet und ist direkt zur Bank gegangen, während ihr Sohn Jasper Topaz und Royce beauftragte, kompromittierendes Material über St Clair zu filmen. Was für ein Rattennest!

Martin sieht auf die Uhr. Es ist noch früh. Aber Fischer sind immer früh auf den Beinen. Er ruft Vern an.

»Martin. Tag. Bisschen früh für einen Journalisten, oder?«

»Bist du zu Hause, Vern? Ich muss mit Josie sprechen.«

»Nein, Mate. Bin schon auf dem Boot. Ich schicke dir ihre Nummer.«

»Danke.«

»Kein Problem. Erstklassiger Artikel übrigens. Wieder mal der Schnellste. Aber ist alles okay? Du klingst beunruhigt.«

»Natürlich. Alles bestens.«

»Freut mich.« Sein Onkel beendet das Gespräch.

Kann er wirklich hören, wie beunruhigt Martin ist? Egal. Das Telefon vibriert, und Josies Telefonnummer ist da. Er ruft sie an.

»Hallo? Josie hier.« Sie klingt unsicher, kennt Martins Nummer nicht.

»Hi, Josie, Martin Scarsden hier. Ich habe dich hoffentlich nicht geweckt.«

Sie lacht. »Nicht bei so vielen Kindern. Wie kann ich helfen?«

»Ich denke über den indigenen Besitzrechtsanspruch auf Mackenzie's Swamp nach. Hat jemand versucht, ihn euch abzukaufen? Oder euch einen Deal angeboten?«

»Warum willst du das wissen?«

»Ehrlich gesagt, weiß ich das nicht genau. Aber irgendetwas stimmt nicht.«

»Ja. Wir hatten in den letzten Monaten ein paar Angebote aus heiterem Himmel. Tyson St Clair und Denise Speight sind beide scharf drauf.«

»Aha. Und gibt es einen Favoriten?«

»Nicht zu diesem Zeitpunkt. Es ist unser Land. Wir möchten es behalten.«

»Es besteht also keine Chance, dass ihr verkauft?«

Nach einer kurzen Pause seufzt Josie. »So einfach ist es nicht. Wir haben keine Garantie, dass unser Anspruch anerkannt wird, und es kann Jahre dauern, bis darüber entschieden ist. So ein Angebot wäre Geld im Voraus.«

»Aber ihr könntet euer Land verlieren. Man würde einen Yachthafen und einen Golfplatz daraus machen.«

»Nur, wenn St Clair es bekäme.«

»Wieso? Was hat Denise Speight denn damit vor?«

»Nichts. Sie sagt, aus der Käsefabrik will sie ein Öko-Hotel machen, aber das Sumpfland will sie erhalten.«

»Das hat sie euch gesagt?«

»Ja. Sie und Jasper.«

»Jasper?«

»Ja. Er war immer gegen den Golfplatz. Das haben wir dir erzählt.«

»Es könnte also sein, dass ihr an Denise verkauft?«

»Vielleicht. Wenn sie noch interessiert ist, jetzt, wo Jasper tot ist. Aber es liegt nicht bei mir. Es wäre eine Gemeinschaftsentscheidung.«

»Danke, Josie. Vielen Dank.«

»Gern geschehen.«

Martin setzt sich auf das Sims eines Schaufensters. Es ist bedeckt mit dem Staub, der aus dem dürregeplagten Landesinneren nach Osten geweht ist, aber das ist ihm egal. Er versucht, sich zu erinnern, was Denise Speight gesagt hat, als er am Tag nach dem Mord an ihrem Sohn mit ihr gesprochen hat. Er hat gedacht, sie stünde unter Schock und sei untröstlich. Aber sie hat ihm sofort von Tyson St Clairs Plänen für einen Yachthafen und einen Golfplatz und auch von Jaspers Haltung dazu erzählt. Er hat sie gefragt, was sie sich für den Sumpf wünsche, und sie hat geantwortet, sie sei dafür, das Gelände zu erschließen, wenn die Gooris eine angemessene Entschädigung bekämen und garantierte Arbeitsplätze. Das hat sie gesagt, da ist er sicher. Aber eigene Interessen hat sie nicht erwähnt. Warum nicht?

Sein klingelndes Telefon schreckt ihn auf. Ein unbekannter Anrufer. Jack Goffing vermutlich. Aber es ist nicht Goffing.

»Martin? Martin, sind Sie das? Hier ist Wellington Smith.« Die Stimme klingt selbstbewusst und gereizt.

»Ja, der bin ich«, antwortet Martin.

»Was zum Teufel, Martin? Mehr habe ich nicht zu sagen: Was zum Teufel?«

Mehr braucht er auch nicht zu sagen. Wellington Smith, der Verleger von *This Week* und demnächst auch Verleger seines True-Crime-Buchs über die Toten im westlichen New South Wales. Wellington Smith, der Mann, der ihm eine journalistische Rettungsleine zugeworfen hat, nachdem der *Sydney Morning Herald* ihn gefeuert hat. »Wellington, ich habe Sie nicht vergessen. Diese Story hat alles – Sex und Drugs und Mord. Da steckt noch ein Buch drin. Ein garantierter Bestseller.«

»Das weiß ich, Martin. Ich bin nicht vollkommen blöde. Und warum zum Teufel publizieren Sie das alles über die Fairfax-Website? Die haben Sie gefickt, erinnern Sie sich?«

»Ich hatte keine Wahl. Spätestens heute Mittag wird Topaz McAlister angeklagt. Der *Herald* wird alles stoppen müssen. Niemand wird da vor Ende des Prozesses noch mal hineinkommen, auch wir nicht. Sehen Sie es als Publicity. Und wenn der Prozess vorbei ist, haben wir das Buch startbereit.«

Das scheint den Verleger zu beruhigen. Martin hört ihn schwer atmen. »Wir können also mit einem Zeitschriften-Feature rechnen? Und mit noch einem Buch?«

»Ich denke schon.«

»Guter Mann, ich nehme Sie beim Wort.« Er legt auf.

Bei dem bloßen Gedanken daran, noch ein Buch zu schreiben, ist Martin schon erschöpft. Er sehnt sich nach Schlaf. Aber vorher wird er noch einmal zum Polizeirevier gehen und hören, ob es Neuigkeiten gibt. Er macht sich gerade auf den Weg, als er den SUV eines Nachrichtensenders sieht. Der Wagen hält neben ihm, und ein getöntes Seitenfenster gleitet herunter.

»Martin Scarsden, verdammt! Ich werde verrückt!« Doug Thunkletons Stimme ist zu laut für diesen Morgen.

»Doug. Dass ich Sie hier sehe.«

»Wissen Sie, wann formell Anklage gegen Topaz McAlister erhoben wird?«

»Gegen Mittag, denke ich.«

»Ausgezeichnet!«, sagt Thunkleton. »Danke. Ich muss eine Liveschalte machen. Wir sehen uns.« Der Wagen fährt wieder an.

»Doug! Moment noch!« Der Wagen bremst und Martin tritt an das offene Fenster. »Sie sind wieder *fulltime* dabei?«

»Noch nicht. Vielleicht nie mehr. Ich tüte das hier ein und gehe dann wieder ins True-Crime-Geschäft.«

»Sie wollen also weitermachen?«, fragt Martin

»Wollen Sie mich verarschen? Das ist doch ein Kracher. Da steht in Großbuchstaben Pressepreis drauf. Sie werden nicht der Einzige sein, der Bücher schreibt.«

»Wirklich? So gut ist das? Phantastisch. Sie haben also rausgefunden, wer der Mörder ist?«

»Wir sind nah dran.«

»Eins noch, Doug – Tyson St Clair hat Ihnen den Hinweis auf die Story gegeben, oder? Nicht Jasper Speight?«

»Ja, stimmt: St Clair. Warum?«

»Nur so. Vielen Dank.«

Er wandert durch die langsam erwachende Stadt und grübelt über die Käsefabrik und den Sumpf nach. Tyson St Clair hat Doug Thunkleton einen Hinweis auf den Ort gegeben, wo Gerüchten zufolge Amory Ashtons Leiche liegt, aber Denise Speight hat ihn ausgetrickst. Wahrscheinlich wird sie das Land von der Westpac-Bank kaufen, sobald die Leiche gefunden ist. Ob St Clair weiß, dass er ausgetrickst wurde?

Martin erreicht das Polizeirevier, ein festungsartiges Gebäude mit weniger Beton und mehr Ziegeln als das Revier in Port Silver, aber dennoch imposant. Wahrscheinlich ist es derselbe Landkreis und die alte Gleichung: Recht + Ordnung + Kirchturmpolitik = Wählerstimmen. Er betrachtet den Bau. Wenn es hier Antworten gibt, sind sie von außen nicht zu erkennen.

Er steht noch da, als sich die Glastür öffnet und Morris Montifore herauskommt. Der Detective sieht genauso unausgeschlafen aus wie Martin. Sein Blick ist trüb.

»Morgen, Martin. Ich habe Ihre Artikel gelesen.«
»Und?«

Montifore zuckt die Achseln und verzieht keine Miene. »Nette Fotos. Ausnahmsweise mal von meiner guten Seite.« Er lächelt nicht. Vielleicht ist er zu müde.

»Morris, kann ich Ihnen etwas erzählen? Ich habe keine Ahnung, ob es brauchbar ist oder nicht. Ich kann Ihnen auch meine Quelle nicht verraten.«

Wieder ein Achselzucken. »Von mir aus.« Die Begeisterung, die der Polizist bei Topaz McAlisters Verhaftung empfunden haben mag, ist längst verflogen.

»Fragen Sie Topaz, warum sie und Royce nach Port Silver gekommen sind. Ob es etwas mit Jasper Speight zu tun hat.«

Jetzt lächelt Montifore doch, es ist ein eher matter Versuch. »Sie haben mit Royce gesprochen.«

»Das habe ich nicht gesagt.«

»Dann werde ich es vielleicht nie erfahren.« Der Detective wird wieder ernst. »Vielen Dank, Martin. Sie hat es uns schon erzählt, aber trotzdem vielen Dank.«

Jetzt ist es an Martin, die Achseln zu zucken. »Sie haben immer noch vor, sie erst heute Mittag vor Gericht zu bringen?«

»So war es verabredet. Passt Ihnen das?«

»Ja, danke. Wir veröffentlichen jeden Moment noch mehr im Netz. Der *Herald* hat einen Korrespondenten beauftragt, über die griechischen Ereignisse zu berichten.«

Montifore nickt. Die Veröffentlichung dieser Hintergrundstory wird der Anklage nicht schaden. »Topaz McAlister hat ein umfassendes Geständnis abgelegt. Ich glaube nicht, dass es ein langes Verfahren geben wird. So, wie es jetzt läuft, wird sie sich schuldig bekennen.«

»In allen sieben Fällen? Oder nur, was den Mord am Swami betrifft?«

Montifore seufzt. »Sie haben recht. Sie hat zugegeben, den

Swami und sich selbst vergiftet zu haben, das ist alles. Achten Sie bei allem, was Sie schreiben, auf diesen Unterschied. Alles andere, sagt sie, war ein Unfall. Wer weiß? Vielleicht müssen wir zwei Verfahren eröffnen.«

»Das Gift – hat sie es in die Schale des Swami getan?«

Montifore schüttelt den Kopf. »Das kann ich Ihnen nicht sagen.«

»Bitte, es ist wichtig. Ich werde es erst veröffentlichen, wenn Sie mir grünes Licht geben.«

Montifore sieht aus, als sei ihm inzwischen alles egal. »Topaz McAlister sagt, sie hat es ganz am Ende in die Schale gegeben, als nur noch sie und der Guru da waren.«

Martin nickt. Er weiß, Topaz hat keinen Grund zu lügen, und Montifore auch nicht. »Geben Sie eine Pressekonferenz?«

»Ja. Nicht, dass ich Lust dazu habe, aber Sydney will es so. Hier, in einer Stunde, ein kurzes Statement vor den Kameras, keine Fragen.«

»Dann versuche ich vielleicht, ein bisschen zu schlafen. Danke, Morris.«

»Martin?«

»Ja?«

»Sie sollten wissen, dass wir das Messer gefunden haben. Die Taucher haben es gestern Nachmittag aus dem Fluss geholt. Es ist bereits in Sydney.«

»Aha. Vom Flusswasser sauber gewaschen, nehme ich an.«

Der Detective seufzt. »Mehr als das. Mit Reiniger abgeschrubbt.«

»Na, das war's dann wohl.«

Montifore sieht ihm in die Augen. »Vermutlich. Obwohl, diese Techniker verstehen ihr Geschäft. Erstaunlich, was sie alles finden, wenn sie sich Mühe geben.«

»Was soll das heißen?«

»Vielleicht wäre es eine gute Idee, wenn Sie nach Port Silver zurückfahren. Gehen Sie zu Ihrer Freundin.«

Martin blinzelt. Die Bedeutung dieser Aufforderung ist unmissverständlich. »Warum? Sie wissen, wer Jasper umgebracht hat, und warum. Es war Hawananda.«

»Nein. Das dachten wir auch. Aber er kann Jasper Speight nicht umgebracht haben. Er hat ein Alibi.«

»Er ist tot. Wie kann er ein Alibi haben?«

»Am Montag hat er einen Intensivkurs geleitet. Den ganzen Vormittag. Es gab zwölf Zeugen. Zehn davon leben noch.«

Martin starrt ihn an. »Sie haben Mandy bereits zweimal vernommen. Was wollen Sie noch von ihr?«

Der Detective seufzt wieder. »Es geht um das Messer. Der Griff ist braun verfärbt. Mit derselben Farbe wie ihr Haar.«

Martin ist sprachlos. Er denkt an den Fleck am Waschbecken im ersten Stock des Townhouse.

Montifore hätte vielleicht mehr Mitgefühl gezeigt, wenn er nicht so müde wäre. »Holen Sie sie ab und bringen Sie sie her. Sorgen Sie dafür, dass sie von sich aus zu uns kommt. Wenn wir sie holen müssen, hat niemand etwas davon.«

Martin hat sein Auto in Port Silver gelassen; deshalb fährt Baxter ihn über das Escarpment hinunter, vorbei an einem steten Strom von Presse- und TV-Fahrzeugen, die in die entgegengesetzte Richtung zu Montifores Pressekonferenz unterwegs sind. Je weiter sie nach unten kommen, desto schwerer wird die Luft. Martin versucht zweimal, Mandy anzurufen, aber sie meldet sich nicht. Er versucht es auch bei Winifred, hinterlässt eine Nachricht und sie ruft zurück. Er berichtet von dem Messer; sie sagt, sie fährt nach Longton, und er soll Mandy hinbringen.

Das Messer. Jemand muss es präpariert haben. Clyde Mackie hat die anonyme Behauptung, Mandy habe es am Dienstag bei Sonnenuntergang in den Fluss geworfen, bereits außer Kraft gesetzt. Aber kommt es darauf an? Wenn das Messer forensisch interessante Spuren trägt, wäre Mackies Aussage nichts mehr wert. DNA setzt alles andere außer Kraft; sie ist der rauchende Colt des 21. Jahrhunderts. Aber hier geht es ja nicht um DNA. Reinigungsmittel und zwei Tage im Argyle River würden dafür sorgen, dass sie nicht mehr nachzuweisen ist. Da ist nur Haarfarbe. Genügt das, um Mandy zu belasten? Sein unausgeschlafener Verstand ist rastlos, nur Schlaf wird ihn beruhigen. Schlaf und die Antwort auf die Frage, wer Jasper Speight ermordet hat.

Baxter setzt ihn bei seinem Wagen vor dem Lifesavers Club ab. Er startet den Motor und gibt einmal kräftig Gas. Das Knattern des Auspuffs hallt zwischen den noch nicht geöffneten Geschäften am Boulevarde hin und her.

Im Wohnwagenpark findet er Mandy allein am Ufer.

»Hi«, sagt er.

»Hi«, antwortet sie. »Ich habe mich gefragt, ob du noch aufkreuzt.« Ihre Stimme klingt nicht wütend; allenfalls hört er einen Unterton des Bedauerns.

»Wo ist Liam?«

»Schläft noch.« Sie hält ein Babyphon hoch.

Martin setzt sich neben sie, und beide blicken hinaus auf das Wasser. »Entschuldige, ich konnte nicht früher weg. Wir haben fast die ganze Nacht gearbeitet.«

»Ich weiß. Ich hab's online gesehen. Diese Topaz.« Ihre Stimme klingt nicht gehässig, nicht vorwurfsvoll. »Sieben Tote. Nur um ihre Schwester zu rächen.«

»Sie hatte es auf den Swami abgesehen, die übrigen hat es

versehentlich erwischt. Sechs Unschuldige, zur falschen Zeit am falschen Ort. Ich weiß keine Namen. Ich kenne nur den Swami und McGrath.« Aus irgendeinem Grund macht ihm das etwas aus.

Sie schüttelt den Kopf und runzelt besorgt die Stirn. »Das ist schrecklich. Unfassbar.«

Martin greift in seine Tasche und zieht die Halskette heraus. »Das hier habe ich gefunden.«

Er lässt sie in ihre Hand rieseln, und sie schaut sie an, ohne etwas zu sagen.

»Ich habe sie am Hummingbird Beach gefunden. Bei McGrath. In seinem Bungalow.«

Sie schweigt und schaut wieder hinaus auf den Fluss. Er wartet. Die Sekunden verstreichen langsam wie Jahrhunderte.

Endlich spricht sie. »Ich konnte es dir nicht erzählen«, murmelt sie. »Ich habe mich zu sehr geschämt.«

»Was ist passiert?«

»Ich bin hingefahren. Es hat mich interessiert. Ich hatte gehört, der Strand sei wunderschön.« Sie zögert. »Nein, das war es nicht. Nicht nur. Ich war einsam. Ich saß in diesem Townhouse fest, mit niemandem außer Liam. Tag für Tag, Nacht für Nacht. Irgendwann dachte ich, du kommst nicht, du bleibst in Sydney. Du willst mich nicht.«

»Ich werde dich immer wollen.« Er nimmt ihre Hand.

Aber Mandy zieht sie weg. Als sie weiterspricht, klingt es traurig, aber nicht verbittert. »Du bist nach Riversend gekommen mit all den großartigen Gesten und großen Worten. Mit all der Liebe. Ein besserer Mann als Byron Swift und all die anderen. Und dann bist du weggefahren, um dein Buch zu schreiben. Du hast mir nicht mal beim Umzug hierher geholfen. Das Buch war dir wichtiger. Ich wusste nicht, ob du kommst oder nicht.«

»Ich hatte immer vor, zu kommen. Das Buch ist fertig, und ich bin hier.«

»Wirklich? Gestern warst du nicht hier. Die Taucher waren hier, die Polizei war hier, die Gaffer waren hier. Gestern den ganzen Tag waren sie hier. Du nicht.« Sie hat Tränen in den Augen. »Du warst bei deiner Story. Sie ist deine wahre Geliebte.«

Was kann er darauf antworten? Es stimmt, er hat sich auf das Riversend-Buch konzentriert und alles andere vernachlässigt, er hat es in vier Wochen geschrieben, siebzigtausend Wörter, und er hat Tag und Nacht gearbeitet. Wellington Smith hatte eine unmögliche Deadline gesetzt, und er war fünf Tage früher fertig geworden, damit er zu ihr fahren konnte. Aber wie soll er das ausdrücken? Sie wird einfach glauben, er habe nonstop gearbeitet, weil er diese Arbeit liebt. Weil er davon besessen ist. Und in gewisser Weise stimmt das auch, das weiß er.

»Er hat dich unter Drogen gesetzt, Mandy. Garth McGrath hat dich unter Drogen gesetzt.«

Sie dreht sich zu ihm um, und in ihren Augen schimmert eine Ahnung. Aber sie sagt nichts.

»Genau wie er mich unter Drogen gesetzt hat. Und Topaz McAlister.«

Sie sagt immer noch nichts.

»Du weißt nicht mehr, was passiert ist? Du hast einen Blackout?«

»Woher weißt du das?«, flüstert sie.

»Das ist eine der Wirkungen dieser Droge. Rohypnol. Das hat er benutzt. Die Vergewaltigungsdroge.«

»O Gott«, sagt sie und ihre Augen sind grüner als das Wasser. Aber in ihnen spiegelt sich keine Erleichterung. Wenn sie sich entlastet fühlt, sieht man es ihr nicht an. Im Gegenteil. Mandy kann seinen Blick nicht erwidern und sieht noch verzweifelter aus. »Ich habe gestern die Story gelesen, deine Story, auf meinem Laptop. Und dann sind die Taucher gekommen. Ich habe versucht, dich anzurufen, aber dein Telefon war ausgeschaltet. Du warst zu beschäftigt, weil du Reporter bist. Also stand ich da und sah ihnen zu. Liam und ich. Dann kamen andere Leute von da oben.« Sie deutet mit dem Kopf zum Bereich der Dauermieter. »Sie wollten die Taucher beobachten. Und dann haben sie mich beobachtet. Am Ende hat sich keiner mehr für die Taucher interessiert. Sie hatten nur noch Augen für mich. Ich habe es nicht ausgehalten und bin mit Liam weggefahren. Die Dunes Road hinauf und hoch zur Treachery Bay.«

»Sie haben es gefunden«, sagt Martin. »Die Taucher.«

»Was gefunden?«

»Das Messer.«

Sie seufzt. »Gut. Und was passiert jetzt?«

»Es ist in Sydney. Sie testen es auf alles, was es gibt. Blut, DNA, mit Elektronenmikroskopen und allem, was sie haben. Ich habe Winifred Bescheid gesagt.«

Sie sieht ihn an. »Ich war's nicht, Martin. Ich habe es nicht getan.«

»Das habe ich nie gesagt.«

»Das brauchtest du nicht.«

Er weiß nicht, was er antworten soll; deshalb redet er weiter, stellt die unvermeidliche Frage. »Dein Haar – wann hast du es gefärbt?«

Verwundert sieht sie ihn an. Er klingt so ernst. »Sonntagabend. Um dich zu überraschen. Warum?«

»Du hast es selbst gemacht?«

»Ja.« Verunsichert runzelt sie die Stirn. »Was soll das?«

»Im Townhouse? Oben im Badezimmer? Am Abend, bevor Jasper umgebracht wurde?«

»Ja. Jetzt sag schon. Was soll das?«

»Das Messer. Montifore sagt, der Griff hat einen Fleck.«

Sie antwortet nicht, schaut stumm auf den Fluss.

»Ich habe mit der Polizei in Longton gesprochen. Sie wollen dich noch einmal befragen.«

»Ich habe mit diesem Messer nichts zu tun. Ich habe es nie gesehen, nie angerührt.«

»Ich weiß. Ich glaube dir ja. Ich bin nur der Bote.«

Wieder malt sich Verzweiflung auf ihrem Gesicht. »Bist du deshalb hergekommen? Weil die Polizei dich geschickt hat?«

»Nein, Mandy. Ich bin hier, weil ich bei dir sein und dich unterstützen will.«

Aber in ihren Gedanken ist sie schon weiter. »Die Medien. Sind die Reporter da? Die Fotografen? Wie in Riversend?«

Daran hat er noch nicht gedacht, aber Mandy hat recht. Sie werden vor dem Polizeirevier in Stellung gegangen sein und auf Montifores Pressekonferenz warten. »Ja, aber die interessieren sich nicht für Jasper oder das Messer, sondern für den Tod von Garth McGrath und dem Swami. Australiens Jonestown. Mit dir hat das nichts zu tun.«

Mandy rührt sich nicht, ihr Gesicht ist eine Maske, eine perfekte Skulptur. Nur die Tränen sind ein Lebenszeichen, einzelne Tränen, die ihr die Wangen herunterlaufen. Mandy starrt Martin an, als habe sie Mühe, zu begreifen, was zwischen ihnen passiert.

»Ich rufe die Polizei an«, sagt er. »Vielleicht können wir uns woanders treffen. In einem Hotel oder so. Aber wenn wir nicht hinfahren, werden sie dich vielleicht festnehmen. Oder nach dir fahnden. Oder der Pressemeute einen Tipp geben. Wir haben keine Wahl. Wir müssen hin.«

Mandy bewegt sich immer noch nicht. Als sie endlich spricht, ist ihre Stimme nur ein Flüstern. »Du warst zu lange weg. Du hättest hier sein müssen.«

Ihre Worte haben einen leisen, fatalistischen Unterton, klingen nicht vorwurfsvoll, sondern schlimmer. »Mandy?«

Dann bricht der Damm. Das Schluchzen überkommt sie, es schüttelt ihren Körper und verzerrt ihr Gesicht.

Martin rückt näher und nimmt sie in die Arme. »Mandy?«

»Du warst nicht da. Die Story hat dich gefesselt. Ich wusste nicht, ob du zurückkommst. Ich war so allein.«

In diesem Augenblick hat er Angst, sie zu verlieren. Er spürt, wie sie und ihr Sohn ihm entgleiten. Aber er findet keine Worte, um sie zu trösten. Er, der Autor von Millionen Wörtern, ist stumm.

Ein Schrei gellt durch die Morgenstille. Es ist das Babyphon. Liam zerreißt die Stille, die Zukunft fordert die Herrschaft über die Vergangenheit.

SECHSUNDZWANZIG Unterwegs schweigen sie. Es gibt nichts zu sagen. Hässliche Gedanken spielen mit Martins Emotionen. Mandy fährt; nicht mal damit kann er sich ablenken. Was hat er sich dabei gedacht? Wie hat er sie alleinlassen, sie im Stich lassen können, um sein kostbares Buch zu schreiben, seinen Ruf als Journalist zu retten und es den Schwarzmalern zu zeigen? Eine Erinnerung durchzuckt ihn wie ein Stich: Er sitzt in seiner Wohnung in Sydney, die Worte fließen in die Tastatur, und immer wieder zwischendurch denkt er an sie, genießt das neue Gefühl der Liebe und die Erkenntnis, dass Liebe mit der Entfernung tatsächlich wächst. Wie grausam diese Erinnerung jetzt ist, denn während seine Liebe gewachsen ist, ist ihre weggedriftet, fortgetragen von seiner scheinbaren Gleichgültigkeit. Mandy hat befürchtet, er sei nur einer von vielen, ein Dieb in der Nacht.

Und noch ein Gedanke durchbohrt ihn. Jasper. Sein alter Freund, der begeisterte Leser seiner Artikel. Er hat gesehen, was passiert ist: Mandy, die Freundin seines alten Freundes, trieb dahin wie ein Floß auf hoher See. Die beiden haben sich im Lifersavers Club gestritten, aber warum? Wollte sich Jasper an Mandy heranmachen, oder war er wütend, weil sie vom Weg abkam? Martin schüttelt den Kopf. Solche Gedanken tun nur weh.

Sie sitzt neben ihm, ganz nah und doch unerreichbar. Sie konzentriert sich auf die palmengesäumte Straße zur Kindertagesstätte. Hinten in seinem Kindersitz plappert Liam – das Geräusch der Unschuld, kleine Wörter, die die Stille füllen. Martin bricht es das Herz. Als Mandy mit dem Kleinen aussteigt, fragt er sich, ob er ihn jetzt zum letzten Mal sieht. Gern würde er aus dem Wagen springen, ihn auf den Arm nehmen und seinen wunderbaren Duft einatmen. Aber er bleibt sitzen. Sollte die Polizei Mandy festnehmen, wird er Liam hier abholen. Fast wünscht er sich, dass das tatsächlich geschieht, damit er noch ein bisschen Zeit mit ihrem Sohn verbringen und sich in seiner Reinheit und seiner Freude sonnen kann. Er sieht, wie Mandy ihn in die Tagesstätte trägt, nicht durch den Haupteingang, sondern zur Rückseite des Gebäudes. Natürlich, heute ist Sonntag. Die Leiterin kümmert sich privat um ihn.

Sie sind fast am Fuße des Escarpment, als Mandys Telefon klingelt. Sie fährt auf die andere Straßenseite, wo ein Weg zur Zuckermühle abzweigt, und hält an. Genau hier hat er vor knapp einer Woche Topaz und Royce mitgenommen. Als der Wagen steht, hat das Klingeln aufgehört. Sie ruft die Nummer zurück.

»Verstehe«, sagt sie. »Ungefähr zwanzig Minuten« und

»Können wir uns irgendwo anders mit ihnen treffen?« und »Warum nicht?« und schließlich »Ja. Danke.«

Martin wartet einen Moment, hofft, sie werde es ihm erklären, aber dann muss er doch fragen. »Keine guten Neuigkeiten?«

»Das war Winifred. Die Polizei will auf dem Revier mit mir sprechen.«

»Tatsächlich. Und warum?«

»Das weiß sie nicht, Sie wartet dort auf uns.«

Wieder schweigen sie, und das Band zwischen ihnen scheint ohne Liam noch dünner. Martin versucht es noch einmal. »Mandy, du musst wissen, dass ich hinter dir stehe. Ich bin bei dir.«

Endlich schaut sie zu ihm herüber. »Danke, Martin. Hoffen wir, dass es noch nicht zu spät ist.« Dann konzentriert sie sich auf die schmale Straße. Ihr Gesicht ist sorgenvoll, ihr Blick bang.

Wie befürchtet, wartet die Presse vor dem Polizeirevier. Entweder sind seine Kollegen sehr gewissenhaft, oder sie haben sonst nichts zu tun, oder die Polizei hat ihnen einen Tipp gegeben. *Die Polizei will es so. Sie will, dass man Mandy fotografiert. Nach der schändlichen Behandlung, die sie ihr in Riversend haben zukommen lassen, machen sie es jetzt noch schlimmer.* Und dann das Schrecklichste: *Offenbar wissen sie etwas.*

»Scheiß drauf«, sagt Mandy, fährt geradewegs zum Reviergebäude, biegt in die Einfahrt, vorbei an den beiden Schildern mit der Aufschrift DURCHFAHRT NUR FÜR POLIZEIFAHRZEUGE. Sie fährt hinters Haus und hält an der Hintertür, vor einem weiteren Schild: PARKEN STRENG VERBOTEN. Sie lässt den Motor laufen und steigt aus, aber die Glastür des Reviers ist verschlossen. Schließlich steigt auch Martin aus und drückt einmal, zweimal auf die Taste der Gegensprechanlage neben der Tür.

»Wer sind Sie?«, fragt eine Stimme. »Sie sind nicht befugt, diesen Eingang zu benutzen.«

»Hier sind Martin Scarsden und Mandalay Blonde, wir sind auf ausdrücklichen Wunsch von Detective Inspector Morris Montifore gekommen. Ms Blondes Anwältin Winifred Barbicombe dürfte schon bei Ihnen sein.«

»Moment bitte.« Dann kommt nichts mehr,

Mandy sieht ihn an. »Das machen die absichtlich. Die wollen, dass ich hier draußen festsitze.«

Martin drückt noch einmal auf die Taste. »Machen Sie sofort die Tür auf, sonst gehen wir, und dann sind Sie verantwortlich.«

Niemand antwortet.

»Martin! Mandy!«

Sie drehen sich um. Es ist Baxter. Das heißt, weniger Baxter als vielmehr das Objektiv seiner Kamera und sein Blitzlicht. Der Auslöser rattert. Baxter lässt die Kamera sinken, zuckt entschuldigend die Achseln, gibt zu verstehen, dass er nur seinen Job macht, während er bereits die Bilder auf dem Display der Kamera durchsieht. Dann hebt er sie noch einmal, und der Auslöser feuert eine weitere Stakkatosalve ab. Eine wilde Mischung von Emotionen durchflutet Martin: Zorn, Frustration, Enttäuschung.

Ein Schloss klickt, und die Tür öffnet sich. Es ist Winifred. »Reinkommen«, sagt sie leise. Dann sieht sie Martin an. »Nicht Sie, nur Mandalay.«

Mandy wechselt einen Blick mit ihm. Ein bisschen von der alten wortlosen Verständigung ist noch da. Dann ist Mandy weg. Die Tür schließt sich, das elektronische Schloss rastet geräuschvoll wieder ein.

»Martin!«

Er dreht sich um. Es ist Doug Thunkleton, gefolgt von seiner Kameracrew.

Martin ist versucht, etwas Ätzendes zu sagen, etwas Sarkastisches, seine Wut in die Kamera zu fauchen. Stattdessen dreht er sich um, steigt wieder in den Subaru und ignoriert Thunkletons Bitte, mit ihm zu sprechen. Er fährt zurück durch das Gedränge der Fotografen und TV-Crews, die ihm jetzt entgegenkommen, gierig nach Bildern, ohne zu wissen, worum es geht und was es bedeuten könnte.

Er lässt die Menge hinter sich und überzeugt sich im Rückspiegel, dass niemand verzweifelt genug ist, sich an seine Fersen zu hängen. Erst als er sich dessen sicher ist, hält er unter einem Baum am Straßenrand, vergewissert sich noch einmal, dass er wirklich allein ist, und fängt an zu schreien. Ein drei Minuten langer Strom von Obszönitäten quillt aus seinem Mund. Martin schreit, bis seine Wut, seine Frustration vergangen sind. Dann öffnet er die Fenster und atmet tief durch. Als er sich wieder beruhigt hat, schiebt er den Sitz nach hinten, um Platz für seine langen Beine zu schaffen, und dreht die Rückspiegel seiner Größe entsprechend. Er weiß, er muss etwas tun, aber er weiß nicht, was.

Sein Telefon klingelt. Es ist Bethanie. »Hi, Martin.«

»Bethanie.«

»Baxter hat mir die Fotos gezeigt.«

»Wirst du sie bringen?«

Sie antwortet nicht sofort. Zumindest ist sie höflich genug zu überlegen, bevor sie antwortet. »Gibt's einen Grund, weshalb wir das nicht tun sollten?«

»Hast du eine Story dazu?«

»Hat es etwas mit Hummingbird Beach zu tun?«, fragt sie.

»Nein. Es geht um den anderen Mord, den in Mandys Townhouse.«

»Oh. Ja«, sagt Bethanie. »Sie verdächtigen den Swami. Machst du noch was für die morgige Ausgabe?«

»Wahrscheinlich.« Er erwähnt Hawanandas Alibi nicht und auch nicht das Messer.

Bethanie wägt den Neuigkeitswert der Story ab. »Du willst sie nicht der Öffentlichkeit zum Fraß vorwerfen?«

»Nein. Nicht nach dem, was in der Riverina passiert ist. Kannst du mir das vorübeln?«

»Natürlich nicht. Aber Baxter hat die Fotos unabhängig von mir abgeliefert. Du kennst den Workflow.«

»Direkt an die Fotoredaktion. Ich verstehe. Danke, Bethanie.«

»Wofür?«

»Dass du mich anrufst. Ohne es gleich weiterzugeben.«

»Bedanke dich noch nicht bei mir. Wir werden sehen, was passiert.« Sie beendet das Gespräch.

Martin sitzt da und überlegt, was er da gerade getan hat. Wenn Bethanie von dem Messer oder von Hawanandas Alibi erfährt, wird sie wissen, dass er sie in die Irre geführt hat. Herrgott. Die Polizei vernimmt Mandy, der *Herald* hat ein Exklusivfoto, und er tut sein Bestes, die Story zu sabotieren. Einen Moment lang denkt er an seine Karriere und an das gute Gefühl, wieder mit Bethanie und Baxter zu arbeiten, ein Team zu sein, einen Knüller abzuliefern und damit die größte Story des Landes. Und er weiß, auch wenn der Ehrgeiz unausgesprochen geblieben ist, sind seine Hoffnungen auf eine Wiedereinstellung gewachsen. Jetzt begreift er, dass daraus nichts werden wird – nicht, wenn Terri von seiner Täuschung erfährt. Und dann lächelt er. Schließlich musste er sich gar nicht zwischen Mandy und der Zeitung entscheiden; die Entscheidung wurde ihm abgenommen. Er muss Mandy helfen. Alles andere ist zweitrangig. Martin startet den Wagen und fährt los. Er muss herausfinden, was am Hummingbird Beach passiert ist, wer Jasper Speight umgebracht hat und wie er Mandys Vertrauen zurückgewinnen kann. Er wendet und fährt zum Longton Base Hospital.

Jay Jay Hayes sitzt aufrecht im Bett und starrt aus dem Fenster.

»Jay Jay?«

Sie sieht Martin an. »Ach, Sie sind's.«

»Geht's Ihnen gut?«

»Nein.«

»Haben Sie's gehört? Die Polizei hat Topaz McAlister letzte Nacht verhaftet. Sie wird wegen Mordes angeklagt.«

»Aha.« Ihr Blick kehrt wieder zu dem Punkt zurück, den sie angestarrt hat, als er hereinkam. »Sie war es also.«

Martin setzt sich auf den Stuhl neben dem Bett. »Swami Hawananda hat ihre Schwester umgebracht, auf Kreta, vor acht Jahren. Ein Unfall.« Er erzählt ihr die Geschichte, so gut er kann.

Jay Jay schüttelt den Kopf. »Aber warum musste sie die anderen umbringen?«

Martin nimmt ihre Frage auf. »Darüber will ich mit Ihnen reden, Jay Jay. Mir geht es wie Ihnen, ich kann nicht begreifen, wieso Topaz den Tod der anderen wollte. Den Mord am Swami hat sie gestanden, aber den Rest streitet sie ab.«

Jay Jay runzelt die Stirn. »Sie hat überlebt, sagen Sie? Ich habe gesehen, wie sie das Zeug getrunken hat. Sie war die Erste, der schlecht wurde.«

»Wie meinen Sie das?«

»Sie fing an, sich zu übergeben. Und zwar wirklich heftig. Darum habe ich den Krankenwagen gerufen.«

»Sie waren diejenige, die angerufen hat?«

»Ja, ich hatte Angst. Mir war plötzlich sehr schlecht, obwohl ich nur einen symbolischen Schluck getrunken hatte. Ein paar der anderen hatten anscheinend keine Probleme, sie haben getanzt und gelacht wie immer. Aber irgendetwas ging schief. Topaz hat sich übergeben, und dann …« Sie schließt für einen Moment die Augen. »Und dann ist Dev zusammengebrochen. Das ist noch nie passiert. Also habe ich den Notarzt gerufen. Und dann konnte ich nicht mehr aufhören zu kotzen. Irgendwann muss ich ohnmächtig geworden sein.«

»Topaz wollte sterben«, sagt Martin. »Aber sie hat das Gift erbrochen, bevor es sie töten konnte.«

»Was war es?«

»Das weiß ich noch nicht. Topaz muss es besorgt haben, nachdem ich sie am Freitag hier zurückgelassen habe. Die Polizeimediziner dürften inzwischen mehr wissen.«

»Okay.«

»Jay Jay, wie ist es abgelaufen? Ich war Donnerstagabend da. Der Swami hat einen Trank aus einer Coke-Flasche verteilt. War es letzten Freitag genauso, bei der Zeremonie zum Ende des Intensivkurses?«

»Nein, da war es förmlicher. Er hat den Trank mit einer Kelle aus einer zeremoniellen Schale verteilt. Erst an die Jünger und dann an jeden anderen, der wollte. Er hat darauf geachtet, dass jeder nur einen Becher voll bekam. Es war als Ritual aufgezogen, aber eigentlich eine Sicherheitsmaßnahme. Als alle ihre Portion bekommen hatten, hat er selbst ein paar Schlucke davon getrunken und dann den Rest in den Sand gekippt. Da war er sehr gewissenhaft.«

»Ich dachte, es waren nur Alkohol, Obstsäfte und Gewürze.«

»Ja, das stimmt. Vielleicht ist er nach Griechenland besonders vorsichtig geworden.«

»Und so ist es auch am Freitag abgelaufen? Genauso wie immer?«

»Ich nehme es an. Genau weiß ich es nicht. Topaz hat sich

übergeben, mir wurde schlecht, Dev brach zusammen, und ich bin zum Telefon gelaufen.«

»Und der Swami? Hat er immer mitgemacht?«

»Ja. Er sagte, es sei eine Verbindung zum Göttlichen.« Ihr Blick wandert wieder zum Fenster. »Das Göttliche«, flüstert sie und starrt weiter hinaus.

»Jay Jay, ist da noch etwas? Etwas, das Sie mir nicht erzählen?«

Sie sieht ihn an. Ihr Blick ist ruhig, beinahe heiter. »Er ist zurückgekommen, Martin.«

Er sagt nichts, aber er kann sich denken, was sie meint.

»Der Krebs. Er ist wieder da.«

Martin schweigt weiter. Was soll er dazu sagen?

»Sie haben Tests gemacht, um sicher zu sein, dass ich gesund bin. Die Marker im Blut sind da. Auf den Röntgenbildern ist nichts zu erkennen. Ich muss nach Sydney für ein MRT und den ganzen Rest.«

»Das tut mir leid, Jay Jay.«

»Sie haben jeden Zentimeter meiner Haut und sogar meine Augen untersucht, aber nichts gefunden. Es könnte ein falscher Positivwert sein, sagen sie. Aber ich weiß, dass es da ist, das Melanom. Es ist zurückgekommen, um mich umzubringen.«

Martin blinzelt. Melanom im Spätstadium. Noch bis vor kurzem ein Todesurteil. »Ich habe gehört, es gibt neue Medikamente, mit erstaunlichen Ergebnissen.«

»Ja. Vielleicht.« Sie scheint nicht allzu viel Vertrauen in ihr Glück zu haben. »Aber ich glaube, ich habe es verdient.«

»Niemand verdient Krebs. Das wissen Sie. Es ist eine Lotterie.« Sofort bereut er den Vergleich.

Sie schüttelt den Kopf. »Sie können das nicht verstehen. Er sitzt in Ihnen, frisst an Ihnen, hält Sie nachts wach. Er zermürbt Sie. Macht Sie verwundbar.« Sie sieht ihn an. Ihre Augen sind trocken. »Ich glaube nicht, dass die Medikamente wirken. Nicht bei mir.«

Kälte legt sich auf Martins Schädel, und die Härchen in seinem Nacken sträuben sich. Er hat diese Art Beichte schon gehört. Nicht in Australien, sondern in Kriegsgebieten, in Flüchtlingslagern, nach ethnischen Säuberungen. Sie spricht nicht vom Krebs, sie spricht von Schuld. »Jay Jay, was haben Sie getan?«

Sie sieht ihn an. »Ich sage es Ihnen. Sie können es in Ihrer Zeitung schreiben, wenn ich nicht mehr da bin.«

»Sie werden nicht sterben.«

»Umso besser. Abgemacht?«

Martin nickt. Er weiß nicht, worauf er sich hier einlässt, aber er will es hören, und sie muss es ihm erzählen. Wenn sie eine Rolle bei den Todesfällen am Hummingbird Beach gespielt hat, dann muss er das wissen. »Abgemacht«, sagt er.

»Amory Ashton«, sagt Jay Jay.

»Ashton? Was ist mit ihm?«

»Ich habe ihn umgebracht. Ich wollte es nicht, aber ich habe es getan.«

Martin rührt sich nicht. Die Luft knistert wie elektrisch. »Was ist passiert?«

»Ich hatte Streit mit diesem abscheulichen Mann.«

Eine Erinnerung durchzuckt ihn. Jay Jay, wie sie in ihrem Büro den Guru reitet. Die Narbe wie eine rote Sichel auf ihrem Gesäß. Der Bericht im *Longton Observer*. »Die Haie«, sagt er.

Sie nickt. »Die Haie. Ich wurde angegriffen. In meinem eigenen Surfrevier. Von seinen verdammten Haien.«

»Von seinen Haien?«

»Es waren praktisch seine. Bullenhaie. Sie kamen in den Sumpf, angelockt von der Fabrik, von den Abfällen.«

»Und Sie haben ihn umgebracht?«

»Nicht absichtlich. Ich bin hingefahren, nachdem ich aus dem Krankenhaus entlassen worden war. Ich war so wütend. Ich war nicht die Erste, wissen Sie das?«

Martin nickte. »Die Besitzerin des Wohnwagenparks.«

»Gut. Sie wissen Bescheid. Schreiben Sie das in Ihrer Zeitung.«

»Das werde ich tun.«

»Es war ein schöner Tag, kurz vor Sonnenuntergang. Ruhig, windstill, kein Wellengang, der die Dünung aufraut. Ich wollte wieder ins Wasser, fühlte mich bereit. Die Wunde war verheilt. Aber ich konnte nicht, ich hatte zu viel Angst. Angst vor meinem eigenen Revier. Das war seine Schuld. Ich war schon dabei, mir zu überlegen, was ich mit der Anlage anfangen sollte, und dachte an eine Art ruhiges Surfer-Refugium, einen Erholungsort mit Yoga und Meditation – aber das war ausgeschlossen, wenn das Wasser von Haien verseucht war. Also ging ich hin, wollte ihn zur Rede stellen. Die Fabrik war leer, die letzte Schicht hatte Feierabend, aber sein Wagen stand da. Er war unten auf dem Anleger beim Angeln.«

»Und dann?«

»Wir haben uns gestritten. Ashton war widerlich. Was er sagte, war widerlich. Er wollte mich anfassen. Er hatte solch grässliche fette Finger, wie Würste, und die griffen nach mir. Ich habe zugetreten, so fest ich konnte, wollte weg. Dann habe ich ihn gestoßen, vom Anleger in den Sumpf.«

»Was? Er ist ertrunken?«

»Die Haie haben ihn erwischt.«

Martin weiß nicht, was er sagen soll. Ein Bild erscheint vor seinem inneren Auge: um sich schlagende Arme, Wasser, das sich rot färbt. »Klingt nach Notwehr. Warum haben Sie keine Anzeige erstattet?«

»Das hätte ich tun sollen, jetzt ist mir das klar. Aber ich hatte keinen vernünftigen Grund, dort zu sein. Ich dachte, die Polizei würde sagen, ich wäre hingefahren, weil ich ihn umbringen wollte.«

»Und was haben Sie stattdessen getan?«

»Ich habe sein Angelzeug in sein Auto geworfen und bin damit zur Treachery Bay hinaufgefahren. Dort habe ich den Wagen angezündet. Danach bin ich am Strand entlang zurückgegangen, im Dunkeln – und im Flachwasser, um keine Fußspuren zu hinterlassen. Es hat zwei Stunden gedauert.«

Martin weiß nicht, wie er reagieren soll. Halb ist er begeistert: Dies ist eine neue, fesselnde Enthüllung, die er für sein neues Buch gebrauchen kann. Ein extra Kapitel. Aber das ist das Problem: Es ist eine eigene Geschichte, ohne Bezug zu den Toten am Hummingbird Beach und dem Mord an Jasper Speight. Es sei denn …

»Bin ich der Einzige, dem Sie das erzählt haben?«

»Ja. Mehr oder weniger.«

»Haben Sie mit Jasper Speight darüber gesprochen?«

»Jasper? Nein. Warum sollte ich?«

»Wem dann?«

Jay Jay senkt den Blick. »Dev. Ich habe es Dev erzählt.«

Martin begreift. Die Beziehung zwischen dem Swami und Jay Jay war nicht beiläufig. Sie war nicht hedonistisch, und sie war keine Beziehung zwischen Guru und Schülerin. »Sie beide haben sich nahegestanden. Sie waren ein Paar.«

»Ja«, sagt sie, »ein Paar. Ein Liebespaar.« Sie nimmt Martins Hand. »Er fehlt mir. Schon jetzt fehlt er mir. Und nun muss ich allein mit dem Krebs klarkommen. Wenn Dev doch hier wäre.«

»Sie haben ihm erzählt, dass Sie Ashton umgebracht haben. Hat er je von seiner Vergangenheit gesprochen? Von Kreta?«

Sie schüttelt den Kopf und starrt auf ihre Hände, die die Bettdecke kneten.

Eine Zeitlang sitzen sie schweigend da. »Martin?«, sagt sie schließlich.

»Ja?«

»Würden Sie mich nach Hause fahren? Hier können die nicht mehr viel für mich tun. Ich muss mich für Sydney vorbereiten, meine Sachen packen.«

SIEBENUNDZWANZIG Die Straßensperre vor dem Viehrost am Hummingbird Beach ist nicht mehr da. Die Spurensicherung hat den Parkplatz verlassen, und nur die schlaffen Reste des Flatterbands zeigen, dass sie überhaupt da waren. Die Anlage ist beinahe leer, fast alle Stellplätze sind frei; nur noch ein alter Holden steht da und hinter ein paar Bäumen ein einsamer, mit Vogelscheiße bedeckter BMW. Garth McGraths Wagen. Der Holden gehört dem älteren Paar, das geblieben ist, um auf Jay Jays Gelände nach dem Rechten zu sehen. Sie hören den Wagen und kommen herauf, um zu helfen. Sie umarmen Jay Jay und bringen sie zu ihrem Haus.

Martin verabschiedet sich. Auf der Fahrt von Longton hierher haben sie kaum ein Wort gesprochen. Jay Jay scheint über Nacht gealtert zu sein. Bevor er wegfährt, stellt er die Frage, die ihn während der ganzen Fahrt geplagt hat. »Jay Jay, ich möchte Sie nicht quälen, aber was wird aus Hummingbird Beach?«

»Sie meinen, was hier passiert, wenn ich sterbe?«, fragt sie nüchtern. »Das haben Sie mich schon mal gefragt. Ich schätze, ich muss mich mit Nick Poulos treffen und ein neues Testament aufsetzen.«

»Ein neues Testament? Sie haben schon eins?«

»Natürlich. Ich war ja schon mal krank.«

»Wer war der Erbe? Der Swami?«

»Ja.«

»Und jetzt?«

Sie lächelt matt. »Jetzt? Ich weiß es nicht. Mal sehen.«

Er fährt zurück in die Stadt, vorbei an dem weißen Kreuz, das, inzwischen vertraut, ihn nicht mehr so belastet. Martin zwingt sich zur Konzentration, darf der Erschöpfung und dem Sekundenschlaf nicht nachgeben. Als er in den Bereich des Mobilfunknetzes kommt, klingelt wie auf Stichwort sein Telefon. Er hält am Straßenrand.

»Martin? Hier ist Bethanie. Wo warst du?«

»Am Hummingbird Beach. Was gibt's?«

»Die haben ihre Pressekonferenz abgehalten, die Mediziner und die Polizei.«

»Irgendwas Interessantes?«

»Weitgehend Routine. Die anderen Opfer sind außer Gefahr und machen gute Fortschritte. Dein Freund Montifore hat bestätigt, dass sie Topaz Marie McAlister verhaftet haben und vor Gericht bringen wollen. Er hat davor gewarnt, nach der Anklageerhebung noch präjudizierendes Material zu veröffentlichen.«

»Gut. Hat er irgendwas gesagt, was wir nicht schon wissen?«

»Nicht viel. Er hat kaum Fragen zugelassen.«

»Was hat er über Mandy gesagt?«

»Thunkleton hat gefragt, welche Rolle sie spielt. Montifore hat betont, dass es keinen Zusammenhang zwischen ihr und den Ereignissen am Hummingbird Beach gebe und sie der Polizei in einer ganz anderen Angelegenheit behilflich sei. Als Teil der Story hat er sie jedenfalls ausgeschlossen.«

Martin spürt, wie seine Anspannung sich löst. Montifore hat der Medienmeute nichts vom Alibi des Swami und von dem Messer erzählt.

»Also muss Mandy in unserer Berichterstattung nicht vorkommen?«

»So einfach ist das nicht, Martin.«

Die Anspannung kehrt zurück. Bethanie ist eine gute Reporterin. Vielleicht spürt sie, dass hier etwas nicht stimmt. »Wie meinst du das?«

»Ich habe dir doch gesagt, dass Baxter seine Fotos von ihr abgeliefert hat.«

»Und?«

»Komm schon, Martin, das sind Exklusivbilder. Niemand sonst hat Mandy beim Betreten des Reviers fotografiert. Dazu kommt, dass sie nach der Geschichte in Riversend für das Publikum immer noch eine interessante Gestalt ist. Und dass der Swami in ihrem Haus jemanden ermordet hat. Und dass sie hinreißend aussieht, falls du das noch nicht bemerkt hast. Eher wie ein Top-Model als eine Informantin der Polizei. Wie zum Teufel macht sie das eigentlich?«

Martin seufzt. Er weiß, es hat keinen Sinn, mit Bethanie zu diskutieren. Sie hat die Sache nicht in der Hand. Wenn die Redaktion in Sydney die Bilder gut findet, werden sie gedruckt. »Und wie geht's jetzt weiter?«

»Den Bericht über die Pressekonferenz habe ich schon abgeschickt und ein Interview mit einem der Opfer ist arrangiert. Die Polizei hat ihre Wachen vom Krankenhaus abgezogen. Das Interview ist exklusiv. Es könnte vielleicht unser Aufmacher für die Zeitung sein, wenn aus deiner Story mit dem toten Immobilienmakler nichts wird. Baxter hat vor, mit der Person zum Hummingbird Beach zu fahren und sie dort zu fotografieren. Weißt du, ob wir schon Zugang haben?«

»Ja, ich war gerade dort. Die Idee ist gut. Wenn ihr fertig seid, kannst du mir die Nummer der Betroffenen geben, für den Fall, dass ich da noch etwas weiterverfolgen muss.«

»Was denn? Woran bist du?«

»Ich versuche immer noch, herauszufinden, was genau passiert ist und wer die Verantwortung trägt. Wie das alles zusammenhängt. Aber es ist noch früh. Vielleicht habe ich im Laufe der Woche etwas.«

Am anderen Ende ist es lange still, schließlich sagt Bethanie: »Jetzt kann ich dir nicht folgen. Was soll das heißen? Topaz McAlister hat gestanden. Du hast sie erwischt, Herrgott noch mal. Es war unser Exklusivbericht, unser Knüller, überall, auf unserer Website und in den sozialen Medien. Du willst doch jetzt nicht sagen, du hast dich geirrt, oder?« Martin hört ihre Nervosität. Nach dem, was in Riversend passiert ist, kann er es ihr nicht verdenken.

»Nein. Sie ist schuldig. Ich meinte den anderen Mord, den an Jasper Speight.«

Wieder folgt eine Pause. »Ich dachte, der Swami hätte ihn umgebracht, um seine Vergangenheit zu vertuschen. Das hast du mir erzählt, und das haben wir Terri erzählt.«

»Ja, aber die Polizei denkt, dass vielleicht mehr dahintersteckt.«

»Und deshalb haben sie Mandalay Blonde kommen lassen?«

Martin merkt, dass er trotz der Klimaanlage im Subaru schwitzt. »Ich nehme es an.«

»Mein Gott, Martin. Terri lässt Baxters Foto beim Layouter ein Loch im den Schreibtisch brennen, weil es so heiß ist. Sie sitzt mir im Nacken, damit ich einen Begleittext schreibe, und jetzt vernimmt die Polizei Mandy Blonde wegen eines Mordes? Und du sagst mir nichts davon?« Martin spürt ihre Wut durch das Telefon. »Du kannst doch nicht erwarten, dass ich das für mich behalte!«

Martin holt tief Luft. »Wir brauchen doch nicht heute zu liefern. Wir müssen uns noch um das Nachspiel zu Hummingbird Beach kümmern. Und du hast dein Interview mit einem der Opfer.«

»Nein, Martin. Nein. Wir haben das Foto, sie wurde zur Vernehmung auf das Polizeirevier in Longton geholt wegen eines Mordes, der mit dem Swami und möglicherweise sieben weiteren Toten am Hummingbird Beach zusammenhängt. Wenn wir darauf sitzenbleiben, schnappt jemand anders sich die Story. Was erzähle ich Terri dann? Dass ich davon wusste, aber nichts gesagt habe?«

»Okay, okay, du hast recht. Natürlich musst du es schreiben. Aber ich darf nichts damit zu tun haben. Der Interessenkonflikt ist offensichtlich. Und wenn mein Name unter dem Artikel steht, wird Mandy nie mehr mit mir reden.«

»Von mir aus.«

»Tu mir bitte einen Gefallen.«

»Nämlich?«

»Mach keine große Sache daraus. Ich bin hundertprozentig sicher, dass Mandy unschuldig ist. Die Polizei wird sie jeden Augenblick laufenlassen. Mach nicht den gleichen Fehler wie ich unten in Riversend, übereile nichts, bitte.«

Einen Moment lang ist es still, und als Bethanie spricht, klingt sie nicht mehr ganz so hitzig. »Das ist wohl vernünftig. Aber du weißt, dass letzten Endes Terri zu bestimmen hat.«

»Natürlich. Mach nur nicht allzu viel Wind.«

»Scheiße, Martin.« Er hört leises Bedauern in ihrer Stimme. »Es tut mir leid.« Und sie legt auf.

Lange sitzt Martin einfach nur da. Er hat getan, was er konnte, um Mandy zu schützen, aber es ist nicht genug. Die Medienmeute ist in der Stadt und lechzt nach einer Story. Und wenn die Polizei nicht mehr liefert, werden die Journalisten ihren eigenen Ideen nachjagen. Ein Foto von Mandalay Blonde auf der Website des *Herald* ist unwiderstehlich, egal, wie sehr Bethanie es herunterspielt. Und einmal in Gang gesetzt, werden die anderen Zeitungen sämtliche Bilder aus dem Westen noch einmal drucken, die Bilder, vor denen Mandy nach Port Silver geflüchtet ist. Er muss handeln. Und ihr helfen kann er am besten, wenn er eine neue, eine größere Story findet, den Nachrichtenzyklus vorantreibt und in eine andere Richtung steuert, so dass Mandy in Vergessenheit gerät.

Erste Frage: Wenn es nicht der Swami war, der mit einem Filetiermesser auf Jasper Speight losgegangen ist, wer zum Teufel war es dann?

Sein Telefon klingelt. Es ist Terri Preswell.

»Terri.«

»Martin. Bethanie hat mir die Situation mit deiner Freundin geschildert. Ich werde die Veröffentlichung des Fotos zurückhalten. Vorläufig.«

»Das ist toll. Vielen Dank.«

Aber sie schneidet ihm das Wort ab. »Bedank dich nicht bei mir, Martin. Wenn wir nichts Besseres bekommen, ist das Foto morgen früh auf der Titelseite.« Sie legt auf.

Scheiße. Es ist schon nach eins. Er hat noch fünf Stunden bis zum Redaktionsschluss. Wenn der *Herald* Mandy auf der Titelseite bringt, wird die restliche Presse über sie herfallen. Und es wird nicht lange dauern, bis ein Reporter vom Alibi des Swami und von dem Messer erfährt. Fünf Stunden. Er hat fünf Stunden Zeit, um Mandys Ruf zu retten, fünf Stunden, um ihre Beziehung zu retten, fünf Stunden, um Terri Preswell, Bethanie Glass und dem *Sydney Morning Herald* gegenüber sein Gesicht zu wahren. Fünf Stunden, um herauszufinden, wer Jasper Speight wirklich ermordet hat. Fünf Stunden … höchstens.

Aber er weiß nicht, was er tun soll.

Martin versucht, nachzudenken, als vor ihm ein Motorrad abbiegt und den Pfad zum Haus Hartigan hinauffährt. Der Fahrer ist schwarz gekleidet. Ein Motorrad. Schon wieder. Er denkt an die Ridge Road. Hat Jasper Speight dort oben etwas entdeckt, was sein Leben in Gefahr gebracht hat? Auf jeden Fall gibt es jemanden, der nicht will, dass man die alte Straße befährt: An der Grenze von Bedes und Alexanders Grundstück ist ein altes Tor mit einem glänzenden neuen Schloss gesichert, aber dahinter sind Reifenspuren. An diesem Ende hat jemand einen Baum gefällt und damit den Anfang des Pfades versteckt. Und unten beim Wohnwagenpark hat jemand ein Filetiermesser in den Argyle geworfen. Was hat die Besitzerin gesagt? Motocross-Bikes, die zu allen Tageszeiten am Fluss entlangfahren. Das genügt. Er startet den Motor und fährt hinterher. Als er sich dem Tor nähert, ist von dem Motorrad und seinem Fahrer nichts mehr zu sehen, aber das ferne Knattern eines Zweitakters und der Geruch von Motoröl hängen noch in der Luft. Martin lässt den Wagen stehen, findet den verdeckten Anfang des Pfades zur Ridge Road und stürmt im Laufschritt durch das Gebüsch.

Anfangs sprintet er fast, angetrieben von Adrenalin und Angst, aber schon bald verfällt er in einen langsameren Trab. Der Mangel an Fitness und Schlaf macht sich bemerkbar. Der schmale Pfad führt durch das Unterholz und folgt den Resten der Ridge Road. Der Busch um ihn herum ist still. Die Luft ist schwer, die

Hitze drückend. Der Pfad führt bergauf und immer weiter nach Norden, je näher er den Klippen kommt. Martin bleibt stehen, um zu verschnaufen, und ihm ist, als hörte er die Brandung, ein fernes weißes Rauschen. Er ärgert sich, weil er hinter dem Motorrad hergerannt ist. Wonach sucht er eigentlich? Er läuft weiter, als könnte er seinen Zweifeln entkommen.

Es geht wieder bergab, und höchstens eine Viertelstunde nachdem er aus dem Auto ausgestiegen ist, erreicht er eine eingestürzte Brücke, deren Trümmer in einem Bachlauf liegen. Das muss die Brücke sein, von der Bede Cromwell gesprochen hat. Auf der einen Seite der moosbewachsenen Balken führt der Pfad in den Graben hinunter und auf der anderen wieder hinauf. Martin sieht die Reifenspuren, die das Motorrad hinterlassen hat, als der Fahrer in das Bachbett hinunter- und auf der anderen Seite wieder hinaufgefahren ist. Der Mann muss Talent haben. Und Mut. Martin klettert hinunter und macht unten, dicht am Wasser, eine Pause. Keuchend steht er an dem Bach. Er bückt sich, schöpft mit beiden Händen ein bisschen Wasser und trinkt. Es ist kühl und sauber. Martin betrachtet den Bachlauf, der von einem Tümpel zum nächsten plätschert. Das Wasser fließt nicht landeinwärts und hinunter zu Mackenzie's Swamp, sondern in die andere Richtung, zu den Klippen und dem Meer. Martin klettert auf der anderen Seite des Bachs hoch und joggt weiter.

Nach etwa hundert Metern erreicht er eine Lichtung, ein weites Rund nackter Erde. Er bleibt stehen und ringt nach Luft. Jenseits der Lichtung führt der Pfad weiter, aber jetzt hat sich der schmale Weg in zwei parallele Fahrrinnen verwandelt. Martins Blick wandert über den Boden. Er sieht auch andere Reifenspuren, parallele Furchen, wie sie ein Auto hinterlässt. Der Platz ist nicht nur eine Lichtung, sondern auch ein Wendekreis. So weit also kommt man mit dem Auto, wenn man durch das Tor

474

am hinteren Ende des Hartigan-Grundstücks fährt. Aber hier ist kein Auto und auch kein Motorrad zu sehen. Verdammt. Das Motorrad muss weitergefahren sein. Vielleicht hat der Fahrer einen Schlüssel für das Tor? Martin sieht auf die Uhr. Noch viereinhalb Stunden Zeit, um Mandy davor zu bewahren, dass die Zeitung sie lyncht, und er steht hier im Regenwald, atem- und ideenlos. Ihm läuft die Zeit davon. Er blickt zum Himmel, und entdeckt die Lücke im Laubdach. Westlich vom Pfad stehen die Bäume dicht und verdecken die Sonne, und das Unterholz ist undurchdringlich. Auf der Ostseite, zum Meer hin, ist das Gebüsch genauso verfilzt, aber zwischen den Bäumen sieht man eine Lücke, und der Himmel ist blau.

Martin erkundet die Vegetation am Wegesrand. Jetzt weiß er, was er sucht. Der Pfad ist nur teilweise von Büschen verdeckt. Martin arbeitet sich vorwärts, und nach nur zehn Metern verbreitert sich der Weg, ist über abfallendes Terrain leicht zu verfolgen. Noch einmal zehn Meter und noch mehr Gestrüpp, und dann kommt Beton. Ein betonierter Weg, gerade breit genug für ein Auto, rissig und an den Rändern von Erde bedeckt. Gras und Unkraut wächst aus den von Flechten gesäumten Sprüngen. Der Weg sieht alt aus, jahrzehntealt, und der Boden ist rau und verwittert. Das Material erinnert ihn an die Geschützstellungen aus dem Zweiten Weltkrieg, die immer noch entlang der Küste zu finden sind und als historische Denkmäler erhalten werden. Kann das hier etwa so alt sein?

Der Weg führt nicht geradeaus bergab, sondern macht eine Rechtskurve. Der diagonale Verlauf soll wohl die Abnutzung reduzieren und die Neigung weniger steil machen. Dreißig Meter weiter endet der Pfad an einer Wand aus Gestrüpp. Martin bleibt stehen, schaut hoch und entdeckt wieder die verräterische Lücke im Blätterdach, die bergab weist. Er untersucht die Wand aus Büschen, und richtig, jemand ist an der abwärts gelegenen Ecke der Betonplatte durch das Gestrüpp gebrochen. Martin drängt sich ebenfalls hindurch und gelangt auf eine weitere Betonplatte, die den immer steiler werdenden Hang hinunterführt. Auf dem Beton sieht er die Lehmspuren der Motorradreifen. Die Richtung stimmt also. Als die Betonplatten nach weiteren dreißig Metern enden, weiß er schon, wonach er suchen muss: nach der Lücke im Laubdach und nach dem schmalen Pfad am Scheitelpunkt des Winkels zwischen dieser und der nächsten Betonplatte. Da ist es, ein drittes Betonsegment, das in einem ähnlichen Winkel wie das erste quer über den Hang führt. Martin geht weiter, achtet darauf, nicht auszurutschen. Er kann es kaum erwarten, unten anzukommen. Jetzt hört er die Brandung: Der Weg führt zum Meer hinunter.

Er hat drei Betonplatten hinter sich und die vierte vor sich, als plötzlich das Knattern des Motorrads erklingt. Es kommt auf ihn zu, den Hang herauf. Martin macht einen Satz ins Gebüsch. Die scharfrandigen Blätter tropischer Pflanzen zerschneiden ihm die Arme und zerkratzen sein Gesicht. Das Motorrad hat ihn nach weniger als einer Minute erreicht, der Fahrer schaltet herunter und bremst kurz vor dem nächsten Abschnitt. Und Martin sieht sie durch das Laub. Sie hat das Visier hochgeklappt, und ihr Gesicht wirkt angespannt.

Lucy May, Verns Tochter. Was macht sie hier? Das Motorrad verschwindet dröhnend den Hang hinauf. Zu spät, um sie zu fragen.

Martin verlässt vorsichtig sein Versteck, will sich nicht noch mehr Kratzer holen. Nur noch vier Stunden bis zur Deadline. Was jetzt? Er will wissen, was da unten am Ende des Weges ist. Noch drei Betonabschnitte, dann wird das Gelände ebener. Das Meer ist ganz nah. Er kann es hören, und als er danach Ausschau hält, kann er es auch sehen. *Kannst du das Meer sehen?* Vor ihm liegt ein schmaler Pfad, nicht betoniert, aber leicht zu erkennen. Wer ihn benutzt, versucht nicht, ihn zu verstecken. Rechts rauscht Wasser. Der Bach, der von der eingestürzten Brücke herunterkommt, ist schneller und lauter geworden. Martin folgt dem Pfad. Es geht jetzt nur noch leicht bergab. Die beiden Seiten eines kleinen Tals rücken zusammen, und der Bachlauf kommt näher. Dann erreicht Martin einen Kieselstrand, etwa dreißig Meter lang und fünf breit, und rechts von ihm fließt der Bach ins Meer. Der Strand bildet den Scheitelpunkt einer Bucht, und Martin sieht die Pfähle eines längst verschwundenen Anlegers. Aber nicht sie fesseln seine Aufmerksamkeit. Auf dem Kieselstrand liegt ein kleines Aluminiumboot mit hochgeklapptem Außenbordmotor.

»Verdammt, was wollen Sie hier?«

Martin fährt herum. Es ist Levi, Verns Sohn, und er hat ein Messer in der Hand. Ein Filetiermesser. Ein blutiges Filetiermesser. Er hält es wie eine Waffe auf Martin gerichtet. In diesem Moment fühlt Martin sich wie Jasper Speight kurz vor dem Angriff, als die Möglichkeiten zur Flucht weniger wurden, als er sich nicht mehr verteidigen konnte. Seine Gedanken überschlagen sich: Das Messer, mit dem Jasper ermordet wurde, ist vom Ufer aus in den Fluss geworfen worden – oder aus einem Boot.

»Martin?« Levi klingt verwirrt. »Martin? Ist alles in Ordnung?« Er lässt das Messer sinken.

Martin kann wieder atmen, aber entspannt ist er noch lange nicht. Da ist immer noch das Filetiermesser, und es ist immer noch blutig.

»Was machst du hier?«, fragt Levi.

»Ich bin Lucy May gefolgt. Ich habe ihr Motorrad gesehen.«

Martin lässt das Messer nicht aus den Augen. »Ich war spazieren. Wir ziehen in das alte Haus oben auf der Landspitze.« Er bemühte sich um einen lockeren Plauderton.

»Hartigan's?« Levi klingt beeindruckt. »Ich habe davon gehört.«

»Kannst du das Messer wegtun?«

Levi schaut auf die Klinge hinunter, als habe er vergessen, dass er das Messer in der Hand hält. Er sieht Martin an und grinst. »Scheiße. Entspann dich, ja? Ich habe nicht vor, dich zu erstechen.«

»Das freut mich. Was machst du hier?«

Levi runzelt die Stirn. »Das weißt du nicht?«

»Nein.« Martin hört das Motorrad. Es kommt den Hang herunter. »Sie kommt zurück?«

»Ja.«

»Warum?«

Levi schüttelt den Kopf. »Da musst du Vern fragen. Er kommt gleich.«

Vern? »Okay. Ich frage ihn. Aber sag mal: Kommt ihr oft hierher?«

»Eigentlich nicht.«

»Habt ihr jemals Jasper Speight hier unten gesehen?«

Levi scheint überrascht von dieser Frage. »Ja. Einmal. Ihn und noch einen. Sie wollten wissen, ob es Sinn hat, den alten Anleger wieder instand zu setzen.«

»Wer war der andere?«

»Harry der Junge. Du weißt schon, der Typ vom Backpacker Hostel.«

»Wann war das?«

Levi zuckt die Achseln. »Vor etwa einem Monat.«

Das Motorrad kommt aus dem Gebüsch und tuckert den Pfad

herunter. Es hält neben ihnen. Lucy May steigt ab und nimmt den Helm ab. »Martin?«

»Lucy May.«

»Was machst du hier? Hat Vern es dir erzählt?«

»Was erzählt?«

Lucy May sieht Levi an, der schüttelt den Kopf. »Du musst Vern fragen.«

ACHTUNDZWANZIG Als Martin die Siedlung erreicht, ist es kurz vor Mitternacht. Er ist ein bisschen betrunken von billigem Wein, hat sich mit Jasper und Scotty und ein paar Mädchen in den Dünen herumgetrieben und Zigaretten geraucht. Jasper hat versucht, die Mädchen mit plumpen Sprüchen anzubaggern. Sie haben gekichert, als wäre alles ein phantastischer Witz, und das war es auch. Aber statt es übelzunehmen, ist Jasper auf ihre Reaktionen eingegangen. Er hat mitgespielt wie ein Standup-Comedian auf einer Bühne und sich immer bessere Sprüche einfallen lassen. »Ich habe eine Yacht, wisst ihr. Mit Helikopter.« Alle hatten gelacht. »Meint ihr, damit könnte es klappen?« Jasper bat die Mädchen ernsthaft um Rat und löste damit noch mehr Heiterkeit aus.

Aber jetzt ist Martin zu Hause. Der lange Fußweg vom Strand zur C Street hat ihm geholfen, nüchtern zu werden. Nicht, dass es ihm etwas ausmacht, betrunken zu sein, und seinen Vater wird das sowieso nicht interessieren. Martin öffnet die Haustür, und schnuppert. Es kann gut sein, dass sein Vater in einem verheerenden Zustand ist: Komatös und mit vollgepisster Hose könnte er in seinem Sessel hängen wie ein sterbender Wal. Aber Martin riecht nichts, jedenfalls nichts außergewöhnlich Abscheuliches, nur den

Hintergrundgeruch der Armut. Und er hört kein Schnarchen. Er will das Licht einschalten, aber es gibt keinen Strom. Er wirft noch einmal einen Blick nach draußen und sieht Licht in einem oder zwei Häusern und den elektronischen Regenbogen eines Fernsehers hinter einem Fenster, und er weiß, er hat es hier nicht mit einem Stromausfall zu tun, sondern mit einer unbezahlten Stromrechnung. Wieder mal. Wo zum Teufel ist sein Vater?

Martin tastet im Licht seines Wegwerffeuerzeugs durch die Dunkelheit und sucht schlurfend den Weg in sein Zimmer. Der Alkohol macht die Sache nicht leichter; schließlich findet er die Taschenlampe neben seinem Bett. Dort liegt sie seit dem letzten Mal, als so etwas passiert ist. Er schaltet sie ein und macht sich auf die Suche nach seinem Vater. Der ist nicht in seinem Zimmer, nicht besinnungslos ohnmächtig im Bad, nicht in seinem Sessel. Irgendwo in der Ferne heult eine Sirene. Martin lässt den Lichtstrahl durchs Wohnzimmer wandern und sieht den üblichen Müll – eine Pizza-Schachtel, alte Zeitungen, leere Kartoffelchipstüten. Und dann entdeckt er sie: Sie liegt auf der Seite, der Korken ist weg, und sie ist leer. Die Champagnerflasche. Dunkles Glas glitzert im Licht seiner Taschenlampe.

Martin sinkt fassungslos zu Boden. Der Veuve Clicquot, sein Talisman, das Symbol seiner Zukunft, das letzte Überbleibsel jenes Tages, an dem er im Garten Cricket gespielt hat, die Sonne schien und das Schicksal lächelte. Das letzte Überbleibsel seiner Familie, wie sie früher war.

Und jetzt hat der alte Scheißkerl sie ausgesoffen. Er hat sie nicht mal vorher in den Kühlschrank gestellt. Martins Blick wandert umher, bis er gefunden hat, was er sucht: einen Kaffeebecher vom Takeaway. Er betrachtet ihn. Ein Kaffeerand ist noch sichtbar, und er kann den Champagner riechen. Dieser erbärmliche Loser hat nicht einmal ein Glas genommen. Warmer Champagner aus einem dreckigen Pappbecher. Martin möchte weinen, aber die Tränen wollen nicht kommen. Sie kehren nicht zurück, wie sie seit dem Tag, als er acht war, nicht zurückgekehrt sind, dem Tag, an dem er die Grenze zwischen Vorher und Nachher überschritten hat, dem Tag, an dem er aufgehört hat, ein Kind zu sein. Er hat keine Tränen mehr, nur noch Entschlossenheit. Er will weg, und zwar sofort. Denn das hier ist schlimmer, schlimmer als die Verkommenheit seines Vaters, schlimmer als seine vollgepisste Hose, schlimmer als seine Fickerei mit der Schlampe Hester. Nichts ist vergleichbar mit dem hier, mit der Entweihung des Champagners, dem Raub seiner Hoffnung. Martin steht auf. Er wird packen, er wird fortgehen, das hätte er schon vor Monaten tun sollen. Seine Taschenlampe fängt an zu flackern. Egal, er kann auch im Dunkeln packen. Aber bevor er in sein Zimmer gehen kann, ist die Polizei da. Es ist Clyde Mackie, und der Polizist hat seinen Onkel mitgebracht, seinen Onkel Vern.

Vern.

Martin öffnet die Augen. Einen Moment lang hat die Erschöpfung gesiegt, seine Augen sind zugefallen, und sein Verstand ist vom Schlaf, von der Erinnerung überwältigt worden. Er reißt die Augen auf, als könne er seinen Kopf mit Licht durchfluten wie sein Teenagerzimmer, wenn er die Fensterläden aufreißt. Er sieht sich um. Er ist wieder an der Ridge Road, und sitzt auf einer Plastiktonne voller Fischstücke. Levi ist mit seinem Boot aufs Meer hinausgefahren, und Lucy May ist mit ihrem Motorrad im Busch verschwunden. Er sieht auf die Uhr: noch dreieinhalb Stunden. Wo ist Vern?

Da sieht er Verns Truck zwischen den Bäumen hervorkommen und im Wendekreis halten.

»Martin? Was machst du hier?«

»Ich habe deinen Fang. Die Kids haben ihn bei mir gelassen. Die Tonnen stehen da, hinter den Büschen.«

»Du weißt Bescheid?«

»Nein. Nur, dass Fisch in den Tonnen ist, aber nicht, warum du ihn hier anlandest statt im Hafen.«

»Aha.« Vern klingt gelassen. »Hilf mir mal, ja?«

Die Männer heben die beiden Fässer an und stellen sie hinter dem Truck auf den Boden. Es sind kleine Fässer, klein genug, um sie hinten auf das Motorrad zu schnallen.

»Willst du mal sehen?«, fragt Vern.

»Klar.«

Vern hebelt die Deckel von den Tonnen. In der ersten liegen graue Fleischfladen in verschiedenen Größen, blutig am Rand, auf einer Schicht Eis, und in der anderen ist etwas Grau- und Rosafarbenes, Schleimiges, ebenfalls auf Eis.

»Sieht aus wie Flossen. Haifisch? Und was ist das andere?«

»Ja, das sind Haifischflossen. Und Haifischleber.«

Martin schüttelt den Kopf. »Verstehe ich nicht. Wozu die Umstände? Haifischflossen sind nicht illegal. Ich habe sie schon gegessen, in Chinatown.«

»Nicht diese Haifischflossen«, sagt Vern leise. »Ich erzähl's dir unterwegs.«

Dann drückt er die Heckklappe des Trucks herunter, zieht ein Bündel Fischernetze auf die Erde und klettert hinauf. Er öffnet eine von zwei großen Edelstahlkisten, die rechts und links die ganze Länge der Ladefläche bedecken, typisch für Handwerkerfahrzeuge. »Reich mal die Tonnen rauf«, sagt er, und Martin tut es und sieht zu, wie Vern die Bottiche in die maßgefertigte Kammer stellt und den Deckel schließt. Dann springt sein Onkel vom Wagen, und sie werfen die Netze wieder hinauf. »Los gehts. Ich setze dich am Hartigan-Haus ab.«

Vern hat gewendet und holpert über den Fahrweg in Richtung Bede Cromwells und Sergis Anwesen, bevor er spricht. »Die Flossen. Ein großer Weißer.«

»Ein großer weißer Hai? Im Ernst? Wie fängt man denn so was?«

»Mit Mühe.«

»Die stehen unter Schutz, oder?«

»Allerdings. Ich möchte nicht erwischt werden. Das Bußgeld ist gewaltig.«

»Und dafür gibt es einen Markt? Illegale Haifischflossen?«

»Ja. Topdollar.«

»Schmecken die denn anders?«

»Keine Ahnung.«

Martin wirft einen Blick auf die Uhr. Noch etwas mehr als drei Stunden, und sein Onkel wildert große Weiße Haie. »Das heißt, du fängst sie draußen auf See, schneidest ihnen die Flossen ab und was du sonst noch gebrauchen kannst, und wirfst den Rest wieder ins Wasser. Und auf dem Rückweg bringt Levi alles in die Bucht, nur für den Fall, dass die Fischereiaufsicht im Hafen ist.«

»Du hast es kapiert.«

Sie sind am Tor zwischen Hartigan's und Bede und Alexander. Vern reicht ihm den Schlüssel. Martin öffnet das Tor, wartet, bis der Truck durchgefahren ist, und verschließt es wieder. Und die ganze Zeit denkt er an Haifischflossen. Es ergibt keinen Sinn, jedenfalls nicht für Martin. Die ganze Mühe, das Risiko. Und ein großer Weißer Hai? Man kann tagelang auf der Jagd sein, ohne einen zu fangen. Sie sind nicht gerade häufig.

Als er wieder im Wagen sitzt, fragt er seinen Onkel: »Wozu ist das gut? Das mit den Haifischflossen?«

»Das ist keine große Sache«, sagt Vern. »Wir machen es nur ab und zu. Bringt ein bisschen Extrageld. Wir können's gebrauchen, nachdem die kommerzielle Fischerei verboten wurde. Besonders im Winter, wenn die Touristen nicht kommen.«

»Und wo geht die Ware hin?«

»Nach Sydney. Der Lastwagen kommt von Norden durch Longton. Alles im Voraus verabredet.«

»Nur Haifischflossen?«

»Scheiße, nein. Damit haben wir einfach Glück gehabt. Nein, alle Arten von Seafood, vorausgesetzt, es ist illegal. Das ist die Regel: Es muss verboten sein. Du weißt schon – geschützte Arten. Je stärker gefährdet, desto höher der Preis. Du würdest dich wundern, zu dieser Jahreszeit kommen alle möglichen tropischen Fische mit der Strömung vom Barrier Reef herunter. Auch Schildkröten, ein paar ziemlich große.«

»Scheiße, Vern. Schildkröten?«

»Ja. Bei denen ist mir nicht so wohl, aber Haie könnte ich den ganzen Tag schlachten. Ich hasse die Biester.«

»Und wer kauft so was? Wer isst das?«

»Weiß ich nicht. Will ich auch nicht wissen. Ist so ein Gourmet-Ding. Reiche Säcke, denen einer abgeht, wenn sie gegen das Gesetz verstoßen. Ich habe mal in den Lastwagen reingeschaut. Da ist jede Menge verrückter Scheiß drin. Geschützte und gefährdete Arten, hauptsächlich Wild. Krokodile, so was, aber nur, wenn sie wild sind. Einmal habe ich auch zwei Koalas gesehen.«

»Die essen Koalas?« Martin hat plötzlich ein Bild vor Augen: Ein gehäuteter Koala dreht sich an einem Spieß und hat ein Eukalyptusblatt im Maul. »Und sie bestellen das Zeug im Voraus?«

»Ja. Ich kriege einen Anruf, vielleicht eine Woche vorher. Sie hätten da was vor und würden an dem und dem Tag durch Longton kommen. Und dann gibt es eine Wunschliste, eine ziemlich lange. Wenn wir irgendwas davon liefern können, kaufen sie es.«

»Wie oft?«

»Alle ein, zwei Monate. Wenn mir zwischendurch was ins Netz geht, packe ich es zu Hause in die Tiefkühltruhe.«

»Mein Gott. Wie lange läuft das schon?«

Sein Onkel sieht ihn lange an, bevor er den Blick wieder auf die Straße richtet. »Warum, glaubst du, ist dein Dad dauernd nach Longton gefahren?«

Schweigend sitzen sie nebeneinander, während Vern den Truck über die Ridge Road steuert. All die Ausflüge am Escarpment hinauf, als er klein war. *Kannst du das Meer sehen?* Natürlich müssen sie einen Grund gehabt haben. Er hat nie darüber nachgedacht. Sein Vater hat also all die Jahre illegal gefangenen Fisch in seinem Morris-Kombi nach Longton gebracht. Hat er Martin mitgenommen, um Gesellschaft zu haben? Weil es ihm Spaß machte? Oder war es ein Trick? Eine Tarnung? Ein Vater und sein Junge – wer würde auf die Idee kommen, dass sie etwas Unrechtes taten? *Siehst du das Meer, kommst du wieder her.*

Vern hat Sergis Farm überquert und ist wieder in Jay Jays Buschland, kurz vor dem Anfang des Fußwegs, der in der einen Richtung zur Landspitze führt und in der anderen Richtung an der Hütte des Swami vorbei hinunter zum Hummingbird Beach. Noch drei Stunden bis Redaktionsschluss. »Jasper Speight hat von der Wilderei gewusst«, sagt Martin. Es ist eine Feststellung, keine Frage.

»Jasper? Wer hat dir das gesagt?«

»Levi und Lucy May. Sie haben erzählt, dass Jasper und Harry Drake Junior sich eure geheime Bucht angesehen haben und den Anleger wieder instand setzen wollten.«

»Ja, aber sie haben sich für das Gelände interessiert, nicht für die Fischerei.«

Martin versinkt wieder in Gedanken. Jasper Speight und Harry der Junge, wie sie darüber reden, den Anleger in der Bucht zu reparieren. Jasper und Harry. Eine merkwürdige Kombination. Er denkt an das, was Susan Speight erzählt hat – dass Jasper unter der Fuchtel seiner Mutter Denise stand. Harry dagegen arbeitet für Tyson St Clair, führt das Sperm Cove Backpacker Hostel und beaufsichtigt das Sex-gegen-Visa-Geschäft. Denise Speight und Tyson St Clair sind erbitterte Konkurrenten, aber hier treffen sich ihre beiden Leutnants und sprechen über eine Kooperation. Wobei? Beim Wiederaufbau des Anlegers? Aber warum? Jasper wollte die Ridge Road wieder erschließen und das Land auf den Klippen parzellieren. Vielleicht wäre eine Art Bootsliegeplatz für potenzielle Käufer attraktiv?

Aber was hätte Harry der Junge zu bieten? Martin erinnert sich, dass Tyson St Clair Jaspers Plan zur Aufteilung der Grundstücke gut fand, Jasper aber nicht das nötige Kapital hatte. Wenn Jasper Geld brauchte, wäre der Kleindealer kaum der Mann mit den nötigen Millionen. Vielleicht sein Vater, Harrold Drake Senior. Vielleicht war der Sohn als sein Vertreter hier, so wie Jasper für seine Mutter sprach. Vielleicht hat Denise Martin belogen. Vielleicht stecken Denise und Harrold unter einer Decke.

Und dann geht ihm plötzlich ein Licht auf. Vern ist am Fuße der Anhöhe angekommen, wo die Ridge Road auf den Weg zum Hummingbird Beach stößt. Da sieht er es, das Zeichen: DIVINE MEDITATION FOUNDATION in braunen Lettern und mit dem mystischen Emblem, dem Kreis mit den Punkten. Das Zeichen. Harry der Junge und die Fischwilderei sind vergessen. Neue Gedanken, neue Zusammenhänge überwältigen ihn. Fakten fügen sich zusammen. Der Swami. Natürlich. Offenbarung. Offenbarung über Offenbarung. Vern biegt in die Dunes Road ein, und Martin lacht laut.

»Alles okay?«, fragt Vern.

»Vielleicht.« Martin grinst. »Vielleicht ist es das.«

Nachdem Vern ihn an Mandys Auto abgesetzt hat, ruft er Nick Poulos an. Ausnahmsweise meldet der Anwalt sich sofort. »Martin, ich habe schon versucht, Sie zu erreichen. Wo stecken Sie?«

»In der Nähe von Hartigan's. Warum? Was ist passiert?«

»Die Polizei bringt Mandy wieder nach Port Silver. Sie wollen noch einmal mit ihr ins Townhouse, heute oder morgen früh, und den Tag des Mordes noch einmal durchspielen. Vielleicht auch Ihre Ankunft.«

»Wer hat Ihnen das erzählt?«

»Winifred.«

»*Fuck*. Okay. Wir treffen uns am Polizeirevier.«

»Einverstanden.«

»Aber können Sie vorher etwas für mich überprüfen, Nick? Swami Hawananda hatte etwas, das er die Divine Meditation Foundation nannte. Können Sie herausfinden, ob dahinter eine Art Unternehmensstruktur steckt?«

»Was suchen Sie denn?«

»Ist die Foundation mit ihm gestorben oder hat sie ihn überlebt? Und wer gehört noch dazu?«

»Okay. Ich kümmere mich drum.«

Das Polizeirevier von Port Silver sieht abweisend aus wie immer. Das harte Licht der Leuchtstoffröhren, das tagsüber völlig unnötig ist, schreckt jeden ab, der nicht hier sein muss. Aber Martin muss hier sein, unbedingt. An der Theke steht ein Rettungssanitäter und plaudert mit einem der Constables, dem jungen Assistenten von Johnson Pear.

»Entschuldigung.« Martin unterbricht die beiden. »Ich muss mit Montifore sprechen, bitte. Es ist dringend.«

Der Constable mustert ihn skeptisch. »Okay. Nehmen Sie bitte Platz.«

Martin gehorcht und sieht auf seinem Telefon nach, ob Anrufe oder Textnachrichten eingegangen sind. Da ist nichts Neues, nichts, was ihn ablenken könnte.

»Scarsden.«

Er blickt auf, aber da steht nicht Montifore, nicht mal Lucic. Es ist Johnson Pear. Martin steht auf. »Ich muss mit Morris Montifore sprechen.«

Pear lächelt boshaft. »Er ist nicht da. Hauen Sie ab.«

»Es ist ernst.«

»Ach ja?« Pear grinst immer noch. »Machen Sie, dass Sie weiterkommen, Sir. Dies ist eine polizeiliche Anordnung.«

Martin will eine scharfe Antwort geben, aber er darf nicht riskieren, festgenommen zu werden, nicht, solange die Ermittler ihr Augenmerk auf Mandy gerichtet haben. Also lächelt er ebenfalls. »Danke für Ihre Unterstützung, Sergeant.« Er dreht sich zu dem Rettungssanitäter und dem Constable um. »Ihnen beiden ebenfalls. Einen schönen Tag noch.« Und er geht, bevor Pear reagieren kann.

Draußen ruft er Montifore an, aber der Detective nimmt nicht ab. Martin hinterlässt eine Nachricht auf der Voicemail und wiederholt sie mit einer SMS. *Muss Sie dringend sprechen. Stehe vor dem Revier Port Silver.* Er spart sich die Mühe, Winifred anzurufen, und schickt ihr gleich eine SMS. *Dringend. Muss Montifore sprechen. Stehe vor dem Revier Port Silver.*

Sie reagiert sofort. *Sind auf dem Weg, 10 min.*

Er antwortet mit einem Daumen-hoch-Emoji. Pear hat nicht gelogen; Martin war schneller als sie. Er sieht auf die Uhr. Noch zweieinhalb Stunden bis Redaktionsschluss. Er überlegt, ob er Nick noch einmal anrufen soll, aber der Anwalt hat zu tun. Martin hat keine Wahl; er muss bleiben, wo er ist. Das Gefühl ist ihm vertraut, der »Beeil dich und warte«-Rhythmus des journalistischen Alltags. Man wartet darauf, dass etwas passiert, wartet auf Pressekonferenzen und Interviews und Ankündigungen und Urteile. Dann beeilt man sich, um es bis Redaktionsschluss noch zu schaffen.

Er hört auf, hin und her zu gehen, und setzt sich auf die Treppe vor dem Polizeirevier. Es ist Sonntagnachmittag, die Sonne wandert langsam westwärts. Auf dem Boulevarde ist es ruhig. Die Sommertouristen sind in die Stadt zurückgekehrt, in ihre Schulen und Büros und Fabriken. Die Saison geht zu Ende. Er beobachtet ein junges Paar auf dem Gehweg; Arm in Arm schlendern sie, als hätten sie ein bisschen zu viel getrunken. Oder geraucht. Die Schatten des Polizeireviers kriechen langsam über den Boulevarde, es wird noch ein paar Stunden dauern, bis sie Theo's Fish and Chips Shop erreichen. Er sieht einen jungen Mann in Flanellhemd und Arbeitsstiefeln mit seinem Nachmittagssnack in weißen Papiertüten aus dem Laden kommen. Der Duft weht herüber: Fish and Chips. Martin ist so weit weg, dass das Aroma nicht echt sei kann, aber trotzdem läuft ihm das Wasser im Mund zusammen. Was hat er heute gegessen? Ein Stück altbackene Quiche. Was noch? Sehnsüchtig schaut er hinüber zu Theo's, aber Mandy, Montifore und Winifred werden jeden Augenblick hier sein.

Martin wird bewusst, dass er sich die Finger ableckt, als hätte er gerade ein knuspriges Stück Backfisch gegessen. Herrje, er hat wirklich Hunger. Gerade, als er überlegt, schnell zu Theo's hinüberzulaufen, kommt der Konvoi aus Longton. An der Spitze fährt ein komplett ausgerüsteter Polizeiwagen mit einem Polizisten in Uniform am Steuer. Eine Sekunde lang sieht Martin Mandy neben einem zweiten Officer auf dem Rücksitz. Sie bemerkt ihn nicht, und der Wagen fährt in die Tiefgarage. Als Nächstes kommt ein normales Auto, wahrscheinlich ein Leihwagen; Lucic fährt, und Montifore sitzt auf dem Beifahrersitz. Er folgt dem Streifenwagen in die Tiefgarage. Dann rattert das Stahltor herunter und schließt sich. Erst jetzt erscheint das letzte Auto. Nick Poulos fährt seine alte Mühle. Die Bremsen quietschen, und der Wagen hat eine merkwürdige Schlagseite, als er neben Martin anhält. Winifred Barbicombe steigt aus, gefasst wie immer, als stiege sie aus einem Bentley.

»Martin, was haben Sie für uns?«

»Wir müssen zu Montifore. Ich glaube, er irrt sich, was das Messer angeht.«

»Okay. Aber sehen Sie sich vor. Er ist zunehmend frustriert.«

»Warum? Was ist passiert?«

»Hummingbird Beach wird immer komplizierter. Und er hat Mühe, eine Anklage gegen Mandy auf die Beine zu stellen.«

Sie betreten das Revier; Winifred geht geradewegs auf die Stahltür mit dem Ziffernblock einer Schließanlage zu und verlangt, dass der Constable hinter der Theke sie öffnet.

»Sorry, Ma'am, ich darf keine Zivilisten hineinlassen.«

»Ich bin weder Zivilistin noch Ma'am. Ich bin Rechtsanwältin und ein Organ der Rechtspflege«, erklärt Winifred mit schneidender Stimme. »Meine Mandantin wird dort festgehalten. Wenn Sie mir den Zutritt verweigern, verstoßen Sie gegen das Gesetz. Das Gesetz, haben Sie verstanden?«

Der junge Officer reißt hilflos die Augen auf. »Ich muss meinen Sergeant fragen.«

»Tun Sie das«, sagt Winifred. »Und zwar flott.«

Einige Minuten später öffnet sich die Sicherheitstür. Johnson Pear erscheint. »Ich habe Ihnen die polizeiliche Anweisung gegeben, zu verschwinden. Hauen Sie ab, oder ich nehme Sie fest.«

»Unfug«, sagt Winifred. »Ich komme jetzt herein und spreche mit Morris Montifore, und Mr. Scarsden kommt mit.«

Pear grinst ungerührt. »Sie verpissen sich am besten auch, Sie alte Hexe.«

Winifred sagt kein Wort. Stattdessen geht sie langsam – einen Schritt, zwei Schritte, drei Schritte – auf Pear zu, bis ihr Gesicht nur noch wenige Zentimeter von seinem entfernt ist. Unter ihrem Blick wird sein Grinsen unsicher.

Morris Montifore erscheint in der Tür. Sofort hat er die Situation erfasst. »Winifred. Martin. Danke, dass Sie so schnell gekommen sind. Kommen Sie bitte.«

Einen Moment lang passiert gar nichts. Pear rührt sich nicht, und Winifred starrt ihn weiter an. Schließlich tritt der Polizist zur Seite, und Winifred und Martin gehen durch die Sicherheitstür. Martin kann es sich nicht verkneifen, er zwinkert Pear zu. Montifore geht als Letzter.

»Vielen Dank«, sagt Martin, als sie wohlbehalten die behelfsmäßige Einsatzzentrale des Detectives erreicht haben.

Montifore lässt sich hinter dem Schreibtisch auf einen Stuhl fallen. Er hat keine Lust auf Smalltalk. »Erzählen Sie mir, was Sie haben.«

»Das Messer«, sagt Martin. »Der Fleck auf dem Griff. Das ist der einzig handfeste Hinweis auf Mandy, nicht wahr?«

»Ich höre.«

»Haben Sie sichergestellt, dass der Fleck von ihrer Haarfarbe stammt? Besteht daran kein Zweifel mehr?«

»Die Kriminaltechniker sind ziemlich sicher. Aber sie arbeiten noch daran.«

»Sie haben gesagt, das Messer wurde abgeschrubbt und hat danach zwei Tage auf dem Grund des Flusses gelegen. Wie können Sie da sicher sein?«

Montifore schüttelt den Kopf. Er sieht müde aus. »Mich müssen Sie nicht überzeugen. Die Kriminaltechnik wird entscheiden, ob es eine Entsprechung gibt, nicht ich.«

»Ich glaube, die Farbe stammt vom Swami. Er hat braune Farbe benutzt, um die Stirn seiner Jünger zu markieren. Mit dem Bindi. Es war ein rotes Braun, Henna oder so. Die Farbe hat er entweder in seinem Bungalow oder oben in seiner privaten Hütte aufbewahrt.«

Montifore runzelt die Stirn. »Ich hab's Ihnen schon einmal gesagt. Der Swami, Myron Florakis oder wie Sie ihn sonst nennen wollen, hatte ein Alibi.«

»Mandy auch. Clyde Mackie schwört, dass sie am Dienstag bei Sonnenuntergang nicht auf dem Anleger war.«

»Worauf wollen Sie hinaus?«

»Jay Jay Hayes war die Geliebte des Swami. Sie sagt, in den Tagen vor seinem Tod hat er sich beschwert, dass jemand seine Sachen durchwühlt hat.«

Montifore zuckt die Achseln. »Ja, wahrscheinlich Jasper Speight. Wir dachten, die Postkarte wäre aus seiner eigenen Sammlung, aber jetzt glauben wir, er hat sie vielleicht in dem Koffer gefunden.«

»Sehen Sie es denn nicht? Wer immer Jasper ermordet hat, hatte ursprünglich vor, die Tat dem Swami in die Schuhe zu schieben. Deshalb hat der Mörder den Messergriff mit Farbe aus der Hütte des Swami beschmiert. Wahrscheinlich hatte er auch vor, ihm das Messer unterzuschieben oder es irgendwo in seiner Nähe zu platzieren. Aber dann hat er erfahren, dass der Swami ein Alibi hat, und hat deshalb beschlossen, Mandy die Tat anzuhängen. Er hat das Messer mit Haushaltsreiniger bearbeitet, es in den Fluss geworfen und dann den anonymen Anruf getätigt.«

Montifore lacht laut, seine Anspannung löst sich ein wenig.

»Das ist lächerlich. Sie sagen, der Täter hat gewusst, dass die Flecken auf dem Messergriff Mandys Haarfarbe entsprechen würden?«

»Nein, ich sage, das ist Zufall. Der Täter hat versucht, die Flecken mit dem Reinigungsmittel zu entfernen.«

Montifore antwortet nicht, wirkt aber skeptisch.

Martin bleibt hartnäckig. »Sie haben es selbst gesagt, wir können über diese Frage debattieren, so lange wir wollen. Nur die Fachleute können sie mit Sicherheit beantworten. Ich bitte bloß darum, dass Sie den Fleck am Messer mit allen Farben vergleichen, die in beiden Hütten des Swami gefunden wurden.«

Winifred vermittelt. »Ich möchte eine Bemerkung machen, wenn ich darf, Detective Inspector. Wenn Sie Mandalay vor Gericht bringen, werden wir diesen Punkt zum Thema machen. Wenn Sie die Farben, die der Swami benutzt hat, nicht untersuchen lassen, werden die Geschworenen davon erfahren. Wir werden Zweifel säen. Begründete Zweifel.«

Montifore sieht sie an, dann seufzt er. »Okay. Morgen ist Montag. Wir werden uns darum kümmern.«

Winifred funkelt ihn an. »Sie dürfen sie nicht über Nacht festhalten. Nicht ohne Anklage.«

»Und da ist noch etwas«, sagt Martin. »Der *Herald* will Mandys Foto groß auf die Titelseite setzen und berichten, dass Sie sie wegen des Mordes vernehmen. Wenn die Kriminaltechnik sie am selben Tag entlastet, wird das nicht so gut aussehen. Und es wird auch nicht gut aussehen, wenn in der Zeitung steht, dass Sie über die Farben des Swami informiert waren.«

Jetzt blitzen Montifores Augen zornig. Er springt auf, geht hin und her und antwortet schließlich. »Okay, wie Sie wollen.« Er nimmt sein Handy und wählt eine Nummer. »Ja, ich bin's. Ja, ich weiß, dass Sonntag ist. Sagen Sie, wird das Beweismaterial

493

vom Tatort Jasper Speight und vom Hummingbird Beach von demselben Team analysiert?«

Montifore wartet auf die Antwort.

»Verstehe«, sagt er dann. »Sichergestellt von einem Team hier, aber analysiert von verschiedenen Teams in Sydney.«

Wieder macht der Detective eine Pause.

»Nein, überhaupt kein Problem. Aber Sie müssen etwas für mich untersuchen. Können Sie die Farbspuren am Messergriff im Fall Jasper Speight mit allen verdächtigen Farbspuren oder Flecken oder anderen Substanzen vergleichen, die am Hummingbird Beach gefunden wurden, speziell in einer der beiden Hütten, die der tote Swami benutzt hat?«

Montifore hört zu. Dabei sieht er Martin an und zieht die Brauen hoch. Anscheinend gibt es eine interessante Entwicklung.

»Wirklich? Jetzt vor Ort? Ja, natürlich. Wenn Sie sich möglichst bald melden könnten, wäre das äußerst hilfreich … In einer Stunde? Das ist ja ausgezeichnet.«

Das Gespräch ist zu Ende, und Montifore wendet sich Winifred und Martin zu. Sein Ärger ist verraucht. »Das ist gut. Ein Teammitglied arbeitet heute. Sie haben da ein neues Analysegerät, das sehr begehrt und rund um die Uhr im Einsatz ist. Die Forensiker benutzen es jetzt und werden sich in einer Stunde bei uns melden. Sie haben eben ein Profil des Flecks auf dem Messer angelegt. Das ist der verzwickte Teil, denn es gab sehr wenig Material. Zwei Tage hat es gedauert. Aber der Vergleich mit Substanzen in Töpfen oder Gläsern oder anderen Behältern ist jetzt nur ein simpler Scan und geht praktisch in Sekunden.«

»Brillant«, sagt Martin.

Montifore lächelt matt. »Danke, dass Sie gekommen sind. Ich bezweifle zwar, dass Sie recht haben, aber die Sache zu überprüfen kann nicht schaden.«

»Was die Todesfälle am Hummingbird Beach angeht«, sagt Martin, »ist Topaz McAlister schon festgenommen?«

»Heute Nachmittag. Sie ist nach Sydney gebracht worden. Deshalb sind wir wieder hergekommen – wir wollen uns auf die Ermittlungen im Fall Speight konzentrieren.«

»Hummingbird Beach ist also geklärt? Sie legen ihr alle sieben Todesfälle zur Last?«

Montifores Miene ist unergründlich. »Wir wühlen uns durch das Material. Da gibt's eine Menge zu bearbeiten.«

»Was haben denn die Blutuntersuchungen ergeben?«, fragt Martin.

»Wovon sprechen Sie?«

»Erinnern Sie sich? Ich habe Ihnen von dem Rohypnol erzählt, von den Blutproben, die Topaz und ich am Freitagmorgen im Krankenhaus abgegeben haben.«

»Was ist damit?«

Martin schweigt einen Moment. Montifore ist in die Defensive gegangen. »War am Freitagabend Rohypnol mit im Spiel? Neben dem Gift?« Der Detective wendet den Blick ab und sinkt auf seinem Stuhl zusammen. Martin und Winifred wechseln Blicke. Sie spürt es auch, denkt Martin. Der Detective ist aus irgendeinem Grund besorgt. »Morris?«

»Ja. Bei mindestens drei Personen. Beim Swami, bei einem Mann mittleren Alters und einer jungen Frau. Vielleicht gab es noch weitere, aber wir haben nur die Toten und die Opfer im Krankenhaus getestet.«

»Die junge Frau – hübsch? Polynesierin?«

Montifore hebt den Kopf und sieht ihm wieder in die Augen. »Ja. Das war sie. Woher wissen Sie das?«

»Garth McGrath«, sagt Martin. Er erläutert seine Theorie, nach der der Soap-Star seine Opfer unter Drogen gesetzt hat, aber auch jeden Mann, den er als Rivalen oder Beschützer empfand.

»Was ist aus ihnen geworden?«, fragt Winifred. »Aus dem Mädchen und dem Mann?«

»Das Mädchen hat überlebt, der Mann ist tot«, antwortet Montifore.

»Scheiße.« Martin denkt an die Gestalt, die im Dunkeln neben McGrath und Hawananda gelegen hat. »Er hat also Rohypnol *und* das Gift genommen.« Montifore starrt wieder seinen Schreibtisch an. Martin und Winifred wechseln Blicke, und die Anwältin runzelt die Stirn.

»Was ist, Morris? Was erzählen Sie uns nicht?« Der Detective schließt die Augen und schüttelt den Kopf. Martin bleibt hartnäckig. »Da stimmt etwas nicht, oder? Bei dem Beweismaterial. Betrifft es den Fall gegen Topaz?«

Montifore öffnet die Augen, als wolle er ihnen etwas anvertrauen, wisse aber, dass er es nicht darf.

»Sie glauben, sie hatte einen Komplizen«, sagt Winifred, und wie sie es ausspricht, ist es halb Feststellung, halb Frage.

Jetzt antwortet der Polizist leise. »Es ist möglich. Wir wissen es nicht.«

»Hat es etwas mit den Bluttests zu tun?«, fragt Martin.

Montifore schaut auf seine Hände.

»Herrje«, sagt Martin. »Da war mehr als ein Gift im Spiel. Nicht wahr?«

Montefiore sieht ihn gequält an. Martin nimmt es als Bestätigung, und er bohrt weiter. »Zwei Gifte. Manche haben beide geschluckt, andere nur eins, und wieder andere gar keins. Dazu das Rohypnol. Und Topaz gibt nur zu, dass sie *eins* verabreicht hat.«

Montifore sitzt regungslos da. Sein Blick ist konzentriert, seine Stimme leise. »Wir kommen nicht dahinter, was passiert ist. Die Reihenfolge der Ereignisse.«

NEUNUNDZWANZIG Nick Poulos wartet vor dem Revier. Er lächelt. Martin will wissen, warum, aber vorher schickt er eine SMS an Terri Preswell und Bethanie Glass. *Polizei hat neue Tests veranlasst. Mandys Schuld / Unschuld erweist sich binnen einer Stunde.* Er sieht auf die Uhr. Es ist kurz nach vier, also immer noch reichlich Zeit. Die Seite eins können sie noch bis sechs, halb sieben auswechseln.

Er schaut seinen grinsenden Anwalt an. »Was haben Sie?«

»Die Divine Meditation Foundation. Das ist ein eingetragenes Unternehmen.«

»Eine Firma?«

»Ganz recht. Das heißt, sie überlebt Hawananda. Oder Florakis. Wie immer Sie ihn nennen.«

»Gibt es weitere Eigentümer?«

»Das versuche ich gerade herauszufinden. Heute ist Sonntag, und es ist ein privates Unternehmen, deshalb ist das nicht so einfach. Aber auf der Website der Börsenaufsicht sind die Funktionsträger aufgeführt. Hawananda ist Vorsitzender und Geschäftsführer, Harrold Drake Senior ist Gesellschafter, und Harrold Drake Junior ist ein Direktor.«

»Die Drakes? Alle beide?«

»Ja. Wenn Hawananda ein Unternehmen hätte haben wollen, hätte er ohne weiteres alleiniger Direktor und Eigentümer sein können.«

»Warum hat er dann zwei Direktoren?«

»Vielleicht war er scharf auf die Steuerbefreiung als Wohltätigkeitsorganisation oder Kirche oder so. Dafür brauchte er eine eindrucksvollere Struktur.«

»Ist die Foundation denn als Wohlfahrtsverband registriert?«

»Nicht, dass ich wüsste, aber das ist vielleicht Absicht.«

»Jay Jay Hayes hat mir neulich erzählt, dass sie zu Ihnen gehen will wegen eines neuen Testaments. Haben Sie das erste für sie aufgesetzt?«

»Für Jay Jay? Nein.«

»Sie hat gesagt, der Erbe in ihrem derzeitigen Testament sei die Divine Meditation Foundation.«

Die beiden starren einander an, und ihnen wird klar, was das bedeutet. Martin spricht es aus. »Harrold Drake hat vor einiger Zeit ein Testament für Jay Jay Hayes aufgesetzt, in dem sie ihren Besitz einschließlich Hummingbird Beach Swami Dev Hawananda vermachte – genauer gesagt, der Divine Meditation Foundation, bei der Drake selbst Gesellschafter und sein Sohn einer der Direktoren ist.«

Nick Poulos nickt. »Das müssen wir den Cops sagen.«

Martin schüttelt den Kopf. Er will, dass Montifore sich auf den Fleck am Messer konzentriert. »Noch nicht. Ich will sie nicht ablenken. Versuchen Sie, noch mehr über die Foundation herauszukriegen, vor allem über die Anteilsstruktur.«

»Und was haben Sie vor?«

»Ich will einen Besuch machen.«

Der Leuchtturm auf Nobb Hill leuchtet in der Nachmittagssonne wie eine Fackel, fast silbern vor dem klaren Himmel. Silber. Martin wandert bergauf; der Fußweg verläuft neben der Straße, und Reichtum und Status der Gebäude steigen mit jedem Meter. Silber. Wieder hört er die Anspielung, dass Jasper Speights Tod irgendwie mit Geld, mit Habgier, mit Neid zusammenhängt.

Mit Silber. Und am Hummingbird Beach hat Topaz McAlister Dev Hawananda ermordet, Garth McGrath dagegen niemand. Da ist noch jemand im Spiel. Es gibt noch einen anderen Mörder. Was ist das Motiv? Silber, flüstert der Leuchtturm. Finde das Silber. Und die Leute mit dem meisten Silber sind Tyson St Clair, Denise Speight und Georges Mutter, Ms Tomakis. Martin glaubt nicht, dass die griechische Witwe viel weiß; sie hat keinerlei Interesse an den Projekten nördlich des Argyle gezeigt. Tyson St Clair und Denise Speight hingegen stecken bis über beide Ohren drin. Sie und ihre Vertreter: Jasper Speight, Dev Hawananda und Harry der Junge. Silber, raunt der Leuchtturm. »Silber«, murmelt Martin.

Denise Speights Haus befindet sich auf der anderen Seite von Nobb Hill, hinter dem Leuchtturm. Martin bleibt unter dem Portikus stehen, um wieder zu Atem zu kommen und die Aussicht zu genießen. Er schwitzt, der Tag ist immer noch windstill. Der Five Mile Beach erstreckt sich in die Ferne, links das Meer, rechts die Küste und die Zuckerrohrfelder, und unten die Häuser der Mittelschicht von Port Silver. Am Horizont ziehen Unwetterwolken auf. Der Blick ist beeindruckend. Martin wendet sich ab und zieht an einer kunstvoll gewirkten Schnur aus Metall und Leder. Tief im Innern des dreigeschossigen Gebäudes erklingt ein Glockenspiel. Es dauert eine Weile, bis Denise die Tür öffnet. Sie wirkt klein, und in Schwarz gekleidet scheint sie geschrumpft durch die Umstände und die Dimension ihres eigenen Hauses. »Martin? Du? Komm herein.«

Einen Moment lang stehen beide verlegen im Eingang, bevor sie ihn ins Wohnzimmer führt, als wäre es ihr jetzt erst eingefallen. Der Raum ist so groß wie bei St Clair, aber opulenter eingerichtet. Und überladener: Dicke Teppiche liegen übereinander auf dem Parkettboden, zu viele für die verfügbare Fläche.

Kirschholzschränke stehen an den Wänden, und drei Chester-field-Sitzgruppen sind im Raum verteilt, zwei mit dunkelgrü-nem Leder bezogen, so dunkel, dass sie fast schwarz wirken, und die dritte in einem tiefen Burgunderrot. Die Wände sind ein Schlachtfeld, ein Mischmasch von Kunstwerken streitet sich um den Platz: russische Ikonen, glänzend von Blattgold, Gobelins, so verblichen, dass sie aus dem Mittelalter stammen könnten, ein Georges Braque, wohl ein Original, in einem antiken Gold-rahmen, ausgebleichte QANTAS-Plakate, eine bunte Sammlung von Rindenmalereien aus dem Top End und ein paar Familien-fotos. Denise führt ihn zur Hauptgruppe der Chesterfields, so groß, dass zehn Personen um einen Couchtisch sitzen können. Ein sauber geschrubbter Kamin wird auf der einen Seite von einer Keramikvase flankiert, blau und weiß und antik, andert-halb Meter hoch, und auf der anderen Seite von einem ziemlich ramponiert aussehenden Sarkophag. Wenn St Clairs Haus nach Geld riecht, stinkt es hier richtig. Wenn St Clair minimalistisch eingerichtet ist, dann ist die Einrichtung hier maximalistisch. Wenn St Clair modern wohnt, dann wirkt diese Behausung alt-backen. Martin folgert, dass St Clair einen Innenarchitekten hat, Denise Speight dagegen ihren eigenen Geschmack hat walten lassen.

»Martin. Was gibt's?« Sie nimmt ihm gegenüber Platz, wirkt winzig auf ihrem Chesterfield-Sofa, als drückte eine unsichtbare Last sie in die Polster.

Martin setzt sich. »Sie haben mich gebeten, herauszufinden, wer Jasper umgebracht hat. Kann sein, dass ich kurz davor bin.«

Denise Speight ist nicht froh über diese Nachricht. Sie wirkt bedrückt. »Ich habe gehört, sie haben deine Freundin verhaftet, Mandalay Blonde. Und sie wird gerade verhört.«

Martin antwortet versöhnlich. »Nein, sie haben sie nicht verhaftet. Es stimmt, man hat sie befragt, aber sie darf wahrscheinlich demnächst gehen.«

Denise betrachtet ein Foto auf dem Kaminsims. Es zeigt sie und Jasper, der Junge ein grinsender Teenager mit Zahnspange. Als sie Martin wieder ansieht, sind ihre Augen feucht geworden. »Ich will ihn doch nur begraben, Martin. Aber sie geben den Leichnam nicht frei.«

»Das kann nicht mehr lange dauern«, sagt Martin, und seine Worte sind ihm peinlich.

»Ich dachte, der Swami hätte es getan«, sagt sie. »Ich kenne deine Artikel. Es schien ganz klar zu sein. Jasper hat sein schmutziges Geheimnis entdeckt, und er hat Jasper ermordet, damit es geheim bleibt.«

»Das haben wir gedacht. Aber so kann es nicht gewesen sein. Der Swami war am Hummingbird Beach, als Jasper starb.«

»Verstehe. Und wie kann ich behilflich sein?«

»Sie wissen, dass Jasper Pläne für ein Projekt oben an der Ridge Road hatte? Dass er die Grundstücke dort parzellieren wollte?«

»Davon wusste ich, ja. Aber es war nicht machbar. Wir hatten nicht das nötige Geld. Vielleicht irgendwann in der Zukunft. Jetzt jedenfalls nicht.«

»Sind Sie deshalb anderswo so stark engagiert? Ich weiß, dass Sie sich verpflichtet haben, die Käsefabrik zu kaufen, und den Gooris angeboten haben, das restliche Land rund um Mackenzie's Swamp zu erwerben.« Martin sieht in Denises Augen etwas aufblitzen. Sie ist nicht erfreut, dass er davon weiß. Und da ist noch etwas anderes: Trotz oder Zorn oder vielleicht Stolz.

»Was hat das mit Jaspers Tod zu tun?«

»Könnte es sein, dass er sein Ridge-Road-Projekt weiterverfolgt hat, ohne dass Sie davon wussten?«

»Nein. Er hätte nicht gewagt, ohne meine Zustimmung weiterzumachen. Unter keinen Umständen.«

»Und wann hat er den Plan fallenlassen?«

»Ist das wichtig? Vor drei Monaten. Als wir von einer möglichen Investition in die Crystal Lagoon erfuhren.«

»Crystal Lagoon? Das ist Ihre Bezeichnung, nicht wahr?«

»Ist das wichtig?« Die trauernde Mutter gerät zunehmend in die Defensive und klingt ein wenig aggressiv.

»Würde es Sie überraschen, zu hören, dass Jasper seine Pläne für die Ridge Road noch vor einem Monat mit Harrold Drake Junior diskutiert hat?«

Es überrascht sie, das sieht er ihr an. »Dieser junge Mann gefällt mir nicht«, sagt sie. »Er macht seinen Eltern große Sorgen.«

»Könnte Harry denn genug Geld haben, um Jasper bei der Aufteilung der Grundstücke finanziell zu helfen?«

Denise lacht. Es klingt spröde und trocken wie alte Knochen. »Ich habe gehört, dass man mit Drogen ganz gut verdienen kann, aber so viel bestimmt nicht.«

»Und sein Vater?«

»Nicht, wenn er weiß, was gut für ihn ist.«

Der Nachmittag bleibt windstill, selbst auf Nobb Hill, als Martin am Leuchtturm vorbei zurück Richtung Stadtzentrum geht. Der Himmel über ihm ist klar, aber das Unwetter draußen auf dem Meer wird heftiger. Martin drückt auf den Knopf der Sprechanlage am Tor vor Tyson St Clairs Haus, und hofft, dass der Unternehmer sich herablässt, ihn zu empfangen. Die Stimme aus dem Lautsprecher klingt dünn und weit entfernt wie bei einem altertümlichen Telefon. »Sie sind's. Kommen Sie herein.« Martin hört das elektrische Klacken des Riegels, und er drückt das

Tor auf. Im Regenwald ist es kühl und dämmrig, und der Steg zum Haus führt durch das Grün wie eine Zugbrücke über einen Burggraben. Die Haustür öffnet sich, und Tyson St Clair kommt heraus.

»Martin. Ich habe mich schon gefragt, wann Sie wohl auftauchen.«

»Tyson.« Der Händedruck ist seltsam förmlich wie zwischen zwei Boxern vor dem Kampf.

Das Licht im Eingang ist gedämpft, der Raum ist fast dunkel. Ein diskret heruntergedimmtes Spotlight beleuchtet den Brett Whiteley, nicht so sehr, dass es seine Wunder offenbart, aber genug, um nicht übersehen zu werden. Die bodentiefen Fenster im großen Wohnraum sind wie eine Kinoleinwand, deren beherrschende Farbe ein Blau ist, über das der Sturm aufzieht wie der Vorspann eines Films. Eine Frau sitzt mit angezogenen Knien auf einem Sofa und liest im Schein einer Lampe ein Buch. Sie hat Stöpsel in den Ohren und trägt einen Frottee-Bademantel. Ihre langen Beine sind braun und schlank. Ihr blondes Haar ist auftoupiert, und ihr geschickt geschminktes Gesicht wirkt hier drinnen weicher als wahrscheinlich draußen bei Tageslicht. Martin schätzt sie auf Mitte vierzig – schlank, glamourös und gut trainiert. »Ich lasse euch besser allein.« Sie steht auf, streift mit trockenen Lippen St Clairs Wange und geht.

»Meine Frau.« St Clair stellt sie vor, als sie schon draußen ist.

»Sie ist schön.« Martin fragt sich, ob sie weiß, dass ihr Mann einen Hang zu Rucksacktouristinnen hat.

Hinter St Clair, draußen vor den Panoramafenstern, flackern Blitze durch die Wolken. »Mögen Sie Whisky?«

»Mehr als er mich.«

Der Millionär geht zu einem Sideboard, wo Karaffen und Flaschen unter einem weiteren Spotlight funkeln. »Der hier wird Ihnen schmecken.«

»Ich dachte, Sie trinken tagsüber nicht?«

»Das tue ich in der Regel auch nicht. Aber heute ist Sonntag. Torfig und rauchig oder weich und rund? Sie entscheiden.«

»Torfig, vielen Dank.«

St Clair schenkt zwei Gläser aus einer Karaffe ein – keine Stillosigkeit wie etwa ein Etikett, aus dem hervorgeht, was sie da trinken – und reicht Martin das eine. »Habe ich heute erst bekommen.« Er hebt sein Glas zu einem stummen Salut, eine weitere Geste vor der Schlacht.

Martin nimmt einen kleinen Schluck. Der Whisky singt auf der Zunge und ist fast schon die Wanderung auf den Berg wert. St Clair führt ihn zu den Fenstern, ein unsichtbarer Mechanismus spürt ihre Nähe und die Terrassentüren öffnen sich lautlos. Die Männer treten hinaus auf eine breite Veranda, die über der Klippe zu schweben scheint, abseits der Welt, umgeben von Blau- und Weißtönen – dem Himmel, dem Tiefblau des Meeres, den weißen Massen der Gewitterwolken. Die beiden nehmen einander gegenüber Platz in großen Korbsessel. Zwischen ihnen steht ein kleiner Tisch, als wollten sie Schach spielen. Die Sessel mit ihren tiefen Allwetterpolstern sind bequem.

»Wie schön, dass Sie gekommen sind, Martin. Ich wollte Sie morgen früh anrufen. Wir haben einiges zu besprechen.«

Martin fühlt sich überrumpelt. »Wieso?«

»Na ja, ich höre alles Mögliche, aber der Star des *Sydney Morning Herald* weiß bestimmt viel mehr als ich. Zum Beispiel über Forensiker, die die Mordwaffe noch einmal überprüfen und mit irgendeiner Farbe abgleichen.«

Martin starrt ihn an. Woher weiß er das? Johnson Pear muss es ihm erzählt haben. Und indem der Unternehmer es Martin erzählt, macht er ihm klar, wie gut seine Beziehungen sind. »Das stimmt. Ich hoffe, das Morddezernat kann Mandy als Verdächtige ausschließen.«

»Wer hat Jasper umgebracht?« St Clair fragt so beiläufig, als erkundigte er sich nach den Cricketergebnissen.

»Ich hoffe, Sie werden mir helfen, das herauszufinden.«

St Clair lacht leise. »Sie wollen doch hoffentlich nicht andeuten, dass ich etwas damit zu tun habe.«

»Nein.« Martin nimmt noch einen Schluck. Der Whisky ist gleichzeitig weich und rau, und das Kristallglas funkelt im Licht und liegt schwer in der Hand. Ihm ist klar, dass er auf leeren Magen nichts davon trinken sollte. »Ich weiß, dass Sie und die Speights Konkurrenten waren, aber ich kann mir nicht vorstellen, dass Sie das alles hier aufs Spiel setzen und ihn umbringen.«

»Das höre ich gern. Vielleicht haben Sie eine falsche Vorstellung von mir – nach dem Zwischenfall mit Ihrer Freundin.«

»Ich habe die richtige Vorstellung. Sie sind an dem Visabetrug beteiligt – was ein Motiv sein könnte, falls Jasper Ihre Beteiligung öffentlich machen wollte.«

Der Mann mustert ihn. »Glaubt die Polizei das?«

»Fragen Sie sie selbst.«

St Clair hebt sein Glas an die Lippen und genießt den Whisky, bevor er weiterspricht. »Also, wie kann ich helfen?«

»Wie ist der Stand, was den französischen Vorschlag zur Entwicklung vom Hummingbird Beach angeht?«

»Unverändert. Jay Jay Hayes will nicht verkaufen. Ich bezweifle, dass sich daran je etwas ändern wird.«

»Komisch. Als wir das letzte Mal darüber sprachen, waren Sie sicher, dass sie verkaufen wird.«

»Ich hab meine Meinung geändert.«

Martin findet St Clairs Haltung verwirrend. Der Mann scheint sich über ihn lustig zu machen oder irgendein Spielchen mit ihm zu spielen. Martin versucht einen anderen Weg. »Der Swami. Ich habe Sie beide neulich in Longton zusammen gesehen.«

»Das stimmt. Ich habe Ihnen zugewinkt, wenn ich mich recht erinnere.«

»Er hat Jay Jay für Sie bespitzelt.«

St Clair entblößt seine Schneidezähne und lacht laut. »Aber nein. Er wollte meinen Rat, wie er sein Meditationsbusiness vergrößern könnte. Und im Gegenzug wollte er mich auf dem Laufenden halten, was Jasper Speights Pläne angeht.«

»Nämlich?«

»Jasper Speight hat versucht, seine Beziehung zu Jay Jay auszubauen. Laut Dev war er nicht erfolgreich.«

Martin schaut auf das Meer hinaus. »Sieht so aus, als hätten Sie das Interesse an dem Projekt verloren.«

St Clair lächelt breit, als freue er sich über einen guten Witz. »Wie kommen Sie darauf?«

»Sie lassen alle Welt wissen, was Sie für die Erschließung von Mackenzie's Swamp planen. Den Yachthafen, den Golfplatz, die bewachte Wohnanlage am Flussufer. Sie waren ganz erpicht darauf, mir all das zu erzählen, als ich das letzte Mal hier war, und Sie waren überzeugt, dass Jay Jay irgendwann verkaufen würde.«

St Clair lächelt immer noch. »Weiter.«

»Aber wenn Sie so versessen darauf waren, die alte Käsefabrik in die Hände zu bekommen, warum haben Sie Mandy nie auf einen Verkauf angesprochen? Nachdem sie Hartigan's geerbt hatte, dürften Sie und Harrold Drake doch ziemlich schnell darauf gekommen sein, dass sie auch die Eigentümerin von Mackenzie's Cheese and Pickles sein wird.«

St Clair zuckt die Achseln. »Vielleicht hielt ich es für besser, mich direkt an die Konkursverwalter und die großen Gläubiger zu wenden.«

»Stimmt. Aber dann hat Denise es Ihnen weggeschnappt.«

»Sie ist eine starke Konkurrentin.«

»Das glaube ich auch.« Martin sortiert seine Gedanken. »Sie wissen also, dass sie sich mit Westpac geeinigt hat?«

»Ja.« Er lächelt wieder.

Als Martin weiterredet, ist es weniger ein Gespräch als lautes Denken. »Natürlich hätte sie sich nie für das Objekt interessiert, wenn Sie nicht derart dafür Werbung gemacht hätten, unter anderem im *Longton Observer*.«

»Eine ausgezeichnete Zeitung.«

»Die Ihnen gehört. Und deren Redakteure mich nicht zurückrufen.«

»War's das?«

»Noch nicht ganz. Da wäre noch Doug Thunkleton. Sie geben ihm den Tipp, dass Amory Ashton auf dem Gelände der Käsefabrik begraben ist, und liefern ihm ein paar falsche Zeugen. All das vermittelt den Eindruck, dass Ashtons Leiche demnächst gefunden wird. Dann wird man ihn für tot erklären, und sein Besitz kann verkauft werden.«

St Clair lächelt immer noch, und seine Zähne blitzen. »Ausgezeichnet, der Whisky, finden Sie nicht?«

»Aber sagen Sie – die Käsefabrik, Ihre Finger –, was ist da passiert?«

St Clair hört auf zu lächeln, als sei dies die erste Frage, die ihn aus der Ruhe bringt. »Was meinen Sie damit?«

»Sie haben gesagt, mein Dad hätte Ihnen geholfen. Aber wie schneidet man sich in einer Käsefabrik die Finger ab?«

St Clair mustert ihn neugierig. »Wissen Sie, was ein Bobby-Kalb ist?«, fragt er.

»Ein was?«

»Geben Sie mir Ihr Glas. Ich schenke Ihnen nach. Sie können es googeln, während ich weg bin.«

Martin reicht ihm das halb volle Glas und aktiviert sein Smartphone. Als St Clair zurückkommt, weiß er: Milchkühe müssen Kälber gebären, damit sie Milch geben. Die weiblichen Kälber werden meist selbst zu Milchkühen, die männlichen Kälber dagegen, die Bobby-Kälber, werden normalerweise kurz nach der Geburt geschlachtet. St Clair reicht ihm sein Glas. Es ist zu vier Fünfteln voll.

»Ashton hatte ein Schlachthaus in der Käsefabrik?«, fragt Martin.

»Genau. Nicht gerade hygienisch. Nicht gerade legal.«

»Und Abfälle und Eingeweide hat er in den Sumpf geworfen und damit Bullenhaie angelockt.«

»Ganz recht.«

»Und warum sagen Sie Doug Thunkleton dann, dass er in der Fabrik suchen soll? Wenn ich Amory Ashton da draußen umgebracht hätte, hätte ich die Leiche den Haien vorgeworfen.«

Jetzt lächelt St Clair nicht. Er lacht laut. »Ich wette, das hätten Sie getan, junger Mann.«

»Und warum erzählen Sie das nicht Channel Ten?«

St Clair beugt sich vor, ein starres Lächeln entblößt seine Zähne. »Es ist völlig egal, wo dieser Idiot sucht, ob in der Fabrik oder im Sumpf. Er wird Ashton niemals finden. Der ist abgehauen.«

Martin versucht, seine Überraschung zu überspielen. Er denkt an Jay Jay und ihre Beichte. St Clair war bis jetzt so raffiniert und gut informiert. Wie kann er da so falsch liegen, was Amory Ashtons Tod angeht? »Woher wollen Sie das wissen? Ich dachte, sein Verschwinden sei ein Rätsel?«

»Weil mit ihm zehn Millionen Dollar verschwunden sind. Er hat das Geld an sich genommen und ist verduftet.«

»Davon habe ich noch nie gehört.«

»Weil es nicht allgemein bekannt ist.«

»Wem gehörten die zehn Millionen Dollar?«

»Harrold Drake.«

Martin weiß nicht, was er sagen soll. Draußen auf dem Meer blitzt es. Ein paar Sekunden später hört er den Donner. Das Gewitter nähert sich der Küste. »Harrold Drake?«

»Er ist Ashton auf den Leim gegangen, und zwar komplett. Ashton hat ihm eine phantastische Geschichte erzählt, dass er aus der Käsefabrik ein Resort der Oberklasse machen will, mit Golfplatz, Yachthafen und Eigentumswohnungen. Drake hat sich eine Menge Geld geliehen und zehn Millionen investiert, und ehe sich irgendjemand versah, war Ashton verschwunden.«

Martin fällt es schwer, zu verdauen, was St Clair da erzählt. »Wer weiß, dass Drake so viel Geld verloren hat?«

»Seine Bank und seine Buchhaltung. Dann ich. Und jetzt auch Sie. Ich bezweifle, dass seine Frau es weiß. Man könnte sagen, es ist ein streng gehütetes Geheimnis.«

Martin nippt an seinem Whisky, und seine Gedanken rasen. Er stellt sein Glas auf den Tisch und beschließt, nichts mehr zu trinken. »Warum ist die Erschließung von Mackenzie's Swamp phantastisch? Es ist doch Ihre Vision, die Verwandlung von Port Silver. Sie konnten es nicht abwarten, mir davon zu erzählen. Was hat sich geändert?«

»Seit Ashton? Zunächst mal kamen die Franzosen. Vor fünf Jahren haben die hier noch nicht herumgeschnüffelt. Eine Erschließung von Hummingbird Beach ist absolut naheliegend. Die Lage ist großartig. Aber selbst *mit* diesem Areal ist der Rest immer noch ein Luftschloss. Aus der Käsefabrik könnte man etwas machen – ein Hotel oder ein Öko-Resort –, aber sonst nichts. Der Yachthafen ist komplett unrealistisch. Ich habe mir die letzten fünfundzwanzig Jahre den Kopf darüber zerbrochen, wie man die Mündung des Argyle öffnen und ordentlich befahrbar machen könnte; dabei ist das ein richtiger Fluss mit richtigem Wasser. Durch die kleine Pissrinne oben bei Mackenzie's Swamp kommt man kaum mit einem Schwimmreifen, geschweige denn mit einer Yacht.«

»Und der Golfplatz? Sie haben so viele Beispiele für Projekte auf neugewonnenem Land an der Gold Coast aufgeführt.«

Wieder das selbstzufriedene Grinsen. »Natürlich ließe der sich machen. Aber mit enormen Kosten. Die einzige Möglichkeit, das Geld zurückzubekommen, wäre die Entwicklung von Wohnraum wie oben in Queensland. Falls es Bedarf nach Wohnraum gibt. Ein Golfplatz allein, zwanzig Kilometer von der Stadt entfernt, bringt niemals hinreichende Rendite. Nicht in einer Million Jahren.«

Martin merkt, dass er sich vorgebeugt hat. Er lehnt sich wieder zurück und schaut zu den Gewitterwolken hinaus, als suche er Erleuchtung. »Dann war das alles nur eine Luftnummer. Sie hatten nie vor, irgendetwas davon umzusetzen. Darum haben Sie nie mit Mandy gesprochen.«

St Clair nickt und hebt sein Glas wie zu einem Toast.

»Aber warum? Warum diese komplizierte Intrige? Zu welchem Zweck?«

»Als Rache.«

»Rache?«, fragt Martin.

»Es gibt ein altes Hotel unten am Hafen. Das Breakwater. Ziemlich heruntergekommen, aber mit enormem Potenzial. Sie kennen es?«

»Ja. Mandys Anwältin wohnt da, und die halbe Presse.«

»Glückspilze. Haben Sie bemerkt, dass es unter neuer Leitung steht?«

Martin nickt. »Ja. Wer ist der neue Manager?«

»Nicht nur ein neuer Manager – auch eine neue Eigentümerin. Denise Speight.« St Clair spricht den Namen angewidert aus. »Jahrzehntelang hat das Breakwater einer alten griechischen Lady gehört, Mrs. Tomakis.«

»Georges Mum?«

»Genau. Theos Witwe. Und in den letzten fünf oder zehn Jahren, seit die Fischereiflotte an die Kette gelegt wurde und wir Staatsgeld bekommen, um den Hafen aufzumotzen, habe ich versucht, sie zu überreden, das Hotel zu renovieren. Entweder zu renovieren oder zu verkaufen. Das Potenzial ist enorm. Aber die liebe alte Mrs. Tomakis ist keine Unternehmerin. Es ist ihr ein Graus, einen Cent auszugeben, auch wenn sie so einen Dollar verdienen kann. Sie kann eine Immobilie ausquetschen wie niemand sonst. Die halbe Siedlung gehört ihr.«

»Das klingt, als wäre sie ein Slumlord.«

»Na, sie ist taff. Aber sie ist auch grundehrlich. Man braucht keinen Vertrag mit ihr aufzusetzen; ein Händedruck genügt. Und den Verkauf des Breakwater haben wir mit einem Händedruck besiegelt. Ich wollte das Hotel, und niemand sonst wusste, dass es überhaupt zum Verkauf stand. Niemand außer meinem Buchhalter. Und meinem Anwalt.«

»Harrold Drake.«

»Ja. Harrold *fucking* Drake. Den ich durchgefüttert habe, seit Amory Ashton ihn verarscht hat und mit seinem Geld abgehauen ist. Derselbe Harrold Drake hat mich gelinkt. Mrs. Tomakis hat das bestätigt. Sie hat sich in Grund und Boden geschämt. Drake ist als mein Anwalt aufgetreten und hat ihr erklärt, dass ich an einem Kauf nicht mehr interessiert wäre. Denise Speight dagegen schon. Und für was hat er mich beschissen? Was waren seine dreißig Silberlinge? Eine etwas höhere Kommission und ein Zehn-Prozent-Anteil am Breakwater Hotel.«

Ein Blitz schießt aus den Wolken und kilometerweit von der Küste entfernt ins Wasser. »Dieses ganze Theater nur, damit Sie sich an Harrold Drake und Denise Speight rächen können?«, fragt Martin.

»So ist es.«

»Harrold vertritt Denise?«

»Ja.«

»Aber Sie nicht mehr.«

»Natürlich nicht. Und Mrs. Tomakis auch nicht mehr.«

»Also hat er große finanzielle Probleme?«

»Verdammt, das will ich doch hoffen. Dieses hinterhältige Stück Scheiße. Mit etwas Glück ist er jetzt erledigt.«

Martin senkt den Blick auf sein Glas, das wie durch Zauberei wieder in seine Hand gewandert ist, und schaut dann auf das Meer hinaus, bevor er wieder St Clair ansieht. »Was glauben Sie, wie verzweifelt ist Harrold Drake im Moment?«

»Ich denke, er ist *verdammt* verzweifelt.«

»Sie müssen der Polizei sagen, was Sie wissen.«

»Das werde ich tun. Ich musste nur vorher noch etwas erledigen.« St Clair grinst wie ein Wolf. »Aber Sie haben mir noch nicht gesagt, wie Ihnen mein Whisky schmeckt.«

Der Richtungswechsel bringt Martin aus dem Konzept. Gerade reden sie noch über Rache, Finanzbetrug und Mordmotive, und im nächsten Augenblick möchte der Millionär ein Kompliment hören. »Natürlich. Er schmeckt wunderbar.«

»Das sollte er auch. Jede Flasche kostet ein paar tausend Dollar. Trinken Sie aus.«

Martin runzelt die Stirn. »Worauf wollen Sie hinaus?«

»Der Whiskey war ein Geschenk von den Franzosen. Ein sehr großzügiges.«

Martin ist sprachlos. Er sieht sein Glas an und dann wieder St Clair. »Die Franzosen?«

»Ja. Das Projekt wird wahr. Mit Longitudes. Wir haben heute Morgen in Brisbane unterschrieben.«

»Aber Jay Jay verkauft nicht. Das haben Sie doch selbst gesagt.«

»Nein. Nicht Hummingbird Beach. Sondern Five Mile Beach. Das ganze Südende. Es wird wunderbar. Ein brillantes, exklusives Resort der Weltklasse. Mit Golfplatz und gesicherter Wohnanlage, Strand auf der einen Seite, ein ausgedehntes Naturschutzgebiet auf der anderen, Sumpf für uns, Feuchtgebiet für die Franzosen, Everglades in ihren Broschüren. Es wird großartig, und es wird Port Silver zum Erfolg führen.« St Clair strahlt Martin an und schwenkt sein Whiskyglas. »Und jeden Morgen, wenn Denise Speight ihr Haus verlässt, wird sie es sehen, weil es ihre Aussicht beherrscht.« Tyson St Clair entblößt die Zähne, als wollte er das Fleisch von einem Knochen schälen.

»Wem hat das Land dort gehört?«

»Bis gestern mir. Über eine Tarnfirma. Ich habe es vor ein paar Jahren gekauft – von Harrold Drake. Er war knapp bei Kasse. Ich finde, ich habe ihm einen Gefallen getan.«

»Sie wollen, dass ich darüber im *Herald* berichte, oder?«

»Der *Longton Observer* bringt es am Mittwoch auf den ersten fünf Seiten.«

Martin stellt sein Glas behutsam auf den Tisch. Es ist noch fast voll. »Mein Gott. Was muss Ihr Hass groß sein.«

»O ja, das ist er. O ja.«

Ein riesiger Blitz schießt quer über den Himmel.

DREISSIG Das Polizeirevier Port Silver ist nahezu verlassen. Alle haben Feierabend bis auf den Constable hinter dem Tresen und Morris Montifore, der Martin hereinholt.

»Himmel, was ist denn passiert?«, fragt er, als er mit Martin durch die Sicherheitstür geht. »Alles in Ordnung?«

Martin ist völlig durchnässt und hinterlässt Tropfen auf den Boden. »Ich bin ins Gewitter geraten.«

»Na, ich habe gute Neuigkeiten für Sie.«

»Der Fleck am Messer?«

»Genau. Er entspricht den Farben des Swami. Sie hatten recht.«

Die Erleichterung ist beinahe körperlich spürbar. »Also ist Mandy aus dem Schneider?«

»Ja. Sie können schreiben, dass sie nicht mehr unter Verdacht steht.«

Martin wirft einen Blick auf die Uhr. Halb sechs. Er hat es geschafft. »Wo ist sie?«

»Sie beide haben sich knapp verpasst. Sie holt gerade ihren Sohn ab.«

»Aha.« Martin stolpert ein bisschen, als sie nebeneinander hergehen.

»Ist wirklich alles in Ordnung?«

»Ja. Ein kleiner Schwips, nichts Schlimmes. Und Sie?«

Montifore sieht ihn eigenartig an. »Mir ging's schon mal besser. Es ist Sonntagabend. Ich sollte zu Hause bei Frau und Kindern sein. Stattdessen bin ich hier und renne in immer kleineren Kreisen.«

Die Erkenntnis, dass Montifore eine Familie und ein Privatleben hat, verblüfft Martin. Er kann sich nicht vorstellen, dass der Polizist jemals seinen zerknautschten Anzug auszieht und seine Freizeit genießt.

Sie erreichen die behelfsmäßige Einsatzzentrale. »Einen Moment, bitte«, sagt Martin. Er ruft Terri Preswell an und berichtet ihr, dass Mandy auf freiem Fuß ist.

»Okay, danke«, sagt die Redakteurin. »Aber hör zu, ich möchte ihr Foto bringen. Auf Seite drei. Und schreiben, dass sie entlastet ist.«

»Bittest du um Erlaubnis?«

»Selbstverständlich nicht. Ich sag's dir nur.«

»Danke, Terri. Mandy wird sich freuen. Und ich freue mich auch.«

Dann ruft er Bethanie an.

»Scheiße, Martin, ging es nicht noch ein bisschen später?« Im Hintergrund hört Martin Stimmen und Gelächter. Es klingt, als sei sie in einer Bar. »Okay, dann mache ich mich mal an die Arbeit.« Und nach einer kurzen Pause: »Gut gemacht. Vielen Dank.«

»Danke, Bethanie. Ich schulde dir einen Gefallen.«

»Mehrere, würde ich sagen.«

Montifore hat interessiert zugehört. »Alles klar?«

»Alles klar.« Martin ist erleichtert und er strahlt Montifore an, aber der erwidert das Lächeln nicht. »Sie sehen nicht besonders glücklich aus«, bemerkt Martin.

»Bin ich auch nicht«, sagt Montifore. »Mandalay Blonde ist entlastet, und ich muss jetzt den wahren Mörder finden. Und der Hummingbird-Fall ist immer noch ungeklärt. Ich musste meine Frau anrufen und ihr sagen, dass ich noch mindestens eine Woche hier bleibe.«

»Und das freut sie nicht?«

»Unser Sohn hat am Dienstag Geburtstag.«

»Oh. Das tut mir leid.«

Montifores Blick wandert durch den Raum, als suche er nach einem Grund dafür, dass er immer noch hier ist.

»Das Messer.« Martin versucht, den Polizisten abzulenken. »Gibt es irgendeinen Zweifel daran, dass Jasper damit ermordet wurde?«

»Nein. Wenigstens in dem Punkt ist die Kriminaltechnik sicher. Die Länge, die Breite, die Krümmung der Klinge – und anscheinend hat sie eine Scharte.«

»Also, jemand bringt Jasper um. Danach schmiert er die Bindi-Farbe auf den Griff, weil er dem Swami den Mord anhängen will. Als klar wird, dass der Swami ein wasserdichtes Alibi hat, will der Mörder Mandy die Tat in die Schuhe schieben. Richtig?«

»Ja, ich denke schon.«

»Woher wusste der Täter, dass der Swami nicht mehr in Frage kommt?«

Montifore antwortet nicht. Er sieht immer noch aus, als wäre er nicht gern hier.

»Und was ist mit dem Hummingbird-Fall? Was ist da noch unklar?«

Montifore seufzt müde. »Sie hatten recht. Wieder mal. Es war mehr als *ein* Gift im Spiel – und Topaz McAlister besteht darauf, dass sie nur *eines* verwendet hat.«

»Und sie hat keinen Grund, zu lügen.«

»Das stimmt.«

Martin sieht sich um, überlegt, wie es weitergehen soll. Tyson St Clair. Woher hat der Unternehmer so schnell gewusst, dass die Kriminaltechniker den Fleck auf dem Messergriff untersuchen? Ihm kommt eine Idee. Er lehnt sich zurück, langt hinüber zu dem Schreibtisch, den Ivan Lucic benutzt, und nimmt einen Stift und ein Blatt Papier. »Morris, ich habe da eine Idee. Der Mord an Jasper Speight und das zweite Gift. Wie das alles zusammenpasst.«

Montifore sagt nichts, sieht ihn nur an.

Martin schreibt etwas auf das Blatt und reicht es dem Detective. »Aber wir müssen uns absolut sicher sein«, sagt er.

Im Breakwater Hotel herrscht Jubel. Für einen Sonntagabend ist – dank der vielen Journalisten mit ihren Spesenkonten – ungewöhnlich viel Betrieb, und dass es draußen in Strömen regnet, befeuert die Stimmung noch. Doug Thunkleton hält Hof, Bethanie Glass tut interessiert, und Baxter James schwankt bereits. Hier ist sie versammelt, die Creme der australischen Presse – zumindest hält sie sich dafür –, und trinkt auf ihren Erfolg, ohne sich von dem klebrigen Teppich und den wackligen Barhockern abschrecken zu lassen. In einer Ecke sitzt Mandalay Blonde, und ihr Sohn Liam hockt mit großen Augen auf ihrem Schoß. Die beiden Anwälte, Winifred Barbicombe und Nick Poulos sitzen ebenfalls am Tisch. Auch Martin Scarsden ist da, stopft sich mit Fish and Chips voll und ignoriert seine nassen Klamotten. Mandy und Winifred trinken Champagner, Nick Poulos hat ein halbes Glas akzeptiert, um mit ihnen anzustoßen, und Martin bleibt bei Wasser und behauptet, Tyson St Clairs Whisky reiche ihm vorläufig. Dies ist weder die Zeit noch der Ort, um seine Abneigung gegen Champagner zu erklären. Während die anderen auf Mandys Freiheit trinken, konzentriert er sich auf sein Essen. So gut wie bei Theo's ist es nicht, aber es ist gut genug.

Winifred hebt noch einmal ihr Glas. »Und jetzt auf Martin«, verkündet sie. »Er hat Mandy ein für alle Mal entlastet. Der Fall ist abgeschlossen.«

Die Gläser klingen, aber Mandy runzelt die Stirn. »Wie meinen Sie das, der Fall ist abgeschlossen? Wir wissen immer noch nicht, wer Jasper Speight ermordet hat.«

Winifred lächelt nachsichtig. »Das ist egal, meine Liebe. Sie werden nicht verdächtigt. Sie können in Ihr altes Leben zurück, ich kann wieder nach Melbourne.«

»Nein.« Mandy ist plötzlich ernst. »Ich kann nicht in mein Leben zurück. Wie soll das gehen? Solange der Mörder frei herumläuft, stehe ich unter Verdacht. Nach dem, was in Riversend und in meinem Haus hier passiert ist, wird niemand in Port Silver etwas mit mir zu tun haben wollen, und keine Mutter wird Liam in der Krabbelgruppe ihres Kindes dulden.«

Liam macht einen Schmollmund. Der Stimmungsumschwung seiner Mutter verwirrt ihn.

Winifred lächelt nicht mehr. »Ja, natürlich. Wie dumm von mir. Ich habe die Sache unter rein juristischen Gesichtspunkten betrachtet. Tut mir leid.«

Die Gruppe wird still, und der Lärm von der Bar und das Rauschen des Regens verstärken die Wirkung des Schweigens noch. Martin isst den Rest seiner Fritten und wischt sich Fett vom Mund. »Die Polizei arbeitet dran. Vielleicht haben sie den Täter schon in ein, zwei Tagen ermittelt.«

Mandy sieht ihn an. Der Blick ihrer grünen Augen ist von seltener Eindringlichkeit. »Und wen haben sie im Verdacht?«

»Ich treffe mich in einer Stunde noch mal mit Montifore. Er organisiert alles, lässt Spezialisten aus Sydney einfliegen.«

»Spezialisten?«, fragt Nick.

»Was ist passiert? Erzählen Sie«, sagt Winifred.

Und Martin erzählt. Er beugt sich über den Tisch, und seine Stimme ist leise im Lärm der Stimmen und klingenden Gläser. Schnörkellos erläutert er, was seiner Meinung nach passiert ist und wie die Polizei jetzt vorgehen könnte.

Als er fertig ist, nickt Mandy. »Motiv. Gelegenheit. Aber genügt das? Kann die Polizei auf dieser Basis jemanden verhaften?«

»Irgendwann ja. Aber im Moment gibt es nur Indizienbeweise.«

»Das denke ich auch«, sagt Nick Poulos. »Die Indizien sind überzeugend, aber ich bin nicht sicher, dass die Staatsanwaltschaft Anklage erheben wird. Es gibt keine harten Beweise und keine Zeugen.«

»Also könnten sie damit davonkommen?«, sagt Mandy. »Das ist Bullshit.«

Nick schüttelt den Kopf. »Nein. Das habe ich nicht gesagt. Die Polizei wird der Sache nachgehen. Bei acht Toten dürfen sie nicht nachlässig sein. Und wenn es jetzt eindeutige Verdächtige gibt, werden sie sich auf die konzentrieren. Aber das kann Wochen dauern, wenn nicht sogar Monate. Darauf sollten Sie vorbereitet sein. Tut mir leid.«

»Nein«, sagt Mandy erbost. »Wir können nicht einfach herumsitzen und so tun, als wäre alles in Ordnung, während die Polizei ihre Bleistifte spitzt und Formulare ausfüllt. Wir müssen doch etwas tun können.«

Jetzt ist es still an ihrem Tisch, der Champagner ist vergessen, die Feierlaune dahin. Draußen lässt der Regen nach, und das Unwetter zieht ab. Und wie um die Stille an Martins Tisch zu unterstreichen, explodiert an der Theke lautes Gelächter. Doug Thunkleton hat etwas so Witziges oder so Dummes gesagt, dass die Kollegen sich vor Lachen nicht mehr halten können. Baxter James schüttelt es so sehr, dass er von seinem Barhocker kippt und hilflos auf dem Rücken landet, was einen weiteren Sturm der Heiterkeit auslöst.

Martin schaut einen Moment lang zu und sagt dann: »Ich habe eine Idee. Ich muss mit Montifore reden.«

MONTAG

EINUNDDREISSIG Morris Montifore bereitet sich auf seine Pressekonferenz vor, die um kurz nach zwölf auf der Treppe des Polizeireviers von Port Silver stattfinden soll. Er ist flankiert von Sergeant Johnson Pear und seinen beiden Constables. Der Himmel ist bewölkt und vom Meer weht ein leichter Wind herüber und sorgt für angenehme Temperaturen. Trotzdem sieht der Detective Inspector so aus, als wäre ihm nicht wohl in seiner Haut, während die Presseleute sich unten um die besten Plätze balgen. Er scheint sogar zu schwitzen. Martin Scarsden und Mandalay Blonde stehen ganz hinten. Martins ehemalige Kollegen haben sie bereits ausführlich fotografiert. Die Teams von ABC und Sky News geben das Signal – Morris Montifore ist jetzt landesweit live auf Sendung.

»Ladys und Gentlemen, danke, dass Sie gekommen sind. Ich will es kurz machen und Sie über die neuesten Entwicklungen in den Mordermittlungen hier in Port Silver auf dem Laufenden halten.

Als Erstes möchte ich eine junge Frau erwähnen, die uns bei unseren Ermittlungen behilflich war, Mandalay Blonde. Ich möchte ihr für ihre Hilfe danken und kristallklar machen – kristallklar –, dass die Polizei sie nicht verdächtigt und dass sie als Tatbeteiligte bei der Ermordung des ortsansässigen Geschäftsmannes Jasper Speight nicht in Betracht kommt. Wie Sie wissen, ist Mr. Speight in einem von Ms Blonde gemieteten Haus gestorben – das heißt, ermordet worden. Ich wiederhole: Ms Blonde scheidet als Tatverdächtige aus.«

Martin wirft Mandy einen Blick zu. Sie ist bereit, jeden in Grund und Boden zu starren. Er blickt wieder nach vorn, sieht aber nicht Montifore an, sondern die Polizisten neben ihm. Die Gesichter der beiden Constables sind streng, aber wenig bemerkenswert. Was ihn interessiert, sind die wechselnden Emotionen auf Johnson Pears Gesicht.

Montifore spricht weiter. »Ich kann bestätigen, dass wir bei der Aufklärung im Mordfall Jasper Speight große Fortschritte machen. Wir haben die Mordwaffe sichergestellt, ein Filetiermesser. Unser kriminaltechnisches Team in Sydney hat die Waffe mit Hilfe von neuen Technologien untersucht, und das Messer hat möglicherweise entscheidende Informationen geliefert. Ein paar ursprünglich Verdächtige sind entlastet, und wir hoffen, dass demnächst eine oder mehrere Festnahmen erfolgen.

Was die sieben Todesfälle am Hummingbird Beach am Freitagabend betrifft, so werden Sie sicher wissen, dass wir der australisch-amerikanische Staatsbürgerin Topaz Marie McAlister den Mord an Myron Florakis, auch bekannt als Swami Dev Hawananda, zur Last legen. Weitere Ermittlungen sind noch im Gange, und auch hier sind wir zuversichtlich, dass wir im Zusammenhang mit den sechs weiteren Todesfällen bald eine Anklageerhebung möglich machen.«

Montifore legt eine Pause ein, aber bevor er weitersprechen kann, dröhnt Doug Thunkletons Stimme wie ein Nebelhorn. »Detective Inspector, können Sie bestätigen, dass Jasper Speight vor seinem Tod einen Brief mit schwerwiegenden Hinweisen auf rechtswidriges Geschehen am Hummingbird Beach abgeschickt hat?«

Montifore schüttelt verblüfft den Kopf. »Nein, dazu kann ich nichts …«

»Was enthielt dieser Brief?«

»Woher haben Sie diese Information?«, fragt Montifore.

»An wen war der Brief adressiert, Inspector?«

Montifore antwortet nicht, sondern schüttelt nur nachdrücklich den Kopf. »Ich danke Ihnen, dass sie gekommen sind. Einen weiteren Kommentar kann ich nicht abgeben.«

Aber als er sich abwendet, um im Gebäude zu verschwinden, ertönt eine weitere Stimme. »Inspector! Inspector! Zu einem anderen Punkt.« Es ist Bethanie Glass.

»Zu einem anderen Punkt?« Montifore seufzt. »Also schön.«

»Inspector, können Sie bestätigen, dass am Hummingbird Beach nicht ein, sondern zwei Gifte verabreicht wurden und dass es mehr als einen Täter gab?«

Montifore hat genug. Er schüttelt den Kopf und geht auf den rettenden Eingang des Reviers zu. Martin beobachtet, wie er sich in der Tür zu Johnson Pear umdreht und zischt: »Wie zum Teufel ist das durchgesickert?«

Zehn Minuten später ist Martin im Breakwater Hotel und klopft an Winifred Barbicombes Suite. Die Tür wird geöffnet. Winifred ist nicht da, dafür Ivan Lucic und zwei Techniker. Die Techniker sitzen mit Kopfhörern an Winifreds Schreibtisch, der jetzt mit einem Sortiment von Laptops und technischen Geräten bedeckt ist.

»Gibt's was?«, fragt Martin.

»Ja, Johnson Pear«, sagt Lucic. »Das als Erstes. Johnson Pear an Tyson St Clair.« Lucic drückt auf eine Taste.

»Johnson. Hallo.«

»Ich wollte Ihnen gleich berichten …«

»Wenn es um die Pressekonferenz geht, die habe ich eben live auf Sky gesehen.«

»Oh. Verstehe.«

»Haben Sie mir irgendetwas zu erzählen, was ich noch nicht weiß?«

»Nein, nicht direkt.«

»Das gefällt mir nicht, verdammt, Johnson. Ich hätte früher davon erfahren müssen. Das ist es jedenfalls nicht, wofür ich Sie bezahle.«

»Tut mir leid, ich wusste von alldem nichts. Es muss sich gestern Abend ergeben haben.«

»Na, strengen Sie sich gefälligst mehr an.«

Das Gespräch ist zu Ende.

»Gibt es noch was?«, fragt Martin.

Lucic nickt, und der Abscheu steht ihm ins Gesicht geschrieben. »Johnson Pear und Harrold Drake Junior.« Er tippt auf dem Laptop.

»Johnno. Was gibt's Neues, mein Freund?«

»Hast du ferngesehen?«

»Am helllichten Tag? Natürlich nicht.«

»Wir haben eben eine Pressekonferenz gegeben. Das Morddezernat sagt, Mandalay Blonde ist aus dem Schneider.«

»Na und? Ich habe immer gesagt, dass der Swami Jasper umgebracht hat.«

Kurze Pause. *»Du hattest nichts damit zu tun, oder?«*

»Mit dem Mord an Jasper? Fuck, nein, natürlich nicht!«

Wieder eine Pause. *»Die Journalisten sagen, es gab am Hummingbird Beach zwei Gifte. Zwei Mörder.«*

Harry der Junge klingt jetzt nicht mehr so schnodderig.

»Journalisten? Was wissen die schon? Was sagen die Bullen?«

»Nichts. Der Detective, Montifore, wollte es nicht bestätigen, aber er hat es auch nicht dementiert.«

»Na, das hat ja nichts mit uns zu tun.«

»Verdammt, natürlich hat es das!« Johnson klingt plötzlich sehr bestimmt. *»Du verteilst seit Jahren Rauschgift am Hummingbird Beach. Glaubst du, dass sich das Morddezernat nicht mit dir beschäftigt?«*

»Fuck, Johnno, bleiben Sie locker, ja? Okay, ich mache ab und zu ein paar Leute high. Wenn es hart auf hart kommt, gebe ich das zu. Aber Scheiße, ich habe doch niemanden umgebracht. Warum sollte ich?«

»Keine Ahnung. Aber ab sofort bin ich raus.«

»Was soll das heißen?«

»Dass ich kein Auge mehr zudrücke. Es ist aus.«

»Bravo. Ganz wie Sie wollen. Darüber reden wir, wenn das alles vorbei ist.«

Das Gespräch ist zu Ende.

»Pear scheint nicht besonders viel zu wissen«, konstatiert Martin ruhig.

Lucic antwortet nicht. Er macht ein Gesicht, als hätte Winifred Fischköpfe im Papierkorb vergessen.

»Achtung!«, sagt einer der Techniker, und rückt seine Kopfhörer zurecht. »Harrold Drake Junior verlässt das Hostel. Geht die Main Street entlang.«

»Wo will er hin?«, fragt Lucic. Niemand antwortet.

Lange Sekunden verstreichen, und die Männer warten gespannt, bis der Techniker wieder spricht. »Harrold Drake Junior betritt das Erdgeschoss eines Bürogebäudes, Nummer achtzehn, The Boulevarde.«

»Harrold Drake and Associates«, sagt Martin.

»Showtime«, sagt der andere Techniker.

Im selben Augenblick fliegt die Zimmertür auf. Es ist Morris Montifore. Er ist außer Atem.

»Gerade rechtzeitig für den großen Augenblick«, sagt Lucic. »Harrold Junior betritt das Büro von Harrold Senior.«

»Pst!«, zischt einer der Techniker.

»Okay«, sagt sein Kollege. »Es ist das Büro, nicht das Vorstandszimmer.«

»Drehen Sie lauter«, sagt Montifore.

»*Hast du das gesehen?*« Es klingt wie der Sohn.

»*Ja, habe ich.*« Das ist Drake Seniors Stimme. »*Es kam im Fernsehen.*«

»*Sie ist aus dem Schneider. Sie hat ihn nicht umgebracht.*«

»*Behaupten die.*«

»*Wer war es dann?*«

»*Harry, beruhige dich. Setz dich. Was ist denn los?*«

»*Du hast gesagt, sie hat ihn umgebracht.*«

»*Habe ich gesagt, ja. Das hat Johnson Pear mir erzählt. Hat er dir was anderes erzählt? Das bedeutet doch nur, dass wir nicht wissen, wer ihn umgebracht hat. Und warum.*«

»*Er soll einen Brief geschrieben haben. Über Hummingbird Beach.*«

»*Ja. Vielleicht hatte er das Gefühl, er wäre in Gefahr. Und vielleicht hatte er ja recht.*«

»*In Gefahr? Von welcher Seite?*«, sagt Drake Junior.

»*Jay Jay Hayes vielleicht.*«

»*Jay Jay? Warum sollte sie ihn umbringen?*«

»*Weil Jasper herausgefunden hat, dass ihr Geliebter ein Betrüger war, und weil er ihn entlarven wollte. Das steht wahrscheinlich in Jaspers Brief: Er hat Myron Florakis demaskiert.*«

Es folgt langes Schweigen.

»Sie nehmen an, dass es am Hummingbird Beach zwei Gifte gab. Zwei Mörder. Nicht nur die kleine Topaz.«

»Ach ja.«

»Du hast gesagt, es würde niemandem schaden. Du hast gesagt, es würde sie nur krank machen und schlecht dastehen lassen, ihn aus dem Geschäft drängen und Jay Jay zum Verkauf zwingen.«

»Richtig. Mehr war es auch nicht. Du hast niemanden umgebracht.«

»Wer dann? Es gab ein zweites Gift.«

»Jay Jay.«

»Jay Jay?«

»Natürlich. Sie hat Jasper ermordet, um den Swami zu schützen. Aber sie konnte Hawananda nicht vertrauen, und deshalb hat sie ihn ausgeschaltet. Und noch ein paar andere dazu, um ihre Spuren zu verwischen. Sehr clever von ihr.«

Wieder eine Pause, eine sehr lange diesmal.

»Ich glaube dir kein Wort.«

ZWEIUNDDREISSIG Hummingbird Beach ist leer. Nur Vögel und Kängurus und Wellen, die sich am Strand brechen. Die Brandung rollt heute mit etwas mehr Kraft heran. Das Gewitter hat das Meer aufgewühlt. Für Martin gibt es kaum noch einen Grund, aufgewühlt zu sein. Die Polizei ist abgerückt und hat ihr Beweismaterial mitgenommen, die Camper sind an einen anderen Strand gezogen, und die nächste Gruppe von Erleuchtungswilligen hat abgesagt. Die Presse treibt sich vor dem Sperm Cove Backpackers Hostel herum, vor dem Polizeirevier in Port Silver und vor den Häusern und Büros der beiden Drakes, Senior und Junior. Martin überlässt das alles Bethanie und Baxter.

Er hat seinen Text für die Online-Ausgabe abgeschickt, und die Zeitung wird morgen den abschließenden Bericht bringen. Er ist am Hummingbird Beach; er hat gut geschlafen und herzhaft gefrühstückt und fühlt sich viel besser.

Er geht hinunter zum Haus. Jay Jay sitzt auf der Veranda und wartet auf ihn. Ihr Gepäck steht neben ihr. Auf dem Tisch vor ihr liegt ein kleiner Blumenstrauß, vielleicht ein Abschiedsgeschenk von einem Dauercamper. Sie schaut auf das Meer hinaus. Er beobachtet sie einen Moment lang, bevor er die Stufen hinaufgeht und sie aus ihren Gedanken reißt. Er hat versprochen, sie nach Longton zu fahren. Dort wird sie den Zug nach Sydney nehmen, um mit der Behandlung zu beginnen.

»Fertig?«, fragt Martin.

»Nein.« Jay Jay lächelt. »Ich könnte ewig hier sitzen.«

Er lächelt ebenfalls. »Je eher Sie gehen, desto eher sind Sie wieder da.«

»Kann sein. Aber bevor wir fahren – könnten Sie mir erklären, was passiert ist? Ich habe Ihre Artikel am Computer gelesen, aber ich weiß immer noch nicht, ob ich alles verstanden habe.«

»Können Sie auch nicht. Jetzt, wo die Drakes unter Anklage stehen, dürfen wir nur noch eingeschränkt berichten. Aber im Kern ist Folgendes passiert: Am letzten Freitag wurden hier am Hummingbird Beach zwei verschiedene Gifte von zwei Personen verabreicht, die nichts voneinander wussten. Die eine war Topaz McAlister, die ihre Schwester rächen und deshalb Myron Florakis und dann sich selbst töten wollte. Der andere Mörder war Harry der Junge. Seine Mission war es, den Mann umzubringen, den er als Swami Dev Hawananda kannte, und Sie. Aber es ging schief. Florakis starb, Sie und Topaz überlebten und sechs weitere kamen um.«

Jay Jay Hayes ist fassungslos. Martin gibt ihr Zeit, zu verdauen, was er ihr erzählt hat. Fast eine Minute vergeht, bevor sie antwortet, und ihre Stimme ist ein Flüstern. »Warum wollten die mich denn umbringen?«

»Harrold Drake Senior wollte, dass Sie sterben, damit die Divine Meditation Foundation Hummingbird Beach erbt, und der Swami musste sterben, damit Drake Senior die Foundation in die Hand bekommt. Er wollte das Gelände an die französischen Unternehmer verkaufen.«

»Es ging also um Geld? Um Habgier? Sieben Menschenleben, nur dafür?« Jay Jay ist entsetzt.

»Drake ist bis über beide Ohren verschuldet. Das geht auf Amory Ashtons Konto. Ashton hat Drake eine Abkürzung geboten, um die St Clairs, die Tomakis und Speights dieser Welt zu überrunden und ganz oben auf Nobb Hill zu sitzen. Drake verschuldete sich heftig, investierte zehn Millionen in ein betrügerisches Projekt, das Amory Ashton ihm angedreht hat, und verlor all das, als Ashton verschwand.«

»Ashton? Aber der ist tot, das habe ich Ihnen doch erzählt. Wo ist denn das Geld geblieben?«

»Soll ich raten? Es liegt irgendwo in einem Offshore-Steuerparadies, und niemand erhebt Anspruch darauf. Drake und jeder, der sonst noch von dem Geld weiß, nimmt an, dass Ashton damit durchgebrannt ist.«

Jay Jay nickt grimmig. »Ich sollte also sterben. Ich und Dev auch. Was ist schiefgegangen?«

»Das weiß ich nicht, aber Harry der Junge kooperiert mit der Polizei. Er behauptet, sein Vater hätte ihn hereingelegt. Er wusste, dass er Leute vergiftete, dachte aber, sie sollten nur krank werden, nicht sterben. Es ging darum, den Ruf von Hummingbird Beach zu zerstören, dem Geschäft des Swami ein Ende zu bereiten und Sie zum Verkauf zu zwingen.«

»Und weiter?«

»Topaz wollte nur sich und den Swami umbringen. Sie gab ihr Gift ganz zum Schluss in den Zeremonienbecher, damit nur noch er und sie daraus trinken konnten. Aber der ist torkelnd weggegangen, nachdem er daraus getrunken hatte – vielleicht, weil Harry ihn bereits vergiftet hatte. Er wurde bewusstlos, bevor die Schale ganz leer war. Andere haben das gesehen und auch aus der Schale getrunken.«

»Und sind gestorben.«

»Manche ja, manche nein.«

Jay Jay denkt nach. »Und warum ist Dev tot, und Topaz und ich haben überlebt?«

»Harry der Junge. Sein Vater hat ihm zwei Substanzen gegeben. Die erste enthielt kleine Spuren des Gifts und Ipecac. Was das ist, wissen Sie?«

»Ein Brechmittel.«

»Richtig. Jeder, der davon trank, würde sich übergeben und sich schrecklich fühlen, und Vergiftungserscheinungen zeigen, falls man ihn untersucht. Eine sehr viel stärkere Dosierung des Gifts ohne das Ipecac war für Sie und Ihren Swami reserviert. Harry Drake Senior wollte, dass es so aussah, als habe der Swami einen Mord-Selbstmord geplant mit nur zwei Toten. Harry der Junge behauptet, er habe davon nichts gewusst.«

»Glaubt ihm die Polizei?«

»Das bezweifle ich. Er muss sich ja gefragt haben, warum es eine Dosis für Sie und den Swami gab und eine andere für die anderen. Allerdings gab es noch einen Faktor.«

»Nämlich?«, fragte Jay Jay.

»Rohypnol.«

»Noch einmal? Auch am Freitagabend?«

»Ja. Höchstwahrscheinlich verabreicht von Garth McGrath.

Es fand sich im Blut einer jungen Frau, auf die er es abgesehen hatte, und dem eines älteren Mannes. Zum Glück gehört sie zu den Überlebenden.«

»Aber warum sollte Garth so etwas tun? Er sah so gut aus. Die Frauen lagen ihm zu Füßen. Er brauchte niemanden unter Drogen zu setzen.«

»Sex hat ihm offensichtlich nicht genügt. Er wollte noch mehr. Macht, totale Unterwerfung. Er war ein Raubtier. Zu seiner Methode gehörte es, immer mehrere Leute unter Drogen zu setzen, nicht nur die Frau, auf die er scharf war, und dann so zu tun, als wäre er ebenfalls betroffen. Eines Abends, als Garth es auf Mandy abgesehen hatte, hat er auch Jasper etwas gegeben – und mir am Dienstag, als er Topaz haben wollte. Wahrscheinlich hat er es Harry dem Jungen gegeben und vielleicht am Freitag dem Swami.«

»Scheiße«, sagt Jay Jay. »Darum ist Dev bewusstlos geworden, bevor er anfing, sich zu übergeben wie Topaz und ich. Und deswegen wusste Harry der Junge nicht mehr, wer welche Dosis bekommen hatte.«

»Das ist meine Theorie.«

»Wird man ihn wegen Mordes vor Gericht stellen?«

Martin zuckt die Achseln. »Keine Ahnung. Ich schätze, er wird versuchen, mit der Polizei zu verhandeln: Volle Kooperation und eine Zeugenaussage gegen seinen Vater und im Gegenzug eine Anklage wegen Totschlags statt wegen Mordes.«

»Wird das funktionieren?«, will Jay Jay wissen.

»Keine Ahnung. Er wusste nichts von der finanziellen Lage seines Vaters, das ist sicher. Erst vor ein paar Wochen hat er mit Jasper über eine Parzellierung der Grundstücke oben an der Ridge Road gesprochen. Er nahm an, sein Vater könne bei der Finanzierung helfen.«

»Und wer hat Jasper ermordet?«

»Harrold Drake Senior. Jasper hat herausgefunden, dass Dev Hawananda nicht der war, als der er sich ausgegeben hat. Das hat Drake mitbekommen. Wahrscheinlich hat Jasper nur die Hälfte herausgekriegt. Er dachte, Hawanandas richtiger Name sei Myron Papadopoulos, und wollte es mir erzählen, aber vielleicht wusste er nicht, was auf Kreta passiert war. Jasper dachte, es könnte eine gute Story sein und würde vielleicht helfen, Ihnen Hummingbird Beach wegzunehmen. Aber damit war Drake zum Handeln gezwungen. Wenn Sie erführen, dass Hawananda ein Betrüger war, würden Sie ganz sicher Ihr Testament ändern. Harrold Drake brachte Jasper um und wollte Hawananda die Tat in die Schuhe schieben. Als er dann von Johnson Pear erfuhr, dass Hawananda ein Alibi hat, wollte er Mandy den Mord anhängen.«

»Mein Gott, wie verzweifelt muss er gewesen sein«, meint Jay Jay.

»Absolut. Er streitet alles ab, aber er hat einen Fußabdruck hinterlassen, als er durch die Hintertür aus Mandys Townhouse flüchtete. Und sein Sohn versucht, seinen eigenen Arsch zu retten und arbeitet mit der Polizei zusammen.«

Jay Jay schaut wieder auf das Meer hinaus. »Der arme Jasper. Er hat mir leidgetan. Er ist nie der Mann geworden, der er hätte sein können. Ich dachte, Dev könnte ihm vielleicht helfen, ihm ein wenig Frieden geben, ein wenig Perspektive. Aber wahrscheinlich ist das nicht so einfach. Es ist nie so einfach.«

Lange sitzen sie schweigend nebeneinander und sehen zu, wie die Wellen mit der Präzision eines Uhrwerks an den Strand rollen. Schließlich steht Martin auf und trägt Jay Jays Gepäck zum Wagen hinauf. Sie soll in Ruhe Abschied nehmen können. Er wartet auf dem Parkplatz, und als sie den Hang heraufkommt, ist er wieder beeindruckt, wie gesund sie aussieht, wie fit. Nur der gesenkte Kopf, die hängenden Schultern und die Traurigkeit, die sie umweht, lassen ahnen, dass etwas nicht in Ordnung ist.

Schweigend fahren die beiden los, man hört nur das gutturale Dröhnen des Auspuffs. An der Einmündung in die Dunes Road hält Martin, und sie sehen einen Übertragungswagen von Channel Ten zur Käsefabrik rasen. Martin lächelt. Er biegt ab nach Port Silver und beschleunigt so sanft wie möglich, um den kaputten Auspuff nicht zu sehr zu strapazieren. Der Wagen nimmt gerade Fahrt auf, als Jay Jay ihm eine Hand auf den Arm legt. »Halten Sie an, Martin. Da vorn. Bei dem Kreuz.«

Martin bremst auf Schrittgeschwindigkeit herunter und hält dann am Straßenrand. Das Kreuz ist vor ihnen, und der Leuchtturm scheint in der Ferne zu schweben.

»Kommen Sie«, sagt sie und steigt aus. Er folgt ihr. Sie hat den Blumenstrauß in der Hand, der auf der Veranda lag. Vor dem Kreuz geht sie in die Hocke und legt die Blumen auf den Boden. Sie verharrt einen Moment so, dann steht sie wieder auf. »Diesmal nicht aus Plastik.«

»Das waren Sie«, sagt Martin. »Sie, und nicht Vern.«

Sie sieht ihn an und hat Tränen in den Augen. »Ich war da, Martin. Ich war da an jenem Tag.«

Er starrt sie an, und die Erkenntnis dämmert zu langsam, eine Woge, zu groß, um darunter hinwegzutauchen, zu wild, um auf ihr zu reiten. »Ich verstehe nicht.«

»Dein Vater war bei mir am Hummingbird Beach. Mein Vater war im Stall beim Melken, immer um die gleiche Zeit.«

»Bei dir?«

»Deine Mutter kam herein und hat uns gesehen. Sie hat kein Wort gesagt, ist sofort wieder gegangen. Ron ist ihr nachgelaufen.«

»Aber Dad war an dem Tag in der Käsefabrik.«

»Nein, Martin. Er war bei mir. Und deine Mum wusste genau, wo sie ihn finden würde.« Jetzt rollen ihr Tränen über die Wangen. »Es tut mir leid. So schrecklich leid.« Sie streckt die Arme aus, als wollte sie ihn an sich ziehen, ihn umarmen. Aber Martin kann das nicht zulassen, er kann es einfach nicht. Er starrt das Kreuz an. Seine Schwestern, seine kleinen Schwestern, gefangen auf dem Rücksitz. Um sich schlagend. Schreiend. Ertrinkend. Wem hatten sie je etwas getan?

Irgendwann geht Jay Jay zurück zum Auto und überlässt ihn den Gedanken an seine Mutter, seine Schwestern und seine zerbrochene Familie. Er weiß nicht, wie lange er dasteht, mit gesenktem Kopf und schwerem Herz, und weint.

Erst als sie den Argyle überquert haben, am Hafen vorbei und durch die Stadt gefahren sind, als sie die High School und die im Zuckerrohr versteckte Kindertagesstätte hinter sich gelassen haben, beendet Martin das Schweigen. »Darum bist du weggegangen? Zum Surfen? Und darum bist du nicht zurückgekommen, als es mit dem Surfen vorbei war? Darum hast du Frieden in Indien gesucht?« Er sieht zu ihr hinüber, aber sie schaut aus dem Fenster, als sie antwortet.

»Ich wollte nie mehr zurückkommen. Nie mehr. Ich war mehr als fünfundzwanzig Jahre weg. Aber schließlich wurde mir klar, dass man die Vergangenheit immer in sich trägt. Man kann nicht vor ihr weglaufen. Darum musste ich es dir sagen.«

Martin schweigt. Sie fahren durch das grüne Meer der Zuckerrohrfelder und vorbei an der Straße, die rechts zur Zuckermühle führt – genau an der Stelle, wo er vor einer Woche zwei trampende Rucksacktouristen mitgenommen hat, auch sie nicht mehr sorglos. Topaz McAlister, auch sie konnte ihrer Vergangenheit nicht entkommen. Die Fahrt den Escarpment hinauf beginnt, Martin schaltet herunter, der Auspuff knattert. Erst als sie die Bäume erreicht haben und die Sonne flackert, fragt Martin: »Wie war er, Jay Jay? Mein Dad? Vorher?«

Und während das alte Auto durch den Regenwald tuckert, erzählt sie, widerstrebend erst und voller Reue, aber schon bald fällt ihr, von Erinnerungen befeuert, das Reden leichter. »Er war so lustig, Martin, so lustig. Er hatte so viel Energie, so viel Leben, so viel Witz.« Und: »Ein großes Kind. Er hatte vergessen, erwachsen zu werden.« Und: »Er war unverbesserlich. Konnte einfach nicht anders.« Und das Letzte und Wichtigste: »Er hat euch Kinder geliebt. So sehr geliebt. Und er hat Hilary geliebt. Er hätte euch niemals verlassen. Alles andere war nur Spielerei. Das war mir klar.« Und auch wenn es merkwürdig erscheint und schwer zu glauben – als der Corolla über den Rand des Escarpment kriecht und sich auf ebenes Gelände rettet, wo Martin wieder höherschalten kann, lachen beide, lachen über die Erinnerung und mit der Erinnerung an Ron Scarsden. Es dauert einen Moment, nur einen Moment, aber es geschieht.

Im Bahnhof trägt Martin einen der Koffer für Jay Jay auf den Bahnsteig, obwohl sie keineswegs behindert ist, jedenfalls nicht körperlich. Eine Erinnerung erwacht in ihm, wie so oft in diesen Tagen, aber jetzt ist sie willkommen, er lässt sie an sich heran und akzeptiert den Schmerz. Er ist jung, gerade achtzehn, und brennt darauf, wegzukommen nach Sydney, weg aus Port Silver, Longton und seiner Vergangenheit. Vern umarmt ihn, hilft ihm mit seinem Gepäck, drückt ihm Geld in die Hand, während Martin sich gleichgültig verabschiedet und es nicht erwarten kann, seine Vergangenheit zu begraben. Die Rührung seines Onkels sieht er nicht. Er steigt in den Zug und schaut nicht zurück.

Die Erinnerung verweht, und er ist wieder bei Jay Jay. Beide sind verlegen. Was sollen sie sagen, während sie auf den Zug warten?

»Weißt du«, sagt Jay Jay, »an dem ersten Morgen vor ein paar Tagen, als ich dich am Strand auf mich zukommen sah, dachte ich einen Moment lang, da kommt Ron. Du hast den gleichen Gang.«

»Das ist dreiunddreißig Jahre her. Er war damals jünger als ich heute.«

»Ja.« Jay Jay sieht ihn zärtlich an. »Das gleiche Lächeln. Der gleiche Blick. Die gleichen Hände.«

Martin sieht seine Hände an, erschrickt, dass seine Bürohände den knorrigen Arbeiterhänden seines Vaters gleichen sollen. Er betrachtet sie und stellt fest, dass Jay Jay recht hat: Sie erinnern an die seines Vaters.

Jay Jay wird ernst. »Martin, ich habe heute Morgen mit Nick Poulos gesprochen.«

»Über Ashton?«

»Nein. Über das, was passiert, wenn ich sterbe. Falls ich sterbe.«

»Dazu wird es sicher nicht kommen.«

Sie lächelt wissend. »Hoffentlich nicht. Aber der springende Punkt ist: Ich vermache dir Hummingbird Beach.«

»Mir? Warum?«

Sie zuckt die Achseln, und ihr kommen die Tränen. »Weil es sonst niemanden gibt.«

Und plötzlich weiß Martin, was er sagen muss. »Jay Jay, ich verzeihe dir. Du warst jung, du warst ungebunden, und du hast niemanden betrogen. Es war ein Experiment. Du konntest nicht wissen, was passieren würde.«

Sie schließt die Augen. »Sag das bitte noch einmal. Nur noch einmal.«

»Ich verzeihe dir.«

DIENSTAG

DREIUNDDREISSIG Mandy, Martin und Liam sitzen auf dem Anleger am Wohnwagenpark und warten darauf, dass Vern sie mit seinem Boot abholt. Es ist ein warmer Morgen, und vom Meer her weht ein sanfter Wind. Der nächtliche Regen ist vorbei, und das Licht ist sanft und herbstlich. Der Tag schließt Martin in die Arme und ist nahezu vollkommen. Mandy sitzt neben ihm und lässt ihren Sohn auf den Knien reiten. Dann gibt sie Liam einen Kuss und überreicht ihn Martin. Der Kleine wird mit jedem Tag schwerer. Sie sitzen da, ohne zu sprechen; sie genießen einen Augenblick, in dem nichts getan werden muss, nichts sie belastet, nichts sie bedroht.

Schließlich sagt Mandy: »Du hast sie verschenkt, Martin. Deine Story. Du hast sie verschenkt.«

»Nein, habe ich nicht. Sie steht auf Seite eins im *Herald*, vielleicht können wir den hier kaufen. Mit meinem Namen darunter. Meinem und dem von Bethanie.«

»Ich weiß. Aber du hattest alles herausgefunden. Die Drakes

mit ihrer Verzweiflung und ihren Betrügereien. Du hattest alles. Und du hast es der Polizei geschenkt, du hast es Bethanie geschenkt und diesem Trottel Doug Thunkleton.«

Martin zuckt die Achseln und lächelt. Er weiß, was sie meint, aber so, wie er hier in der Sonne sitzt und die Wärme seiner Familie genießt, empfindet er kein Bedauern. *Seine Familie.* »Wir können diesem Trottel dankbar sein. Er hat bei der Pressekonferenz seine Rolle tadellos gespielt.«

Mandy lächelt. »Ja. Aber du weißt, was ich meine. Du hättest alles für dich haben können. Ich glaube, der alte Martin Scarsden wäre über glühende Kohlen gegangen, um eine so große Story exklusiv zu haben.«

Sie hat recht: Etwas hat sich geändert. Die Story ist nicht mehr das Ein und Alles. Er ist ein anderer geworden. Vielleicht nicht der bessere Mann, den er ihr in Riversend versprochen hat, aber die Richtung stimmt. Er hat entdeckt, dass manche Dinge wichtiger sind als die Titelseite einer Zeitung. »Es musste sein. St Clair hätte der Polizei gesagt, was er weiß, und die hätten schließlich alles herausbekommen, aber das hätte womöglich Wochen gedauert. Und in der Zwischenzeit hätte Drake flüchten oder weiter morden können. Aber so haben wir es beendet. Das hat uns beiden eine Menge Herzweh erspart.«

»Mir, meinst du.«

»Das ist dasselbe.«

Zuerst hören sie das Geräusch, das leise Tuckern des Motors. Und dann sehen sie ihn – Vern kommt mit seinem Boot flussabwärts, nicht mit dem großen Fischkutter, sondern mit dem kleinen Aluminiumboot, das Levi in der Schmugglerbucht benutzt hat. Er schwenkt zum Anleger, wo sie auf ihn warten.

»Boot, Liam, sag Boot«, sagt Martin zu dem Kleinen auf seinem Schoß. »Boot.«

»Boo«, sagt Liam erstaunt und entzückt. »Boo Boo Boo.«

Sie lachen und klatschen, und Mandy überschüttet Liam mit Küssen.

»Boo! Boo! Boo!«, jauchzt Liam, der sich im Mittelpunkt der Aufmerksamkeit sieht.

Vorsichtig reicht Martin Vern das Kind. Mandy klettert über die Leiter ins Boot, und Martin folgt ihr. Vern besteht darauf, dass sie die Schwimmwesten anziehen, die uralt, aber unbenutzt aussehen.

Sie gondeln mit gedrosseltem Motor den Argyle hinunter, treiben unter der Brücke hindurch und vorbei am Hafen zu ihrer Rechten, gefolgt von der Stadt und dem Breakwater Hotel, während zur Linken die Uferböschung immer steiler wird. Sie hören die Brandung und riechen das Meer statt der sumpfigen Dünste des Flusses. Die Strömung scheint stärker zu werden zwischen dem Steilufer links und der Mole rechts, genau wie vor all den Jahren, als das Kanu mit den drei Jungen hier entlangfuhr. Sie schauen hoch, und Mandy versucht, einen Blick auf Hartigan's zu werfen, aber sie sind zu nah am Ufer, und man sieht nur den dichten Wald. Martin hat Liam auf dem Schoß, hält ihn fest, zeigt auf alle möglichen Dinge und sagt ihre Namen. Jetzt sehen sie die Dünung, die über die Sandbank rollt. Und jetzt kommt der Felsvorsprung, der immer noch unter der Klippe hervorragt. Sie treiben vorbei, und dann gibt Vern Gas, und sie fahren auf den entlegenen Strand mit seinem ruhigen Wasser zu. Für Martin sieht alles noch genauso aus wie vor fast dreißig Jahren, als drei verzweifelte Jungen hier Zuflucht fanden.

Später, als Mandy und Liam vergnügt im seichten Wasser plantschen, sitzen Martin und Vern nebeneinander auf einem Stück Treibholz.

»Vern, ihr müsst den Handel mit den gefährdeten Fischen aufgeben. Das ist dir klar, oder?«

Vern nickt. »Ja, ich weiß. Aber schade ist es schon. Familientradition. So ein kleiner Gesetzesverstoß unterbricht die Monotonie, verstehst du?«

Martin lächelt. »Es passt nicht gut zusammen, das musst du doch einsehen. Eine Kampagne für den Schutz von Mackenzie's Swamp auf der einen Seite und der Raubbau an geschützten Arten auf der anderen.«

Vern lacht. »Ja, wenn du es so siehst …« Sie schauen zu, wie Mandy sich herunterbeugt und Liam hochhebt, dabei den Rücken gerade hält. Der Junge wird größer; bald wird er laufen und sprechen lernen. Sie kann ihn nicht mehr so leicht hochheben. »Was hat sie mit der Käsefabrik und dem Sumpf vor?«, fragt Vern.

»Keine Ahnung. Wir haben nicht darüber gesprochen. Sie ist immer noch nicht da gewesen, glaube ich. Vielleicht fahren wir irgendwann in dieser Woche hin und sehen uns um. Denise Speight hat das Vorkaufsrecht, aber ich schätze, sie wird von ihrer Vereinbarung mit der Bank zurücktreten. Und Mandy hat es mit der Erschließung wohl nicht eilig.«

»Und du? Was hast du vor? Ich habe gesehen, du bist heute wieder auf Seite eins und hast eine Doppelseite innen.«

»Ja. Die haben mir einen Job angeboten. Fulltime. In Sydney.«

»Was hast du gesagt?«

»Nein danke.« Er sieht Mandy und ihren Sohn an. »Aber der *Herald* ist immer noch scharf darauf, mich zu behalten. Sie wollen meinen Namen verwenden, mich zu Events schicken und so. Sie zahlen mir eine Pauschale und erwarten einmal im Monat ein Feature. Wir denken, das könnte funktionieren. Mal sehen.« Martin betrachtet seine Hände und wählt seine Worte sorgfältig. »Ich glaube, mit mir stimmt etwas nicht.«

»Martin?«

»Ich denke immer das Schlechteste von den Menschen. Sogar von denen, denen ich vertrauen sollte. Von dir und Levi und Josie. Und von Mandy. Es ist wie eine Krankheit, die ich mir als Korrespondent eingefangen habe.«

»Wart's ab, Martin. Lass dir Zeit. Das wird schon wieder.«

»Hoffentlich.« Martin klingt zweifelnd.

»Von Liam denkst du doch nicht das Schlimmste, oder?«

Martin lacht. »Natürlich nicht. Wie könnte ich?«

»Na bitte. Das ist doch ein Anfang.«

Martin lächelt. Vern hat recht. Aber dann wird er wieder ernst.

»Ich habe gestern Jay Jay zum Bahnhof nach Longton gefahren. Sie muss nach Sydney, ins Krankenhaus.«

»Hoffentlich nichts Ernstes?«

»Vielleicht ist es sehr ernst. Krebs.«

»Nein. Jay Jay? Wirklich?«

»Sie sagt, wenn sie stirbt, soll ich Hummingbird Beach erben.«

Vern sieht Martin an und will etwas sagen, aber dann überlegt er es sich anders. Er wendet sich ab und schaut hinüber zur Sandbank.

»Du hast es gewusst?«

Vern nickt fast unmerklich, wendet den Blick nicht ab von der Linie zwischen Fluss und Meer.

»Das war sie, die ganze Zeit. Sie hat die Blumen dort hingelegt. Und du wusstest es.«

»Ja.«

»Warum hast du es mir nicht gesagt?«

»Wann denn, Martin? Wann hätte ich es dir sagen sollen? Als du acht warst? Oder als du sechzehn oder achtzehn warst und nichts wissen wolltest? Als du dich nicht mal dazu überwinden konntest, an ihre Gräber zu gehen und nie draußen an der Dunes

Road warst? Als du es nicht erwarten konntest, alles hinter dir zu lassen und nach Sydney zu gehen? Wann hätte ich es dir sagen sollen?«

Martin schweigt betreten. Das Schweigen zieht sich in die Länge, aber es ist kein gutes Schweigen. Die Fragen bleiben, und er kann ihnen nicht entkommen. Er denkt an Jay Jay, die jahrelang durch die Welt gereist ist, um ihrer Schuld am Tod seiner Mutter und seiner Schwestern zu entrinnen. Und er denkt an Topaz, immer in Bewegung, die, gehetzt vom Tod ihrer Schwester, nie irgendjemandem vertrauen konnte. Nicht einmal ihrem Ehemann. Und er denkt an Jasper, der nie gereist ist, nur durch seine Postkarten. Und er denkt an sich selbst, den ewigen Korrespondenten, dem Kriegsgebiete lieber waren als die Erinnerung an die eigene Kindheit.

»In der Bibliothek in Longton habe ich ein paar alte Zeitungsartikel gefunden«, sagt er zu Vern. »Da war ein Foto des Wagens, deines Wagens, der aus dem Sumpf gezogen wurde. Dads Auto war da, und er war auch da.«

»Er war als Erster am Unfallort.«

»Dein Bremslicht war kaputt. Auf der rechten Seite.«

Vern legt die Hand auf Martins Hand. »Das war ein paar Wochen vorher kaputtgegangen. Es war mein Auto.«

Martin schüttelt den Kopf. »Ich habe mich gewundert. Weißt du, Clyde Mackie, der konnte schon mal ein Auge zudrücken.«

Vern lächelt matt, aber in diesem Lächeln liegt kein Humor, sondern Mitgefühl. »Nicht bei so was. Und es gab ja auch eine offizielle Untersuchung. Die musste es geben. Ein paar Monate später. Der Coroner hat das Bremslicht untersucht und alles andere, was verdächtig war. Tod durch Unfall, war sein Urteil. Hast du das in deinen Zeitungsberichten nicht gefunden?«

»Ich habe die Artikel wohl nicht zu Ende gelesen.« Er drückt die Hand seines Onkels. »Er hat also versucht, sie herauszuholen, aber es ist ihm nicht gelungen.«

Vern nickt.

»Daran ist er zugrunde gegangen, oder? Nicht nur, dass sie gestorben sind, sondern dass sie so gestorben sind, an dem Tag, als wir in der Lotterie gewonnen hatten und er bei Jay Jay war, statt mit uns allen Cricket zu spielen. Kein Wunder, dass er getrunken und alles verprasst hat. Kein Wunder, dass er mir nie in die Augen sehen konnte.«

Vern sagt nichts, drückt nur Martins Hand.

»Es war Selbstmord, oder?« Martin kann jetzt nicht mehr aufhören. Die Vergangenheit hat ihn gepackt und lässt ihn nicht mehr los. »Als das Geld weg war. Als nichts mehr übrig war. Er hat das Einzige getrunken, was noch übrig war. Den Champagner. Er hat ihn warm aus einem Pappbecher getrunken, und dann ist er mit seinem Wagen gegen einen Baum gerast.«

»Den Champagner?«, fragt Vern.

»Daran musst du dich doch erinnern. Der Tag des Lotteriegewinns. Wir haben Cricket gespielt. Ich habe eine Sechs geschlagen. Dann haben wir erfahren, dass wir gewonnen haben. Mum und die Mädchen sind losgefahren, um es Dad zu erzählen, und du und ich, wir haben Fish and Chips geholt, und du hast den teuersten Champagner gekauft, den wir finden konnten. Veuve Clicquot, mit dem orangegelben Etikett. Um den Sieg zu feiern, unsere gemeinsame Zukunft.«

»Nein«, sagt Vern.

Martin dreht sich zu ihm um. Die Augen seines Onkels sind feucht. »Nein?«

»Der Champagner war nicht dazu da, den Sieg zu feiern. Sondern ihre Scheidung. Darum ist sie rausgefahren – um ihm das zu sagen. Mit dem Geld würde sie frei sein. Sie wusste, wo er war und was er da machte, und mit wem. Darum hat sie die Mädchen mitgenommen und dich zu Hause gelassen. Sie wusste, wie nah du deinem Dad standest, und sie wollte nicht, dass du ihn mit Jay Jay siehst. Du warst nicht alt genug, um zu verstehen, was sie ihm sagen würde. Du solltest es nicht miterleben. Sie wollte dir nicht weh tun.«

Wie lange sitzen sie da, diese beiden Männer, miteinander verbunden durch Blut und Geschichte und jahrzehntealten Schmerz, halten einander bei der Hand und weinen, während sie blicklos auf das Meer starren, auf die schäumende Fläche der Sandbank. Viele Minuten und eine halbe Ewigkeit lang.

Mandy reißt sie aus ihrer stummen Wache. »Hier!«, ruft sie. »Seht mal, was wir gefunden haben!« Sie ist drüben am Fuße der Klippe, wo der Sand an den Wald grenzt.

Langsam stehen Martin und Vern auf und gehen zu Mandy und Liam. Vern hat seinem Neffen den Arm um die Schultern gelegt, und beide wischen sich die Augen und bemühen sich um neutrale Mienen.

»Seht mal«, sagt Mandy. »Was meint ihr?« Zerfressen von Wind und Wasser und Zeit, aber immer noch gut erkennbar sind die Stufen, die da in den Sandstein gehauen wurden. »Könnt ihr die für uns erneuern, Vern – du und Lucy May? Die Treppe zum Haus, wie sie früher war?«

Vern lächelt. »Natürlich.«

»Wir bezahlen dafür«, sagt Mandy. »Für die Treppe und das Haus.«

»Das werdet ihr müssen«, sagt Vern. »Ich habe eine Einkommensquelle verloren.«

Mandys Begeisterung ist unbändig. »Es wird unser Strand sein, unser geheimer Strand.« Ihr Blick wandert über den Sand, und sie macht große Augen. »Hat er einen Namen?«

Vern zuckt die Achseln. »Er hat eine Menge Namen, aber keinen offiziellen.«

»Dann taufe ich ihn Liam's Beach«, sagt sie, und der Junge hopst auf ihrem Arm.

»Boo!«, kräht Liam. »Boo!«

»Okay.« Mandy lacht. »Boo Boo Beach.«

Ihr Glück ist ansteckend und Liams Freude ist überwältigend. Martin merkt, dass er blöd grinst, und er sieht, dass Vern es auch tut.

Er wendet sich seinem Onkel zu und fragt leise: »Wenn du diese Treppe baust, hättest du was dagegen, dass ich mithelfe? Könntet ihr es mir beibringen, du und Lucy May?« Er hebt die Hände und krümmt und streckt die Finger. »Ich habe gehört, ich habe seine Hände.«